READER'S DIGEST

AUSWAHL BÜCHER

Die Kurzfassungen in diesem Buch erscheinen
mit Genehmigung der Autoren und Verleger

041042 (291)
Printed in Germany
ISBN: 978-3-89915-606-5

www.readersdigest.de

READER'S DIGEST

AUSWAHL BÜCHER

Reader's Digest

Deutschland · Schweiz · Österreich

INHALT

Was würden Sie tun, wenn ein Fremder in einer Bar sich zu Ihnen setzt und unter dem Siegel der Verschwiegenheit einen Mord gesteht? Genau das widerfährt Tim Wallace, dessen Leben nach dem gewaltsamen Tod seiner Frau ohnehin aus den Fugen geraten ist. Als Tim sich mit der Geschichte aus der Bar an die Polizei wendet, wird seine Lage fast ausweglos: die Polizei ist nun überzeugt, Tim sei ein Mörder, der neben seiner Frau auch noch ein zweites Opfer auf dem Gewissen hat.

Seite 6

Der junge Arzt Barry Laverty hat es geschafft – endlich wird er fester Partner in der Praxis von Dr. O'Reilly. Doch der exzentrische Alte hält nichts von der Schulmedizin, er hat seine ganz eigenen Methoden. Und auch die Bewohner des Dörfchens Ballybucklebo halten Barry gehörig auf Trab. Als dann einer von Barrys Patienten völlig unerwartet stirbt, wird es ernst: die Witwe glaubt, Barry hätte seinen Tod verhindern können, und will einen Prozess anstrengen.

Seite 150

Sibirien 1933: An den unmenschlichen Bedingungen im Arbeitslager Dawinsky gehen die beiden Freundinnen Sofia und Anna beinahe zugrunde. Was sie dennoch am Leben erhält, sind Annas Erzählungen von ihrer unbeschwerten Kindheit im zaristischen Russland und ihrer großen Jugendliebe Wassili. Als es der lungenkranken Anna zusehends schlechter geht, wagt Sofia die schier aussichtslose Flucht aus dem Lager, um Wassili zu finden. Er soll ihr helfen, Anna zu befreien.

Seite 300

Die junge Meggie Frazer steckt mitten in Hochzeitsvorbereitungen, als sie unvermittelt von ihrer Vergangenheit eingeholt wird. In allnächtlichen Träumen erscheint ihr ein schemenhaftes Gesicht und erschreckt sie zu Tode. Schließlich reist die junge Frau nach Cornwall, um sich den Schrecken ihrer Vergangenheit zu stellen. Doch je näher sie an der Steilküste Cornwalls der Aufdeckung eines dunklen Geheimnisses kommt, desto mehr gerät sie in Lebensgefahr.

Seite 492

DAVID ROSENFELT
Schweig
wie ein Grab

EXIT

Jemand tut alles dafür,
das Leben von Tim Wallace zu ruinieren
und ihn als Mörder erscheinen zu lassen.
Und nach und nach muss Wallace erkennen,
dass er wohl als Sündenbock für ein noch
viel größeres Verbrechen herhalten soll,
das ganz im Stillen vorbereitet wird.

◂ PROLOG ▸

Freunde haben mich gefragt, weshalb ich diese Geschichte erzähle. Lange Zeit hatte ich nicht die Absicht, ein Wort darüber zu verlieren. In den Medien ist sie ja sattsam breitgetreten worden. Das Fernsehen konnte nicht genug davon kriegen, die Presse ist auf sie als Titelgeschichte fast schon abonniert, und die unübersehbare Bloggerszene im Internet hat sich daran bis zur Erschöpfung abgearbeitet.

Die Leute erinnern sich daran, wo sie sich gerade befanden an jenem Tag, als die Katastrophe eintrat. Sie hat sich ins öffentliche Bewusstsein eingebrannt, und nichts, was ich schreibe, kann daran etwas ändern. Das würde ich auch nicht wollen.

Aber ich habe etwas Neues zu erzählen, ich habe Insiderwissen, das der Allgemeinheit vielleicht von Nutzen sein kann. Ich war dabei; ich hatte einen Sitz in der ersten Reihe, und das unterscheidet mich von anderen Berichterstattern.

Nachdem ich meine Story monatelang jeder nur denkbaren Behörde vorgebetet habe, hat man mich überraschenderweise dazu vergattert, in der Öffentlichkeit zu schweigen. Daran werde ich mich nicht halten.

Ich werde erzählen, wie es gewesen ist, und das so unvoreingenommen wie möglich. Es wird erschreckend für mich sein, oder schmerzhaft, oder reinigend, oder eine große Erleichterung. Wahrscheinlich alles zugleich.

Also, warum erzähle ich's? Vielleicht einfach deshalb: Weil Sie die Wahrheit wissen sollten.

◂ EINS ▸

„Es sind die kleinen Dinge, die dein Leben ändern. Sie ändern dein Leben, Timothy Wallace."

Immer wenn Tim Wallace' Mutter Carol etwas Wichtiges zu sagen hatte, hängte sie „Timothy Wallace" daran, wie um ihrem Wort dadurch zusätzliche Glaubwürdigkeit oder Bedeutung zu verleihen. So traurig waren ihre

Augen, dass Tim wegsehen wollte, aber er brachte es, soweit er sich erinnerte, nie übers Herz.

„Die kleinen Dinge können dein Leben ändern, Timothy Wallace."

Schicksal, das war es, wovon sie eigentlich sprach; und davon, wie das Schicksal oft durch Augenblicke diktiert wurde, die man weder erwarten noch steuern konnte. Und dann ließ sie die Geschichte folgen, die er schon so viele Male gehört hatte. Wäre ihre Freundin Donna an jenem Tag nicht mit dem Bus in die Stadt gefahren, sondern mit dem Taxi, dann hätte Donna nie Charlie kennen gelernt, den Mann, den sie heiratete. Und dann hätte Charlie Carol nie mit Kenny Wallace bekanntmachen können. Und Carol und Kenny hätten nie ihren Sohn Tim bekommen. Und Kenny hätte sich nicht aus dem Staub machen können, als Tim erst sechs Monate war, um dann in den Jahren danach nie wieder etwas von sich hören zu lassen.

Das war das Seltsame an den „kleinen Dingen": ihre Macht, ein ganzes Leben zu verändern. Sie konnten gut sein oder schlecht, und manchmal wusste man's am Anfang nicht so genau.

Für Tim und insbesondere für Maggie war das „kleine Ding" der Hut.

Für beide war es ein wichtiger – ja symbolträchtiger – Augenblick.

Tim und Maggie waren seit fast fünf Monaten verheiratet, und bis heute hatte es bei Tims Ehegelöbnis, alles mit seiner Frau zu teilen, eine Ausnahme gegeben: sein Boot. Sein Schmuckstück. Sein Stolz. Sein Zufluchtsort.

Seit sechs Jahren besaß er das bescheidene Neunmeterboot; er hatte es sich zum 24. Geburtstag gekauft. Es war sein Refugium zum Ausspannen, zum Lesen, zum Alleinsein, zur Flucht vor den Sorgen, zum Nachdenken und zur Konzentration auf das, was gut war.

Tims enge Freunde Danny und Will waren schon mehrere Male mit ihm auf dem Boot gewesen, aber noch nie eine Frau. Auch Maggie nicht.

Bis zu jenem Tag.

Dass dieses epochale Ereignis nicht schon in den ersten vier Monaten nach der Trauung eintrat, war überwiegend witterungsbedingt. Erst Anfang Mai erreichten die Temperaturen am Long Island Sound erträgliche Werte.

„Warum hast du denn keinen Liegeplatz bei uns in der Nähe?", hatte Maggie ihn mehr als einmal gefragt und aus dem Fenster ihrer Wohnung im 31. Stock in Fort Lee, New Jersey, hinunter auf den Hudson River gezeigt.

Wie ein Brückenkopf ballt sich Fort Lee um das Westende der George-Washington-Brücke und ist als Wohngebiet wegen seiner Nähe und seiner

Aussicht auf New York heiß begehrt und teuer. Tim und Maggie wohnten in den Sunset Towers, einer Nobeladresse, und nutzten quasi vom Logenplatz aus das Theater- und Restaurantangebot und die Energie, die New York bot wie keine andere Stadt auf der Welt.

Gerade verließen sie ihre Wohnung, als Maggie den Hut enthüllte. Jedenfalls nahm Tim an, es müsse sich um einen Hut handeln, obwohl er eher aussah wie ein aufgeblähter Gullydeckel, mit einer Krempe, unter der ein Infanterieregiment Platz gefunden hätte.

„Was um Himmels willen ist das?!“, entfuhr es ihm, als sie ihn aufsetzte. Das klang ein bisschen harsch, und so setzte er „Schatz“ dahinter.

„Mein neuer Hut“, sagte sie und drehte leicht den Kopf, um ihn in voller Schönheit zur Geltung zu bringen. „Sie hatten nur noch ein einziges Exemplar.“

„Also haben andere Leute ihn schon vor dir gekauft?“

Sie nickte. „Ist er nicht himmlisch?“

„Und du hast ernsthaft vor, das den ganzen Tag auf dem Kopf zu tragen?“

„Ich beginne zu ahnen, dass er dir nicht gefällt.“

„Doch, er gefällt mir“, versetzte er mit einem Grinsen. „Er gehört nur zu den hässlichsten Dingen, die ich je gesehen habe.“

„Gott sei Dank. Ich hatte schon Angst, du würdest ihn borgen wollen.“

Ohne Verkehr dauerte die Fahrt zum Bootshafen vierzig Minuten. Da es aber im Großraum New York noch keinen einzigen Tag ohne Verkehr gegeben hatte, dauerte es an diesem Tag eine Stunde und fünfzehn Minuten. Während der Fahrt bat Tim Maggie, den Hut im Schoß zu behalten, mit Rücksicht darauf, dass sie in Tims Cabrio saßen. Würde der Hut davonflattern, so meinte er, könnte er ohne Weiteres einen Schwertransporter von der Straße fegen.

So ließ Maggie denn ihr Haar im Wind fliegen, und wie es so ihre Art war, kümmerte es sie nicht. Maggie hatte dunkles lockiges Haar, das nach Tims Meinung sogar dann gut aussähe, wenn sie damit durch eine Autowaschanlage spazierte. Tatsächlich – dachte er – wirkte sie am schönsten, wenn sie aus der Dusche kam, mit nassem und ungebürstetem Haar. Natürlich war sie dann auch nackt, was zu seinem Urteil beigetragen haben mochte.

Auf halbem Weg fasste Maggie seine Hand und drückte sie. „Hast du Danny und Will gesagt, dass du mich heute auf das Boot mitnimmst?“ Gemeint waren Danny McCabe und Will Clampett, Tims beste Freunde, die sich oft über sein „Allerheiligstes“ lustig machten.

Er schüttelte den Kopf. „Nein, ich hab's keinem gesagt. Ich will sie lieber hinterher überraschen."

Am Pier angekommen, brannte Maggie so sehr darauf, das Boot zu sehen, dass sie Tim vorauslief. Hunderte von Booten lagen vertäut, mit der Nase zum Anlegesteg, sodass sie nicht darauf kam, welches es war. Immer wieder musste sie warten, bis er sie einholte, denn er trug die Tasche mit dem Mittagsimbiss.

Als sie aber davorstand, erkannte sie es sofort. Er hatte ihr verschwiegen, dass er das Boot auf den Namen *The Magster* umgetauft hatte, seinen Spitznamen für sie. Da stand sie und starrte auf den Namenszug am Rumpf.

Schließlich sagte sie: „Soll ich jetzt Freudentränen vergießen? Gibt's nicht. Ich liebe den Kahn und ich liebe dich, aber Tränen gibt's nicht."

„Hatte ich auch nicht erwartet", erwiderte er lächelnd. Zum Weinen hatte Maggie eine ganz persönliche Meinung: Sie wollte es für „wichtige Anlässe" aufsparen. Was ihm immer recht gewesen war.

Einmal an Bord, stellte Maggie gleich klar, dass sie nicht den passiven Fahrgast spielen wollte. Sie wollte wissen, wie alles funktionierte, und bestand darauf, alles selbst zu tun, ließ den Motor an, steuerte selbst hinaus auf den Sund.

Nach der ersten Stunde gingen sie zum gemütlichen Teil über und ließen sich mit abgestelltem Motor treiben und lasen die Sonntagsausgabe der *New York Times*. Nicht lange darauf frischte der Wind auf, und aus seiner genauen Kenntnis der Wetterverhältnisse auf dem Sund wusste Tim, dass sie ihren Törn vielleicht würden abkürzen müssen. Er schlug vor, das Mittagessen einzunehmen, und Maggie stand auf, um die Vorbereitungen zu treffen.

Tim war der Typ, der die Hauptmahlzeit des Tages fröhlich neben dem Kühlschrank stehend herunterschlingen konnte, aber für Maggie war jedes Essen ein Ereignis. Binnen fünf Minuten war der Tisch mit funkelndem edlem Geschirr gedeckt, jedes Stück auf seiner eigenen Servierdecke. Maggie zauberte sogar Champagner hervor, um auf einen neuen lukrativen Staatsauftrag zu trinken, den Tims Baufirma ergattert hatte.

Zufrieden ließ sie den Blick über den Tisch schweifen. „Was sagst du?"

„Da fehlt's an gar nichts", meinte er. „Sollte ein Zerstörer der Kriegsmarine vorbeikommen, können wir die ganze Besatzung zum Essen einladen."

„Wie wär's mit denen da drüben?", fragte Maggie und zeigte auf eine große Jacht in rund fünfhundert Meter Entfernung. Sie winkte ihr zu, aber es zeigte sich niemand an Deck. Tim hatte die Jacht schon mehrmals an diesem Vormittag gesehen. Es war eine 27 Meter lange Oceanfast 360, Ladenpreis locker zweieinhalb Millionen.

„Wer einem solchen Boot einen so scheußlichen grünen Anstrich verpasst, verdient es nicht, zum Essen eingeladen zu werden", brummte er. „Außerdem sind die reich genug, um ihr Essen selber zu kaufen."

Sie setzten sich zu Tisch, und nachdem Tim genug verputzt hatte, um die *Magster* durch Überladung zum Sinken zu bringen, fragte Maggie: „Nachtisch?"

„Ich kann nicht mehr. Im Magen ist kein Zentimeter mehr frei."

„Schade. Ich habe Crème brûlée gemacht."

„Dann benutze ich das Notkämmerchen. Da ist immer noch Platz."

Sie nickte bejahend. „Wenn das hier kein Notfall ist, was dann?" Sie stand auf und ging zum Kühlfach, um den Nachtisch zu holen, aber als sie sich vornüberbeugte, fegte ihr ein Windstoß den Hut vom Kopf. „Verdammt!", rief sie, als sie mit der Hand danach schnappte und ins Leere griff.

„Keine Angst", beruhigte Tim sie und blickte dem riesigen Hut nach, der auf dem Wasser trieb. „Ein Ozeanriese wird ihn finden und an Land schleppen. Oder ich kauf dir einen Neuen."

„Ich wollte aber gerade den."

Er nickte. „Schön war er ja. Aber wie du siehst, hat er sich abgenabelt und ein Eigenleben angefangen. Wir können ihm nur viel Glück wünschen."

„Tim, er ist noch ganz nah." Sie wies auf den Hut, der bereits dreißig Meter entfernt war.

Tim versuchte, ein ungläubiges Gesicht zu schneiden. „Ist das dein Ernst, ich soll ins Wasser springen und den lächerlichen Hut retten?"

„Ja, bitte, bitte. Komm, Tim, er treibt davon."

„Maggie …", flehte er, wobei ihm dämmerte, dass er sich eine besondere Ausrede einfallen lassen musste, um ungeschoren davonzukommen. Hilfesuchend blickte er zum Himmel, der sich immer dichter zuzog. „Es wird bald regnen."

Sie nickte. „Na und … von der Hutrettungsaktion wirst du sowieso nass." Dann spielte sie die Trumpfkarte: „Meine ewige Liebe ist dir sicher."

„War sie das denn bisher nicht?", brachte er mühsam hervor. Er kämpfte auf verlorenem Posten. Also drückte er den Startknopf und bemerkte mit Unbehagen, dass der Motor seltsame Geräusche von sich gab. Das muss ich nach der Heimkehr untersuchen lassen, sagte er sich. Dann steuerte er das Boot bis auf zehn Meter an den Hut heran und bereitete sich darauf vor, ins Wasser zu springen.

„Leg die Schwimmweste an", mahnte Maggie.

„Wofür? Ich schwimme wie ein Fisch."

„Tim, bitte."

Seufzend legte er unter ihrem wachsamen Blick die leuchtend orangefarbene Schwimmweste an. Dann sprang er ins Meer, wobei ein kalter Schauer durch seinen Körper schoss, und hielt mit kraftvollen Schwimmzügen auf den Hut zu, der inzwischen noch etwas weiter weggetrieben war. In der Ferne sah Tim die Oceanfast 360 und hoffte, dass die Leute an Bord ihn nicht bemerkten. Dies war nicht sein glorreichster Augenblick als Seemann.

Als Tim endlich den Hut erreichte, setzte er ihn sich auf, damit Maggie ihn einmal auf seinem Kopf sehen konnte. „Na, wie steht er mir?"

Maggie blickte nicht zu ihm herüber; abgewandt stand sie an der Reling. „Tim", rief sie, „ich glaube, da … da stimmt was nicht mit dem Motor!"

„STELL IHN AB!", schrie er. „STELL IHN AB!"

„Er qualmt!"

„MAGGIE! STELL IHN …"

Vor seinen Augen flammte ein blendend weißer Blitz, so kurz, dass er fast unsichtbar war. Dann wurde alles dunkel.

◂ ZWEI ▸

Es ist schiefgegangen.

Das war alles, was auf dem Zettel gekritzelt stand, der Roger Blair beim Mittagessen in der Gefängniskantine zugeschoben wurde. Roger ließ den Blick über die Mithäftlinge am langen Tisch schweifen. Keiner zeigte Interesse, was aber nicht verwunderlich war. An diesem Ort kostete die Selbstbehauptung jeden Funken Energie, den man hatte.

Es ist schiefgegangen. Mehr stand da nicht, aber Roger war sofort klar, dass es einen fürchterlichen Fehlschlag bedeutete. Es hieß auch noch etwas anderes, was er sehr gut begriff: Es hieß, dass er sterben musste.

Es war die Art Todesurteil, gegen das es kein Rechtsmittel gab. Keine Instanz, an die er sich wenden, keinen Vollstreckungsaufschub, der gewährt werden konnte. Ginge er zur Gefängnisleitung, würde das, wenn überhaupt, sein Ableben nur beschleunigen.

Die einzigen verbleibenden Fragen waren das Wann und das Wie. Roger hoffte, dass es bald passierte; Tage, die man im Knast mit dem Warten auf den Tod verbrachte, waren nicht lebenswert. Was das Wie anging, stand wahrscheinlich zweierlei zur Auswahl, eine scharfe Klinge in den Rücken oder eine Würgeschnur. Den ganzen Tag lang schaute Roger sich argwöhnisch um und wartete darauf, dass sie losschlugen.

Zum ersten Mal seit sehr langer Zeit dachte er an seine Frau und sehnte sich nach einem Gespräch mit ihr. Sie hatte aufgehört, ihn zu besuchen. Nicht dass er irgendwelche Bitterkeit empfand; er wollte sich nur verabschieden.

Den ganzen Nachmittag geschah nichts. Dinge wie diese wurden am besten in der Dunkelheit erledigt. Wie immer ging um zehn Uhr das Licht aus. Roger lag auf dem Bett, lauschte auf Schritte … aber es tat sich nichts, und schließlich nickte er ein.

Nur zwei mal drei Meter maß die Zelle und war stockdunkel. Roger wusste nicht, wie spät es war, als es an der Tür leise klapperte. Binnen Sekunden spürte er, dass sein Scharfrichter sich in der Zelle befand.

„Hast dir ja viel Zeit gelassen“, sagte Roger. „Weißt du überhaupt, warum du das hier machst?“

Er hörte ein leises, überraschtes Lachen. „Klar. Für Geld.“ Dann klickte es, und aus der Hand des Eindringlings erschien ein Lichtstrahl.

„Das meine ich nicht“, sagte Roger. „Ich meine …“

Die Klinge fuhr über seine Kehle und schnitt den Satz und sein Leben ab.

Ein Leben, das schon vor langer Zeit schiefgegangen war.

ALS DIE MELDUNG hereinkam, wusste Detective Jonathon Novack sofort, was er vor sich hatte. Es war kaltblütiger Mord, und auch der Täter stand fest. Sein Bauchgefühl sagte es ihm, und die Fälle, wo sein Bauchgefühl ihn mal im Stich gelassen hatte, konnte er an den Fingern einer Hand abzählen.

Es gibt ein paar Dinge, die den Polizisten, die bei der Mordkommission in einer Großstadt arbeiten, nicht vergönnt sind, jedenfalls nicht nach Novacks Erfahrung. Sie haben keine langen, ruhigen Wochenenden. Sie führen keine stabile, glückliche Ehe. Und es gibt in ihrer Arbeit keine Zufälle.

Vor langer Zeit hatte Novack gelernt, aus Gerede und Geschwätz die Fakten herauszuschälen, und in diesem Fall lagen die Fakten auf der Hand. Tim Wallace hatte mit seiner Frau Maggie einen Bootsausflug gemacht, mit einem Boot, auf dem er unfallfrei schon mindestens hundertmal gewesen war. Sie hatten sich auf dem Long Island Sound treiben lassen, dann hatte er den Motor angestellt und war ins Wasser gesprungen, um einen Hut zu bergen, der seiner Frau über Bord gefallen war. In genau diesem Augenblick war der Motor mit gewaltigem Knall in die Luft geflogen und hatte das Boot und die Frau atomisiert.

Ein Zufall? Von wegen! Glasklar Mord, ohne den geringsten Zweifel.

Leider erwies sich die Beweisführung bei diesem Verbrechen dann doch als äußerst schwierig. An einen ärgerlicheren, frustrierenderen Fall konnte Novack sich jedenfalls nicht erinnern.

Binnen Minuten war die Küstenwache zur Stelle gewesen. Man fand Wallace in Schockstarre bewusstlos treibend, durch seine Schwimmweste über Wasser gehalten. Der Schock hielt zehn Tage an, lange genug, dass Wallace die Beisetzung seiner Frau verpasste, oder vielmehr ihren Trauergottesdienst, denn ihre Leiche wurde nie gefunden. Als er schließlich das Bewusstsein wiedererlangte, gab er an, sich nur daran zu erinnern, den Hut erreicht und den weißen Blitz gesehen zu haben, dann an nichts mehr.

Sachverständige kamen leider zu dem Urteil, bei der Explosion könne es sich auch um einen Unfall gehandelt haben, ausgehend von einem Schaden bei einem ähnlichen Motor, der vor der Küste von Florida zu einer Detonation geführt hatte.

Mit überraschender Bereitwilligkeit erklärte sich Wallace anschließend zu einem Lügendetektortest bereit, und ebenso überraschend lehnte er ab, sich von einem Anwalt vertreten zu lassen. Den Test bestand er mit Glanz und Gloria. Zwar waren dessen Ergebnisse vor Gericht nicht verwertbar, doch sie beeindruckten sowohl Novacks Chef als auch die Staatsanwaltschaft.

Und um das Maß an Widrigkeiten vollzumachen, fand Novack keinerlei Hinweise auf Probleme in der Ehe. Die beiden hatten sich vor 18 Monaten kennen gelernt, dann kam eine stürmische Verlobungszeit, und niemand sagte ihnen etwas anderes nach, als dass sie sich heiß und innig geliebt hatten.

Die Medien stürzten sich auf den Fall und äußerten – wie Novack – den Verdacht, ja fast die Gewissheit, dass Wallace den Tod seiner Frau organisiert hatte. Die Hälfte der Gäste in Larry Kings Talkshow brach den Stab über ihn, und die populäre ehemalige Staatsanwältin Nancy Grace bezichtigte in ihrer Fersehsendung die Polizei der Unfähigkeit, weil sie es nicht geschafft habe, Tim gleich am allerersten Tag einzubuchten. Nach einem Monat ging den Stammtischexperten aus Mangel an Beweisen die Munition aus. Neue Erkenntnisse, die Öl ins Feuer hätten gießen können, gab es nicht.

Tatsache blieb: Novack hatte nichts gefunden. Zwar forderte sein Bauchgefühl keine Beweise, aber seine Vorgesetzten und die Justiz forderten sie. Das reichte, um ihm die Laune zu verderben. Es reichte allerdings nicht, um ihn zur Einstellung der Ermittlungen zu bewegen. Dieser Fall würde nie ad acta gelegt werden, jedenfalls nicht, was Novack anging. Wann immer er könnte, würde er daran arbeiten, bis er diesen Saukerl festnageln konnte, der seine junge Frau in die Luft gespengt hatte.

DER 31. DEZEMBER hatte für Tim Wallace keine besondere Bedeutung. Es war ein Tag unter vielen, an denen er Schmerz litt wegen Maggies Verlust; dass er als letzter Tag des Jahres ein Feiertag war, linderte seine Trauer nicht.

In all den Monaten seit dem schrecklichen Unglück hatte die Qual nicht nachgelassen, und um ehrlich zu sein, Tim wollte auch nicht, dass sie nachließ. Es wäre ihm dumm und unlogisch vorgekommen, glücklich, zufrieden und schmerzfrei zu sein. Maggie war tot, in Stücke zerrissen, und diese Erkenntnis sollte wehtun. Er wollte, dass sie wehtat.

Außerdem wollte er arbeiten: der Beruf stellte eine unpersönliche Welt dar, einen Ort, an dem er verweilen konnte, ohne ständig Maggies Abwesenheit zu spüren. Und hier bei der Arbeit hatte er Glück: die kleine Baufirma „Wallace Industries", die er vor sechs Jahren gegründet hatte, florierte.

Nach den Anschlägen vom 11. September hatte Tim zu den Ersten gehört, die erkannten, dass es einen Boom im „terrorsicheren Bauen" geben würde. Viele Gebäude – insbesondere staatliche – mussten nachgebessert und mit speziellen Schutzhüllen aus Beton versehen werden. Niemand hatte bei ihrem Bau mit Bombenanschlägen gerechnet oder mit Flugzeugen, die von Terroristenhand hineingesteuert wurden.

Tim war clever genug, sein Unternehmen als Fachfirma auf diesem Gebiet auszugeben, und schon bald hatte er lukrative Aufträge an Land gezogen. Washington hatte Staatsgelder bereitgestellt. An einem riesigen Komplex in der Innenstadt von Newark, dem so genannten Federal Center – Baupreis mehr als drei Milliarden Dollar –, hatte Wallace Industries mitgearbeitet und war jetzt fast fertig damit.

Das Projekt hatte Modellcharakter: Jedes Gebäude war auf Hochsicherheit geplant und sollte Vorläufer für ähnliche Bauvorhaben im ganzen Land sein. Es handelte sich praktisch um befestigte Behördenghettos, denn man ging von dem Gedanken aus, dass es leichter war, einen geschlossenen Komplex sicher zu machen als einzelne, in der Stadt verstreut liegende Gebäude, wie es bisher der Fall war.

Vor fast zwei Jahren hatte Tim einen Partner in die Firma geholt, Danny McCabe. Sie kannten sich aus der Zeit, als sie beide bei einer großen Baufirma angefangen hatten, und waren rasch Freunde geworden.

Danny war ein unermüdlicher Arbeiter, außerdem talentiert, ein Problemlöser in einem Betrieb, der rund um die Uhr Probleme hatte. Der wichtigste Aktivposten, den er in die Firma mitbrachte, war freilich eine unbezahlbare „Connection". Sein Onkel war Fred Collinsworth, US-Senator aus New Jersey, ein tonangebendes Mitglied des Bewilligungsausschusses des Senats. Zuvorkommend hatte Onkel Fred der Firma des Neffen Bundesaufträge zugeschoben, insbesondere den für das Federal Center, was der Firma einen gewaltigen Aufschwung verliehen hatte.

Dass er das Projekt an Dannys und Tims Unternehmen vergeben hatte, war nicht nur reine Vetternwirtschaft. Viele kleinere Baufirmen bekamen gute Aufträge, was der Senator als neue wirtschaftspolitische Maxime pries, eine Abkehr von der bisherigen Praxis der Vergabe an Großkonzerne, die alles beherrschten.

Es war ein politisch kluger Schachzug von ihm, einmal weil er es als Mittelstandsförderung verkaufen konnte, zum anderen weil er damit eine große Gruppe von Geschäftsleuten schuf, die ihm verpflichtet waren und die ihre Dankbarkeit durch großzügige Wahlkampfspenden zeigen würden. Es trug ihm darüber hinaus die Feindschaft der Franklin Group und ihres Präsidenten Byron Carthon ein. Die Franklin Group war ein riesiger, multinationaler Konzern, der es gewohnt war, dass solche fetten Staatsaufträge an ihn fielen.

Um Carthon oder die Franklin Group ging es Collinsworth aber gar nicht. Sein Kalkül war ein anderes: Fielen die Aufträge für ähnliche Behördenzentren im ganzen Land künftig an mittelständische Unternehmen, dann hätte er eine breite politische und finanzielle Unterstützungsbasis, eine, wie man sie brauchte, um das höchste politische Amt im Land anzustreben. Und den Ehrgeiz dazu hatte Collinsworth.

Eine weitere Stütze der kleinen Firma war Will Clampett, ein enger Freund von Danny und Tim, der als Honorarkraft für sie arbeitete. Will war Experte für die Computersysteme, die in der modernen Bautechnik gebraucht wurden. Häufig versuchten Danny und Will, Tim in die Welt der

Menschen zurückzuholen. Sie glaubten, es würde ihm guttun, mehr auszugehen, sich abzulenken, auch wenn er kein Interesse an Frauenbekanntschaften hatte.

Tims tüchtige 31-jährige Assistentin Meredith Tunney war ebenfalls dieser Meinung und schloss sich den vorsichtigen Überredungsversuchen an, aber Tim blieb ablehnend. Er wollte erst dann etwas tun, wenn er „reif" dafür wäre. Und dieser Zustand schien Lichtjahre entfernt.

Silvester bereitete Danny, Will und Meredith gesteigerte Sorge. Sie befürchteten, es werde für Tim ein besonders schlimmer Abend werden, seinen Beteuerungen zum Trotz, er werde prima zurechtkommen.

Meredith Tunney war für Tim und die Firma ein Geschenk des Himmels gewesen. Knapp zwei Monate vor Maggies Tod eingestellt, hatte sie Tims Leben seither in Ordnung gehalten. Sie hatte seine Rechnungen bezahlt und sich um all seine Termine und Reservierungen gekümmert, was es ihm ermöglicht hatte, ein Leben am Rande des Chaos zu führen, ohne im Schlamassel zu versinken.

Auch jetzt, am 31. Dezember, verbrachte Meredith den Tag mit Tim in seinem Büro in Englewood, schaute ihn öfter verstohlen von der Seite an und fragte sich, wie sie das Thema Silvester anschneiden solle. Sie wollte mit Freunden ausgehen und hatte schon verkündet, es sei unannehmbar, dass Tim allein zu Hause bleibe.

Um halb vier Uhr nachmittags wollte sie Feierabend machen, um heimzufahren und ihre eigenen Silvestervorbereitungen zu treffen. Deshalb holte sie tief Luft und schritt zur Attacke. Tim war an seinem Schreibtisch in Unterlagen vertieft, als sie hereinschlenderte und fragte: „Und – was haben Sie heute Abend vor?"

Er blickte nicht einmal auf. „Ein paar Feten hier und da, dann zum Times Square, um den Neujahrsball herunterfallen zu sehen, dann Party bis zum Morgen."

Sie runzelte die Stirn. „Also bitte mal ernsthaft. Sie gehen nicht raus?"

Endlich hob er den Blick. „Nein, dieses Jahr gehe ich rein. Alle sind draußen und feiern, da habe ich die Mönchszelle ganz für mich. Eine Pizza mit Peperoni und ‚Der Pate', Teil eins und zwei auf DVD."

Traurig schüttelte sie den Kopf. „Na, ich muss los; brauchen Sie noch irgendetwas, bevor ich gehe?"

„Könnten Sie Danny aufspüren? Ich muss ihn sprechen."

„Er ist vor einer Stunde gegangen, Tim." Dann, mit Nachdruck: „Es ist Silvester; er hat Pläne. Pläne, an denen er Sie gern beteiligen würde."

Meredith sah, dass sie damit nichts bewirkte, und ging. Tim arbeitete noch ein paar Stunden weiter. Dann fuhr er nach Hause und kaufte sich unterwegs eine Pizza zum Mitnehmen.

Wie immer wirkte seine Wohnung öde und ungastlich, abgesehen von der unglaublich wohltuenden Präsenz seiner Mitbewohnerin, der Golden-Retriever-Hündin Kiley. Kiley schien Maggie heftig nachzutrauern, und es hatte den Anschein, als wolle sie dies ausgleichen, indem sie Tim tröstete.

Mehrfach hatten Danny und Will angeregt, Tim möge aus dieser Wohnung ausziehen, um dadurch seine Erinnerungen hinter sich zu lassen. Er hatte es nicht getan, zum Teil aus einem dunklen Gefühl heraus, ein Auszug würde eine Respektlosigkeit gegenüber Maggie bedeuten. Aus demselben Gefühl heraus hatte er alles in der Wohnung unangetastet gelassen. Er merkte, dass er in der Vergangenheit lebte, aber die Vergangenheit schien viel besser zu sein als die Gegenwart.

Kiley und Tim teilten sich die Pizza, wobei die Hündin nur die Kruste mochte. Tim legte die DVD mit dem Paten ein. Auf seinem großen Plasmafernseher wirkte der Film mindestens so gut wie auf der Kinoleinwand.

Kurz vor neun wollte er gerade seine allabendliche Entscheidung treffen, ob er auf dem Sofa einschlafen oder sich ins Bett schleppen solle, als es an der Tür klingelte.

„Das verheißt nichts Gutes", murmelte er. Kiley schien zustimmend zu nicken.

Tim öffnete, und Danny und Will platzten herein. „Silvesterüberraschung!", rief Danny. „Los, Abmarsch."

„Abmarsch wohin?", fragte Tim, obschon er genau wusste, wovon sie sprachen.

„Keine Ahnung", flötete Will. „Vielleicht in denselben Schuppen, in den wir jedes Jahr an Silvester gehen."

Danny und Will waren sich zwar im Klaren darüber, dass ihr Freund Qualen litt, sie gingen aber von dem naiven Gedanken aus: Wenn wir gut drauf sind, muss das auf ihn abfärben. Dass dies in all den vergangenen Monaten nicht funktioniert hatte, brachte sie nicht auf die Idee, ihre Strategie könne falsch sein.

Tim wusste, dass Will von einer Kneipe im nahen Teaneck sprach, der „Purple Rose", in der es immer gemütlich war. Ein anderes Lokal hatten sie nie in Betracht gezogen, aber seit Maggies Tod war Tim nicht mehr in der Purple Rose gewesen. „Ihr müht euch vergebens, Jungs", sagte er.

„Tim, klare Ansage", entgegnete Danny. „Du bist mein Geschäftspartner und mein Freund, und obwohl du einem den letzten Nerv rauben kannst, hänge ich an dir. Heute Abend gehst du entweder auf eigenen Beinen in die Purple Rose oder wir tragen dich hinein."

„Bitte versteht doch", wehrte sich Tim. „Ich will nicht. Es kommt mir noch nicht richtig vor, ich möchte es einfach nicht."

Danny nickte. „Das wissen wir, Tim. Und wir wissen, wie schwer es ist. Aber heute Abend ist es Zeit, dass wir dir einen Schubs geben."

„Jungs, ich bin euch dankbar, aber lasst es einfach. Ich glaubt, ihr gebt mir damit Auftrieb, aber das klappt nicht. Es wird nicht funktionieren."

Will hatte sich bereits mit Kiley in den Liegesessel gezwängt und kraulte ihr den Kopf. „Lass es erst mal drauf ankommen", verkündete er. „Wenn's dir dreckig gehen sollte, kannst du ja früher heimfahren. Außerdem ist heute Abend jeder so blau, dass keiner merkt, dass du da bist."

„Und die Fritten", fügte Danny hinzu. „Weißt du noch, die Fritten?"

Die Purple Rose hatte die besten Pommes frites der Welt, dünn und knusprig. „Ja, ich weiß", meinte Tim. „Irgendwann esse ich sie auch wieder."

„Nicht irgendwann", drängte Danny. „Heute Abend."

Nun spielte Will das aus, was er für die Trumpfkarte hielt. „Tim, ich muss es dir jetzt mal direkt ins Gesicht sagen: Es ist Zeit, dass du den Hintern hochkriegst. Maggie würde das wollen. Sie würde wollen, dass du ausgehst und dich endlich mal wieder amüsierst."

Normalerweise hätte Tim dieses Argument vom Tisch gewischt, aber aus irgendeinem Grund hatte er vor Kurzem selbst daran gedacht, vielleicht mal wieder einen Abend mit den Jungs in der Kneipe zu verbringen, und hatte sich dieser Anwandlung geschämt. Auch wusste er, dass Will die reine Wahrheit gesprochen hatte: Maggie würde es wollen.

So nickte er schließlich. „Gut … ihr habt Recht."

Danny legte den Arm um Tims Schultern. „Klasse. Und da das heute Abend dein Comeback ist, zahlst du die Zeche."

◀ DREI ▶

Bis zur Purple Rose hatte es sich offenbar noch nicht herumgesprochen, dass sich seit Maggies Tod alles verändert hatte.

Irgendwie nervte es Tim, dass das Lokal genauso aussah wie sonst: Sägemehl auf dem Boden, Holztische mit tausend geschnitzten Initialen,

Kaminfeuer in der Raummitte, eine Wurlitzer-Musikbox und jede Menge Fernseher, auf denen sonst meistens Sport lief. Heute standen die Festivitäten auf dem Times Square im Mittelpunkt. Das Gedränge in der Kneipe konnte dem Silvestergedränge auf den Straßen durchaus das Wasser reichen.

Als alte Stammgäste hatten Tim, Danny und Will einen eigenen, reservierten Tisch. Sie bestellten Essen und Bier, und Danny und Will stürzten sich ins Getümmel, um ihr Glück bei den zahllosen weiblichen Singles zu versuchen, die sich hier aufhielten.

Nach kaum einer Minute am Tisch merkte Tim: dies war noch nichts für ihn. Er saß einfach nur da und beobachtete distanziert, wie die anderen feierten, wieder ein Jahr überstanden zu haben.

Hin und wieder schauten Danny und Will vorbei, um zu sehen, wie es ihm ging, und Tim sagte ihnen, es gehe ihm gut. Wiederholt blickte er auf die Uhr. Noch eine halbe Stunde bis Mitternacht. Es kam ihm wie eine Ewigkeit vor.

„Hallo! Frohes neues Jahr."

Tim blickte auf und sah eine attraktive Frau direkt vor sich stehen. „Darf ich mich setzen?", fragte sie und setzte sich, ohne eine Antwort abzuwarten.

„Wer von den beiden hat Sie geschickt?", wollte er wissen.

Sie lächelte. „Der Betrunkene im blauen Hemd; ich glaube, er heißt Danny. Er hat gesagt, Sie brauchen ein bisschen Aufmunterung."

„Glauben Sie mir, an dem Job verheben Sie sich."

„Warum das denn?" Ihre Verblüffung schien ehrlich zu sein.

„Verstehen Sie mich nicht falsch, aber ich bin keiner, der einfach so mit Fremden in Kneipen drauflosquatscht."

„Ich bin keine Fremde", erwiderte sie und hielt ihm die Hand hin. „Ich heiße Janice."

Tim gab ihr die Hand. „Hallo Janice. Ich bin Tim."

„Nett, Sie kennen zu lernen, Tim. Na, wo klemmt's denn?"

„Meine Frau ist gestorben", sagte Tim und bereute es sofort.

„Oh, das tut mir leid. Es muss schrecklich für Sie sein."

„Es war schrecklicher für sie." Tim stand auf. „Sie entschuldigen mich kurz?"

Er verließ den Tisch und steuerte auf den rückwärtigen Teil der Kneipe zu. Wohin er wollte, wusste er nicht; er musste nur weg von Janice und ihrem offensichtlichen Interesse. In der Nähe der Toiletten war eine Telefonzelle, und er ging hinein und schloss die Tür. Er lehnte den Kopf ans Telefon und holte tief Luft, um die Selbstbeherrschung nicht zu verlieren. Er befürchtete durchzudrehen, atmete schnell. Wie lange er schon in der Zelle war, wusste er nicht. Langsam fasste er sich wieder.

„Telefonieren Sie?"

Er blickte auf und sah das Gesicht eines Mannes ans Glas gepresst, sah Gesten, dass jemand den Apparat benutzen wollte, deshalb überließ er die Zelle dem anderen.

Er drängte sich in den Gastraum zurück und sah Will an der Bar stehen, den linken Arm um eine Frau gelegt, in der rechten Hand ein Bier. Er ging zu ihm hinüber. „Ich haue jetzt ab hier, Will."

Will blickte auf die Uhr. „Gerade fünf vor. Bleib noch zehn Minuten, bitte! Rutsch ins neue Jahr mit Freunden."

Tim fühlte sich kraftlos, er hatte keine Energie mehr zum Widerspruch. Am Ende der Bar fand er einen Platz, allein in einem Raum voller Menschen. Leider dauerte dieses Alleinsein kaum eine Minute, dann trat ein Mann auf ihn zu. Um die vierzig war er, groß und gut aussehend, mit einer jener eckigen Kinnladen, die Autorität ausstrahlen. Der Schlips hing ihm lose um den Hals, als sei er geradewegs von der Arbeit auf einen Schluck hier hereingeschneit. Er hatte allerdings schon weit mehr als nur einen einzigen Schluck intus. Als er die Hand ausstreckte, glaubte Tim, er müsse sie ergreifen, weil der Mann vornüberzustürzen drohte.

„He, wie geht's 'n so? Heiße Jeff. Jeff Cashman."

Tim nannte ihm seinen Vornamen und versuchte, es möglichst kühl und desinteressiert klingen zu lassen.

Feine Nuancen bekam Cashman jedoch nicht mehr mit. „Sehr fffreut, Timmy. Prossst Neujahr."

„Prost."

Tim hoffte, Cashman werde sich davonmachen, um weitere neue Freunde aufzutun, stattdessen beugte er sich vor. „Bist du 'n guter Junge?"

Tim blickte auf den nächstliegenden Bildschirm, als könne er ihn nicht hören. Die frostbibbernde Menge auf dem Times Square wartete auf den Neujahrsball, der jede Sekunde fallen musste. Leider stand Cashman immer noch da, als Tim wieder um sich blickte.

„He Timmy", begann er erneut. „Bist du 'n guter Junge?"

Tim nickte resigniert. „Ja."

„Kannste 'n Geheimnis behalten? 'n richtig tolles?"

„Nein, ich erzähl's sofort weiter."

„Nee, ich muss es dir sagen. Ich muss's noch in diesem Jahr einem sagen." Mit großem Getue blickte er auf seine Uhr. „Muss mich beeilen."

„Hör mal, Jeff, ich glaube, ich bin nicht der Richtige …"

„Weißt du, wo Kinnelon is?" Tim antwortete nicht. „Kinnelon! Weißte, wo das is?"

Kinnelon, ein Städtchen im Nordwesten von New Jersey, lag knapp fünfzig Kilometer entfernt. „Ja, aber …"

„Da hab ich wen umgebracht. Eine junge Frau … vor drei Monaten."

„Das ist nicht komisch", sagte Tim.

Cashman nickte, als erkenne er die Wahrheit auch durch seinen Alkoholnebel. „Nee, das is nich komisch", lallte er. Dann eine Pause. „Also, 'n bisschen komisch isses schon. Eh' ich sie gekillt hab, hab ich ihr den Mittelfinger abgeschnitten. Dann hab ich sie begraben, hinter der Schaukel auf dem Spielplatz in dem kleinen Park an der Maple Avenue."

Damit erreichte Cashman, was an diesem Abend niemand erreicht hatte. Er durchbrach Tims Panzer und weckte seine Lebensgeister. „Was ist denn mit dir los, Mann?", fragte Tim.

Cashman lachte nur. „Nichts. Jetzt nicht mehr. Jetzt geht's mir viel besser. Jetzt ist es dein Problem."

Lautstark begann in diesem Augenblick der ganze Raum zu zählen. *„Zehn … neun … acht … sieben … sechs … fünf … vier … drei … zwei … eins … Frohes neues Jahr!"*

Großer Jubel, Umarmungen, Küsse. Nur Cashman und Tim standen reglos. Schließlich wandte sich Cashman zum Gehen und legte dabei vielsagend den Finger auf die Lippen. „Das bleibt unser kleines Geheimnis, was, Timmy?", sagte er. „Nur du, ich und Sheila mit den neun Fingern. Und du schweigst wie ein Grab."

Beim Fortgehen lachte er noch einmal, aber es war ein stummes Lachen, das unterging im Trubel all der normalen Menschen, die in Hochstimmung feierten.

„Glauben Sie mir, ich habe ihm eingeheizt, total eingeheizt", tönte der Mann, der vor zehn Minuten Jeff Cashman gespielt hatte. Er redete mit seinem Auftraggeber.

Der Auftraggeber lachte. „Und er hat Ihnen geglaubt?"

„Aber ja. Sie hätten sein Gesicht sehen sollen!"

„Schade, dass ich's nicht gesehen habe. Zeigte er Angst oder Ärger?"

Sie standen auf einem Rastplatz nahe der Ausfahrt 156 am Garden State

Parkway. „Cashman" konnte sehen, dass im Auto seines Auftraggebers jemand auf dem Beifahrersitz saß. Die Person sah wie eine Frau aus, aber es war finster und man konnte es nicht genau erkennen. Davon abgesehen waren sie allein. Bei minus zehn Grad hatte niemand Lust, sich auf einem Rastplatz die Füße zu vertreten.

„Angst. Ich weiß nicht, was Sie für ihn geplant haben, aber dieser Teil hat funktioniert."

„Sehr schön. Gute Arbeit."

„Ja. Also, wenn Sie mir jetzt mein Geld …"

„In den Kofferraum."

„Was, im Kofferraum? Sie haben's in bar? Ein Scheck hätte doch auch gereicht."

„Pardon." Der Auftraggeber schien amüsiert über das Missverständnis. „Ich will, dass *Sie* in den Kofferraum steigen."

„Wovon reden Sie?", fragte Cashman.

Die Stimme des Mannes bekam einen schneidenden Unterton. „Steigen Sie rein. Sofort!"

„Also hören Sie mal, was soll das?", stammelte Cashman mit wachsender Angst in der Stimme. „Machen Sie keine dummen Witze."

„Habe ich in der Zeit, seit Sie mich kennen, je Witze gemacht? Ich will Sie umbringen, während Sie im Kofferraum sind. Sonst muss ich es hier tun und Sie dann hineinhieven."

Cashman geriet in Panik und wandte sich zur Flucht. Er kam etwa einen halben Meter weit, da packte eine unglaublich starke Hand seinen Hals.

Das Letzte, was er hörte, war ein Schnappen hinter seinem Rücken.

Der Ausgehabend, der dazu gedacht gewesen war, Tim wieder Appetit aufs Leben zu machen, hatte sich als kompletter Fehlschlag erwiesen. Tim hatte sich den ganzen Abend über nie wirklich wohlgefühlt, und zum krönenden Abschluss war er dann auch noch auf einen Verrückten getroffen.

Jedenfalls hoffte Tim, dass der Kerl verrückt war, denn die Alternative lautete, dass er ein brutaler Killer war. Dieser Cashman hatte zwar nicht wie ein Killertyp ausgesehen, aber Tim hatte bisher ja auch noch nie einen Mörder leibhaftig kennen gelernt.

Bei seiner Heimkehr hatte Tim die Telefonklingel abgestellt, und nun sah er am Morgen das Blinklicht des Anrufbeantworters. Das Licht repräsentierte die Außenwelt, deshalb duschte er und zog sich an und frühstückte, ehe er den Knopf drückte.

Wills Stimme ertönte: „He Tim, ich hoffe, der gestrige Abend war nicht zu schmerzhaft. Danny und ich gehen heute in die Rose, um Football zu schauen. Wie wär's, treffen wir uns da? Nur Bier, Burger und Football, großes Ehrenwort."

Am Neujahrstag gemeinsam Football im Fernsehen ansehen, das war eine weitere Tradition, die Danny, Will und Tim gewissenhaft gepflegt hatten, und im letzten Jahr war auch Maggie dabei gewesen. Aber Tim hatte nicht den leisesten Wunsch, seinen Besuch in der Rose zu wiederholen.

Er ging ins Internet und googelte die Begriffe „Sheila", „Mord", „vermisste Person" und „Kinnelon" in den verschiedensten Kombinationen, landete aber keinen Treffer. Dies beruhigte ihn stärker, als es sachlich gerechtfertigt war; wie viele Menschen war Tim zu dem Glauben gelangt: was es bei Google nicht gibt, existiert nicht. Nach dieser oberflächlichen Suchaktion stellte er den Computer ab, setzte Kiley in den Wagen und fuhr zum Hundepark.

Hundeparks sind eine schöne Erfindung des späten zwanzigsten Jahrhunderts: Hundehaltern wird die Chance geboten, den Vierbeinern ein Massentreffen auf einem großen umzäunten Gelände zu ermöglichen. Die Herrchen und Frauchen, meistens Frauchen, stehen abseits, und manchmal wird ein Tennisball geworfen, was einen irrwitzigen Tumult hervorruft.

Nicht allen Hunden gefällt das, und Tim hatte den Verdacht, dass Kiley gemischte Gefühle hegte. Ihr Enthusiasmus hatte sich immer in Grenzen gehalten. Sie stürzte sich nicht ins Getümmel, ließ sich aber hin und wieder von bestimmten Hunden, die sie mochte, beschnüffeln und schnüffelte zurück.

Früher waren Maggie und Tim jeden Sonntagvormittag hierhergepilgert; es schien unfair, Kiley diesen Spaß und die Auslaufmöglichkeiten vorzuenthalten, deshalb brachte Tim sie weiterhin jede Woche hierher.

Seinerzeit hatte Maggie die meisten menschlichen Kontakte gepflegt, und Tim wurde zum offiziellen Tennisballwerfer. Nur mit wenigen Personen sprach er regelmäßig. Eine davon war Eden Alexander, eine Frau, zwei Jahre jünger als er.

Wie immer war Eden schon da, als Tim und Kiley eintrafen, und begrüßte die beiden mit ihrem allgegenwärtigen Lächeln. Tim hatte die Tendenz, Menschen mit gnadenlos guter Laune für etwas beschränkt zu halten, aber Maggie hatte ihm einmal erzählt, Eden habe an der Stanford-Universität studiert und habe einen Doktortitel in Kunstgeschichte. Sie hatte einen blonden Pferdeschwanz und trug stets eine Mets-Kappe.

Kiley machte kein Geheimnis aus ihrer Freundschaft mit Edens Schäferhund Travis. Sobald sie ihn sah, wedelte sie schon mit dem Schwanz. Menschliche Wärme und Lächeln können vorgetäuscht sein, aber Kileys Schwanzwedeln war echt wie das Golddepot der Zentralbank.

Eden hatte Tim in den Wochen nach Maggies Tod beigestanden. Gelegentlich kam sie bei ihm zu Hause vorbei, nur um Hallo zu sagen und zu fragen, ob er irgendetwas brauche. Freundeshilfe lehnte er normalerweise kategorisch ab, aber er ließ Eden Kiley in den Park ausführen. Sie war da, aber sie drängte sich nicht auf: ein Talent, das Tim mehr und mehr schätzen lernte.

„Ganz schön kalt heute, wie?", fragte er.

Sie riss die Augen auf. „Hoppla. Habe ich da eben Small Talk gehört?"

„Ich mache Konversation. Es ist ein Neujahrsvorsatz."

„Trotzdem, da du noch nie einfach drauflosgeplaudert hast, muss etwas Besonderes vorgefallen sein."

„Nein, überhaupt nicht."

Sie glaubte ihm nicht. „Komm, erzähl's der Tante Eden."

Aus irgendeinem Grund fühlte er sich imstande, mit ihr zu sprechen. „Etwas Seltsames hat sich gestern Abend zugetragen", gestand er. „Ja, mehr als seltsam."

„Du meinst, außer meiner Verabredung?"

„Ich bin mit zwei Freunden in die Purple Rose …"

Sie nickte zustimmend. „Gut. Hattest du Spaß?"

Er schüttelte den Kopf. „Kein bisschen, aber das habe ich auch nicht erwartet. Das Überraschende kam kurz vor Mitternacht. Ein Typ, den ich nie zuvor gesehen hatte, erzählte mir, dass er vor drei Monaten einen Mord begangen hätte."

„Du lieber Himmel!", rief sie, und ein paar Frauen blickten zu ihnen herüber. Eden lächelte und senkte die Stimme. „Einfach so?"

„Einfach so. Er fragte, ob ich ein Geheimnis bewahren könne, und dann erzählte er's mir. Als ob er's sich von der Seele reden und mich damit belasten wollte."

„War er blau? Manchmal spricht der Alkohol aus Leuten."

„Ich kann es nur hoffen."

„Hat er gesagt, wer das Opfer war?"

„Ja, eine gewisse Sheila, und er habe sie in Kinnelon umgebracht. Die schaurigen Einzelheiten will ich dir ersparen."

Eden dachte einen Moment darüber nach. Dies war kein Gebiet, auf dem sie besondere Sachkenntnis besaß. „Glaubst du, dass er eventuell die Wahrheit gesagt hat?“

Tim zuckte die Achseln. „Ich hab’s gegoogelt, aber nichts gefunden.“

„Willst du zur Polizei gehen? Für alle Fälle?“

„Ich weiß nicht; wahrscheinlich war’s nur ein Besoffener, der sich eine Story aus den Fingern gesogen hat. Ich habe mir gedacht, ich könnte vielleicht selber noch ein bisschen nachforschen. Vielleicht mal hinfahren. Heute.“

„Willst du graben und eine Leiche ausbuddeln?“

„Glaubst du, ich bin verrückt?“, fragte er.

Sie lächelte. „Ja, ziemlich; sei nur vorsichtig. Übrigens, warum lässt du nicht Kiley hier? Sie wird sich großartig mit Travis amüsieren.“

Es war eine gute Idee, und Tim nahm den Vorschlag an. Eden sagte, sie könnten sich um vier wieder am Hundepark treffen, und versprach, Kiley werde einen schönen Tag verbringen.

Während Tim loszog, um nach einer Leiche zu suchen.

◀ VIER ▶

Kinnelon liegt im landschaftlich reizvollsten Teil von New Jersey. Es ist ein wohlhabendes Wohnstädtchen, das an die Skigebiete des Staates grenzt und im Winter besonders schön ist. Als Halbwüchsiger war Tim zwanzig Autominuten weiter, in Great Gorge, gern Ski gefahren.

Ich werde einfach mal die Maple Avenue entlangfahren, dachte er sich, und Ausschau nach einem Park mit einer Kinderschaukel halten und vielleicht nach einem Grabstein mit der Aufschrift HIER RUHT SHEILA. ERMORDET VON CASHMAN. Viel weiter reichte sein Plan nicht.

Seine Route führte ihn durchs Zentrum des malerischen Ortes, der heute am Feiertag wie ausgestorben dalag. Vor dem kleinen Rathaus sah er zwei Autos parken und beschloss, dort zu halten, für den Fall, dass jemand anwesend war. Die Eingangstür stand offen, und tatsächlich saß am Auskunftsschalter eine Frau.

Tim ging zu ihr hinüber. „Frohes neues Jahr! Hätten Sie eventuell Informationen über vermisste Personen hier in Kinnelon in den letzten sechs Monaten?“

Sie sah ihn an, als wäre er übergeschnappt. „Solche Unterlagen haben wir hier nicht. Das wäre eine Polizeiangelegenheit.“

„Klar. Natürlich. Ich wollte auch keine offiziellen Informationen. Haben Sie persönlich vielleicht davon gehört, dass hier eine junge Frau verschwunden ist, oder von einem Mord neulich?“

„Was unterstehen Sie sich!“, fauchte sie entrüstet.

Mit einem freundlichen Lächeln wandte Tim sich zum Gehen und verließ das Gebäude in dem Gefühl, eine erste Lektion erhalten zu haben. Er stieg wieder ins Auto und fuhr langsam ungefähr vier Straßenzüge weit, dann sah er den Park. Er stellte das Auto ab und stieg aus. Es war kalt genug, dass kaum Fußspuren im Schnee zurückblieben. Fünf Kinder, die bei den Schaukeln spielten, waren in Skijacken gehüllt. In der Nähe standen vier Frauen.

Tim lächelte und winkte den Frauen kurz zu. Als er auf die Schaukeln zuging, rückten sie alle in einer synchronen abwehrenden Bewegung auf ihn zu. „Ich hab hier was verloren … dachte, schaust mal nach“, sagte er lahm.

Eigentlich hatte es wenig Sinn, dass er überhaupt hier war. Er wollte ja nicht mit Spitzhacke und Spaten nachgraben. Und selbst in dem unwahrscheinlichen Fall, dass eine Frau hier verbuddelt war: man konnte nicht wissen, wo genau.

Ungefähr eine Minute lang starrte er suchend auf dem Boden herum, dann stieg er ins Auto und machte sich auf die Rückfahrt, dankbar, dass niemand, den er kannte, seine großartige Ermittlungsaktion mitbekommen hatte. Die Einzige, die überhaupt von seinem Unternehmen wusste, war Eden, und er plante, ihr eine Version zu erzählen, die sich nicht ganz so idiotisch ausnahm wie das tatsächliche Geschehen.

Er fuhr zum Hundepark, wo Eden auf ihn wartete. „Na?“, erkundigte sie sich.

„Was: na?“

„Gab’s da einen Mord oder nicht?“

Tim berichtete ihr, was er unternommen hatte.

„Und was sagt dir nun dein Instinkt?“, hakte sie nach, nachdem er fertig war.

„Dass ein betrunkener Depp mir einen Bären aufgebunden hat.“

„Du glaubst nicht, dass du wenigstens der Polizei Bescheid sagen solltest?“

Er wusste, dass wahrscheinlich genau das angeraten war, aber er wollte nicht. „Wenn ich glaubte, dass es wirklich eine Sheila gegeben hat … aber es gibt nicht den geringsten Anhaltspunkt dafür, dass Cashman die Wahrheit gesagt hat.“

„Abgesehen davon, dass tatsächlich ein Park mit einer Kinderschaukel an der Maple Avenue in Kinnelon existiert."

Natürlich hatte sie Recht. Er fühlte sich bemüßigt, seine Unlust, mit der Geschichte zur Polizei zu gehen, zu verteidigen. „Meine jüngsten Erfahrungen mit den Gesetzeshütern waren nicht die angenehmsten."

Eden kannte zumindest einige seiner Erlebnisse mit der Polizei nach Maggies Tod und wusste, dass man ihn im Verdacht hatte. Deshalb drängte sie nicht weiter. „Du wirst schon die richtige Entscheidung treffen", sagte sie und lächelte dann. „Oder auch nicht."

Als Tim am Morgen auf dem Weg zur Arbeit aus der Haustür trat, sah er es: ein Flugblatt Person vermisst, in Augenhöhe an einen Telefonmast geklebt, mit dem Bild einer jungen Frau: Sheila Blair, zuletzt im Raum Kinnelon gesehen, seit drei Monaten verschollen. Sachdienliche Hinweise bitte an die nächste Polizeidienststelle.

Es musste Cashmans Sheila sein, das wusste Tim sofort. Zwei vermisste Sheilas – so ungeheuerliche Zufälle gab es nicht.

Er nahm das Blatt ab und steckte es in die Aktentasche. Danny war bereits im Büro, und Tim klärte ihn auf über das makabre Gespräch mit Cashman und den fruchtlosen Abstecher nach Kinnelon.

„Du glaubst, man hat dir Quatsch erzählt?"

„Hab ich geglaubt, bis ich das hier fand." Tim nahm das Flugblatt heraus. „Es war vor meiner Wohnung an einen Telefonmast geheftet."

„Ist sie das?", fragte Danny.

„Er hat mir ihren Nachnamen nicht gesagt, nur den Vornamen, und die Zeit, und Kinnelon … wie könnte es jemand anders sein?"

„Du musst mit der Polizei darüber sprechen."

Tim nickte. „Weiß ich. Davor hab ich Schiss."

„Es muss nicht Novack sein. Es gibt auch andere Polizisten."

„Ja". Tim nickte. Danny wusste alles über Novack, den Bullen mit der felsenfesten Überzeugung, dass Tim Maggies Mörder war. In den Monaten nach Maggies Tod hatte Novack immer wieder mal bei Tim angerufen, um weitere Einzelheiten über den schrecklichen Tag zu erfragen. Das war so seine Art, Tim spüren zu lassen, dass er am Ball blieb.

„Willst du, dass ich mit hingehe?"

Tim schüttelte den Kopf. „Nein, ich muss es einfach nur durchziehen."

Um Novack auf jeden Fall aus dem Weg zu gehen, beschloss er, sich an die örtliche Polizei des Bezirks Fort Lee zu wenden. Dem diensthabenden

Beamten dort sagte er, er habe Informationen über einen möglichen Mord, worauf er im Eiltempo zu Joanie Patrick geführt wurde, einer attraktiven zierlichen Frau um die dreißig. Wenn Tim fünfhundertmal hätte raten dürfen, welchen Beruf sie hatte, auf Mordkommission hätte er nie getippt.

Er beichtete Detective Patrick die Geschichte, die mit dem Flugblatt endete.

Die Frau blieb ruhig, ihr Gesicht ausdruckslos. Als er fertig war, fragte sie: „Könnten Sie Cashman identifizieren, wenn Sie ihn wiedersähen?"

„Bestimmt." Er nickte.

„Aber Sie haben ihn vorher nie gesehen?"

„Wenn ja, kann ich mich nicht erinnern."

„Ihre Frau hat ihn nie erwähnt?"

Die Frage traf ihn wie ein Schlag in die Magengrube. Sie wusste, wer Tim war, sie hatte es die ganze Zeit gewusst, und sie erwog bereits die Möglichkeit, dass diese neue Situation irgendwie mit Maggies Tod zusammenhing. „Nein, meine Frau hat ihn nie erwähnt. Sind wir jetzt durch?"

Sie ließ ihn gehen, nachdem sie geklärt hatte, wo er erreichbar war, falls sie weitere Fragen hatte.

„Was wollen Sie in der Sache unternehmen?", fragte er beim Hinausgehen.

„Wenn wir Sie brauchen, rufen wir Sie an", kam die Antwort.

DER LIEFERWAGEN war ein drei Jahre alter Chevy Caravan. Er sah genauso aus wie Zehntausende andere. Dies war – wie alles andere an dieser Aktion – Kalkül. Nichts sollte auffallen, nichts die leiseste Aufmerksamkeit erregen.

Die Fahrt von Florida bis hierher hatte drei Tage gedauert. Ricardo Vasquez hatte Weisung, nicht schneller als hundert Stundenkilometer zu fahren und jede Verkehrsregel buchstabengetreu zu befolgen. Auf der New Jersey Turnpike wirkten hundert wie Schritttempo. Ricardo ließ die Welt an sich vorüberrauschen. Geduld, sagte er sich. Von dem Geld, das dieser Trip einbringt, kann ich mir einen Porsche kaufen; dann sollen sie meinen Staub fressen.

Bis dahin wollte er äußerst vorsichtig sein. Nur Lucia hatte eine Ahnung, wo er war, und sie hatte nicht genug Grips, um zu erraten, was er tat. Außerdem würde sie es sowieso niemandem erzählen: Sie wusste, was er mit ihr anstellen würde, wenn sie plapperte.

Seit sieben Uhr saß Ricardo am Steuer und hatte noch nicht gefrühstückt.

Es ging auf elf, sein Magen knurrte. Er hatte strikte Anweisung, nur in Schnellimbissen am Straßenrand einzukehren und seine Mahlzeiten im Wagen einzunehmen, aber das widerte ihn inzwischen an. Er wollte ja gar nichts Außergewöhnliches, vielleicht nur Blaubeerpfannkuchen mit Frühstücksspeck und Bratkartoffeln. Abseits der Autobahn bei einem Nest namens Cedar Grove fand er etwas Vielversprechendes: „Grandma Patty's Pancake House".

Beim Aussteigen schaute sich Ricardo nicht extra um. Aber auch selbst wenn er es getan hätte, wäre ihm der graue Minivan nicht aufgefallen, der ihm seit der Einfahrt nach New Jersey gefolgt war. Sein Navi-Sender machte es einfach, ihm in einigem Abstand zu folgen. Allerdings schloss Ricardo seinen Wagen sorgfältig ab. Ein verschnarchtes Kleinstädtchen, so schien es, aber die Bürger würden rasch auf die Beine kommen, wenn sie wüssten, dass Fässer voll illegaler Drogen im Wert von vielen Millionen Dollar vor der Tür von Grandma Patty's geparkt standen, dachte er sich.

Das Lokal enttäuschte. Die Portionen waren groß, aber fade und fett. Die Blaubeeren waren nicht einmal in die Pfannkuchen eingemischt. Ricardo hätte sich beschwert, aber er wollte unter keinen Umständen auffallen. Er hinterließ sogar ein Trinkgeld.

Verärgert, dass er Zeit verschwendet hatte, stieg er in seinen Lieferwagen und legte einen Kavaliersstart hin, ohne den Halbwüchsigen zu bemerken, der mit seinem fünfjährigen Bruder auf den Zebrastreifen hinaustrat. Er spürte den Aufprall und sah entsetzt, wie der Kleine seitlich weggeschleudert wurde. Der Halbwüchsige rannte zu seinem Bruder, der reglos im Gras lag.

Nur Sekundenbruchteile hatte Ricardo, um seine Entscheidung zu treffen. Halten und aussteigen – das führte in die Katastrophe; die Bullen würden rasch herausfinden, dass der Lieferwagen gestohlen war, und würden das Fahrzeug dann sicherstellen und es durchsuchen. Ricardo wäre am Ende. Abhauen war seine einzige Chance. Selbst wenn Umstehende den Unfall beobachtet hatten: seine Nummernschilder waren falsch, und am nächsten Rastplatz würde er neue klauen.

Deshalb fiel Ricardo die Entscheidung leicht. Egal wie es ausginge. Und binnen einer Minute war klar: es ging nicht gut aus. Erst hörte er eine Sirene, dann sah er den Polizeiwagen im Rückspiegel. Mit dem schwer beladenen Lieferwagen konnte er sich auf kein Rennen einlassen. Er steuerte nicht auf geradem Weg zur Turnpike zurück: das würde die Staatspolizei mit ihren Hubschraubern anlocken. Stattdessen wollte er erst einmal auf

Nebenstraßen aus dem Ort entkommen. Als der Tacho 130 Stundenkilometer zeigte, öffnete er das Handschuhfach und nahm die .44er-Magnum heraus.

Die Sirene wurde lauter, und Ricardo merkte, dass ein zweiter Polizeiwagen aus einer anderen Richtung auf ihn zuhielt. Alle Sinne angespannt, wartete er auf seine Chance, während er durch die Straßen jagte.

Plötzlich, als die Streifenwagen ihn schon eingekreist hatten, sah er eine enge Gasse. Er stieg auf die Bremse und riss das Lenkrad herum. Mit quietschenden Reifen schoss er durch die schmale Öffnung. Er schlug einen Haken und steuerte zurück zur Autobahn, die nur wenige Minuten entfernt lag.

Die erste Kugel durchschlug seinen Hals und durchtrennte seine Wirbelsäule. Als die zweite Kugel durch den Wagen fetzte, war er schon tot, mausetot.

So bekam er die nachfolgende Explosion nicht mehr mit. Und er bemerkte auch nicht mehr, dass sie so gewaltig war, dass sie einen halben Häuserblock in Schutt und Asche legte und in einer drei Straßen entfernten Papierfabrik Fensterscheiben bersten ließ. Und erst recht konnte er nicht mehr zu der Erkenntnis kommen, dass der Plan gar nicht darin bestanden hatte, dass er lebend nach New York kam, und dass die Verfolgungsjagd sein Ableben nur um knapp eine Stunde beschleunigt hatte.

Zeit und Art seines Todes ersparten ihm schließlich auch die Überraschung seines Lebens, die in der Entdeckung bestanden hätte: bei einer derartigen Explosionswucht konnte der Wagen überhaupt keine Drogen geladen haben.

FÜR JONATHON NOVACK war der Telefonanruf wie ein Weihnachtsgeschenk, eines der schönsten seines Lebens. Es war noch viel zu früh, als dass man hätte wissen können, wie Tim Wallace' Fahrt nach Fort Lee mit dem Mord an seiner Frau zusammenhing, aber einen Zusammenhang musste es geben. Und worin diese jüngste Überraschung auch bestehen mochte: Novack wollte sie nutzen, um Tim endlich festzunageln.

Novack befand sich im Haus seiner Exfrau, als der Anruf von Detecive Patrick hereinkam. Cindy hatte sich vor drei Jahren von ihm scheiden lassen, aber auf eine groteske Art war die Scheidung nicht Wirklichkeit geworden. Novack war ausgezogen, ja, aber er kam so oft wie möglich zu Besuch.

Anfangs hatte Cindy das als Problem gesehen. Wenn ihr 1,90-Meter-Exmann, ein Kriminalpolizist, hier Wache hielt, könnte das neue Männer vergraulen, die sich vielleicht für sie interessierten. Im Lauf der Zeit aber hatte sie sich an das Arrangement gewöhnt. Novack konnte ihr immer noch den Nerv töten, aber er war aufmerksamer, und sie konnte ihn leichter aus dem Haus werfen, da er nicht mehr hier wohnte. Cindy hatte einen Abschluss in Logopädie gemacht, hatte eine Stelle in einer Schule angetreten und überdies eine Privatpraxis eröffnet, damit verdiente sie mehr Geld als er. Selbst im Bett lief es besser als zuvor, obschon das zwischen den beiden nie ein Problem gewesen war. Unterm Strich hatte die Scheidung ihrer Ehe also recht gutgetan.

Dreißig Sekunden nach dem Telefonat saß Novack im Auto und war unterwegs, um Detective James Anders abzuholen. Anders war erst seit vier Monaten Novacks Partner, kannte aber natürlich den Fall Wallace aus dem Effeff. Dafür hatte Novack gesorgt.

Sie fuhren zu Tims Büro, und da Meredith sagte, er sei gerade zum Mittagessen gegangen, beschlossen sie zu warten. Meredith war darüber nicht glücklich, aber sie konnte nichts dagegen tun.

Es überraschte Tim nicht, die beiden bei seiner Rückkehr vorzufinden. Novack stellte Anders vor, und Tim bat sie in sein Büro.

„Dann erzählen Sie uns mal alles über diesen Cashman“, begann Novack.

Tim hatte die Story schon einige Male heruntergebetet, aber er wiederholte sie bereitwillig noch ein weiteres Mal. Weder Novack noch Anders unterbrachen, genau wie auch Detective Patrick ihn nicht unterbrochen hatte. Eins zu null für die gute Zuhörtechnik der Polizei, dachte Tim.

Als er fertig war, fragte Novack: „Und Sie sind sicher, dass Sie ihn nie zuvor gesehen haben?“

„So sicher wie nur was. Und seit jener Nacht habe ich ihn auch nicht mehr gesehen.“

„Er tritt also an einen Wildfremden heran und gesteht einen Mord. Irgendeine Ahnung, warum er das tun sollte?“

„Er sagte, er wolle es sich von der Seele reden. Und jetzt sei es mein Problem. Ich beginne zu glauben, dass er Recht hat.“

„Erzählen Sie mir von dem Flugblatt“, sagte Novack. „Wo haben Sie es gefunden?“

„Wissen Sie doch schon. An einem Telefonmast vor meiner Wohnung.“

„Gut. Haben Sie auch andere gesehen oder nur dieses eine?“

„Nur dieses eine.“ Noch während Tim das sagte, ging ihm auf, wie lächerlich es klang. Das einzige Flugblatt wegen des Mordes, von dem

Cashman ihm erzählt hatte, tauchte zufällig gerade vor seiner Haustür auf. „Hören Sie –“

Novack unterbrach ihn. „Haben Sie in Kinnelon irgendwelche Flugblätter gesehen?“

„Nein, aber …“

„Jemand geht in Kinnelon hops, die warten drei Monate, drucken ein einziges Flugblatt und heften es fünfzig Kilometer entfernt vor Ihrer Haustür an einen Mast?“

„Vielleicht haben sie zehntausend Flugblätter gedruckt und sie überall angeschlagen; ich weiß es nicht. Vielleicht hat Cashman das eine aufgehängt, das ich gesehen habe; warum schnappen Sie den Drecksack nicht und fragen ihn?“

„Sie wirken nervös“, sagte Novack.

„Ich bin nicht nervös; ich bin sauer. Ich habe getan, was meine Pflicht war, und habe Ihnen das gemeldet. Wie Sie weiter damit verfahren, ist Ihre Sache.“

„Wir sind Ihnen für Ihre Kooperation ja auch dankbar“, log Novack, „aber jetzt müssen wir Sie erst einmal bitten mitzukommen. Sie müssen nicht, aber es wäre uns eine große Hilfe.“

„Wohin?“, fragte Tim.

„Nach Kinnelon. Sheila suchen.“

„Wozu brauchen Sie mich da? Ich habe Ihnen alles gesagt, was ich weiß.“

Novack zuckte die Achseln. „Vielleicht fällt Ihnen ja noch was ein.“

Bei der Fahrt in Novacks Wagen nach Kinnelon fühlte Tim sich alles andere als behaglich. Er konnte sich nicht vorstellen, welchen Nutzen seine Mithilfe bringen konnte. Man wiegte sich wahrscheinlich in der lächerlichen Hoffnung, er werde irgendwie straucheln, einen Fehler machen und sich dadurch als Mörder verraten.

Anders steuerte den Wagen, Novack saß auf dem Beifahrersitz, Tim auf dem Rücksitz. Sie baten ihn nicht, ihnen den Weg zu zeigen; sie fuhren geradewegs zu dem Park, ein weiteres Indiz, dass sie keinerlei Hilfe von ihm brauchten.

Der Park hatte sich seit Tims Besuch bis zur Unkenntlichkeit verändert. Die Frauen und Kinder waren fort, stattdessen sah man jetzt sechs Polizeiwagen, mindestens fünfzehn Beamte und Grabwerkzeug. Eine eindrucksvolle Mobilmachung angesichts der Tatsache, dass Tim erst vor fünf Stunden seine Geschichte vor Detective Patrick ausgepackt hatte.

Novack bat Tim, in der Nähe zu warten, und wandte sich mit Anders an Sergeant Conway von der Polizeiwache in Kinnelon.

Conway freute sich nicht, hier zu sein. Die Quecksilbersäule zeigte unter zehn Grad minus. „Sie kommen zu spät“, brummte er.

„Das liegt daran, dass wir aus der zivilisierten Welt hierherkutschieren mussten“, sagte Novack. „Irgendwas gefunden?“

Conway schüttelte den Kopf. „Nein, und ich glaube auch nicht, dass es hier was zu finden gibt. Niemand hat von dieser Frau gehört oder sie als vermisst gemeldet. Und im Umkreis von fünfzig Kilometern hängt kein einziges verdammtes Flugblatt.“

Sie setzten sich in Bewegung, und Tim trottete hinterdrein. „Ist das hier die einzige Kinderschaukel?“, fragte Anders.

Conway nickte. „Ja, die einzige, aber wir können den gesamten Ort umgraben, wenn Sie wollen.“

„Sie glauben, wir hätten Sie nicht rufen sollen?“, fragte Novack.

Conway zuckte die Achseln. „Wir sind ’ne Kleinstadtklitsche. Wir halten die Schaufeln bereit und spucken in die Hände, wenn ihr Großstädter das Kommando gebt.“

Novack nickte. „Unsere Dankbarkeit ist Ihnen gewiss.“

Sie warteten am Rand des Geschehens, rund sechs Meter von der Grabungsstätte entfernt. Nach dreißig Minuten spürte keiner seine Beine mehr.

„Sergeant, hier drüben!“, rief einer der Männer mit den Schaufeln und Spitzhacken aufgeregt.

Conway, Novack, Anders und Tim humpelten auf eiskalten Füßen hinüber. Ein Polizist zeigte in die Grube.

Aus der eisigen Erde ragte eine skelettierte Hand, an welcher der Mittelfinger fehlte.

„Heiliger Strohsack!“, sagte Novack.

◂ FÜNF ▸

Die Entdeckung der Leiche verwandelte den Park im Handumdrehen in einen Tatort.

Anders führte Tim zum Wagen zurück, wo er fast zwei Stunden allein auf dem Rücksitz warten musste. Tim bekam nicht zu sehen, was vor sich ging, und als Novack und Anders sich endlich anschickten zurückzufahren, wechselten sie kein Wort und sprachen natürlich auch Tim nicht an.

Im heimatlichen Polizeirevier führte Novack Tim zu Sergeant Robert Taveras, dem Polizeizeichner. In dessen Büro stand zur Abwechslung mal kein Schreibtisch, sondern eine Staffelei.

Taveras hatte eine humorvolle, lockere Art und gab sich Mühe, Tim die Verkrampftheit zu nehmen. „Ich möchte, dass Sie mir alles über Cashmans Gesicht erzählen, was Sie noch wissen, aber strengen Sie sich nicht allzu sehr an. Bleiben Sie ganz ruhig und kramen Sie in Ihrer Erinnerung wie nach einer x-beliebigen Person."

Tim war immer ein sehr visueller Mensch gewesen, der aufs Detail achtete; er hatte Architektur studiert, ehe er Bauunternehmer wurde. Er gab Taveras sichere und sachkundige Anweisungen, und sofort begann Cashmans Abbild auf dem Papier Form anzunehmen.

„Das Kinn etwas eckiger … nicht zu viel", sagte Tim.

Taveras tat wie geheißen. „So richtig?"

„Fast. Darf ich's Ihnen zeigen?"

Taveras gab ihm den Stift, und Tim nahm eine kleine Korrektur vor. „So ist's gut, nur die Backen müssten noch etwas voller sein."

Taveras überarbeitete die Backen ein wenig. Was Tim anging, stand er jetzt Jeff Cashman gegenüber. „Das ist er."

„Sind Sie sicher?", fragte Taveras.

„Na, ich hab ihn nur einmal gesehen, aber ich glaube, eine bessere Ähnlichkeit ist schwer denkbar. Mich fröstelt's richtig, wenn ich ihn nur angucke."

Taveras sprühte etwas Fixativ auf die Zeichnung und rief dann Novack, der sofort hereinkam.

„Was macht die Kunst?", erkundigte sich Novack.

„Wir brauchen mehr Zeugen wie diesen Herrn hier", sagte Taveras.

Novack schaute auf die Zeichnung. „Also das ist Ihr Jeff Cashman?"

Tim gefiel das Wörtchen „Ihr" nicht. Da steckte zu viel von „Erfindung" drin. „Das ist Jeff Cashman. Darf ich jetzt heimgehen? Brauchen Sie mich noch?"

„Haben Sie irgendwelche Reisepläne?"

Die Frage ging Tim unter die Haut, wie praktisch alles, was Novack sagte. „Was wäre denn wenn?"

„Dann würde ich Sie bitten, Ihre Pläne zu ändern", entgegnete Novack.

„Weswegen?"

„Weswegen? Weil wir gerade eine Frau ausgegraben haben, deswegen. Sie ist umgebracht und wahrscheinlich gefoltert worden. Und wenn ich glaube, dass ein Gespräch mit Ihnen mir helfen würde, den Scheißkerl zu schnappen, der es getan hat, dann will ich nicht im Club Med nach Ihnen suchen müssen."

„Ich habe keine Reisepläne."

„Es ist erfrischend, einen so engagierten Staatsbürger kennen zu lernen. Sie dürfen gehen."

Nachdem Tim, eine Kopie der Cashman-Zeichnung in der Hand, das Revier verlassen hatte, ging Novack in Anders' Büro zu einer Nachbesprechung. „Er hat sie umgebracht", sagte Novack. „Er hat sie umgebracht und er stößt uns auch noch mit der Nase darauf."

„Warum sollte er das tun?", fragte Anders.

„Woher soll ich das wissen? Vielleicht ist er ein Perverser." In Wahrheit aber passten die jüngsten Ereignisse nicht zu dem Bild, das Novack von Wallace hatte. Es war nicht das Bild eines Serienmörders.

„Perverser? Ist der Begriff überhaupt noch üblich?" Anders griff nach seiner Jacke.

„Wohin gehst du?", wollte Novack wissen.

„Heim. Nur für den Fall, dass meine Freundin da noch wohnt." Anders hatte eine Freundin, die er gelegentlich erwähnte, die aber keiner der Kollegen je gesehen hatte. „Gehst du nicht zu Cindy?"

Novack schüttelte den Kopf. „Nee, es ist Dienstag."

„Was hat das damit zu tun?"

„Dienstags will sie mich neuerdings nicht mehr sehen."

„Vielleicht kriegt sie dienstags Besuch von einem stinknormalen, zuverlässigen Typen. Nur mal zur Abwechslung."

Wieder schüttelte Novack den Kopf. „Fehlanzeige … letzten Dienstag habe ich mich in den Büschen an ihrem Haus versteckt, keiner kam."

TIM MACHTE eine Stippvisite in seiner Wohnung, um Kiley auszuführen, und ging dann wieder. Sein Ziel war die Purple Rose, die er eigentlich sehr lange hatte meiden wollen. Die Cashman-Geschichte drohte aus dem Ruder zu laufen, und Tim traute Novack nicht über den Weg. Weiß Gott, welchen Strick er ihm daraus drehen würde.

Man konnte sich jetzt nicht ruhig zurücklehnen und abwarten.

Danny und Will saßen an ihrem Stammtisch, als er eintraf; es wäre eine Sensation gewesen, wenn sie gefehlt hätten. Zuerst jedoch steuerte Tim die Bar an, um mit Frank Lester zu sprechen, einem Mann, der stets ein Lächeln auf dem Gesicht trug, egal wie chaotisch der Kneipenbetrieb wurde.

„He Tim, gut, Sie zu sehen. Sie haben uns gefehlt."

„Danke, Frank. Ich war Silvester hier."

„Echt? Hab Sie gar nicht gesehen. Wilde Nacht, was?"

„Ja. Ich war derjenige, der am Kronleuchter baumelte." Tim fischte das Bild von Cashman aus seinem Jackett. „Waren Sie die ganze Nacht hier, Frank?", fragte er.

Frank nickte. „Bis drei Uhr früh."

„Haben Sie vielleicht diesen Mann hier gesehen?" Tim legte das Bild auf die Theke.

Frank starrte auf Cashmans Gesicht. „Mag sein. Er kommt mir entfernt bekannt vor. Aber es waren ja so viele Leute da."

„Sie wissen also nicht, wer das ist?"

Frank schüttelte den Kopf. „Nein. Ich glaub nicht. Wollen Sie das Bild hierlassen, damit ich's noch anderen Gästen zeigen kann?"

„Nein, das ist nicht nötig. Danke."

Tim verabschiedete sich und ging hinüber zu dem Tisch mit seinen Freunden. Ihre Überraschung und Freude, ihn zu sehen, war offensichtlich. Mit großem Getue holten sie einen dritten Stuhl und setzten ihn so, dass er die beste Sicht auf den Fernseher hatte – eine echte Geste der Freundschaft.

„Wie war's mit Novack?", fragte Danny.

Tim erzählte ihnen von der Fahrt nach Kinnelon und der Entdeckung der Leiche.

„Das gibt's doch nicht!", rief Will entgeistert. „Sie hat da gelegen, wo Cashman sagte?"

Tim nickte. „Ja. Und ein Mittelfinger fehlte." Er zog das Phantombild des Polizeizeichners hervor. „Erkennt ihr den Typen vielleicht?"

Weder Danny noch Will erkannten ihn, aber sie räumten beide ein, am Silvesterabend betrunken gewesen zu sein. „Weiß man schon, wer diese Sheila war?", erkundigte sich Will.

Tim zuckte die Achseln. „Nein, wohl nicht, aber Novack ist mir gegenüber natürlich nicht offen. Er glaubt mir kein einziges Wort."

„Polizisten sind nicht dazu da, den Leuten zu glauben", meinte Will.

„Das mag schon sein", sagte Tim. „Jedenfalls habe ich das Gefühl, es dieser Sheila schuldig zu sein, mehr über Cashman herauszufinden. He, was ist mit den Frauen, mit denen ihr zusammen wart? Vielleicht können die mit dem Bild was anfangen."

„Tim, es war Silvester, capito? Alkohol …"

„Dann war ich an dem Abend in dem ganzen Laden der einzige Nüchterne?“

Will hob das Glas. „Das wirst du heute Abend auch bald wieder sein.“

„Zeit, das Thema zu wechseln“, erklärte Danny. „Hast du schon gehört, in den Nachrichten?“

„Nein, was denn?“

„In South Jersey hat ein Typ auf der Flucht vor der Polizei einen Unfall gebaut. Sein Wagen ging hoch und hat drei Straßen weit Fensterscheiben zerschmettert. Man glaubt, dass es Cintron 421 war, mindestens ein Zentner.“

„Gott … wohin wollte er?“

„Nach Norden.“

Die Partner brauchten nicht näher darüber zu sprechen, warum dies für sie besondere Bedeutung hatte. Sie konstruierten von Berufs wegen Gebäude, die starken Sprengungen standhielten, und Cintron 421 war so ungefähr der stärkste Sprengstoff, den es gab, danach kam nur noch die Atombombe.

„Hast du schon nähere Einzelheiten in Erfahrung gebracht?“

„Noch nicht, aber ich habe meinen Onkel angerufen. Wenn wir Glück haben, ruft er zurück.“ Senator Collinsworth kam natürlich rascher an Informationen als sie, aber auf Bitten um Auskünfte reagierte er immer ausgesprochen spröde.

„Halt mich auf dem Laufenden, wenn du was hörst“, bat Tim.

Danny stand auf und ging zur Toilette, und Will sagte: „He, Tim, es tut mir so leid wegen letztem Mal. Wir haben doch nur versucht, dich wieder ein bisschen in Stimmung zu bringen, und …“

„Nicht deine Schuld, Will. Du konntest das ja nicht wissen.“

Will, das Computergenie, schrieb für Wallace Industries die Programme, die Heiz- und Klimaanlagen und Lüftungs- und Alarmsysteme steuerten. Äußerlich den kalten Logiker spielend, war er in Wirklichkeit von den drei Freunden der einfühlsamste. „Ja, aber jetzt hast du noch diesen ganzen neuen Mist am Hals. Das macht mir richtig zu schaffen, verstehst du? Ausgerechnet du solltest von solchem zusätzlichen Horror verschont bleiben.“

Danny kam zurück, und Tim verabschiedete sich von seinen Freunden und fuhr geradewegs nach Hause. Als er durch die Tür trat, klingelte das Telefon. „Am besten wäre es, du würdest drangehen“, sagte er zu Kiley. „Es ist wahrscheinlich Novack.“

Er hob den Hörer ab. „Hallo?"

„Du hast gequatscht, Timmy."

Die Stimme war durch einen Computer verfremdet, aber Tim wusste, was die Worte bedeuteten. „Cashman?"

„Ich habe dir vertraut. Es war unser Geheimnis."

„Sie haben sie ermordet."

„Klar. Genau, wie ich dir sagte. Aber du hättest es nicht weitererzählen sollen, Timmy. Es war unser Geheimnis. Ich bin sehr enttäuscht von dir."

„Tut mir leid. Können wir uns irgendwo treffen, um das zu besprechen?"

„Oh, keine Bange, wir sehen uns wieder. Garantiert. Süße Träume, Timmy."

Klick.

„WENN Cashman in dreihundert Kilometer Umkreis um Fort Lee oder Kinnelon gewohnt hat", sagte Novack, während er im Büro seines Revierchefs, Captain Mark Donovan, herumtigerte, „dann hat er den Namen gewechselt." Er und Anders waren zu Donovan gegangen, um ihn über die jüngsten Entwicklungen und das, was sie darüber herausgekriegt hatten, ins Bild zu setzen.

Donovan repräsentierte all das, was Novack normalerweise bei einem Bullen instinktiv ablehnte. Der Sohn des Ex-Polizeichefs Stanley Donovan hatte eine Blitzkarriere gemacht und war offensichtlicher Kronprinz für den obersten Chefposten. Jeder wusste, dass seine Arbeit als Captain auf einem örtlichen Revier nur eine Sprosse auf seiner Karriereleiter bildete. Überraschend erträglich wurde all dies dadurch, dass Donovan aus seinem beruflichen Ehrgeiz kein Hehl machte und auch einfachen Streifenpolizisten mit Freundlichkeit und Höflichkeit begegnete. Sein Respekt gegenüber den Mitarbeitern trug auch ihm Respekt ein, selbst von dem sonst oft recht ungehobelten Novack.

„Jeff Cashman scheint ja kein so seltener Name zu sein", sagte Donovan.

Novack nickte. „Siebzehn von ihnen gibt's im Zielgebiet, aber keiner davon ist unser Knabe."

„Und das Opfer?"

Anders lieferte die Information. „Ebenso Fehlanzeige. Wenn sie wirklich Sheila Blair heißt, hat niemand sie als vermisst gemeldet. Es ist möglich, dass Cashman ihren Namen einfach erfunden hat."

„Was ist mit der DNA?", fragte Donovan.

Anders nickte. „Läuft gerade."

„Möchten Sie mit dem Phantombild an die Öffentlichkeit?“, wollte Novack wissen.

Donovan dachte einen Augenblick darüber nach. „Nein, ich will nicht, dass er erfährt, dass wir schon nach ihm fahnden.“

„Das heißt, sofern es ihn gibt“, wandte Novack ein.

„Sie glauben, Wallace lügt?“

„Hundert Prozent. In meinen Augen ist Cashman eine reine Erfindung“, bekräftigte Novack. „Hören Sie, Sie sind Cashman. Sie begehen einen Mord, Sie kommen damit durch, und dann verraten Sie’s einem Fremden in einer Bar. Passt das zusammen?“

Donovan bemerkte, dass Anders eine leichte Grimasse nicht unterdrücken konnte. „Sie sehen das nicht so?“

Anders schüttelte den Kopf. „Nein, eher umgekehrt. Sie sind Wallace. Sie begehen einen Mord, Sie kommen damit durch, und dann gehen Sie zur Polizei und erzählen ein Lügenmärchen von jemandem, der Ihnen in einer Bar den Mord gesteht. Passt das besser zusammen?“

„Vielleicht hatte Wallace Schuldgefühle und musste irgendjemandem sagen, wo sie begraben lag“, meinte Novack. „Deshalb erfindet er diese Geschichte.“

„Das könnte man genauso gut für Cashman vermuten“, gab Anders zu bedenken. „Aber wenn ich Wallace bin, dann weiß ich, dass du schon seit Monaten hinter mir her bist. Dann mache ich einen anonymen Telefonanruf.“

„Nicht wenn Wallace mich so irreführen will, dass ich überhaupt nicht mehr durchblicke“, entgegnete Novack.

„Hör mal, du bist hier der Besessene, nicht er“, sagte Anders.

Ungeachtet seines Respekts vor Novacks Instinkten wusste Donovan seit geraumer Zeit, dass Novack mit seiner gnadenlosen Fixierung auf Wallace übers Ziel hinausschoss. Dennoch beschloss er, sich für den Augenblick auf Novacks Seite zu schlagen. „Wir müssen hier das Flugblatt als wichtiges Indiz berücksichtigen.“

„Eben“, bekräftigte Novack und nickte heftig. „Das einzige Flugblatt wird direkt vor Wallace’ Wohnung angeheftet. Und nur Wallace’ Fingerabdrücke sind drauf. Und wir finden keine Menschenseele, die je von Sheila gehört hat. Also, wer hat das Ding gedruckt? Die Polizei von New Jersey weiß nichts über die Frau. Wallace hat den verdammten Wisch selber gedruckt und aufgehängt!“

„Vielleicht hat es Cashman getan, um Wallace in Verdacht zu bringen“, sagte Anders. „Vielleicht hat er eine Rechnung mit ihm zu begleichen.“

„Bist du auf der Polizeischule gewesen?“, spottete Novack. „Oder hast du nur Krimis im Kino gesehen?“

Ehe Anders antworten konnte, tönte der Summer des Telefons und Donovan hob ab. Er hörte einen Augenblick zu und legte dann auf. „Wallace ist hier, um mit Ihnen zu sprechen“, sagte er zu Novack.

Anders war überrascht. „Er ist schon wieder da?“

„Der ist pervers.“ Novack stand auf und grinste.

Tim wartete bereits in Novacks Büro, als er und Anders zurückkamen. „Na, guten Morgen. Nett, dass Sie vorbeischauen“, sagte Novack.

Tim stand der Sinn nicht nach Geplauder, insbesondere nicht nach unaufrichtigem. „Ich bin auf dem Sprung zur Arbeit und hab’s eilig, aber es gibt etwas, was ich Ihnen sagen muss.“

„Möchten Sie Kaffee?“, fragte Anders.

„Nein. – Er hat mich angerufen.“

„Wer hat angerufen?“, entgegnete Novack.

„Cashman. Seine Stimme war mittels Computer verfremdet, aber er muss es gewesen sein. Er wusste, dass ich Ihnen von ihm und von Sheila erzählt habe.“

„Woher wusste er es?“, hakte Anders nach.

„Das hat er nicht gesagt, aber er war sauer. Er sagte, er sei enttäuscht von mir, wir würden uns wiedersehen, und ich möge süß träumen.“

„Na, so ein Saukerl“, brummte Novack und schüttelte in gespieltem Entsetzen den Kopf.

Sofort stieg Ärger in Tim hoch. „Hören Sie, das ist überhaupt nicht komisch! Wir sprechen hier von Mord!“

„Da können Sie Gift drauf nehmen. Wir reden hundertprozentig von Mord.“

Das war eine verhüllte Anspielung darauf, dass Novack Tim im Verdacht hatte, und sie entging Tim nicht. „Sie glauben also, ich hätte das erfunden? Glauben Sie vielleicht, ich hätte Sheila umgebracht?“

Novack wich keinen Millimeter zurück. „Was ich glaube, daran arbeite ich noch, also will ich Ihnen vorerst nur sagen, was ich weiß. Ich weiß, dass Sie in den gewaltsamen Tod von zwei Frauen binnen eines knappen Jahres verwickelt sind.“

Wie immer brachte es Tim in Wallung, wenn Maggies Tod in ein kriminelles Licht gerückt wurde, und er wollte Einspruch erheben, doch Novack schnitt ihm das Wort ab.

„Zwei in einem Jahr; das ist ziemlich ungewöhnlich. Sie können auf die

Straße gehen und tausend Leute überprüfen … fünfzigtausend … und das wird keiner auf dem Kerbholz haben. Zwei Mordfälle ist 'ne Menge."

„Der Tod meiner Frau war kein ‚Fall'. Es war ein Unfall."

„Ja, klar …" Ein leichtes Lächeln stand auf Novacks Gesicht.

„Prüfen Sie seine Protokolle", sagte Tim zu Anders. „Ich habe jede idiotische Frage, die er hatte, zehnmal beantwortet und war an einen Lügendetektor angeschlossen. Also was ist, bin ich festgenommen? In meiner Firma wartet Arbeit auf mich; kann ich gehen?"

„Diesmal können Sie gehen", sagte Novack.

Tim stand auf und ging zur Tür. „Da draußen läuft ein Wahnsinniger herum", sagte er. „Er killt Frauen und schneidet ihnen die Finger ab. Ich weiß nicht, warum Sie mich da hineinzerren, aber Sie könnten aufhören, Ihre Zeit zu vertrödeln, und endlich was rauskriegen."

Die nächsten Tage waren für Tim „Cashman-frei", sprich, er hörte weder von Cashman noch von Novack und konnte das Vorgefallene, während er seiner Arbeit nachging, weitgehend verdrängen.

Normalerweise verbrachte Tim die meiste Zeit im Büro, während Danny auf der Baustelle des Federal Centers die Aufsicht führte. In letzter Zeit aber waren sie in Termindruck geraten: in schon vier Wochen sollte das Center mit einer großen Gala eröffnet werden. Peinlich, wenn die Festgäste einträfen und das Gebäude hätte noch kein Dach.

Alles in allem war das Federal Center ein immens eindrucksvolles Projekt, ein krönender Coup für Senator Collinsworth, der dem Bundesstaat eine Menge Geld und Jobs bescherte. Tims und Dannys Firma hatte an diesem Erfolg hohen Anteil und viel zu gewinnen. Wenn nämlich alles nach Plan und Budget verlief, konnte die Firma auf saftige Aufträge hoffen, wenn die Bauwelle mit den Federal Centers im ganzen Land losging.

Die Autoexplosion in South Jersey schlug nicht direkt auf Tims Arbeit durch, hatte aber eine psychologische Wirkung auf alle, die mit der Terrorbekämpfung zu tun hatten. Nach zwei Tagen war die Story von der ersten auf die letzte Zeitungsseite gewandert und dann aus Mangel an neuen Informationen „gestorben". Doch für die Eingeweihten bedeutete sie einen Schock sondergleichen.

Die Bundesbehörden hatten den unglücklichen Fahrer identifiziert, Ricardo Vasquez, hatten ihn aber bisher nicht mit irgendeiner Terrorzelle in Verbindung bringen können. Durfte man den Medienberichten glauben, hatten sie auch keine Ahnung, woher er den Sprengstoff hatte, wohin er ihn schaffen wollte und was die Detonation ausgelöst hatte. Dieser Mangel an Erkenntnissen löste in der Sicherheitsindustrie große Besorgnis aus.

Allerdings verhielt es sich so, dass die im Bau befindlichen Federal Centers einem Sprengsatz von der Stärke, wie ihn Vasquez transportiert hatte, theoretisch durchaus standhalten konnten. Die Vorgabe lautete: Das Gebäude muss eine starke Explosion von außen, beispielsweise die Detonation einer Autobombe, ohne größere Schäden überstehen. Und wenn die Explosion innen erfolgt, muss der Baukörper so beschaffen sein, dass die Detonationswucht gemildert wird und das Gebäude nicht einstürzt.

Das wohl innovativste Merkmal des Centers war das so genannte „Lockdown". Bei Gefahr von außen konnte der Bau quasi einen Panzer überstreifen: Vor die Öffnungen in den Außenwänden schoben sich bewegliche Stahltüren und Armierungen und schufen eine praktisch uneinnehmbare Festung, die die Insassen schützte.

Tim war auf der Baustelle, weil eine Reihe von Entscheidungen rasch getroffen werden musste, aber Danny kannte sich mit den technischen Feinheiten der Konstruktion besser aus. Tim sah das große Ganze, Danny war der Praktiker vor Ort.

Danny befand sich in einer Besprechung, deshalb ging Tim in den Computerraum, wo, wie er wusste, Will arbeitete. Seit der Fertigstellung des Raumes war Tim nicht mehr dort gewesen, und er beeindruckte und überwältigte ihn. Zwei komplette Wände waren mit Rechnergehäusen und Bildschirmen bedeckt. Will saß über eine Tastatur gebeugt und hämmerte den Maschinen ein, was sie zu tun hatten.

„Verdammt … sieht aus wie eine Steuerzentrale für die ganze Welt."

Will blickte auf und lächelte. „Könnte man so sagen. Im Augenblick aber wäre ich lieber draußen in der Welt und überließe das Steuern jemand anders."

„Viel Plackerei?"

Will zuckte die Achseln. „Nicht mehr als üblich. Wir werden rechtzeitig fertig."

„Kann ich helfen?", erkundigte sich Tim, eine – wie beide wussten – idiotische Frage, denn Tims Computerkenntnisse reichten gerade mal so weit, dass er Mails verschicken konnte.

Will lächelte. „Ich ruf dich, wenn ich dich brauche."

Als Tim die Baustelle verlassen wollte, sah er, dass Danny aus seiner Besprechung gekommen war. „Bist du sicher, dass du mich morgen hier brauchst?“, fragte er. „Im Büro wartet jede Menge Arbeit und du hast doch hier alles unter Kontrolle.“

„Und ob ich dich brauche“, sagte Danny mit einem Grinsen. „Ohne dich müsste ich hier selber den Kaffee kochen.“

Als Tim ins Auto stieg, rief Meredith an und meldete, eine gewisse Eden Alexander habe angerufen und wolle mit ihm essen gehen.

„Sie haben ihre Nummer?“

Meredith gab sie ihm. „Und wer mag die Dame sein?“

„Hab ich’s Ihnen nicht gesagt? Ich habe gestern in der Mittagspause geheiratet.“

Meredith überging seinen Sarkasmus. „Und, werden Sie denn mit ihr essen gehen?“, fragte sie, wie immer um Tims Wohlergehen besorgt.

„Tschüss, Meredith“, ließ er sie abblitzen. „Nehmen Sie sich für den Rest des Tages frei.“

Tim hätte erwartet, Edens Essenseinladung ablehnend gegenüberzustehen, doch stattdessen zeigte er eine eher schwankende Reaktion. Er rief sie an, und sie schien überrascht, von ihm zu hören. „Ich hätte nicht gedacht, dass deine Bürodame die Nachricht weitergeben würde.“

„Meredith? Wieso?“

„Hast du noch nicht gemerkt, wie sehr sie deinen Schutzengel spielt? Sie hat mich richtig gelöchert nach Informationen …“

Er lachte. „Sorry. Sie hält mich für ein hilfloses Kind, sobald ich den Fuß vor die Tür setze.“

Eden schlug ein Restaurant am Ort vor, „The Firepit“, in das man Hunde mitbringen durfte. Der Vorschlag gefiel Tim, aber er zögerte.

Eden bemerkte es. „Tim, nun mal mit der Ruhe. Es soll ja kein Wochenende in einem Pärchenhotel in den Bergen sein, in einer herzförmigen Badewanne. Es ist nicht mal ein Rendezvous.“

„Darum geht’s gar nicht. Ich –“

„Vorschlag zur Güte. Wir sitzen an getrennten Tischen, mit einer Wand zwischen uns“, sagte sie. „Und du kannst dich in eine schalldichte Kabine setzen.“

„Das könnte klappen“, murmelte er.

„Ich dachte einfach, es wäre nett, für uns und die Hunde, und ich wollte hören, wie die Dinge stehen mit der Polizei und der armen Frau in Kinnelon.“

„Klingt gut“, hörte Tim sich sagen, überrascht, dass die Worte aus seinem Mund kamen. „Treffen wir uns da in einer Stunde?“

„Klasse“, sagte sie und legte auf.

Eden und Travis warteten schon, als Tim und Kiley eintrafen, und Eden hatte schon zwei Wassernäpfe organisiert.

„Tut mir leid, dass wir zu spät kommen", entschuldigte sich Tim. „Habe ich schon was verpasst?"

„Noch nicht."

Tim bestellte einen Burger, während sich Eden für einen vegetarischen Teller entschied, und beide orderten ein Bier. Für die Hunde bestellten sie gedünsteten Spargel, Kileys Leibgericht.

Nachdem das Essen und die Getränke gebracht worden waren, erzählte Tim von Cashmans Anruf und von seinen Konfrontationen mit Novack.

„Dieser Novack, was denkt er sich?", meinte Eden verwundert. „Will er nicht, dass Leute solche Sachen melden?"

„Er glaubt, ich hätte Maggie umgebracht", platzte Tim heraus.

„Das ist ja ungeheuerlich", sagte sie. „Wie kommt er darauf?"

„Er hat es von Anfang an geglaubt. Die neue Sache bestätigt es nur für ihn. Ich garantiere, er glaubt, ich hätte auch Sheila getötet. Tim Wallace, der Serienkiller."

„Und was tust du dagegen?" Es war eine Aufforderung: sie erwartete, dass er in den Kampf zog.

„Ich kann nichts tun. Beweise hat er bisher nicht gefunden und er wird auch in Zukunft keine finden. Der einzige Trost ist, dass es ihn zum Wahnsinn treibt."

„Denkst du, nur Schuldige gerieten in Verdacht?"

„Ich denke überhaupt nicht viel darüber nach."

„Du verdrängst es also."

Er lächelte. „Da könntest du Recht haben."

„Tim, du solltest dir einen Anwalt nehmen."

„Meinst du, dass Novack mir gefährlicher ist als Cashman?"

„Wahrscheinlich. Und einen Leibwächter brauchst du vielleicht auch."

„Kennst du einen Anwalt?" Tim hatte bisher nur mit Wirtschaftsjuristen zu tun gehabt.

„Ja, wie es sich trifft, kenne ich einen. Mein Bruder ist Strafverteidiger. Er heißt Nick Alexander."

„Nick Alexander ist dein Bruder? Derjenige, der Billy Scarborough verteidigt hat?" Scarborough, Topmanager eines Energiekonzerns, war in einem Betrugsskandal vor Gericht gekommen, in einer Steuersache mit gefühlten tausend Anklagepunkten. Alexander erreichte in jedem einzelnen Punkt einen Freispruch für ihn.

„Ja, genau der. Er hat schon diverse große Fälle gehabt. Er ist öfter mal im Fernsehen und kann ins Rampenlicht rücken, wie unfair du behandelt wirst.“

„Das Letzte, was ich will, ist die Aufmerksamkeit der Medien.“ Tim ließ das so stehen, ohne die Gefahr zu erwähnen, die es für seine Firma bedeutete, wenn sich die Reporter auf ihn stürzten. Wer Staatsgelder bekommt, um das Land vor mörderischen Terroristen zu schützen, konnte es sich nicht leisten, in den Medien als Verdächtiger in Sachen Mord gehandelt zu werden.

Zeit für einen Themenwechsel, dachte Tim. „Was machst du eigentlich beruflich?“

Sie lachte. „Ist da jemand zwanghaft neugierig?“

„Was meinst du?“

„Ich meine, dass wir über etwas sprechen, was dir zu schaffen macht, und plötzlich stellst du die erste Frage, die du je zu meiner Person gestellt hast.“

Er nickte. „Schuldig im Sinne der Anklage. Ich fürchte, ich bin seit Längerem schon, na ja, ziemlich selbstbezogen. Aber mich interessiert wirklich, was du machst.“

„Ich bin Professorin für Kunstgeschichte an der Montclair-Universität.“

„Echt?“, fragte er. „Ich auch“, setzte er mit einem Augenzwinkern hinzu. „Erstaunlich, dass wir uns auf dem Campus noch nie über den Weg gelaufen sind.“

Noch mehr als eine Stunde blieben sie nach dem Kaffee sitzen und führten normale Gespräche, in denen Cashman nicht mehr vorkam. Erst als Kiley und Travis sich zu langweilen begannen, beschlossen sie zu gehen. „Ich fand's schön. Danke für die Einladung“, sagte Tim zum Abschied.

WIEDER spürte Novack, dass Frust in ihm aufstieg. Wieder stand er mit leeren Händen da, wie seinerzeit, als Tim Wallace seine Frau umgebracht hatte. Novack hatte das Gefühl, auf der Stelle zu treten, ein Hamster in einem Käfig, gebaut von einem Mörder, der mit ihm spielte.

Cashman war nirgends zu finden, aber das war zu erwarten gewesen. In Novacks Augen existierte Cashman nicht. Er war von Wallace erfunden worden als Figur auf einem Schachbrett, auf dem Novack herumgescheucht wurde und keine Chance hatte zu gewinnen. Dass Wallace überhaupt dieses Spiel spielte, überraschte Novack. Er hatte bisher ein zu harmloses Bild von ihm gehabt und ihn sich als Feld-Wald-und-Wiesen-Ehefrauenmörder vorgestellt. Der neue Mord hob ihn auf eine höhere Stufe des Bösen.

„Alles in Ordnung, John?“ Cindy blickte ihn an, während er am Küchentisch saß. Sie kochte gerade sein Lieblingsessen, Hühnchen Parmigiana.

Wie in Trance, gedankenversunken, antwortete er nicht.

„John! Erde an John … bitte kommen!“

„Wie? Tut mir leid … was hast du gesagt?“

„Was hast du denn? Du wirkst verkrampft und geistesabwesend.“

„Wie kommst du darauf?“

„Na, wie du dasitzt, die Zähne zusammengebissen, die Hände zu Fäusten geballt.“

Er blickte auf seine Fäuste. „Es ist nur was Dienstliches.“

„Mach keine Witze!“, rief Cindy in gespielter Überraschung. „Ich dachte schon, du trauerst den Ballettgirls nach, die bis gestern hier im Theater tanzten.“

„Wallace hat eine zweite Frau umgebracht“, sagte er. „Und er stößt mich mit der Nase darauf.“

Instinktiv wollte sie hinübergehen und den Arm um ihn legen. Sie unterließ es, weil sie wusste, dass er nicht gern angefasst wurde, wenn der Ärger an ihm nagte. Es war eines von vielen Dingen, in denen sie sich unterschieden. „Wen hat er umgebracht?“, fragte sie.

„Nicht mal identifizieren haben wir sie können. Aber Wallace hat uns zu der Leiche geführt.“ Novack erzählte ihr von Cashman und dem angeblichen Gespräch am Silvesterabend.

„Und so kann es nicht gewesen sein?“, wand sie ein. Er starrte sie nur an, und sie lächelte. „Diesmal kriegst du ihn.“

Er dachte darüber nach. „He, was meinst du, gehen wir was essen?“

Sie lächelte. „John, seit einer halben Stunde koche ich dein Abendessen, hier in der Küche, wo du sitzt.“

„Wusste ich's doch“, schwindelte er. „Es duftet köstlich.“

◄ SECHS ►

Ricardo Vasquez hatte keine Ahnung, wie wichtig er geworden war. Diese Ahnungslosigkeit war verständlich, schwebte doch sein Körper in Atome zersplittert über ganz South Jersey. Es ließ sich nicht leugnen: Als Toter hatte er eine Prominenz erreicht, die ihm als Lebendem nicht entfernt vergönnt gewesen war.

FBI-Spezialagent Carl White von der Heimatschutzbehörde war damit beauftragt, alles Wissenswerte über Vasquez in Erfahrung zu bringen. Für diese Aufgabe war er in idealer Weise qualifiziert, zumal er als verdeckter Ermittler für die Polizei von Miami gearbeitet hatte, ehe er zum FBI ging. Er kannte das Gebiet, aus dem Vasquez stammte; er konnte alle Informationen beschaffen, die zu finden waren. Smart, instinktsicher und vergleichsweise angstfrei, hatte er sich bei der Kripo hochgearbeitet. Bei der Polizei von Miami wurde man als Afroamerikaner gezielt gefördert, doch Carl wollte zum FBI, wo er mehr bewirken und USA-weit arbeiten konnte.

Der Heimatschutzbehörde standen wegen der Explosion die Haare zu Berge, und das zu Recht. Vasquez hatte keine Silvesterkracher transportiert; sein Sprengstoff wurde vom amerikanischen Militär in Afghanistan benutzt. Niemand wusste, wohin Ricardo mit seiner Ladung gewollt hatte, aber auf der New Jersey Turnpike gibt es keine Ausfahrt „Afghanistan".

Carl bekam alle personelle Unterstützung zugesagt, die er brauchte, und ihm wurden vier Agenten zugeteilt. Die Tage nach der Explosion brachten sie damit zu, Ricardo Vasquez' Leben auf den Kopf zu stellen. Verwertbare Ergebnisse blieben jedoch aus.

Ricardo Vasquez war einfach ein Kleinkrimineller, der viele Verbindungen zu anderen Kleinkriminellen hatte, aber nicht zu Terroristen. Nahezu ausgeschlossen schien, dass Ricardo als Stratege in irgendeinem Spiel mitmischte; dazu hatte er nicht genug Grips. Und auch ein Terrorist, der Ricardo den Transport einer derart wertvollen und wichtigen Ladung anvertraute, konnte nicht viel Grips haben.

Tatsache war aber, dass er den Sprengstoff gehabt hatte und ihn irgendwohin hatte befördern wollen. Carl hatte jedoch absolut keine Erklärung dafür. Damit, so wusste er, waren einer Katastrophe Tür und Tor geöffnet.

WENN Tim Wallace Abstand und Erholung vom Stress der Arbeit suchte, so fand er dies am ehesten beim Squash. Das Spiel erforderte Kraft und Konzentration, und Tims Kämpfernatur konnte sich dabei so richtig austoben. Das bedeutete, wenn auch nur für kurze Zeit, Ferien von unerwünschten Gedanken.

Jeden Samstagmorgen trafen sich Danny und er zum Spielen. Danny war fast so gut wie Tim, fast jedes Match ging knapp aus. Sie spielten im Squashklub von Englewood und hatten eine feste Reservierung für Platz vier um acht Uhr früh.

Heute spielten sie erstmals wieder, seit Cashman in Tims Leben getreten war, und Tim strengte sich bewusst an, sein Bestes zu geben. Nach einem besonders strapaziösen Punkt hielt Danny inne und lachte. „Haben wir auf das Match gewettet, und du hast vergessen, es mir zu sagen?“

„Was meinst du? Was hast du?“, fragte Tim.

„Du spielst heute wie ein Berserker. Lass es langsamer angehen, sonst kriegst du ’n Herzinfarkt. Du bist ein alter Mann.“

„Ich bin eine Woche älter als du“, sagte Tim, was – wie sie beide wussten – stimmte. „Aber Wochen können lang sein, das ist wohl wahr.“

Normalerweise spielten sie drei Spiele und ermittelten daraus den Punktsieger. Diesmal gewann Tim die ersten beiden Matchs in Rekordzeit. „Möchtest du noch eins spielen?“, fragte er.

„Hast du mich noch nicht genug gedemütigt?“

„Nicht annähernd.“

Danny deutete mit dem Schläger auf ihn. „Damit hast du einen großen Fehler gemacht, Sportsfreund. Das kann ich nicht auf mir sitzen lassen.“

Das nächste Match spielte Danny mit weitaus mehr Power und verlor diesmal nur kanpp. „Noch eins?“, stichelte Tim.

Atemlos, schweißgebadet keuchte Danny: „Danke, es reicht.“

Sie wandten sich zum Gehen, da bemerkte Tim, dass in dem durchsichtigen Fach aus Fiberglas an der Rückwand etwas lag. Das Fach war zur Aufbewahrung von Schmuck, Geld und Wertsachen der Spieler während des Spiels bestimmt. Tim und Danny benutzten es nie, weil sie sich im Umkleideraum umzogen und ihre Sachen dort im Spind ließen. „Was ist das?“, fragte Tim.

„Was?“

Tim deutete auf das Fach. „Das da drin. Sieht wie eine Schmuckschachtel aus.“

Sie gingen hin, und Danny öffnete das Türchen. Die Schachtel trug das TIFFANY-Emblem. „Hast du vor, mir einen Heiratsantrag zu machen? Hast du mir einen Ring gekauft?“

Danny klappte die Schachtel auf. Sein fragender Gesichtsausdruck wandelte sich in helles Entsetzen. Dann begann er zu schreien.

„Was zum …“, begann Tim, hielt aber inne, als die Schachtel zu Boden fiel und der Inhalt herausrollte. Es war kein Ring, aber ein Ring hätte darangepasst.

Ein abgeschnittener Menschenfinger.

Binnen zehn Sekunden hatte sich die Hälfte der Klubspieler um sie gesammelt, um zu sehen, was Dannys Schrei hervorgerufen hatte. Jeder, der den Finger sah, schrie seinerseits, bis ein ganzer Chor von Schreien ertönte. Das ließ auch die restlichen Besucher des Klubs herbeieilen. Bis die Polizei eintraf und den Fundort mit Absperrband gesichert hatte, waren mindestens dreißig Personen in die Halle gekommen, jedoch hatte niemand den Finger oder die Schachtel berührt.

Tim und Danny wurden in das Büro des Geschäftsführers gebracht. Stan Mullins, Kripobeamter bei der Polizei von Englewood, kam herein, um Tim und Danny zu vernehmen. Weil er vorausahnte, wie die Sache sich weiterentwickeln würde, fragte Tim: „Wollen wir nicht warten, bis Novack da ist?"

„Wer ist Novack?", fragte Mullins.

„Ein Detective von der Staatspolizei. Er wird diesen Fall übernehmen."

Mullins' Ärger war mit den Händen zu greifen. „Niemand nimmt mir diesen Fall weg", knurrte er und wandte sich dann an Danny. „Mit Ihnen fangen wir an. Erzählen Sie genau, was passiert ist. Von vorn."

Danny, der sichtlich erschüttert war, sagte: „Also, wir waren mit dem Spiel fertig, da –"

Handyklingeln unterbrach ihn. Mullins zog sein Telefon aus der Tasche. „Mullins." Nach einer Pause: „Was für 'n Stuss. Du … na gut. Aber es ist trotzdem Stuss."

Schweigend drückte Mullins die Trenntaste und ging ohne ein weiteres Wort zur Tür. „Wir richten Novack Ihre Grüße aus!", rief Tim ihm nach.

Zwanzig Minuten dauerte es, bis Novack und Anders eintrafen, und weitere zwei Stunden, ehe Tim und Danny gehen durften. Sie wurden getrennt vernommen, und überrascht registrierte Tim, dass Novack ihn Anders überlassen hatte. Anders zwang ihn, die Story x-mal zu wiederholen. Trotzdem war Tim zuerst fertig und wartete in dem Büro, bis Danny zurückgebracht wurde.

Kaum saßen sie zusammen, wollte Danny heraussprudeln, was er beim Verhör bei Novack erlebt hatte, aber durch einen Blick hieß Tim ihn schweigen, bis sie allein wären. Danny verstummte.

Kaum hatten sich die Autotüren hinter ihnen geschlossen, platzte Danny heraus: „Tim, Novack will dir das anhängen!"

Tim nickte. Es überraschte ihn nicht. „Was hat er gesagt?"

„Ewig wollte er Sachen wissen wie: Warst du auf dem Platz mal allein? Hast du irgendwas bei dir gehabt, worin du die Schmuckschachtel hättest verstecken können? Er hat gehofft, ich würde dich belasten."

„Brauchst du gar nicht. Cashman tut das für ihn."

„Tim, dies alles ist der Wahnsinn im Quadrat. Glaubst du, dass Cashman dir an jenem Abend in die Kneipe gefolgt ist? Oder warst du einfach zur falschen Zeit am falschen Ort?"

„Er ist nach mir gekommen; er weiß zu viel von mir, als dass er sich das eben mal zwischen Tür und Angel hätte zusammenreimen können. Vielleicht hat er Sheila sogar ausschließlich aus dem Grund getötet, dass er es mir anhängen kann."

„Du kannst jetzt nicht einfach Däumchen drehen und die Dinge auf dich zukommen lassen!"

Zur selben Schlussfolgerung war Tim auch schon gekommen, als er den Finger im Squashklub gesehen hatte. „Ich nehme mir einen Anwalt."

Danny schwieg eine Sekunde. „He, das ist eine hervorragende Idee, aber sei vorsichtig. Wir brauchen keine Publicity."

„Ich weiß."

„Ich meine, mein Onkel hilft uns ja liebend gern, aber er lässt uns auch fallen wie eine heiße Kartoffel, wenn es sein muss. Denk nur an letztes Mal."

Dass nach Maggies Tod Tim in den Medien in Verdacht geriet, hatte Senator Collinsworth verärgert. Danny hatte ihn beruhigen können, und Tims nachfolgende Entlastung hatte die Situation in letzter Sekunde entschärft. „Ich nehme ja keinen Presseagenten, Danny. Ich nehme einen Anwalt."

Danny bog in die Zufahrt vor Tims Wohnung ein. „Kennst du denn jemanden, der infrage kommt?"

Überrascht sah Tim, dass Eden vor dem Haus stand. Er zeigte auf sie. „Ich nicht, aber sie kennt jemanden."

„Wer ist denn das? Führst du ein geheimes Leben, von dem ich nichts weiß?"

Tim antwortete nicht, sondern stieg aus und ging zu Eden hinüber. „Was machst du denn hier?"

„Ich hab gehört, was im Squashklub passiert ist. Es ist die Topmeldung in den Nachrichten."

„Haben sie mich namentlich genannt?", fragte Tim erschrocken.

„Nein, aber als ich von dem … dem Finger hörte, konnte ich mir alles zusammenreimen."

Er nickte. „Komm rauf."

Als sie oben angelangt waren, erzählte Tim kurz, was passiert war. „Ich brauch dich, damit du deinen Bruder für mich anrufst, falls dir das nicht unangenehm ist", sagte er.

Sie nickte, ging direkt zum Telefon und hatte nach zwei Minuten für Tim einen Termin für Montagmorgen um zehn. Dann schrieb sie den Namen der Kanzlei und die Adresse auf und reichte sie ihm.

Verblüfft sah Tim auf den Zettel. „Er arbeitet für Hammond, Simmons & Carcher?“ Dies war eine der größten und renommiertesten Anwaltskanzleien von New Jersey.

„Ja, sie haben ihn letztes Jahr zu sich geholt, damit er eine Strafrechtsabteilung aufbaut, aber er ist dafür nicht der ideale Kandidat.“

„Wieso nicht?“

„Das merkst du, wenn du ihn kennen lernst.“

ALS ANDERS in Novacks Büro trat, hatte er diesen speziellen Gesichtsausdruck. Novack kannte ihn aus langer Erfahrung: er hieß, dass Anders ihm etwas Wichtiges – sei es nun gut oder schlecht – zu sagen hatte.

„Sag mir was Gutes“, bat Novack.

Anders grinste. „Wir haben einen DNA-Treffer. Wir haben Sheila identifiziert.“

Fast hätte Novack einen Luftsprung zur Decke gemacht. „Wer war sie?“

Anders öffnete eine Akte. „Sie hieß Carol Blair, mit Mittelnamen Sheila. Sie lebte in Carson, Wyoming, verschwand aber oft monatelang. Deshalb hat niemand eine Vermisstenanzeige gemacht.“

„Weshalb stand sie in der DNA-Datei?“ In diese Datei kam man normalerweise nur durch strafbare Handlungen.

„Sie ist wegen bewaffnetem Raub verurteilt, sie war Teil eines Ehegatten-Duos, das eine Bank überfallen hat. ‚Bewaffnet‘ ist noch sehr milde ausgedrückt. Der Mann hatte eine Bombe, die er zu zünden drohte, falls sie nicht mit dem Bargeld rausrückten. Die Frau wartete im Wagen. Drei Tage später ließ die Ortspolizei die Handschellen zuschnappen.“

„Sie hat also gesessen?“, fragte Novack.

„Nein.“ Anders raschelte die Akte durch. „Nur Bewährung. Sie und Roger Blair haben ein kleines Schuldbekenntnis abgelegt, um der Verurteilung wegen der größeren Sache zu entgehen. Vor acht Monaten kam sie auf freien Fuß, und er kriegte drei Jahre.“

„Das ist alles? Für einen Raubüberfall mit angedrohter Bombenexplosion?“

„Sieht so aus. Im Wilden Westen machte man kürzeren Prozess.“

„Und der Mann sitzt noch?“

„Ein paar Monate nach seiner Einlieferung wurde ihm die Kehle durchgeschnitten.“

Novack lächelte. „Steig in den Sattel, Partner. Wir reiten nach Westen."

„Glaubst du, Donovan lässt zwei Flugtickets springen?" Captain Donovan hatte den Ruf eines Pfennigfuchsers. „Sheila war aus Wyoming und wurde in Kinnelon umgebracht. Da steht unsere Zuständigkeit auf schwachen Füßen."

„Wenn ich ihm alles erzählt habe, gibt er noch Rodeo-Tickets als Zugabe."

Während Novack fortging, um mit Donovan zu sprechen, rief Anders Keith Rivers an, Senator Collinsworths rechte Hand, um ihn über diese neue Entwicklung in Wyoming ins Bild zu setzen.

Collinsworth und Rivers hatten Tentakel, die überallhin reichten, und sie hatten keine Probleme gehabt, zu Anders vorzudringen: gegen ein hübsches Entgelt sollte Anders Auskünfte über die Ermittlungen liefern. Anders hatte gezögert, hatte sich aber dann eingeredet, ein Großteil der Informationen werde sowieso harmlos sein und er wolle es von Fall zu Fall beurteilen.

Die Auskunft bezüglich Wyoming fiel ihm leicht, und ohne Hemmungen kontaktierte er Rivers und gab alles weiter. Den Hörer hatte er längst wieder aufgelegt, als Novack mit der Nachricht zurückkam, Donovan habe die Reise nach Wyoming genehmigt.

DIE ANWALTSKANZLEI Hammond, Simmons & Carcher hatten nahe der Route 17 in Ridgewood ihr eigenes, vier Stockwerke hohes Bürogebäude, ein funkelndes Juwel aus Glas und Chrom. Tim hatte schon Operationssäle gesehen, die weniger steril waren. Insgesamt aber wurde der Eindruck moderner Wohlhabenheit und Seriosität erweckt, genau das, was die Architektur erreichen wollte.

Die Empfangsdame in der Lobby sah aus, als wäre sie mit dem Haus geliefert worden, perfekt in ihren Formen und in ihrer Effizienz. Sie jonglierte mit vier Telefonen, während Tim an ihrem Tisch wartete, und führte ihn schon nach drei Minuten in Nick Alexanders Büro.

Dass sich dieses Büro in dem gelackten Nobelbau befand, war kaum zu glauben. Hier drin herrschte sagenhafte Unordnung, überall verstreutes Papier, Sportfotos krumm und schief an der Wand, Getränkedosen und abgelutschte Eisstiele auf den Tischen.

Nick trug Turnschuhe, Jeans und Pulli. „Hereinspaziert", sagte er und streckte Tim die Hand entgegen. „Räumen Sie doch einfach den Kram da von dem Stuhl."

„Klar“, sagte Tim und zögerte. „Danke, dass Sie mir so kurzfristig einen Termin geben konnten.“

„Kein Problem, für Freunde von Eden immer … he, möchten Sie was trinken? Pepsi light, Sprite?“

„Nein danke.“

„Heiß hier drin, was? Sie drehen immer die Heizung so hoch und man kann die Fenster nicht aufmachen. Kaum zu glauben, wie?“

Tim nickte. „Leider ist das in vielen Gebäu…“

„Ich weiß; es macht mich verrückt. In meinem alten Fuchsbau hatte ich immer die Fenster offen. Ab zehn Uhr morgens roch man die Küche des Chinarestaurants. Kennen Sie die Folge aus der Serie ‚Honeymooners‘, wo Norton die Uhr danach stellt, wann der Duft der Eierpfanne *Foo Yong* in sein Fenster steigt?“

„Nein, leider nicht.“

Er schaute überrascht drein. „Nicht? War ein Klassiker im Fernsehen.“

„Muss ich nachholen. Also, ich bin hier, weil …“

Nick beendete den Satz für ihn: „… weil die Polizei, insbesondere Detective Novack, glaubt, dass Sie zwei Menschen umgebracht haben.“ Er schraubte eine Flasche Pepsi auf und reichte sie Tim.

„Woher wissen Sie das?“, fragte Tim. „Hat Eden es Ihnen gesagt?“

„Nein. Ich hab mich ein bisschen umgehört. Glauben Sie mir, es ist kein Staatsgeheimnis.“

„Bei allem Respekt, aber ich habe Sie noch nicht als Anwalt genommen.“

Nick lächelte. „Ebenso bei allem Respekt, ich habe Sie noch nicht als Klienten genommen. Sie können sicher sein, dass ich es niemandem ausgeplaudert habe, dass ich beruflich an dem Fall interessiert bin. Vorläufig hält sich mein Interesse in Grenzen.“

Tim nickte. „Sorry.“

„Kein Problem. Jetzt erzählen Sie mir mal Ihre Geschichte und lassen nichts aus dabei.“

In der nächsten halben Stunde tat Tim genau das, und Nicks gelegentliche Zwischenfragen klärten Details und warfen neues Licht auf die Sache. Nicht lange und Tim merkte, dass Nick weitaus cleverer war, als es zunächst den Anschein gehabt hatte. Früher hatte er beim Abspulen seiner Geschichte überwiegend Frust und Angst verspürt; diesmal spürte er wachsenden Zorn über das, was mit ihm geschah. Als er die letzten Sätze sprach, wusste er, dass er dringend Hilfe brauchte.

„Und jetzt erzählen Sie mir von Ihrer Frau", sagte Nick.

„Wieso? Sie hat nichts damit zu tun."

Nick schüttelte den Kopf. „O doch. Ihr Tod ist der Grund, weshalb Novack hinter Ihnen her ist. Und Novack ist der Kerl, gegen den ich Sie verteidigen muss, deshalb muss ich erfahren, was er zu wissen glaubt."

„Ja, klar. Es lässt mich nur die Wände hochgehen, wenn man über Maggies Tod so redet, als wär's ein Mordfall." Tim schilderte die Ereignisse des schrecklichen Tages, so gut er sie in Erinnerung hatte, und seine anschließenden Konfrontationen mit Novack. „Nach einem Lügendetektortest habe ich nie wieder von ihnen gehört. Auch die Klugscheißer in den Medien haben mit ihrem Gequatsche aufgehört."

Nick lachte. „Ich war einer dieser Klugscheißer; irgendwie bin ich auf die Liste der Strafverteidiger geraten, die immer angerufen werden."

„Ich habe keinen einzigen der Berichte darüber gesehen. Was haben Sie gesagt?"

„Ich erinnere mich nicht; ich wusste absolut nichts darüber. Das ist normalerweise kein Hindernis. Ich quatsche einfach über die Unschuldsvermutung und über Löcher in der Indizienkette der Anklage. Haben Sie mir alles erzählt?"

„Ich glaube ja. Aber ich habe eine Frage." Tim deutete nach draußen auf die anderen Büros. „Sie scheinen hier nicht so recht hineinzupassen."

Nick grinste. „Vor acht Monaten entschieden die Genies hier, dass sie eine Strafrechtsabteilung brauchen, wohl weil die meisten ihrer Klienten Spitzbuben sind. Sie gingen los, pickten den Besten heraus, schmissen mir viel Geld in den Schoß und gaben mir freie Hand."

Tim lachte. „Von den Kleidungsvorschriften hat man Sie aber offensichtlich befreit."

„Na, vor Gericht ziehe ich mich schon ganz standesgemäß an. Aber da wollen wir ja auf keinen Fall hin."

„Das heißt, Sie übernehmen den Fall?"

Nick dachte ein paar Augenblicke nach. „Ich setze einen Vertrag auf; unter anderem wird darin die Honorarstruktur geregelt werden. Haben Sie Geld? Irgendwer muss für dieses ganze Chrom hier bezahlen."

„Das ist kein Problem."

„Gut. Wenn Sie das Dokument unterzeichnen, bin ich Ihr Anwalt."

„Sie sind mein Anwalt", sagte Tim.

Nick hob ihm seine Pepsiflasche entgegen. „Prost!"

◂ SIEBEN ▸

Carson im Bundesstaat Wyoming war genau so, wie Anders und Novack es erwartet hatten, nur noch ländlicher. Viereinhalbtausend Einwohner, verteilt über eine Fläche so groß wie Manhattan, und das einzige Hochhaus am Ort ein Baumhaus, das Kinder gebaut hatten. Über den Daumen gepeilt, arbeitete die eine Hälfte der Einwohner in der Landwirtschaft, die andere Hälfte dreißig Kilometer entfernt im Gefängnis von Lampley, was bedeutete, dass Carsons Wirtschaftslage vom Wetter und von der Kriminalitätsrate des Bundesstaates abhängig war.

Um vier Uhr nachmittags trafen die beiden Detectives ein. Das Außenthermometer ihres Mietwagens zeigte 12 Grad minus an. Verglichen mit Carson erschien New Jersey geradezu wie ein Land in den Subtropen. Das Hotel, eine Absteige an der Durchgangsstraße, hatte einen unbefestigten Parkplatz, auf dem 14 Mobilheime standen.

Die Detectives ließen ihre Köfferchen in dem winzigen Zimmer und machten sich auf den Weg. Punkt fünf betraten sie das Polizeirevier, einen Bau mit zwei Zimmern, der Sehnsucht nach dem weiträumigen Luxus des Hotels weckte. Versammelt war die gesamte Ortspolizei, bestehend aus einer Sekretärin, einem Hilfssheriff und dem Polizeichef, Matthew Drew.

Hatten Novack und Anders hier unbedarfte Landsheriffs erwartet, so hatten sie sich getäuscht. Drew war ein erfahrener Polizeibeamter und hatte elf Jahre im Spielerparadies Reno gearbeitet. „Hier wohnt man nett und ruhig", sagte er nach der Begrüßung. „Und ihr Jungs seid jetzt gekommen, um das zu ändern?"

„Nein", versetzte Novack mit einem Grinsen, „wir bearbeiten nur unseren Fall. Zur Belohnung darf man dabei an nette, ruhige Örtchen reisen."

Novack hatte Vorabinformationen an Drew geschickt, darunter die Zeichnung von Cashman. „Ich habe die Zeichnung rumgezeigt", berichtete Drew. „Keiner hier hat den Mann je gesehen."

„Was können Sie uns über das Opfer sagen?", fragte Novack.

„Sie ist hier geboren und aufgewachsen; sie war ein bisschen wild nach unseren Maßstäben, hat aber keine wirklichen Probleme gemacht. Im Alter von neunzehn Jahren ist sie nach Los Angeles gegangen und Kellnerin geworden."

„Wann kam sie zurück?", fragte Anders.

„Vor ungefähr zwei Jahren. Sie brachte einen Freund mit."

„Roger Blair?"

Drew nickte. „Ja, den. Sie lebten in einem Wohnwagen, fünf Kilometer vor der Stadt, ziemlich einsiedlerisch. Er war Mechaniker, hat aber sein Geld überwiegend als Knallfrosch verdient."

„Knallfrosch?"

„Er war Sprengstoffexperte; hatte es beim Militär gelernt. Ganz verblüffend, was er draufhatte. Mit einem Glas Wasser und einer Tube Haargel konnte er South Dakota abfackeln."

„Und das hat er beruflich betrieben?", fragte Novack.

„Sie glauben gar nicht, wo überall mit Sprengstoff gearbeitet wird. Bei Bewässerungsprojekten, bei der Landrodung, beim Abriss von Bauten. Er kam offenbar gut über die Runden."

„Was hat sie gemacht?"

„Sie war so 'ne Art Assistentin. Er war sozusagen der Koch, und sie brachte ihm die Zutaten."

„Weshalb sind er und seine Frau so leicht davongekommen? Was ist bewaffneter Raub hier draußen, ein Kavaliersdelikt?", fragte Novack.

Drew zuckte die Achseln. „Ja, das hat mich auch überrascht. Der Richter sagte, es sei eine erstmalige Straftat; keiner sei verletzt worden. Vielleicht hat irgendwer Druck auf ihn ausgeübt, aber ich habe keine Ahnung, wer das gewesen sein könnte."

„Was hat die Frau gemacht, als Blair in den Bau wanderte?"

Drew schüttelte den Kopf. „Weiß ich nicht, aber was immer es war, sie hat's nicht hier gemacht. Soweit ich weiß, hat keiner sie seither gesehen."

Noch fast eine weitere Stunde löcherten sie Drew mit Fragen, kamen aber Sheilas Mörder keinen Zentimeter näher. „Kennen Sie den Gefängnisdirektor in Lampley?", fragte Novack.

„Klar. Er heißt Luther Marshall. Ich kenne ihn sehr gut."

„Könnten Sie's arrangieren, dass wir mit ihm sprechen können?"

„He Bryna", rief Drew seiner Sekretärin zu, „die Jungs wollen wissen, ob ich Luther zu einem Gespräch mit ihnen bewegen kann!"

Sie lachte. „Hängt davon ab. Trinkt ihr gern Bier?"

„Gelegentlich", sagte Novack.

„Luther und ich werden uns heute Abend ein paar genehmigen", sagte Drew. „Wenn ihr die Spendierhosen anzieht, dürft ihr mitkommen."

DANNYS FAHRT nach Montclair dauerte 45 Minuten, aber er wünschte sich, sie würde 45 Tage dauern. Er war zu seinem Onkel zitiert worden, der während der Senatsferien ein paar Wochen zu Hause war.

Die Einladung war in Form eines Telefonanrufs vom Stabschef des Senators, Keith Rivers, gekommen. Schon das allein verhieß nichts Gutes. Wenn Collinsworth etwas Gutes mitzuteilen hatte, griff er selbst zum Hörer. Und dass es sich nur um eine Einladung auf einen Drink, nicht zum Essen handelte, war ein weiteres Gefahrensignal. Man wollte sich nicht lange mit ihm abgeben.

Sein Haus bezeichnete der Senator immer als „das Schloss". Es war ausgestattet mit Kinosaal, Swimmingpool, zwei Kegelbahnen und einem Tennisplatz. Seine dritte Frau war auf Reisen, aber als Danny in Collinsworths geräumiges Arbeitszimmer geführt wurde, überraschte es ihn nicht, Rivers unauffällig im Hintergrund stehen zu sehen.

„Großartig, dich zu sehen, Onkel Fred", begann Danny.

Collinsworth saß hinter seinem Schreibtisch. Dort verbrachte er viele Stunden, obwohl Danny auf diesem Tisch noch nie einen einzigen Fetzen Papier hatte liegen sehen. Er nippte an einem Glas Chardonnay, wie er es anscheinend rund um die Uhr tat. Wenn er im Fernsehen eine Rede im Senat hielt, vermutete Danny, dass das Glas hinter dem Rednerpult versteckt war. Ohne sein Gläschen wirkte der Senator nackt.

„Danny, mein Junge, das ist nett … wieder mal von Angesicht zu Angesicht."

„Ich rede immer sehr gern mit dir, Onkel Fred."

„Das ist gut, denn ich bin doch gesprächig und umgänglich, nicht?"

Danny nickte. „Ja, sehr."

„Warum zum Teufel hast du mir dann nicht erzählt, dass die Polizei wieder mal hinter deinem geisteskranken Partner her ist wegen eines zweiten Mordes?"

„Er war es ja gar nicht. Er …"

„Oh, du glaubst also, es juckt mich nur, wenn er verurteilt wird? Wartest du darauf, dass die Geschworenen aus ihrem Kämmerlein kommen, bis du mir ein Wort sagst?"

„Tut mir leid, aber diesmal ist es wirklich lächerlich. Es hat einen Mord gegeben, aber er weiß, wer es getan hat. Der Typ hat es ihm gestanden", sagte Danny.

Der Senator wischte das beiseite. „Ich habe die ganze Story gehört. Die Polizei glaubt ihm kein Wort, was ich ihr nicht übel nehmen kann."

„Onkel Fred, ich schwöre, sie haben nichts gegen Tim in der Hand, weil es nichts gibt!", rief Danny. Er sah schon, hier kam er nicht ungeschoren davon. Man sagte dem Senator Ambitionen nach, fürs Weiße Haus zu kandidieren, und wer ihm dabei auch nur das kleinste Steinchen in den Weg warf, musste damit rechnen, mit harten Bandagen behandelt zu werden.

Traurig schüttelte Collinsworth den Kopf und wandte sich an Rivers. „Ich wünschte, ich hätte nicht so eine Schwäche fürs Familiäre.“ Dann, zu Danny: „Wusstest du, dass sie das Opfer identifiziert haben?“

Dannys Schweigen deutete an, dass er es nicht wusste.

Um Danny Angst einzujagen, beschloss Collinsworth, eine wichtige Information zu enthüllen, natürlich ohne preiszugeben, dass Anders seine Quelle war. „Wusstest du, dass Novack und sein Partner jetzt gerade in Carson, Wyoming, den Spuren nachschnüffeln? Klingt das nach Bullen, die im Dunkeln tappen?“

„Ich schwöre, bald spricht kein Mensch mehr davon. Ich kenne Tim so gut wie mich selber; er tut keiner Fliege etwas zuleide.“

„Ich will dir mal was sagen: Gerade ist er drauf und dran, dir die Karriere zu vermasseln.“

WIR HÄTTEN UNS nicht breitschlagen lassen sollen, die Zeche für das Bier zu übernehmen, ging es Novack durch den Kopf, sobald er und Anders den Gefängnisdirektor Luther Marshall zu Gesicht bekamen. Sie lernten ihn in der Kneipe „The Big Barn“ kennen, einem enormen Saal, in dem holzgefeuerte Öfen standen, an denen die Gäste sich wärmen konnten.

Luther saß mit Drew zusammen, und auf dem Tisch standen schon vier geleerte Bierflaschen. Als er aufstand, um den Ankömmlingen die Hand zu schütteln, schien es Minuten zu dauern, bis der 130 Kilo schwere Zweimetermann sich zur vollen Größe emporgewuchtet hatte. Unwahrscheinlich, dachte Novack, dass sie in Luthers Kittchen überhaupt noch Wärter brauchten. Diesen Direktor würde kein Gefangener durch einen Fluchtversuch in Rage bringen wollen.

Aber Luther erwies sich als ausgesprochen umgänglich, und er und Drew waren gute Trinkkumpel, so gute, dass Luther, als die Sprache endlich darauf kam, warum die Ostküstenpolizisten hier waren, schon genug Bier intus hatte, um einen mittleren Keller zu überschwemmen. Luther selbst war es, der das Thema anschnitt.

„Ich höre, ihr Jungs wollt was über Roger Blair wissen?“

Novack nickte. „Alles, was Sie uns sagen können.“

Luther zuckte die Achseln. „Viel ist es nicht; er war ein Einzelgänger und hat mit kaum jemandem ein Wort gewechselt, während er bei uns im Knast saß.“

„Hat seine Frau ihn besucht?“, fragte Anders.

„Ein paar Mal, am Anfang. Dann kam keiner mehr.“

„Hat er Telefongespräche geführt? Rein- oder rausgehende?“

„Schwer zu sagen. Übers Gefängnistelefon nicht, aber sie schmuggeln Handys rein, deshalb kann man das nicht überprüfen.“

„Irgendeine Ahnung, warum er umgebracht wurde? Und von wem?“

„Nein, aber es war ein Auftragsjob, das ist sicher. Wahrscheinlich hat der Typ, der's getan hat, nicht mal gewusst, wer ihn bezahlte.“

Anders zog Cashmans Bild hervor. „Kennen Sie diesen Mann?“

Luther studierte die Zeichnung genau. „Nein … ich glaube nicht.“

Novack zog Tims Foto aus einer Mappe. „Und den hier?“

Luther blickte hin und sagte: „Nein, auch nicht, bedaure.“

Novack wollte Tims Foto gerade wieder wegstecken, da nahm Drew es ihm weg und legte es auf den Tisch zurück. „Ich kenne ihn.“

„Woher?“, staunte Novack.

„Er war hier in Carson. Letztes Jahr.“

Novack blickte Anders an und lächelte. „Die Welt ist doch klein, was?“

KAUM hatte Danny ihm die Neuigkeit erzählt, rief Tim bei Nick Alexander an. „Ich glaube, wir haben ein Problem. Novack ist in Wyoming. Dort stammt die Ermordete her.“

„Wie heißt sie?“, fragte Nick.

„Weiß ich nicht. Ich weiß nur, dass sie aus Carson ist.“

„Woher haben Sie das erfahren?“

Tim zögerte. „Das möchte ich lieber nicht sagen.“

„Ich hätte mich wohl deutlicher ausdrücken sollen. Einzelheiten zu verschweigen, das funktioniert hier nicht. Entweder Sie erzählen mir alles oder ich lege das Mandat nieder. Was ich höre, ist bei mir gut aufgehoben, ich darf auf keinen Fall darüber sprechen, anwaltliche Schweigepflicht, Sie verstehen?“

„Also gut. Der Onkel meines Partners ist Senator Collinsworth. Er hat Danny davon erzählt, und Danny hat's mir erzählt.“

„Woher hat Collinsworth die Information?“

„Ich weiß nicht“, erwiderte Tim. „Aber er hat Mittel und Wege, fast alles rauszukriegen.“

„Wieso hat es ihn interessiert?“

„Er hat mitgeholfen, unserer Firma gute Aufträge beim Bau des Federal Centers in Newark zu verschaffen. Wenn sich jetzt herausstellt, dass er einem Mörder Arbeit zugeschoben hat, wirft das ein schlechtes Licht auf ihn. Besonders wenn er fürs Weiße Haus kandidiert."

„Okay, gehen wir mal weiter zurück. Sie sagen, Novacks Anwesenheit in Wyoming sei ein Problem. Warum sehen Sie das so?"

„Carson ist ein kleines Nest. Ich war letztes Jahr dort. Dies sieht wieder wie eines jener Dinge aus, die kein Zufall sein können."

„Was haben Sie dort gemacht?"

„Zwanzig Autominuten von der Stadt entfernt liegt ein Steinbruch. Wir hatten gehört, dass Konkurrenten dort wertvolle Baustoffe einkaufen. In unserer Branche ist die Konkurrenz beinhart, wir müssen bei solchen Sachen nachhaken. An dem Stein und auch am Einkaufspreis war aber nichts Besonderes. Und dann hat jemand mein Auto mutwillig beschädigt; einen Tag saß ich dort fest, während es repariert wurde."

„Die Leute aus der Stadt würden sich also an Sie erinnern?"

„Mag sein, ja. Die Polizei hat ein Protokoll aufgenommen. Verdammt, das ist unglaublich! Warum tut man mir das an?"

Nick stellte sich die gleiche Frage. Noch zehn Minuten lang fragte er Tim danach aus, ob in Carson irgendetwas Ungewöhnliches geschehen war.

„Nicht dass ich wüsste", sagte Tim. „Ich habe mich meist im Hotel aufgehalten, und als der Wagen fertig war, bin ich auf und davon. Meines Wissens hat man den, der mein Auto beschädigte, nie geschnappt."

„Und Sie entsinnen sich nicht, jemanden gesehen zu haben, der der Frau auf dem Flugblatt ähnlich sah?"

Tim dachte angestrengt nach. „Nein … nein."

„Überlegen Sie sich's noch mal genau. Schreiben Sie alles auf, was Sie getan haben, jede Person, mit der Sie gesprochen haben. Jedes Detail."

„Gut. Glauben Sie, wir sollten uns über diese Sache Sorgen machen?"

„Allgemein die beste Strategie ist, sich über alles und jedes Sorgen zu machen."

UM NEUN UHR FRÜH standen Novack und Anders schon wieder in Drews Büro, um Bryna Keller zu befragen, Drews Sekretärin.

„Lassen Sie mich raten", sagte sie, als sie fünfzehn Minuten nach neun eintraf und Drews, Anders' und Novacks Blicke auf sich gerichtet fand. „Keiner von Ihnen kann die Kaffeemaschine bedienen."

„Stimmt", sagte Drew. „Aber das kann warten. Diese Herren müssen mit Ihnen sprechen."

„Worüber?“

Anders gab ihr Tims Bild. „Über ihn.“

Sie blickte auf das Foto, das ihr zunächst nichts zu sagen schien. „Wer ist das?“ Dann hellte sich ihre Miene auf. „Moment mal … der Mann war letztes Jahr hier.“

Novack war begeistert. „Weshalb war er hier?“

„Weiß ich nicht genau. Er war auf einer Art Geschäftsreise. Er kam hier rein, weil sein Wagen kaputt war, und Roger sagte, jemand hätte ihm was in den Tank geschüttet …“

„Roger Blair?“, fragte Novack.

Bryna schaute verblüfft drein. „Richtig, der Mechaniker. Das war, ehe er in den Knast kam. Sie kannten ihn?“

Novack schüttelte den Kopf. „Das ist nicht das Wichtige. Das Wichtige ist, ob Wallace ihn kannte.“

„Na, Roger hat seinen Wagen repariert.“

„Sie können die beiden definitiv in Verbindung bringen? Dass sie im selben Zimmer nebeneinanderstanden?“

„Ja. Es war sogar genau dieses Zimmer, in dem wir jetzt stehen.“

„WIR HABEN GENUG, Captain. Mehr als genug.“ Direkt vom Flughafen waren Novack und Anders zum Revier geeilt, um mit Donovan zu sprechen. Novack hoffte auf eine positive Reaktion auf sein Ersuchen, Tim zu verhaften, aber er bekam sie nicht.

„Sie haben gewisse Zusammenhänge“, sagte Donovan. „Sie haben Wallace’ Geschichte über Cashman, Sie haben den Umstand, dass er wusste, wo Sheila verscharrt war, den Umstand, dass er hier mit dem Flugblatt auftauchte, den Umstand, dass er früher mal in Carson war. Aber Sie haben keine Beweise.“

„Und der abgeschnittene Finger?“, wandte Novack ein.

„Haben Sie irgendwen, der gesehen hat, wie er ihn in das Fach legte?“

„Also hören Sie mal, wenn es watschelt und quakt wie eine Ente, dann ist es eine Ente.“

„Aber man muss beweisen, zweifelsfrei beweisen, dass es eine Ente ist. Nichts, was Sie haben, würde McDermott auch nur annähernd reichen.“ Donovan sprach vom Staatsanwalt, dem die letzte Entscheidung oblag, ob der Fall vor Gericht kam. Lee McDermott war bei der Polizei allgemein verhasst, weil er nur Fälle mit bombenfesten Indiziengebäuden vor den Richter ließ. Doch seine Vorsicht half das Risiko zu mindern, dass Donovan eine publikumswirksame Verhaftung anordnete, mit der er sich dann blamierte.

„Zwei Frauen hat er umgebracht, Captain. Wenn er eine dritte umbringt, wollen Sie dann der leidtragenden Familie sagen, Sie hätten Angst vor McDermotts Standpauke gehabt?“

„Reden Sie nicht solchen Mist daher, Novack.“ Donovan wandte sich an Anders, der bisher meist geschwiegen hatte. „Was meinen Sie?“

„Ich glaube langsam auch, wir dürfen Wallace nicht mehr frei herumlaufen lassen. Die Waagschale fängt an, sich in unsere Richtung zu senken, und wenn er unter immer stärkeren Druck kommt, will ich ihm keine Chance geben, Dummheiten zu machen.“

Donovan war überrascht über Anders' Kehrtwende. Er hatte angenommen, Anders stehe Novacks Fixierung auf Tims Schuld immer noch kritisch gegenüber. Dies ließ ihn innehalten und seine eigene Position kurz überdenken, aber für voreiliges Handeln sprach nach wie vor nichts.

„Nein, wir müssen noch warten. Aber wir sind dicht dran. Legen Sie mir was anderes auf den Tisch.“

Novack wollte nicht klein beigeben. „Was anderes? Wallace hat uns die Leiche auf den Tisch gelegt, dann den fehlenden Finger. Wenn Sie in meiner Gefriertruhe zu Hause einen Kopf finden, können Sie mich verhaften.“

„Sie zu verhaften wäre eine reine Freude für mich“, seufzte Donovan. „Jetzt trollen Sie sich und nageln Sie den Schweinehund fest.“

Das hochmoderne forensische Labor des Staates New Jersey verdankte seinen guten Ruf großenteils Dr. Robin Miller, die die DNA-Abteilung leitete. Die Polizei des Bundesstaates griff, sooft es ging, auf dieses Labor zurück statt auf diejenigen des FBI, und aus diesem Grund waren Dr. Miller und ihre Mitarbeiter chronisch überlastet.

Für die Einzelheiten der Fälle interessierte sich Dr. Miller nicht, und sie führte ihre Tests streng wissenschaftlich und objektiv durch. Ihre Aufgabe war es, Tatsachen festzustellen. Ihrem Verwaltungsassistenten Stephen Cowlings blieb es überlassen, die Proben der Wichtigkeit nach zu ordnen und sich mit den Polizeibehörden herumzuschlagen, die händeringend auf Resultate warteten.

Vor allem an Cowlings hatte es gelegen, dass der Finger aus dem Squashklub eher untersucht wurde als andere, früher eingegangene Proben. Novack hatte auf Eile gedrängt, aber Cowlings hatte noch einen anderen Grund, den Finger vorzuziehen.

Dr. Miller hatte das Konservierungsmittel ausgesucht, das den Finger in solch tadellosem Zustand hielt. Sie hatte dann ein DNA-Typing vorgenommen und das Resultat in den Computer eingefüttert, um zu sehen, ob sich in der Datenbank ein Treffer fand. Fand sich kein Treffer, konnte ein Abgleich in der größeren FBI-Datenbank bis zu drei Wochen dauern.

Die Ergebnisse gingen an Dr. Millers Büro, aber Cowlings las sie vorher. Und Cowlings wusste, wer die Information am dringendsten brauchte. Jemand, der dafür bezahlte.

„Wir müssen reden. Sofort."

Nick Alexanders Worte ließen Tim Angstschauer über den Rücken laufen. Das konnte nichts Gutes heißen. „Worum geht's denn?"

„Nicht am Telefon."

„Möchten Sie zu mir kommen, in mein Büro?"

„Wo wohnen Sie?", fragte Nick, und als Tim es ihm sagte, kam die Antwort: „In zwanzig Minuten treffe ich Sie dort."

Tim verließ hastig das Büro, da trat Meredith in den Flur.

„Tim? Geht es Ihnen gut?" Sie schien besorgt.

„Jaja. Eine eilige Sache, um die ich mich kümmern muss."

„Etwas, von dem ich wissen sollte?", fragte sie unsicher. „Wann kommen Sie denn zurück? Was soll ich den anderen sagen?"

„Ich ruf Sie an."

Als er sein Apartmenthaus erreichte, stand Nick schon in der Eingangshalle. Wortlos fuhren sie mit dem Lift nach oben, und als Tim die Wohnungstür aufschloss, war er der Panik nahe.

„Ich habe gerade die DNA-Resultate für den abgeschnittenen Finger erfahren", sagte Nick.

„Von Novack?", fragte Tim.

Nick schüttelte den Kopf. „Nein, ich habe im Polizeilabor einen Informanten, den ich bezahle. Ist oft sehr nützlich. Zum Beispiel jetzt."

„Was hat der Test denn ergeben?"

Nick verzichtete auf eine schonende Vorrede. „Es war der Finger Ihrer Frau."

Diesmal gab es keine interne Debatte. Minuten nachdem er von dem DNA-Treffer erfuhr, erklärte sich Captain Donovan bereit, Tim festnehmen zu lassen. Eine Stunde später war Staatsanwalt McDermotts Zustimmung eingeholt, und eine halbe Stunde danach hatten sie einen unterzeichneten

Haftbefehl sowie Durchsuchungsbefehle für Tims Büro und Privatwohnung in der Hand.

Kripobeamte wurden losgeschickt, um unauffällig zu überprüfen, ob Tim sich in seinem Büro befand. Captain Donovan stellte derweil sein Rollkommando zusammen. Novack und Anders sollten eine Gruppe von sechs Mann in die Firma führen, alle Ausgänge und Treppen sollten bewacht werden, und jede Einzelheit des Planes sollte anhand einer Gebäudeskizze vorher mit Donovan durchgesprochen werden.

Donovan erwog die Sache nochmals aus jedem Blickwinkel. „Von mir habt ihr nun grünes Licht", sagte er schließlich. „Verpatzt es nur nicht."

„Wird perfekt über die Bühne gehen", versprach Novack lächelnd.

In diesem Augenblick meldete einer der Kripoleute telefonisch, Tim befinde sich nicht mehr in seinem Büro. Ein weiterer Kripomann, der sich als potenzieller Kunde ausgab, erfuhr von Meredith, sie erwarte Tim binnen Kurzem zurück.

Man beschloss, den Plan zu ändern. Das Rollkommando würde warten, bis Tim wieder ins Büro zurückgekehrt war, und dann zuschlagen.

Eine verheerendere Nachricht für Tim war kaum denkbar. Es war sein schlimmster Albtraum. Er sank in die Knie. „Es kann nicht sein", stammelte er. „Es kann nicht sein."

„Tut mir leid, aber es steht fest", sagte Nick. „Die Fehlerquote bei DNA-Analysen liegt bei eins zu mehreren Milliarden."

„Maggie ist bei der Explosion gestorben. Ich war doch dabei."

„Aber gesehen haben Sie es streng genommen nicht. Sie sagten, Sie hätten einen weißen Blitz gesehen und dann das Bewusstsein verloren."

„Wir waren da draußen allein auf dem Wasser. Es ist unmöglich."

„Wir müssen darüber noch reden, aber jetzt ist nicht die Zeit. Wir haben Dringenderes, worum wir uns kümmern müssen."

Tim war in seine Gedanken versunken. „Wollen Sie damit sagen, sie hat überlebt und ist dann gefoltert worden?" Die Worte kamen heraus wie eine Bitte, ein Flehen, Nick möge eine andere Erklärung vorbringen. „Könnte sie noch am Leben sein? Wenn das ihr Finger war und keine Leiche auf See gefunden worden ist, könnte sie noch am Leben sein?"

Nick musste deutlicher werden. „Hören Sie, Tim. Es besteht kein Zweifel, dass man Sie jetzt verhaften wird."

„Was?"

„Man wird Sie verhaften. Das Beste wird sein, Sie stellen sich selbst.

Damit wimmeln wir die Presse ab und vermeiden vielleicht das Spießrutenlaufen."

„Wann … wann wollen Sie das denn machen?"

„Bald. In einer Stunde."

Tim reagierte sehr langsam, er war immer noch dabei, den Schock zu verarbeiten. „Was muss ich tun?"

„Packen Sie eine Tasche, organisieren Sie Betreuung für Ihren Hund. Sobald Sie fertig sind, rufe ich Novack an und biete an, Sie zu ihm zu bringen. In einer Stunde bin ich wieder da."

Tim nickte. „Okay."

Nick ging, und Tim war mit seinem quälenden Schmerz allein. Eine gute halbe Stunde verging, ehe er wieder klar denken konnte. Sein Telefon läutete. Er erwog, nicht dranzugehen, sah aber dann, dass es sein Büro war. „Hallo?"

Es war Meredith. Sie klang äußerst verängstigt. „Tim, das Haus wimmelt von Polizisten. Sie glauben, ich hätte ihre Tarnung nicht durchschaut, aber ich bin nicht dumm."

„Schon gut, Meredith." Er hatte nicht die Zeit, sie zu trösten.

„Tim, ich habe mitgehört, was sie reden. Einer hat gesagt, er würde Ihnen gern eine Kugel verpassen. Ein anderer redete davon, was Ihnen im Gefängnis blüht."

„Meredith, bleiben Sie einfach im Büro. Ich muss weg."

Merediths Anruf hatte ihn noch mehr in Angst und Schrecken versetzt, sofern eine Steigerung überhaupt noch möglich war. Eines war klar: Wer immer hinter dieser Sache steckte, hatte sein Ziel erreicht. Alles war makellos geplant und aufgegangen. Säße er einmal hinter Gittern, würde er nie wieder in Freiheit kommen.

Am meisten quälte ihn der Gedanke, dass er der Einzige war, der rächen konnte, was Maggie zugestoßen war.

Fest stand für ihn nur dies: Er musste jetzt fliehen.

◂ ACHT ▸

Lucia Angelos hatte keine Ahnung, dass zwei Kameras und drei Agenten jeden Schritt beobachteten, den sie tat. Niemand war zu sehen, als sie, den Schlüssel in der Hand, auf Ricardo Vasquez' Wohnungstür zuging. Das Betreten der Wohnung weckte keine bittersüßen Erinnerungen. Dutzende

Male hatte sie hier schon übernachtet, ehe Vasquez zu Tode gekommen war, aber es war keine idyllische Romanze gewesen.

Die Besucherin ließ sich mit der Suche Zeit. Sie wusste: falls Ricardo hier etwas versteckt hatte, hatte er es sehr gut versteckt. In dieser Wohngegend waren Einbrüche an der Tagesordnung. Ricardo selbst hatte viele davon begangen.

Mit bemerkenswerter Geduld schaute FBI-Agent Carl White zwei Stunden lang zu, wie Lucia die Wohnung durchwühlte. Der Lösung des Rätsels, was Vasquez mit dem Cintron 421 vorgehabt hatte, war er in seinen bisherigen Ermittlungen keinen Schritt näher gekommen. Sein Instinkt sagte ihm, dass Lucia das nun ändern würde.

Man vergab sich nichts, wenn man Lucia herumstöbern ließ; finden würde sie ohnehin nichts, da die Spurensicherung die Wohnung schon längst auf den Kopf gestellt hatte. Schließlich ließ Carl die Agenten von der Leine. Verängstigte Menschen machen eher den Mund auf.

Sechs Agenten stürmten in die Wohnung, Revolver im Anschlag, und schrien Lucia zu, sich auf den Boden zu legen. Carl ließ ihr Handschellen anlegen und die Rechtsbelehrung vorlesen, obschon sie gar nichts getan hatte, was eine Festnahme rechtfertigte. Carl White wusste, wie demoralisierend eine Gefängniszelle wirkte, und hatte mit der Polizei von Miami eine Einweisung arrangiert. Man nahm Lucia den persönlichen Besitz und das Mobiltelefon ab und ließ sie ein paar Stunden in der Zelle schmoren, ehe man sie ins Verhörzimmer brachte.

„Was haben Sie gesucht?", fragte White, als sie eintrat.

„Mein Zeug."

„Was heißt das: Zeug?"

„Na, Kleider und so, Schuhe. Zeug eben."

„Sie haben auch innen in der Matratze nachgeschaut. Bewahren Sie da Ihre Kleider und Schuhe auf?"

„Schmuck … Schmuck hatte ich da versteckt."

„Den Schmuck aus der Matratze, zeigen Sie mir den mal."

Sie zuckte die Achseln. „War nicht mehr da. Muss wohl geklaut worden sein."

Carl setzte ein kaltes Lächeln auf und zog einen Stuhl zum Tisch heran. Er beugte sich vor und sprach leise. „Nun mal Klartext, Lucia. Sie glauben, Sie könnten mich eine Weile für dumm verkaufen, und dann würde ich Sie gehen lassen. Die Sache hier ist aber ein paar Nummern zu groß für Sie. Was immer Ricardo tun wollte, es war eine Bedrohung für das ganze Land, und wenn Sie mir nicht helfen, dann buddle ich Sie so tief ein, dass Sie nie wieder einen Atemzug Luft kriegen."

„Ich habe nichts Unrechtes getan."

„Dann ist es eine Schande, dass Sie Ihre kleine Carmela erst dann wiedersehen werden, wenn sie erwachsene Kinder und graue Haare hat."

In wenigen Stunden hatten sie also schon von ihrer kleinen Tochter erfahren. Lucia hatte Angst vor diesen Männern, aber noch mehr Angst hatte sie vor dem Auftraggeber, der sie in die Wohnung geschickt hatte. „Weiß meine Mutter von alldem hier?"

Carl blickte auf die Uhr. „In zwanzig Minuten stehen die Agenten bei ihr vor der Tür. Hat sie Angst vor Schusswaffen?"

Spiel, Satz und Sieg! „Ich habe nach Geld gesucht."

Carl nickte beiläufig. „Und was für Geld mag das wohl gewesen sein?"

„Ricardo hat gesagt, jemand habe ihm einen Haufen Geld gezahlt und er wolle mir nach seiner Rückkehr Sachen kaufen. Da er's nicht mehr ausgeben kann, wollte ich's mir nehmen."

„Von wem kam das Geld?"

„Ich weiß seinen Namen nicht; Ricardo hat nie davon gesprochen."

„Also haben Sie den Betreffenden nie gesehen?"

„Nein", log sie, „aber Ricardo hatte Angst vor ihm, das kann ich Ihnen sagen. Jedes Mal wenn er mit ihm sprach, wurde er ganz nervös."

„Sie waren dabei, als die beiden miteinander sprachen?"

Sie nickte. „Ein paar Mal. Er sprach leise ins Telefon, und ich tat so, als ob ich schliefe."

Jeder Anruf über den Festnetzapparat der Wohnung und über Ricardos Handy war mehrfach überprüft worden, ohne dass sich etwas Verdächtiges ergeben hätte. „Welches Telefon hat er benutzt?"

„Ein Handy, von dem er glaubte, dass es nicht mit ihm in Verbindung gebracht werden konnte."

„Wir haben alle Anrufe überprüft, die er getätigt hat", sagte Carl.

Sie nickte. „Was muss ich tun, damit ich hier rauskomme?"

Es war Zeit, den Einfühlsamen zu spielen. „Lucia, Sie haben all das ja nicht ins Rollen gebracht. Wir sind nicht hinter Ihnen her, nur hinter dem, was Sie wissen."

Sie nickte wieder. „Also gut. Ricardo hat nicht sein eigenes Handy benutzt."

„Welches dann?"

„Meines. Dasjenige, das Ihre Leute mir weggenommen haben."

TIM MUSSTE tief durchatmen und sich zusammenreißen, damit er nicht in Panik verfiel.

Er wusste, dass seine nächsten Schritte entscheidend waren für alles, was folgte, und er musste umsichtig denken und handeln, selbst wenn er sich nun auf ein Terrain begab, auf dem er keine Erfahrung hatte.

Nach seiner Schätzung hatte er fünf Stunden Vorsprung. Wenn Nick erkannte, dass er getürmt war, würde er wahrscheinlich nicht sofort Novack in Kenntnis setzen. Er würde Tim Zeit geben in der Hoffnung, dass er zurückkäme.

Rasch füllte er zwei Koffer mit Kleidung und legte sie in seinen Wagen. Er nahm auch ein Dossier an sich, das er seit einiger Zeit nur „die Akte" nannte. Er hatte es noch nie geöffnet und wollte es auch nicht, doch er sah die Möglichkeit, dass es erhebliche Tragweite für seine jetzige Situation besaß.

Tim ging wieder hinein, um Kiley zu holen und einen Zettel für Nick zu schreiben, den er in einem Umschlag an der Wohnungstür hinterlegte. Auf dem Zettel stand, er brauche Zeit zum Nachdenken, und wenn Nick dazu beitragen könne, ihm diese Zeit zu verschaffen, werde er ihm sehr dankbar sein. Tim bedauerte es, Nick anlügen zu müssen, aber er hatte keine echte Alternative.

Kurz bevor er ging, nahm er eine Schachtel vom Schlafzimmerschrank herunter und öffnete sie. Die Pistole hatte er sich nach Maggies Tod besorgt, als der Medienrummel dazu geführt hatte, dass er mehrere Morddrohungen erhielt. Er beschloss sie mitzunehmen, wenn er auch wusste, dass sie im Ernstfall mehr schaden als nutzen konnte.

Mit Kiley auf dem Rücksitz steuerte Tim zunächst seine Bank an. Auf dem Girokonto hatte er 21 000 Dollar, die er abhob. Dann tätigte er die höchstmöglichen Barabhebungen von seinen Kreditkarten, wobei er dem neugierigen Filialleiter lachend sagte, er fahre nach Las Vegas. Als er die Bank verließ, steckten fast 35 000 Dollar in seiner Tasche und die Hälfte der Angestellten starrte ihm nach. Er wusste, dass die Polizei jeden Einzelnen von ihnen bald ausquetschen würde.

Der nächste Knackpunkt war Kiley. So gern er sie mitgenommen hätte, es ging nicht. Kurz erwog er, entweder Danny oder Will zu bitten, Kiley aufzunehmen, kam aber zu dem Schluss, dass Eden die beste Adresse war. Bei ihr und Travis würde sich Kiley wohler fühlen als in Dannys oder Wills leerer Wohnung.

Juristische Schwierigkeiten für Eden befürchtete er nicht. Offiziell war er noch kein flüchtiger Straftäter, und sie konnte sagen, sie habe einfach einem Freund einen Gefallen tun wollen.

Er fuhr zu Eden und hoffte inständig, dass sie zu Hause war.

Wie sich herausstellte, war das Glück auf seiner Seite. Eden sah ihn durchs Fenster und kam heraus, um ihn zu begrüßen. Sein Gesichtsausdruck verriet ihr, dass etwas Furchtbares geschehen war. „Was ist?", fragte sie und bat ihn herein.

„Ich hatte gehofft, du könntest dich um Kiley kümmern", sagte er. „Ich muss für eine Weile verschwinden."

„Wohin willst du?"

„Weiß ich noch nicht. Nimmst du den Hund?"

„Ja klar, mach ich. Sag mir doch, was los ist."

„Der Finger in der Schachtel … er gehörte Maggie."

Eden schlug die Hand vor den Mund. „Um Gottes willen. Nein."

„Man hat vor, mich zu verhaften, aber ich kann es nicht so weit kommen lassen. Wenn sie mich einbuchten, komme ich nie wieder raus."

„Woher wissen sie denn, dass …"

„Die DNA-Analyse. Nick hat gesagt, es bestehe kein Zweifel. Sollte sie tatsächlich – woran ich nicht glauben kann – bei der Explosion nicht gestorben sein, ergeben sich schreckliche Möglichkeiten."

„O Tim, es tut mir so leid."

„Ich danke dir. Und dass du den Hund nimmst, rechne ich dir höher an, als du dir vorstellen kannst. Wenn sie bei dir vorsprechen, sag ihnen einfach, du hättest früher schon mal auf meinen Hund aufgepasst. Du hast ja nicht wissen können, dass ich vor der Polizei fliehe."

„Aber wohin fliehst du?"

„Ehrlich, ich weiß es nicht. Irgendwohin in die Botanik."

„Bleib hier."

Tims Antwort kam schnell. „Nein. Vielen Dank, nein."

„Sie hätten keinen Grund, hier zu suchen. Außer Nick weiß keine Menschenseele, dass wir Freunde sind."

„Eden, dafür kannst du ins Gefängnis kommen. Dies ist kein Spiel."

Sie wurde wütend. „Du glaubst, ich halte das für ein Spiel? Zwei Menschen sind ermordet worden, und ich halte das für ein Spiel?"

„Ich kann dich nicht noch stärker darin verwickeln, als du es ohnehin schon bist."

„Ich rede nicht von einem Daueraufenthalt. Nur vorübergehend, bis wir uns den nächsten Schritt überlegt haben. Und ich kann helfen."

Er wusste: sie hatte Recht. Für einen isolierten Einzelnen auf der Flucht war es eine schier unlösbare Aufgabe herauszukriegen, was hinter diesem Albtraum steckte. „Also gut, aber nur heute Nacht. Egal was kommt, morgen fahre ich weg."

NOCH EHE ER den Zettel sah, wusste Nick, dass Tim das Weite gesucht hatte. Eine Eingebung sagte es ihm, die Art von Eingebung, die immer richtig lag.

Tims Flucht war verständlich, aber in Nicks Augen töricht. Tim war kein Osama bin Laden, der es gewohnt war, sich in unzugänglichen Gebirgsregionen zu verkriechen; als Stadtmensch aus New Jersey war Tim nicht dafür gewappnet, lange in einem dürftigen Unterschlupf in freier Natur auszuharren.

Nick beschloss, Novack erst dann Bescheid zu sagen, wenn er Tim wieder am Schlafittchen hatte, und da weder Tim noch Nick offiziell von einem Haftbefehl in Kenntnis gesetzt worden waren, würde Tim nicht von Anfang an als Flüchtiger eingestuft werden. Aber das bedeutete nur eine kurze Atempause, und wenn Tim versuchte, Nick zu kontaktieren, würde er ihm die Leviten lesen müssen.

Durch Herumlungern in Tims Wohnung hatte Nick nichts zu gewinnen, deshalb fuhr er in sein Büro zurück und rief Eden an. Sie saß mit Tim in ihrem Wohnzimmer, als auf dem Display die Anrufernummer erschien.

„Das ist Nick", sagte sie zu Tim.

„Bitte sag ihm, dass du mich weder gesehen noch gesprochen hast."

Sie nickte und nahm den Hörer auf. „Hallo?"

„Nick hier. Hat sich Tim mit dir in Verbindung gesetzt?"

„Nein. Warum?"

„Eden, wenn du mit ihm sprichst, dränge ihn, mich anzurufen. Sag ihm, es sei noch nicht zu spät, aber bald werde es zu spät sein. Verstehst du?"

„Ja."

An dieser einsilbigen Antwort erkannte Nick, dass sie mit Tim gesprochen hatte. Wenn nicht, hätte sie sich seine schleierhafte Anweisung erklären lassen. „Eden, lass dich da auf keinen Fall hineinziehen. Mach nicht den schlimmsten Fehler deines Lebens."

„Danke, großer Bruder."

„Ich meine es ernst. Du könntest im Gefängnis landen." Er hätte hinzufügen können: Oder im Leichenschauhaus. Aus den Indizien, die er hatte, war durchaus der Schluss zu ziehen, dass Tim ein Frauenmörder war.

Da es die Aufgabe eines Strafverteidigers war, seinen Mandanten bestmöglich zu vertreten, vergeudete Nick normalerweise keine Zeit mit Erwägungen, ob sein Mandant das Verbrechen, das man ihm vorwarf, begangen hatte oder nicht. Hier aber ging es um seine Schwester. War Tim schuldig, dann begab sich Eden blindlings in höchste Gefahr.

Mit einem Gefühl der Hilflosigkeit, wie er es noch nie verspürt hatte, legte Nick den Hörer auf. Sein Klient stand am Rand eines Abgrunds und neben ihm stand Nicks Schwester. Und der Sturz würde sehr, sehr tief sein.

„Ich weiss, wo du Unterschlupf finden kannst, Tim“, sagte Eden. „Unglaublich, dass es mir nicht gleich eingefallen ist.“

Die Idee kam ihr nach einer einstündigen Debatte, unterbrochen von Schweigephasen, in denen beide darüber nachdachten, wie Tims Notlage beizukommen war. Während sie miteinander sprachen, saßen Tim und Eden im Wohnzimmer und streichelten die Hunde, ein anheimelnd normaler Anblick, wäre da nicht das Thema ihres Gesprächs gewesen.

„Wo?“

„Bei Lincoln Park gibt es ein Haus im Wald. Es gehört der Uni; eine Art Gästehaus für Professoren auf Besuch, Austauschstudenten und so weiter.“ Sie stand auf und suchte auf ihrem Schreibtisch ihr Adressbuch.

„Und es steht jetzt leer?“, fragte Tim.

Sie nickte. „Noch mindestens die nächsten sechs Wochen. Ein Kollege von mir hat da gewohnt, aber er nimmt gerade sein Sabbatjahr.“

„Wenn ich dort entdeckt werde, ist der Polizei sofort sonnenklar, wer mich versteckt hat.“

„Nein; ich hätte dir schon längst davon erzählen sollen. Schau, es ist ideal geeignet; wenn es da überhaupt Nachbarn gibt, sind sie es gewohnt, dass immer wieder neue Leute ein und aus gehen. Es gibt sogar ein Auto, das du benutzen kannst.“

„Das ist gut, denn ich muss wirklich ein und aus gehen. Ich muss unbedingt herauskriegen, wer mir das angetan hat, und ich werde die Verdächtigen nicht zu mir zum Interview bitten.“

Sie blickte fragend. „Hast du denn Erfahrung mit so was?“

Er schüttelte den Kopf. „Natürlich nicht.“

Eine weitere Schweigephase. „Ich kann helfen.“

„Du tust bereits viel zu viel.“

„Ich kann Sachen auskundschaften, mit Leuten reden.“

Er lächelte. „Hast du denn Erfahrung mit so was?"

„Ebenso viel wie du."

„Kommt nicht infrage. Je mehr du tust, desto größer ist die Gefahr für dich. Ich wette, das wird dir auch Nick sagen, wenn du ihn anrufst."

„Ich werde vorsichtig sein. Aber du brauchst Hilfe, und ich bin anscheinend die einzige Chance, die du hast. Nun können wir noch weiter herumdebattieren, oder wir können konkrete Pläne machen."

Sie stellten einen kompletten Schlachtplan auf: von der Art und Weise, wie sie einander kontaktieren wollten, bis zur Perfektionierung der Tarnung für Tim.

Als Tim endlich schlafen ging, hatte er kurz geschnittenes hellbraunes Haar, eine Billigbrille aus dem Drogeriemarkt und den Vorsatz, sich Schnurrbart und Kinnbart wachsen zu lassen. Auch ohne den Bart war die Veränderung schon durchschlagend genug.

„Deine eigene Mutter würde dich nicht wiedererkennen", staunte Eden.

Er nickte. „Das ist die gute Nachricht."

„Und die schlechte?"

„Novack ist nicht meine Mutter."

In genau diesem Augenblick stand Novack in Tims Wohnung und leitete eine gründliche Durchsuchung. Nichts von Wert war bisher zutage gefördert worden, allerdings arbeitete die Spurensicherung immer noch. Zu diesem Zeitpunkt war Novack schon fast hundertprozentig klar, dass Tim auf der Flucht war; im Schrank fehlten die Koffer und im Bad alle Toilettenartikel.

Er rief Nick an. „Ich bin gerade in der Wohnung Ihres Mandanten, Herr Rechtsberater."

„Lassen Sie mich mit ihm sprechen." Nick sagte das im vollen Wissen, dass Tim nicht da war, aber in der Hoffnung, den Anschein zu wahren, dass weder er noch Tim wussten, dass Tim polizeilich gesucht wurde.

„Das wäre etwas schwierig. Er ist nicht hier."

„Was zum Teufel machen Sie dann in seiner Wohnung?", fragte Nick, obgleich er die Antwort sehr wohl kannte.

„Ich schnüffle ihm nach und habe einen amtlichen Durchsuchungsbefehl."

„Ich komme hin. Ich will nicht, dass Sie dort Handtücher klauen."

„Bringen Sie Wallace mit, dann kann ich ihn verhaften."

„Unter welcher Beschuldigung?"

„Mord an Margaret Wallace." McDermott hatte entschieden, Tim Wallace zunächst nur des Mordes an seiner Frau zu beschuldigen und das Verbrechen an Sheila zunächst beiseitezulassen. In Maggies Fall hatte man schon eine brisante Ladung Indizien und sonstiger Beweise gesammelt; diejenigen für den Mordfall Sheila konnte man in petto halten.

◂ NEUN ▸

Um sechs Uhr abends wurden die Medien in die Jagd nach Tim einbezogen. Auf der Treppe des Polizeihauptquartiers hielt Novack eine eilig einberufene Pressekonferenz ab. Das Thermometer zeigte acht Grad minus, die versammelten Reporter bibberten und drängten sich zusammen, um sich gegenseitig zu wärmen.

Wie es Polizisten bei solchen Konferenzen häufig taten, erweckte Novack den Anschein, nur widerstrebend hier zu sein, wie zu einer lästigen Pflichtübung. Reporterfragen behandelte er wie unerwünschte Zudringlichkeiten und die Journalisten wie Störer, die Sand ins Getriebe der Justiz streuen wollten.

Diese Haltung war nicht nur vorgetäuscht. Novack hasste diese Momente; öffentlich sprechen zu müssen widerstrebte ihm und machte ihn eher wortkarg.

„Timothy Wallace wird von uns gesucht, um ihn im Mordfall Margaret Wallace vernehmen zu können", verkündete Novack. „Wir bitten die Öffentlichkeit: Wer Angaben zu seinem Aufenthaltsort machen kann, möge unsere Hotline anrufen."

Da viele der Reporter die Ermittlungen zu Maggies Tod schon länger begleiteten, löste dies eine Lawine von Fragen aus.

„Zum Stand der laufenden Ermittlungen kann ich keine Erklärung abgeben", wehrte Novack ab. „Das sollten Sie inzwischen doch wissen."

Er zeigte Tims Bild, verteilte Abzüge und gab die Nummer der Hotline bekannt. Abschließend erklärte er sich bereit, noch ein, zwei Fragen zu beantworten.

„Halten Sie ihn für bewaffnet und gefährlich?", wollte einer der Reporter wissen.

„Ich würde dazu raten, nicht die Probe aufs Exempel zu machen; rufen Sie die Nummer an und überlassen Sie der Polizei die weiteren Schritte. Ich danke Ihnen."

In allen Morgennachrichten bildete die Fahndung nach Tim die Titelstory. Tim war inzwischen in das Haus bei Lincoln Park umgezogen. Er hatte die zurückliegenden Stunden gut genutzt. So hatte er in einem auch nachts geöffneten Elektronikgeschäft unter falschem Namen ein Prepaid-Handy erstanden. Auf dem Parkplatz eines großen Einkaufszentrums hatte er von einem Wagen die Nummernschilder abgeschraubt und sie an seinem befestigt. Obschon nun eine groß angelegte Menschenjagd auf ihn angelaufen war, bildete dieser Diebstahl den ersten Gesetzesbruch seines Lebens, an den er sich erinnern konnte.

Aus einer Telefonzelle hatte er frühmorgens Danny angerufen. „Was ist?", fragte Danny, die Stimme noch versclafen.

„Man will mich verhaften wegen Maggies Tod."

„Was? Du hast doch vor einiger Zeit den Lügendetektortest bestanden, und –"

„Es war ihr Finger. Der Finger im Squashklub, das war ihrer." Immer noch war der Gedanke so furchtbar, dass er die Worte nur stockend herausbrachte.

„O nein … Tim … wo bist du jetzt?"

„Auf dem Weg zu einem Hotel bei Philadelphia." Das war eine Lüge, eine geplante. Tim wusste selbst nicht genau, ob er schwindelte, weil er Danny nichts aufbürden wollte, was er vor der Polizei verbergen musste, oder ob er schwindelte, weil er keinem mehr trauen konnte, nicht einmal seinem besten Freund.

„Tim, wenn die Polizei hinter dir her ist, bist du sicher, dass das eine gute Idee ist?"

„Nein. Aber es ist die einzige, die ich habe."

„Wie kann ich dir helfen?"

„Bezahl meinen Anwalt für mich, wenn er kommt, und …"

„Kein Problem. Alles, was nötig ist. Was noch?"

„Nichts. Halt dich so weit wie möglich aus der Sache raus."

„Was zum Teufel willst du jetzt machen?"

„Rauskriegen, was das alles zu bedeuten hat."

„Es tut mir leid, dass ich Ihnen das antun musste", sagte Tim, sobald Nick den Hörer abgehoben hatte. Er hatte Bammel vor Nicks Reaktion; er brauchte ihn als Verbündeten.

„Nicht mir", sagte Nick. „Sich selbst haben Sie das angetan."

„Ich habe einfach keine Alternative gesehen."

„Es gab Alternativen, Tim. Sie haben eine falsche Entscheidung getroffen, eine von der Panik diktierte Entscheidung. Sie standen unter Druck und haben die Karre gründlich in den Dreck gefahren."

Nicks harsche Kritik weckte Ärger und Besorgnis in Tim. „Und was jetzt?"

„Ich bin rechtlich verpflichtet, Sie darauf hinzuweisen, dass Sie eine schwere Straftat begehen, wenn Sie sich durch Flucht der Verhaftung entziehen, und rate Ihnen, sich sofort den Behörden zu stellen."

„Und wenn ich's nicht tue?"

„Dann tun Sie's nicht. Noch sind Sie Herr Ihrer Entscheidungen, vorläufig noch."

„Werden Sie mir weiterhin helfen?"

„Natürlich helfe ich Ihnen. Ich bin Ihr Anwalt."

„Danke. Sie wissen nicht, wie dankbar ich Ihnen dafür bin."

„Ehe Sie weiterreden: ich möchte nicht, dass Sie mir Ihren Aufenthaltsort verraten. Wenn Sie's tun, muss ich ihn an die Polizei weitergeben."

„Gut. Was darf ich Ihnen weitersagen?"

„Erzählen Sie mir, welche Ideen Sie haben, um aus Ihrer Situation wieder herauszukommen. Und was ich als Ihr Anwalt für Sie tun oder regeln soll, Ihrer Meinung nach. Solche Dinge."

„Das Einzige, wovon ich ausgehen kann, ist, dass Cashman hinter der Sache steckt. Oder zumindest darin verwickelt ist."

„Aber Sie wissen nicht, wer er ist. Oder warum er Sie aufs Korn genommen hat."

„Nein. Aber ich habe ihn gesehen; ich habe mit ihm gesprochen. Und wir haben sein Bild."

Hier hakte Nick ein. „Die Medien werden sich darauf stürzen. Ich habe schon um die fünfzig Reporteranrufe bekommen; wenn sie die Zeichnung in die Hände kriegen, werden sie durchdrehen."

„Irgendwer muss ihn kennen. Sollten wir eine Belohnung aussetzen? Mein Partner, Danny McCabe, wird dafür und für Ihr Honorar sofort Firmengelder zur Verfügung stellen." Tim zögerte. „Darf er das?"

„Klar. Jedermann hat das Recht auf einen teuren Verteidiger. Ich werde das sofort ankurbeln."

„Kann ich Sie weiter anrufen?", fragte Tim. „Ich meine, wird man Ihr Telefon abhören, Sie überwachen oder so?"

Nick hatte sich das schon überlegt. „Noch nicht. Vorläufig werden sie es noch nicht wagen, widerrechtlich ins Anwaltsgeheimnis einzudringen und damit eventuell ihre gesamte Ermittlungsarbeit zu torpedieren. Vielleicht tun sie's später, wenn sie mit dem Rücken zur Wand stehen."

„Hören Sie, Nick …"

„Ja?"

„Ich habe mal versucht, das Ganze von Ihrer Warte aus zu betrachten. Wahrscheinlich halten Sie mich für schuldig. Aber …"

„Sie wollten doch jetzt nicht beteuern, Sie seien unschuldig?"

„Doch, das wollte ich."

„Sparen Sie sich die Mühe. Vorläufig ist das nebensächlich."

„Darf ich vorstellen? Carl White, Spezialagent des FBI, vom Büro Miami", sagte Captain Donovan.

„Freut mich, Sie kennen zu lernen", sagte Anders und schüttelte White die Hand.

„Oje", seufzte Novack, der wusste, dass es sich nicht um einen Privatbesuch handelte. FBI-Agenten schneien nicht einfach herein; sie kommen oft, um Fälle zu übernehmen. „Was gibt es denn?"

„Agent White interessiert sich für unsere Ermittlungen zu Tim Wallace."

„Weshalb?", wollte Novack wissen.

„Wissen Sie noch, der Lieferwagen, der kurz vor der Autobahn explodiert ist?", fragte Carl. „In den zehn Tagen vor seinem Tod hat der Fahrer zweimal in Wallace' Büro angerufen."

„Irgendeine Ahnung warum?", erkundigte sich Anders.

„Noch nicht."

„Es ergibt keinen Sinn", gab Novack zu bedenken. „Ich sehe Wallace nicht als Terroristen. Er killt aus persönlichen Gründen und Auge in Auge."

„Aber soweit ich weiß, kam seine Frau durch eine Explosion ums Leben?"

Novack nickte. „Das stimmt. Und wir haben außerdem eine Verbindung zwischen Wallace und einem inzwischen verstorbenen Sprengstoffexperten in Carson, Wyoming, herausgefunden."

„Wie ist der Sprengstoffexperte gestorben?", wollte White wissen.

„Ihm wurde im Gefängnis die Kehle durchgeschnitten. Außerdem glauben wir, dass Wallace' Frau bereits Wallace' zweites Opfer war."

White stand die Überraschung ins Gesicht geschrieben. „Wallace hat zwei Morde verübt?"

„Ja, mindestens."

„Ich habe Agent White zugesichert, dass er alle relevanten Informationen aus unseren Ermittlungen bekommt", schaltete Donovan sich ein.

„Und wer bestimmt, was relevant ist?“, wollte Novack wissen. Klar, dass Donovan sofort vor dem FBI einknickte. Sich gegen das FBI zu stellen, war für ihn nicht karrierefördernd.

Donovan legte Schärfe in seine Stimme. „Das wird gemeinsam bestimmt werden.“

„DIES IST der Mann, den wir suchen. Er nennt sich Jeff Cashman, aber das ist wahrscheinlich ein Tarnname.“ Nick hielt die Zeichnung hoch, sodass die Zuschauer der Larry-King-Talkshow einen guten Blick darauf hatten. Es war sein fünfter Fernsehauftritt am heutigen Tag. Wer Cashmans Bild jetzt noch nicht gesehen hatte, gehörte wahrscheinlich zu den nur noch wenigen Amerikanern, die sich dem Vormarsch des Kabelfernsehens widersetzten.

Nick saß in einem Fernsehstudio an der westlichen 54. Straße in Manhattan, von wo aus er alle Interviews mit den verschiedenen Sendegesellschaften geführt hatte. Keine der Personen, die ihn den ganzen Tag befragt hatten, hatte ihm leibhaftig gegenübergesessen.

„Und warum suchen Sie ihn?“, wollte Larry wissen.

„Im Gegensatz zur Polizei möchte ich mich zu Verdachtsmomenten und Indizien nicht öffentlich äußern, aber man kann durchaus sagen, dass es an Mr Cashman ein Interesse gibt.“

„Interessiert sich auch die Polizei für ihn?“

„Sie sollte es tun“, sagte Nick. „Seit Wochen hat sie Kenntnis von ihm, hat aber erst jetzt diese Zeichnung freigegeben. Wer diesen Mann gesehen hat oder weiß, wo er sich aufhält, möge mich bitte unter 201-525-3176 anrufen. Für Informationen, die zu ihm führen, bieten wir eine Belohnung von fünfundzwanzigtausend Dollar.“

„Gegen Ihren Mandanten Timothy Wallace ist ein Haftbefehl ausgestellt. Wissen Sie, wo er ist?“

„Ich habe nicht die leiseste Ahnung“, erwiderte Nick. „Hochgefährliche Leute haben ihn ins Visier genommen, und er ist zu Recht verängstigt.“

„Also haben Sie mit ihm gesprochen?“

„Das ist eine Frage, die ich unabhängig von der Sachlage nicht beantworte. Sie wissen doch, Larry: Anwaltsgeheimnis, Schweigepflicht.“

Für Tim war es gespenstisch, in einem fremden Haus zu sitzen und Nick zuzuschauen. Eine Fernsehdebatte über die eigene Person, und dabei in einer rätselhaften und gefährlichen Klemme zu stecken, das war fast mehr, als er ertragen konnte.

Er schaltete den Fernseher aus und stieg in das fremde Bett. Noch nie hatte er sich so allein gefühlt. Maggie fehlte ihm mehr denn je. Inzwischen hatte er beim Gedanken an sie auch nachträglich noch neue Angst und Sorge. Was hatte sie ertragen müssen? Was hatte sie gelitten? Wie hatte er sie dem namenlosen Bösen, das in ihr Leben getreten war, so ungeschützt überlassen können?

Ohne Maggie hatte er keinen mehr, dem er trauen konnte. Irgendjemand, der ihn genau kannte, konspirierte gegen ihn, jetzt, in diesem Augenblick. Wie hätte sonst sein Leben so radikal in die Brüche gehen können? Irgendjemand, der gewusst hatte, dass das Boot ihm gehörte und wann er an Bord gehen würde. Der gewusst hatte, wohin er am Silvesterabend ging. Wo er wohnte. Dass er in Wyoming gewesen war. Wo und wann er Squash spielte.

Es entsetzte Tim, dass die einzige Person, die er kannte und die all diese Kriterien erfüllte, Danny war. Aber was hatte Danny zu gewinnen? Konnte es mit der Firma zu tun haben? Vielleicht unterschlug er Geld oder benutzte den Betrieb für ungesetzliche Machenschaften. Aber warum derart weit ausholen? Warum Sheila umbringen? Es schmerzte Tim, den Danny, den er kannte, auch nur entfernt in diesen Verdacht zu bringen. Aber irgendjemand musste dahinterstecken. Danny gehörte als Nummer eins auf die Liste der Verdächtigen.

Eine Liste, die bislang nur eine einzige Person umfasste.

LUCIA ANGELOS war froh, dass es vorbei war. Sie hatte getan, was ihr aufgetragen worden war, das FBI war weg, und ein Sümmchen Geld war auch dabei abgefallen.

Es war Zeit, die Dollars zu nehmen und endlich das Leben zu genießen. Das sagte sie ihrer Schwester Maria bei einem ihrer Telefongespräche. „Ich ziehe nach New York und besorge mir einen Job."

Maria, die selbst in New York lebte, wandte ein: „Das sagst du immer und tust es dann doch nicht."

„Diesmal tue ich's. In New York habe ich dann wenigstens dich."

„Aber ich habe Orlando." Marias Ehe war alles andere als glücklich.

„Du kannst ihn verlassen, dann können wir zusammenziehen."

Maria lachte über diesen unsinnigen Gedanken. „Klar. Wir residieren an der Park Avenue und nehmen uns Dienstboten."

Lucia kannte die Park Avenue nicht und wollte gerade danach fragen, da klopfte es an der Tür. „Sekunde mal eben …" Sie legte den Hörer ab und ging aufmachen.

Vor der Tür stand der Mann, den sie nie hatte wiedersehen wollen. „Hallo Lucia, nett, Sie zu sehen. Sie haben gute Arbeit geleistet.“

„Ich hab getan, was Sie wollten. Ich hab dem FBI alles gesagt, was Sie mir eingeschärft haben.“

„Weiß ich doch. Ich bin nur hier, um die Sache zu einem sauberen Abschluss zu bringen.“

Er trat auf sie zu, und sie schaute ihm beim Näherkommen direkt in die Augen. Plötzlich wusste sie, weshalb Ricardo vor diesem Mann solche Angst gehabt hatte.

Aber da war es zu spät.

Bis zehn Uhr morgens liefen über tausend Hinweise auf Nicks Hotline ein, weit mehr, als Nick und seine Kollegen bewältigen konnten. Es blieb nur zu hoffen, dass Anrufer, die etwas Fundiertes zu sagen hatten, mehr als einmal zum Hörer griffen.

Nick blieb nichts anderes übrig, als untätig abzuwarten, bis sich etwas entwickelte, und untätiges Abwarten war noch nie seine Spezialität gewesen. Er wollte alles belastende Material kennen lernen, das die Anklage gegen Tim zusammengetragen hatte, aber die Staatsanwaltschaft war nicht verpflichtet, irgendetwas herauszurücken. Das musste sie erst in der so genannten „Offenlegung der Akten vor Prozessbeginn“, wenn Tim in Gewahrsam und formell angeklagt war. Gleichwohl: Nick hatte seine Quellen im Polizeiapparat und er nutzte sie ausgiebig.

Eden Alexander, die nach eigener Einschätzung im letzten Jahr höchstens zehn Stunden ferngesehen hatte, saß wie angewurzelt vor dem Bildschirm. Jedes Mal wenn CNN eine „aktuelle Meldung“ ankündigte, zuckte sie zusammen. Keine hatte mit Tim zu tun.

Zwar kannte sie Tims neue Handynummer, aber sie waren übereingekommen, falls sie kommunizieren müssten, es nur über E-Mail zu tun. Unter dem Namen *Kileysfriend* hatte Eden bei Yahoo eine neue Mailadresse eröffnet. Bislang hatte Tim noch keine Nachricht geschickt.

Eden führte Kiley und Travis nicht mehr aus, sondern benutzte das Gartengrundstück hinter dem Haus. Sie beobachtete aufmerksam ihre Umgebung und hatte bisher keinerlei Anzeichen dafür bemerkt, dass irgendwer sie überwachte, doch es war ihr klar, dass das nicht viel hieß. Nach allem, was sie wusste, konnte man sie lückenlos observieren, ohne dass sie nur einen Hauch davon mitbekam.

VIELE DER MÄCHTIGSTEN MÄNNER in der Politik der Vereinigten Staaten sind der Öffentlichkeit weitgehend unbekannt. Ein solcher Mann war Gregory Campbell aus Boise, Idaho, der im Rahmen eines Nachwuchsförderprogramms des Kongresses die Georgetown University in Washington besucht hatte und dann als untergeordnete Kraft beim Bewilligungsausschuss des Repräsentantenhauses eingestiegen war.

Fünfundzwanzig Jahre lang hatte Campbell nicht den leisesten Versuch gemacht, diese Anonymität abzuschütteln. Vierzehn Stunden am Tag arbeitend, wurde er zu einem wichtigen Rad im Getriebe der Politik und rückte in eine gehobene Position beim Bewilligungsausschuss des Senats auf, wo er unter die Fittiche von Senator Collinsworth kam.

Wenn man überhaupt unter irgendwelche Fittiche kommen musste, dann waren diese die denkbar besten. Collinsworth konnte Leuten, die er brauchte und die er zu schätzen vorgab, viele Wege ebnen. Mit gelegentlichen Insider-Aktientipps oder mit unauffälligen Landkäufen in Gegenden, die durch neue Straßen erschlossen werden sollten, machte er Campbell insgeheim zu einem reichen Mann. Schließlich hatte der Senator für ihn arrangiert, dass er in die Exekutive wechselte, und zwar in die „General Services Administration", wo er hinter den Kulissen noch mehr bewirken konnte. Hier konnte Campbell Großaufträge dorthin steuern, wo der Senator sie hingesteuert haben wollte.

Zur Bewältigung der potenziellen politischen Krise, die Tim Wallace' Flüchtlingsstatus aufwarf, erwies sich die Beziehung nun als sehr nützlich.

Als Campbell telefonisch erfuhr, dass er sich mit Keith Rivers treffen sollte, wusste er sofort, dass Collinsworth ein Problem hatte. Reiche und Mächtige von Collinsworths Kaliber lösten Probleme selten eigenhändig: das erledigte immer Rivers. Einen besseren Problemlöser hatte Gregory Campbell in seinem Leben noch nicht kennen gelernt.

Sie trafen sich in einem Restaurant in Nordvirginia, obwohl sie genauso gut auch in Washington hätten dinieren können. Niemand hätte sie als Politprominenz erkannt.

Kurz nachdem sie sich gesetzt hatten, trat der Kellner auf sie zu. „Möchten die Herren vielleicht einen Aperitif? Darf ich Ihnen die Spezialitäten des Tages aufzählen?"

„Nein", sagte Rivers.

Verdattert von dieser Direktheit, stotterte der Kellner: „Dann gebe ich Ihnen noch ein bisschen Zeit", und verschwand.

Ohne Vorrede fragte Rivers: „Haben Sie von dem Mann gehört, der in New Jersey wegen Mord gesucht wird?“

Campbell sah wenig fern und las auch nicht die Kriminalseiten der Zeitungen. „Ich glaube nicht …“

„Daniel McCabes Partner ist derzeit auf der Flucht.“

Langsam dämmerte es Campbell, in welcher Verlegenheit der Senator war. „Ist das der Typ, dessen Frau auf dem Boot gestorben ist?“

Rivers nickte. „Genau. Sie sollten sich mit den Medienberichten vertraut machen. Es darf niemals öffentlich bekannt werden, dass der Senator irgendetwas mit der Auftragsvergabe an diese Firma zu tun hatte. Er hat erst lange im Nachhinein davon erfahren.“

Gregory nickte sein Einverständnis zu dieser Feststellung, die ein reines Märchen war. „Ja, natürlich.“

„Die Strategie, die Aufträge an mittelständische Firmen zu vergeben, stammt von ihm; um die Details der Auftragsvergabe haben sich dann Leute wie Sie gekümmert. Er lässt seine Leute ihre Arbeit machen, ohne sich in alles einzumischen.“

„Unbedingt. Das ist eine seiner größten Stärken.“

Rivers stand auf, um zu gehen. „Guten Appetit.“

MIT EINER bewussten Anstrengung schob Tim die Verdächtigungen gegen Danny beiseite, holte tief Luft und öffnete „die Akte“.

Versammelt waren darin Zeitungsmeldungen zu Maggies Tod und den nachfolgenden Ermittlungen, der Bericht des Untersuchungsrichters, der Bericht der Küstenwache sowie alle anderen offiziellen Schriftstücke, die Tim erhalten hatte, nachdem er nicht mehr des Mordes verdächtig gewesen war.

Tim hatte nie irgendetwas davon lesen wollen, hatte aber Meredith gebeten, das Dossier zusammenzustellen, und nun glaubte er es durchgehen zu müssen, in der Hoffnung, vielleicht etwas Aufschlussreiches zu finden. Er litt Höllenqualen, insbesondere wegen der Entmenschlichung, die Maggie in diesen Schriftstücken erfuhr. In kalter bürokratischer Sprache wurde sie hier zum Objekt, ohne ihr Lachen, ihre Persönlichkeit, ihre Träume. Seite auf Seite handelte von ihr, hatte aber nichts mit ihr zu tun.

Schauerlich war es, von dem Tag auf dem Boot zu lesen, in Presseartikeln, geschrieben in der Zeit, als Tim im Krankenhaus lag. Einen weiteren Schock versetzte ihm die Erkenntnis, dass er vielleicht gar nicht alles mitbekommen hatte, was vorgefallen war. Zweifel verzehrten ihn. Hatten seine Augen ihn getäuscht, konnte er seiner Erinnerung trauen?

Er versuchte sich zu unparteiischer Lektüre der Artikel zu zwingen. Offenbar hatte der Motor des Bootes Feuer gefangen und war explodiert; ein vorbeikommendes Privatflugzeug sah das Feuer, aber nach der Größe des Brandes zu schließen erst nach fünf bis zehn Minuten. Der Pilot setzte einen Notruf ab, und als der Kutter der Küstenwache eintraf, trieben noch Trümmer des Bootes im Wasser, Maggies Leichnam aber war offenbar in Stücke zerrissen und verschwunden. Tim schaukelte in seiner Schwimmweste bewusstlos in den Wellen. Andere Boote waren nicht in Sicht.

Der Bericht der Küstenwache zeichnete ungefähr das gleiche Bild, und Tim ging zu den Polizeiberichten über.

Plötzlich traf ihn die Erkenntnis wie ein Schlag zwischen die Augen. Keine anderen Boote? Da war doch eine Oceanfast zu sehen gewesen, nicht weit entfernt, als er wegen des Hutes ins Wasser sprang. Den ganzen Tag hatte die Jacht in der Nähe gelegen: er und Maggie hatten sie beide bewundert. Unbedingt hätte man von dort aus die Explosion sehen müssen.

Wie kam es, dass die Leute auf der Jacht keine Meldung gemacht hatten?

Tim versuchte sich diese Frage selbst zu beantworten. Vielleicht schliefen sie, oder sie wollten nicht hineingezogen werden, oder sie waren aus irgendeinem Grund auf See, von dem niemand wissen sollte.

Doch keine dieser Antworten klang plausibel. Die Leute auf der Jacht mussten die Explosion zumindest gehört haben, und man konnte sich unmöglich vorstellen, dass sie jemandem in Seenot nicht halfen.

Es sei denn, sie hätten darauf gewartet, dass Tims Boot hochging.

Ungeachtet der Beteuerungen Nicks, er werde nicht abgehört, hatte Tim Hemmungen, ihn anzurufen. Diesmal aber lohnte sich das Risiko, weil er Nicks Hilfe beim Aufspüren der Jacht brauchte.

Nicks Sekretärin nahm das Gespräch an, und Nick sagte ihr, Jerry Koosman sei am Apparat. Es war ein Signal, das sie vereinbart hatten: als großer Fan der Mets hatte Nick vorgeschlagen, den Namen des früheren linkshändigen Pitchers der Mets zu benutzen.

„Sprechen Sie, schnell!“, drängte Nick, der nicht wollte, dass diese Anrufe zu lange dauerten.

„Ich habe alle Berichte über den Tag, an dem Maggie starb, gelesen. Keiner erwähnt eine Jacht, die in der Nähe war. Ich habe die Jacht aber gesehen; sie war definitiv da, doch die Leute an Bord haben die Explosion nicht gemeldet. Das Feuer wurde erst von einem Piloten entdeckt, der die Stelle überflog.“

„Und?“

„Auf See hilft man sich gegenseitig; das ist unbedingte Pflicht und Schuldigkeit. Die Leute hätten es melden müssen, und wenn sie's nicht getan haben, muss ein verdammt guter Grund vorgelegen haben."

„Haben Sie das Schiff damals bei den ersten Befragungen erwähnt?"

„Nein. Ich bin automatisch davon ausgegangen, dass die Leute auf der Jacht es gemeldet haben. Etwas anderes hätte ich nie vermutet."

Nick hielt von dieser Neuigkeit nicht viel, aber er hatte selbst auch nichts Besseres anzubieten. „Die Jacht, irgendwelche besonderen Kennzeichen?"

„Es war eine Oceanfast 360, Wert über zwei Millionen. Maggie und ich haben sie bewundert; wir haben sogar Witze darüber gerissen."

„Wie viele Jachten dieses Typs hätten sich denn dort herumtreiben können?", fragte Nick.

„Keine Ahnung, aber diese eine war in einem hässlichen Grün gestrichen, so wie früher die Kakiuniformen. Sie hatte auch zwei weiße Streifen. Wenn sie keinen Neuanstrich bekommen hat, ist sie wirklich ein Unikat."

„Dann wollen wir mal feststellen, wem sie gehört", sagte Nick.

„Wie machen wir das?"

„Wir ziehen einen unserer Spürhunde von der nutzlosen Jagd nach Cashman ab und setzen ihn darauf an."

„In Sachen Cashman tut sich also nichts?"

„Das Einzige, was sich tut, ist, dass jeder Amateurdetektiv östlich von Hawaii sich die Belohnung zu verdienen versucht."

„Es gibt ihn, Nick", sagte Tim. „Ich habe ihn nicht erfunden."

An seinem Ecktisch im „Spumoni's" – einem überteuerten angesagten Restaurant in Washington – war Jimmy Lee Curry froh, dass Professor Richmond ihn jetzt nicht sehen konnte. Richmond war der Mann, der Jimmy an der Universität von Alabama unter die Fittiche genommen und gefördert hatte bis zum Masterabschluss in Journalistik. Er hatte in ihm das Potenzial zu einem investigativen Reporter erster Klasse gesehen und hatte ihm die Grundsätze des Berufs eingeschärft: Objektivität, Bindung an ethische Prinzipien, Schonungslosigkeit. 25 Jahre später waren Jimmy Lee Currys Artikel geachtet und gefürchtet. Doch je erfolgreicher er wurde, desto stärker traten gerade die Eigenschaften, die ihn erfolgreich gemacht hatten, in den Hintergrund.

Jimmy Lee war nicht der erste Reporter, der dies erlebte. Es gab ungefähr ein Dutzend Topjournalisten, die ihre investigative Tätigkeit darauf beschränken konnten, den Telefonhörer abzuheben. Wer Nachrichten verbreiten wollte, rief Jimmy Lee an, und wenn er eine Kolumne darüber schrieb, stürzten sich die Leute darauf.

So saß Jimmy Lee nun ziemlich selbstzufrieden in seinem Gourmettempel und wartete auf Susan Moreno, die ihm eine brisante Story auf den Tisch legen wollte.

Susan, Mitte dreißig, eine auffallend schöne Frau, war die Topassistentin von Walter Evans aus Ohio, dem Shootingstar unter den jungen Senatoren. Wenn Senator Evans etwas bewegen wollte, schickte er Susan.

Sie hatte für Evans in etwa die gleiche Funktion wie Keith Rivers für Collinsworth; nur wog sie sechzig Kilo weniger und hatte eine höhere Stimme.

Susan wartete immer bis zum Kaffee, ehe sie mit ihrer Neuigkeit herausrückte, und sie machte auch diesmal keine Ausnahme. „Haben Sie von Tim Wallace gehört, dem Mann aus New Jersey, den die Polizei wegen Mord an seiner Frau sucht?"

„Natürlich."

„Wussten Sie, dass seine Firma sicherheitsrelevante Arbeiten am Newark Federal Center ausführt?"

„Warum ist das wichtig?", fragte Jimmy Lee.

„Weil Senator Collinsworth ihm den Auftrag zugeschustert hat."

„Aha … und welche Verbindung besteht zwischen Collinsworth und Wallace?"

„Wallace' Partner ist Collinsworths Neffe", antwortete sie.

Dies war für Jimmy Lee zwar von gewissem Interesse, aber nicht die Art Bombe, die eine Frau wie Susan Moreno genüsslich erst beim Nachtisch platzen ließ. „Ich vermute, da steckt mehr dahinter? Irgendetwas, aus dem Sie und Ihr Boss direkteren Nutzen ziehen?"

Sie lächelte. „Das hängt von unseren Verhandlungen ab. Wir müssen uns über die Bedingungen einigen."

„Die wären?"

„Sie schreiben diese Story, und in zwei Wochen – einen Tag nach der Eröffnung des Federal Centers – schreiben Sie einen Folgeartikel."

Er nickte; jetzt kam der Clou. „Und darin soll stehen …"

„Sie erinnern sich doch noch an die Explosion auf der Jersey Turnpike vor einiger Zeit. Der Fahrer des Wagens, der da in die Luft flog, hat vor seinem Tod mehrmals bei Wallace angerufen. Resümee: Senator Collinsworth schanzt wichtige Bauaufträge jemandem zu, der geschäftlich mit Typen verkehrt, die Cintron 421 lastwagenweise durch die Gegend fahren."

Dies war in der Tat eine potenzielle Bombe, und die Frage nach dem Nutzen für Susans Boss war hinreichend beantwortet. Zwischen Evans und Collinsworth herrschte bittere Rivalität, verschärft durch den Umstand, dass Collinsworth zum Chef des Bewilligungsausschusses des Senats berufen worden war. Man erwartete, dass die beiden in zwei Jahren bei der Präsidentschaftswahl als Kandidaten gegeneinander antreten würden.

Jimmy Lee lächelte. „Endlich reden Sie Tacheles."

Susan nippte entspannt an ihrem Kaffee. „Also, Jimmy Lee, halten Sie das für eine lohnende Story?"

„Brauche ich dafür noch eine zweite Quelle?"

Susan schüttelte den Kopf. „Meine Information ist hundertprozentig."

„Warum soll ich mit dem Folgeartikel zwei Wochen warten?", fragte er.

Sie beugte sich vor und senkte die Stimme. „Es ist gerade beschlossen worden, dass bei der Eröffnung des Centers auch der US-Präsident teilnehmen wird. Man wird die Sicherheitsmaßnahmen verdreifachen, also gibt es keine Gefahr, aber Ihre Story wird vermelden, dass Präsident Markham den Abend in einem Gebäude verbracht hat, das von Senator Collinsworths verrücktem Bombenbastler erbaut wurde."

„Sie haben keine Ahnung, wo er ist?", fragte Danny.

„Natürlich nicht", erwiderte Meredith. „Glauben Sie, er würde mich einweihen und Sie nicht?"

„Ich glaube nicht, dass er überhaupt jemanden einweihen würde. Aber das meine ich gar nicht. Haben Sie nicht irgendeine Vermutung, wo er stecken könnte? Sie organisieren doch sein ganzes Leben, Himmelherrgott!"

„Nun, diesen Teil seines Lebens nicht. Dieser Teil jagt mir eine Heidenangst ein."

„Er hat doch nichts Unrechtes getan, man wird ihm nichts anhaben können."

„Wirkt es sich schon aufs Geschäft aus?", erkundigte sie sich.

Er nickte. „Wahrscheinlich. Das FBI war auf der Baustelle, und die Heimatschutzbehörde hat jeden Stein umgedreht, aber das hätte sie wahrscheinlich sowieso gemacht."

„Könnte es sein, dass die Eröffnungsfeier abgesagt wird?"

„Keine Chance. Zu viele hohe Tiere werden kommen."

„Hat die Polizei mit Ihnen gesprochen?", fragte sie.

„Zweimal, und das FBI einmal. Ich habe allen gesagt, dass ich nicht weiß, wo er steckt, und dass er nie und nimmer Taten der Art begehen würde, die man ihm vorwirft."

Meredith nickte; Ähnliches hatte auch sie ausgesagt. Außerdem hätte sie Tims Aufenthaltsort nie an die Polizei verraten, auch wenn sie ihn gekannt hätte. Für Danny konnte sie in diesem Punkt die Hand nicht ins Feuer legen.

„Da war doch diese Frau, mit der ich ihn neulich gesehen habe. Groß, blond … Haben Sie eine Vermutung, wer das sein könnte?", fragte Danny.

„Nein, er hat nie irgendwen erwähnt", log Meredith und ließ unerwähnt, dass Eden Alexander Tim zum Essen eingeladen hatte.

Eden Alexander. Das war ein Name, den sie Danny nicht anvertrauen wollte.

GEORGIE SILVERS machte sich keine falschen Hoffnungen hinsichtlich der Chance, die sich da bot. Was er zu sagen hatte, konnte ihm Vergünstigungen einbringen, aber keine Entlassung.

Dennoch war es besser, sich an die Polizei zu wenden, als die offizielle Belohnung anzustreben, die er hier im Staatsgefängnis von New Jersey doch nie bekommen würde. Auch wenn die Polizei nicht sonderlich interessiert schien.

Novack legte die Zeichnung von Cashman auf den Tisch. „Sie kennen also diesen Mann?"

Georgie nickte. „Ja. Ich kenne ihn. Oben in Lampley habe ich mit ihm gesessen."

„Wie ist sein echter Name?", fragte Anders.

Georgie konnte sich ein Lachen nicht verkneifen. „Sein Name? Also hört mal, ihr wisst doch, dass das so nicht läuft."

„Sie wollen also eine Belohnung für den Namen?", hakte Novack nach. „Eine Villa in der Karibik? Eine Nobelsuite in Las Vegas?"

„Macht schon", sagte Georgie. „Ich stelle keine übertriebenen Forderungen."

„Wer sagt, dass wir den Namen wollen?", fragte Anders.

„Ihr seid nicht hierhergekommen, um mit mir 'n bisschen Kaffeeklatsch zu halten. Ich hätte mich an meinen Anwalt wenden und die Belohnung kassieren können, aber ich bin ein guter Bürger."

„Der Dank des Vaterlandes ist Ihnen gewiss", brummte Novack. „Was fordern Sie?"

„Einen Job in der Bücherei. In der Küche schwitze ich mir den Arsch ab.“

„Glauben Sie, wir sind hier vom Arbeitsamt?“

„Und im Juli, wenn die Neubelegungen vorgenommen werden, will ich nach Milford.“ Das Bundesgefängnis von Milford war vergleichsweise eine Komfortherberge; hartnäckige schwere Wiederholungstäter wie Georgie Silvers kamen dort normalerweise nicht hin.

„Milford?“ Novack grinste amüsiert. „Das ist ein Niedrigsicherheitsknast. Wollen Sie dahin? Dann müssen Sie für den Kongress kandidieren und Bestechungsgelder nehmen.“

Georgie ließ sich nicht entmutigen. Er pokerte weiterhin hoch. „Ich sag Ihnen was: Wenn sich herausstellt, dass dieser Typ für Sie ein dicker Fisch ist, dann versuchen Sie, mich nach Milford zu kriegen. Ist das fair? Bis dahin bin ich mit einem Büchereijob zufrieden.“

Novack nickte. „Okay, abgemacht. Also wie lautet jetzt sein richtiger Name?“

„Billy Zimmerman. Wir nannten ihn Dollar Bill, weil er wegen Scheckfälschungen saß.“

Dollar Bill, umgetauft in Cashman. „Und er hat so ausgesehen wie auf diesem Bild?“

„Nee. Er hat geplant, sich so zurechtzumachen. Falls er mal untertauchen müsste, Sie verstehen?“

Nick schüttelte enttäuscht den Kopf. „Das wussten wir nicht. Wir bitten um nähere Erklärung.“

„Seine Freundin war Maskenbildnerin oder so was; ich glaube, für eine dieser Broadway-Shows, die auf Tournee gehen. Sie …“

„Wie hieß sie?“

„Denise. Den Nachnamen weiß ich nicht. Sie arbeitete in Buffalo bei diesem Musical über Franzosen.“

„Les Misérables?“

„Ja, glaub schon. Jedenfalls hat sie ihm das Schminken beigebracht, aber sie haben ihn mitten in der Nacht aus dem Bett heraus verhaftet. Er sagte, wenn er je türmen könnte oder wenn die Bullen hinter ihm her wären, würde er sein Aussehen ändern. Er ließ sich von seiner Flamme sogar ein Bild zeichnen, wie er aussehen wollte.“

Novack deutete auf die Zeichnung. „Und das ist es?“

Georgie nickte. „Das ist es.“

◂ ZEHN ▸

Dem Mann, der Jeff Cashman umgebracht hatte, gefiel sein neuer Auftrag nicht. Jemanden zu observieren, das war mühsame Arbeit, wie geschaffen für schwachköpfige Polizisten. Eden Alexander zu überwachen war unter seiner Würde; noch schlimmer als ihr langweiliges Leben war nur, dabei zuschauen zu müssen, wie sie es führte.

Außerdem ergab es keinen Sinn. Wenn man wissen wollte, wo Wallace steckte, nahm man dieses Weibsbild doch einfach hopp und setzte ihr die Daumenschrauben an.

Am schlimmsten war es, wenn sie an die Uni ging, um dort Vorlesungen und Kurse abzuhalten. Auf dem Campus hätte er allzu fehl am Platz gewirkt, deshalb parkte er auf der Straße vor dem Tor und wartete fünf oder sechs Stunden, bis sie wieder herauskam.

Das einzig Positive war, dass sein Job höchstens zwei Wochen dauern würde. Bis zu diesem Zeitpunkt spätestens mussten seine Auftraggeber wissen, wo Wallace sich versteckt hielt, und wenn sie ihn bis dahin nicht zu Wallace geführt hatte, würde er sie sich schnappen und die Information aus ihr herausquetschen. Immerhin ein Lichtblick, auf den er sich freuen konnte.

Danach würde er auf eigene Rechnung weiterarbeiten. Der Auftrag, Cashman und das Frauenzimmer in Florida umzubringen, war ein Fehler gewesen, den seine Brötchengeber noch bereuen würden. Es bewies ihm, wie sie mit ihren Partnern umsprangen, und ließ ihn vermuten, dass sie ihm das gleiche Schicksal zugedacht hatten. Doch ganz gleich, wie viel Geld und Macht sie hatten, sie würden bald herausfinden, dass sie ihm nicht gewachsen waren.

WEDER DEN WAGEN noch den Mann am Steuer hatte Eden Alexander je zuvor gesehen. Es war ein grauer Minivan, am Ende ihrer Straße geparkt, und der Mann war blond, Anfang dreißig und so massig, dass er das Führerhaus ganz auszufüllen schien.

Sie begriff sofort: sie wurde observiert, und er war der Observierende. Ihr Instinkt sagte es ihr, und sie traute ihrem Instinkt vollkommen.

Eden vermied es sorgfältig, den Wagen oder den Mann anzustarren, während sie zu ihrem Auto ging. Sie fuhr zur Universität und winkte dem Pförtner zu, der ihr den Schlagbaum öffnete. Während der Fahrt hatte sie keinen Minivan hinter sich gesehen, aber sie hätte ein Wochengehalt verwettet, dass er ihr folgte.

Sie ging geradewegs zum Dozentenzimmer und war erleichtert, Andy Miller, einen Kollegen, dort zu sehen. Er trank Kaffee. „Andy, du musst mir einen Gefallen tun."

„Schieß los."

„Ich möchte, dass du raus vors Tor gehst. Wenn dort irgendwo ein grauer Minivan parkt, stell bitte die Autonummer fest."

„Was ist los?", fragte er. „Irgendwas nicht in Ordnung, Eden?"

Sie lächelte. „Nein, alles in Butter. Wirklich."

Er stand auf. „Okay, grauer Minivan. Sherlock Holmes macht sich auf die Socken."

Andy ging und blieb etwa zehn Minuten fort. Als er wiederkam, sagte er: „WKT-535."

„Saß jemand im Wagen?", fragte sie.

„Stämmiger Bursche, blondes Haar. Hab nicht allzu genau hingeguckt."

Sie zwang sich ein Lächeln ab. „Großartig, Andy. Tausend Dank."

„Kann ich sonst noch was tun? Bist du sicher, dass alles in Ordnung ist?"

„Ja, ganz sicher, Andy", log sie, während sie gegen ein Gefühl der Panik ankämpfte. Das musste ein Polizeibeamter sein, der im Auto saß, und der würde ihr nur folgen, wenn er glaubte, sie würde ihn zu Tim führen.

Was bedeutete, dass sie beide ziemlich in der Patsche saßen.

TIM FÜRCHTETE FAST, verrückt zu werden. Das untätige Herumsitzen im Haus brachte ihn nicht weiter, und inzwischen waren seine Bartstoppeln so sehr gewachsen, dass er hoffen konnte, von aufmerksamen Zeitungslesern und Fernsehzuschauern nicht mehr erkannt zu werden. So konnte er sich nun vor die Tür wagen. Das Problem war nur: Er hatte kein Ziel.

Für den ersten Ausflug nahm er sich die Stadtbücherei vor. Vom Computer der Bücherei aus wollte er Eden kontaktieren.

Schon der erste Schritt ins Freie weckte Unbehagen. Zwar wusste er, dass draußen nicht die Polizei auf ihn wartete, denn hätte sie seinen Aufenthaltsort gekannt, hätte sie ihn längst verhaftet. Dennoch schaute er sich argwöhnisch um und warf auch während der Autofahrt misstrauische Blicke um sich.

Die Bibliothek von Lincoln Park war überraschend groß und zählte selbst zu dieser frühen Stunde schon an die fünfzehn Besucher. Mit Erleichterung stellte Tim fest, dass er zur Benutzung der Rechner keine Ausleihkarte brauchte; er musste sich nur anmelden. Er tat dies unter einem falschen Namen.

Tim hatte Eden gebeten, eine Hotmail-Adresse für ihn einzurichten, und er wählte sie an. Mit Erstaunen sah er, dass schon sieben Mails auf ihn wareten. Sechs davon waren Werbemüll, eine war von *Kileysfriend*, der Adresse, die Eden für sich selbst eingerichtet hatte.

Er öffnete die Mail und las: ICH WERDE BESCHATTET. ICH WEISS NICHT, WER ES IST, ABER ICH FÜRCHTE, ES IST DIE POLIZEI. ICH HABE DIE AUTONUMMER DES WAGENS. WAS SOLL ICH TUN?

Die Nachricht traf Tim wie ein Schlag. Es drängte ihn, aufzustehen und auf und ab zu tigern, um die angestaute Angst abzubauen und vielleicht klarer denken zu können. Aber er durfte auf keinen Fall Aufmerksamkeit erregen und unterließ es.

Er tippte eine Antwort und hoffte, dass Eden sich in der Nähe eines Computers aufhielt und sie gleich lesen konnte: GEH ZU NICK. SAG IHM, WAS DU DENKST, UND GIB IHM DIE AUTONUMMER. NICHT ÜBERS TELEFON.

Er drückte SENDEN und wartete. Nach einer Minute erschien ihre Antwort: MACHE ICH; ICH SCHREIBE DIR, WAS ER GESAGT HAT. BIST DU OK?

Er schrieb zurück: JA. WENN DU IN GEFAHR GERÄTST, SAG DIE WAHRHEIT ÜBER MEINEN AUFENTHALTSORT. GEH JA KEINE UNNÖTIGEN RISIKEN EIN.

Ihre Antwort kam prompt: DU AUCH NICHT, KUMPEL.

Da musste Tim lächeln. Er wünschte sich, bei ihr zu sein, einen normalen Tag zu verbringen, aber das war unter den gegebenen Umständen ausgeschlossen.

DENISE WAGNERS Karriere durfte man getrost als stagnierend bezeichnen. Für Tourneetheater arbeitete sie nicht mehr. Dass sie durch ihre Trinkerei im Schnitt drei Vorstellungen wöchentlich verpasste, hatte ihren Ruf im Showgeschäft ruiniert. Deshalb musste sie sich nun mit einem armseligen Job als Kosmetikassistentin im „Salon 37“ in Manhasset, Long Island, zufriedengeben.

Soweit Novack sich erinnerte, war er noch nie im Leben in einem Schönheitssalon gewesen. Der Anblick konnte einem fast schon Angst machen: Frauen, unter enormen Apparaturen sitzend, Illustrierte in der Hand, den Kopf voller Stanniolröllchen. Nicht der richtige Aufenthaltsort bei einem Gewitter.

Novack wandte sich an den Empfang und fragte, wo Denise Wagner zu finden sei. Die Empfangsdame deutete nach hinten, sagte aber, Denise sei beschäftigt.

„Sind wir das nicht alle?“, feixte Novack und ging zu Denise hinüber.

Sie legte gerade einer Kundin Lidschatten auf, als sie ihn kommen sah. Er bemerkte ein kurzes ängstliches Aufflackern in ihren Augen, gefolgt von Resignation. „Denise Wagner?“ Er nahm seine Plakette heraus.

„Ja.“

„Ich bin Detective Novack.“ Er wandte sich an die Kundin. „Sie sind schon schön genug. Könnten Sie uns einen Moment allein lassen?“

Sprachlos stand die Kundin auf und verschwand.

„Es geht sicher um Billy“, sagte Denise. „Sein Bild ist im Fernsehen gekommen. Seit über einem Jahr habe ich ihn nicht mehr gesehen. Er ist aus meinem Leben verschwunden.“

„Aber Sie sind sicher, dass er es war?“

Sie nickte. „Ganz sicher.“

„Wissen Sie, wo er steckt?“

„Nein.“

„Was können Sie mir über ihn erzählen?“

„Eigentlich nur sehr wenig. Ich hab ihn in einer Bar im Westen kennen gelernt. Keine drei Monate waren wir zusammen, da musste er wieder hinter Gitter; er hatte gegen die Bewährungsauflagen verstoßen.“

„Sie haben ihm beigebracht, wie er sein Erscheinungsbild kosmetisch verändern kann?“

„Ja, er hat mich gedrängt, dass ich's ihm zeige.“

Novack fragte Denise noch rund eine Viertelstunde aus, ohne allzu viele Einzelheiten zu erfahren, die ihn zu Billy Zimmerman führen konnten, den Mann, den Tim Wallace als Cashman kannte.

Trotzdem brachte die neue Entwicklung des Falles Novack ziemlich aus der Fassung. Er war sich sicher gewesen, dass Cashman nicht existierte. In welchen anderen Punkten hatte er sich sonst noch geirrt?

Dank seinen weitreichenden Beziehungen zur Polizei und zur Staatsanwaltschaft erfuhr Nick von Billy Zimmerman bereits drei Stunden, nachdem Novack von ihm erfahren hatte. Dass Denise Billys Existenz bestätigt hatte, wusste er noch nicht, würde es aber auch bald wissen.

So oder so, es war die erste positive Nachricht, die der Verteidigung seit Beginn des ganzen Falles zu Ohren kam. Nick erwartete nicht, dass Novack daraus Konsequenzen zog, aber dass es Cashman wirklich gab – und insbesondere dass er in Lampley in Haft gewesen war –, bestätigte einen Teil von Tims Angaben. Leider gab es jedoch zu allen anderen Bereichen von Tims Geschichte bislang keinerlei Bestätigung.

Mit flauem Gefühl hatte Nick vor ein paar Minuten einen Anruf Edens entgegengenommen. Mit Angst in der Stimme hatte sie gesagt, sie müsse ihn persönlich sprechen.

Als sie eintraf, wirkte sie noch verängstigter, als sie am Telefon geklungen hatte. „Ich werde beschattet, Nick. Ich bin ganz sicher."

„Weißt du, wer es ist?"

„Nein, aber es ist ein massiger blonder Kerl, der einen grauen Minivan fährt." Sie gab ihm die Autonummer.

Er ging ans Fenster; aus der Höhe konnte man die Straße nur undeutlich erkennen. „Ist er dir bis hierher gefolgt?"

„Ich habe ihn nicht gesehen, wollte mich aber auch nicht allzu auffällig umschauen. Ob das vielleicht die Polizei ist, im Glauben, ich führte sie zu Tim?"

„Das bezweifle ich. Die treten meist paarweise auf. Und der graue Minivan passt nicht." Er hielt kurz inne und fragte dann alarmiert: „Eden, wieso sollte irgendwer glauben, du könntest ihn zu Tim führen?"

„Weiß ich nicht, Nick. Ich habe mit niemandem über Tim gesprochen, nur mit dir. Und seinen Hund führe ich nicht aus."

„Hast du irgendwelchen Kontakt zu ihm gehabt?"

Sie beschloss, ihm die Wahrheit zu sagen. „Wir haben uns E-Mails geschrieben."

„Ach du Scheiße."

„Ist das deine kühle anwaltliche Meinung?", fragte sie und hielt trotzig seinem Blick stand.

„Eden, hab ich dir schon gesagt, dass du dir eine Grube schaufelst, aus der du vielleicht nie wieder rauskommst?"

„Ja, mehrfach. Also: Stellst du nun fest, wer mich beschattet?"

Er nickte resigniert. „Ja."

„Danke, großer Bruder."

„Es gibt Cashman also wirklich? Ich dachte, Sie hätten gesagt, Wallace habe ihn erfunden."

Gegen diese Vorhaltung Captain Donovans hätte Novack Rechtfertigungen auffahren können, aber er unterließ es. „Ja, das habe ich gedacht, aber ich bin mir nicht mehr sicher."

Auch Anders befand sich im Raum, hielt sich aber aus diesem Gespräch heraus. Novack sollte es allein ausbaden.

„Und wo stehen wir dann jetzt?" Unsicherheit mochte Donovan nicht, und wenn sie von dem sonst so selbstsicheren Novack kam, war sie besonders entnervend.

„Wir stehen genau da, wo wir bisher auch schon standen. Es gibt keinerlei Hinweis, der uns glauben machen könnte, Cashman habe Wallace in eine sorgfältig konstruierte Falle gelockt."

„Aber es gibt Cashman."

Novack nickte. „Ja, und vielleicht hat er Wallace in dieser oder jener Form geholfen, und Wallace hat sich dann gegen ihn gewandt. Hundertprozentig sicher ist aber, dass Cashman nicht bei Maggie Wallace draußen auf dem Wasser war. Und der Finger aus dem Squashklub, das war ihrer."

Donovan schien alles andere als überzeugt. „Das gefällt mir nicht. Wir tun so, als blickten wir durch, dabei tappen wir im Dunkeln."

„Wenn wir Wallace finden, werden die Puzzlestücke schon passen", sagte Novack, ohne es recht zu glauben.

„Und wann mag das sein?", fragte Donovan. „Die Chefetage macht mir schon die Hölle heiß."

Anders fühlte sich zu einem Einwurf bemüßigt. „Wir werden ihn bald haben."

„Sind Sie ein Hellseher, oder haben Sie irgendwelche Informationen, von denen ich nichts weiß?"

„Dieser Typ treibt sich nicht auf der Straße herum", sagte Anders. „Er hat sich irgendwo verkrochen, aber wenn er herauskommt, gebe ich ihm keine 24 Stunden."

Donovan wandte sich an Novack. „Wir stehen bereits jetzt ziemlich dumm da, weil wir ihn nicht geschnappt haben. Aber noch hundertmal dümmer werden wir dastehen, wenn er gar nicht unser Mann ist und dieser Cashman das alles eingefädelt hat."

„Es gibt keinen Grund zur Beunruhigung", sagte Novack.

„Weshalb zum Teufel bin ich dann beunruhigt?"

DER PASSAIC RIVER im nördlichen New Jersey, der lange Zeit besonders stark verschmutzt gewesen war, hatte sich durch große Anstrengungen von Umweltschutzbehörden und Bürgern in einen annehmbar sauberen Wasserlauf verwandelt. An einigen Stellen tummelten sich bereits wieder die Angler. So auch an der Morlot Avenue Bridge zwischen Paterson und Fair Lawn, an der sich früh am Samstagmorgen Jason Durant mit seinem elfjährigen Sohn Robbie zum Angeln einfand.

Sie stellten sich auf die Brücke, warfen die Angeln aus und beugten sich vor, um den vorbeifahrenden Autos nicht zu nahe zu sein. Nach einer ergebnislosen Stunde sagte Robbie: „Nicht unser Glückstag, was?"

Jason blickte auf die Uhr. „Es ist erst halb acht."

„Meinst du, die Fische schlafen noch?"

„Wenn sie aufwachen, haben sie Hunger, dann kriegen wir sie."

Nach weiteren 45 Minuten brummte Robbie, die Fische hätten wohl vergessen, den Wecker zu stellen. „Auch wenn die Fische keinen Appetit haben, mir knurrt der Magen."

„Dann hole ich mal das Frühstück", sagte Jason. Das Auto hatten sie nahe am Flussufer geparkt. „Ruf mich, wenn einer anbeißt."

Jason ging bis zum Brückenende, erreichte den Wagen und nahm die Kühltasche mit dem Essen heraus, das seine Frau eingepackt hatte. Auf dem Rückweg rutschte er jedoch an einer matschigen Stelle aus, und die Kühltasche fiel ihm aus der Hand und kullerte hinunter zum Fluss.

Mit ausgestreckten Armen balancierte Jason die Böschung zum Ufer hinunter. Die Kühltasche war nicht ins Wasser gefallen. Etwas, was aus dem Wasser ragte, hatte sie aufgehalten. Der Arm eines Menschen!

Jason schrie. Er schrie so laut, dass auch der letzte schlafende Fisch nun wusste, dass sein Tag offiziell begonnen hatte.

ENDLICH sah Nick einen Hoffnungsschimmer für seinen Mandanten. Sechs Jachten vom Typ Oceanfast 360 gab es im Raum New York; das Ergebnis der ersten Recherchen lag vor ihm auf dem Tisch. Die Namen der Schiffseigentümer – Einzelpersonen und Firmen – sagten ihm allerdings nichts.

Und als Tim anrief, um sich nach den jüngsten Entwicklungen zu erkundigen, hatte Nick bereits wieder eine Neuigkeit parat. „Die Polizei weiß, wer Cashman ist. Sein wahrer Name ist Billy Zimmerman, und er hat im Gefängnis von Lampley eingesessen."

„Das ist ja wunderbar! Weiß man, wo er jetzt steckt?"

„Offenbar nicht, aber das kann sich jederzeit ändern."

„Also abwarten?"

„Nein, unsere Leute versuchen ihn aufzuspüren. Natürlich hat da die Polizei die besseren Karten. Inzwischen habe ich aber die Liste der Jachten."

Nick las die Namen der Jachten und die Namen der Eignerpersonen und -firmen vor.

„Kein Name dabei, den ich kenne", seufzte Tim enttäuscht. „Können Sie die Liegeplätze feststellen? Dann kann ich die Jachten unter die Lupe nehmen."

„Dieses Risiko wollen Sie eingehen?"

„Ich sehe jetzt anders aus. Ich glaube, man wird mich nicht erkennen."

„Falls Sie sich irren und die Polizei stellt Sie, leisten Sie bei der Festnahme keinen Widerstand. Man hält Sie für bewaffnet und gefährlich."

„Ich bin bewaffnet, aber nicht gefährlich."

„Sie haben eine Pistole?", fragte Nick mit offenkundiger Verblüffung in der Stimme.

„Ja. Hinter mir sind immerhin Mörder her. Gegen die Polizei werde ich sie nicht einsetzen. Sie ist bisher noch nicht einmal geladen."

„Nehmen Sie sie nicht mit, wenn Sie die Jachten inspizieren."

„Werde ich nicht. Ich habe Angst vor ihr."

ALS AGENT einer Bundesbehörde hatte Carl White den Vortritt und bekam die Information als Erster. Wieder war ein neues Puzzlestückchen aufgetaucht, das nirgendwohin zu passen schien. Er gab seinem Assistenten den Auftrag, Novack anzurufen und ihn herzubitten.

Novack war nicht der Typ, der sich gern von einem FBI-Agenten in sein Büro zitieren ließ, und er erklärte sich erst dazu bereit, als man ihm versicherte, es handle sich um wichtige Neuigkeiten.

Er und Anders wurden sofort hereingebeten. White sparte sich Vorreden. „Am Samstagmorgen fand ein Bürger aus Fair Lawn den Arm eines Mannes weißer Hautfarbe im Passaic River. Taucher fanden die zugehörige Leiche, und eine DNA-Analyse wurde vorgenommen. Es war Billy Zimmerman."

Novack musste seinen Ärger unterdrücken, dass nicht er, sondern White als Erster Einblick in Beweismaterial zu einem örtlichen Kriminalfall erhalten hatte. „Wissen wir schon, wann er gestorben ist?", fragte er.

„Noch nicht. Die Autopsie wird heute vorgenommen."

„Das hätten Sie uns auch telefonisch mitteilen können", murrte Anders.

White nickte. „Aber dann hätte ich mit Ihnen kein Brainstorming veranstalten können."

„Worüber?"

„Mittwochabend in einer Woche wird das neue Federal Center eröffnet, mit Galadiner, Reden, dem ganzen Tamtam."

„Das wissen wir schon 'ne ganze Weile", erklärte Novack.

„Wussten Sie auch, dass der Präsident dabei sein wird?"

„Nein", sagte Novack. „In letzter Zeit stimmt er seinen Terminkalender nicht mehr mit mir ab."

Langsam geriet White in Harnisch. „Sie sehen das also nicht als Ihr Problem?“

„Ich will ganz ehrlich sein“, sagte Novack. „Ich sehe das nicht einmal als Ihr Problem. Weil ich Wallace nämlich nicht als Terroristen sehe. Ich sehe ihn als Perversen, der Frauen killt, weil es ihm Spaß macht, nicht als Typen mit einer politischen Mission.“

„Zimmerman war also eine Frau? Von Wallace umgebracht, weil es ihm Spaß machte?“

„Ich weiß nicht, wie Zimmerman hineinpasst“, gab Novack zu. „Wenn Wallace aber das Federal Center hochjagen wollte, dann hätte er uns nicht von Cashman und Sheila erzählt.“

„Es sei denn, er killt auch Präsidenten, weil es ihm Spaß macht. Übrigens haben wir die Freundin des Knaben, der auf der Turnpike in die Luft geflogen ist, befragt.“

Novack nickte. „Ja. Wir haben den Vernehmungsbericht gesehen.“

„Sie wissen aber noch nicht, dass ein Agent später zu ihr in die Wohnung gegangen ist, um ihr weitere Fragen zu stellen. Sie war fort, aber all ihre Klamotten waren noch da. Offensichtlich war sie mitten in einem Telefongespräch aufgestanden und hatte die Tür aufgemacht. Seither fehlt von ihr jede Spur.“

„Dann ist sie tot“, schloss Novack. „Wallace ist da auf keinen Fall hingegangen“, überlegte er laut. „Das hätte er nicht riskiert. Er sitzt noch im Versteck.“

„Und ich sehe auch nicht, woher er von ihr überhaupt hätte erfahren können“, stimmte White zu. „Es war also jemand anders. Das heißt, dass hier mehr abgeht, als Sie sich bisher haben träumen lassen.“

Novack nickte; ihm selbst war das schon klar geworden, als er erfahren hatte, dass Cashman nicht Tims Fantasie entsprungen war. „Da haben Sie Recht.“

IN ANBETRACHT der jüngsten Ereignisse fanden Danny und Will es ziemlich makaber, wieder in der Purple Rose zu sitzen. Erst zweimal hatten sie sich seit Tims Verschwinden hierhergetraut, nicht weil sie hofften sich zu amüsieren, sondern mehr aus einem Wunsch heraus, wieder ein bisschen Normalität in ihr Leben zurückzubringen.

Die beiden Freunde waren übereingekommen, nicht von Tim zu sprechen, aber noch ehe das erste Glas Bier geleert war, ging dieser Vorsatz in die Brüche. „Ich wünsche mir so sehr, man könnte ihm irgendwie helfen“, meinte Danny mit einem Seufzen. „Wenn ich wüsste, wo er steckt, könnte ich ihm Geld zukommen lassen."

„Er hat sein Konto abgeräumt. Stand in der Zeitung."

„Ja, ich weiß. Er muss vor Angst fast von Sinnen sein."

„Kann ich ihm nachfühlen", sagte Will. „Die Polizei führt sich auf, als wäre er Al Capone. Dreimal haben sie mich bereits ausgequetscht."

Danny nickte. „Hast du mit dem FBI-Typen gesprochen? White?"

„Ja. Er hatte eine Million Fragen zu den Gebäuden. Als ob Tim mit einer Armee aufkreuzen und angreifen wollte."

„Die Sicherheitsvorkehrungen für die Eröffnungsfeier sind unglaublich", sagte Danny.

„Ich weiß. Fünf Stunden lang musste ich einem Typen aus Washington die Programmierung der Computer erklären. Weißt du, wer alles zur Eröffnung kommt?"

„Nicht genau. Ein Haufen Kongressleute, mein Onkel …"

„Macht er dir die Hölle heiß wegen Tim?"

Danny nickte. „Ja, fast schon rund um die Uhr. Er lässt seine rechte Hand, Rivers, ständig bei mir anrufen. Als ob ich in der Lage wäre, Tim herzuzaubern."

„Wenn einer von uns rauskriegt, wo Tim steckt, dann sagt er's dem anderen, okay?", schlug Will vor. „Und wir überlegen uns, wie wir ihm helfen können."

Danny streckte die Hand hin, und Will schlug ein. „Abgemacht."

◂ ELF ▸

Die Jachten vom Typ Oceanfast 360 lagen im ganzen Großraum New York verteilt. Drei am Long Island Sound, eine am Hudson, die restlichen beiden in New Jersey. Tim kannte einige der Liegeplätze; es waren hochklassige, exklusive Marinas mit exorbitanten Mieten, vom Wasser und vom Land her vorzüglich zu erreichen.

Dadurch dass er viele Leute aus der Jacht-Szene zumindest oberflächlich kannte, ging Tim beim Inspizieren der Boote ein erhöhtes Risiko ein, dessen war er sich bewusst. Andererseits fiel zu seinen Gunsten in die Waagschale, dass jetzt viele Boote über den Winter im Trockendock lagen und nicht viele Eigner im Hafen sein würden, es sei denn, sie arbeiteten an ihren Booten. Wodurch Tim allerdings noch stärker auffallen würde …

Obschon die Marinas von Jersey näher lagen, beschloss Tim, zuerst nach Long Island zu fahren. Zwei der Oceanfasts sollten an der Nordküste liegen, dort, wo Tims Boot an jenem schicksalhaften Tag gewesen war.

Die Fahrt zerrte an seinen Nerven. Tim war sicher, dass jedermann in jedem Auto ihn anstarrte; als ein Fahrer neben ihm sein Mobiltelefon hervorholte, kostete es ihn all seine Selbstbeherrschung, nicht zu wenden. Er war froh, dass er den Wagen genommen hatte, der zum Haus gehörte, nicht den eigenen.

Sein erstes Etappenziel hieß Mill Neck. Er parkte so nahe wie möglich am Hafen und ließ den Wagen unabgeschlossen, für den Fall, dass er rasch wegfahren musste. Obgleich die Temperatur draußen nicht unter null Grad lag, zog er sich die Skimütze tief ins Gesicht und schlug den Mantelkragen hoch, sodass nur ein kleiner Teil seines Gesichts zu sehen war.

Die Marina wirkte menschenleer und verlassen. Mindestens vierhundert Boote lagen hier und das Gelände war eingezäunt, trotzdem standen drei Tore offen. Zwar sah Tim niemanden, ging aber trotzdem zielbewusst, als strebte er zu einem eigenen Boot. Die Jachten lagen reihenweise an rechtwinklig abgehenden Stegen, deshalb schätzte er, durch einen raschen Gang über die Hauptpiers in fünf Minuten alle in Augenschein nehmen zu können. Er schritt das erste Pier ab und bog auf das zweite ein.

„He, kann ich Ihnen helfen?“ Die Worte ließen eine Panikwelle durch seinen Körper schießen, die er sofort unterdrückte, während er sich umwandte und einen gedrungenen, stämmigen Mann vor sich sah. Offenbar ein Hafenwart.

Tim lächelte. „Nein, ich schau mich nur mal um. Ich will ein Boot kaufen und wollte mich hier inspirieren lassen.“

„Dies ist aber kein Ausstellungsraum, Mister.“

Tim lachte, als hätte der Mann einen Witz gemacht. „Weiß ich, aber ich habe gehört, dass eine Oceanfast 360 hier liegen soll, die wollte ich mir ansehen.“

„Haben Sie ’ne Ahnung, was die kostet?“

„Ja, einen hübschen Batzen, habe ich gehört. Ein paar Freunde und ich, wir wollten uns für den Kauf zusammentun.“

Der Hafenwart dachte einen Augenblick nach, zuckte dann die Achseln und deutete mit dem Finger. „Drittes Pier. Aber gehen Sie auf keinen Fall an Bord.“

Tim nickte. „Klar. Danke.“

Mit zitternden Knien machte Tim sich auf den Weg. Am ganzen Körper fühlte er sich in Schweiß gebadet. Er musste sich besser in den Griff bekommen, mahnte er sich selbst; wenn er so auf eine ganz harmlose Begegnung reagierte, würde er vor Stress sterben, wenn es mal hart auf hart ging.

Auf halber Höhe des Piers sah er die Oceanfast 360 und stöhnte enttäuscht auf. Es war die kleinere Version. Die Jacht wurde in zwei Grundlängen gebaut, und diese hier, 22 Meter lang, war nicht diejenige, die er suchte.

Mit gesenktem Kopf ging er raschen Schrittes zum Wagen zurück.

DAS NUMMERNSCHILD des Wagens, der Eden gefolgt war, war gestohlen. Es hatte einer 81-jährigen Großmutter in Cherry Hill, New Jersey, gehört. Nick rief Eden an, um ihr mitzuteilen, was er erfahren hatte. Sie klang nicht mehr so verängstigt. „Seit Tagen habe ich den Kerl nicht mehr gesehen."

„Vielleicht nimmt er sich nur mehr in Acht."

„Ist es die Polizei?"

„Nein, es sei denn, die klauen neuerdings Nummernschilder."

„Wer ist es dann?", fragte sie.

„Ich habe keinen Schimmer, Eden. Geh aber nur noch an Orte, wo du unter vielen Menschen bist. Und schließ daheim Fenster und Türen gut ab und stell die Alarmanlage an. Solltest du ihn noch ein einziges Mal sehen, ruf mich sofort an."

TIM ERKANNTE die Jacht auf den ersten Blick. Nicht nur die Farbe, auch die auffälligen Streifen stimmten. Dass es mehr als ein Boot dieser Art gab, war fast ausgeschlossen.

Noch mehr als hundert weitere Boote lagen hier in Southold, aber dieses war das einzige, das von einem eigenen Zaun umgeben war, ein stummer Verweis darauf, dass es teurer und wichtiger war als die anderen. Es lag nicht aufgeslippt, sondern im Wasser, und Tim erkannte einen blubbernden Strudel am Rumpf – eine Pumpe sorgte dafür, dass sich kein Eis bildete.

Von seinem Beobachtungspunkt aus konnte er die letzten drei Buchstaben des Namens entziffern: E-A-S. Reglos stand er da und ließ sich aufs Neue durchfluten von der Erinnerung an jenen Tag auf dem Wasser.

„Nicht schlecht, was?"

Tim drehte sich um und sah eine junge Frau in Blaumann und Skijacke. In der Hand hielt sie eine Schmirgelmaschine; offensichtlich werkelte sie an einem Boot. Ein freundliches Lächeln stand auf ihrem Gesicht.

Tim warf erneut einen raschen Blick auf die Oceanfast. „Wunderschön, aber ich würde doch eine andere Farbe bevorzugen."

Sie lachte. „Da muss ich Ihnen Recht geben. Schon mal auf einer Oceanfast gewesen?"

„Einmal, bei einem Jachthändler. Ist es Ihre?"

Wieder ein Lachen. „Nein, leider nicht. Mein Kahn liegt da drüben. Er würde in eine der Schlafkabinen auf diesem Prachtkreuzer passen."

„Wissen Sie, wer der Eigner ist?"

Sie schüttelte den Kopf. „Ich hab neulich versucht, mit einem Mann zu sprechen, der an Bord arbeitete, aber er hat mich weggescheucht."

„Leute kommen hierher, zu dieser Jahreszeit?"

Sie nickte. „Ja, aber er gehörte nicht zu den Eignern; er hat Arbeiten verrichtet. Die Eigner sind definitiv hohe Tiere."

„Weil die Jacht so teuer ist?"

„Ja, auch, aber auch wegen der Leute, die an Bord gewesen sind. Politfritzen aus Washington, sogar Senatoren und Kongressabgeordnete darunter."

„Ach, tatsächlich? Wissen Sie vielleicht welche?" Er lächelte. „Ich interessiere mich sehr für Politik."

Sie dachte einen Augenblick nach. „Also, ich weiß genau, dass Senator Collinsworth an Bord war. Mindestens einmal. Weil ich ihn erkannt habe."

Dass Collinsworth auf der Jacht gewesen war, schockierte Tim und weckte sofort wieder seinen Verdacht bezüglich Danny. „Wow", sagte er. „Wann war Collinsworth denn hier?"

„Letzten Sommer. Man sah 'nen Haufen Leute im Smoking. Verrückt, sich so in Schale zu werfen, wenn man auf ein Boot geht."

„Kaum zu glauben", nickte er. Vorsichtig versuchte er ihr weitere Auskünfte zu entlocken, aber sie hatte ihm anscheinend schon alles gesagt. Sie wünschte ihm einen guten Tag und ging zurück an ihre Arbeit.

Jimmy Lees Story machte nicht viel Furore, aber das war ihm egal. Er wusste, dass die Reaktion auf den zweiten Teil weit durchschlagender sein würde. Und er wusste, dass das Timing in diesem Fall entscheidend war.

Für Senator Collinsworth hatte die Story jedoch erhebliche Brisanz. Nicht weil er der Firma eines Verwandten Arbeit zugeschoben hatte; das galt in Washington als normal. Außerdem wurde nicht unterstellt, die Firma sei unqualifiziert oder könne ihren vertraglichen Pflichten nicht nachkommen.

Collinsworth befürchtete, dass der von ihm so sorgfältig ins Werk gesetzte Plan torpediert wurde. Hätte das Federal Center in New Jersey erst einmal Erfolgslorbeeren eingeheimst, würde es in praktisch jedem Bundesstaat nachgebaut werden. Da ging es dann um Hunderte Milliarden Dollar, und gemäß Collinsworths Plan, die Aufträge an viele mittelständische Firmen zu verteilen, konnte er sich ein Heer von Steigbügelhaltern schaffen, die ihm verpflichtet waren und seine Wahlkampfkasse füllen konnten.

Durchkreuzte die Story über Wallace nun diesen Plan, so hätte das katastrophale Folgen. Deshalb ließ er Keith Rivers eine Gegenstory lancieren, eine, die besagte, dass das Grundkonzept für die Federal Centers von Collinsworth stammte, er sich aus der Auftragsvergabe aber strikt heraushielt.

Collinsworth machte sich nicht die Mühe, Danny anzurufen. Dadurch hätte er nichts gewonnen; Danny war klug genug, selber darauf zu kommen, dass die Tage, wo sein Onkel ihm Arbeit zuschanzte, vorbei waren. Mit seinem Partner, dem Frauenkiller, konnte er sich genauso gut aus dem Staub machen, denn was Onkel Fred anging, existierte Danny nicht mehr.

Nick erwähnte die Collinsworth-Story, als Tim ihn anrief, aber über die Geschäftsaussichten seiner Firma machte sich Tim derzeit die wenigsten Gedanken.

„Ich habe etwas Interessanteres über Collinsworth", sagte Tim stattdessen.

„Nämlich?"

„Ich habe die Jacht gefunden, die an dem Tag auf dem Wasser war; es ist diejenige, die in Southold liegt. Und ich habe jemanden gefunden, der mir erzählt hat, dass Collinsworth an Bord war."

Nick raschelte mit seinen Papieren. „Die Jacht gehört der Firma Bennington, Inc. Ich lasse sie überprüfen. Inzwischen muss ich Ihnen etwas sagen, was Ihnen nicht gefallen wird."

Tim wappnete sich innerlich. „Was ist es?"

„Ich habe durch meine Informanten festgestellt, dass ein FBI-Agent aus Florida hierhergekommen ist und den Fall übernommen hat. Erinnern Sie sich an den Wagen, der auf der Jersey Turnpike in die Luft geflogen ist?"

„Natürlich", sagte Tim. „Er transportierte Cintron 421. Danny und ich haben uns deshalb Sorgen gemacht."

„Na, jetzt haben Sie noch größeren Grund zur Sorge. In der Woche vor der Explosion hat der Fahrer mehrfach in Ihrem Büro angerufen. Man glaubt, dass er mit Ihnen gesprochen hat."

Tim ging hoch. „Jetzt hält man mich also für einen Terroristen? Was kommt als Nächstes? Dass ich Kennedy erschossen habe?“

„Sie wissen also nichts davon?“

„Nicht das Geringste. Ich …“ Er hielt ein paar Sekunden inne.

„Was ist?“, fragte Nick. „Sind Sie noch dran?“

Zorn und Frust in Tims Stimme wurden plötzlich von Erregung verdrängt. „Es passt alles! Verdammt … es passt alles!“ Eilig erklärte Tim den Verdacht, den er gegenüber Danny hegte. „Da hat der Typ also unser Büro angerufen, aber er muss mit Danny gesprochen haben. Es muss irgendetwas mit der Firma zu tun haben. Danny will mich offensichtlich aus dem Weg räumen.“

„Wissen Sie warum?“

„Das werde ich rauskriegen. Erst versucht er, mich umbringen zu lassen, dann …“

„Sie umbringen zu lassen?“

„Aber natürlich. Ich war der einzige Mensch, der wusste, dass Maggie auf dem Boot sein würde. Der Anschlag hat mir gegolten, nicht ihr.“

„Und wie ist Maggies Finger dann in den Squashklub gelangt?“

„Hmmm … ich weiß nicht. Es fehlen noch eine Menge Puzzlestücke, aber diejenigen, die wir haben, deuten alle auf Danny. Und darauf, dass auch Collinsworth mit von der Partie sein muss.“

Cindy merkte, dass Novack etwas auf der Seele lag. Das war keine allzu umwerfende Erkenntnis; irgendetwas hatte ihm eigentlich immer auf der Seele gelegen, solange sie ihn kannte. Stets hatte es mit seinem Dienst zu tun, aber sie hatte sich daran nie gewöhnen können und litt unter ihrem Unvermögen, seine Stimmung aufzuhellen.

An diesem Abend wirkte er noch bedrückter als sonst. Er saß im Wohnzimmer und trank Kaffee nach einem Abendessen, bei dem er kaum ein Wort herausgebracht hatte, und Cindy räumte gerade den Tisch ab. „Ist es der Fall Wallace?“, fragte sie.

„Was?“, erwiderte er geistesabwesend.

„Ist es der Fall Wallace?“

„Was soll damit sein?“

„Na, irgendwas macht dir besonders zu schaffen.“

„Ich habe versucht, es mir nicht anmerken zu lassen.“

„Gute Arbeit“, grinste sie.

„Mir gefällt nicht, wie der Fall sich entwickelt“, gab er zu.

„Ich habe in der Zeitung gelesen, dass der Senator diesem Wallace Aufträge zugeschoben hat."

„Interessiert dich das wirklich?", fragte er. „Oder willst du nur meine Laune heben?"

Sie lächelte. „Beides."

„Gut, aber du bemühst dich vergebens. Ich will keine bessere Laune haben."

„Ich weiß."

„Die Zeitungsstory interessiert mich nicht die Bohne. Das ist nur Politgerangel."

„Was drückt dich denn dann? Dass du Wallace noch nicht gefunden hast?"

„Ja, auch, aber da gibt es noch etwas. Das FBI bringt ihn mit dem Auto in Verbindung, das auf der Turnpike hochgegangen ist", sagte Novack.

„Ein Terrorist?", fragte sie überrascht. „Ob das stimmt?"

Er schüttelte den Kopf. „Auf keinen Fall. Dafür ist er nicht der Typ."

„Aber du glaubst immer noch, dass er seine Frau umgebracht hat?"

Ruckartig drehte er sich zu ihr um. „Er hat seine Frau getötet. Daran gibt's keinen Zweifel. Und auch die Frau in Kinnelon."

„Schon gut. Lass es nicht an mir aus. Und dieser Typ, wie heißt er, Cashman? Hat Wallace auch ihn umgebracht?"

„Ich weiß nicht. Ich weiß zum Teufel nicht, wie Cashman da hineinpasst." Mit einem Seufzen fügte er hinzu: „Es gibt noch zu vieles an diesem Fall, was ich nicht weiß."

„Und das nervt dich", sagte sie.

Er lächelte. „Da kannst du drauf wetten, Sherlock."

„Ich glaube, wir sollten ins Schlafzimmer, damit du dich mal richtig entspannst."

Er zuckte die Achseln. „Warum nicht? Hab sowieso nichts Besseres zu tun", sagte er und duckte sich, als sie wie erwartet ein Geschirrtuch nach ihm warf.

EDEN spürte, dass der graue Minivan wieder da war, noch ehe sie ihn sah. Sie hatte im Supermarkt eingekauft, und als sie der Tür zustrebte, suchte sie mit den Augen den Parkplatz ab. Da stand er, weit hinten, mit gutem Blick auf den Ladeneingang.

Sie stellte ihren Einkaufswagen in einer Ecke ab, ging auf die Toilette und rief übers Handy Nick an. Seine Sekretärin sagte ihr, er sei in einer Gerichtsverhandlung. Eden ging in eine Telefonzelle und wählte Tim an.

Das Klingeln seines Handys erschreckte Tim zutiefst. Er hatte es noch nie läuten hören. Die Anruferkennung zeigte eine Nummer, die ihm unbekannt war, und er rang mit sich, ob er drangehen sollte. „Hallo?“

„Tim, ich bin’s, Eden. Tut mir leid, dass ich dich anrufe …“

„Schon gut“, sagte er. Sie klang aufgeregt. „Was gibt es?“

„Ich werde wieder von demselben Wagen verfolgt. Was soll ich tun, was meinst du? Nick ist im Gericht.“

Tim war besorgt. „Ich glaube, du solltest zur Polizei fahren. Sag ihnen, dass du meinen Hund hast und dass der Typ, der dich beschattet, irgendwas mit mir zu tun haben muss.“

„Ist das dein Ernst? Dadurch können sie dir doch auf die Spur kommen.“

Er dachte einen Augenblick darüber nach. „Wo bist du jetzt?“, fragte er, und sie sagte es ihm.

„Gut. Bleib fünfzehn Minuten, wo du bist, und fahr dann zum Einkaufszentrum Paramus Park“, sagte er. „Da wird jetzt nicht allzu viel Betrieb sein; es ist noch früh. Park auf dem rückwärtigen Parkplatz und geh in irgendeinen Laden. Ich glaube, da gibt es noch ein Ann-Taylor-Modegeschäft.“

„Und dann?“

„Du bleibst mindestens eine halbe Stunde drin. Dann gehst du zum Auto zurück. Der Typ wird dich dann nicht mehr verfolgen. Wenn du wieder zu Hause bist, ruf Nick an und erzähl ihm alles, was vorgefallen ist.“

„Und du, was willst du machen?“

„Ich werde mein Leben zurückerobern.“

Nur ungern befolgte Eden die Weisungen Tims. Um ihre eigene Sicherheit war sie nicht besorgt; im Einkaufszentrum Paramus Park war man unter Menschen. Dennoch stieg Angst in ihr auf. Wenn der Mann nicht mehr da war, wenn sie zum Auto zurückging, dann musste das heißen, dass Tim eingegriffen hatte.

Sie hatte das Gefühl, dass Konfrontationen dieser Art nicht Tims Spezialität waren. Dennoch blieb ihr kaum eine andere Wahl, als zu tun, worum er bat; Tims Leben war es, das auf dem Spiel stand, und er musste alles tun, um es zu retten. Also fuhr sie nach Paramus zum Einkaufszentrum. Sie war sicher, dass der Minivan ihr folgte.

TIM WAR von seinen Fähigkeiten als Eingreiftrupp ebenso wenig überzeugt wie Eden. Aber die Uhr tickte, jederzeit konnte er von der Polizei gefasst werden, und seine Instinkte sagten ihm immer noch, dass seine Chance auf Rehabilitation auf null sank, wenn er nicht bald etwas Positives zustande brachte. Also fuhr auch er nach Paramus. Und nahm seine Pistole mit.

Er traf vor Eden im Einkaufszentrum ein und wählte einen Standort, von dem aus er die Einfahrt zum Parkplatz im Auge hatte. Zehn Minuten dauerte es, dann kam sie. Sie parkte auf dem rückwärtigen Parkplatz, ziemlich weit vorn, in der Nähe des Ann-Taylor-Ladens.

Am hinteren Ende des Parkplatzes am Waldrand standen ein paar Wagenreihen. In den College-Sommerferien hatte Tim im „Men's Wearhouse" gearbeitet und erinnerte sich, dass dieser Bereich als Angestelltenparkplatz für alle Geschäfte diente. Tim nahm an, dass der graue Minivan dort hinten zwischen den Autos parken würde, in sicherer Entfernung von Eden, aber nicht auffällig allein auf weiter Flur.

Tims ganzer Plan baute darauf auf, dass der Mann genau diesen Standplatz wählte.

Und tatsächlich tat er das auch. Nachdem der Minivan eingeparkt hatte und der Fahrer keine Anstalten machte auszusteigen, wartete Tim fünf Minuten und parkte dann zwei Reihen dahinter. Er ging auf die Beifahrerseite des Minivan zu und spürte eine Angstwelle, als der Fahrer aufblickte, aber für einen Rückzug war es nun zu spät. Die Pistole aus der Tasche ziehend, riss er die Beifahrertür auf.

Der massige Blonde fuhr herum und griff in seine Jackentasche, hielt aber inne, als er die Pistole sah, die Tim im beidhändigen Anschlag auf ihn gerichtet hielt. „Keine Bewegung!"

Der Mann schien ungerührt, hob aber seine Hände auf halbe Höhe, die Handflächen nach oben. „Nur ruhig, Kumpel. Ganz wie du willst."

Tim stieg ein und schloss die Tür, die Pistole unverwandt auf den Fahrer gerichtet. Er sprach mit ruhiger Stimme, was ihn selbst überraschte. „Greifen Sie langsam in die Tasche und ziehen Sie Ihre Waffe heraus. Legen Sie sie auf den Sitz, die Mündung auf Sie gerichtet. Zeigt die Mündung anderswohin, erschieße ich Sie."

Der Mann tat wie geheißen. Tim zog die Waffe zu sich herüber, steckte sie aber nicht ein. „Losfahren!", sagte er.

Der Mann steuerte zur Ausfahrt des Parkplatzes, und Tim dirigierte ihn auf die Autobahn 17, dann auf die Route 202 Richtung Rockland County. Zwanzig Minuten dauerte die Fahrt. Tims Arme schmerzten, aber er ließ die Pistole keine Sekunde sinken. Mit fast unwirklicher Wachheit dirigierte er den Mann über einen langen Feldweg zu einer Stelle, wo er und seine Freunde vor Jahren Sport getrieben hatten.

„So, den Motor abstellen, aber den Zündschlüssel stecken lassen“, sagte er. „Legen Sie jetzt die Hände auf das Armaturenbrett. Ich gehe draußen um den Wagen herum. Sobald Sie die Hände bewegen, schieße ich Sie in den Kopf.“

Tim ging vorn um den Wagen herum, die Pistole auf den Beschatter gerichtet. Er öffnete die Fahrertür. „Jetzt aussteigen und hinstellen, die Hände hinter dem Kopf“, sagte er.

Der Mann stieg langsam aus und tat wie geheißen.

„Warum haben Sie die Frau beschattet?“

„Ich wollte, dass sie mich zu Ihnen führt. Damit ich Sie umbringen kann.“

„Warum wollen Sie mich umbringen?“

Der Mann lächelte selbstsicher. „Das geht Sie nichts an.“

„Wer sind Sie?“

„Das geht Sie nichts an“, wiederholte der Mann. „Ich hab das hier jetzt satt. Ich gehe. Aufhalten können Sie mich nur durch eine Kugel. Und es sollte mich wundern, wenn Sie den Mumm dazu hätten.“

„Probieren Sie's“, sagte Tim und hoffte verzweifelt, dass er es nicht probieren würde.

Der Mann tat einen halben Schritt nach vorn. Tim spannte die Muskeln, aber als er nicht schoss, lächelte der Mann und tat einen weiteren Schritt.

Da schoss Tim.

Ob beabsichtigt oder unbeabsichtigt, wusste er selbst nicht. Die Waffe schlug nach links und die Kugel streifte die Schulter des Mannes.

Der Mann fasste sich an den Arm und drückte seine Hand auf einen sich ausbreitenden roten Fleck. Ein Ausdruck irrsinniger Wut stand auf seinem Gesicht, der Tims Blut gefrieren ließ. Dann fing sich der Mann und lächelte. „Sie glauben, Sie hätten's in letzter Zeit schwer gehabt? Jetzt wird's noch zehnmal schlimmer.“

Damit machte er kehrt und ging gemessenen Schrittes auf den Wald zu. Er war zu der Überzeugung gekommen, dass Tim erneut auf ihn schießen würde, wenn er sich bedroht fühlte, aber dass er ihn nie in den Rücken schießen würde.

Tim wartete, bis der Mann hundert Meter entfernt war, und stieg dann auf der Fahrerseite in den Wagen ein. Die Konfrontation hatte ihn furchtbar mitgenommen.

Auf dem Rückweg nach Paramus rief Tim Nick an und war erleichtert, als er ihn an den Apparat bekam. So bündig wie möglich berichtete er ihm das Geschehene und sagte dann: „Fahren Sie zum Einkaufszentrum Paramus Park; auf dem rückwärtigen Parkplatz steht ein grauer Minivan. Auf dem Vordersitz liegt eine Pistole, auf der die Fingerabdrücke des Fahrers sein werden. Im ganzen Wagen werden Sie seine und auch meine Fingerabdrücke finden."

„Wo ist Eden?", fragte Nick.

Tim bog in diesem Augenblick auf den Parkplatz des Einkaufszentrums ein und sah mit Erleichterung, dass ihr Auto fort war. „Vermutlich ist sie zu Hause; können wir jemanden organisieren, der sie beschützt?"

„Ja. Jetzt machen Sie, dass Sie da fortkommen. Bald wird es dort von Polizisten wimmeln."

◂ ZWÖLF ▸

Als Nick um acht Uhr früh einen Anruf von Novack mit der Bitte um ein sofortiges Treffen bekam, wusste er gleich, was das hieß. Es hieß, dass sie mit dem Fingerabdruck einen Treffer gelandet hatten und dass Novack alles wissen wollte, was Nick wusste.

Am Vortag hatte sich Nick nur unbestimmt geäußert und hatte Novack über den grauen Minivan mit der Pistole auf dem Sitz informiert, mit dem Hinweis, es gebe einen direkten Zusammenhang zum Fall Wallace. Die Polizei hatte den Fundort auf den Kopf gestellt, aber Nick hatte sich bedeckt gehalten.

Novack und Anders warteten schon auf Nick, als er eintraf. „Möchten Sie Kaffee oder sonst etwas?", fragte Anders.

„Schwarzen Kaffee", bat Nick.

Novack schenkte ihm ein. „Dann erzählen Sie mir mal, wo der Wagen mit der Pistole herstammt."

„Erzählen Sie mir doch erst, ob Jeff Cashman wirklich mit Billy Zimmerman identisch ist."

„Er ist es – oder besser war es. Seine Leiche wurde vor ein paar Tagen aus dem Passaic gefischt."

Nick war bestürzt über diese Neuigkeit, ließ sich aber nichts anmerken. „Vermutlich nehmen Sie an, Tim sei aus seinem Versteck gekommen, um diese Tat zu begehen? Dass er jetzt Morde am Fließband verübt? Eine Mordfabrik betreibt?"

Novack lächelte. „Sagen wir einfach, er ist interessant für uns."

„Gut“, sagte Nick. „Nächster Punkt. Von wem stammen die Abdrücke auf der Waffe?“

Novack tauschte einen Blick mit Anders. „Treffen wir doch für heute eine Grundsatzvereinbarung. Sie sagen uns, was Sie wissen, und wir sagen Ihnen, was wir wissen.“

„Einverstanden. Solange es nicht gegen die Schweigepflicht verstößt.“

„Gut. Sie fangen an“, sagte Novack.

„Also. Meine Schwester ist mit Tim Wallace befreundet; über sie hat er von mir erfahren und hat mich mit seiner Vertretung beauftragt. Ehe Wallace die Flucht ergriff, hat er seinen Hund bei ihr abgegeben. In den letzten Tagen hat sie gemerkt, dass jemand sie beschattete vielleicht in der Hoffnung, sie werde ihn zu Wallace führen. Das konnte sie aber nicht.“

„Weil sie nicht die leiseste Ahnung hat, wo er ist“, sagte Novack trocken.

„Richtig. Und habe ich schon erwähnt, dass sie meine Angestellte ist?“ Nick hatte Eden gesagt, er „stelle sie ein“, für einen Dollar pro Monat; damit erstreckte sich die Schweigepflicht auch auf sie und sie konnte die Aussage verweigern.

„Welche Überraschung“, brummte Anders. „Weiter bitte.“

„Ich habe einen Anruf bekommen mit der Information, dass der Wagen dort steht, mit der Pistole auf dem Sitz. Ich habe auch eine Beschreibung des Mannes.“

„Einen Anruf von wem?“

„Tut mir leid“, sagte Nick unter Berufung auf die Schweigepflicht. „Ich kann Ihnen aber sagen, dass der Mann bei der Begegnung leicht verletzt worden ist; eine Kugel hat seinen linken Arm gestreift. Ich glaube, nun sind Sie dran. Wer war der Fahrer?“

„Sein Name ist Richie Patrick. Er ist einunddreißig Jahre alt, geboren in Bloomington, Indiana. Er wurde früher in drei verschiedenen Bundesstaaten wegen drei verschiedener Morde gesucht.“

„Ein Auftragskiller?“

Novack schüttelte den Kopf. „Das wäre zu kurz gegriffen. Man kann ihn engagieren für so gut wie jeden Job, aber Mord ist seine Spezialität.“

„Also ist ein Auftragskiller in den Fall verwickelt, aber Sie verdächtigen Wallace all dieser Morde? Wie passt das zusammen?“

„Wallace wird Mord an seiner Frau vorgeworfen, und er ist schuldig.“

„Sie sagen, Patrick sei ‚früher gesucht worden‘?“, hakte Nick nach.

Novack nickte. „Richtig. Vor achtzehn Monaten soll er bei einem Flugzeugabsturz in Minnesota ums Leben gekommen sein.“

„Dann ist er offenbar von den Toten auferstanden. Da gibt es noch etwas, was ich Ihnen erzählen möchte“, sagte Nick.

„Wir sind ganz Ohr“, lächelte Novack.

„An dem Tag, als Wallace’ Boot explodierte, hielt sich eine andere Jacht draußen in der Nähe davon auf. Die Leute auf der Jacht haben den Vorfall nie gemeldet; sie haben den Schauplatz verlassen, ehe die Küstenwache eintraf.“ Nick beschrieb die Oceanfast 360, die Tim und Maggie Sekunden vor der Explosion gesichtet hatten.

„Warum sollte uns das interessieren?“, fragte Novack.

„Weil ich jetzt weiß, wessen Jacht es war, welche Firma als Eigner eingetragen ist und wer in der Vergangenheit an Bord gewesen ist.“

„Und wer mag das sein?“

„Senator Fred Collinsworth.“

Es hatte den Anschein, als tummelten sich im Federal Center von Newark mehr Hunde als Menschen. Jeder Quadratzentimeter des Komplexes wurde x-mal beschnüffelt und inspiziert.

Wesentliches Merkmal des Zentralgebäudes, in dem das Eröffnungsdiner stattfinden sollte, war das „Lockdown“, die automatische Selbstverriegelung im Falle einer Bedrohung von außen, wodurch sich der Bau in eine luftdichte, praktisch uneinnehmbare Festung verwandelte.

Die Computer, die das Lockdown und die Belüftung – die bei drohender Gefahr Sauerstoff zuführte – steuerten, wurden mehrfachen Sicherheitsprüfungen unterzogen. Und zum zweiten Mal musste Will das System einem neuen Computerexperten der Heimatschutzbehörde detailliert erklären.

Diesmal handelte es sich um eine Frau, Teri Berman, eine attraktive Person, die Will unglaublich bekannt vorkam. Ihm schwante, dass sie ihn irgendwann einmal in der Purple Rose hatte abblitzen lassen, aber er wollte die Sprache nicht darauf bringen, um sich eine neue Chance dieser Art nicht zu verbauen.

Diesmal bot sich die Chance nicht. Kühl und geschäftsmäßig rauschte die Frau in den Computerraum des Federal Centers und bat darum, ihr das gesamte System zu erklären und vorzustellen, von Anfang an. „Lassen Sie nichts aus.“

Es ging Will gegen den Strich, alles noch einmal durchkauen zu müssen. „Gibt’s denn in Ihrem Laden keine Kommunikation?“, seufzte er.

„Was soll das heißen?“

„Vor zwei Wochen bin ich mit einem Ihrer Kollegen alles schon einmal durchgegangen."

Sie zuckte die Achseln; sie wusste nicht, wovon er sprach, und es interessierte sie nicht sonderlich. Bürokratische Schlamperei, nichts Weltbewegendes. „Dann kennen Sie sich ja jetzt umso genauer aus."

Als sie fertig waren, stellte Teri nachdrücklich klar, dass Will am fraglichen Abend hier ausgesperrt sein würde. Sie selbst und andere Spezialisten der Regierung würden im Computerraum an den Schalthebeln sitzen. Sie verlangte, sämtliche einschlägigen Passwörter und Codes zu erfahren, und Will gab sie ihr. Nicht dass die Behörde gegen Will ein spezielles Misstrauen hegte; sie traute einfach grundsätzlich niemandem.

So gründlich wie das Innere wurde auch das Äußere des Gebäudes inspiziert. Kein Fahrzeug konnte nahe genug herankommen, um den Bau zu beschädigen, auch nicht mit Cintron 421. Der Luftraum über dem Center würde gesperrt sein; Kampfflugzeuge würden die Sperrzone überwachen. In die angrenzenden Stadtviertel sollten zusätzliche Sicherheitskräfte ausschwärmen.

Alles wurde abschließend vom Geheimdienst mehrfach begutachtet und überprüft. Schließlich ging grünes Licht ans besorgte Weiße Haus: Sicherheit gewährleistet.

Dass das nicht stimmte, fiel erst auf, als es zu spät war.

„ICH GLAUBE, damit müssen wir zu Donovan", sagte Novack. Zusätzlich zu all den anderen neuen Informationen, die hereingekommen waren, hatten sie gerade erfahren, dass die fragliche Oceanfast auf eine Holdinggesellschaft zugelassen war, deren Anteilseigner nicht ermittelt werden konnten. Die Dokumente unterzeichnet hatte jedoch Keith Rivers, Senator Collinsworths rechte Hand.

„Weshalb?", fragte Anders.

„Weil dies Dimensionen annimmt, die wir nicht geahnt haben. Und ich bin mir nicht mehr sicher, dass Wallace dahintersteckt."

„Das ist nicht dein Ernst."

Schon seit geraumer Zeit bewegte sich Novack auf diese Position zu. „Ich war der festen Überzeugung, dass er seine Frau umgebracht hat. Aber er ist kein Terrorist, er ist nicht nach Florida hinuntergedüst, um die Frau dort zu ermorden, er hat Zimmerman nicht erfunden und hat auch die Jacht nicht mit Collinsworth in Verbindung gebracht."

Anders spielte den Advocatus Diaboli. „Vielleicht hat Collinsworths

Neffe es ihm gesagt, und er hat sich dann die Geschichte ausgedacht, dass die Jacht an dem Tag draußen war, als er seine Frau umgebracht hat."

Novack ließ sich nicht überzeugen. „Auch der Finger passt nicht ins Bild. Wenn er tatsächlich hinter allem gesteckt hat, wieso sollte er dann den Finger aufbewahren und ihn in den Squashklub schmuggeln?"

„Er ist ein Perverser, denk dran!"

„Ich denke das nicht. Nicht mehr."

„Also hör mal, Novack. Du behauptest, irgendwelche mysteriösen bösen Buben killen seine Frau und warten dann fast ein Jahr, bis sie …"

„Genau das ist der Punkt. Wenn er es nicht getan hat, galt der Anschlag wahrscheinlich gar nicht der Frau. Sie war zum allerersten Mal auf dem Boot. Was, wenn *er* sterben sollte?"

„Aber warum wird er dann jetzt nicht umgebracht? Wozu die ganzen Umstände?"

Novack zuckte die Achseln. „Was weiß ich. Ich bin nur ein kleiner beschränkter Bulle." Er blickte auf die Uhr und stand auf. „Ruf Donovan an und beraume eine Konferenz an."

„Donovan wird dich für bekloppt halten."

Novack lächelte. „Wär nicht das erste Mal."

Für Senator Collinsworth war das Schlimmste offenbar vorbei. Jimmy Lees Story über seine Verbindung zu Tims Firma war erschienen und hatte ihn kurzzeitig in Verlegenheit gebracht, aber wohl keinen schweren Schaden angerichtet. Collinsworth hatte eine Umfrage zum Thema in Auftrag gegeben und hatte mit Erleichterung festgestellt, dass 81 Prozent der Amerikaner von dem Presseartikel nie gehört hatten.

Die willkommenste Nachricht war ein Telefonanruf von Detective Anders, der Keith Rivers über neue Entwicklungen unterrichtete, die so gravierend waren, dass Novack an Tims Schuld zu zweifeln begann. Anders zum bezahlten Zuträger zu machen, war einer der klügsten Schachzüge seines Lebens gewesen.

Collinsworth wollte nun Rivers bei Danny anrufen lassen und ihn von Novacks Zweifeln unterrichten, was eventuell sogar dazu führen konnte, dass Tim aus seinem Versteck hervorkam. Voraussetzung war natürlich, dass Danny eine Möglichkeit hatte, Tim zu kontaktieren – Collinsworth vermutete, dass dies der Fall war.

Dank den jüngsten Ereignissen konnte sich der Senator nun auf die Eröffnung des Federal Centers am Wochenende konzentrieren. Als Senator des betreffenden Bundesstaates und unmittelbar Verantwortlicher für das Projekt sollte Collinsworth die Begrüßungsrede halten. Die Anwesenheit des Präsidenten garantierte, dass alle wichtigen Nachrichtenmedien des Landes dabei sein würden.

Dies lieferte Collinsworth die Plattform und die Chance seines Lebens. Er war nicht gewillt, sie ungenutzt verstreichen zu lassen. Drei Redenschreiber hatte er auf sein Manuskript angesetzt, und er quälte sie, damit sie es genau richtig hinbekamen. Im Mittelpunkt der Ansprache sollte das Konzept des Projektes stehen: Kampf gegen den Terrorismus und Schutz amerikanischer Staatsbürger. Collinsworth war entschlossen, sich der Öffentlichkeit als Verfechter dieser Tugenden zu präsentieren.

„ICH MUSS mit Novack sprechen", waren die ersten Worte, die Cindy vernahm, als sie den Hörer abhob.

„Tut mir leid, aber er ist nicht da", antwortete sie.

„Es ist wichtig, dass ich mich mit ihm treffe. Es geht um Leben und Tod."

„Wer spricht da?"

„Tim Wallace. Können Sie ihm bitte etwas von mir ausrichten?"

Der Name ließ eine Stoßwelle durch Cindys Körper laufen; sie kam erst gar nicht dazu, sich darüber zu wundern, dass der Anrufer ihre Privatnummer kannte. „Ja, gern", sagte sie. Novack musste sowieso jede Minute heimkommen.

„Sagen Sie ihm bitte, er möge in Fort Lee auf mich warten, im ‚Squires Delicatessen'. Er soll einen Tisch im hinteren Teil des Raumes nehmen. Fünf Minuten nachdem er eintrifft, bin ich bei ihm."

„Er wird wissen wollen, worum es geht."

„Es geht darum, dass ich ihm Informationen geben will, die den ganzen Fall durcheinanderwirbeln, und dass ich mich anschließend stellen will."

„Ich sag's ihm, aber ich weiß nicht, wie lange er braucht."

„Das macht nichts; ich warte. Er ist der Einzige, dem ich das anvertrauen will."

Klick. Die Verbindung wurde getrennt, und Cindy hörte erst auf, das Telefon anzustarren, als sie vernahm, dass die Haustür geöffnet wurde.

Novack kam herein und sah ihren Gesichtsausdruck. „Was ist?"

„Tim Wallace will sich sofort mit dir treffen." Sie schilderte das Gespräch in allen Einzelheiten, die ihr noch erinnerlich waren.

„Hat er gesagt, ich müsse allein kommen?", fragte er.

„Nein; aber er will unbedingt persönlich mit dir sprechen."

„Hast du dieses Telefon benutzt?“, fragte er und deutete auf den Festnetzapparat.

„Ja.“

„Nimm es nicht wieder. Tätige alle Anrufe auf deinem Handy.“ Er wollte die Möglichkeit wahren, die Nummer über die Anruferkennung zurückzuverfolgen, sollte es notwendig werden.

Novack nahm sein eigenes Handy heraus und rief Anders an. Er beschrieb, was geschehen war, und nach drei Minuten hatten sie einen Plan: Beamte sollten sich strategisch in die umliegenden Straßen rund um das Restaurant verteilen; zwei Zivilpolizisten sollten im Lokal sitzen und Kunden spielen. Novack wollte erst in fünfzehn Minuten das Haus verlassen, damit Zeit blieb, dass alle in Stellung gehen konnten.

„Bist du sicher, dass du hinwillst?“, fragte Cindy, als er den Anruf beendete. „Du hast selbst gesagt, dass er ein Mörder ist.“

„Vielleicht“, sagte Novack. „So oder so, wir werden überall Polizisten haben. Vorläufig können wir nach seinen Regeln spielen.“

Die fünfzehnminütige Wartezeit gehörte zu den längsten, die Novack je in seinem Leben hatte erdulden müssen. Es bestand ja immer die Gefahr, dass Wallace es sich anders überlegte.

In Wahrheit misstraute Novack Wallace’ Motiven: Hatte er wirklich wichtige Informationen mitzuteilen, hätte er es über seinen Anwalt tun können. Er überlegte kurz, ob er Nick Alexander anrufen sollte, aber es war durchaus möglich, dass Wallace etwas tat, was seinen ureigenen Interessen zuwiderlief, und Novack wollte nicht, dass ihm das ausgeredet wurde.

Er ging hinauf ins Schlafzimmer, um sich umzuziehen. Anschließend rief er Anders an, um zu überprüfen, ob alles bereit war. Als er die Bestätigung hatte, kam er ins Erdgeschoss zurück.

Plötzlich durchzuckte ihn ein Gedanke. „Hat er gesagt, woher er unsere Nummer hat oder warum er dachte, ich sei hier?“

Cindy schüttelte den Kopf. „Nein.“

Dass Wallace wusste, wo Cindy lebte, war eine unbehagliche Vorstellung für Novack. „Halte Türen und Fenster immer verschlossen. Mach niemandem auf. Wenn ich reinwill, rufe ich vorher an.“

„Glaubst du wirklich, er könnte hierherkommen?“

„Nein, aber wir wollen auf Nummer sicher gehen.“

Sie umarmte ihn, und er trat aus dem Haus. Auf halbem Weg zum Wagen hörte er sie durch die halb geöffnete Tür rufen: „Sag mir telefonisch Bescheid, sobald die Geschichte zu Ende ist!“

Er wandte sich um, um ihr zu sagen, dass er genau das tun würde, und die Drehung ließ die Kugel sein Herz verfehlen und unter der rechten Schulter einschlagen. Seine kugelsichere Weste bot keinen vollen Schutz gegen die Munition mit hoher Durchschlagskraft: der Aufprall schleuderte ihn anderthalb Meter zurück.

Er sah Cindy schreien und auf ihn zustürzen. Er wollte ihr zurufen, sie solle in Deckung gehen, aber die Stimme versagte ihm.

Aus den CNN-Nachrichten erfuhr Tim, dass er auf Novack geschossen hätte. Es fing an mit einer Alarmmeldung, die besagte, Novack, der leitende Polizeibeamte im Mordfall Tim Wallace, sei vor seiner Haustür angeschossen worden.

Binnen fünf Minuten klinkten sich flächendeckend alle Sender ein. Man spekulierte offen, dass Tim der Schuldige sei; ein verschwommen formuliertes Bulletin der Polizeipressestelle schien zu bestätigen, dass er den Schuss abgegeben hatte. Kein Wort über Novacks Zustand, nur dass er noch am Leben war.

So bizarr die vergangenen Wochen für Tim gewesen waren, dies übertraf alles. Wie erschlagen saß er vor dem Fernseher und fragte sich irgendwann, ob es nicht einen zweiten Tim Wallace gab, ein Alter Ego seiner selbst, das der ganzen Welt den Krieg erklärt hatte.

Nichts davon ergab Sinn. Irgendjemand hatte dies als Teil eines großen Plans ins Werk gesetzt, aber wozu die Daumenschrauben noch eine weitere Drehung anziehen? Und weshalb Novack aufs Korn nehmen, seinen erklärten Widersacher?

Tim rief Nick auf dem Handy an und war erleichtert, als der Anwalt abhob. „Nick, was zum Teufel geht da vor?“

Nick stand hinter der polizeilichen Absperrung vor Cindys Haus. „Jemand hat auf Novack geschossen; man glaubt, Sie waren es.“

„Weshalb?“

„Haben Sie ihn heute Abend angerufen?“, fragte Nick.

„Novack? Natürlich nicht. Sagt man, ich hätte es getan?“

„Irgendwer hat angerufen, sich für Sie ausgegeben und um ein Treffen mit Novack gebeten. Als er aus dem Haus ging, wurde er abgeknallt.“

„Ich schwöre, ich war’s nicht. Kann man den Anruf nicht zurückverfolgen?“

„Ich versuche mehr herauszukriegen, aber die Polizei hüllt sich in Schweigen.“

Während er sprach, behielt Tim den Fernseher im Auge, und plötzlich sah man einen Schwenk über die Straße und Nick erschien höchstpersönlich im Bild. „Da sind Sie … ich kann Sie im Fernsehen sehen."

„Zeigen sie mich von der Schokoladenseite? Rufen Sie mich später zurück; ich muss weg."

WENIGE MINUTEN nach Ankunft im Krankenhaus erlangte Novack das Bewusstsein wieder. Er hatte viel Blut verloren und bekam eine massive Transfusion. Es dauerte ein paar Stunden, bis man ihn so weit stabilisiert hatte, dass er wieder einigermaßen klar denken konnte.

Derzeit war er der einzige Mensch in Polizeidiensten und einer der ganz wenigen in Amerika, die nicht glaubten, dass Tim Wallace auf ihn geschossen hatte.

Es ergab sich aus der einfachen Überlegung: Wallace hatte Cindy angerufen, ehe Novack heimkam, und hatte ausrichten lassen, Novack möge sich sofort zu dem Rendezvous auf den Weg machen. Aus dem Grund musste er schon vor dem Haus auf der Lauer gelegen und gewartet haben, dass Novack aus der Tür kam, damit er ihn erschießen konnte. Wenn er aber schon auf der Lauer lag, hätte er Novack bestimmt bereits auf dem Weg ins Haus zu erwischen versucht. Es gab keinen Grund zu warten; er konnte nicht sicher sein, ob Novack den Köder mit dem Treffen schlucken würde.

Und darüber hinaus wusste Novack nun endlich mit unumstößlicher Gewissheit noch etwas anderes. Wallace war nicht nur nicht der Schütze.

Er war überhaupt kein Mörder.

SENATOR WALTER EVANS war ein grandioser Schauspieler, wenn es um das Mimen von Entrüstung ging, und als er am nächsten Morgen im Senat das Wort ergriff, übertraf er sich selbst. Er gehörte noch zu den Neulingen im Senat, doch sein Charisma hatte ihn in den Kreis jener aufsteigen lassen, von denen es hieß, sie seien aus dem Holz geschnitzt, aus dem später ein Präsident werden könne. Das Plenum war nur spärlich besetzt, aber die Kameras des Polit-Fernsehkanals C-SPAN liefen und sorgten dafür, dass seine Worte überall in den TV-Nachrichten widerhallten.

Sorgfältig vermied Evans, Collinsworth beim Namen zu nennen. Er heuchelte Bedauern, die Frage überhaupt ansprechen und dabei ein Mitglied der eigenen Partei indirekt kritisieren zu müssen. Er wetterte gegen die „alten Geschäftsmethoden", die „im Zeitalter des Terrors" völlig unzulänglich seien, wobei er Jimmy Lee Currys Enthüllung, dass Collinsworth einen Mörder mit Staatsaufträgen bedacht habe, weidlich ausschlachtete.

Susan Moreno empfand die Rede als Hochgenuss. Gute Arbeit leistet der Boss, dachte sie, mit Andeutungen, die im Unbestimmten bleiben und umso mehr aufhorchen lassen. Sie rechnete mit einer Welle von Einladungen zu den nächsten Sonntags-Talkshows. Ein Lächeln ging über ihr Gesicht, als sie an Keith Rivers dachte, ihr Pendant im Stab von Collinsworth, der jetzt gewiss vor Wut kochte und auf Rache sann.

Dies war nur eines der Dinge, in denen sie sich vollkommen täuschte.

In den nächsten 24 Stunden defilierte ein steter Besucherstrom durch Novacks Zimmer. Reihenweise kamen Detectives, um dem angeschossenen Kollegen ihre Unterstützung zu zeigen, und waren hocherfreut, wie rasch er sich erholte. So rasch, dass er am späten Vormittag schon wieder regelmäßig gefoppt und durch den Kakao gezogen wurde.

Anders und Donovan gegenüber äußerte Novack sein Gefühl, dass Tim nicht der Schütze gewesen sein konnte.

„Vielleicht bist du aufgetaucht, ehe er dich gut ins Visier bekam“, meinte Anders.

„Ich kann beweisen, dass er es nicht war.“

„Dann mal los“, forderte Donovan.

Novack wandte sich an Anders. „Draußen im Gang wartet Cindy. Bitte sie doch mal herein.“

Anders ging Cindy holen, die praktisch die ganze Zeit, mit Ausnahme einer wichtigen Besorgung, im Krankenhaus verbracht hatte.

„Sag den Jungs, was du heute Morgen gemacht hast.“

„Ich habe mir ein paar Befragungsmitschnitte aus der Akte Wallace angehört.“

Donovan wandte sich an Novack. „Dass du ihr das erlaubt hast, damit hast du gegen ungefähr zehn dienstliche Regeln verstoßen, ist dir das klar?“

„Hmmm … nehm ich auf meine Kappe“, versetzte Novack mit einem Grinsen. „Sag ihnen, was du festgestellt hast.“

„Der Anrufer war nicht Wallace“, sagte Cindy. „Auf gar keinen Fall.“

„Wie können Sie so sicher sein?“, fragte Donovan.

„Captain, sie ist Logopädin.“

„Ich könnte jetzt fachsimpeln über Sprachmuster und Akzente, wenn Sie wollen“, sagte Cindy. „Aber ich habe gar keinen Zweifel. Der Mann, der angerufen hat, war aus dem Mittelwesten; vielleicht Michigan, vielleicht Indiana. Er war auch älter als Wallace."

„Richie Patrick", sagte Donovan, weil der Killer, der seine Fingerabdrücke überall im Auto hinterlassen hatte, aus Indiana stammte.

Novack nickte. „Ich habe auch mit Kelly von der Spurensicherung gesprochen. Sie glauben, dass der Schütze in einer Seitengasse neben dem gegenüberliegenden Haus gesteckt hat. Es war kein leichter Schuss."

„Haben wir die ganze Zeit bei Wallace falschgelegen?", fragte Donovan.

„Nicht du. Ich."

Die meisten Sorgen von allen Anwesenden hatte derweil Anders. Er hielt es für möglich, dass der Schuss auf Novack nur deshalb erfolgt war, weil Novack angefangen hatte, an Tims Unschuld zu glauben. Und Anders hatte diese Information nicht geheim gehalten.

Er hatte sie an Keith Rivers weitergegeben. Und das war genau so, als hätte er sie Senator Collinsworth ins Ohr geflüstert.

Schon seit geraumer Zeit hatte Eden nichts mehr von Tim gehört, was sie langsam verrückt machte. Die Medien hatten Tim schon wegen des Schusses auf Novack schuldig gesprochen. Immerhin hatte Nick ihr versichert, dass Tim mit dem Anschlag nichts zu tun hatte, und dabei hatte er auch zum ersten Mal eingeräumt, dass er ebenso wie sie der Meinung war, Tim sei auch in allen anderen Punkten unschuldig. Sie konnte jeden Trost gebrauchen, den sie kriegen konnte.

Eden war kaum aus dem Haus gegangen, aus Angst, Richie Patrick könnte wieder auftauchen. Seit dem Tag in Paramus hatte sie ihn nicht mehr gesehen. Vielleicht ließ er sich abschrecken durch den Polizeibeamten, den Novack als Wache in einem Streifenwagen vor ihrer Tür postiert hatte.

Persönlich fühlte sich Eden relativ sicher, hatte aber ständig Angst um Tim und checkte alle paar Minuten ihren elektronischen Briefkasten in der Hoffnung, er werde sie kontaktieren. Es war fast Mittag, als endlich eine Mail hereinkam. Sie lautete:

> Ich bitte dich ungern darum, aber du musst Danny ausrichten, dass ich ihn sehen muss. Nicht telefonisch; sag ihm persönlich, dass ich seine Hilfe brauche und dass er morgen um zehn auf mich warten soll, dort, wo wir mal Touch-Football gespielt haben. Danke, und sieh dich vor.

Eden mailte zurück und fragte, wo Danny wohne. Sie wartete eine Stunde; keine Antwort kam. Online oder im Telefonbuch konnte sie Dannys Adresse nicht ausfindig machen – sie wusste nicht einmal seinen Nachnamen. Zwei Möglichkeiten blieben ihr. Entweder sie ging frühmorgens in die Firma in der Hoffnung, dass Danny frühzeitig genug hereinkam, um sich um zehn mit Tim treffen zu können. Oder sie ging zur Purple Rose. Tim hatte ihr erzählt, dass seine Freunde häufig dort verkehrten, und wenn Danny nicht dort war, dann konnte vielleicht jemand den Kontakt zu ihm herstellen.

Sie trat auf die Straße und sagte dem Polizeibeamten, sie gehe, um mit einer Freundin ein Glas zu trinken, und er nickte und sagte, er werde ihr folgen. Als sie vor der Purple Rose eintraf, bog er hinter ihr in den Parkplatz ein und wartete im Wagen.

Im Lokal herrschte viel Betrieb, und da Eden Danny nie kennen gelernt hatte, wandte sie sich an den Barkeeper. „Entschuldigen Sie, können Sie mir sagen, ob Danny hier ist? Er ist ein Freund von Tim Wallace."

„Danny? Aber ja, da hinten sitzt er." Er deutete auf einen Tisch an der Rückfront, wo Danny mit Will saß. „Im blauen Hemd."

„Danke", sagte Eden und ging zu dem Tisch.

Als sie mit Danny Blickkontakt bekam, ging ein merklicher Ruck durch ihn. Er hatte sie vor Tims Wohnung gesehen, nachdem der Finger im Squashklub gefunden worden war. Dass sie nun hier aufkreuzte, war wohl kein Zufall.

Er stand auf, und sie sagte: „Danny?"

„Ja."

„Ich muss mit Ihnen über etwas sprechen. Unter vier Augen."

„Ja, klar. Will, gibst du uns ein paar Minuten?"

Will war Eden noch nie begegnet, und erst nach ein paar Sekunden ging ihm auf, dass er den Tisch verlassen sollte. „Ja … kein Problem."

Er stand auf und verzog sich in eine entlegene Ecke.

„Setzen Sie sich", sagte Danny. „Tut wir leid, wie heißen Sie noch mal?"

„Das tut nichts zur Sache. Ich habe eine Nachricht von Tim."

„Wie geht es ihm?"

„Gut. Er will Sie morgen um zehn Uhr sehen."

Instinktiv blickte Danny sich um, ob jemand mithören konnte, aber niemand saß nahe genug. „Wo?"

„An dem Ort, wo Sie Touch-Football gespielt haben. Er will, dass Sie allein kommen und niemandem ein Wort davon sagen."

„Warum will er sich mit mir treffen?"

„Das weiß ich nicht."

„Wissen Sie, wo er steckt? Kann ich ihn heute Abend erreichen? Vielleicht will er, dass ich ihm Geld bringe …"

„Ich habe Ihnen schon alles gesagt, was ich weiß."

Damit stand sie auf, und sie sah Will zurückkommen. Sie hoffte, Danny werde ihre Nachricht für sich behalten, hatte aber ihre Zweifel.

Nachdem sie gegangen war, fragte Will: „Wer war denn das, zum Teufel?"

„Die Freundin eines Freundes", sagte Danny.

„Hat es irgendwas mit Tim zu tun?"

„Nein."

„Danke für deine Mitteilsamkeit", sagte Will und griff nach seinem Bier.

Eden rief Nick an, in der Annahme, Tim werde nichts dagegen haben. Nick war nicht da, deshalb hinterließ Eden auf seinem Anrufbeantworter die Bitte, er möge sie zurückrufen. Als sie auf ihren Wagen zuging, gab sie dem Polizeibeamten einen Wink, und er nickte und setzte nach ihr aus der Parklücke.

◂ DREIZEHN ▸

Richie Patrick wartete auf Eden, als sie nach Hause kam. Ruhig saß er auf der Couch und tätschelte mit der einen Hand Travis, während die andere Hand lässig einen Revolver hielt. „Wenn Sie schreien, war das Ihr letzter Atemzug", sagte er.

In grenzenloser Panik blieb ihr fast die Luft weg. Alles, woran sie denken konnte, war der Polizist auf der Straße. Wie konnte sie ihm einen Wink geben? „Was wollen Sie?"

Er lachte. „Mehr, als Sie mir bieten können, aber vorläufig muss ich mich mit Ihnen zufriedengeben."

„Das Haus ist von Polizei umstellt."

„Meinen Sie den Clown da draußen in seinem Spielzeugauto? Wo ist Wallace?"

„Ich habe keine Ahnung."

„O doch, doch. Aber dafür haben wir später Zeit. Gehen wir."

„Wohin?"

„Kleine Grundregel für unseren Umgang." Schneidend scharf war plötzlich seine Stimme. „Stellen … Sie … nie … wieder … eine … einzige … Frage."

Er nahm sie am Arm und führte sie aus der Hintertür.

GEGEN ZEHN UHR ABENDS, nach seiner Rückkehr aus einem Restaurant, hörte Nick seinen Anrufbeantworter ab und empfing Edens Nachricht. Er rief zurück, aber es meldete sich niemand. Er nahm an, dass sie ausgegangen war, und machte sich keine allzu großen Sorgen, weil sie ja einen polizeilichen Schutzengel an der Seite hatte. Er hinterließ ihr eine Nachricht mit der Bitte zurückzurufen.

Kurz nach vier in der Nacht erwachte er und wunderte sich kurz, dass sie sich nicht gemeldet hatte; wahrscheinlich war sie spät heimgekommen. Immer noch war er nicht sonderlich beunruhigt. Er drehte sich um und schlief wieder ein.

DER TREFF in der Rockland County fand am selben Ort statt, zu dem Tim schon Richie Patrick gefahren hatte. Er hatte ihn gewählt, weil es nur eine einzige Zufahrt dorthin gab, einen langen, gewundenen Feldweg, den er von einem nahen Hügel gut beobachten konnte. War Danny nicht allein, so konnte er lautlos verschwinden, ohne dass irgendjemand auch nur die Nasenspitze von ihm sah.

Schon lange vor der angegebenen Zeit legte er sich auf die Lauer. Fünf vor zehn erschien Dannys Wagen auf dem Feldweg. Er schien allein zu sein.

Danny hielt an der Wiese an, wo sie vor so vielen Jahren Touch-Football gespielt hatten, stieg aus und blickte sich um. Überrascht fuhr er herum, als eine befehlende Stimme ihm aus der Höhe zurief: „Geh den Hügel hinauf!“

Danny blickte hoch und schirmte die Augen ab. „Tim?“

„Geh den Hügel hinauf!“

Danny nickte und machte sich auf den Weg durchs Gras. Wachsam behielt Tim die Straße im Auge, sah aber kein Lebenszeichen. Er ließ Danny drei Viertel der Strecke zurücklegen, ehe er aus der Deckung trat und ihm entgegenging.

Danny hörte Tim mehr, als dass er ihn sah: die tiefstehende Sonne über Tims Schulter blendete ihn. „Tim, bist du's?“

„Ja, ich bin's.“

Erst als Danny die Hand schützend ins Sonnenlicht hielt, erkannte er die Pistole, die Tim auf ihn richtete. „Wozu denn das?“

„Wir müssen reden, Danny.“

„Gut, reden wir. Wozu hast du eine Knarre? Ist sie geladen?“

„Warum tust du mir das an, Danny?“

„Antun? Was antun?“, fragte Danny mit leicht krächzender Stimme, aus der die Angst sprach. „Hör mal, Tim, ich bin's doch nur.“

„Du hast mich von Anfang an wie eine Marionette tanzen lassen. Du hast Maggie umgebracht.“

„Nein, nein …“

„Danny, sag mir die Wahrheit, oder ich erschieße dich da, wo du stehst.“

„Ich schwöre, ich weiß nicht, wovon du sprichst. Bitte …“

„Ich spreche davon, dass du gewusst hast, dass ich an dem betreffenden Tag auf dem Boot sein würde. Ich spreche davon, dass du gewusst hast, dass ich in Wyoming gewesen bin. Ich spreche davon, dass du im Squashklub warst.“

„Natürlich weiß ich, wo du bist; wir sind Partner. Du weißt ja auch immer, wo ich bin.“

„Danny, alles, was ich wissen will, ist, warum du es getan hast.“

„Tim, ich schwöre …“

„Es war noch eine andere Jacht draußen an dem Tag, als Maggie starb. Ich habe sie ausfindig gemacht. Weißt du, wer da mal an Bord war? Dein Onkel.“

Danny schien unfähig, das alles aufzunehmen und zu verarbeiten. „Mein Onkel?“

„Ja. Keith Rivers hat die Jachtzulassung unterzeichnet. Warst du an dem Tag da draußen, Danny? Und hast auf die Explosion gewartet?“

„Dein Boot ist das einzige, auf das ich je den Fuß gesetzt habe, Tim. Ich schwöre es.“

„Was hat dein Onkel davon, dass er mein Leben zugrunde richtet, Danny? Was hast du davon?“

„Tim, wir sind Freunde von Kindesbeinen an. Warum sollte ich dir das antun? Warum sollte mein Onkel das tun? Er ist stocksauer darüber.“

Tim ging auf ihn zu, bis er drei Meter entfernt war. Er hielt die Pistole im beidhändigen Anschlag. „Danny, ich zähle bis drei, und du sagst mir die Wahrheit, sonst knalle ich dich ab. Eins … zwei …“

Dass Danny nichts gestand oder einräumte, lag nicht an Mut oder Prinzipienfestigkeit. Er war so fassungslos, so verängstigt, dass er nicht einmal eine erfundene Geschichte zusammenbrachte.

„Tim, ich hab dir die Wahrheit gesagt“, keuchte er. „Bitte … mehr weiß ich nicht zu sagen.“

Tim ließ die Waffe sinken. „Danny, ich brauche Hilfe.“

EDEN hatte nicht die leiseste Ahnung, wo sie war. Patrick hatte sie gefesselt und geknebelt und ihr eine Binde über die Augen gezogen und sie dann in ein Fahrzeug verfrachtet, das ein Van zu sein schien. Sie versuchte abzuschätzen, wie weit sie fuhren, aber das erwies sich als unmöglich. Mit aller Macht kämpfte sie gegen ihre Angst.

Am Ziel angelangt, führte Patrick sie über eine Art Fußgängersteg, dann ein paar Stufen treppab, und kettete sie an etwas an, was sich wie Rohrleitungen anfühlte. Zu ihrer Überraschung nahm er ihr den Knebel ab, nicht aber die Augenbinde.

„Dies ist jetzt für ein Weilchen Ihr Domizil", sagte er. „Je nachdem, wie Sie sich verhalten, könnte es das letzte Ihres Lebens sein."

Sie antwortete nicht.

„Morgen komme ich wieder. Es kann Sie zwar ohnehin niemand hören, aber eine Sprechanlage nimmt jeden Mucks auf, den Sie tun. Wenn ich feststelle, dass Sie geschrien oder auch nur gesprochen haben, schneide ich Ihnen den Hals auf. Kapiert?"

Sie nickte.

„Gut. Morgen werden Sie mir sagen, wo er ist, Ihr Freund."

Er ging, und sie zwang sich, nicht zu weinen. Die Mikrofone würden es aufnehmen, und die Genugtuung wollte sie ihm nicht geben.

DREIMAL rief Nick zwischen sieben und acht Uhr morgens Eden an, dann fuhr er zu ihrem Haus. Er sah den Polizisten in seinem geparkten Wagen, wies sich aus und fragte, wo Eden sei.

„Drinnen", sagte der Beamte.

Nick konnte im Haus die Hunde bellen hören. „Sie geht nicht ans Telefon."

Der Polizist stieg aus und folgte Nick. Sie schellten ein paarmal, hämmerten an die Haustür; dann brach der Polizist die Scheibe des kleinen Türfensters auf, griff nach innen und klinkte auf.

Edens Bett war noch gemacht, und die Hunde hatten offenbar noch nichts zu fressen bekommen. Für all das gab es – wie Nick wusste – keine harmlose Erklärung.

Eden war in höchster Not.

FAST DREI STUNDEN redeten Danny und Tim. Es war ein Gespräch, wie sie es noch nie geführt hatten; kein Sport, keine Firmenangelegenheiten, keine Frauen. Sie versuchten zu ergründen, wie Tims Leben geraubt worden war und wie man es zurückerobern konnte.

Zunächst füllte Tim Dannys Wissenslücken auf, über die Oceanfast, über Collinsworth, über Wyoming, über Vasquez' Anrufe in seinem Büro, über

Richie Patrick. Er hoffte, irgendetwas würde bei Danny als Zündfunke eine Eingebung auslösen.

Doch Danny reagierte überwiegend mit Erstaunen, hauptsächlich über Collinsworths mögliche Beteiligung. „Das stimmt hinten und vorn nicht“, sagte er. „Die Lage, in der du momentan steckst, schadet doch nur seinem Image.“

„Er hat irgendeinen Nutzen davon, auf den wir noch nicht gekommen sind“, entgegnete Tim. „Auf irgendeine Weise ist es seinen Zwecken förderlich.“

„Er will ja unbedingt Präsident werden, aber wie soll diese Intrige ihm dazu verhelfen?“

Tim wusste darauf keine Antwort, deshalb wechselte er wieder das Thema, um vielleicht über irgendetwas zu stolpern, was Licht in die Sache brachte. „Es gibt ein größeres Gesamtbild, das wir noch nicht sehen, eine Bombe, die noch platzen wird. Ich werde als Sündenbock aufgebaut für irgendetwas, was noch passieren wird.“

„Das Federal Center?“, fragte Danny. „Am Samstagabend ist Eröffnung; der Präsident wird da sein. Das FBI hat zweimal mit mir gesprochen, der Geheimdienst einmal. Vielleicht war das Cintron 421 dafür bestimmt.“

„Na, jetzt kommt es jedenfalls nicht mehr an“, sagte Tim. „Im weiten Umkreis wimmelt es von Sicherheitskräften; niemand kann bis zum Center vordringen.“

„Aber dieser Typ hat dein Büro angerufen?“

Tim nickte. „Ja; ich dachte, er wollte dich erreichen. Er muss sich als jemand anders ausgegeben haben, als Vertreter oder so, damit meine Nummer auf seinem Telefon erscheint. Die Schweine haben wirklich an alles gedacht.“

„Ich bringe nur sehr ungern die Sprache darauf, aber was ich nicht verstehe“, sagte Danny vorsichtig, „ist die Sache mit Maggies Finger. Dass es ihrer gewesen sein kann. Du hast doch die Explosion gesehen, nicht wahr?“

„Ich entsinne mich nur an einen weißen Blitz. Ich hielt es für eine Explosion und habe den Angaben geglaubt, dass Maggies Leiche nie gefunden worden sei.“

„Aber war man denn ganz sicher? Ich meine, die DNA-Tests …“

„Die Fehlerquote liegt angeblich bei eins zu mehreren Milliarden. Und die Labors sind ja keine Polizeilabors, da …“

Tim verstummte. Irgendetwas nagte an ihm, irgendetwas ergab keinen Sinn, und er kam nicht genau darauf, was es war.

„Was hast du?“, fragte Danny.

Tim schwieg und konzentrierte sich angestrengt.

„Tim?“

„Danny, mir ist gerade etwas eingefallen. Ich muss weg.“

„Gut; kann ich helfen?“

„Ich glaube nicht, aber wenn doch, melde ich mich.“

Sie gingen hügelaufwärts zu Tims Wagen, damit er Danny zurückfahren konnte zu der Stelle, wo er geparkt hatte.

Kaum saßen sie im Auto, drehte Tim im Radio die Lokalnachrichten an. Allererste Meldung: Eine Frau namens Eden Alexander war entführt worden, und man glaubte, dass ein Zusammenhang mit dem Fall Wallace bestand.

„O mein Gott!“, stieß Tim erschüttert hervor. „Das muss Patrick sein …“

„Was kann er von ihr wollen?“, fragte Danny.

„Mich.“

Bis zur großen Eröffnungsfeier des Federal Centers waren es nur noch 48 Stunden, und man konnte die Vorbereitungen als umfassend und energisch bezeichnen. Alles war hundertmal geprüft und kontrolliert worden; trotzdem checkte man nun noch einmal alles auf Herz und Nieren. Mit Personal aus dem Weißen Haus und aus den Büros mehrerer Senatoren inszenierte das U. S. Marshals Office in Zusammenarbeit mit dem Geheimdienst einen kompletten Durchlauf – eine Art Generalprobe.

Das Programm für den Abend war relativ einfach gehalten. Erst ein Cocktailempfang, angesetzt auf neunzig Minuten. Fünfzehn Minuten vor dessen Abschluss sollte der Präsident eintreffen, sich zu den Würdenträgern gesellen und dann mit ihnen zusammen in den Festsaal gehen, wo das Diner und die Festreden stattfinden sollten.

Ausgewählt worden war der Saal wegen seiner beispiellosen Sicherheitstechnik. Im Gefahrenfall sorgte ein Computer für hermetische Verriegelung: Undurchdringliche Metalltüren schlossen sich, zugleich schaltete sich eine Notbelüftung ein und führte Sauerstoff aus eigenen Tanks zu, die sich im Keller befanden.

Dieses Sicherheitssystem sollte auch in den noch in Planung befindlichen Federal Centers zur Anwendung kommen. Bei Gefahr würden die Gebäude nicht mehr evakuiert werden müssen – ein riskantes Unterfangen, bei dem es immer wieder zu Panik und Verletzungen kam. Im Gebäude selbst würde sich ein Bereich in eine uneinnehmbare Schutzzone verwandeln.

Vor dem Essen sollten Nancy Fellows – eine Kongressabgeordnete aus Newark – sowie Senator Evans und Senator Collinsworth jeweils kurze Ansprachen halten. Am Ende seiner Rede würde Collinsworth den Präsidenten vorstellen, der dann ebenfalls kurz das Wort ergreifen würde. Gleich nach dem Essen sollte der Präsident mit seiner Entourage dann das Gebäude verlassen. Vorgesehene Gesamtdauer des Abends: dreieinhalb Stunden.

Carl White verbrachte praktisch seine ganze Zeit vor Ort im Center. Seine Ermittlungen zu Ricardo Vasquez waren ins Leere gelaufen, aber sein Instinkt sagte ihm, dass Wallace' Verwicklung in den Fall irgendwie auf das Federal Center als Zielobjekt hindeutete. Er hatte seinen Vorgesetzten gewarnt: der Präsidentenbesuch stelle ein unvertretbar hohes Risiko dar. Doch mit den verdreifachten Bewachungsmaßnahmen und der höchstmöglichen Sicherheitsstufe sei das Federal Center – so der Vorgesetzte – an jenem Abend der sicherste Ort auf Erden. So wurde White rasch zum Ärgernis für Geheimdienst-Captain Steven Radford, den Sicherheitschef des Abends. Radford duldete zwar Whites Anwesenheit, aber er wusste, er hatte die Dinge unter Kontrolle.

TIM WAR KLAR, dass er nicht mehr in das Haus zurückkonnte, in dem er gewohnt hatte. Er hatte Eden gesagt, unter Druck und in Gefahr solle sie auf jeden Fall sein Versteck preisgeben. Er konnte nur hoffen, dass es sie retten würde, aber er wusste auch: könnte sie Patrick identifizieren, würde dieser sie nicht am Leben lassen.

Tims Gedanken kreisten inzwischen vor allem um das Wohlergehen von Eden. Es war eine neue Qual, der er ausgesetzt war, denn eines ließ sich keinesfalls leugnen: Erst durch ihn war das Böse in Edens Leben eingebrochen. Er musste sich dazu zwingen, diese Erkenntnis als Motivation zu nutzen, um für beide einen Ausweg zu suchen.

Im Stadtzentrum von Hackensack quartierte sich Tim in einer Absteige ein, dem „Village Motel“. Eigentlich war es ein Stundenhotel, aber hier wurde weder Pass noch Kreditkarte verlangt.

Er rief Nick an, der außer sich war und sich Vorwürfe machte, dass er seine Schwester nicht besser beschützt hatte. Leider hatte Nick keine neuen Informationen zu Edens Lage. Lösegeld- oder sonstige Forderungen waren nicht eingegangen.

Nachdem er Kiley und Travis in die Obhut seiner Sekretärin gegeben hatte, war Nick zu Novack gefahren, der inzwischen darauf drängte, aus der

Klinik entlassen zu werden. „Ich weiß nicht, ob es uns etwas nützt, aber ich glaube, Novack hat in seiner Meinung über Sie eine Kehrtwendung vollzogen“, berichtete Nick.

„Was heißt das?“, fragte Tim.

„Er hat es nicht offen zugegeben, aber mir schwant, dass er jetzt glaubt, man habe Ihnen von Anfang an irgendetwas in die Schuhe schieben wollen. Schade, dass er seinen Captain und die Staatsanwaltschaft davon nicht überzeugen kann.“

„Wird er mit mir sprechen?“

„Aha – Sie stellen sich jetzt also doch?“

„Nein; ich meine, wird er mit mir sprechen, ohne mich festzunehmen? Es gibt Dinge, die er weiß und die ich erfahren muss. Ich glaube, zusammen hätten wir eine Chance, hinter alles zu kommen.“

Nick dachte darüber nach. „Ich könnte ihm diesen Vorschlag unterbreiten“, sagte er. „Wenn er sein Wort gibt, können wir felsenfest darauf bauen.“

GEGEN SIEBEN UHR MORGENS kam Patrick zurück. Eden konnte natürlich nicht genau wissen, wie spät es war, denn Patrick löste zwar ihre Fessel, ließ aber ihre Augen verbunden. Nicht weil sie nicht sehen sollte, wo sie sich befand; das spielte keine Rolle, da er sie sowieso töten wollte. Er wusste nur: Menschen mit verbundenen Augen waren leichter einzuschüchtern, und es kam ihm vor allem darauf an, dass er rasch seine Auskünfte bekam und dann weitermachen konnte.

Er packte sie am Arm und führte sie auf die Toilette. „Wenn ich merke, dass Sie die Binde abgenommen haben, nehme ich eine Kerze und brenne Ihnen die Augen aus“, sagte er sachlich.

Ein paar Minuten später führte er sie wieder heraus, setzte sie auf einen Stuhl und drückte ihr eine Schachtel Cracker in die Hand. Sie aß ein paar, und er gab ihr ein Glas Wasser dazu.

Sie saß und wartete und wusste nicht, ob er verschwunden war. Angst und Hass erfüllten sie. Sie wusste: Hätte sie gekonnt, hätte sie ihn, ohne eine Sekunde zu zögern, umgebracht.

„Vor Ihnen steht ein Tisch“, sagte er. „Legen Sie die Hände darauf, Handflächen nach unten.“

Sie tat wie geheißen.

„Ich stelle Ihnen eine Frage. Beantworten Sie sie korrekt. Jedes Mal wenn ich erneut fragen muss, schneide ich Ihnen einen Finger ab.“

Sie begann zu schluchzen und zu zittern, schlagartig von einer Angst gepackt, die sie sich niemals hätte vorstellen können.

„Fertig?“, fragte er. „Wo versteckt sich Tim Wallace?“

Tim hatte ihr eingeschärft, es sofort zu verraten, und ihre momentane Todesangst überrollte ohnehin sämtliche Widerstände. Sie sagte Patrick, wo das Haus lag, und beantwortete einige Nachfragen über den genauen Weg dorthin. Er merkte, dass sie die Wahrheit sagte.

„Gut, Sie können jetzt die Hände vom Tisch nehmen“, sagte er. Er erwog, sie jetzt gleich umzubringen, beschloss aber bis hinterher zu warten, dann brauchte er die Schweinerei nicht zu beseitigen. Und außerdem, wenn es schiefging, konnte ein Ass im Ärmel durchaus gelegen kommen, und eine lebende Eden war mehr wert als eine tote. Er fesselte und knebelte sie und ließ sie in der Finsternis zurück.

Auf direktem Weg fuhr Patrick zum Haus bei Lincoln Park. Er rechnete nicht damit, dass Tim sich noch dort befand; bei der ersten Schlagzeile über Edens Entführung hatte er sich bestimmt eine neue Bleibe gesucht.

Patrick hatte gewusst, dass er zu lange damit gewartet hatte, das Versteck aus Eden herauszupressen, aber er hatte eigene Pläne, neue Pläne. Seine Auftraggeber würden unglücklich sein, denn Tim in ihrer Gewalt zu haben war wesentlich für ihren Plan. Doch dass es fehlgeschlagen war, ihn zu schnappen, würde bald das kleinste ihrer Probleme sein. Was sie vorhatten, war drauf und dran, gründlich in die Hose zu gehen. Und wenn sie es merkten, würde es zu spät sein.

◀ VIERZEHN ▶

Rasch handelten Nick und Novack die Bedingungen und Details der Zusammenkunft mit Tim aus. Anwesend sein sollten Tim, Novack und Nick; alle erklärten sich im Vorgriff bereit, über das Treffen Stillschweigen zu bewahren.

Treffpunkt war Tims Motel, vor allem weil Gäste dort vor ihrem eigenen Zimmer parken konnten. Nick und Novack fuhren in Nicks Wagen vor, vergewisserten sich, dass niemand in der Nähe war, und gingen rasch hinein.

Tim stand an der Rückwand des schäbigen Zimmerchens, als die zwei den Raum betraten. Nick schloss die Tür hinter ihnen, und Novack und Tim starrten einander nur an. Beide waren so daran gewöhnt, den anderen zu hassen, dass sie anscheinend einige Zeit brauchten, um zu verdauen, dass sie um einer gemeinsamen Sache willen hier waren.

„Hübsches Fünfsternehotel“, kommentierte Novack trocken.

Tim nickte. „Ja. Danke, dass Sie gekommen sind. Ich hatte viel Zeit zum Nachdenken über das, was geschehen ist. Sie können mir glauben oder nicht. Niemand würde einen derartigen Aufwand betreiben, nur um mein Leben zu ruinieren. Das ist einfach widersinnig. Außerdem habe ich keinesfalls Feinde dieses Kalibers. Richie Patrick war mir unbekannt bis zu dem Tag, an dem ich auf ihn geschossen habe.“

„Warum sind dann Sie ins Visier geraten?“, fragte Novack.

„Weil es um etwas viel Größeres geht. Der Anschlag auf dem Boot galt mir. Dass Maggie mich an dem Tag begleiten würde, konnte niemand wissen oder ahnen. Mich wollten sie in die Luft sprengen, mich, und draußen auf der Oceanfast lagen sie auf der Lauer, wahrscheinlich um mir den Rest zu geben, falls ich doch irgendwie überlebte. Die Sonne stand in unserem Rücken; von der Oceanfast aus hat man direkt in die Sonne geblickt. Ich bezweifle, dass sie gemerkt haben, dass ich im Wasser schwamm und noch lebte.“

Nick warf ein: „Und warum hat man Sie dann in der Folgezeit nicht umgebracht?“

„Weil sie einen besseren Weg für sich ausgeknobelt haben. Ursprünglich sollte ich getötet und beiseitegeräumt werden, damit sie etwas Verbrecherisches tun konnten; ich muss ihnen im Weg gestanden haben, ohne es zu wissen.“

„Statt Sie also aus dem Weg zu räumen, um freie Bahn zu bekommen, will man sie nun leben lassen und Ihnen die Schuld zuschieben“, sagte Novack.

„Genau. Sie haben mich manipuliert wie eine Marionette.“

„Wer kennt Sie so genau?“

„Deshalb habe ich Sie hergebeten“, sagte Tim. „Damit Sie es mir sagen. Nach Ihren Angaben stammte der Finger im Squashklub von Maggie. Woher wussten Sie das?“

„Aus der DNA-Analyse“, sagte Novack. „Ein Volltreffer.“

„Maggies DNA passte also?“

Novack nickte. „Ja, klar.“

„Woher hattet ihr die Probe?“

„Ihre DNA? Die haben wir seit Beginn der Ermittlungen zu ihrem Tod.“

„Aber wo hattet ihr sie her? Maggies Leiche ist auf See verschollen. Und sie war ja kein gerichtlich verurteilter Krimineller, dessen DNA automatisch in der Datenbank landet. Wo also habt ihr sie herbekommen?"

Novack nickte langsam. „Verdammt. Ich weiß es nicht."

Er nahm sein Handy heraus und wählte eine Nummer. „Sam, es geht um den Fall Wallace … bitte such doch die Akte heraus. Ich will wissen, wer die DNA-Probe genommen und sie an uns weitergegeben hat. Ich warte."

Novack legte die Hand über das Telefon und sagte zu Tim und Nick: „Sam ist unser Forensiker." Fast zehn Minuten lang hielt er sich das Handy ans Ohr. Jeder im Raum schwieg, wartete auf die Antwort. „Ja, ich bin noch dran", sagte Novack, als Sam sich wieder meldete. „Was hast du rausgekriegt?" Pause. „Bist du sicher? Ja, danke."

Novack schaltete das Telefon ab. „Sam hat die Probe selber genommen. Er hat extra noch einmal in der Akte nachgeschlagen. Sie lagen im Krankenhaus, und Ihre Assistentin Meredith Tunney hat Sam zu Ihrem Haus geführt. Er hat die DNA-Probe von der Zahnbürste Ihrer Frau genommen. Meredith hat sie ihm gegeben."

„Natürlich – warum war mir das nicht sofort klar? Sie hat mein gesamtes Leben organisiert. Sie hat die Termine für die Squashspiele festgemacht; sie wusste, wann ich auf dem Boot sein würde … Sie wusste einfach alles."

„Wie lange arbeitet sie schon für Sie?", fragte Nick.

„Sie hat einige Monate vor Maggies Tod bei mir angefangen." Tim setzte sich und versuchte diesen neuen Schlag zu verkraften. Sein erstes Gefühl war Erleichterung, dass Maggie in der Tat rasch und schmerzlos auf dem Boot gestorben war. „Ich weiß nicht mehr genau, aber Meredith hat mir vielleicht auch von dem Steinbruch bei Carson erzählt."

„Wo man Ihnen aufgelauert hat."

„Genau. Nachdem Maggie tot war und Sie aller Welt erklärt hatten, wie schuldig ich war, merkten sie, dass ich mehr Wert für sie hatte als Lebender, aufgebaut zum Sündenbock für das, was sie vorhatten." Er hielt kurz inne und überlegte dann laut: „Aber wenn es nicht Maggies DNA und Maggies Finger war, wessen dann?"

„Das werden wir wahrscheinlich nie erfahren", sagte Novack. „Sie hätten irgendeine Frau, die auf der Straße lebte, nur zu diesem Zweck umbringen können. Nun, nachdem wir wissen, wie sie an Sie herangekommen sind, müssen wir klären warum."

„Es muss mit der Firma und Collinsworth zusammenhängen."

Novack schüttelte den Kopf. „Hier geht es nicht um Wirtschaftsbetrügereien. Wir reden hier von diversen Morden, von einem explodierenden Auto, einem Kidnapping. Das wäre selbst für einen US-Senator ziemlich haarig."

„Es ist das Federal Center", sagte Tim. „Irgendetwas muss dafür geplant sein, und ich wette für morgen Abend. Meredith hat während der Arbeiten Baustellenausweise ausgegeben. Sie könnte Leute eingeschleust haben."

„Aber warum etwas planen und dann all dies tun, um die Augen der Opposition auf sich zu lenken?"

„Weil sie sich um die Opposition nicht scheren. Weil sie sich ihrer Sache absolut sicher sind."

„MEREDITH am Apparat. Ich muss mit dir über Tim sprechen."

„Weißt du, wo er ist?", fragte Will.

„Am Telefon möchte ich nicht darüber reden, aber es ist sehr wichtig. Danny konnte ich nicht erreichen, und ich muss auf der Stelle mit jemandem darüber sprechen."

„Ja … gut", sagte er. „Soll ich ins Büro kommen?"

„Nein, ich komme zu dir." Will war in Ridgewood, deshalb einigten sie sich auf einen Treff an einem kleinen Park an der Ridgewood Avenue. „Ich fahre meinen roten Toyota. Wir können eine kleine Spritztour machen und reden. Da kann niemand mithören."

Zehn Minuten wartete Will, dann fuhr sie vor. Sie griff hinüber und öffnete die Tür für ihn.

„Also, was ist mit Tim?", fragte Will.

Sie fuhr los. „Nicht viel. Nicht so viel wie mit dir."

Ihre Antwort verwirrte ihn. „Du wolltest doch über Tim sprechen."

„An deiner Stelle würde ich mir größere Sorgen um mich selber machen."

„Was? Weshalb?"

„Na, jedenfalls sitzt Tim nicht da und hat eine Knarre im Genick."

Will fuhr herum und sah Richie Patrick mit einem Revolver in der Hand. „Was zum Teufel ist hier los?"

Patrick lächelte. „Na, ich würde sagen, Sie stecken tief in der Tinte."

Es dauerte nicht mehr als ein paar Sekunden, dann fiel Will ein, wo er Patrick schon einmal gesehen hatte. „Sie sind der Typ vom Heimatschutz, dem ich das Computersystem im Center erklärt habe." Noch während er es aussprach, wurde ihm bewusst, warum er die Anlage ein zweites Mal einem zweiten Experten hatte vorführen müssen. Patrick war unter einer falschen Identität dort gewesen, mit einem von Meredith ausgestellten Baustellenausweis.

Patrick lächelte wieder. „Und Sie glauben gar nicht, wie dankbar ich Ihnen für das damalige Unterrichtsstündchen bin."

Mit der Anweisung, sich nicht vom Fleck zu rühren, ließ Novack Tim im Hotel zurück. Offiziell war Tim ein flüchtiger Straftäter; Novack wollte nicht, dass irgendein Polizist, der sich die Sporen verdienen wollte, ihn über den Haufen knallte.

Ein Zugeständnis machte Novack: Er wollte versuchten, Nick über die Entwicklungen auf dem Laufenden zu halten. Er rief Anders und Donovan an und setzte sie von dem, was er erfahren hatte, in Kenntnis, wobei er den Umstand ausließ, dass er mit Tim persönlich gesprochen hatte. Dann holte er Anders ab und fuhr, von vier Streifenbeamten begleitet, zu Wallace Industries.

Meredith war nicht da, doch Danny saß in seinem Büro. Er erklärte, Meredith sei an diesem Tag nicht zur Arbeit erschienen und habe auch nicht angerufen, was ihr überhaupt nicht ähnlichsehe.

„Wo wohnt sie?", fragte Novack.

„In Leonia." Danny stand auf und schlug ihre Anschrift in der Adresskartei nach. „Irgendeine Chance, dass Sie mir sagen, was los ist?"

„Keine. Wenn sie anruft, verschweigen Sie ihr, dass wir da waren", bat Novack, wobei er genau wusste, dass sie nicht anrufen würde.

Ein Schlag ins Wasser war auch die nachfolgende Razzia bei ihr daheim. Hauptsächlich deshalb, weil es sich bei der angegebenen Adresse um ein leeres Baugrundstück handelte.

Meredith war über alle Berge.

Donovan übernahm die Aufgabe, Carl White von allem zu unterrichten. Und Novack besorgte sich von Danny ein bei einem Betriebsausflug aufgenommenes Foto von Meredith, das White an den Geheimdienst weiterleitete.

Rund um das Federal Center wurden an 21 Stellen Gesichtserkennungskameras postiert. Patricks, Merediths und Tims Gesichter wurden in die Terroristen-Datenbank eingegeben. Tauchte einer von ihnen im Umkreis von fünf Blocks auf, würden es die Behörden in Sekundenbruchteilen wissen.

Steven Radford, der für die ganze Operation verantwortliche Geheimdienstmann, war nicht sonderlich beunruhigt. Dass es gefährliche Leute gab, die dem Präsidenten ans Leder wollten, stellte keine Überraschung dar; von solchen Leuten wimmelte es. Worauf es Radford ankam, war die hieb- und stichfeste Gebäudesicherheit. Und er war überzeugt, dass er dafür gesorgt hatte.

Eden hörte sie über sich, ein Stockwerk höher. Es waren eine Frau und zwei Männer, und einer davon war Patrick. Was sie sprachen, konnte sie nicht verstehen.

Sie waren zu einem besonders ungünstigen Zeitpunkt eingetroffen. Gerade hatte sie es geschafft, den Strick leicht zu lockern, der ihre Hände an die Metallstange fesselte. Wenn Patrick leise die Treppe herunterkäme und sie dabei ertappte, würde er Grässliches mit ihr anstellen.

Doch Eden war von Natur aus Realistin, und sie musste sich jetzt zu Realismus zwingen. Wenn all dies vorbei wäre, würde Patrick ihr ohnehin Furchtbares antun.

Deshalb arbeitete sie vorsichtig weiter an dem Strick. Patrick kam nicht herunter, und nach einiger Zeit hing der Strick nur noch an einem Faden.

Dass Keith Rivers seinem Senator auch als enger Berater diente, hätte niemanden überrascht. Wie eine Bombe hätte aber in Washington eingeschlagen, dass der Rat, den er gerade erteilte, nicht an Senator Collinsworth, sondern an Senator Evans ging.

Die beiden Männer redeten telefonisch miteinander; sie konnten es nicht wagen, persönlich zusammen gesehen zu werden. Rivers setzte Evans noch einmal von allen Details dessen in Kenntnis, was geschehen sollte. „Ganz wichtig ist das Timing“, sagte er.

„Sorgen Sie nur dafür, dass Ihre Freunde wissen, was sie tun.“

„Keine Bange, das sind Profis“, sagte Rivers, stillschweigend unterstellend, dass Evans keiner war, jedenfalls nicht in Angelegenheiten dieser Art.

„Hoffentlich“, seufzte Evans. „Wann haben Sie zum letzten Mal mit Ihrem Boss gesprochen?“

Rivers wusste, von wem die Rede war, und es war gewiss nicht Collinsworth. „Letzten Abend. Er ist außer Landes.“

„Vielleicht sollte ich mit ihm reden“, sagte Evans.

„Er ist nicht erreichbar. Erst längere Zeit nach Abschluss dieser Sache wird er wieder zu sprechen sein.“

„Gut“, sagte Evans und dachte: Wenn dies vorbei ist, wird jeder für mich erreichbar sein. Jedermann. Zu jeder Zeit.

Dann konnte selbst Rivers' Boss ihm die Stiefel küssen.

„Das Ärgerliche am Geld ist, dass man nie alles Geld besitzen kann, das es gibt“, sagte Byron Carthon und wartete, bis die Heiterkeit sich wieder legte. Sie klang wie Musik in seinen Ohren, wenn er auch wusste, dass nicht der schwache Witz die Leute hatte lachen lassen, sondern die Tatsache, dass er seine gesamte Zuhörerschaft wie ein Feudalherr in der Tasche hatte.

70 Personen saßen vor ihm, die 35 Topleute der Franklin Group und ihre Ehepartner. Aus aller Welt waren sie von den Franklin-Tochtergesellschaften hier auf das Kreuzfahrtschiff *Serenity* der Crystal Line zu einem Kurztrip durch den Südpazifik gekommen.

Offizieller Zweck des Treffens war: Sich entspannen, Kontakte knüpfen und Wachstumsstrategien entwickeln. Carthons Zielvorgabe lautete, dass die Firma in den nächsten zehn Jahren stärker wachsen sollte als in den vergangenen zehn. Eine sehr ehrgeizige Vorgabe, denn Franklin hatte als führende Bau-, Bergbau-, Ölförder- und Gasfördergesellschaft auf der Welt nicht ihresgleichen. Peinlicherweise schwächelte jedoch gerade der amerikanische Geschäftsbereich.

In Byron Carthons Augen war Franklin unter die Räder der amerikanischen Parteipolitik geraten. Gewisse Politiker hatten die Firma als bequemen Prügelknaben benutzt – Staatsaufträge kamen seltener herein als früher und waren auch nicht mehr so lukrativ. Durch die außeramerikanischen Aktivitäten hatte Franklin das mehr als ausgleichen können, aber das war nicht gut genug für Carthon. Immer noch bildeten die USA den wichtigsten Markt, und auch da wollte Franklin wieder an der Spitze stehen.

Den wahren Grund, warum Carthon an Bord war, verschwieg er seinen Gästen: Er wollte einfach nur auf dem Schiff sein, wenn sein Plan ausgeführt wurde. Er hatte diesen Plan ausgeheckt, er allein, auch wenn das später nicht so in den Geschichtsbüchern stehen würde. Der Plan würde ihm Reichtümer einbringen, von denen selbst er nie geträumt hatte. Und er würde die Kontrolle über alles haben, einschließlich des nächsten Präsidenten der Vereinigten Staaten.

„Sie haben alle die Tagesordnung unseres Treffens“, sagte Byron. „Bis Montag gibt es keine Konferenzen mehr, also nutzen Sie das Wochenende, stürzen Sie sich ins Vergnügen. Die nächsten zwei Tage lang dreht sich die Welt ohne uns."

Er vergaß zu erwähnen, dass ab morgen die Welt nicht mehr die Gleiche sein würde.

TIM HATTE das schreckliche Gefühl, zum Rand eines Abgrunds hingezerrt zu werden, eine lange, zermürbende Zitterpartie, die in rund zwei Stunden mit dem Absturz enden würde. Zu der Zeit, zu der die Festlichkeiten im Federal Center beginnen sollten.

Das Nichtstun im Zimmer des Motels trieb ihn zum Wahnsinn, aber er wusste nicht, wohin er sich wenden sollte. Wie konnte das Center einerseits so abgesichert und andererseits so verwundbar sein? Irgendetwas musste von innen in Gang gesetzt werden. Aber jeder, der hineinwollte, musste doch durch die Sicherheitsschleusen.

Es sei denn, man konnte innere Prozesse von außen steuern.

Tim schnappte sich das Telefon und rief Danny auf dem Handy an. „Danny, ich bin's."

„Tim, bist du in Ordnung?"

„Wo ist Will? Ich muss ihn sprechen."

„Keine Ahnung, wo er steckt. Seit gestern versuche ich ihn zu erreichen. Ich hab's auf der Festnetznummer probiert und dem Handy, sogar über seine neue Freundin."

Nie würde Will fortbleiben, ohne Danny wissen zu lassen, wo er erreichbar war. Und schon gar nicht am Tag der Galaeröffnung, das war unvorstellbar. „Danny, versuch weiter, ihn zu finden." Tim gab Danny seine Handynummer; mit dem Versteckspiel war es vorbei.

Er legte auf und rief Nick an. „Nick, es ist der Computer."

„Wovon reden Sie?"

„Will Clampett hat die ganze Sicherheitssoftware für das Center erstellt. Er ist verschwunden und unerreichbar."

„Sie glauben, er steht auf der anderen Seite?"

Tim hatte diese Möglichkeit erwogen. „Ich bezweifle es. Aber wenn irgendjemand Kontrolle über die Computer erlangen wollte, dann durch ihn. Irgendwo von draußen, von ferne. Nick, das Gebäude muss auf der Stelle gesperrt werden."

Sofort nach dem Gespräch rief Nick Novack an und erzählte ihm, was Tim gesagt hatte. Novack hatte Will im Zuge der Ermittlungen vernommen und hielt ihn nicht für einen Menschen, der ohne Rücksicht auf seine beruflichen Pflichten das Weite suchte. Er rief Danny an und bat ihn, ihm ein Bild von Will zu beschaffen; dann erreichte er Carl White im Federal Center noch vor Ankunft der Festgäste. Rasch erzählte Novack ihm, was er erfahren hatte. „Sie könnten den Gebäudecomputer irgendwie als Hebel oder Einfallstor benutzen", sagte er.

„Ich wüsste nicht wie", entgegnete White. „Geheimdienstspezialisten fahren hier die Computeranlage. Vorhin war ich noch bei ihnen in der Zentrale. Alles schien in bester Ordnung."

„Dann weisen Sie sie wenigstens auf die Möglichkeit hin, dass etwas passieren könnte. Und sichern Sie die Computerzentrale dreimal ab."

Der Präsident der Vereinigten Staaten ist in jedem Raum, in dem er sich befindet, der absolute Mittelpunkt. Das ist eine Selbstverständlichkeit. Ebenso wahr ist aber, dass er auch der Mittelpunkt in jedem Raum ist, den er noch betreten will.

Dies fiel auf dem Cocktailempfang im Federal Center jedermann ins Auge. Jeder der Anwesenden versuchte sich in eine günstige Ausgangsposition zu drängen, um dem Präsidenten nahe zu sein. Dies komplizierte sich etwas durch die Rivalitäten im Raum, insbesondere zwischen den Senatoren Collinsworth und Evans. Sie und ihre Entouragen bemühten sich, einander möglichst nicht zu nahe zu kommen, zugleich aber die besten Plätze für eine Tuchfühlung mit dem Präsidenten zu erobern. Das ergab eine interessante Theateraufführung, eine Art Kabuki-Tanz im Senatorenmilieu.

Carl White konnte sich bei Radford kein Gehör verschaffen. Geduldig hatte der Geheimdienstmann zugehört, aber jetzt war Showtime und Radford hatte keine Zeit für wilde Theorien. Die Computer waren fest in der Hand von Männern mit erstklassiger Sicherheits-Bonität, Männern, denen Radford blind vertraute. Außerdem, welcher Schaden ließ sich durch die Computer letztlich anrichten? Das Gebäude war sicher; Radford sah keine Möglichkeit, dass Hacker über kleine Störmanöver hinaus irgendein Malheur heraufbeschwören konnten. Eine physische Gefährdung der Gäste hielt er für ausgeschlossen.

Radford war zu höflich, um es geradeheraus zu sagen, aber der Tenor seiner Antwort war: Carl, verziehen Sie sich ans Büfett und lassen Sie den Geheimdienst seinen Job machen.

Richie Patrick freute sich königlich, dass der Sender CNN unfreiwillig als sein Komplize fungieren würde. Ein Kamerateam nahm die gesamten Tischreden auf und CNN wollte sie senden.

Das Timing, wohlgemerkt, musste ja stimmen, und Richie brauchte nur den Fernseher einzuschalten, um über alles auf dem Laufenden zu sein. Hatte er das Ereignis dann einmal ausgelöst, würden ihm seine Computerbildschirme alles sagen, was er wissen musste. Bis dahin aber würde CNN vollauf genügen.

Auch Tim saß am Fernseher, jedoch mit einer erdrückenden Vorahnung kommenden Unheils. Sein Gefühl sagte ihm, dass etwas Schreckliches bevorstand und dass es mit den Computern zu tun haben musste.

Wenn es einträte, würde er begreifen, was er all die Monate zu begreifen gesucht hatte. Die Augen würden ihm aufgehen darüber, was seine Feinde vorhatten und wie sie es ihm in die Schuhe schieben wollten.

Natürlich wäre es dann zu spät.

◂ FÜNFZEHN ▸

Punktgenau 15 Minuten vor Ende des Cocktailempfangs traf Präsident Markham ein. Jede Bewegung war durch seinen Stab genauestens koordiniert. Er schaffte es in der kurzen Zeit, sich mit allen vorgesehenen Personen fotografieren zu lassen, und war ein Meister darin, jedem eine wohltuende persönliche Bemerkung zukommen zu lassen.

Mit Collinsworth und Evans führte der Präsident jeweils ein kleines Extragespräch. Er wusste, dass beide Senatoren sich Hoffnungen auf seine Nachfolge machten, und er hielt beiden schon längere Zeit das Zuckerbrot seiner künftigen Unterstützung unter die Nase. In Wirklichkeit hielt er Collinsworth für einen aufgeblasenen Esel und Evans für einen provokanten Hitzkopf. Ehe einer von ihnen den Fuß ins Weiße Haus setzte – hatte er seiner Frau gesagt –, würde er es lieber niederbrennen.

Langsam begaben sich die versammelten Gäste in den großen Saal zum Diner. Dem Raum mangelte es eigentlich an Eleganz für einen solchen Abend, aber die Tische waren festlich gedeckt, und allein die Blumen hatten mehr gekostet, als fünf der Lohnkellner zusammen in einem Jahr verdienten.

Schließlich schaute die ganze Nation zu.

Einer der wenigen Menschen, die nicht zuschauten, war Eden Alexander. Immer noch hörte sie über ihrem Kopf einen Stock höher Patrick und die anderen, aber er war nun schon lange Zeit nicht heruntergekommen, und sie schloss daraus, dass er sie in Ruhe lassen wollte.

Fast hatte sie die Fessel schon gelöst; ein Fädchen noch, dann war sie frei. Sie hatte sich noch nicht überlegt, wie sie ihre Freiheit nutzen wollte, aber immerhin bot sich ihr dadurch der Hauch einer Überlebenschance.

Bis zur letzten Konfrontation konnte es nun nicht mehr lange dauern.

„Ich bin schon lange in diesem Geschäft", begann Senator Collinsworth. „Und ich habe gelernt: man muss möglichst hochfliegend träumen und dann Kompromisse machen. Nichts realisiert sich genau so, wie man hofft; jeder hat eigene Vorstellungen, die es zu berücksichtigen gilt. Man kann einfach nur sein Bestes geben und hoffen, dass die eigene Vision das Endresultat möglichst stark mitprägt." Er machte eine bedeutungsvolle Pause und fuhr dann mit erhobener Stimme fort. „Heute Abend aber ist das ganz anders. Dieses herrliche Federal Center steht jetzt genau so da, wie ich und andere es uns vor gerade mal zwei Jahren vorgestellt haben. Es ist das Idealmodell für die kommenden Verwaltungszentren überall in unserem großen Land und wird zum Symbol amerikanischer Kraft und amerikanischen Erfindergeistes werden und zum Symbol für die Sicherheit, auf die wir ein Anrecht haben. Kurz: Hier ist wirklich ein Traum wahr geworden."

So tönte Collinsworth noch weitere sieben Minuten, wobei er sich die Verdienste am Bau des Zentrums selbstredend ganz allein zuschrieb und trotzdem versuchte, gütig und bescheiden zu wirken auf alle, die nicht wussten, dass er keinen einzigen gütigen oder bescheidenen Knochen im Leib hatte.

„Und nun habe ich das außerordentliche Vergnügen, den Mann vorzustellen, dem wir das alles letztlich zu verdanken haben. Den Mann, ohne dessen Führungskraft alle Träume der Welt nicht ausgereicht hätten. Bitte begrüßen Sie mit mir den Präsidenten der Vereinigten Staaten, Christopher Markham."

Der Saal erhob sich zu einer stehenden Ovation.

Niemand ahnte, dass Richie Patrick gerade einen Code in seinen Computer getippt hatte, der ihm Kontrolle gab über das Leben sämtlicher Menschen im Raum.

ZUNÄCHST merkte keiner im Saal, was vor sich ging. Die stehenden Ovationen verhinderten, dass die Gäste mitbekamen, was hinter ihnen geschah.

Schwere Tore aus armiertem Stahl schlossen sich auf beiden Seiten, und über die Fenster schoben sich Abdeckungen aus armiertem Stahl, doch da es Nacht war, veränderte sich das Licht im Raum nicht. Sofort schaute sich Carl White nach Captain Radford um, konnte ihn aber nirgends finden. Radford befand sich gerade in einer Vorhalle und überprüfte die äußere Sicherheit, als die Tore zugingen und ihn ausschlossen.

White rannte in den Computerraum, wo Panik ausbrach, als die Computerexperten merkten, dass sie das System nicht mehr in der Hand hatten. Die Bildschirme hatten sich verdunkelt, dann erschien eine getippte Nachricht.

> Dieses Gebäude ist in meiner Gewalt. Niemand kommt mehr hinein und hinaus, und die darin Befindlichen werden entweder leben oder sterben, je nachdem wie sie sich verhalten. Sauerstofftank Nr. 3 enthält ein halbes Gramm Thallium, genug, um jeden Menschen in diesem Gebäude hundertmal zu töten. Auf Knopfdruck kann ich es jederzeit freisetzen.
>
> Dieser Computer ist so programmiert, dass er jede Stromabschaltung als feindlichen Angriff auffasst. Ebenso fasst er jeden Versuch auf, in den Saal einzudringen oder die Sperren zu durchbrechen. Binnen Sekunden werden in diesem Fall alle Anwesenden Thallium einatmen.
>
> Zwischen drinnen und draußen darf es keinen Kontakt geben. Meine Forderungen, über die ich nicht verhandeln werde, bekommen Sie in fünf Minuten. Ich kann durch jede Kamera im Saal sehen.
> Timothy Wallace

Zeitgleich ging die Nachricht an sämtliche großen Sendeanstalten im Land, und Captain Radford las sie draußen im Korridor auf einem der Fernsehschirme.

Die uneinnehmbare Festung war zum Gefängnis und möglicherweise zum Grab geworden.

„MACHE ICH alles richtig?“, vergewisserte sich Patrick bei Will, der entsetzt zusah.

„Wie haben Sie das Thallium in den Tank gekriegt?“, fragte Will. Er wusste: Thallium war ein radioaktives Gift, das langsam und qualvoll tötete.

Patrick lächelte. „Mit dem richtigen Baustellenausweis geht alles.“

Will blickte hinüber zu Meredith, die als Büroleiterin die Ausweise ausgestellt hatte. Sie lächelte, offenbar bereute sie nichts. „Na, macht er alles richtig?“, erkundigte sie sich.

Will wandte sich wieder Patrick zu. „Die werden einen Weg finden, die Codes zu annullieren.“

„Wissen Sie was?“, sagte Patrick. „Womöglich könnten sie das schaffen. Aber nicht in zwanzig Minuten, und mehr Zeit gebe ich ihnen nicht.“

SELBSTREDEND konnte Tim sich seiner Sache nicht sicher sein. Er verstand genug von Computern, um zu wissen, dass die Leute, die das Gebäude kontrollierten, an jedem beliebigen Ort sitzen konnten; nach getaner Arbeit würden sie verschwinden wollen, ohne eine Papier- oder elektronische Spur zu hinterlassen. Und die Frau am Jachthafen von Southold hatte gesagt, auf der Oceanfast 360 hätten neulich Leute gearbeitet und hätten sie weggescheucht, als sie sich ihnen freundlich näherte.

Das Boot lag im Wasser, und nichts konnte es daran hindern, in See zu stechen, lautlos und anonym.

Tim versuchte Nick zu erreichen, musste aber mit dessen Mailbox vorliebnehmen. Er teilte ihm mit, wohin er fuhr und weshalb.

Als er noch zwanzig Autominuten vom Jachthafen entfernt war, fiel ihm ein, dass er vergessen hatte, seine Pistole mitzunehmen.

IM FEDERAL CENTER begannen die Gäste langsam zu begreifen, was geschah. Geschockte Geheimdienstleute liefen unschlüssig durcheinander. Normalerweise lautete die erste Regel: Den Präsidenten in Sicherheit bringen. In dieser Situation bugsierten sie ihn in eine Ecke und bauten sich als menschliche Schutzschilde um ihn auf, obwohl ihre Leiber gegen ein Gift in der Luft natürlich nutzlos waren.

Als Senator Collinsworth darüber informiert wurde, was geschah, flitzte sein politisches Leben im Zeitraffer an ihm vorbei. Senator Evans seinerseits brauchte keine Lageberichte; er wusste genau, was vor sich ging, und ließ sich deshalb nicht von der allgemeinen Terroristenangst anstecken. Stattdessen starrte er auf ein Fenster, ungefähr vier Meter über dem Fußboden, an der Ostwand des Raumes. Er konnte die Stelle, an der die stählerne Abdeckung des Fensters leicht offen stand, nicht sehen, aber er wusste, sie war da.

In elf Minuten würde er so tun, als entdeckte er sie, und würde, scheinbar selbstlos und beherzt, hinaufklettern. Dann würde er die Abdeckung aufhebeln und die verängstigte Gästeschar in einer waghalsigen Aktion ins Freie führen. Der Status als Held der Nation war ihm sicher.

Und dann konnte ihn niemand mehr aufhalten.

Pünktlich wie verheißen erschien die nächste Nachricht auf den Bildschirmen:

> Auf das Konto Nr. 372-548-6999873-24 der Bank von Zürich werden Sie sofort fünf Milliarden Dollar telegrafisch überweisen. Sie werden die Bank in Kenntnis setzen, dass die amerikanische Regierung darauf besteht, dass sie den separaten Weisungen folgt, die ich geschickt habe. Alle Transaktionen müssen in den nächsten 15 Minuten abgeschlossen sein, sonst setze ich das Thallium frei. Ausreden werden nicht akzeptiert.

DER NACHTPIANIST in der Hauptbar des Schiffes war besser, als Byron Carthon erwartet hatte. Er spielte gerade ein langes Medley von Broadway-Songs, und für Musicals hatte Byron immer schon eine Schwäche gehabt. Der Mann war talentiert, aber doch nicht so sehr, dass er die hundert Dollar verdient hätte, die Byron ihm auf den Trinkgeldteller legte.

Byron wollte auffallen, deshalb hatte er eine Gruppe seiner Topmanager zu sich in die Bar eingeladen. Normalerweise ging er früh schlafen; heute wollte er lange aufbleiben, damit jedermann sah, dass er absolut nichts zu tun hatte mit dem Chaos, das nun Tausende Kilometer entfernt im Federal Center ausbrach.

Seine Arbeit hatte er längst abgeschlossen. Er hatte seine – vielfältigen und voneinander unabhängigen – Kontakte genutzt, um das Thallium zu beschaffen und den Weg zu ebnen, den das Geld nehmen sollte. Er hatte die besten verfügbaren Männer engagiert und exorbitante Summen für sie bezahlt. Summen, die freilich zu Kleingeld schrumpften gegen das, was die Operation ihm letztlich einbrächte. Eine Operation, die als Gewinnquelle ewig sprudeln würde.

Deshalb bestellte er eine weitere Runde und wünschte sich „Wenn ich einmal reich wär“ aus Anatevka. Dass Byron Carthon sich wünschte, endlich reich zu sein, weckte Heiterkeit in seiner Runde, und er stimmte in das Lachen ein.

Demonstrativ gab er sich als der unbeschwerteste Mensch der Welt, und die ganze Bar war voll mit Menschen, die das später jederzeit bezeugen konnten.

HEKTISCHE KONFERENZSCHALTUNGEN liefen zwischen dem Vizepräsidenten, dem Justizminister, dem Chef des Generalstabs sowie den Chefs des Heimatschutzes, des Geheimdienstes, des FBI und der CIA.

Zunächst musste man entscheiden, ob die Drohung ernst zu nehmen war. Der Generalstabschef und der CIA-Direktor berichteten übereinstimmend, ihre Experten für biologische Kriegsführung hätten bestätigt, dass das Thallium unentdeckt in den Tank gelangen konnte. Die winzige Menge, die ausreichte, um die tödliche Wirkung zu entfalten, machte eine Entdeckung fast unmöglich.

Dann musste man die Möglichkeit prüfen, das Gebäude mit Gewalt zu stürmen. Das wurde rasch als unrealistisch verworfen. Der Bau war unglaublich gut befestigt: Sprengstoff, der stark genug war, eine Bresche zu schlagen, konnte leicht auch die Geiseln töten oder verletzen.

Am leichtesten fiel die Entscheidung zur Lösegeldforderung. Trotz mehrfacher Beteuerungen Präsident Markhams, die USA würden nie mit Terroristen verhandeln, kam man billig davon, wenn die Sache denn wirklich mit fünf Milliarden Dollar abgetan war.

Die Genehmigung wurde erteilt, und das Geld wurde überwiesen.

SENATOR EVANS wusste: Sein Augenblick war nun gekommen. Hier ging es, wie gesagt, um genauestes Timing, und er durfte nicht riskieren, nur eine Sekunde davon abzuweichen. Er blickte zu Keith Rivers hinüber und schaute ihn scharf an. Er meinte ein leichtes Nicken wahrzunehmen, aber darauf kam es jetzt nicht mehr an. Es war Zeit zu handeln.

Evans blickte zum Fenster an der Ostseite hinauf. „Schaut doch, da!“, sagte er laut genug, dass ein halbes Dutzend Leute es mitbekamen.

„Was?“, fragte jemand, doch Evans war schon auf dem Weg hinüber zur Wand, zielsicher wie jemand, der eine Entdeckung gemacht hat.

Er stellte sich unter das Fenster. „Helft mir mal mit dem Tisch da“, sagte er den Umstehenden, und sie halfen ihm den Tisch heranzuzerren und einen Stuhl daraufzustellen.

HÄMISCH und schadenfroh lachte Richie Patrick über jede Bewegung von Evans, die er auf seinen Computermonitoren verfolgte. „Passt mal auf“, sagte er zu Meredith und Will. „Jetzt kommt etwas Bühnenreifes.“ Bedauerlich fand Patrick nur, dass er Carthons Reaktion nicht sehen konnte, wenn dieser erfuhr, dass der Präsident, den er kontrollieren wollte, tot war.

Evans kletterte auf den Stuhl und griff weit nach oben, in Richtung Fenstersims. Er würde einen Klimmzug machen müssen, das war anstrengend, aber er hatte es viele Male geübt. Er würde das Fenster erreichen, sich dann wieder herunterlassen und ein Metallstück holen, es oben in die vorgefundene Öffnung schieben, die stählerne Abdeckung aufstemmen und mithilfe der Retter von draußen jedermann in Sicherheit bringen.

Er schaffte den Klimmzug und wurde belohnt mit der fürchterlichsten Überraschung seines Lebens. Alles, was er sah, war Stahl. Keine Öffnung. Kein Weg nach draußen.

Sofort begriff er, dass er hereingelegt worden war und dass er und alle anderen im Saal sterben mussten.

Richie Patrick wusste genau, was Evans durch den Kopf schoss. Er hatte keinen Funken Mitgefühl für ihn, denn Evans war dumm. Es hätte dem Senator klar sein müssen, dass bei einer Operation dieser Größenordnung, der die massivste Fahndungsaktion der Weltgeschichte folgen würde, Patrick es sich nicht leisten konnte, irgendjemanden am Leben zu lassen.

Alle, alle mussten sterben … Evans, Rivers, Eden, Will, Tim, sogar Meredith, wenn sie auch noch nichts davon ahnte. Sie bildete sich ein, sie würden heiraten und dann fortsegeln in den Sonnenuntergang, aber da stand ihr ein böses Erwachen bevor.

Sogar Carthon wollte er umbringen, mochte das auch etwas schwieriger und weitaus gefährlicher sein.

Aber er wollte es tun, ohne Rücksicht auf Verluste. Denn Patricks große Lebensweisheit lautete: Um am Leben zu bleiben, musst du töten.

Das brachte das Geschäft so mit sich.

TIM ERREICHTE den Jachthafen und parkte so, dass er von der Oceanfast aus nicht gesehen werden konnte. Als er ausstieg, fiel ihm ein, dass die Jacht ja vielleicht schon auf hoher See war.

Er rannte zum Liegeplatz und atmete erleichtert auf: sie lag noch da. Vorsichtig schlich er sich heran, wobei er versuchte, außer Sicht zu bleiben, falls jemand vom Boot aus zufällig Ausschau hielt.

Nichts rührte sich an Bord, kein Lebenszeichen: Tim musste die reale Möglichkeit in Betracht ziehen, dass er vielleicht eine ganz falsche Fährte verfolgte, aber er musste so handeln, als wäre er seiner Sache hundertprozentig sicher.

Lautlos stieg Tim an Bord, und zum ersten Mal konnte er jemanden sprechen hören. Er schlich einen Korridor entlang, an einer Küche und zwei Schlafräumen vorbei, zu einer halb geöffneten Tür. Drinnen sah er Patrick vor einer komplizierten Computeranlage sitzen, gegenüber Will und Meredith auf einer Couch. Wills Arme schienen auf dem Rücken gefesselt zu sein.

Tim stahl sich rückwärts davon. In der Küche ergriff er ein Messer und eine Kaffeetasse und stellte sich dann in dem angrenzenden Schlafraum in Position.

Er hielt die Kaffeetasse am ausgestreckten Arm und ließ sie dann auf den Boden fallen.

RICHIE PATRICK hörte ein Klirren, das aus der Nähe der Küche zu kommen schien; es klang, als sei etwas zu Boden gefallen. Da das Boot leicht im Wasser rollte, hatte das wahrscheinlich nichts zu bedeuten. Dennoch wollte er kein Risiko eingehen. „Schau mal nach", sagte er zu Meredith.

Sie verließ den Raum und ging den Korridor entlang. Tim ließ sie vorbeigehen, unschlüssig, was zu tun war.

Er traf seine Entscheidung, als sie auf dem Rückweg war. Er wartete, bis sie die Tür passiert hatte, und trat unmittelbar hinter ihr in den Gang. Mit aller Kraft versetzte er ihr einen Hieb an die rechte Schläfe. Bisher war es für ihn ein unvorstellbarer Gedanke gewesen, eine Frau zu schlagen: aber diese Person hatte geholfen, Maggie umzubringen.

Er fing die bewusstlose Meredith auf und ließ sie zu Boden gleiten.

PATRICK wartete nicht, bis Meredith zurückkam. Von Will in hellem Entsetzen beobachtet, tippte er den Zahlencode ein, der den thalliumverseuchten Sauerstoff in den Saal des Federal Centers leitete.

Erst dann schaute er nach, wo zum Teufel Meredith blieb.

Im Federal Center ahnte niemand, dass das giftige Luftgemisch nun in den Raum strömte. Es war ebenso farb- und geruchlos wie tödlich.

Bevor Patrick den Gang entlangkam, hatte Tim Merediths leblosen Körper in den Schlafraum gezerrt. Er hörte Patrick herannahen, und als er vorbeiging, sprang Tim ihn an und schwang das Küchenmesser.

Zwischen Schulter und Nacken zog er ihm die Klinge quer über den Hals. Blut spritzte hervor. Patrick taumelte und stürzte. Tim sah ihn zu Boden gehen und fuhr herum, um zum Computerraum zu rennen.

Ein Schuss peitschte, und eine Kugel traf Tim in den oberen Rücken und schleuderte ihn nach vorn. Er stürzte zu Boden und wälzte sich herum. Schmerz durchschoss ihn. Er blickte zurück und sah, dass Patrick den Revolver erneut in Anschlag brachte.

Zugleich sah er Eden hinter Patrick auftauchen, eine schwere Messinglampe hoch erhoben. Sie schlug Patrick damit mit aller Macht auf den Schädel, tödlich verletzt ging er zu Boden.

Eden eilte zu Tim, der bei Bewusstsein war, aber in einer Blutlache lag. „Bind Will los“, keuchte er. Sie zögerte einen winzigen Augenblick und stürzte davon.

Seiner Fesseln ledig, warf sich Will auf den Computer, schloss Sauerstofftank Nr. 3 und öffnete zugleich die Schutztore und -abdeckungen. Ohne zu ahnen, dass sie bereits Thallium eingeatmet hatten, stürmten die Gäste aus dem Saal und flohen.

Eden eilte zurück zu der Stelle, wo Tim lag. Er rührte sich nicht mehr und hatte anscheinend das Bewusstsein verloren. Sie hörte ein Geräusch und sah Novack auf sich zurennen, die Pistole in der Hand.

„Es ist vorbei“, sagte sie. „Aber Tim …“

Novack kniete sich neben Tim nieder und sah, dass seine Augen geschlossen waren. Er fühlte ihm den Puls, da schlug Tim die Augen auf und blickte ihn an.

„Ich werd’s überleben“, hauchte Tim.

„Verdammt … mir bleibt aber auch nichts erspart“, brummte Novack. Und lächelte dann.

Er zog sich die Jacke aus und wickelte sie um Tims Rücken und Schulter, um den Blutfluss zu stoppen. „Und eine neue Jacke sind Sie mir auch schuldig.“

◂ EPILOG ▸

Wenn es eines gibt, worüber ich die Öffentlichkeit nicht mehr belehren muss, dann ist das die verheerende Wirkung von Thallium. 31 Menschen aus dem Saal des Centers sind bis heute daran gestorben, vom Schicksal grausam ausgewählt durch ihre unwissentliche Nähe zu den Lüftungsschächten.

Zu den Todesopfern zählen unter anderem Senator Collinsworth und Keith Rivers. Senator Evans hat schwer angeschlagen überlebt, wird aber seine Tage gewiss im Gefängnis beschließen. Glück gehabt haben Präsident Markham und Carl White, die sich beide weit genug von den Luftschächten entfernt aufgehalten hatten.

Evans und Meredith haben viele Details der Verschwörung ausgeplaudert, werden dafür aber weder von der Justiz noch von der Öffentlichkeit mildernde Umstände bekommen. Byron Carthon hat in Venezuela Unterschlupf gefunden und wehrt sich bislang erfolgreich gegen eine Auslieferung. Sollte die venezolanische Regierung sich weiter gegen eine Auslieferung sperren, so wird aller Voraussicht nach eine Sondereinheit des amerikanischen Geheimdienstes eine unmittelbarere Art der Gerechtigkeit walten lassen.

Tim Wallace hat schwere Verletzungen erlitten, hat aber durch Physiotherapie seine Kräfte fast völlig zurückerlangt. Staatlicherseits als Held gepriesen, wird er bald die Verdienstmedaille des Kongresses verliehen bekommen. Er hat seine Gedanken über das Erlebnis nicht publik gemacht und möchte einfach sein Leben weiterführen.

Verblüffenderweise gibt es immer noch Menschen, die – geprägt durch frühere Medienberichte und aktuelle Verschwörungstheorien – nach wie vor glauben, Tim hätte bei dieser Konspiration eine führende Rolle gespielt. Alle, die den wahren Sachverhalt kennen, bestreiten dies öffentlich und nachdrücklich. Am wortgewaltigsten wird Tim durch Detective Johnathon Novack verteidigt.

Tim und ich verbringen jetzt viel Zeit miteinander. Zwar beeinträchtigen die Medien unser Privatleben immer noch sehr stark; trotzdem gehen wir nach wie vor jeden Sonntag in den Hundepark. Ich pflege wieder die menschlichen Kontakte, Tim wirft wieder die Tennisbälle, aber nicht mehr so weit wie ehedem.

Nächsten Monat wollen wir zusammenziehen. Kiley und Travis scheinen sehr dafür zu sein; sie wedeln mit dem Schwanz, wann immer das Thema angesprochen wird.

Tim ist guter Dinge und freut sich auf das neue Leben, das wir gemeinsam beginnen wollen.

Der Albtraum ist offiziell vorbei.

Foto: Brandy Allen

Romancier mit siebenunddreißig Hunden

David Rosenfelt, der 1949 in New Jersey geboren wurde und mit seiner Familie in Südkalifornien lebt, betont, dass die Handlung von *Schweig wie ein Grab* zwar erfunden sei, das Konzept des terrorsicheren Bauens jedoch längst verwirklicht werde. Ein Paradebeispiel dafür ist das neue Hochhaus mit der Adresse World Trade Center Nr. 7, einer der sichersten Wolkenkratzer der Welt. Das 52-stöckige gläserne Gebäude weist einen Betonkern auf, der im Notfall wie ein Bunker funktionieren soll. Die äußeren Gebäudeelemente können auf verschiedenste Weise beschädigt werden – Feuer, Explosion, chemische Einwirkung –, aber der Kern selbst soll unversehrt bleiben. Im Bau oder in der Planung sind Wolkenkratzer dieser Art unter anderem auch in Chicago, Taipeh, Korea und Russland.

Rosenfelt, der viele Jahre lang als Marketingfachmann in der Filmbranche tätig war, bezeichnet sich selbst inzwischen als „Romancier mit siebenunddreißig Hunden". Als Autor hat Rosenfelt seit 2002 mehrere Justizkrimis und Thriller verfasst. Was aber hat es mit den 37 Hunden auf sich?

„Meine Frau und ich retten Hunde", erklärt Rosenfelt. „Bei uns daheim haben wir ein Hundeasyl eingerichtet. Die Zahl der Insassen schwankt zwischen fünfundzwanzig und achtunddreißig. Es handelt sich vor allem um Hunde, die von ihren Besitzern verstoßen und ausgesetzt wurden."

Neben einem großen Herzen für Hunde verfügt der Autor auch über viel Humor, der im Gespräch immer wieder aufblitzt. Danach gefragt, was seine Familie wohl als seine drei herausragenden Eigenschaften nennen würde, antwortet er: „Übermäßige Bescheidenheit. Das hindert mich auch daran, die beiden anderen Eigenschaften zu nennen."

PATRICK TAYLOR
Neues
vom irischen
Landarzt

„Auf Ballybucklebo!
Es ist ein wunderbares
kleines Nest.“
O’Reilly leerte sein Glas.
„Ich möchte nirgends
sonst auf Gottes
grüner Erde leben.“

1
Sonntag ist Feiertag

Barry Laverty – *Doktor* Barry Laverty – hörte, wie jemand mit einer Pfanne am Küchenherd hantierte. Es roch nach gebratenem Speck. Mrs „Kinky" Kincaid, die Haushälterin von Dr. O'Reilly, hatte das Frühstück fertig, und Barry merkte, dass er einen Bärenhunger hatte.

Polternde Schritte waren auf der Treppe zu hören und eine tiefe Stimme: „Guten Morgen, Kinky."

„Guten Morgen, lieber Doktor."

„Ist der junge Laverty schon auf?" Obwohl das halbe Dorf Ballybucklebo, County Down, Nordirland, bis spätabends in seinem Garten gefeiert hatte, war Lavertys Chef Dr. Fingal Flahertie O'Reilly bereits auf den Beinen.

„Ich hab ihn schon gehört, ja."

Lächelnd verließ Barry sein Kämmerchen unter dem Dach. Er fand Kinkys Angewohnheit, ein Ja an die Sätze anzuhängen, wie es in ihrer Heimat Cork im Süden Irlands üblich war, sehr liebenswert.

Im Bad wusch er sich das Gesicht und blickte in den Rasierspiegel: blaue Augen, ovales Gesicht, blondes Haar und wie immer ein paar widerspenstige Locken mitten auf dem Kopf.

Er kleidete sich fertig an und ging ins Esszimmer hinunter, an dem Zimmer im Erdgeschoss vorbei, das Dr. O'Reilly als Behandlungsraum diente. Barry blieb einen Moment stehen und schaute kurz hinein.

„Willst du da vielleicht anwachsen?", knurrte O'Reilly aus dem Esszimmer. „Komm rein, damit Kinky uns auftischen kann."

„Bin ja schon da." Barry betrat das Esszimmer und musste blinzeln, weil die Augustsonne so hell durch die Erkerfenster hereinstrahlte.

„Morgen, Barry." O'Reilly, bekleidet mit einem kragenlosen gestreiften Hemd und einer Tweedhose mit roten Hosenträgern, saß am Kopfende des großen Mahagonitisches. In einer seiner Pranken hielt er eine Teetasse.

„Morgen, Fingal." Barry setzte sich und schenkte sich ebenfalls Tee ein. „Herrlicher Tag."

„Da könnte ich dir fast zustimmen", meinte O'Reilly, „wenn ich nicht so einen schrecklichen Kater hätte." Er gähnte. Sein zerfurchtes Gesicht mit den Blumenkohlohren und der schiefen Nase verzog sich zu einem Grinsen. „Früher bei der Marine hieß das bei uns ‚Selbstverstümmelung'. Das war aber auch ein rauschendes Fest gestern."

Barry lachte. Er fragte sich, wie viel Guinness sein Mentor sich gestern Abend wohl hinter die Binde gekippt hatte. Barry war sich gar nicht sicher, ob das großherzige Angebot, das sein Chef ihm mitten in der größten Party aller Zeiten unterbreitet hatte, bloß einer Guinness-Laune entsprungen oder ernst gemeint gewesen war. Beim Aufwachen hatte er noch gedacht, er hätte das Ganze vielleicht geträumt, und beschlossen, O'Reilly direkt danach zu fragen.

„Fingal", sagte er also und stellte seine Tasse ab.

„Was ist?"

„Als du mir gestern eine volle Assistentenstelle für ein Jahr mit anschließender Teilhaberschaft in deiner Praxis angeboten hast, da war es dir doch ernst damit, oder?"

O'Reillys Tasse stoppte auf halbem Weg zu seinem Mund. Sein Haaransatz verzog sich und die Stirn legte sich in Falten. Die Spitze seiner schiefen Nase wurde bleich.

O'Reillys bleiche Nasenspitze war ein sicheres Zeichen dafür, dass etwas in ihm schwelte und gleich explodieren würde.

„Wie bitte?" O'Reilly knallte seine Tasse auf die Untertasse. „Wie kommst du bloß auf die Idee, dass ich es nicht ernst gemeint haben könnte?"

„Na ja …" Verzweifelt bemühte sich Barry, diplomatische Worte zu finden. „Du … also nein, wir … wir hatten ja schon 'ne ganze Menge intus."

O'Reilly legte den Kopf schief, starrte Barry an – und brach in dröhnendes Gelächter aus.

Erwartungsvoll sah Barry seinen Chef an. Dessen Nasenspitze hatte wieder ihre übliche blaurote Farbe angenommen, und die Lachfältchen in seinen Augenwinkeln waren tiefer geworden.

„Ja, Dr. Laverty, das war mein voller Ernst. Ich möchte gern, dass du hierbleibst."

„Danke."

„Brauchst dich bei mir nicht zu bedanken – bedanke dich bei dir selbst. Ich hätte dir das Angebot nicht gemacht, wenn ich nicht überzeugt wäre, dass du hier nach Ballybucklebo passt. Die Patienten mögen dich. Mach so weiter."

O'Reilly erhob sich, ging um den Tisch und streckte Barry die rechte Hand hin.

Barry stand ebenfalls auf. Er erwiderte O'Reillys Händedruck, der diesmal nicht ganz so fest war wie sonst. „Danke, Fingal", sagte er. „Vielen Dank, und ich werde mich bemühen …"

„Da bin ich ganz sicher", meinte O'Reilly und gab Barrys Hand frei. „Aber nach all diesen ernsthaften Gesprächen sterbe ich fast vor Hunger. Wo bleibt denn Kinky?" Er drehte sich um und stapfte zu seinem Stuhl zurück.

Aus dem Augenwinkel sah Barry Mrs Kincaid in der Tür stehen.

„Sind Sie jetzt so weit? Kann ich das Frühstück bringen?", fragte die Haushälterin und trat ein. Sie stellte ein Tablett auf die Anrichte, nahm zwei Teller herunter und setzte einen O'Reilly und den anderen Barry vor. „Ich wollte Sie nicht stören. Ich weiß ja, dass Sie wichtige Dinge besprechen." Ihre Augen funkelten, und sie zwinkerte Barry zu. „Sie geraten manchmal ganz schön in Fahrt, mein lieber Dr. O'Reilly, nicht wahr? Das soll aber ganz schlecht für den Blutdruck sein."

„Nun machen Sie mal halblang, Kinky." O'Reilly grinste sie an, aber ein bisschen sah er auch aus wie ein kleiner Junge, der von seiner Mutter bei etwas Verbotenem ertappt worden war.

Barry wandte seine Aufmerksamkeit dem Frühstück zu. Auf seinem Teller lagen zwei Streifen Belfaster Speck neben einem Spiegelei. Eine halbe Grilltomate prangte auf einem Stück frisch gebackenem Sodabrot, und die Krönung des Mahles bildeten zwei Schweinswürstchen, zwei Scheiben Blutwurst und eine Scheibe Grützwurst. Falls die beruflichen Gründe allein nicht ausreichen sollten, um ihn bei O'Reilly zu halten, dann würde Mrs Kincaids Kochkunst sicherlich den Ausschlag geben.

„Danke, Kinky", sagte O'Reilly, während er sich eine Leinenserviette oben ins Hemd steckte. „Nach diesem prächtigen Frühstück geht es mir bestimmt besser."

Während Barry den Speck schnitt, hörte er die Türglocke, dann Kinkys Schritte und eine Männerstimme. Die Haushälterin erschien wieder im Esszimmer. „Da ist Archibald Auchinleck, der Milchmann."

„Am Sonntagmorgen?", knurrte O'Reilly und zog die Serviette aus dem Hemdausschnitt. „Erst hältst du mich mit deiner Fragerei vom Frühstücken ab, dann unterbrechen mich die Patienten", sagte er mit einem Blick auf Barry. „Ich werde noch verhungern." Er stand auf und ging zur Tür.

„Ich stelle das Frühstück in den Backofen. Dann bleibt es warm, ja." Kinky nahm O'Reillys Teller mit.

Plötzlich zerriss lautes Schimpfen die Morgenstille. „Weißt du eigentlich, welchen Tag wir heute haben, Archibald Auchinleck, du Schießbudenfigur? Na?“

Barrys Teetasse klapperte, so laut war es, und er konnte nicht hören, was der Milchmann antwortete.

„Sonntag. Bist ein Genie. Weder Montag noch Freitag, nein, Sonntag. So … Und was steht in Genesis, Kapitel zwei, Vers zwei, über den siebten Tag?“

Gedämpftes Gemurmel vom Flur her.

„Da steht – und bitte korrigier mich, wenn ich falsch zitiere –: ‚Und am siebenten Tag vollendete Gott seine Werke … und ruhte von allen seinen Werken.‘ Also, was hat er getan?“

Barry konnte die Antwort kaum verstehen: „Er hat geruht, Sir.“

„Er hat geruht, jawoll! Und jetzt erkläre mir bitte, was in dich gefahren ist, dass du ausgerechnet heute herkommst und mich mit schlichten Rückenschmerzen belästigst, die du schon seit Wochen hast?“

Sich nie, nie, niemals auf der Nase herumtanzen lassen. Das war O'Reillys erste Regel im Umgang mit seinen Patienten.

O'Reillys Stimme wurde leiser. „Also gut, Archie. Genug geredet. Ich weiß ja, dass du als Milchmann bloß am Sonntag freihast. Wahrscheinlich kriegst du vom vielen Bücken beim Abliefern der Flaschen Schmerzen, und dass dein Junge in der britischen Armee dient, macht dir bestimmt auch Sorgen. Erzähl mal von deinem Rücken, und ich will sehen, was ich für dich tun kann.“

Das war typisch O'Reilly. Seine Neigung zu Wutausbrüchen war gekoppelt mit einem enzyklopädischen Wissen über seine Patienten und einem ausgeprägten Pflichtgefühl.

Barry stand auf und schaute durch das Erkerfenster. Es war ein herrlicher Tag, und O'Reilly hatte ihm heute freigegeben.

Barry beabsichtigte, seine Freiheit voll und ganz auszukosten. Und morgen würde seine Assistenzzeit bei Dr. Fingal Flahertie O'Reilly beginnen.

Ein brummiger O'Reilly saß im Esszimmer und verzehrte sein warm gehaltenes Frühstück. Archibald Auchinleck, der Milchmann, hatte sich mit einem Rezept in der Hand verabschiedet.

Kinky rückte vor dem Flurspiegel ihren Sonntagshut zurecht, bevor sie zum Gottesdienst aufbrach. Sie ging immer in die presbyterianische Kirche gleich gegenüber von O'Reillys Haus. „Der neue Pastor macht es großartig.“

„Viel Vergnügen", sagte Barry. „Nach diesem tollen Frühstück haben Sie ein bisschen Unterhaltung verdient."

„Unterhaltung, ja?", fuhr Kinky auf, doch dann seufzte sie bloß. „Ihr jungen Leute. Ihr meint, heutzutage müsste alles so sein wie diese Beatles."

Sie rückte erneut ihren Hut zurecht und rauschte zur Haustür hinaus.

Barry hoffte, dass er sie nicht gekränkt hatte. Doch eine Frau, die es seit kurz nach dem Zweiten Weltkrieg als Haushälterin bei Dr. O'Reilly ausgehalten hatte, war sicherlich nicht so leicht zu kränken. Trotzdem hielt er es für klug, sich gut mit ihr zu stellen.

Leider hatte Barry seinen Tag ohne Patricia Spence planen müssen. Er hatte die bezaubernde junge Frau letzten Monat im Zug nach Belfast kennen gelernt. Die 21-jährige Bauingenieursstudentin war mit der Helligkeit einer Supernova in seinen Kosmos eingebrochen. Patricia nahm ihr Studium so ernst, dass sie ihm vor zehn Tagen erklärt hatte, sie sei nicht bereit, sich zu verlieben. Danach hatte Barry sie nicht mehr gesehen – bis gestern Nachmittag, als sie unangekündigt auf dem Abschiedsfest der Galvins, die nach Amerika auswandern wollten, aufgetaucht war. Und am Abend hatte sie dann in ihrer Wohnung für ihn gekocht. Den Geschmack ihrer Abschiedsküsse konnte er sich immer noch in Erinnerung rufen. Und den Geschmack der Lasagne. Für eine Ingenieurin kochte sie gar nicht schlecht.

Heute jedoch besuchte Patricia ihre Eltern in Newry, etwa sechzig Kilometer südlich von Belfast. Sie hatte versprochen, ihn bald anzurufen.

Es war ein herrlicher Tag und er wollte ihn genießen. Seit Wochen hatte er keine Zeit mehr für einen richtigen Spaziergang gehabt.

Er streckte den Kopf durch die Esszimmertür. „Ich gehe eine Weile raus, Fingal."

„Wie bitte? Vor einer halben Stunde hast du noch gesagt, du wolltest dir alle Mühe geben, damit ich mit dir zufrieden bin … Die Praxis hier ist doch kein Ferienlager!"

Barry holte tief Luft. „Soll ich hierbleiben?"

O'Reilly schüttelte den Kopf. „Ist schon in Ordnung. Ich wollte dir deinen freien Tag nicht versauen. Hab bloß gerade an Archie Auchinleck gedacht."

„Mit seinem kaputten Rücken?"

„Das sagt er jedenfalls."

„Aber was ist es dann?"

„Sein Sohn." O'Reilly blickte von seinem Teller auf. „Er hat nur den einen, und der ist zur britischen Armee gegangen."

Barry erinnerte sich, dass er im Fernsehen einen Bericht über britische Soldaten in einer Friedenstruppe der Vereinten Nationen gesehen hatte. „Aber er ist nicht auf Zypern, oder?“

O’Reilly nickte. „Leider doch. Und die Türken oder die Griechen oder irgendwelche Idioten haben auf sie geschossen. Archie ist krank vor lauter Sorge.“ O’Reilly stand auf. „Ich hätte ihn nicht anbrüllen dürfen. Wir Ärzte können überhaupt nichts tun, solange sein Junge nicht nach Hause kommt. Das ist so verdammt frustrierend.“

Und, dachte Barry, wenn du frustriert bist, fährst du aus der Haut.

„Also, mach dich auf den Weg. Nutz deine Zeit.“

„Danke, Fingal.“

Barry verließ das Haus und spazierte die Hauptstraße von Ballybucklebo hinunter. Die Türen der presbyterianischen Kirche waren geöffnet, und auf der Eingangstreppe stand der schwarz gewandete Pfarrer, um seine Schäfchen zu begrüßen.

Die Augustsonne war über den Kamm der Ballybucklebo Hills geklettert. Der Kirchturm warf seinen Schatten über die Eiben und die Grabsteine auf dem kleinen Friedhof.

Barry beobachtete, wie die Gemeinde die Main Street entlang zur Kirche eilte, Männer in schwarzen Anzügen, Frauen in Sommerröcken, mit Hüten und weißen Handschuhen, und ordentlich gekleidete, saubere Kinder.

Einige der Kirchgänger erkannte Barry. Die junge Frau mit dem wehenden blonden Haar unter dem Strohhütchen war Julie MacAteer, die erst kürzlich aus Rasharkin im County Antrim hergezogen war. Sie lächelte ihm zu. „Morgen, Herr Doktor.“

„Morgen, Julie.“

Die ältere Frau mit dem exotischen Hut war Maggie MacCorkle. Sie hatte sich mit Kopfschmerzen bei ihm vorgestellt – eine Handbreit über dem Scheitel. Jeden Tag steckte sie sich andere Blumen ins Hutband. Heute waren es zwei tiefrote Löwenmäulchen. „Morgen, Dr. Laverty.“

„Morgen, Maggie. Wie geht’s Ihnen heute?“

„Hab ein winziges bisschen Kopfweh“, erwiderte sie und zeigte genau eine Handbreit über ihren Kopf. „Aber machen Sie sich keine Sorgen deswegen.“

„Und Sonny?“, erkundigte sich Barry. Sonny befand sich in Bangor in einem Genesungsheim, wo er sich gerade von einer Lungenentzündung erholte.

Maggie grinste zahnlos. „Der alte Esel ist auf dem Weg der Besserung, danke, Doktor. In den nächsten Tagen hole ich ihn nach Hause." Sonny und Maggie waren beide über sechzig und wollten bald heiraten.

„Freut mich zu hören. Grüßen Sie ihn von mir."

„Gern."

„Und den General auch." General Sir Bernard Law Montgomery, Maggies einäugiger Kater mit dem zerrissenen Ohr, stammte wie sein berühmter Namensvetter aus Ulster und hatte ebenso wie dieser seine Freude an einer ordentlichen Rauferei.

Barry lächelte. Das Gefühl, die Menschen hier zu kennen und von ihnen als Freund begrüßt zu werden, war wunderbar. Er schlenderte weiter. In den Eiben am Friedhof sangen die Amseln. Das Gezwitscher der Vögel wetteiferte mit dem leisen Glockenläuten, das der Wind vom Turm der katholischen Kirche am anderen Ende der Main Street herüberwehte.

Ein Paar näherte sich Barry. Der Mann, in Anzug und Melone, war klein und kugelrund. Begleitet von einer ebenso molligen Frau, die ein geblümtes Kleid trug, stampfte er die Straße entlang. Er machte ein verdrießliches Gesicht. „Donnerwetter, Flo, jetzt komm doch endlich."

Councillor Bertie Bishop und seine Frau Florence, das wohlhabendste Paar in Ballybucklebo. Barry hatte Mrs Bishop noch nicht kennen gelernt, wusste aber von seinen Begegnungen mit dem Councillor, dass dieser der raffgierigste, hinterhältigste Kerl von ganz Nordirland war.

„Morgen, Councillor. Morgen, Mrs Bishop."

Barry wurde mit einem „Morgen, Doktor" von Mrs Bishop und mit einem Knurren von ihrem Gatten belohnt. Ja, dachte er, O'Reilly hatte Recht. Nicht alle Patienten liebten ihren Doktor, und Bertie Bishop hatte gute Gründe, seine Ärzte zu hassen. Doch er war nicht der Erste, der O'Reillys Scharfsinn unterschätzte.

Barry bog um die Ecke und spazierte zwischen den weiß getünchten einstöckigen Häuschen weiter, die die Main Street säumten. Einige waren mit Stroh gedeckt, andere mit Schiefer, und sie standen dicht gedrängt wie Nachbarn, die auf eine Parade warteten.

Er erreichte die Kreuzung in der Ortsmitte, wo der Maibaum ganzjährig neben Ballybucklebos einziger Ampel lehnte, und überquerte die Straße. Der leichte Wind trug salzigen Seetanggeruch von der Belfaster Bucht herüber und ließ das Wirtshausschild vom „Schwarzen Schwan" schaukeln. „Dreckspatz" nannten die Einheimischen den Pub mit den verrosteten, quietschenden Angeln.

Als Barry unter der Eisenbahnbrücke hindurchging, hörte er über sich den Zug nach Bangor entlangrattern. Als Student war er mit diesem Zug Tag für Tag von zu Hause in Bangor zur Queens University in Belfast gefahren.

Rasch stieg Barry die niedrige Düne hinauf, die die Küstenstraße vom Ufer trennte. Er wusste, dass im Winter, wenn die heftigen Stürme aus Nordost tobten, nur diese Düne das Meer davon abhielt, die Häuser dahinter anzunagen. Er hob einen Kieselstein auf und schleuderte ihn über den schmalen Strand hinweg ins Wasser.

Hier brauchte er sich um Konfessionsstreitigkeiten keine Gedanken zu machen. Das hatte O'Reilly ihm versichert und den Beweis geliefert. Donal Donnelly, ein Katholik, war der Erste Dudelsackpfeifer bei den protestantischen Ballybucklebo Highlanders. Barry hatte sie in der Oranierparade am 12. Juli gesehen, und weder Donal noch die Oranierorden hatten sich daran gestört. Jeden Montag spielten der katholische Priester und der presbyterianische Pfarrer zusammen Golf.

O'Reilly bot ihm die Möglichkeit, sich in diesem Ort niederzulassen, wo die Konfessionszugehörigkeit keine Rolle zu spielen schien.

Er beschleunigte sein Tempo und folgte dem Dünenkamm. Eine Stunde hatte er noch Zeit, dann gab es Mittagessen in O'Reillys Haus. Nein, korrigierte er sich, allmählich musste er das Haus in der Main Street Nummer 1 auch als sein eigenes Zuhause betrachten. In einem Jahr, so hoffte er, würde es dann auch auf einem zweiten Messingschild neben der Haustür stehen: DR. BARRY LAVERTY, PRAKTISCHER ARZT UND CHIRURG.

Ab heute war er hier zu Hause, und er fühlte sich in diesem Dörfchen auf dem Land tatsächlich heimisch, viel mehr als in seiner Studentenzeit im hektischen Belfast.

2

Messer, Gabel, Schere, Licht

Barry saß oben in O'Reillys Wohnstube, mit den Füßen auf einer Fußbank und einer von Kinkys erstklassigen Mahlzeiten im Bauch. Das Kreuzworträtsel in der *Sunday Times* hatte er fast gelöst. Er fragte sich, wann O'Reilly wohl wiederkommen würde. Bei der Rückkehr von seinem Spaziergang war er beinahe mit ihm zusammengestoßen, als O'Reilly gerade aus dem Haus stürzte und etwas wie „immer die Gleichen" schimpfte.

Barry überlegte, wer es sein könnte, dann wandte er sich wieder seinem Rätsel zu. Dass Lady Macbeth, O'Reillys schneeweiße Katze, auf seinem Schoß hockte und mit der Pfote nach seinem Stift schlug, war seiner Konzentration allerdings nicht gerade förderlich.

Es klingelte an der Haustür. Barry hörte, wie Kinky öffnete, und dann das Schluchzen eines Kindes. Er schubste die maunzende Katze auf den Boden, stand auf und eilte nach unten.

Kinky kam ihm im Flur entgegen. „Der kleine Colin Brown und seine Mami. Das Schätzchen hat sich in die Hand geschnitten. Ich hab die beiden ins Behandlungszimmer gesetzt, bis unser Doktor zurückkommt. Ich hab ihnen gesagt, dass Sie heute freihaben."

Das Unerwartete war geschehen. „Ich kümmere mich um die beiden", sagte Barry und ging hinüber ins Behandlungszimmer.

Mrs Brown kniete vor O'Reillys altem Rollschreibtisch und versuchte, ihren Sechsjährigen zu trösten. Barry kannte den kleinen Colin. Gestern hatte er noch vergnügt in O'Reillys Garten gespielt und sich vor Lachen gekugelt. Jetzt strömten die Tränen. Die Hand war in ein blutbeflecktes Geschirrtuch eingewickelt.

Barry kniete sich neben die Mutter. „Wie ist das passiert?"

„Das weiß ich nicht genau", antwortete sie. „Ich glaube, er hat mit Dereks Werkzeug gespielt. Der arme Kleine kam aus der Werkstatt gerannt und hat furchtbar geblutet, also hab ich seine Hand eingepackt", sie deutete mit dem Kopf auf das Geschirrtuch, „und ihn sofort hergebracht."

„Gut", sagte Barry. „Darf ich mir das mal angucken, Colin?"

Der kleine Junge zog die Schultern hoch und presste die verletzte Hand an die Brust. „Nein."

„Vielleicht kann die Mami helfen?" Barry wartete ab.

Mrs Brown kam näher heran. „Komm, Colin. Der Onkel Doktor macht es wieder heil. Er tut dir nicht weh."

Barry war sich da nicht so sicher, denn nach der Menge Blut zu urteilen, die in den provisorischen Verband gesickert war, musste die Wunde genäht werden.

Colin streckte seiner Mutter die Hand hin. „Es tut weh", wimmerte der Junge.

Mrs Brown wickelte das Geschirrtuch langsam ab. „Na los", sagte sie, „jetzt zeig dem Onkel Doktor dein Aua."

Colin streckte Barry die Hand hin, doch außer Blut war wenig zu sehen. „Ich glaube, ich muss die Hand ein bisschen sauber machen", sagte Barry.

Er stand auf und ging hinüber zur Untersuchungsliege. „Ich bitte deine Mami jetzt, dich hier rüberzubringen. In Ordnung, Colin?“

Barry wartete, bis Mrs Brown ihren Sohn auf die Liege gehoben hatte. Immerhin hatte das arme Kind jetzt aufgehört zu weinen. Er schob den Instrumentenwagen neben die Liege. Obendrauf lag auf einem grünen Tuch eine sterile Packung. „Kannst du die Hand bitte hierhin legen, Colin?“ Zögernd schob das Kind die Hand auf das Tuch. „Gut.“

Barry riss das Päckchen auf. Darin befanden sich ein steriles Tuch und ein Paar Gummihandschuhe, eine Rolle mit Instrumenten und zwei schimmernde Schälchen aus Edelstahl. Er nahm unten aus dem Rollwagen eine Flasche mit Kochsalzlösung, drehte den Verschluss auf und goss ein wenig in das eine Schälchen. In das andere schüttete er Dettol. Er würde die Wunde mit dem Desinfektionsmittel reinigen müssen, doch beim Gedanken daran, wie das brennen würde, schauderte es ihn. Oder sollte er vielleicht …? Doch, ja, das konnte klappen.

„Ich wasche mir nur eben die Hände“, erklärte Barry und ging zum Waschbecken. Er hörte Schritte und drehte sich um. O’Reilly stand in der Tür und beobachtete ihn. Er nickte Barry aufmunternd zu. „Mach ruhig weiter.“

Barry beendete sein Händeschrubben. Er war ein bisschen enttäuscht, dass sein Chef jetzt da war und ihn beaufsichtigte, als wäre er noch Student. Andererseits konnte er ein bisschen Hilfe gebrauchen, und immerhin zeigte sein Einsatz O’Reilly auch, dass er die Praxis keineswegs als Ferienlager betrachtete.

Barry zog die Gummihandschuhe über. „So“, sagte er und nahm mit einer Zange ein paar Wattetupfer aus dem Päckchen, „jetzt wollen wir die Hand reinigen.“ Er tränkte einen Wattebausch mit der Kochsalzlösung und wischte damit behutsam über die Handfläche des Jungen. Ja, der Schnitt musste genäht werden. Er war fünf Zentimeter lang und verlief von der Hautfalte zwischen Daumen und Zeigefinger schräg hinunter zum Handgelenk.

Barry wandte sich an O’Reilly. „Ich brauche Hilfe.“ Er machte eine rasche Bewegung mit der rechten Hand, um O’Reilly anzudeuten, dass er nähen musste.

O’Reilly nickte. „Lokal?“

„Bitte.“

Barry stellte sich so hin, dass er Colin die Sicht auf die Spritze versperrte.

„Hier“, sagte O’Reilly. Er hielt Barry eine Flasche mit Xylocain hin, damit dieser das Lokalanästhetikum in die Spritze aufziehen konnte. Barry legte die Spritze auf dem sterilen Tuch ab.

Dann hielt er O'Reilly ein Metallschälchen hin. „Könntest du da noch ein bisschen reingießen?"

Barry sah, wie sein Chef beim Eingießen die Brauen zusammenzog. Bestimmt kannte er den Trick noch nicht. Barry hatte ihn im letzten Jahr gelernt. Er hob das Schälchen und ließ einige Tropfen der schmerzstillenden Flüssigkeit direkt in die Wunde rinnen.

Colin wimmerte und versuchte, die Hand wegzuziehen, aber seine Mutter hielt den kleinen Arm fest.

„Verdammt!", sagte O'Reilly. „Warum bin ich da nicht selbst draufgekommen? Das Anästhetikum wird wohl direkt absorbiert?"

„Ja, und der Kleine merkt weder etwas vom Dettol noch von …" Barry formte das Wort mit den Lippen: „… der Nadel."

„Wissen Sie", wandte O'Reilly sich an Mrs Brown, „das war ein großer Tag für Ballybucklebo, als Dr. Laverty hergekommen ist."

Barry spürte, wie er rot wurde. „So, Colin", sagte er. „Jetzt male ich den Schnitt braun an."

Mit der Zange tauchte er einen Wattetupfer in das Dettol, betupfte damit vorsichtig die Wunde und war auf Geschrei gefasst, denn Dettol brannte normalerweise wie die Hölle. Aber es kam kein Mucks. Das Betäubungsmittel wirkte. Barry wischte den Schnitt mit einer großzügigen Dosis Antiseptikum aus.

„So, Colin, jetzt hält deine Mami dich fest." Barry legte die Zange auf den Wagen und nahm, während er dem Kind weiter die Sicht versperrte, die Spritze in die Hand. Mit einer zweiten Zange hob er einen der Wundränder an. Es war Blut in der Wunde, aber keine Arterie war verletzt. Gut.

„Vielleicht merkst du jetzt, dass ich ein bisschen drücke, Colin." Barry schob die Nadel am Wundrand unter das Unterhautfettgewebe und spritzte das Betäubungsmittel. Der Wundrand schwoll an und wurde weiß.

„Gut", sagte er, als er fertig war, „jetzt muss das ein paar Minuten wirken." Barry lächelte der Mutter zu und freute sich, dass sie zurücklächelte. „Weiter", sagte er und schob eine gebogene Nadel mit einem schwarzen Seidenfaden in einen Nadelhalter, ein Instrument, das einer Schere ähnelte, aber statt der Schneiden kurze stumpfe Backen besaß.

In weniger als fünf Minuten hatte Barry eine Naht mit vier schönen Stichen produziert, die Wunde war geschlossen und hatte aufgehört zu bluten. „Fertig." Er lächelte Colin an.

„Hab gar nix gemerkt“, sagte der Kleine mit großen Augen und betrachtete seine Hand. „Wart nur, wenn ich Jimmy Hanrahan und den anderen heute Nachmittag in der Sonntagsschule erzähle, dass ich genäht worden bin.“

Barry hörte den Stolz in der Stimme des Jungen. Er staunte. Kinder waren wirklich nicht unterzukriegen.

„Ganz herzlichen Dank, Dr. Laverty – und noch dazu an Ihrem freien Tag“, zwitscherte Mrs Brown. „Jetzt wollen wir Sie aber nicht weiter aufhalten.“

Barry lächelte. „Nicht so schnell. Ich muss die Hand noch verbinden. Und kommen Sie nächsten Freitag mit ihm zum Fädenziehen.“

„Am Freitag? Ja, da kommen wir wieder, oder, Colin?“

„Ja, Mami. Darf ich jetzt runter?“

Barry hörte das leise Plumpsen, als der Junge auf den Boden sprang.

„Bedanke dich bei dem Onkel Doktor, Colin.“

„Danke schön, Dr. Laverty“, piepste das Kind. „Weißt du was? Wenn ich groß bin, werde ich auch Doktor.“

„Tatsächlich? Jetzt aber raus.“ Barry lächelte, denn einmal mehr wurde ihm bewusst, dass ihn nicht nur die fünfunddreißig Pfund pro Woche in Ballybucklebo hielten.

Kaum waren Mutter und Sohn fort, machte Barry sich ans Aufräumen.

„Überlass den Rest Kinky“, sagte O’Reilly. „Ich muss mit dir sprechen, Barry. Oben in der Wohnstube.“

Barry wurde flau im Magen. „Worüber denn?“

„Über den Notfall, zu dem ich hinmusste.“

War es jemand, den Barry kürzlich behandelt hatte? Hatte er einen Fehler gemacht? Bevor er nachfragen konnte, hörte er O’Reilly schimpfen.

„Zum Donner noch mal, was machst du denn hier, Donal Donnelly? Und wie bist du überhaupt reingekommen, ohne zu klingeln?“

Barry drehte sich um. In der Tür stand Donal Donnelly, ein schlaksiger junger Mann mit karottenrotem Haarschopf und Hasenzähnen. Verlegen drehte er seine Schirmmütze in den Händen. Donal war, wie Barry wusste, der Verlobte von Julie MacAteer und würde bald eine ehrbare Frau aus ihr machen. Julie war nämlich schwanger, und im Jahr 1964 wurde ein uneheliches Kind im ländlichen Ulster von vielen mit mehr als nur einem Stirnrunzeln betrachtet.

„Ich warte, Donal Donnelly, aber nicht mehr lange!“, rief O’Reilly.

Donal schluckte. „’tschuldigung, Herr Doktor. Ich bin nicht krank oder so. Wollte Sie bloß was fragen, eine Kleinigkeit. Als Mrs Brown eben rauskam, bin ich schnell durch die Tür reingesaust."

„Und da kannst du auch wieder raussausen. Ich hab noch nicht Mittag gegessen, und außerdem muss ich was Wichtiges mit Dr. Laverty besprechen."

Barry spürte, wie O'Reilly sich an ihm vorbeischob.

Donal trat einen Schritt zurück. „Ich bin wegen einem Rennpferd hergekommen. Da könnt' ich ein bisschen Geld für Julie und das Baby rausschlagen."

O'Reilly stutzte. „Aus einem Pferd? Aus welchem Pferd denn?"

„Arkle, Sir." Donal flüsterte.

Barry wusste, dass Donal einen Windhund namens Bluebird besaß. O'Reilly hatte beim letzten Rennen auf den Hund gesetzt und vierhundert Pfund gewonnen. Aber was hatte Donal jetzt mit Rennpferden zu tun?

„Arkle? Du spinnst wohl, Donal. Deine Hündin kannst du vielleicht für ein Rennen manipulieren, aber du hast doch überhaupt keine Chance, unser Wundertier auch nur von fern zu sehen."

„Entschuldigt mal bitte", unterbrach Barry, „von wem redet ihr da eigentlich?"

O'Reilly erklärte es ihm. „Arkle ist ein Steepler, er läuft Hindernisrennen. Gehört Mary, der Herzogin von Westminster. Das beste Pferd, das Irland je hervorgebracht hat. Deswegen nennen wir ihn ‚unser Wundertier'."

Jetzt kapierte Barry. „Ist das nicht der Wallach, der dieses Jahr am Sankt-Patricks-Tag den Cheltenham Gold Cup gewonnen hat?"

„Genau", bestätigte Donal, „und dreizehn Tage später das Irish Grand National."

O'Reilly trat zur Seite. Donal schob sich an ihm vorbei in den Behandlungsraum und schloss die Tür. „Ich hab da 'ne Idee, wie wir mit Arkle ein bisschen Geld machen können."

Donal wühlte in seiner Hosentasche und förderte eine Silbermünze zutage. „Sehen Sie mal." Er reichte sie O'Reilly. „Das hier ist eine halbe Krone aus der Republik Irland, sehen Sie."

Barry kannte die Münzen gut. Auf der Vorderseite war eine Harfe zu sehen, auf der Rückseite ein arabisches Vollblut.

„Ich habe mir gedacht, wenn ich zum Rennen gehe, könnte ich diese Dinger für ein Pfund pro Stück an die englischen Wetter verkaufen, doch, ja."

O'Reilly lachte. „Und wie willst du das anstellen?"

Donal kniff die Augen zusammen. „Ich sag denen einfach, dass sie in

Dublin zwei Pfund für so eine Münze bezahlen müssen. Wenn die Leute glauben, sie können ein Schnäppchen machen, dann beißen sie immer an, stimmt's? Erst recht, wenn sie so einen Trottel aus Ulster übers Ohr hauen können, oder?"

Stimmt, dachte Barry, und in der Rolle des Trottels wäre Donal überzeugend.

„Aber warum sollte jemand zwanzig Shilling für etwas ausgeben, was nur zwei Shilling Sixpence wert ist?", überlegte O'Reilly laut.

„Weil alles auf Keltisch draufsteht, Sir. Das können die Engländer ja nicht lesen. Die würden bloß das Pferd sehen." Donal streckte die magere Brust raus. „Ich würde denen erzählen, dass das spezielle Arkle-Gedenkmünzen sind. Ich hab einen Kumpel in der Ulster Bank. Der kann mir nagelneue besorgen, direkt aus der Münzpresse von der Bank of Ireland."

„Wie bitte? *Was* willst du den Engländern erzählen?" O'Reilly hob die Augenbrauen.

„Dass es Arkle-Gedenkmünzen sind, Sir."

O'Reilly begann zu lachen. „Ach du lieber Gott!", rief er aus. „Das ist ja einfach genial."

„Ja, Sir, aber ich weiß nicht, ob die Sache legal ist."

„Warum fragen Sie ausgerechnet uns, Donal?", erkundigte sich Barry.

Donal scharrte mit den Füßen. „Sie sind die Einzigen, bei denen ich sicher sein kann, dass es unter uns bleibt. Sie wissen ja, wie hier getratscht wird, Sir."

Doch, davon konnte Barry ein Lied singen.

„Also, deswegen frage ich Sie: Wäre das legal?"

O'Reilly schüttelte den Kopf. „Vermutlich nicht, Donal. Aber ich hab wirklich keine Ahnung, was man dir vorwerfen könnte, falls man dich schnappen würde."

Wie konnte O'Reilly nur so unverantwortlich daherreden? Er ermutigte den jungen Mann ja praktisch zum Betrug. „Fingal", setzte Barry an, „bist du sicher, dass das eine gute Idee ist?"

„Nein." O'Reilly grinste. „Aber ich wollte, ich wäre selbst draufgekommen." Er wandte sich Donal zu. „Dr. Laverty hat Recht, Donal. Ich darf dich zu diesem Vorhaben nicht ermutigen." Doch Barry sah, wie er dabei mit dem linken Auge zwinkerte.

„Vielen Dank, Sir." Donal lächelte.

„Ja, zieh wieder los", meinte O'Reilly, „und mach die Türen hinter dir zu." Er sah Barry betrübt an. „Denn jetzt muss ich mit dir reden, Barry."

„ICH BIN bei einem ehemaligen Patienten von uns gewesen. Seine Frau hatte in panischer Angst hier angerufen, weil sie ihren Hausarzt nicht erreichen konnte."

„Du warst bei den Fotheringhams?"

„Leider ja."

Major Fotheringham und seine Frau waren ein älteres Ehepaar, das dem angloirischen Landadel angehörte. Sie waren beide Hypochonder, die O'Reilly des Öfteren mit Notrufen zu nächtlichen Hausbesuchen aus dem Bett getrieben hatten. Außerdem erinnerte Barry sich nur allzu gut daran, wie er allein zu den Fotheringhams gefahren war, weil der Major über einen steifen Hals geklagt hatte. Barry hatte es eilig gehabt, weil er mit Patricia verabredet gewesen war. Er hatte angenommen, dass der Patient sich wieder einmal eine Krankheit eingebildet hatte, und die Untersuchung ziemlich hastig durchgeführt. So hatte er die ersten Anzeichen für eine akute Hirnblutung übersehen. Dieser Fehler hätte den Mann fast das Leben gekostet. Kein Wunder, dass die Fotheringhams daraufhin den Arzt gewechselt hatten.

„Vermutlich hatte die arme Mrs Fotheringham mal wieder einen Anfall von Melancholie", fügte er schnell hinzu.

„Nein", meinte O'Reilly, „leider nicht. Am Telefon hat sie gesagt, sie würde den Major nicht wach kriegen." O'Reilly hielt inne. „Als ich dann ankam, war er tot."

„Tot?"

„Mausetot. Leider. Ich glaube, wir beide müssen uns mal unterhalten … was das für deine weitere Arbeit hier bei mir bedeutet. Du hast ja eben von Donal gehört, dass Gerüchte sich hier wie ein Lauffeuer ausbreiten."

Wollte O'Reilly etwa sein Angebot rückgängig machen?

„Na komm, wahrscheinlich kannst du was zu trinken gebrauchen", schlug der Arzt nun vor. „Ich jedenfalls hab einen Whiskey nötig. Lass uns oben weitersprechen." Er wandte sich zum Gehen.

Barry folgte ihm. Er fühlte sich wie ein Schüler, der zum Rektor zitiert wurde.

„HIER." O'Reilly reichte Barry ein halb volles Kristallglas, das, dem torfigen Geruch nach zu urteilen, irischen Whiskey enthielt. „Pflanz dich."

Barry nahm das Glas entgegen und setzte sich auf die Kante des Sessels. Durchs Fenster konnte er am Kirchturm vorbei und über die Dächer hinweg die Belfaster Bucht sehen. Er seufzte, als ihm bewusst wurde, wie sehr er Ballybucklebo vermissen würde.

O'Reilly scheuchte die junge Katze aus seinem Sessel und ließ sich nieder. *„Sláinte."* Der Arzt trank einen großen Schluck von seinem Whiskey.

Barry wartete ab. O'Reilly kramte Pfeife und Tabaksbeutel heraus, stopfte die Pfeife und zündete sie an. Er stieß eine blaue Rauchwolke aus. „Also, was wollen wir da unternehmen?", fragte er.

Bring es einfach hinter dich, dachte Barry. Sag mir, dass du es dir anders überlegt hast. „Es ist meine Schuld, Fingal. Ich hätte den Major schneller ins Krankenhaus einweisen sollen ..."

„Ich hab dir doch damals schon gesagt, dass es völlig sinnlos ist, wenn du dir Vorwürfe machst", brummte O'Reilly, stand auf und legte eine Hand auf Barrys Schulter.

„Aber ..."

„Verflixt noch mal, kein Aber. Erstens hätte jeder die Diagnose vermasseln können, insbesondere bei einem Mann wie dem Major, der bei jedem Schnupfen gleich auf die Intensivstation wollte. Und zweitens bluten Aneurysmen nach einer Behandlung so gut wie nie ein zweites Mal, es sei denn, dass der Neurochirurg bei der OP wirklich Mist gebaut hat."

„Das halte ich aber für nicht sehr wahrscheinlich."

„Außerdem kann auch noch etwas ganz anderes den Mann umgebracht haben."

„Das bezweifle ich", sagte Barry. „Wie oft kommt es vor, dass ein Patient an zwei tödlichen Krankheiten leidet?"

„Stimmt." O'Reilly sah Barry in die Augen. „Aber mit Sicherheit wissen wir das erst nach der Obduktion."

„Eine Obduktion?" Barry runzelte die Stirn. „Warum denn das?"

„Das ist nicht zu umgehen." O'Reilly sah Barry unverwandt an. „Ich konnte keinen Totenschein ausstellen, weil ich den Patienten in letzter Zeit nicht mehr gesehen habe. Du kennst ja die Vorschriften."

Doch, die kannte Barry in der Tat, aber bestimmt hätte das Standesamt keine Probleme damit gehabt, einfach „Aneurysma einer Hirnarterie" als Todesursache zu akzeptieren, schließlich waren die Krankengeschichte des Majors und seine kürzliche Hirnoperation ja dokumentiert. Ob eine kleine Chance bestand, dass die Obduktion des amtlichen Leichenbeschauers etwas ergab, was Barry entlastete? Obwohl das jetzt keine Rolle mehr spielte. Es war nun mal passiert, und wenn Barry bei O'Reilly blieb, konnte die Praxis Patienten verlieren, sobald sich der Vorfall im Dorf herumgesprochen hatte. Barry holte tief Luft. „Dr. O'Reilly, vielleicht ... vielleicht ist es keine so gute Idee, dass ich hierbleibe. Vielleicht sollte ich mich nach etwas anderem umsehen."

O'Reilly trank noch einen Schluck Whiskey. „Willst du wirklich hier weg?"

„Bleibt mir denn eine andere Wahl?" Barry sah seinen Chef fragend an. Dessen Gesicht hatte sich dunkelrot verfärbt, und seine Nasenspitze wurde blass. „Natürlich bleibt dir eine andere Wahl, Laverty, du Holzkopf!"

„Du meinst, du würdest mich trotzdem behalten?"

„Selbstverständlich nur dann, wenn du bleiben willst."

Barry zögerte. Er wusste, dass es nur eine Frage der Zeit war, bis die Dorfbewohner sich die Mäuler zerrissen und anfingen, ihn zu meiden. „Na ja, ich …"

„Gut." O'Reilly lächelte Barry an. „Das ist also geklärt. Du bleibst hier. Wir warten auf das Obduktionsergebnis. Das kann ein paar Wochen dauern. Selbst wenn es das verdammte Aneurysma war, bleibt dir also genug Zeit, um die Lage zu stabilisieren."

Barry schluckte. „Das ist sehr großzügig von dir, Fingal", sagte er leise.

„Ach, jetzt red keinen Quatsch. Ich wäre ja ein Esel, wenn ich einen Mann ziehen lassen würde, der den kleinen Colin so nähen kann, wie du das gerade getan hast. Seit ich meinen Abschluss gemacht habe, hat sich in der Medizin anscheinend doch was getan. Könnte ja sogar sein, dass ich noch das ein oder andere von dir lernen kann, oder?" O'Reilly setzte sich wieder und schob mit einer lässigen Bewegung die Katze vom Tisch. Er hob sein Glas: *„Sláinte."*

„*Sláinte Mhath*, Fingal." Barry schlürfte seinen Whiskey.

„Also. Das wäre geklärt, und jetzt brauchen wir einen Angriffsplan."

Barry freute sich über das Wir.

„Komm mal mit." O'Reilly erhob sich und ging zur Tür.

Barry folgte ihm auf den Treppenabsatz. Dort blieb sein Chef vor der Fotografie eines Schlachtschiffes stehen. „Weißt du, welches Schiff das ist?"

„Die *HMS Warspite*. Mein Vater und du, ihr habt im Krieg beide auf ihr gedient."

„Richtig", bestätigte O'Reilly. „1913 ist sie vom Stapel gelaufen. In der Skagerrakschlacht im Ersten Weltkrieg hat sie dann ordentlich was abgekriegt, aber …", O'Reilly stupste Barry mit dem Pfeifenstiel an, „sie hat sich wieder aufgerappelt."

„Fingal, ich bin kein Kriegsschiff."

„Nein, aber als ich dir erzählt habe, dass Major Fotheringham tot ist, da hat das bei dir eingeschlagen wie eine Bombe. Du hättest dein Gesicht mal sehen sollen. Du bist angeschlagen, aber wenn auch nur halb so viel in dir steckt, wie ich glaube, Barry Laverty, dann kommst du drüber weg, genau wie meine alte *Warspite*. Als sie wieder heil war, hat man sie im Zweiten Weltkrieg als Admiral Cunninghams Flaggschiff im Mittelmeer eingesetzt. Sie war das erfolgreichste Schlachtschiff der britischen Marine.“

O’Reilly sah Barry in die Augen. „Also, bei dir werden auch ein paar Reparaturen nötig sein, damit du wieder Selbstvertrauen hast. Das dauert. Und auch die Patienten müssen wieder Vertrauen zu dir bekommen.“

„Aber wie?“

„Sachte, sachte“, sagte er, „ganz behutsam. Das Dumme ist nur, dass uns das etwas bremsen wird.“

„Wie meinst du das?“

„Ich hatte gehofft, ich könnte dir ein bisschen die Zügel freigeben.“ O’Reilly ging zurück in die Wohnstube und ließ sich in seinen Sessel plumpsen.

Barry folgte ihm.

„Du kennst dich jetzt ja einigermaßen aus, und da hatte ich gehofft, dass ich in der Praxis arbeiten könnte, während du die Hausbesuche machst, und umgekehrt.“

„Das hatte ich mir auch so vorgestellt“, erklärte Barry und musste an den freien Flug der Möwen über das Meer denken.

„Aber in nächster Zeit lässt sich das leider nicht machen.“

„Damit du mich im Auge behalten kannst?“

„Nein, keineswegs. Wir müssen zusammenhalten, damit die Leute sehen, dass ich dir vertraue, dann wird alles wieder gut. Warte nur ab.“

3

Goldene Augensalbe

„So, dann wollen wir zwei beiden mal.“ O’Reilly erhob sich und warf die Serviette auf den Tisch.

Es war Montag, und das Frühstück war vorbei. Barry hatte nur wenig gegessen. Obwohl O’Reilly ihn am Vortag beruhigt hatte, war er nervös.

O’Reilly verließ das Esszimmer. „Na los, komm.“

Barry rückte seinen Schlips zurecht und ging ins Behandlungszimmer.

O'Reilly hatte seinen üblichen Platz auf dem Drehsessel eingenommen, zog seine Halbbrille heraus und setzte sie sich auf die schiefe Nase.

So, dachte Barry, dann ist ja klar, wer das Sagen hat. Na gut, aber darauf hatten sie sich schließlich gestern geeinigt.

„Lauf mal, Barry …"

„Ich weiß schon, ich soll den ersten Patienten holen." Nun fungierte er also doch wieder als bessere Sprechstundenhilfe. Er öffnete die Tür zum Wartezimmer. Alle Stühle waren besetzt. Die meisten Patienten kannte er, und Julie MacAteer lächelte ihn an. Normalerweise hätten sie jetzt im Chor „Guten Morgen, Dr. Laverty" gesagt, doch außer Julies Stimme hörte Barry nur Schweigen.

Er schluckte. „Guten Morgen", sagte er mit etwas gepresster Stimme, „wer ist zuerst dran?"

Ein Mann, den er nicht kannte, stand auf. „Ist der Doktor selbst da?"

„Natürlich."

„Gut. Dann komme ich mit." Der Patient, den Barry auf etwa vierzig Jahre schätzte, trug Reithosen, ein kragenloses Hemd und eine alte schwarze Weste. Er war winzig, nur knapp über eins fünfzig, und hatte O-Beine. Auf dem Kopf trug er eine Kamelhaarmütze, und mit einer Hand hielt er sich das linke Auge zu.

„Hier entlang, bitte, Mr …?"

Doch der Patient blieb stumm.

Das kann ja heiter werden, dachte Barry.

„Guten Morgen, Dr. O'Reilly", sagte der Mann.

„Morgen, Fergus Finnegan. Setz dich doch."

Barry schob sich auf den Rand der Untersuchungsliege und ließ die Beine baumeln.

„Mr Finnegan ist Jockey", erklärte O'Reilly. „Was können wir denn für dich tun, Fergus?"

„Mein Auge fühlt sich an, als wäre der ganze Sand vom Strand in Ballyholme drin."

„Hast du dich verletzt? Ist irgendwas reingeflogen?"

„Nein, Sir."

„Gut", meinte O'Reilly, „dann wollen wir uns das mal ansehen."

„Ich kann nicht ins Licht gucken", sagte Finnegan, „das tut weh, und wie."

Barry hörte zu. Die Symptome des Mannes sprachen für eine Bindehautentzündung.

O’Reilly betrachtete das Auge durch seine Halbbrille. Dann lehnte er sich zurück und wandte sich Barry zu. „Schauen Sie sich das mal an, Dr. Laverty.“

Barry rutschte von der Liege herunter und stellte sich neben O’Reilly. Das Auge des Patienten war flammend rot. Die kleinen Blutgefäße traten hervor. Die inneren Ränder der Augenlider waren geschwollen und dunkelrot. Der Augapfel wirkte trocken.

„Was meinen Sie?“, fragte O’Reilly.

„Akute bakterielle Konjunktivitis.“

„Nein.“ Fergus Finnegan starrte Barry an. „Das ist ein rotes Auge, Himmeldonnerwetter!“

„Du hast Recht, Fergus, aber auch Dr. Laverty hat den Nagel auf den Kopf getroffen.“

„Wenn Sie das sagen“, brummelte Mr Finnegan.

Barry biss die Zähne zusammen.

„Denk an die *Warspite*“, sagte O’Reilly leise.

Barry holte tief Luft. „Sie haben Bakterien im Auge, Mr Finnegan. Deswegen ist es entzündet.“

„Sind Sie da absolut sicher?“

„Nein, Mr Finnegan“, antwortete Barry ruhig. „In der Medizin ist gar nichts absolut sicher. Sie kennen sich doch mit Pferderennen aus, oder?“

„Stimmt.“

„Ich würde hundert zu eins wetten, dass ich richtigliege.“

Mr Finnegan stieß einen Pfiff aus. „Da würd ich nichts dagegensetzen, nee, das würd ich nicht riskieren. Hundert Pfund setzen, bloß um eins zu gewinnen?“

„Ich auch nicht“, sagte O’Reilly. „Hast du denn noch nicht gehört, wie pfiffig unser Dr. Laverty ist, Fergus?“

„Ich hab was anderes gehört“, murmelte der Patient.

„Ach, tatsächlich?“, fragte O’Reilly gelassen. „Und glaubst du alles, was du so hörst? Glaubst du mir auch, wenn ich dir erzähle, dass wir gestern Abend in Ballybucklebo eine Froschplage hatten?“

Mr Finnegan senkte den Kopf. „Nein, Doktor.“

„Das freut mich zu hören“, meinte O’Reilly. „Und welche Behandlung schlagen Sie vor, Dr. Laverty?“

„Penizillinsalbe alle zwei Stunden gegen die Entzündung, eine Sonnenbrille, damit das Licht nicht wehtut, und …“ Barry dachte daran, dass die Patienten auf dem Land großes Vertrauen zu Arzneimitteln hatten. „Und außerdem einprozentige Quecksilberoxidsalbe.“ Er wusste, dass es sich dabei um ein nur schwaches Antiseptikum handelte. Das Penizillin war es, das der Entzündung den Garaus machen würde. „Man nennt sie ‚goldene Augensalbe'", sagte er. „Ich schreibe Ihnen ein Rezept."

„Und noch was", sagte O'Reilly mit einem winzigen Augenzwinkern zu Barry hinüber. „Auch wenn Dr. Laverty hundert zu eins wettet, ich wette zehn zu eins, dass dein Auge bis Freitag besser ist."

„Zehn zu eins? Zehn Pfund?" Mr Finnegan kratzte sich das Kinn. „Abgemacht, Doktor."

Barry reichte dem Patienten das Rezept. „Gehen Sie damit zur Apotheke."

„Komm am Freitag wieder", fügte O'Reilly hinzu. „Und, Fergus, vergiss die Pfundnote nicht."

Als der Patient weg war, grinste O'Reilly über beide Backen. „Gut gemacht, mein Sohn, besonders das mit der ‚goldenen Salbe'!"

„Danke, Fingal. Und danke für deine Unterstützung. Aber wenn alle Patienten mich so behandeln – meinst du nicht, dass ich gestern Abend Recht hatte? Dass ich lieber gehen sollte?"

„Keine Ahnung", meinte O'Reilly, „aber ich hoffe, dass du mit dem Penizillin Recht hast. Wenn er sich welche von diesen neuen penizillinresistenten Bakterien eingefangen hat, werde ich am Freitag zehn Pfund los. Und jetzt sei so gut …"

„… und guck nach, wer als Nächster dran ist." Barry ging zum Wartezimmer. „Der Nächste bitte", sagte er.

„Ich bin dran, Dr. Laverty." Julie MacAteer stand auf. Sie trug ein weites blaues Kleid und Sandalen. Ihr seidiges strohblondes Haar war mit einem Haarband zusammengebunden, und ihre blauen Augen strahlten.

„Guten Morgen, Julie." Immerhin vertraute Julie ihm noch.

Er geleitete sie durch den Flur. „Wie geht's Donal?"

„Der führt irgendwas im Schilde."

Bestimmt die Sache mit Arkle, dachte Barry.

„Aber er arbeitet auch sehr viel, Doktor. Er deckt das Dach auf Sonnys altem Haus. Ich glaube, Councillor Bishop ist nicht besonders glücklich darüber."

Barry ließ sie an sich vorbei in den Behandlungsraum gehen.

O'Reilly erhob sich. „Hast du gerade gesagt, Bertie Bishop ist nicht glücklich? Wie schade." Der Arzt lachte in sich hinein. „Keine Ahnung, wie er auf die Idee gekommen ist, Sonnys Dach auf seine Kosten reparieren zu lassen …"

Nein, überhaupt keine Ahnung, dachte Barry. Wir haben den Councillor erpresst, sonst hätte er sich niemals dazu bereiterklärt, und er hätte Julie auch niemals aus freien Stücken 500 Pfund Abfindung gezahlt, als sie ihren Job als Hausmädchen bei ihm gekündigt hat. Kein Wunder, dass er mich gestern so böse angesehen hat.

„Wissen Sie schon, dass Donal und ich bald heiraten?“ Sie legte eine Hand auf ihren Bauch. „Wir müssen.“

„Und deswegen sind Sie hier?“, fragte O'Reilly.

„Als ich letztes Mal hier war, haben Sie mir die Formulare fürs Labor mitgegeben, damit ich sie heute Nachmittag mit nach Bangor nehmen kann, also habe ich gedacht, ich schlage zwei Fliegen mit einer Klappe und komme zu meiner ersten Vorsorgeuntersuchung, bevor ich weiterfahre. Meine letzte Periode hat vor zehn Wochen angefangen, am 23. Mai. Ich habe eine Urinprobe mitgebracht.“ Sie reichte O'Reilly ein Fläschchen. „Und ich möchte gern, dass Dr. Laverty mich untersucht. Er war sehr nett, als ich das erste Mal hier war.“

Barry lächelte ihr zu. Er schob einen großen Wandschirm vor die Untersuchungsliege. „Kommen Sie hierhinter, Julie“, sagte er. „Ziehen Sie Ihr Kleid hoch, und ziehen Sie den Schlüpfer aus. Da ist ein Laken, mit dem Sie sich zudecken können. Ich bin gleich bei Ihnen.“

Als er hinter den Wandschirm trat, hatte sie sich das Laken über Beine und Bauch gezogen. Barry ging rasch die routinemäßigen Fragen für die frühe Schwangerschaft durch, dann maß er ihren Blutdruck. „Gut.“ Er ließ die Luft aus der Manschette des Messgeräts und zog Gummihandschuhe an. „Jetzt werde ich Sie untersuchen. Können Sie bitte die Knie anziehen?“

Barry spürte ihren Uterus, nach vorn gekippt und vergrößert. Für zehn Wochen schien er etwa die richtige Größe zu haben. Aber war das Organ weicher, als es eigentlich sein sollte? Er war sich nicht sicher, aber es hatte keinen Sinn, Julie unnötig zu beunruhigen.

Er zog das Laken wieder hoch. „Das sieht alles prima aus, Julie. Ihr Entbindungstermin ist der …“, Barry addierte neun Monate und zog dann eine Woche ab, „… 13. Februar.“

„Und wenn es einen Tag später kommt, wird es ein Valentinsgeschenk.“ Julie setzte sich auf. „Danke, Dr. Laverty. Es ist ja mein Erstes, und vermutlich sind alle Frauen da ein bisschen nervös“, meinte sie und legte ihm eine Hand auf den Arm. „Werden Sie mich auch entbinden?“

„Wenn Sie möchten“, sagte er. Und falls ich noch hier bin, ergänzte er im Stillen.

„Auf das Gerede im Dorf dürfen Sie nichts geben“, sagte sie leise.

„Danke, Julie. Jetzt können Sie sich wieder anziehen.“

Als Julie hinter dem Wandschirm hervortrat, sagte Barry: „Ich möchte Sie gern in einem Monat wieder sehen.“

„Bis dann, Dr. Laverty, und …“, sie zögerte, „Donal und ich hoffen, dass Sie beide zu unserer Hochzeit kommen.“

„Das tun wir“, sagte O'Reilly. „Schöne Grüße an Donal.“

O'Reilly schob seinen leer gegessenen Teller zur Seite. „Gut“, sagte er, „dann lass mal sehen, was Kinky heute für uns hat.“ Er nahm den Zettel zur Hand, auf dem Mrs Kincaid die Patienten notiert hatte, die um Hausbesuche gebeten hatten. „Bloß ein Hausbesuch – Myrtle MacVeigh. Sie sagt, ihre Nieren machen wieder Theater, aber Kinky hält es nicht für sehr schlimm.“

„Warum kommt sie dann nicht in die Praxis und erspart uns die Fahrt?“

O'Reilly lachte. „Das wirst du sehen, wenn wir da sind.“ Er stand auf und reckte sich. „Und außerdem wohnt sie in der Nähe von Sonny. Hast du Lust, dir anzuschauen, wie die Arbeit an seinem Dach vorangeht?“

„Warum nicht? Steht dein Wagen in der Garage oder vor der Tür?“

„In der Garage.“

Barry blickte auf seine Cordhosen hinunter und fragte sich, wie sie wohl aussehen würden, wenn er sich auf dem Weg zu O'Reillys baufälliger Garage den Avancen von Arthur Guinness aussetzte. Denn O'Reillys schwarzer Labrador pflegte nämlich auf ihn zuzustürmen, sobald er ihn zu Gesicht bekam, sehr zum Schaden seiner Hosen.

„Hol deinen Mantel, es regnet“, sagte O'Reilly.

Barry lief in den Behandlungsraum und holte seine schwarze Tasche, dann schnappte er sich seinen Regenmantel.

Kaum hatte Barry einen Fuß in den Garten gesetzt, als Arthur Guinness auch schon wie erwartet auf ihn zugaloppiert kam und wie verrückt mit dem Schwanz wedelte.

O'Reilly steckte zwei Finger in den Mund und stieß einen Pfiff aus.

Rutschend kam Arthur neben O'Reilly zum Stehen, pflanzte sein Hinterteil ins nasse Gras und blickte zu seinem Herrchen auf.

„Ab in deine Hütte, Arthur!“

Der Hund gehorchte.

„Komm“, O'Reilly stellte den Kragen seines Regenmantels auf, „sonst sind wir gleich pitschnass.“ Er überquerte den Fahrweg und öffnete das Garagentor. „Warte, ich fahre den Wagen raus.“

Nach einigen Fehlzündungen sprang der alte Rover an und schob sich dann rückwärts auf den Fahrweg hinaus. Barry stieg ein und wurde gleich darauf, als O'Reilly Gas gab, in den Beifahrersitz gepresst.

Barry musste sich am Armaturenbrett abstützen, als O'Reilly an der Abbiegung zur Hauptstraße auf die Bremse trat. Dann röhrte er die Straße hinunter. Der Wagen holperte über Schlaglöcher und legte sich in die Kurven. Barry traute sich kaum, nach vorn zu schauen, und lenkte sich ab, indem er durch das Seitenfenster blickte. Hinter einem schmalen Streifen Dünengras befand sich ein Kiesstrand. Düster lag das graue Wasser der Belfaster Bucht unter den Regenschleiern.

O'Reilly bremste, blinkte rechts und fuhr landeinwärts. Er beschleunigte wieder und nahm eine langgezogene Kurve, wobei er mit den Rädern weit über die Mittellinie fuhr. Als er aus der Kurve herauskam, erwischte er fast einen Radfahrer, der die Landstraße entlangstrampelte. Barry drehte sich nach dem armen Mann um und sah gerade noch, wie dieser sich mitsamt seinem Drahtesel in den Straßengraben warf. Er erkannte Donal, nicht aber dessen rostiges Fahrrad, das irgendwie verändert aussah.

„Um ein Haar hättest du Donal angefahren, Fingal."

„Du weißt doch, dass ich auf Radfahrer nicht achte. Die kennen meinen Wagen und weichen aus."

„Ich glaube, Donal hat sein Fahrrad angestrichen", bemerkte Barry. „Sieht jetzt aus wie ein bunter Rock auf Rädern."

„Typisch Donal", meinte O'Reilly, bog nach links auf einen Feldweg ab und hielt vor einem Farmhaus. „Wir sind da. Aussteigen."

Barry nahm seine schwarze Tasche, kletterte aus dem Wagen und folgte O'Reilly. Das zweistöckige Haus war aus grauem Stein erbaut, und die Schiebefenster hatten braune Rahmen.

O'Reilly klopfte an die Haustür. Ein Kind von etwa vier Jahren öffnete. „Ma? Der Doktor ist da."

Der Arzt fuhr dem Mädchen durchs Haar. „Wie geht's, Lucy?"

„Ma ist wieder krank", antwortete das Kind.

Sie betraten das Haus, und Barry folgte seinem Chef in eine Küche. Ein Aga-Herd strahlte eine angenehme Wärme aus und verströmte den ländlichen Duft von brennendem Torf. Auf dem gefliesten Fußboden lag Spielzeug verstreut. Irgendwo im Haus weinte ein Baby.

„Sie ist hier drin", erklärte Lucy und öffnete die Tür zu einem ebenerdigen Schlafzimmer mit einem Doppelbett.

Barry folgte O'Reilly in den Raum. An einer Wand waren drei identische

Kinderbettchen aufgereiht, in zweien schliefen Babys. Jetzt verstand Barry, warum Myrtle MacVeigh nicht in die Praxis kommen konnte. Sie hatte vier Kinder, und drei davon waren erst sechs Monate alt.

„Danke, dass Sie hergekommen sind, Dr. O'Reilly." Mrs MacVeigh saß in einem Sessel. „Die alte Geschichte macht mir wieder zu schaffen."

Es war jetzt schon nach zwei Uhr nachmittags, aber sie trug noch immer flauschige Pantoffeln und einen rosa Morgenrock über einem Flanellnachthemd. Sie gab gerade einem Baby die Flasche. Die Frau zitterte und auf ihrer Stirn stand der Schweiß.

„Myrtle hatte nach der Geburt ihrer Drillinge eine Blaseninfektion. Aber ich dachte, die wäre inzwischen ausgeheilt", erläuterte O'Reilly.

„Wer ist das?", fragte Myrtle mit einem Kopfnicken in Barrys Richtung.

„Das ist Dr. Laverty, mein Assistent."

„Ach so", sagte sie, „über den hab ich schon genug gehört, wirklich."

O'Reilly reagierte überhaupt nicht auf ihre Bemerkung. „Und was fehlt dir?", fragte er.

„Ich hab's an den Nierchen, wieder mal."

„Wahrscheinlich hast du Recht", stimmte O'Reilly ihr zu. „Könntest du mir bitte deine Beschwerden schildern?" Er legte eine Hand auf ihr Handgelenk.

„Vorgestern Abend hat es angefangen. Da hab ich schlimmen Schüttelfrost gekriegt. Ich fühl mich scheußlich und …" Sie senkte die Stimme und sprach direkt in O'Reillys Ohr.

„Mmm", brummte O'Reilly, „Dysurie und Frequenz."

Er wollte Barry mitteilen, dass die Patientin beim Wasserlassen brennende Schmerzen verspürte und außerdem sehr oft Harndrang hatte. Beides waren klassische Symptome für eine Blasenentzündung.

O'Reilly beugte sich vor und drückte der Patientin eine Hand in den Rücken. „Tut das weh?"

Sie schnappte nach Luft. Wahrscheinlich waren also neben der Blase tatsächlich auch die Nieren betroffen.

„Und dein Puls ist auch ein bisschen schnell." O'Reilly warf Barry einen Blick zu. „Was meinen Sie, Dr. Laverty? Ich bin der Ansicht, dass Myrtle Recht hat."

Barry blieb nichts anderes übrig, als die Diagnose zu bestätigen. „Nierenentzündung", sagte er.

O'Reilly zog zwei Fläschchen aus seiner Tasche. „Ich denke, ein bisschen von dem Natriumzitrat und Natriumbicarbonat hier wird dir helfen. Und das hier ist Sulfamethazol."

„Sind das die gleichen Kapseln wie letztes Mal?"

O'Reilly nickte.

„Wunderbar", sagte sie, „die haben mir richtig gutgetan."

Barry hüstelte. „Ich habe Nitrofurantoin bei mir", sagte er nach einem leichten Zögern. Er wartete ab, wie sein Chef wohl auf diesen ungebetenen Ratschlag, ein moderneres Antibiotikum einzusetzen, reagieren würde.

„Tatsächlich? Dann her damit."

Barry reichte O'Reilly das Medikament.

„Ich will aber diese Sulfadinger von Dr. O'Reilly", verlangte Myrtle.

„Nein", meinte O'Reilly gelassen, „die Sulfadinger sind nämlich schon älter. Wie gut, dass Dr. Laverty hier ist. Er kennt sich mit den allerneuesten Medikamenten aus. Also tu, was deine beiden Ärzte dir sagen, dann bist du im Handumdrehen wieder auf dem Damm."

Sie brachte ein schwaches Lächeln hervor. „Ich muss ja für meine Kleinen da sein. Nur gut, dass mein Peterchen heute mit seinem Papa weg ist."

Ach du grüne Neune, dachte Barry, die arme Frau hat sogar fünf Kinder. Es ist ein Wunder, dass sie überhaupt irgendwie klarkommt.

„Ich spreche mal mit der Gemeindeschwester", meinte O'Reilly. „Sie soll bei dir reinschauen und dir zur Hand gehen, bis du wieder auf den Beinen bist."

„Danke, Sir." Sie stand auf und legte das Baby in das leere Bettchen. „Ich hoffe, Sie haben Recht mit diesem neumodischen Zeugs, junger Mann", sagte sie und sah Barry dabei zum ersten Mal in die Augen.

„Das verspreche ich dir, Myrtle", sagte O'Reilly und gab ihr Anweisungen zur Einnahme des Medikaments. „Einer von uns kommt morgen bei dir vorbei, aber scheue dich nicht, bei Mrs Kincaid durchzuklingeln, falls du uns eher brauchen solltest."

„In Ordnung, Dr. O'Reilly", sagte die Patientin. „Hoffentlich kommen Sie dann selbst."

„Das werden wir sehen", meinte O'Reilly. „Und jetzt müssen wir weiter. Wir finden schon allein zur Tür."

Barry wartete, bis der Rover wieder über den Feldweg rumpelte. „Sieht nicht so aus, als ob ich hier ernst genommen wurde."

„Das braucht Zeit. Du musst nur deine Arbeit möglichst gut weitermachen."

AUF SONNYS GRUNDSTÜCK war, so schien es Barry, noch nicht viel geschehen. Die Wände des dachlosen Gebäudes waren mit Efeu berankt. Der Vorgarten war mit Brombeeren zugewuchert, und dazwischen standen alte Autos, landwirtschaftliche Geräte und ein gelber Wohnwagen.

Sonny war mit einer Lungenentzündung ins Royal Victoria eingeliefert worden und erholte sich jetzt im Kurort Bangor. Maggie MacCorkle hatte unterdessen seine fünf Hunde in Pflege genommen. Davor hatten die Tiere im Wohnwagen gehaust, während Sonny in seinem Auto schlief, denn seit einem Streit mit Councillor Bishop war sein Haus ohne Dach.

Sonny hatte vor einiger Zeit Bishops Baufirma beauftragt, das Dach zu reparieren, und die alten Dachziegel abgenommen. Doch dann hatte Bishop plötzlich eine Vorauszahlung verlangt, was ganz unüblich war, und Sonny hatte sich geweigert zu zahlen. O'Reilly zufolge hatte Bishop zu Sonny gesagt, er brauche sich nicht einzubilden, dass er die Arbeit mache, ohne vorher Geld zu sehen, und Sonny, der normalerweise höflich und zurückhaltend war, hatte ihn zum Teufel geschickt.

Erst als O'Reilly, mit Barrys Hilfe, behauptet hatte, er könne beweisen, dass Bishop der Vater von Julie MacAteers ungeborenem Kind sei, und gedroht hatte, das publik zu machen, war dieser bereit gewesen, das Dach kostenlos neu decken zu lassen.

Inzwischen jedoch hatte Donal Donnelly sich zu dem Kind bekannt und Julie einen Heiratsantrag gemacht, sodass O'Reilly nun kein Druckmittel mehr gegen Bishop in der Hand hatte. Daher fürchteten die beiden Ärzte, Bishop könnte sein Versprechen rückgängig machen.

Doch Barry sah gleich, dass an der vorderen Giebelwand ein Gerüst errichtet worden war, auf dem ganz oben ein Mann stand. Er blieb stehen. Der Regen hatte aufgehört und das Land roch frisch. „Schau mal, Fingal!" Er wies auf das Gerüst.

O'Reilly öffnete das schwarz gestrichene Eisentor. „Wunder gibt es immer wieder. Bertie Bishop hält tatsächlich Wort", meinte er. „Aber ihm bleibt ja auch nichts anderes übrig."

„Wie das?"

„Er hat doch in aller Welt herumposaunt, dass er Sonny aus christlicher Nächstenliebe helfen will. Nachdem wir ihm eingeredet hatten, dass die Gemeinde ihm vielleicht ein Denkmal setzt. Ein Mann wie Bishop ist viel zu eingebildet, um sich aus so was wieder rauszuziehen." O'Reilly blickte zu dem Mann hinauf, der am Dach arbeitete. „Wenn mich nicht alles täuscht, ist das da oben Seamus Galvin." O'Reilly schüttelte den Kopf.

„Wahrscheinlich will er sich noch ein paar Kröten verdienen, bevor er mit seiner Maureen in die Staaten auswandert.“

Über einen alten Weg aus kaputten Betonplatten gingen sie hinüber zum Gerüst.

„Bist du das da oben, Seamus Galvin?!“, brüllte O’Reilly.

Der Mann lugte über den Rand des Gerüstes. „Ja, Dr. O’Reilly. Warten Sie. Bin sofort unten.“

Barry schaute zu, wie Galvin die Leiter bestieg und, von abschilferndem Rost begleitet, an dem wackligen Gerüst nach unten kletterte.

Galvin sprang von der letzten Sprosse herunter. „Tag, die Herren.“

„Hallo Seamus. Na, wie geht’s voran mit der Arbeit?“, erkundigte sich O’Reilly.

„Die Dachbalken sind total verrottet. Die müssen alle raus und ersetzt werden“, meinte Seamus. „Das wird Mr Bishop ’ne ganz schöne Stange Geld kosten.“

„Ist das aber schlimm.“ O’Reilly grinste.

„Wie lange wird es denn dauern?“, fragte Barry.

„Schwer zu sagen, Sir, aber eins steht fest: Wir kämen viel schneller voran, wenn Donal Donnelly nicht immer zum Mittagessen nach Hause fahren würde.“

„Donal? Den haben wir auf dem Weg hierher überholt“, sagte Barry. „Seamus, wissen Sie zufällig, was Donal mit seinem Fahrrad gemacht hat?“

Seamus lachte. „Doch, ja. Er meinte, dass er es vor seiner Hochzeit noch streichen müsste. Und er hatte so viele halb volle Farbtöpfe bei sich rumstehen. Er sagt, das ist Kunst.“

„Kunst?“ Barry lachte.

„Ja. Er hat in einer Zeitschrift so ein Bild gesehen, von einem Kerl aus den Staaten.“ Seamus kratzte sich den Kopf. „Der Mann hieß … irgendwas mit Plackerei. Jason Plack oder so.“

„Meinen Sie vielleicht Jackson Pollock?“, fragte Barry vorsichtig.

„Genau, den meine ich. Donal findet sich einfach genial. Da kommt er ja, Sir. Sehen Sie selbst.“

Barry sah zu, wie Donal Donnelly sein knallbuntes Fahrrad über den Fußweg schob. Es erinnerte wirklich an ein Werk von Jackson Pollock.

„Hast du nur Mittag gegessen, oder bist du auch gleich zum Abendbrot dageblieben, Donal?“, rief Seamus.

„Ach, lass mich in Ruhe, Seamus.“ Donal lehnte das Fahrrad gegen die Hauswand. „Guten Tag, Doktor.“

„Dir auch einen guten Tag, Donal."

Und mich grüßt er gar nicht?, dachte Barry, als Donal sich auch schon zu ihm wandte. „Guten Tag, Dr. Laverty."

„Bist du eigentlich zum Arbeiten gekommen, oder willst du bloß Maulaffen feilhalten?", fragte Seamus.

„Ich komm ja schon." Donal setzte einen Fuß auf die unterste Sprosse, doch dann zögerte er und sah O'Reilly an. „Sehe ich Sie beide beim Rennen?", wollte er wissen.

„Bestimmt", meinte O'Reilly.

Donal senkte die Stimme. „Mein Kumpel auf der Bank hat am Freitag 'ne ordentliche Menge irische Münzen für mich." Er stieg auf die Leiter. „Danke Ihnen beiden, dass Sie mir alles erklärt haben. Es ist mir schon eine große Beruhigung, dass wir Männer wie Sie hier in Ballybucklebo haben, doch, ja."

„Nun mal halblang, Donal", sagte Barry, aber als er mit O'Reilly zum Rover zurückging, merkte er, dass er sich schon viel besser fühlte als am Morgen.

„Lass uns nach Hause fahren", meinte O'Reilly. „Vielleicht können wir ein Weilchen die Füße hochlegen."

Barry seufzte. „Das wäre großartig", sagte er und spürte, dass plötzlich etwas an seinem Hosenbein zerrte. Er blieb stehen. Eine kräftige Dornenranke hatte sich ins linke Bein seiner Cordhose verbissen. Er zog, zerrte ein zweites Mal und spürte, wie der Stoff riss. Verdammt! Ballybucklebo war drauf und dran, zur letzten Ruhestätte seiner sämtlichen Hosen zu werden. Missmutig stapfte Barry durch die Pforte, schloss sie und stieg in den Rover.

O'Reilly betrachtete das alte Haus. „Mir scheint", sagte der Arzt, „die Welt ist wieder in Ordnung. Bertie Bishop hat die Reparatur von Sonnys Dach übernommen, Seamus und Donal arbeiten beide, und du …", er neigte sich zu Barry hinüber, „… wirkst viel vergnügter als heute Morgen beim Frühstück." Er ließ den Motor an. „Aber einer von uns sollte heute Abend Bereitschaftsdienst machen."

Barry wartete. Er hoffte, dass O'Reilly sich den Abend freinehmen würde.

„Ist wohl besser, wenn ich das bin", meinte O'Reilly und brauste los. Er zwinkerte Barry zu. „Und wenn du schon nicht arbeitest, kannst du ja nach Kinnegar rüberfahren und Miss Spence besuchen."

4
Ohne Fleiß kein Preis

„Komm rein." Patricia hielt Barry die Wohnungstür auf. Er gab ihr sittsam ein Küsschen auf die Wange.

„Tut mir leid wegen gestern", sagte sie. „Ich bin erst ganz spät aus Newry weggekommen, und heute hatte ich alle Hände voll zu tun. Ich hätte dich anrufen sollen."

„Ist schon gut, ich war selbst auch ziemlich beschäftigt. Bin froh, dass du ein Stündchen Zeit für mich hast", sagte Barry. Als er sie vorhin angerufen hatte, hatte Patricia sich gefreut, hatte aber ganz deutlich gemacht, dass dieser Montag für eine Studentin des Ingenieurwesens, die Sommerkurse belegt hatte, ein Arbeitstag mit einem Arbeitsabend war.

„Setz dich, Barry. Mach's dir bequem. Tut mir leid, dass nicht aufgeräumt ist." Sie nahm einen Stapel Lehrbücher von ihrem zweisitzigen Sofa und packte sie auf ihren kleinen Esstisch. Barry setzte sich aufs Sofa. „Sieht wirklich aus, als wärst du sehr fleißig." Er deutete auf den Zeichentisch in der Ecke. „Handwerkszeug?"

„Ja." Sie setzte sich neben ihn. „Wir lernen gerade etwas über die Belastung von Gesimsträgern. Da müssen wir Baupläne lesen können."

„Erinnerst du dich an Jack Mills? Den du am Samstag auf O'Reillys Fest kennen gelernt hast?"

„Der Assistenzarzt? Mit der Blonden?"

„Ja, genau der." Barry lachte. „Als Jack und ich zusammengewohnt haben, hatten wir als Handwerkszeug ein Skelett mit beweglichen Gelenken im Zimmer hängen. Wir haben es Billy Bones getauft."

„Nach dem Piraten in der ‚Schatzinsel'?"

„Richtig." Barry rückte näher. Auch in alten Jeans und Schlabberpulli sah sie bezaubernd aus. Ihr schwarzes Haar schimmerte im sanften Licht der untergehenden Sonne. Barry legte den Arm um sie und atmete ihren feinen Duft ein. Er lehnte sich zurück, legte ihr die Hände auf die Schultern und sah ihr in die Augen, schwarz wie Schlehenfrüchte, ein wenig schräg über den slawischen Wangenknochen. „Du bist wunderschön", sagte er und beobachtete, wie das Grübchen in ihrer linken Wange tiefer wurde, als sie lächelte.

„Danke." Sie legte den Kopf auf seine Schulter. „Und danke, dass du heute Abend rübergekommen bist."

„Ich dachte, ich störe dich beim Studieren.“

„Das tust du auch, aber manchmal muss man mich stören. Manchmal …“, Patricia schluckte, „… manchmal glaube ich, ich habe mir zu viel aufgehalst.“

Barry strich ihr übers Haar. „Da bist du nicht die Einzige“, sagte er. „Ich fühle mich jetzt gerade selbst ein bisschen so, was die Praxis angeht.“

„Warum?“

Er zögerte, weil er Patricia nicht mit seinen Problemen belasten wollte. „O’Reilly hat mir angeboten, dass ich in einem Jahr sein Teilhaber werden kann“, sagte er dann doch.

„Das ist ja toll.“ Patricia küsste ihn.

„Ich könnte mich in Ballybucklebo niederlassen. Aber im Moment läuft es gerade nicht so gut.“

„Wie kommt’s?“

„Die Patienten haben ein bisschen das Vertrauen zu mir verloren.“ Er sah Mitgefühl in ihrem Blick. „O’Reilly meint aber, ich könnte mich durchbeißen. Allerdings fühle ich mich gerade, als müsste ich meine Prüfungen alle noch mal machen.“

Sie stand auf und verschränkte die Arme. „Genau deswegen mache ich mir Sorgen. Ich habe nächste Woche eine.“

„Eine Prüfung? Die schaffst du mit links.“ Barry kratzte sich das Kinn. „Aber ich dachte, die Prüfungen wären immer im Juni.“

„Sind sie auch. Aber das ist jetzt eine außerhalb der Reihe. Für ein Stipendium. Und ich muss es kriegen.“ Patricia ballte die Fäuste. „Unbedingt.“

„Wenn dich das nervös macht“, schlug er vor, „dann solltest du vielleicht von der Prüfung zurücktreten.“

„Das kann ich nicht.“

„Warum denn nicht?“

„Weil ich eine Frau bin.“ Breitbeinig und mit gereckten Schultern stand sie vor ihm. „Ich habe dir ja erzählt, wie schwierig es für mich war, diesen Studienplatz zu kriegen.“

„Das weiß ich noch.“

„Die Hälfte der anderen Studenten und auch ein paar von den Dozenten können es gar nicht erwarten, dass ich auf die Nase falle.“ Sie humpelte durchs Zimmer, gehbehindert durch Kinderlähmung, drehte sich um und sah ihn wieder an. „Wenn ich durchfalle, dann werden sie bloß schadenfroh grinsen. Und es wird für Frauen noch schwieriger werden, einen Studienplatz zu bekommen. Ich muss es für die anderen Frauen schaffen, nicht nur für mich. Kannst du das verstehen?“

„Doch“, sagte er, „aber ich finde es nicht gut, wenn du dich so aufregst.“ Er stand auf und ging durchs Zimmer, legte eine Hand unter ihr Kinn, hob ihr Gesicht und schaute ihr in die Augen. „Weißt du, ich kenne dich noch nicht besonders gut, aber ein paar Sachen weiß ich schon.“ Er hatte in einem Psychologiekurs für Anfänger gelernt, dass man Menschen, die den Mut verloren haben, auf ihre eigenen Stärken verweisen muss. „Du hast Kinderlähmung gehabt …“ Sie atmete heftig ein. Er wusste, wie sehr sie es hasste, auf ihre Behinderung angesprochen zu werden. „… und du hast dich davon kein bisschen bremsen lassen …“, fuhr er fort.

Ihre Miene war ausdruckslos.

„Du hast dir einen Studienplatz für Hoch- und Tiefbau erkämpft …“

„Mag sein …“ Es klang zögernd.

„Wie viele in deinem Jahrgang machen diese Prüfung für das Stipendium?“

„Zehn, und ich bin …“

„… das einzige Mädchen, ich weiß.“

„… die einzige Frau.“

„Richtig. Mein Gott, schon allein deswegen solltest du stolz auf dich sein. Und wenn du es nicht schaffst …“

„Davor habe ich Angst.“ Ihre Augen waren feucht. Sie zog die Nase hoch.

„… dann musst du trotzdem weitermachen. Das musste ich auch.“

„Wie meinst du das?“

„Es geht mir um das fehlende Selbstvertrauen, von dem ich gesprochen habe. Vor zwei Wochen habe ich bei einer Diagnose Mist gebaut. Der Patient ist fast gestorben, aber die Neurochirurgen haben ihn wieder hingekriegt. Jedenfalls haben sie das gedacht.“

„Aber es stimmte gar nicht?“

„Ich weiß es nicht. Gestern jedenfalls ist O’Reilly bei ihm gewesen. Der Mann war tot.“

„Barry.“ Patricia hob die Hand vor den Mund. „Nein.“

„Und damit muss ich mich auseinandersetzen, wenn ich bei O’Reilly bleiben will – es ist mein erster schwerwiegender Fehler.“

„Das habe ich nicht gewusst.“

„Woher auch, ich hatte es dir ja nicht erzählt. Ich möchte nicht, dass du denkst, du seist die Einzige, die etwas vermasseln kann.“

Barry spürte, wie sie die Arme um ihn legte. Sie hob das Gesicht, um sich küssen zu lassen, und er umarmte und küsste sie.

„Danke, dass du es mir erzählt hast“, sagte Patricia. „Es hilft tatsächlich. Und es hilft mir sehr, wenn du die Dinge ernst nimmst, die für mich wichtig sind.“

„Das tue ich“, sagte er leise und schaute ihr ins Gesicht.

„Ich auch, Barry“, sagte sie sanft.

Barry wusste, dass sie beide um ein Haar gesagt hätten: Ich liebe dich. Aber er schwieg, weil er ihr Zeit lassen wollte.

„Hör mal“, meinte er nur, „du musst weiterlernen, und ich muss los.“

„Das stimmt“, sagte sie, „aber ich weiß nicht, ob ich dich gehen lassen will.“

„Ich will auch eigentlich nicht gehen, aber ich möchte gern stolz darauf sein können, dass mein Mädel …“, sie erhob keine Einwände, weder gegen das „mein“ noch gegen das „Mädel“, „ein Stipendium am Queen’s College in Belfast bekommen hat.“

Patricia schloss die Augen und holte tief Luft. „Nicht am Queen’s College, Barry“, sagte sie dann, „sondern in Cambridge in England. Nächstes Semester.“

O’Reilly saß oben in der Wohnstube in seinem Sessel, der mit dem Rücken zur Tür stand. In der rechten Pranke hielt er ein Glas, mit Whiskey, wie Barry vermutete, und er lauschte den donnernden Akkorden, die aus dem Grammofon ertönten. Lady Macbeth lag zusammengerollt auf seinem Schoß.

„’n Abend, Fingal“, sagte er zu dem Hinterkopf.

„Bumm-bumm-bumm, bumm-bumm-bumm“, sang O’Reilly, wobei er die Hand im Takt bewegte.

Barry ging um den Sessel herum. „’n Abend, Fingal.“

O’Reilly grinste Barry an. „Sei bitte so gut und schalt das Ding ab. Ihre Ladyschaft hat mich mit Beschlag belegt, und ich will sie nicht stören.“

Barry stellte den Plattenspieler ab.

„Tolle Sachen hat der alte Ludwig komponiert“, befand O’Reilly. „Möchtest du einen Sherry? Dann bedien dich.“

Barry trat an die Anrichte, schenkte sich ein Gläschen Sherry ein und ließ sich gegenüber von O’Reilly nieder.

„Du bist früh zurück“, meinte der Arzt. „Wie geht’s deiner Patricia?“

Barry seufzte. „Gut, aber …“

„Aber was?“ O’Reillys zottige Augenbrauen bewegten sich aufeinander zu.

„Sie bemüht sich um ein Stipendium für Cambridge.“

„Tatsächlich? Bravo!“ O’Reillys Stirn glättete sich wieder.

Barry schlürfte seinen Sherry. „Da bin ich nicht so sicher“, äußerte er. Sollte er O’Reilly verlassen und sich um eine Assistentenstelle in Cambridgeshire bemühen? Oder sich am Addenbrooke’s Hospital, dem großen Lehrkrankenhaus in der Stadt, bewerben?

„Warum denn nicht?“

„Sie würde zum nächsten Semester weggehen.“ Barry schaute O’Reilly an. „Ich werde sie vermissen, Fingal.“ Nein, mehr als das: Er hatte furchtbare Angst, sie zu verlieren.

„Ich weiß, wie dir zumute ist“, meinte O’Reilly. Er stand auf, ließ die protestierende Lady Macbeth auf den Teppich gleiten und ging zum Erkerfenster. „Ich musste einmal ein Mädchen verlassen. Viele Männer, die im Krieg waren, mussten das.“

„Mein Dad war auch fünf Jahre fort“, sagte Barry.

„Aber er ist zu deiner Mutter zurückgekehrt, oder?“

„Ja.“ Barry war fünf gewesen, als ein bärtiger Fremder mit rauer Stimme in Marineuniform ins Haus hereingestürzt kam.

„Auf mich hat niemand gewartet“, sagte O’Reilly leise.

Kinky hatte Barry erzählt, dass O’Reillys große Liebe, eine junge Krankenschwester, 1941 beim Bombenangriff der deutschen Luftwaffe auf Belfast ums Leben gekommen war.

„Vielleicht erzähle ich’s dir eines Tages mal.“ O’Reilly drehte sich um und sah Barry an. „Ich weiß, dass du heute sehr im Zweifel warst, ob du hierbleiben möchtest. Und ich vermute, dass du dich jetzt fragst, ob du dir eine Stelle in Cambridge suchen sollst, oder?“

Wie konnte er das bloß wissen? Sie kannten sich erst einen Monat, aber Barry hatte das Gefühl, dass O’Reilly Gedanken lesen konnte.

„Ich würde dir nicht im Weg stehen“, sagte er jetzt.

„Das ist sehr großzügig von dir, Fingal. Ich weiß, wie dringend du in der Praxis Hilfe brauchst.“

„Ach was.“ O’Reilly lachte. „Ich weiß doch, dass du in das Mädchen verliebt bist …“

Barry merkte, wie er errötete. Derartige Gefühle behielten die Bewohner von Ulster eigentlich für sich, und doch hatte O’Reilly ihn ohne Zögern darauf angesprochen. „Also, ich …“

„Es ist natürlich deine Entscheidung.“

„Welche Entscheidung?“

O’Reilly hob eine Augenbraue. „Ob du weggehst oder hingehst. Gestern wolltest du gehen, weil du das Gefühl hattest, dass du hier kein Bein auf den Boden kriegst. Das wäre Weggehen. Heute willst du der Frau, die du liebst, folgen. Das wäre Hingehen.“

O’Reilly hatte völlig Recht. „Darüber muss ich nachdenken.“

„Tu das, denn wenn du weggehst, wirst du dich dein Leben lang fragen, ob du es hier nicht doch hättest schaffen können. Aber andererseits bereust du es vielleicht ein Leben lang, wenn du nicht hingehst.“

5
Eine schwierige Diagnose

„O Gott!“, stöhnte O’Reilly, als er durch den Türspalt ins Wartezimmer lugte. „Nicht der schon wieder. Nicht an einem Dienstag.“

Barry konnte nicht an seinem Chef vorbeisehen. „Wer ist denn da, Fingal?“

„Der Obermotz von Ballybucklebo.“

Barry lächelte. „Meinst du vielleicht Councillor Bishop?“

„Leibhaftig“, sagte O’Reilly, bevor er die Tür weit öffnete. „Wer ist der Erste?“, fragte er ins Wartezimmer hinein.

„Wer außer mir könnte das denn sein, O’Reilly?“ Barry erkannte die Stimme des Gemeinderats. „Ich und meine Frau haben wirklich lange genug gewartet.“

„Es ist noch nicht ganz neun Uhr“, bemerkte O’Reilly, „aber Ihre Zeit ist natürlich kostbar. Kommen Sie mit.“

Barry ging in den Behandlungsraum und wartete, bis O’Reilly sich in seinem Drehsessel niedergelassen hatte. Councillor Bishop kam hereinstolziert – so gut, dachte Barry, wie ein Mann von einem Meter sechzig mit einem Gewicht von neunzig Kilo eben zu stolzieren vermag. Er trug seinen üblichen schwarzen Anzug. Etwas ungelenk ließ er sich auf einen der Holzstühle plumpsen und hakte die Daumen unter die Jackettaufschläge. „Beeilst du dich mal bitte, Flo?“, knurrte er.

„Ich komme schon.“

Bei dem Versuch zu erklären, warum eine eigentlich nette Frau eine Ehe mit einem Mann wie Bertie Bishop eingegangen war, hatte Kinky Florence

Bishop als einen „unentdeckten Schatz der Natur" bezeichnet. Warum er sie geheiratet hatte, war kein Geheimnis: sie hatte Geld geerbt. Vermutlich war sie Anfang vierzig, sah aber zehn Jahre älter aus. Ihr kurzes, strähniges Haar wies jenen eigentümlichen Rotton auf, den man nur mittels einer großzügigen Portion Henna erreicht. Sie hatte Waden wie ein Elefant, und das Fleisch um ihre Knöchel herum quoll aus den flachen Schnürschuhen heraus.

Barry hörte, wie der zweite Stuhl sich beklagte, als sie sich hinsetzte.

„Und", fragte O'Reilly höflich und schaute Bishop in die Augen, „worum geht es?"

„Mir fehlt gar nichts, nein. Aber mit ihr ist nicht viel los. Ich möchte, dass Sie meine Frau kurieren, O'Reilly." Dass Florence selbst anwesend war, schien er gar nicht zu bemerken. „Sie selbst zu fragen, was sie hat, ist reine Zeitverschwendung. Sie kriegt ja kaum einen Satz raus. Und im Haushalt kriegt sie überhaupt nichts mehr fertig."

„Tut mir leid, Schatz ..."

„Und seit diese Julie MacAteer, dieses kleine Flittchen, gekündigt hat, haben wir kein Mädchen mehr, und Florence muss die Arbeit ganz allein machen."

„Tut mir leid, Schatz ..."

„Und abends ist sie dann so schwach, dass sie zu gar nichts mehr zu gebrauchen ist."

Barry runzelte die Stirn. Schwäche, die Unfähigkeit, einen Satz oder eine Aufgabe zu Ende zu bringen. Verdammt, diese Symptome waren typisch für eine seltene neurologische Störung, aber er konnte sich nicht erinnern, für welche.

„Tut mir leid, das zu hören, Florence", sagte O'Reilly.

„Das geht jetzt schon seit sechs Monaten so. Ihr Mitleid können Sie sich an den Hut stecken. Tun Sie lieber was." Bishop zog seine Taschenuhr hervor, ließ den Deckel aufklappen und betrachtete mit gerunzelter Stirn das Zifferblatt.

„Ich denke, wir sollten Sie lieber mal untersuchen, Florence", sagte O'Reilly und stand auf.

Er half Mrs Bishop auf die Beine und führte sie zur Untersuchungsliege.

Barry beobachtete, wie sein Chef eine gründliche Untersuchung durchführte und dann die Stirn runzelte.

„Sie können wieder aufstehen", sagte er und bot ihr seinen Arm als Stütze. Er warf Barry einen Blick zu und zuckte fast unmerklich die Achseln, so als wollte er sagen: Ich habe keinen blassen Schimmer.

Schwäche, die Unfähigkeit, etwas zu Ende zu führen, aber kein offensichtlicher körperlicher Befund? Barry kniff die Augen zusammen. Manchmal half ihm das, sich eine Seite aus dem Lehrbuch vorzustellen. „Dr. O'Reilly? Darf ich Mrs Bishop eine Frage stellen?"

„Nur zu."

„Fällt Ihnen das Kauen schwer?"

„Ja", sagte sie. „Und ich ess doch so gern, nicht wahr?"

Barry lächelte sie an. „Das hört sich vielleicht ein wenig blöd an, Mrs Bishop, aber könnten Sie bitte dreißigmal den Arm über den Kopf heben?"

Sie sah zu O'Reilly hinüber. Der Arzt nickte.

„Also gut", sagte sie und kam Barrys Bitte nach.

Barry beobachtete, wie Mrs Bishop anfing zu schwitzen. Nach zwanzig Armbewegungen holte sie tief Luft und stöhnte: „Ich kann nicht mehr. Gleich fällt mir der Arm ab." Der hing schlaff herunter.

„Herrgott noch mal", schnauzte Bishop, „ich hab Ihnen doch gesagt, dass sie leicht müde wird!"

„Das stimmt, Bertie", erwiderte O'Reilly.

„Dr. Laverty, ich glaube, ich kann den Arm wieder hochheben", sagte Florence und begann von Neuem.

„Wunderbar", sagte Barry. „Danke."

Ihre Symptome und ihre rasche Ermüdbarkeit, von der sie sich aber ebenso schnell wieder erholte, waren typisch für – für – verdammt, er kam immer noch nicht drauf, wie diese Krankheit hieß. Er schaute zu O'Reilly hinüber, der bloß den Kopf schüttelte.

„Mrs Bishop." Barry hasste es, seine Niederlage einzugestehen. „Ich glaube, wir haben jetzt eine ziemlich genaue Vorstellung von der Krankheit, unter der Sie leiden."

„Das wurde aber auch Zeit", knurrte der Councillor. „Was ist es denn?"

„Ich bin mir nicht hundertprozentig sicher, aber …"

Bishop stand auf. „Das war wirklich Zeitverschwendung."

„Ich glaube", meinte O'Reilly, „Dr. Laverty hat gesagt, er sei sich nicht ganz sicher."

„Eben. Laverty ist ein unfähiger Klugscheißer."

Ohne auf Bishops Beleidigung einzugehen, wandte Barry sich direkt an seine Gattin. „Mrs Bishop, ich bin mir nahezu sicher, dass ich weiß, worunter Sie leiden. Aber für die endgültige Abklärung brauche ich ein paar Tage, denn ich muss mit einem Kollegen in Belfast sprechen. Könnten Sie am Freitag wiederkommen?"

Barry sah, wie sie ihrem Mann einen Blick zuwarf. Der schüttelte den Kopf.

„Oder", fuhr Barry fort, „wir könnten Sie auch ins Royal schicken und um eine zweite Meinung von einem der Ärzte dort bitten."

„Machen Sie doch beides", sagte Bishop scharf. „Ich will das so schnell wie möglich geklärt haben, und die Idioten im Royal haben ja Wartelisten so lang wie der Pier in Bangor."

Barry musste wohl oder übel zugeben, dass dieser Vorschlag vernünftig war. Auch O'Reilly nickte zustimmend.

„Gut", meinte er dann, „Mrs Bishop, kommen Sie am Freitag wieder, und bis dahin organisiere ich einen Termin für Sie im Royal."

„Sind Sie jetzt fertig?", fragte Bishop.

„Ja, Mr Bishop."

„Dann komm, Flo." Der Councillor schob sie zur Tür. „Ich muss jetzt die Sache mit dem Schwarzen Schwan regeln."

„Ich wünsche Ihnen einen guten Tag, Councillor", sagte O'Reilly höflich zu dem Ehepaar Bishop, das ihm bereits den Rücken zugewandt hatte. „Bitte schließen Sie die Tür hinter sich."

Die Tür wurde mit einem Knall geschlossen.

„So, und was fehlt ihr nun deiner Ansicht nach?", fragte O'Reilly.

Barry zögerte. „In Neurologie bin ich nie besonders gut gewesen."

„Ich auch nicht", gab O'Reilly zu.

Barry schwieg einen Moment. „Ich bin fast sicher, dass sie Myasthenia gravis hat", sagte er dann.

O'Reilly stieß einen Pfiff aus. „Ich glaube nicht, dass ich schon mal einen Fall gesehen habe."

Barry rasselte herunter, was er aus dem Studium noch behalten hatte. „Eine Krankheit, die durch eine Störung der Reizübertragung an den neuromuskulären Synapsen ausgelöst wird. Charakterisiert durch rasche Ermüdbarkeit der gestreiften Muskulatur und schnelle Erholung nach einer Ruhephase."

„Diese Ermüdbarkeit hast du ja eindeutig gezeigt."

„Nur selten tödlich, aber sehr schwächend. Gelegentlich können die Symptome auch mit Thyreotoxikose oder mit karzinomatöser Neuropathie zusammenhängen."

„Stimmt … aber dass eine Frau mit der Leibesfülle von Mrs Bishop Krebs hat, glaube ich nicht."

„Ich bezweifle es sehr. Und sie hat auch keine weiteren Symptome."

„Also können wir Krebs mehr oder weniger ausschließen?“

Barry zögerte. Bei Major Fotheringham war er von Annahmen ausgegangen, die sich dann als falsch erwiesen hatten. „Eine karzinomatöse Neuropathie tritt meist erst auf, wenn der Krebs wirklich fortgeschritten und normalerweise nicht mehr heilbar ist. In dem Fall wäre die Patientin nur noch Haut und Knochen …“

„Was man von Florence Bishop nicht sagen kann, aber wir sollten ihre Schilddrüsenhormone untersuchen lassen.“

„Ja. Und für die Diagnose der primären Myasthenie gibt es einen ganz einfachen Test, den wir hier in der Praxis durchführen können … aber ich weiß nicht mehr ganz genau, wie man den macht“, erklärte Barry. „Ich könnte nach Belfast fahren und mit Professor Faulkner im Royal sprechen …“

„Warum rufst du ihn nicht einfach an?“

„Professor Faulkner nimmt nie Anrufe entgegen, jedenfalls nicht von jungen Ärzten, aber ich könnte ihn am Mittwochnachmittag nach der Visite abpassen.“

„Tu das. Ich kümmere mich dann so lange hier um den Laden.“ O'Reilly stand auf und schüttelte Barry die Hand. „Wenn du Recht hast, mein Sohn, dann steht es für dich zehn zu null gegen Bishop … und für deinen Ruf wird es Wunder wirken. Dafür werde ich schon sorgen.“

Barry lachte, weil ihn die Vorstellung freute, dem arroganten kleinen Fettsack eins auszuwischen. „Danke, Fingal“, meinte er grinsend.

„Keine Ursache. Und jetzt geh …“

„… und schau nach, wer als Nächster dran ist.“ Barry kam O'Reillys Bitte jetzt recht gern nach. Im Gehen hörte er noch, wie sein Chef laut überlegte: „Ich frage mich, was Bertie Bishop wohl damit gemeint hat, dass er die Sache mit dem Schwarzen Schwan regeln will.“

NACHDEM die Bishops gegangen waren, verging der Vormittag wie im Flug. O'Reilly überließ Barry die Behandlungen: Jungen mit Schniefnase, Muskelschmerzen, Männer mit Arthritis, Angina, Hämorriden und Magenverstimmung. Mütter mit quengelnden Babys und Problemen beim Stillen, Kinder mit Ohrenschmerzen.

Die Patienten nahmen seine Ratschläge an, die meisten voller Dankbarkeit, und Barrys Selbstvertrauen wuchs. Doch im Stillen dachte er immer wieder an das Ergebnis von Major Fotheringhams Obduktion, das irgendwann eintreffen würde.

Er öffnete die Tür zum Wartezimmer. Auf der Bank saß nur noch eine einzige Patientin. Sie war Anfang zwanzig, eine hübsche junge Frau mit roten Haaren, Sommersprossen und smaragdgrünen Augen. Sie trug Baumwollhandschuhe, einen kurzen weißen Regenmantel, aus dessen Ärmeln die Manschetten ihrer Bluse hervorlugten, und einen knöchellangen Schottenrock.

„Guten Morgen“, sagte er. „Würden Sie bitte mitkommen?“

Sie erhob sich. „Dr. Laverty?“

„Ganz recht.“ Er ließ sie in den Behandlungsraum vorangehen.

„Komm rein, Helen“, hörte er O’Reilly sagen. „Nimm Platz.“

Sie setzte sich.

„Ist es in Ordnung, wenn ich Dr. Laverty bitte, dich zu untersuchen?“

Barry sah, wie sie den Kopf schüttelte. „Es ist mir peinlich.“ Sie starrte auf den Teppich.

„Ich weiß, Helen“, sagte er, „aber ich vermute, du bist hier, weil das Medikament, das ich dir verschrieben habe, nicht wirkt. Dr. Laverty hat vielleicht neue Ideen dazu.“

Sie wandte sich zu Barry um. „Na gut“, sagte sie leise. Sie zog ihren Regenmantel und die Handschuhe aus, krempelte einen Blusenärmel hoch und deutete auf die Ellenbeuge. „Das hier ist es“, sagte sie.

Barry beugte sich vor. Ihr Unterarm war mit Sommersprossen übersät, genauso wie ihr Gesicht. Im Ellbogen und in ihrer Handfläche zeigte sich ein Ausschlag, knallrot und schuppig.

„Das juckt ganz schrecklich“, sagte Helen.

„Und auf der anderen Seite ist es das Gleiche, und in Ihren Kniekehlen auch?“, fragte Barry.

Sie nickte. Das erklärte die Handschuhe, die langen Ärmel und den langen Rock.

„Sie haben ein Ekzem“, stellte Barry fest. „Wie lange haben Sie das schon?“

„Ungefähr zwei Monate.“

„Haben Sie in der letzten Zeit Ihre Ernährung verändert?“ Ekzeme konnten durch bestimmte Lebensmittel und Kosmetika hervorgerufen werden.

„Nein, gar nicht.“

„Helen und ich haben schon ihre Seifen, Waschmittel, Lippenstifte und Nagellacke durchforstet“, mischte O’Reilly sich ein. „Haarfärbemittel verwendet sie nicht.“

„Und Strümpfe soll ich auch nicht mehr tragen, hat Dr. O’Reilly gesagt …“

Barry zögerte. Er wusste, dass Ekzeme manchmal auch durch Stress verursacht wurden, aber dieses Thema anzusprechen und damit anzudeuten, dass jemand vielleicht nicht ganz stabil war, war riskant. Auf dem Land wurde jeder Hinweis auf mögliche psychische Probleme als Beleidigung empfunden. Wie sollte er das Thema also taktvoll anschneiden? „Hat sich in den letzten Monaten etwas in Ihrem Leben verändert?“, fragte er schließlich.

„Ja“, sagte Helen. „Vor etwa drei Monaten habe ich einen neuen Job angefangen.“

„Würden Sie mir davon erzählen?“

„Ich arbeite jetzt bei Miss Moloney. In ihrem Modeladen.“

„Und wie kommen Sie mit ihr klar?“

„Sie ist eine alte Schreckschraube, wirklich. Dumm wie Bohnenstroh. Ein richtiger Drachen, und sie hasst junge Leute.“ Erschrocken schlug Helen sich die Hand vor den Mund.

Barry wusste, dass er den Nagel auf den Kopf getroffen hatte. „Ist schon gut, Helen“, sagte er, „alles, was Sie sagen, bleibt in diesen vier Wänden.“

Sie schaute ihn an. „Sie treibt mich noch in den Wahnsinn.“

„Klingt, als wären Sie dort nicht besonders glücklich.“

„Glücklich? Ich wäre glücklicher, wenn ich an den Daumen aufgehängt wäre.“ Sie sah ihn an. „Sagen Sie jetzt bloß nicht, ich soll mir eine andere Stelle suchen. Dr. O’Reilly hat mir schon erklärt, dass der Ausschlag seiner Meinung nach von der Arbeit bei der alten Hexe kommt.“

„Aber warum kündigen Sie dann nicht?“ Barry verstand noch nicht, was eigentlich das Problem war.

„Nichts würde ich lieber tun, aber das geht leider nicht.“

„Warum nicht?“

„Wegen der kleinen Mary Dunleavy, das ist die Tochter von Willy Dunleavy.“

Barry zog die Brauen hoch. Willy Dunleavy? Das war doch der Wirt und Barmann im Schwarzen Schwan, dem Dreckspatz. „Was hat denn Mary mit Ihrer Stelle zu tun?“, hakte er nach.

Helen zog die Nase hoch. „Mary arbeitet halbtags bei Miss Moloney. Die Alte hat die arme Mary auf dem Kieker. Bringt sie dauernd zum Weinen. Ich kann Mary doch nicht hängen lassen.“

„Nein?“

„Mary hat sich schon nach was anderem umgesehen, denn sie braucht das Geld. Aber so viele Halbtagsjobs gibt es in Ballybucklebo nicht, und sie kann hier ja nicht weg, weil ihr Vater sie braucht. Sie muss ihm hinter der Theke helfen. Solange er nicht weiß, was aus dem Pub wird, kann er es sich nicht leisten, einen richtigen Barmann einzustellen."

Jetzt wurde es Barry zu kompliziert. „Ach so, mmh. Was haben Sie bisher versucht, Dr. O'Reilly?", fragte er.

„Gleich nachdem der Ausschlag aufgetreten war, habe ich ihr Calamine Lotion verschrieben, dann Lassar'sche Paste, und als die auch nicht geholfen hat, medizinischen Steinkohlenteer." O'Reilly schüttelte den Kopf. „Aber so, wie dein Arm aussieht, nutzt das Zeug auch nicht viel."

Jetzt blieb nur eine cortisolhaltige Salbe, aber auch damit konnte man das, was Barry für die Wurzel des Problems hielt, nicht kurieren. „Und Sie sind ganz sicher, dass Sie nicht anderswo Arbeit finden könnten?"

„Solange Mary da ist, will ich das doch gar nicht. Und sie wird so lange bei Miss Moloney arbeiten, wie ihr Vater sie im Pub braucht." Das junge Mädchen zog die Stirn kraus. „Allerdings ist das vielleicht nicht mehr lange. Sie hat furchtbare Angst, dass jemand versuchen könnte, sich den Dreckspatz unter den Nagel zu reißen. Dann wäre ihr Vater arbeitslos und das arme Kind müsste Miss Moloney um eine volle Stelle bitten."

„Aber wie kommt sie darauf, dass jemand hinter dem Pub her ist, Helen?", mischte O'Reilly sich ein. Barry hörte den Ernst in seiner Stimme.

„Keine Ahnung, Herr Doktor."

„Hmm", brummte O'Reilly. „Machen Sie sich keine Gedanken wegen dem Dreckspatz. Und lassen Sie sich von Miss Moloney nicht mehr so aus der Fassung bringen."

„Sie haben gut reden, Dr. O'Reilly."

„Na schön." O'Reilly lachte. „Und jetzt hat unser Dr. Laverty hier vielleicht eine Idee für eine neue Salbe."

Barry sah, dass Helen ihn beobachtete, und dann sagte sie zu seiner Überraschung: „Vorhin haben Sie sich den Kopf zerbrochen, wie Sie mich fragen können, ob ich wohl noch richtig ticke, stimmt's, Dr. Laverty?"

„Na ja, ich …"

„Und das haben Sie dann ganz taktvoll gemacht. Also, geben Sie mir ein Rezept, ich will's mal versuchen."

Sie wartete, bis Barry das Rezept geschrieben hatte. „Vielen Dank", sagte sie, als er ihr das Papier reichte.

„Ich kann Ihnen aber nicht versprechen, dass es wirkt."

„Als ob ich das nicht wüsste. Sie sind doch bloß Arzt …"

Diese Erwiderung erstickte jeglichen Stolz, der vielleicht in Barry hätte aufkommen können, weil er das Vertrauen der jungen Frau gewonnen hatte. Aber ehrlicherweise musste er zugeben, dass ihre Einstellung realistisch war.

„Können Sie in einem Monat wiederkommen?“, fragte Barry.

„Ja, sicher, Dr. Laverty, aber jetzt muss ich wieder los.“ Sie schnitt eine Grimasse. „Die böse Hexe kriegt einen Anfall, wenn ich nicht rechtzeitig wieder da bin und ihr zur Hand gehe.“

O’Reilly klopfte Barry auf die Schulter, als Helen gegangen war. „Zeit zum Essen. Ich bin schon halb verhungert. Und lass uns mal sehen, was Kinky heute Nachmittag für uns zu tun hat.“

„Wir haben versprochen, bei Mrs MacVeigh vorbeizuschauen.“

„Richtig. Gut, dass du daran denkst.“ O’Reilly ging zur Tür. „Und wenn wir sonst nicht allzu viel auf dem Zettel haben, sollten wir beide auf dem Heimweg mal auf einen Sprung in den Schwarzen Schwan gehen.“

„Warum das denn?“

„Weil Helen gesagt hat, Willy mache sich Sorgen, dass jemand hinter seinem Pub her sein könnte, und weil Bertie Bishop gesagt hat, er wolle irgendwas wegen des Schwarzen Schwans regeln“, erklärte O’Reilly.

„Bitte schön, meine Herren.“ Mrs Kincaid stellte eine Suppenterrine auf den Tisch. „Bin gleich wieder da, ja, mit dem Brot und dem Käse.“

O’Reilly hob den Deckel, und als die Dampfwolke sich verzogen hatte, war eine cremige rote Suppe zu sehen, mit einem Wirbel weißer Sahne und Petersiliensprenkeln verziert.

„Gib mal deinen Teller.“ O’Reilly nahm die Suppenkelle und füllte Barrys Teller. Die Kelle stieß klirrend gegen den Boden der Schüssel. Barry nahm den Teller entgegen und hob den ersten Löffel an den Mund. Der Geschmack der Tomaten bekam durch einen Hauch von Schinken und Sellerie eine besonders feine Note.

Kinky erschien wieder und stellte ein Brett mit braunem, körnigem Brot und einem bröckligen Stück Cheddarkäse neben die Suppenterrine. Dann verschränkte sie die Arme und wartete. „Und?“

„Wunderbar, Kinky“, sagte Barry, ohne zu zögern.

Er warf O’Reilly einen Blick zu, der große Happen von einer Scheibe Brot mit Butter und Käse abbiss, wobei er großzügig Cheddarkrümel auf dem Tisch verstreute. Er sah gar nicht zufrieden aus.

Mrs Kincaid stützte eine Hand in die Hüfte. „Das ist nicht Ihr übliches ausgiebiges Mittagessen, lieber Dr. O’Reilly, aber ein kleines bisschen

Mäßigung in allen Dingen ist gut für einen Mann, und Sie kriegen allmählich einen Bauch wie ein vergifteter Welpe."

O'Reilly seufzte. „Sie haben ja Recht, Kinky."

„Natürlich habe ich Recht", erwiderte sie. „Und jetzt wischen Sie bitte die Krümel da weg, und passen Sie auf, dass Ihr Schlips nicht in der Suppe hängt."

„Danke schön, Kinky", sagte Barry lächelnd. Er fand es amüsant zu beobachten, wie Kinky mit O'Reilly umging.

„Und nach dem Essen habe ich heute gar nichts für Sie. Niemand hat angerufen, Sie können sich den Nachmittag also freinehmen", erklärte Kinky.

O'Reilly schüttelte den Kopf. „Wir müssen zu Myrtle MacVeigh", sagte er. „Und es ist ein wunderbarer Tag für eine kleine Spazierfahrt. Ich denke, wenn wir bei ihr fertig sind, fahren wir nach Bangor und schauen mal nach, wie es Sonny geht. Mit dem Abendbrot wird es dann etwas später als sonst."

Enttäuscht saß Barry nach dem Besuch bei Myrtle MacVeigh auf dem Beifahrersitz. Die Patientin war auf dem Weg der Besserung kaum vorangekommen. Aber O'Reilly hatte Myrtle erklärt, sie solle Geduld haben und abwarten, bis das neue Antibiotikum wirke, und Barry wusste, dass sein Chef Recht hatte.

O'Reilly drosselte sein übliches rasantes Tempo, denn selbst er war so vorsichtig, dass er den großen Reisebus, der vor ihnen über die schmale Nebenstraße nach Bangor schlich, nicht blind überholte.

„Diese verdammten amerikanischen Touristen", knurrte O'Reilly. „In ganzen Busladungen fallen sie in ihr ‚liebes altes Irland' ein, um nach ihren Wurzeln zu forschen, und dabei versperren sie die Straßen und geben den Ladenbesitzern in unseren Dörfern einen Vorwand, die Preise zu erhöhen."

Da ist etwas Wahres dran, dachte Barry. Seit Flugreisen erschwinglicher geworden waren, kamen immer mehr Amerikaner nach Irland. Kein Wunder. Die halbe Ostküste der USA war ja von Iren bevölkert.

Barry blickte aus dem Fenster auf ein Feld mit fast reifer Gerste. O'Reilly schaltete herunter und brauste mit quietschenden Reifen an dem Reisebus vorbei, der in eine Haltebucht abgebogen war.

Allmählich wichen die Felder den Ausläufern der Stadt Bangor. Neue Reihenhäuser säumten die Straße, wo in Barrys Erinnerung früher Wiesen gewesen waren, und Barry fand, dass die neuen Siedlungen nicht recht passten zum alten Bangor, in dem er aufgewachsen war. Erst als der Wagen an den altbekannten Gebäuden vorbeirollte, fühlte er sich allmählich wieder heimisch. An der Ecke der Upper Main Street ragte der schlanke Kirchturm der Bangor Abbey in den Himmel. Auch der dicke Sandsteinturm mit der McKee Clock stand noch am unteren Ende der High Street.

Schließlich erreichten sie die Auffahrt zu einem großen, eleganten zweigeschossigen Gebäude. Auf dem Schild davor stand BANGOR CONVALESCENT HOME.

O'Reilly steuerte das Auto auf den Parkplatz. „Komm", sagte er und stieg aus.

Barry folgte ihm eine breite Freitreppe hinauf, durch Glastüren und in einen schmalen, mit Linoleum ausgelegten Flur. Der Geruch von gekochtem Kohl wetteiferte mit dem Gestank von Desinfektionsmitteln, zog dabei allerdings den Kürzeren.

O'Reilly blieb vor einem halbrunden Schreibtisch stehen. Dahinter saß eine gelangweilte Empfangsdame, feilte sich die Fingernägel und unterhielt sich mit einem jungen Mann in einer schmuddligen weißen Uniform.

„Ähem." O'Reilly beugte sich über die Tischplatte.

Die junge Frau ignorierte ihn.

Auf dem Schreibtisch stand eine kleine Glocke, eine Halbkugel aus Metall mit einem Knopf darauf. O'Reillys große Faust krachte auf den Knopf hinunter. Der Pfleger zuckte zusammen, die junge Frau drehte sich langsam um, schaute O'Reilly an und zog die Augenbrauen hoch. Sie deutete auf ein Schild auf dem Schreibtisch. „Können Sie nicht lesen? Die Besuchszeit ist vorbei", sagte sie und wollte sich wieder abwenden.

„Ich kann das Schild lesen, und ich kann auch Ihr Namensschildchen lesen, Miss … Weir."

„Na, Sie sind ja ein ganz Schlauer", sagte die junge Frau über die Schulter.

„Nein." Wenn er die nächsten Worte von der Brücke der alten *Warspite* gebrüllt hätte, wären sie bis aufs Vordeck zu hören gewesen. „Aber ich bin Dr. O'Reilly. Ich habe das Recht, meine Patienten in dieser erbärmlichen Bruchbude von Pflegeheim zu besuchen, und zwar jederzeit, Tag und Nacht. Und ich bin durchaus geneigt, Ihrer Heimleiterin zu berichten, was für eine jämmerliche, unverschämte, schlampige, faule junge Frau Sie sind, Miss Weir."

„Oh", sagte sie und stand rasch auf. „Wen möchten Sie denn besuchen, Sir?"

„Sonny Houston."

Sie blätterte in einem großen Buch.

Der Pfleger mischte sich ein. „Das ist doch der Alte in 2C, das Herzversagen mit Lungenentzündung."

„Nein!", donnerte O'Reilly. „Er ist keine Ansammlung von Krankheiten, die im Bett liegt. Er ist ein Mensch. Es ist der grauhaarige Herr mit dem Doktortitel, der in Ballybucklebo lebt und vorübergehend Ihre Räumlichkeiten in Anspruch nimmt." Er wandte sich an Barry. „Kommen Sie, Dr. Laverty."

Barry folgte O'Reilly eine Treppe hinauf, einen Flur entlang und durch eine Tür mit der Aufschrift 2C. Vier Betten standen in dem kleinen Raum, zwei an jeder Seite, mit einem sehr schmalen Durchgang dazwischen.

In dem Bett vorn links lag Sonny. O'Reilly setzte sich auf das Fußende. „Wie geht's, Sonny?", fragte er.

Das Gesicht des alten Mannes verzog sich zu einem Lächeln. „Danke, dass Sie gekommen sind, Dr. O'Reilly. Mir geht's gut, danke."

„Wirklich?" O'Reilly fühlte Sonny den Puls.

Barry freute sich, als er sah, dass Sonnys Wangen nicht mehr schieferblau waren und dass er leichter atmete.

„Und du wirst hier gut behandelt?"

Sonny senkte den Blick. „Ich darf mich nicht beklagen."

O'Reilly holte sein Stethoskop aus der Jackentasche und horchte Sonnys Brust ab.

„Du bist kerngesund", stellte er fest und zog das Stethoskop aus den Ohren. „Aber du findest es hier schrecklich, oder?"

„Es könnte besser sein. Nachts ist es laut …"

„Und tagsüber", bemerkte O'Reilly, „stinkt es, die Verpflegung ist unter aller Sau und du vermisst deine Hunde."

Mit Tränen in den Augen nickte Sonny.

„Verstehe", meinte der Arzt. „Wir wollen sehen, was sich machen lässt."

„Ich könnte ja wieder in meinem Auto schlafen."

„Da hast du dir deine Lungenentzündung doch geholt."

„Vielleicht", schlug Barry vor, „könnte Maggie Sie aufnehmen."

„Nein, nein, Sir." Sonny schüttelte den Kopf. „Noch sind wir nicht verheiratet. Das gehört sich doch nicht."

O'Reilly kratzte sich den Kopf. „In dein Haus kannst du noch nicht rein, das ist noch nicht fertig. Und zu Maggie kannst du auch nicht." Der Arzt runzelte die Stirn. „Na, dann werde ich mal mit dem Personal sprechen. Ich werde ihnen nahelegen, sich besser um dich zu kümmern …"

„AUSSTEIGEN.“ O’Reilly hielt den Rover auf dem Weg hinter seinem Haus an. „Ich fahre den Wagen schnell in die Garage. Wir gehen dann zu Fuß in den Dreckspatz.“

Während O’Reilly das Garagentor schloss, hörte Barry freudiges Gebell von Arthur Guinness, der seinen heimkehrenden Herrn und Meister begrüßte.

„Ach Arthur!“ O’Reilly lachte. „Ich glaube, ich muss noch eben mit ihm spazieren gehen.“ Er öffnete die Pforte und der Hund stürzte sich auf Barry.

„Sitz!“, schrie Barry.

Arthur stellte sich auf die Hinterbeine, legte Barry die Vorderpfoten auf die Schultern und leckte ihm das Gesicht.

„Aus!“, brüllte O’Reilly und zerrte an Arthurs Halsband.

Der Hund gehorchte.

„Arthur ist doch ein zutrauliches Kerlchen, was, mein Hund?“ O’Reilly warf einen Blick auf die Uhr. „Weißt du was, Barry? Es ist ja noch nicht so spät. Du gehst schon mal rüber zum Dreckspatz, und ich mache noch einen Spaziergang mit Arthur und komme dann später nach.“

Barry zögerte. „Ich kann doch auch hierbleiben und auf dich warten.“

„Nein, nein, dich erst hier abzuholen dauert mir zu lange. Auf dem Rückweg vom Strand kommen wir doch direkt am Pub vorbei. Dann habe ich Durst auf mein Guinness, und Arthur bekommt sein Smithwick’s Beer, stimmt’s, Arthur?“

Arthur wedelte begeistert mit dem Schwanz.

Dieser blöde Hund versteht Englisch, dachte Barry, jedenfalls wenn es um Bier geht.

„Na los“, befahl O’Reilly, „bei Fuß!“ Damit machten sie sich auf den Weg.

Barry war sich nicht sicher, ob die letzte Bemerkung Arthur gegolten hatte oder ihm selbst, aber jedenfalls lief der Hund links neben O’Reilly und Barry ging auf der anderen Seite neben seinem Chef.

„Wir bleiben ja nicht lange weg“, meinte O’Reilly, „aber ich muss Arthur fit machen. Nächste Woche fängt die Entensaison an.“

O’Reilly und Arthur jagten gern Wildgeflügel, genauso wie Barry es genoss, Forellen zu angeln.

Nachdem sie sich getrennt hatten, ging Barry das kurze Stück zum Schwarzen Schwan, holte tief Luft und stieß die Schwingtüren auf. In der trüben Beleuchtung im Pub konnte er nach dem hellen Tageslicht draußen kaum etwas sehen, aber er nahm wahr, dass das leise Stimmengewirr erstarb, nachdem er eingetreten war. Als seine Augen sich an das Dämmerlicht gewöhnt hatten, konnte er Einzelheiten erkennen, die schwarzen Deckenbalken, den gefliesten Fußboden, die Theke. O'Reilly hatte ihm erzählt, das Gebäude sei 1648 errichtet worden, als Teil einer Poststation.

An der Bar standen zwei Männer, die Barry nicht kannte. Nur im hinteren Teil des Lokals war ein Tisch besetzt, denn in den Nachmittagsstunden arbeiteten die meisten Stammgäste noch. Drei Männer saßen dort in kragenlosen Hemden und Moleskinhosen.

Willy Dunleavy, der Gastwirt, wie immer in seiner geblümten Weste, stand hinter der Bar und trocknete Gläser ab.

Barry ging zur Theke. „Guten Tag, Willy", sagte er.

„Ja", meinte der Wirt, „heiß draußen."

„Das kann man wohl sagen", antwortete Barry und wartete auf die Frage: Was darf's denn sein? Die kam aber nicht. Er holte tief Luft. „Ich rechne damit, dass Dr. O'Reilly auch gleich kommt", sagte er.

„Ach, tatsächlich?"

„Nicht viel Betrieb heute, Willy", sagte Barry.

„Nein."

Dem sonst so gesprächigen Willy Dunleavy eine Antwort zu entlocken schien heute so schwierig zu sein wie Zähneziehen ohne Betäubungsspritze. Barry war warm und er hatte Durst. „Ein Pint Guinness bitte, Willy."

Schweigend hielt der Wirt das Glas unter den Zapfhahn.

Barry legte eine Pfundnote auf die Theke. „Machen Sie doch auch gleich eins für Dr. O'Reilly fertig und ...", er zögerte, „... ein Smithwick's für Arthur."

Willy nickte, nahm den Schein und gab Barry das Wechselgeld zurück. Dabei fiel kein einziges Wort.

Barry trug sein Pint zu einem leeren Tisch und hängte das Jackett über die Stuhllehne. Er trank einen Schluck und lehnte sich nachdenklich zurück. Seine Aktien standen seit Major Fotheringhams plötzlichem Tod nicht mehr gut. O'Reillys Patienten betrachteten ihn mit Misstrauen, seit der Vorfall sich herumgesprochen hatte.

Nicht alle freilich. Er war sich fast sicher, dass er Myrtle MacVeigh mit ihrer Blasenentzündung, Colin Brown mit seinem Schnitt in der Hand und Fergus Finnegan mit seiner Bindehautentzündung hatte helfen können, und Julie MacAteer und Helen aus dem Kleiderladen schienen dankbar für seine Bemühungen gewesen zu sein.

Vermutlich hatte O'Reilly Recht mit seinem Rat, die Zähne zusammenzubeißen und weiterzumachen wie bisher.

Und Patricia? Um ihretwillen wünschte er natürlich, dass sie das Stipendium erhielt, aber was sollte er dann machen? Ehrlicherweise musste er sich eingestehen, dass er sich tief im Innern wünschte, dass Patricia durchfiel und am Queen's College in Belfast blieb. In seiner Nähe.

Er hörte, wie die Tür sich quietschend öffnete. „Tag allerseits." Das war O'Reillys Stimme. Überrascht sah Barry auf. Praktisch niemand reagierte auf den Gruß des Arztes. „Hier drinnen ist ja eine Stimmung wie in einer Leichenhalle", sagte O'Reilly.

„Guten Tag, Dr. O'Reilly", sagte Willy leise. „Ich zapfe Ihnen gerade ein Bier."

„Schön!", dröhnte O'Reilly. „Ich habe einen Mordsdurst!"

Barry spürte, wie etwas gegen sein Bein klopfte. Arthur stand neben dem Tisch und wedelte, als wolle er Barry mit seinem Schwanz totschlagen. „Für Arthur habe ich ein Smithwick's bestellt."

„Das will ich aber auch hoffen! Ist dein Glas schon leer?"

O'Reilly lehnte sich über die Theke. „Willy Dunleavy, du machst ein Gesicht wie eine Bulldogge, die gerade eine Brennnessel abgeleckt hat. Was ist denn los?"

Barry spitzte die Ohren, aber der Barmann hatte die Stimme gesenkt und murmelte O'Reilly etwas ins Ohr. O'Reillys Organ dagegen war nicht zu überhören. „Ach Willy, denk doch mal ein bisschen nach. Das kann er doch gar nicht. Er versucht, dich einzuschüchtern … " Damit griff O'Reilly nach seinem Bier und nach Barrys zweitem Pint und kam zum Tisch herüber. Er knallte Barrys Glas auf den Tisch und setzte sich hin.

Willy erschien mit einer Metallschüssel voll Bier und schob sie unter den Tisch. Arthur warf sich auf den Boden, und Barry hörte, wie er genussvoll zu schlabbern begann.

„Willkommen", sagte Barry.

„Das ist mir ein schönes Willkommen hier. Kein Wunder, dass der Laden halb leer ist", meinte O'Reilly und zog seine Pfeife hervor. „Willy und diese armen Kerle hier sind überzeugt, dass der Weltuntergang bevorsteht. Erinnerst du dich, wie Helen gesagt hat, Mary mache sich Sorgen, dass jemand den Pub übernehmen will?"

„Ja. Bishop etwa?"

„Genau der. Willy hat Angst und er hat auch allen Grund dazu." O'Reilly steckte sich seine Pfeife an. „Was weißt du über Grundbesitz?"

„Nicht viel“, antwortete Barry.

„Es geht um das Land, verstehst du? In Irland kannst du den Lehmklumpen kaufen, auf dem dein Haus steht. Man nennt das dann Grundbesitz. Doch die meisten Hausbesitzer bezahlen Pacht an jemanden, dem das Land gehört. Das ist dann ein Pachtgrundstück. Viele Pachtverträge gehen über lange Zeit. Das Grundstück, auf dem der Dreckspatz steht, ist für neunundneunzig Jahre verpachtet.“

„Das ist wirklich eine lange Zeit.“

„Ja, aber …“ O’Reilly nahm noch einen Schluck. „Willy hat einen Vertrag übernommen, der 1865 abgeschlossen wurde. Er läuft nächsten Monat aus.“

„Bestimmt kann er ihn verlängern?“

„Das sollte man annehmen, aber dreimal darfst du raten, wem das Grundstück gehört.“

„Bishop?“

„Keinem anderen, und weißt du, was er vorhat?“

„Er will den Pub übernehmen?“

„Schlimmer noch: Er will das Haus entkernen lassen …“ O’Reilly schlug mit der Faust auf den Tisch. „Wir müssen das verhindern, sonst sind die Einheimischen ihren Pub los.“ Er blickte um sich. „Der Dreckspatz … ach Gott, Barry, so banal das klingt, aber der Dreckspatz ist doch das Herz von Ballybucklebo.“

„Das ist überhaupt nicht banal. Warum will er das denn machen?“

„Erinnerst du dich an den Bus voller Amis, den wir vorhin gesehen haben? Bishop will mit den Touristen Geschäfte machen. Ich sehe es schon vor mir. Draußen ein großes Neonschild, auf dem in nachgemachter keltischer Schrift MOTHER MACREE’S OLDE IRISH SHEBEEN draufsteht, und vor der Tür sitzt vielleicht Donal Donnelly als Wichtel verkleidet.“

Bei dieser Vorstellung musste Barry trotz der ernsten Situation lachen.

„Komm, trink aus“, knurrte O’Reilly. „Zeit, dass wir nach Hause kommen. Als würde es nicht schon reichen, dass wir uns um die Kranken kümmern, jetzt müssen wir auch noch eine Unterkunft für Sonny suchen. Und dann müssen wir sehen, ob wir Helen helfen können, einen anderen Job zu finden. Und unbedingt etwas wegen Bishop und dem Dreckspatz unternehmen.“

„Und als Zugabe laufen wir beide dann übers Wasser, ja?“

Jetzt lachte O’Reilly. „Wohl kaum.“ Er stand auf. „Bei Fuß, Arthur!“, rief er.

6
Von Zeit zu Zeit seh ich den Alten gern

Barry wartete auf eine Lücke im stetig fließenden Verkehr und bog dann mit seinem alten Käfer auf das Gelände des Royal Victoria Hospital ein.

Wie am Vortag beschlossen, sollte Barry sich bei Professor Faulkner wegen Florence Bishops vermuteter Myasthenia gravis Rat holen. Außerdem wollte er die Gelegenheit nutzen und seinen alten Freund Jack Mills besuchen, der ebenso wie O'Reilly begeisterter Rugbyspieler war. Barry hatte Jack angerufen und sie hatten sich zum Mittagessen in der Cafeteria des Krankenhauses verabredet. Er freute sich auf das Wiedersehen.

Barry fuhr in eine freie Parklücke, stieg aus und begab sich zum Hintereingang des Royal Victoria Hospital, wo er dreieinhalb Jahre als Student und Assistenzarzt verbracht hatte.

Rasch überquerte er die Rasenfläche und betrat das Gebäude durch den Kellereingang, ging an der Cafeteria vorbei, stieg eine Treppe hinauf und gelangte auf den Hauptkorridor.

Scharen von Krankenschwestern in blauen und roten Uniformen, Laboranten in weißen Kitteln, Putzfrauen in karierten Kitteln und Pförtner in braunen Mänteln gingen ihrer Arbeit nach. Ärzte in langen weißen Kitteln und Medizinstudenten in weißen Jacken hasteten zielstrebig an Barry vorbei. An der Kleidung der Menschen ließ sich genau ablesen, wo sie im Kastensystem des Krankenhauses ihren Platz hatten.

Barry musste zur Station 22, und der Weg dorthin war ihm noch sehr vertraut. Im Schwesternzimmer traf er die Sekretärin an – eine zierliche junge Brünette, deren Haar schimmernd über ihren Rücken fiel. Sie blickte auf und lächelte ihn an. „Horch, wer kommt von draußen rein", sagte sie erfreut. „Was führt dich denn her, Barry?"

„Wie geht's, Mandy? Ich muss unbedingt den Prof sprechen."

Mandy verdrehte die Augen. „Kennst du das Gleichnis vom Kamel und der Nadel?"

Barry lachte. „Eher geht ein Kamel durch ein Nadelöhr …"

„… als dass jemand den großen Mann zu sehen kriegt."

Barry wusste, dass die Ärzte und das gesamte Pflegepersonal strammstanden für den Hohepriester der Neurologie, den eher klein gewachsenen Professor Malcolm Faulkner, Doktor der Medizin und Professor für

Neurologie an der Queen's University in Belfast. Der Mann war kahl wie eine Billardkugel, trug stets einen Schlips mit Punkten und einen langen weißen Kittel.

„Keine Sorge", sagte Mandy. „Er ist heute gut gelaunt. Ich halte ihn für dich fest, bevor er geht."

„Danke, Mandy." Ihm fiel ein, dass er Bishop etwas versprochen hatte. „Und könntest du vielleicht einer Patientin von mir ganz bald einen Termin bei ihm besorgen?"

„Ich kann's versuchen. Wie dringend ist es denn?"

„Es geht um die Frau, wegen der ich ihn etwas fragen möchte. Wenn meine Vermutung richtig ist, dann braucht sie vielleicht gar nicht herzukommen, denn dann kann ich sie bei uns in der Praxis behandeln. Aber wenn ich falschliege …"

„Weißt du was?", schlug sie vor. „Warte doch erst mal ab. Wenn deine Patientin keinen Termin braucht, bist du die Sorge los. Und wenn doch, dann rufst du mich an, und ich schiebe sie ein, wenn jemand absagt."

„Danke, Mandy."

„Geh rüber ins Stationsbüro. Ich sage ihm, dass du auf ihn wartest."

„Noch mal vielen Dank, Mandy. Ich bin dir einen Gefallen schuldig."

Barry betrat das kleine Büro, schloss die Tür und wartete. Als die Tür endlich aufging, trat Professor Faulkner ein, begleitet von seinem Assistenten Dr. Bereen. „Laverty. Mandy sagt, Sie wollen mich sprechen." Der Professor sprach mit dem Akzent der englischen Oberschicht.

„Es dauert … wenn Sie … bloß eine Minute … es geht ganz schnell, Sir", stammelte er.

„Ich hab auch nur eine Minute Zeit. Hab gleich eine eminent wichtige Besprechung mit dem Dekan."

In aller Eile beschrieb Barry Mrs Bishops Symptome und die Untersuchungsergebnisse. „Ich glaube, sie hat Myasthenia gravis."

„Und Sie sind sicher, dass die Symptome nicht Folge eines karzinomatösen Geschehens oder einer Schilddrüsenerkrankung sind?"

„Krebs konnten wir mit ziemlicher Sicherheit ausschließen, und die Schilddrüsenhormone untersuchen wir bei ihrem nächsten Besuch in der Praxis, Sir."

„Sieht so aus, als wäre bei Ihnen etwas von meinem Unterricht hängen geblieben." Professor Faulkner zog die Brauen hoch. „Hmmm. Ja", sagte er gedehnt. „Das könnte tatsächlich eine primäre Myasthenie sein. Sie hatten eine Frage. Fragen Sie."

„Als ich Student war, haben Sie uns einen einfachen Test gelehrt, der die Diagnose bestätigen kann, Sir."

„Sagen Sie's ihm, Bereen."

Bereen hatte die Antwort sofort parat. „Sie injizieren intramuskulär 2,5 Milligramm Neostigmin zusammen mit einem Milligramm Atropin, um eine Bauchkolik zu verhindern. Nach etwa zwanzig bis dreißig Minuten nimmt die Muskelkraft auffallend zu."

„Danke, Dr. Bereen", sagte Barry.

„Ist das alles, Laverty?" Der Professor öffnete die Tür.

„Ja, danke sehr. Die Behandlung der Krankheit ist mir bekannt", antwortete Barry förmlich.

„Das will ich auch hoffen." Der Professor rauschte aus dem Zimmer. „Ich habe beim Dekan zu tun", sagte er noch zu Bereen. „Kümmern Sie sich um meine ambulanten Patienten." Die Antwort wartete er gar nicht ab.

„Lieber Himmel", sagte Dr. Bereen und entspannte sich. „Zum Glück muss ich nur noch einen Monat bei ihm abdienen."

„Mein Beileid", meinte Barry. „Mein Chef ist ganz anders." So unvorhersehbar O'Reillys Ausbrüche auch waren, niemals hatte Barry erlebt, dass er sich irgendeinem Lebewesen gegenüber herablassend verhielt, Arthur Guinness und Lady Macbeth eingeschlossen. „Danke für Ihre Hilfe, und noch dankbarer wäre ich Ihnen, wenn Sie mir jetzt auch noch erklären könnten, wie man die Myasthenie behandelt."

Bereen lachte. „Ich hatte eben den Eindruck, Sie wüssten Bescheid!"

„Das sollte auch so wirken, aber es war geschwindelt."

Bereen ließ sich auf einen Stuhl fallen, nahm ein Blatt Papier vom Schreibtisch und kritzelte drauflos. Dann reichte er Barry den Bogen. „Hier, Kollege. Der Test und die Behandlung. Viel Glück mit Ihrer Patientin."

„Schönen Dank noch mal, und Ihnen viel Glück mit dem Prof."

DIE SCHLANGE in der Cafeteria war kurz. Barry nahm sich ein Käsesandwich und eine Tasse Kaffee und trug sein Tablett zu einem leeren Tisch. Wie oft hatte er hier gesessen und schnell etwas heruntergeschlungen.

Während er jetzt bedächtig kaute, horchte er auf das Stimmengewirr und das Klappern des Bestecks. Dann sah er, wie Jack Mills, groß, mit breiten Schultern und im unvermeidlichen weißen Kittel, von der Theke mit einem Tablett zu seinem Tisch eilte.

Jack knallte sein Tablett auf den Tisch und setzte sich. „Dr. Livingstone, nehme ich an?"

„Schön, dich zu sehen, Jack." Barry fiel auf, dass Jack blass aussah und dunkle Augenringe hatte.

Jack gähnte und schob sich einen Löffel Irish Stew in den Mund. „Und wie springt das Leben im finsteren Ballybucklebo mit dir um?"

Jack war der einzige Mensch, vor dem Barry keine Geheimnisse hatte, seit sie zusammen auf dem Campbell College zur Schule gegangen waren und dann als Medizinstudenten die Bude geteilt hatten. „Könnte besser sein", antwortete Barry.

„Aber schlechter als einem Chirurgen in der Facharztausbildung kann's dir auch nicht gehen. Schlafen ist offenbar nur etwas für die oberen Klassen."

„Du Ärmster! Aber du musst zugeben, dass du dir die Chirurgie selbst ausgesucht hast."

„Wenn an der Reinkarnationstheorie irgendwas dran ist, komme ich nächstes Mal als Galeerensklave wieder. Ist bestimmt weniger anstrengend. Drei Blinddärme letzte Nacht und dazu ein perforiertes Zwölffingerdarmgeschwür. Und ich glaube nicht, dass der Ulcus durchkommt."

„Belastet dich das denn nicht?"

Jack schüttelte den Kopf. „Nee. Wir passen schon auf, dass wir den Patienten nicht zu nahe kommen. Manche beißen eben ins Gras. So ist das im Leben."

„So wie einer meiner Patienten."

„Und?"

„Auf dem Dorf ist das was anderes. Da kennst du die Leute, und dass ich einen Patienten verloren habe, hat meinem Ruf ziemlich geschadet." Barry schilderte ihm kurz die Krankengeschichte des Majors. „Und jetzt warten wir auf das Obduktionsergebnis."

„Und du hoffst, dass es irgendwas anderes war, was ihn zur Strecke gebracht hat?"

„Ja, aber das rauszufinden dauert ewig."

„Hilfe naht", sagte Jack. „Entschuldige mal eben." Er stand auf.

Barry blickte seinem Freund nach, wie er an einigen Tischen vorbeiging, stehen blieb, etwas sagte und dann in Begleitung eines jungen Mannes zurückkehrte, dessen schlohweißes Haar ihn älter machte, als er tatsächlich war.

„Du erinnerst dich an Harry Sloan?", fragte Jack.

„Hallo Harry. Wie geht's?"

„Mmh … ja, ganz gut, ja."

Barry fiel wieder ein, dass Harry die Angewohnheit hatte, vielen seiner Bemerkungen dieses „Mmh … ja“ vorauszuschicken.

„Harry ist angehender Pathologe. Rein zufällig hat er diese Woche in der Leichenhalle Dienst und assistiert bei den Autopsien.“ Jack gähnte. „Barry möchte etwas über einen deiner Kunden wissen.“

„Um wen geht es denn?“

„Um einen Major Fotheringham. Vor zwei Wochen ist bei ihm ein Hirnaneurysma operiert worden, und letzten Sonntagabend ist er plötzlich gestorben“, erklärte Barry.

„Mmh … ja, den haben wir gestern obduziert.“

Barry hielt den Atem an.

„Aber außer der Operation im Gehirn haben wir nichts gefunden, und die sah gut aus. Keine Anzeichen für weitere Blutungen.“

In Barry keimte Hoffnung auf. „Und sonst war nichts?“

„Nein.“ Harry schüttelte den Kopf. „Aber das waren nur die makroskopischen Ergebnisse. Wir müssen den histologischen Befund abwarten.“

Barry wusste, was das bedeutete: Alle lebenswichtigen Organe würden in Formalin konserviert werden, und von repräsentativen Proben würde man Schnitte anfertigen, dünner als Seidenpapier, sie auf Objektträger aufbringen, einfärben und unter dem Mikroskop untersuchen. „Wie lange wird das dauern?“

Harry zog die Brauen zusammen: „Mmh … ja … ’n paar Wochen.“

„Ach herrje“, sagte Barry. „Danke.“

„Barry macht sich große Sorgen“, erklärte Jack.

„Ich will dir ja keine falschen Hoffnungen machen“, meinte Harry, „aber alle Jubeljahre einmal hat jemand einen schweren Herzinfarkt …“

„Aber würde sich das nicht an Blutgerinnseln und einer sichtbaren Schädigung des Herzmuskels zeigen?“, fragte Barry.

„Sollte man meinen, dem ist aber nicht so. Wenn der Patient stirbt … Mmh … ja … direkt danach können wir eigentlich gar nichts sehen.“

„Aber unter dem Mikroskop würde man es dann erkennen?“

„Na klar.“ Harrys Miene schien sich aufzuhellen. „Sobald die Schnitte fertig sind, guck ich sie mir an, und wenn ich glaube, dass ich was gefunden habe, bitte ich einen von den älteren Kollegen, einen Blick draufzuwerfen. Hast du eine Telefonnummer?“

„Hier.“ Barry zog ein kleines Notizbuch aus einer Innentasche und schrieb O’Reillys Nummer auf.

Harry wandte sich zum Gehen. „Ich melde mich.“

Jack schob seinen Stuhl zurück. „Weißt du, Laverty, manchmal machst du dir zu viele Gedanken. Wenn du wirklich in deinem Ballybucklebo bleiben willst …“

„Was das Berufliche angeht, auf jeden Fall.“

„O’Reilly wird dich unterstützen.“

„Das hoffe ich – aber da ist noch was.“

„Doch nicht zufällig eine gewisse schwarzhaarige, mandeläugige Patricia?“

Barry nickte. „Sie geht vielleicht nach England. Sie bemüht sich gerade um ein Stipendium für Cambridge. Da wäre sie mit einer Menge ausgesprochen heller Köpfe zusammen. In der Mehrzahl Männer.“

„Ich zögere ja, dir das vorzuschlagen, mein Söhnchen, aber wenn es dir wirklich so ernst ist mit ihr, dann mach ihr doch einen Heiratsantrag. Wenn die Süße einen Verlobungsring trägt, sagt sie damit: ‚Privatbesitz. Finger weg.‘“

„Daran hatte ich noch gar nicht gedacht …“, antwortete Barry nachdenklich.

DIE TRÄGE SONNE schien immer noch durch die Erkerfenster und warf ein sanftes Licht in die Wohnstube. Sie ließ sich alle Zeit der Welt, um schließlich hinter den fernen Bergen von Antrim zu versinken. O’Reilly saß in seinem Sessel. Er hatte sein Jackett abgelegt, den Schlips gelockert und las einen James-Bond-Roman: „Liebesgrüße aus Moskau“.

Lady Macbeth schlief eingerollt auf dem Kaminvorleger, die Nase unter dem Schwanz. Ein Bild häuslichen Friedens, dachte Barry. „’n Abend, Fingal.“

„Willkommen zu Hause.“ O’Reilly legte sein Buch auf den Beistelltisch. „Du kommst genau richtig. Kinky bringt gleich den Tee.“

Barry setzte sich in den anderen Lehnsessel.

„Ich habe mit Professor Faulkner gesprochen“, bemerkte er.

„Zweifellos ein seltenes Vergnügen.“

„Du kennst ihn?“

O’Reilly nickte. „Allerdings. Er war auf einem unbedeutenden Internat und hat sich da seinen schicken Akzent zugelegt. Klingt, als hätte er Murmeln im Mund, aber eigentlich ist er ein Junge vom Land, aus County Antrim. Er war in meinem Jahrgang am Trinity College in Dublin. Hat er dir hilfreiche Tipps für Florence Bishop gegeben?“

„Sein Assistenzarzt hat mir alles erklärt, was ich wissen wollte.“

O'Reilly lachte. „Das ist typisch. Die jungen Ärzte machen die ganze Arbeit."

Die Tür öffnete sich und Kinky kam mit einem Teetablett herein. Sie hob den Deckel von einer kleinen Kuchenplatte.

„Ich hoffe, mein Kirschkuchen schmeckt Ihnen, und trinken Sie Ihren Tee, bevor er kalt wird." Damit verschwand sie wieder.

„Jetzt lass hören, was du im Royal erfahren hast", sagte O'Reilly.

Barry kramte in seiner Tasche und zog den Zettel hervor, den Dr. Bereen ihm geschrieben hatte. Er reichte ihn O'Reilly, der ihn mit gerunzelter Stirn las. „Interessant", meinte er. „Ist jedenfalls einen Versuch wert."

„Ich frage mich", bemerkte Barry, „ob wir Mrs Bishop nicht gleich für morgen bestellen sollten. Je schneller wir ein Ergebnis haben, desto besser."

O'Reilly hob eine Augenbraue. „Besser für wen?"

„Na ja …" Barry verstand die Frage durchaus. O'Reilly wollte wissen, ob Barry mehr an dem Beweis gelegen war, dass er die richtige Diagnose gestellt hatte, oder ob er seiner Patientin helfen wollte. „Für die Patientin", sagte Barry mit Nachdruck.

„Gut", meinte O'Reilly, „ich hatte gehofft, dass du das sagen würdest."

„Und noch etwas: Wenn wir Mrs Bishop tatsächlich helfen, dann könnte ihr Mann vielleicht das Gefühl kriegen, dass er uns … na ja, ein kleines bisschen Dank schuldig ist."

„Und die Finger vom Dreckspatz lassen?" O'Reilly trank seinen Tee aus. „Da könntest du Recht haben. Es ist einen Versuch wert." Er erhob sich. „Lass uns darüber nachdenken. Wir bestellen Florence für Freitag. Vorschnelles Handeln führt zu nichts. Geduld ist eine Tugend."

Barry seufzte. „Also gut. Dann warte ich ab."

AM FREITAGMORGEN verschwand O'Reilly gleich im Behandlungsraum, während Barry den ersten Patienten aus dem Wartezimmer holte. Am Donnerstag war die Arbeit leicht gewesen, doch heute war Barry ein wenig nervös, weil er heute erfahren würde, wie es den Patienten ging, die er Anfang der Woche behandelt hatte.

Er öffnete die Tür zum Wartezimmer. Nur neun oder zehn Patienten, und Councillor Bishop und seine Frau waren nicht dabei. Barry war erstaunt. Hatten sie beschlossen, ihn nicht wieder aufzusuchen?

„Morgen, Doc." Fergus Finnegan erhob sich, nahm die Mütze ab und kam zur Tür. „Bin der Erste", sagte er.

Barry folgte Fergus. Heute Morgen schritt der kleine Mann schwungvoller aus. „Diese goldene Salbe ist ja eine Wucht“, meinte er auf dem Weg in den Behandlungsraum. „Morgen, Dr. O’Reilly.“

„Fergus, wie geht’s?“

„Prima. Ihr Kollege hier, der Dr. Laverty, hat mir was richtig Gutes verordnet, ja.“ Er lächelte.

Auch Barry lächelte, als er die Tür schloss. „Das Auge ist besser?“, fragte er. „Lassen Sie mal sehen.“ Er führte Fergus zum Erkerfenster hinüber. „Das Licht tut Ihnen nicht mehr weh?“

„Kein bisschen.“

Die Bindehaut war sauber und glänzte. Das Penizillin hatte die Entzündung vertrieben. „Sieht gut aus“, stellte Barry fest.

O’Reilly hüstelte. „In diesem Fall schuldest du mir wohl ein Pfund, Fergus.“

„Da haben Sie Recht, Sir.“ Immer noch lächelnd, zog Fergus eine Pfundnote aus der Hosentasche. „Bitte schön.“

Barry hatte die Wette ganz vergessen. Er sah den Jockey zwinkern. „Und ich hab noch mehr für Sie beide“, sagte er. „Kommen Sie morgen zum Rennen?“

„Auf jeden Fall“, erklärte O’Reilly, „das will ich keineswegs verpassen.“

„Dann schauen Sie vor dem dritten Rennen doch mal am Sattelplatz vorbei. Ich kann Ihnen einen Tipp geben. In dem Rennen reite ich nämlich selbst mit.“

„Also bis dann“, meinte O’Reilly.

Fergus wandte sich an Barry. „Vielen Dank, Doc. Sie haben mir sehr geholfen. Das werde ich Ihnen nicht vergessen.“

„War mir ein Vergnügen“, sagte Barry und meinte es auch so.

Die nächsten Patienten waren Mrs Brown und Colin. Nachdem Barry die beiden aus dem Wartezimmer geholt hatte, stellte er überrascht fest, dass O’Reilly nicht mehr im Behandlungszimmer war.

Ohne Zwischenfall zog Barry die Fäden aus den vier Stichen in Colins Hand. Erst als er fertig war, erschien O’Reilly in der Tür und strich Colin zum Abschied übers Haar.

„Tut mir leid, dass ich eben nicht hier war. Aber Kinky hat mich ans Telefon gerufen. Bertie Bishop war dran“, sagte O’Reilly, als Colin und seine Mutter gegangen waren. „Anscheinend haben er und die gnädige Frau heute Vormittag so viel zu tun, dass sie nicht herkommen können. Ob es nicht auch am Nachmittag ginge.“

Barry sagte nichts dazu. Wenn sein Chef eingewilligt hatte, hatte er seine erste Regel für den Umgang mit Patienten verletzt: er ließ sich von Bishop auf der Nase herumtanzen.

„Ich habe ihnen gesagt, sie sollen um halb zwei hier sein." O'Reilly ließ sich in seinen Drehsessel fallen. „Und bevor du jetzt denkst, dass ich auf meine alten Tage nachgiebig werde, muss ich dir sagen, dass mir das prima passt. Ich bin auf das Testergebnis genauso gespannt wie du. Und jetzt hol den nächsten Patienten …"

Barry kam mit einem Fremden zurück, einem hochgewachsenen dünnen Mann mit makellos gebürstetem Silberhaar, wassergrauen Augen, schmaler Nase, gestutztem silbernem Schnauzbart und fliehendem Kinn. Er trug auf Hochglanz polierte schwarze Schuhe und einen teuren dreiteiligen Anzug mit einem gestreiften Schlips. Barry war sich ziemlich sicher, dass es die Farben eines Garderegiments waren.

„O'Reilly?", fragte der Mann. „Ich bin Hauptmann O'Brien-Kelly von den Grenadier Guards." Sein Akzent wies ihn als Angehörigen einer Gruppierung der englischen Oberschicht aus, die ein sehr altmodisches Englisch pflegte. „Ich werde mich eine Weile hier aufhalten, als Gast Seiner Lordschaft, des Marquis. Sein Sohn ist mein Untergebener."

„Und haben Sie's bequem in dem großen Haus?", erkundigte sich O'Reilly.

„Ich wohne im Torhaus. Ganz gemütlich. Werde einige Tage Fasanen jagen, ein bisschen fischen, und während meines Aufenthaltes hier könnte der Fall eintreten, dass ich ärztlichen Beistand brauche. Seine Lordschaft hat mir versichert, Sie seien durchaus qualifiziert."

„Ich bin bloß ein einfacher Landarzt", brummte O'Reilly. „Wie mein Kollege hier, Dr. Laverty."

„In der Not frisst der Teufel Fliegen."

„Ja, so sagt man." O'Reillys Nasenspitze wies einen Anflug von Blässe auf. Er schaute auf seine Armbanduhr. „So, Herr Hauptmann, nun wäre ich Ihnen sehr verbunden, wenn Sie mir mitteilen würden, was Ihnen fehlt."

„Bin gesund wie ein Fisch im Wasser. Wollte Sie nur kennen lernen. Für alle Fälle. Man weiß ja nie."

O'Reilly erhob sich. „Und das ist alles?"

„Ganz richtig. War nett, Ihre Bekanntschaft zu machen, junger Mann", sagte der Hauptmann zu Barry.

O'Reilly hielt ihm die Tür auf. „Interessieren Sie sich zufällig für Pferderennen?", fragte er, als der Mann schon in der Tür stand.

„Pferderennen? Den Sport der Könige? Das darf ich wohl sagen. Dieser Ire, dieser Arkle, macht sich ja erstaunlich gut.“

„Unser Wundertier? Ja, richtig“, erwiderte O’Reilly. „Ein Sportsmann wie Sie hätte vielleicht Lust, bei unserem Renntag morgen mal vorbeizuschauen.“

„Sicher recht amüsant, so eine Veranstaltung auf dem Lande.“ Und damit ging er.

„Und winke, winke“, murmelte O’Reilly ihm hinterher, doch Barry bekam keine Chance, sich dazu zu äußern, denn O’Reilly ging gleich zur Tagesordnung über.

„Wir haben noch Patienten, Barry. Danach Mittagessen, dann kommen die Bishops, vielleicht hat Kinky für heute Nachmittag was auf der Liste, und zu Myrtle MacVeigh müssen wir auch noch.“

„Ich hole den nächsten Patienten“, sagte Barry, „aber vorher noch eine Frage: Warum warst du so höflich zu ihm? Und hast ihn zum Rennen eingeladen?“

„Ach“, meinte O’Reilly, „das wird bestimmt ein schöner Tag für ihn. Der Hauptmann müsste sich eigentlich ganz prächtig mit Donal Donnelly verstehen. Immerhin sind sie beide große Fans von unserem Wunderpferd Arkle.“

7

Ein Hut für eine Königin

O’Reilly warf einen grimmigen Blick auf die Salatschüssel, die Mrs Kincaid auf den Esstisch gestellt hatte. „Soll das alles sein?“, fragte er.

„Aber ja doch“, erwiderte sie. „Salat hat viele Vitamine und ist sehr, sehr sättigend.“ Sie warf einen Blick auf O’Reillys runden Bauch. „Er wird Ihnen richtig guttun und außerdem für Regelmäßigkeit sorgen.“

„Mrs Kincaid“, knurrte O’Reilly, „ich glaube kaum, dass mein Stuhlgang in Ihren Zuständigkeitsbereich fällt.“

Kinky zog einen Schmollmund und wandte sich an Barry. „Ich habe Ihre Cordhose geflickt.“

„Danke, Kinky.“

„Heute Nachmittag müssen Sie zu Myrtle“, erklärte die Haushälterin.

„Und das ist alles?“, fragte O’Reilly.

„Nein, ich hab noch ein halbes Dutzend hier auf dem Zettel als Überraschung für Sie.“

„Nichts für ungut, Kinky“, brummte O’Reilly. „Der Salat ist lecker.“

„Hm.“ Sie verschwand wieder in der Küche.

O’Reilly spießte ein Salatblatt auf seine Gabel. „Kaninchenfutter“, knurrte er.

Barry zerschnitt ein hart gekochtes Ei. „Ich glaube, ihr hat nicht gepasst, dass du sie in ihre Schranken verwiesen hast. Sie macht sich Sorgen um dich, weißt du …“

„Mmmh.“ O’Reilly schob ein Salatblatt auf seinem Teller herum. „Vielleicht sollten wir ihr ein Friedensangebot machen?“

„Sie geht doch zu Maggies Hochzeit, oder?“

„Mit Sicherheit.“

„Ob sie sich wohl über einen neuen Hut freuen würde?“

„Gute Idee.“

„Wir könnten bei Miss Moloney hineinschauen, mal gucken, was sie so hat … und sehen, wie es Helen geht.“

„Prima. Vielleicht am späteren Nachmittag.“ O’Reilly widmete sich seinem Salat.

Kurze Zeit später klingelte es. „Das werden die Bishops sein“, meinte O’Reilly mit einem Blick auf die Uhr. „Deine Patienten. Ich gucke zu.“

„Also gut.“ Barry stand auf und ging hinüber ins Behandlungszimmer, wo Mr und Mrs Bishop sich bereits auf den Holzstühlen niedergelassen hatten. „Guten Tag“, sagte er. „Wie geht’s Ihnen, Mrs Bishop?“

„Wie soll’s ihr gehen?“, fragte Bishop. „Sie haben doch noch gar nichts für sie getan.“

„Stimmt nicht ganz, Mr Bishop. Ich habe mich mit einem Kollegen beraten. Er hält meine Diagnose möglicherweise für richtig. Könnten Sie bitte aufstehen, Mrs Bishop?“

Schwerfällig erhob sie sich.

„So“, sagte Barry, „ich möchte gern, dass Sie jetzt so oft, wie Sie können, einen Arm heben. Genau so wie beim letzten Mal.“

Nach ein paar Versuchen gab Mrs Bishop sich geschlagen.

„Ich gebe Ihnen jetzt zwei Spritzen“, sagte Barry, „aber erst müssen Sie wieder zu Atem kommen.“

Barry bereitete die Spritzen mit dem Neostigmin und dem Atropin vor. Dann half er Mrs Bishop auf die Untersuchungsliege, zog den Paravent davor und verabreichte ihr die beiden Spritzen.

„Vielleicht möchten Sie sich ein bisschen auf der Liege ausruhen?“

„Gern, Herr Doktor.“

Barry schob den Paravent zur Seite. „So“, sagte er, „wir müssen jetzt dreißig Minuten warten, bis das Medikament wirkt.“

„Wie lange?“ Bishop sprang auf die Füße.

„Eine halbe Stunde“, sagte Barry freundlich. Nein, er ließ sich nicht auf der Nase herumtanzen.

„Machen Sie es sich gemütlich“, sagte O’Reilly. „Dr. Laverty und ich müssen uns um einen Notfall kümmern, aber wir sind beizeiten zurück.“

Barry runzelte die Stirn. Ein Notfall? Er folgte O’Reilly aus dem Raum und schloss die Tür. „Was ist denn jetzt so dringend, Fingal?“

„Ich hatte vergessen, dass heute Abend im Fernsehen ein Rugbyspiel übertragen wird. Wenn wir jetzt sofort zu Miss Moloney laufen, sind wir gleich wieder für die Bishops da, dann flitzen wir zu Myrtle und sind rechtzeitig zum Spiel zurück.“

„Also los!“

Gemeinsam gingen sie die Main Street entlang und bogen nach links in die Ortsmitte ab. Barry fiel auf, dass einige Ulmen auf den Ballybucklebo Hills schon ein paar braune Blätter hatten. Der Herbst nahte.

Er folgte seinem Vorgesetzten an den Geschäften vorbei, bis sie zu einer schmalen rot gestrichenen Tür kamen. Im Ladenfenster daneben standen zwei Schaufensterpuppen in geblümten Röcken und Pullovern. Auf gläsernen Regalen waren Hüte ausgestellt. BALLYBUCKLEBO-BOUTIQUE stand auf dem Schild über der Tür. Als O’Reilly eintrat, bimmelte die Türglocke.

Eine spindeldürre Frau mittleren Alters kam sofort auf sie zugestürzt. Sie hatte ihr grau meliertes Haar zu einem strengen Knoten aufgesteckt, und ihre schmalen Lippen waren zu einem Lächeln verzogen. „Dr. O’Reilly. Was für eine Freude. Und Sie sind sicher der junge Dr. Laverty, nicht wahr? Wie kann ich den Herren behilflich sein?“

„Ein Hut“, sagte O’Reilly, „für Mrs Kincaid.“

„Da hab ich genau das Richtige.“ Aufgeregt drehte sie sich um und kreischte mit einer Stimme, die eine Sardinendose hätte öffnen können: „Helen … bring die blaue Schachtel her!“ Mit ihrem gekünstelten Lächeln wandte sie sich wieder an O’Reilly. „Meine Verkäuferin ist ein bisschen unbedarft. Helennn!!“, rief sie noch lauter.

Mit einer blauen Hutschachtel kam Helen durch den Bogen mit dem Perlenvorhang, der ins Hinterzimmer führte.

„Die doch nicht, du dummes Huhn! Die dunkelblaue! Ts-ts-ts. Tut mir leid, dass ich Sie warten lassen muss, Doktor."

Barry bemerkte gleich, dass Helen immer noch eine langärmelige Bluse, einen langen Rock und weiße Baumwollhandschuhe trug. Es sah nicht so aus, als hätte die Cortisonsalbe gewirkt. Einen Moment später war sie wieder da, diesmal mit einer dunkelblauen Hutschachtel.

Helen warf Barry einen Blick zu und stellte die Schachtel auf die Glasplatte des Verkaufstresens.

„Jetzt steh nicht rum, öffne die Schachtel!"

„Ja, Miss Moloney." Helen hob den Deckel ab, zog eine Handvoll Seidenpapier heraus und legte dann den Hut auf den Tresen.

Er war smaragdgrün und hatte die Form eines Herrenhutes mit breiter Krempe, die vorn heruntergebogen und hinten aufgestellt war. Das Hutband war aus grünem Satin in einem dunkleren Farbton.

„Ist der nicht wunderschön?", gurrte Miss Moloney.

„Wirklich schön", stimmte O'Reilly mit ausdrucksloser Miene zu. „Was meinst du, Barry?"

„Es geht ja nicht darum, wie ich den Hut finde, sondern wie Kinky ihn findet", erklärte Barry.

„Entschuldigen Sie bitte", sagte Miss Moloney affektiert, „ich bin überzeugt, dass er Mrs Kincaid sehr gut gefallen wird, ach, was sag ich denn, lieben wird sie den Hut."

„Gut", meinte O'Reilly, „wir nehmen ihn."

„Wunderbar." Ohne Helen eines Blickes zu würdigen, befahl sie: „Einpacken, Helen! Ich mache die Rechnung fertig."

Barry hörte Helen seufzen. „Wie geht's, Helen?"

Sie zuckte die Achseln.

„Bist du immer noch nicht fertig?" Miss Moloney warf Helen einen bösen Blick zu.

„Doch, Miss Moloney."

„Dann steh da nicht rum. Geh ins Hinterzimmer und staple die restlichen Hutschachteln auf."

Helen ging, und wieder lächelte Miss Moloney O'Reilly an. „Hier, Doktor." Sie schob O'Reilly die Hutschachtel hin. „Und das ist Ihre Rechnung."

„Geben Sie beides Dr. Laverty", bestimmte O'Reilly. Bevor Barry protestieren konnte, warf sein Chef ihm einen scharfen Blick zu. „Es war Ihre Idee, Laverty." Er wünschte Miss Moloney einen guten Tag und verließ den Laden.

Während die Glöckchen über der Tür noch läuteten, zückte Barry seine Brieftasche. Er machte sich immer noch Sorgen um Helen. „Entschuldigen Sie, Miss Moloney …"

„Ja?" Sie zog eine Augenbraue hoch. Ihre Stimme war kalt.

„Ich frage mich, ob Sie nicht ein bisschen zu streng mit Helen sind?"

„Wie bitte?"

„Ich meine bloß, Sie …"

„Junger Mann, falls ich jemals in Ihre Praxis kommen und Ihnen erzählen sollte, wie Sie zu arbeiten haben, dann dürfen Sie auch herkommen und mir Vorschriften machen, wie ich mein Geschäft führen soll."

„Ich … ich meine …" Barry sah, wie Helen durch den Perlenvorhang lugte. Ihre Lippen formten ein: „Danke, Doc."

„Guten Tag, Dr. Laverty", zischte Miss Moloney.

Noch im Gehen hörte er die Inhaberin schreien: „Helennn, komm augenblicklich her!"

O'Reilly wartete im Flur auf ihn. „Stell ihn ins Esszimmer." Er deutete mit dem Kopf auf die Hutschachtel. „Wir geben ihn Kinky später."

„Wir? Schließlich habe ich den Hut doch bezahlt", sagte Barry, stellte die Hutschachtel ab und folgte O'Reilly in den Behandlungsraum.

Mr Bishop ging mit schweren Schritten auf und ab. „Sie haben von einer halben Stunde gesprochen. Jetzt sind es schon fünfunddreißig Minuten."

„Wie die Zeit doch verfliegt!", sagte O'Reilly gelassen und setzte sich in seinen Drehsessel.

Barry trat an die Untersuchungsliege. „Können Sie bitte aufstehen?" Er half Florence, sich aufzusetzen und von der Liege zu steigen. „Wie oft können Sie Ihren Arm jetzt heben?", fragte er.

„Nicht schon wieder", knurrte Bishop.

Barry beobachtete, wie Mrs Bishop ihren Arm hob und senkte, mühelos, wie es schien. „Das reicht. Jetzt können Sie aufhören."

„Das ist ein Wunder." Staunend sah sie ihn an. „In Lourdes hätte es mir nicht besser ergehen können."

„Du würdest doch wohl nicht nach Lourdes fahren", sagte Bishop. „Du bist eine gute Protestantin, jawoll. Und jetzt will ich endlich wissen, was Flo hat und ob Sie ihr helfen können."

„Ihre Frau, Mr Bishop", sagte Barry, indem er direkt Mrs Bishop anschaute, „leidet unter der so genannten Myasthenia gravis. Das ist eine krankhafte Muskelschwäche."

Bishop runzelte die Stirn.

„Mrs Bishop, Sie werden Tabletten einnehmen müssen. Eine gleich nach dem Aufstehen und ein bis zwei, wenn Sie sich schwach fühlen. Aber ich verspreche Ihnen, dass Sie ganz schnell wieder auf dem Damm sind."

Sie sah ihn mit großen Augen an. „Ganz ehrlich?", fragte sie.

„Ich verspreche es Ihnen", sagte Barry, „und wenn Dr. O'Reilly mich jetzt an den Rezeptblock lässt ..."

„Natürlich." O'Reilly stand auf und trat einen Schritt zur Seite.

„... dann schreibe ich Ihnen das Medikament auf." Er füllte ein Rezept aus und reichte es Mrs Bishop. „Bitte schön."

„Danke, Dr. Laverty. Ach, wird das schön, wenn ich erst wieder auf den Beinen bin." Barry sah auf ihrer linken Wange eine Träne schimmern. Er legte ihr eine Hand auf die Schulter. „Gern geschehen", sagte er. „Kommen Sie nächste Woche wieder. Ich möchte wissen, was Sie für Fortschritte machen."

„Ja, mach ich."

Bishop marschierte zur Tür. „Na komm, Flo", sagte er.

„Augenblick noch", meinte O'Reilly ruhig, mit einem Blick zu Barry hinüber. „Ich möchte Ihnen noch eine Frage zum Schwarzen Schwan stellen, Mr Bishop."

Der Gemeinderat fuhr herum. Seine Augen wurden schmal. „Was für eine Frage denn?"

„Ein kleines Vögelchen hat mir ins Ohr geflüstert, dass Sie Willy Dunleavys Pachtvertrag nicht verlängern wollen."

„Das geht Sie nichts an, O'Reilly. Sagen Sie Ihrem Vögelchen, es kann mich mal."

Überrascht beobachtete Barry, dass O'Reilly ganz ruhig blieb. „Viele Leute hier im Dorf wünschen sich sehr, dass Sie sich das noch mal überlegen."

„Wünschen kostet nichts. Aber Geschäft ist Geschäft."

„Verstehe", sagte O'Reilly mit einem Seufzer. „Schade." Zum ersten Mal erlebte Barry, dass sein Chef sich geschlagen gab.

„Dr. O'Reilly", mischte Mrs Bishop sich ein, „Bertie hat kein ..."

„Halt den Mund, Flo!", fuhr Bishop seine Gattin an und packte ihre Hand. Einen Moment später schlug die Tür hinter ihnen zu.

„Du hast es immerhin probiert, Fingal", sagte Barry.

„Ja, aber nichts erreicht." O'Reilly schüttelte seufzend den Kopf. „Manchmal denke ich, ich sollte einfach bei der Medizin bleiben, aber ich hänge nun mal an dem verdammten Dorf."

„Ich weiß", sagte Barry leise.

„Wie dem auch sei, ich bin stolz auf dich. Was Florence Bishop angeht, hast du Recht gehabt. Und ich wusste wirklich nicht weiter."

„Danke, Fingal."

„Das Problem ist bloß, ich habe dir zwar versprochen, ich würde dafür sorgen, dass es Wunder für deinen Ruf wirkt, wenn die Diagnose richtig ist, aber solange die beiden Bishops nicht darüber sprechen, darf ich auch nichts sagen."

„Ich weiß. Die Schweigepflicht", sagte Barry. „Das macht nichts. Ich habe jetzt ja ein paar gelungene Behandlungen vorzuweisen. Du hattest Recht, Fingal. Das Beste war, einfach weiterzuarbeiten."

O'Reilly schlug Barry auf die Schulter. „Wir werden sehen", meinte er. „Und immerhin haben wir erreicht, dass Bishop an Sonnys Dach weiterarbeiten lässt. Wir sollten auch für Kleinigkeiten dankbar sein."

Barry hörte das Telefon im Flur klingeln, dann Kinkys Stimme. Die Tür des Behandlungsraums öffnete sich.

„Ja, Kinky?", fragte O'Reilly.

„Das war Myrtle MacVeigh. Sie sagt, Sie brauchen nicht vorbeizukommen, und danke an Dr. Laverty für die Pillen."

Barry wandte sich an O'Reilly. „Sollten wir nicht trotzdem kurz bei ihr reinschauen?"

„Lieber nicht", sagte der. „Wenn wir nicht hinfahren, haben wir vor dem Abendessen noch viel Zeit …" Er warf Kinky einen Blick zu.

„Ich habe gerade Krebsküchlein im Ofen", sagte sie, „und wenn Sie möchten, mache ich noch Pommes frites dazu."

„Das", erklärte O'Reilly mit knurrendem Magen, „wäre einfach nur klasse."

„Und du hättest genug Zeit, dein Rugbyspiel zu sehen", sagte Barry, der sich auf einen faulen Nachmittag freute.

„Und", meinte O'Reilly, „wir könnten Maggie einen Besuch abstatten. Wir gucken mal, wie's dem alten Mädchen so geht, und fragen sie, ob sie vielleicht eine Idee hat, wo Sonny wohnen könnte, bis sein Haus fertig ist."

„Warum nicht?" Barry wandte sich zum Gehen. „Mit deinem Auto oder mit meinem?"

An der Tür von der Küche in den Garten zögerte Barry und ließ O'Reilly vorangehen. Dann trat er in den Garten hinaus. Jemand hatte den Rasen gemäht, das geschnittene Gras duftete. Von Arthur keine Spur. Gut.

O’Reilly stand am offenen Gartentor. „Arthur?“, rief er.

Barry schaute in die Hütte. Leer.

„Das war Turlough. Der Bruder von Donal Donnelly. Ich bringe ihn um.“

„Wieso?“

„Er mäht hier den Rasen. Ich hab ihm tausendmal gesagt, dass er das Tor hinter sich zumachen soll. Jetzt ist Arthur abgehauen. Weiß Gott, was er gerade anstellt. Na ja, ist nicht zu ändern. Er kommt schon wieder, wenn er Hunger kriegt. Und jetzt komm.“

Barry wartete, bis O’Reilly rückwärts aus der Garage herausgefahren war, stieg ein und machte sich auf einen weiteren Kamikaze-Ausflug im Rover gefasst. Schweigend saß er neben seinem Chef, während sie davonbrausten und schließlich mit quietschenden Reifen vor Maggies Häuschen zum Stehen kamen.

Als Barry ausstieg, wurde er von fünf kunterbunt zusammengewürfelten Hunden begrüßt. Sie kläfften, wedelten mit dem Schwanz und wetteiferten um seine Aufmerksamkeit. Maggie saß in einem Liegestuhl auf ihrer Terrasse. Den Strohhut, den sie trug, kannte Barry schon, aber heute hatte sie Grasnelken ins Hutband gesteckt. Mit einem breiten, zahnlosen Grinsen erhob sie sich. Ihr wettergegerbtes Gesicht war von Lachfältchen durchzogen.

„Kannst du die Hunde mal zu dir rufen, Maggie?“

„Ja klar, aber es sind ganz liebe Tiere. Sonst hätte Sonny sie nicht.“ Trotzdem rief sie die Hunde und scheuchte sie durch eine Pforte in den umzäunten Garten hinter ihrem Häuschen. „Und was führt die Herren heute hierher?“ Sie zeigte eine Handbreit über ihren Kopf. „Meine seltsamen Kopfschmerzen sind komplett weg.“

„Freut mich zu hören, Maggie“, sagte O’Reilly. „Wir waren gerade in der Gegend und wollten sichergehen, dass dir nichts fehlt.“

„Mir fehlt überhaupt nichts.“ Sie grinste wieder. „Wie wär’s mit einem Tässchen Tee?“, fragte sie dann.

„Danke, heute nicht, Maggie“, antwortete O’Reilly. Er lehnte sich gegen die Haube des Rovers und zündete seine Pfeife an. „Eigentlich sind wir gekommen, weil wir dich wegen Sonny um Rat fragen wollen.“

„Sonny? Dem geht’s prima. Ich hab ihn gestern besucht. Er lässt Ihnen ein Dankeschön ausrichten. Er wird da im Heim jetzt besser versorgt.“

Nachdem O’Reilly da mal ordentlich Rauch reingelassen hat, dachte Barry.

„Schön“, meinte O’Reilly. „Er erholt sich auch gut, aber ich glaube, wenn wir ihn da rausholen könnten, käme er noch schneller wieder zu Kräften."

„Das wäre gut! Bertie Bishop bringt sein Dach in Ordnung, und nächsten Samstag wollen wir heiraten."

„Ich weiß", sagte O'Reilly, „aber ich würde ihn gern schon vorher da rausholen."

Maggie runzelte die Stirn. „Ich würde den alten Brummbär ja gleich morgen herholen, aber was würden die Leute sagen?"

„Wahrscheinlich nichts Freundliches", mutmaßte O'Reilly, „deswegen wollte ich gern wissen, ob dir vielleicht etwas anderes einfällt."

Maggie schob ihren Strohhut zurück und kratzte sich am Kopf. „Wissen Sie, Dr. O'Reilly, im Moment fällt mir da gar nichts ein." Sie schüttelte den Kopf.

„Dann sind wir also beide ratlos, Maggie." O'Reilly klopfte seine Pfeife aus. „Ich muss einfach noch weiter darüber nachdenken."

O'Reilly parkte den Rover auf dem Feldweg hinter seinem Haus. Barry stieg aus. Kaum hatte er den Garten betreten, da wurde er auch schon von Arthur Guinness' freudigem Gebell begrüßt.

„Wo bist du bloß gewesen, Sir?" O'Reilly sah Arthur böse an, doch statt sich ängstlich zu ducken, trabte der Hund stolz zu seiner Hütte und kehrte mit einem grünen Gummistiefel zurück. Er setzte sich und legte ihn O'Reilly vor die Füße. Wie ein Jagdhund, der perfekt apportiert, dachte Barry.

O'Reilly hob den Stiefel auf. „Wo hast du den denn her?"

„Rawuf!", antwortete Arthur und wedelte mit dem Schwanz.

„Idiot", brummte O'Reilly, „jetzt muss ich nach dem Abendbrot noch mal raus und in der Gegend rumkutschieren, bis ich den zweiten dazu gefunden habe. Ab in die Hütte!"

Und damit marschierte O'Reilly zum Hintereingang und rief Barry über die Schulter zu: „Komm schon, ich hab einen Bärenhunger!"

In der Küche war Mrs Kincaid gerade dabei, auf allen vieren den Fliesenboden zu schrubben. „Wir hatten einen kleinen Unfall."

„Aber nicht meine Krebsküchlein, oder?", fragte O'Reilly besorgt.

„Nein. Aber die Katze …" Sie blies die Backen auf. „Sie hat ein halbes Pfund Butter gefressen, dann hat sie gestöhnt wie ein Zementmischer und alles wieder ausgekotzt, auf meinen sauberen Fußboden." Sie stand langsam auf. „Ich wusste nicht, ob ich sie trösten oder umbringen sollte."

„Hauptsache, sie hat die Krebsküchlein nicht geklaut“, bemerkte O’Reilly.

Kinky schüttelte den Kopf. „Nein. Die sind im Backofen. Jetzt gehen Sie nur, ich habe das Essen gleich fertig.“

O’Reilly trat ins Esszimmer. Er nahm die Hutschachtel von dem Stuhl, auf dem Barry sie deponiert hatte. „Ich glaube“, sagte er und reichte Barry die Schachtel, „der Zeitpunkt für ein Versöhnungsgeschenk könnte nicht besser sein.“

„Hoffentlich. Ich habe es viel lieber, wenn Kinky vergnügt ist.“

„Ach, tatsächlich?“ Kinky brachte zwei Teller herein, beide mit je vier Krebsküchlein und einem Berg Pommes frites beladen. „Hier“, sagte sie und setzte den beiden Männern das Essen vor. Doch anstatt zuzugreifen, stand Barry auf.

„Stimmt was nicht mit Ihrem Essen?“ Kinky verschränkte die Arme.

„Aber nein, Kinky.“ Barry übergab ihr die Hutschachtel. „Ich, das heißt, Dr. O’Reilly und ich haben hier eine Kleinigkeit für Sie.“

„Warum das denn? Ich habe doch nicht Geburtstag.“ Zögernd nahm sie die Schachtel an.

„Stimmt“, sagte O’Reilly, „es ist einfach, weil wir Sie so lieb haben.“

„Bitte weniger Schmeicheleien, mein lieber Doktor.“ Aber Barry sah, dass sie sich über das Geschenk und über O’Reillys Worte sehr wohl freute. „Jetzt essen Sie mal, bevor es kalt wird. Ich gehe inzwischen und schaue mir das hier an.“

„So machen wir’s“, sagte O’Reilly, und der größere Teil eines Krebsküchleins verschwand in seinem Mund.

Auch Barry ließ sich das Essen munden. Die Küchlein schmeckten nach frischem Krebs aus Dungeness. Die Pommes frites waren goldgelb und knusprig.

Schließlich ließ O’Reilly Messer und Gabel klappernd auf seinen leeren Teller fallen und lächelte Barry zu. „Genau das Richtige zur Stärkung für eine einsame Gummistiefeljagd.“ Er stand auf und ging zur Tür. „Ich bin dann mal weg. Vielleicht finde ich ja das Brüderchen zu dem, den Arthur stibitzt hat. Kannst du ein Auge auf die Praxis haben? Ich komme so schnell wie möglich wieder. Will ja das Rugbyspiel nicht verpassen.“

„Ja, natürlich“, meinte Barry. Es tat ihm gut, dass O’Reilly ihm die Praxis anvertraute.

„Entschuldigen Sie, Dr. Laverty.“ Kinky stand in der Tür. „Wie gefällt Ihnen der Hut?“

Er drehte sich um. Der grüne Filzhut saß mitten auf ihrem Silberhaar.

„Er steht Ihnen gut, Kinky", antwortete Barry. „Wirklich."

„Genau das, was ich für Maggies Hochzeit brauche", sagte sie.

„Damit werden Sie Ballkönigin."

„Haben Sie was dagegen, wenn ich mich hinsetze?"

„Bitte."

Mrs Kincaid ließ sich etwas schwerfällig auf einem Stuhl nieder. „Ich bin in letzter Zeit ein bisschen *cantalach* gewesen … ein bisschen grantig, aber das hatte nichts mit Ihnen beiden zu tun." Sie sah Barry an. „Ich habe Ihnen doch ein wenig von mir und Paudeen erzählt."

Kinky hatte ihm anvertraut, dass sie ihren Mann, einen Fischer aus Cork, verloren hatte – vor vielen Jahren schon. „Ich erinnere mich gut", sagte er leise.

„Es war August, als er ertrunken ist. Manchmal überkommt es mich wieder, ja."

„Das tut mir leid, Kinky."

„Ich wollte nur, dass Sie mich verstehen."

„Danke, Kinky."

„Keine Ursache. Ich habe für den Hut zu danken. Stellen Sie sich das mal vor, Sonny und Maggie. Das ist mal was!"

Ja, Sonny … Ob Kinky vielleicht helfen konnte? „Da wir gerade von ihm sprechen, Kinky – Sonny liegt ja in diesem Heim in Bangor, und Dr. O'Reilly will ihn da rausholen, aber bis jetzt konnte er noch keine Bleibe für ihn finden. Sie kennen nicht zufällig jemanden, der Zimmer zu vermieten hat?"

„Brie Lannigan hatte ein Zimmer frei, aber sie hat es an Julie MacAteer vermietet. Ich kann mich ja mal umhören."

Vielleicht konnte sie ja auch für sein zweites Sorgenkind etwas tun. „Ich hätte da noch eine kleine Frage. Haben Sie schon von Bishop und dem Dreckspatz gehört?"

Kinky schnaubte. „Wer hat das nicht?"

„Heute Nachmittag war Bishop mit seiner Frau hier, und Dr. O'Reilly hat ihn gebeten, sich die Sache noch mal zu überlegen."

„Bertie Bishop? Der und sich etwas noch mal überlegen?"

„Ich weiß, aber es hat mit dem Pachtvertrag zu tun, und als Dr. O'Reilly das Thema anschnitt, wollte Mrs Bishop etwas sagen, aber sie hat nur rausgebracht: ‚Bertie hat kein … ' – das war alles, weiter ist sie nicht gekommen."

Mrs Kincaid sah ihn fragend an. „Was hat er nicht?“

„Keine Ahnung, aber könnte es vielleicht sein, dass da was faul ist?“

Sie lachte. „In Ballybucklebo ist alles möglich, und dem Gemeinderat traue ich einiges zu.“

„Es ist bloß so eine vage Idee, aber könnten Sie vielleicht bei Mrs Bishop ein bisschen auf den Busch klopfen?“

„Das mache ich, ja. Aber genug jetzt, das Geschirr spült sich nicht von selbst.“ Sie erhob sich. „Und wenn Sie das Katzenvieh sehen, sagen Sie ihr, dass alles vergeben und vergessen ist.“

Barry ging in seine Schlafkammer. Seine Cordhose lag ordentlich zusammengefaltet auf dem Bett. Der Riss war praktisch nicht mehr sichtbar, so kunstvoll hatte Kinky ihn geflickt. Barry wäre sehr zufrieden gewesen, hätte Lady Macbeth nicht auf seinem Bett gelegen, in tiefem Schlaf zusammengerollt, halb auf den Hosenbeinen, halb auf der Tagesdecke, und neben sich, mitten auf dem Hosenboden, eine Lache Katzenkotze.

„Verdammtes Vieh!“, brüllte er. Lady Macbeth erwachte. „Hau bloß ab!“ Sofort sprang das Tier auf den Boden und verschwand. Barry rollte die Hose zusammen und brachte sie nach unten, wo Mrs Kincaid gerade die letzten Teller abtrocknete.

„Kinky?“

„Was denn?“

Barry zeigte ihr die Hose.

„Herr im Himmel! Nicht schon wieder. Geben Sie her.“

„Tut mir leid.“

„Ist ja nicht Ihre Schuld.“ Sie nahm die Hose entgegen, drehte den Hahn auf und ließ Wasser über den Fleck laufen.

In diesem Moment schob O’Reilly von draußen die Tür auf. „Gefunden.“ Er strahlte. „Und ihr ratet nicht, wo. Auf der Hintertreppe von Donal Donnellys Mutter. Er wohnt ja bei ihr. Da stand der zweite Gummistiefel, ganz allein, und wartete auf seinen Kameraden. Und wisst ihr was?“ O’Reilly senkte die Stimme. „Niemand hat gesehen, wie ich ihn zurückgestellt habe.“

„Wie gut“, meinte Barry. „Ich hatte mir schon eine Schlagzeile ausgemalt: ‚Gummistiefeldieb ertappt. Bedeutender Arzt des Stiefelraubes überführt.‘“

„Jetzt aber raus hier, Dr. Laverty“, sagte Kinky mit einem Lächeln. „Sie verschwinden jetzt beide und schauen sich Ihr Rugbyspiel an.“

8

Wetten, dass ...

Der Rover holperte über einen zerfurchten Feldweg auf ein Gatter zu. Auf dem grasbewachsenen Hang vor ihnen sah Barry mehrere Reihen geparkter Limousinen, Kombis, Landrover und Pferdeanhänger stehen. Ein Wächter mit Tuchmütze, braunem Kittel und Armbinde regelte den Verkehr.

„Letzte Reihe links, Dr. O'Reilly." Der Wächter öffnete das Tor.

„In Ordnung." O'Reilly fuhr langsam die sanfte Steigung hinauf und parkte den Rover neben dem letzten Auto. „Wir sind da", erklärte er, „aussteigen."

Barry tat, wie ihm geheißen, und schaute sich um. Eine Schlehenhecke umgab die Wiese. Jenseits der Hecke breiteten sich die für Ulster typischen kleinen Wiesen und mit Natursteinmauern umgebenen Felder aus – eine sanft gewellte Landschaft.

In der Ferne konnte er die hohen Schornsteine und Schieferdächer von Bucklebo House erkennen. Das war der Landsitz des Marquis von Ballybucklebo, auf dessen Grund und Boden die Wiesen und die Rennbahn lagen.

Barry blickte über den weitläufigen Parkplatz. Die Menschen standen um ihre Autos herum, Männer in Kavalleriehosen, mit Reitjacken und Kamelhaarmützen, viele mit Ferngläsern um den Hals; Frauen in langen Hosen, Tweedröcken, dicken Wollpullovern oder Blazern und bunten Seidenkopftüchern.

„Dreieinviertel Meilen", sagte O'Reilly. „Da drüben ist der Start. Sie laufen eine halbe Meile auf der Bahn, dann ins Gelände raus, hinten entlang zur anderen Seite der Bahn, um eine Kurve und zurück bis zum Start."

Am Fuß des Hügels konnte Barry das erste Hindernis zwischen den Hecken erkennen.

„Die Sprünge sind viereinhalb Fuß hoch, und ein Seitenarm des Bucklebo River dient als Wassergraben", erklärte O'Reilly, öffnete den Kofferraum des Rovers und hob einen Picknickkorb heraus. „Mal sehen, was Kinky uns Leckeres eingepackt hat", sagte er und hob den Deckel. „Ah, diesmal keinen Salat! Ich glaube, der Hut hat Wunder gewirkt."

Barry schaute zu, wie O'Reilly ein kaltes Brathähnchen, gekochte Eier, Tomaten, Schinkenscheiben, Butterbrote, Teller, Messer und Gabeln, Salz und Pfeffer und zwei Flaschen Bier auf einem karierten Tischtuch ausbreitete. „Mittagessen an der frischen Luft“, sagte er, stopfte sich eine Serviette in den Kragen und öffnete eine Flasche Bier. „Hau rein!“ Er reichte Barry die zweite Flasche.

Barry nahm sie und packte sich Schinken, ein Ei und eine Tomate auf den Teller.

O’Reilly riss einen Schenkel vom Hähnchen ab und deutete damit auf den Platz zwischen der Hecke, die die Rennbahn begrenzte, und der ersten Reihe geparkter Wagen. „Wir müssen noch ein paar Worte mit einem von den Jungs hier reden.“

Um einige hölzerne Podeste hatten sich große Menschentrauben versammelt. Auf den erhöhten Plattformen stand jeweils ein Schreibpult, und über jedem hing zwischen zwei kräftigen Pfählen ein Schild, auf dem in grellen Farben der Name des Besitzers stand. HONEST SAMMY DOLAN. BESTE KURSE. WILLIAM MCCARDLE AND SONS: BUCHMACHER. Auf Tafeln waren mit Kreide die Zeiten der Rennen angegeben und darunter die Namen der Pferde und die Wettkurse.

Die Buchmacher standen auf ihren Podesten – kräftige Männer, magere Männer, Männer mit roten Gesichtern, Männer in grellbunten Jacken – und riefen die Wettquoten aus.

Nach dem Essen packte O’Reilly die Reste in den Picknickkorb zurück und stellte ihn wieder in den Kofferraum. „Dann laufen wir jetzt mal zum Sattelplatz und gucken, ob Fergus Finnegan da ist.“

Barry folgte O’Reilly den Hang hinunter. Eine vertraute Gestalt kam auf sie zu. Das karottenrote Haar und die Hasenzähne waren genauso wenig zu verkennen wie die grünen Gummistiefel, die der Mann trug.

„Donal“, rief O’Reilly, „wie geht’s?“

„Seamus und ich haben heute freigekriegt. Sonnys Dach wird ein richtiges Prachtstück. Ich schätze mal, dass wir in zwei Wochen fertig sind“, sagte Donal. „Aber ich muss jetzt weiter. Ich hab einen Job als Läufer bei Willie McCardle, dem Buchmacher. Damit verdiene ich noch ein paar Shillings für Julie und mich.“

„Wie geht’s ihr denn?“, erkundigte Barry sich.

Donal zog die Stirn kraus. „Als ich heute Morgen kurz bei ihr war, hatte sie ein bisschen Bauchkneifen, aber sie meinte, das wäre normal. Stimmt das?“ Fragend sah er O’Reilly an.

„Doch, das stimmt.“

Barry fiel allerdings ein, dass er sich in der vergangenen Woche über die

Größe und die Härte von Julies Gebärmutter Gedanken gemacht hatte, aber er hatte keine Gelegenheit, Donal noch eine Frage zu stellen.

„Hast du denn schon Engländer gefunden, Donal?“, wollte O’Reilly wissen.

„Noch nicht, aber wenn ich welche treffe, bin ich gerüstet.“ Er zwinkerte O’Reilly zu.

„Verstehe. Dr. Laverty und ich kennen vielleicht genau den Mann, den du suchst. Wo kann er dich finden?“

„An Willies Stand.“ Donal sauste davon.

„Und“, O’Reilly rieb sich die Hände, „wenn Fergus uns einen guten Tipp gibt, hoffe ich, dass ein gewisser Honest Sammy Dolan sich nicht mehr daran erinnert, dass er letzten Monat meine Wette auf Donals Hund Bluebird angenommen hat – und dass er abgesichert ist, damit er nachher blechen kann.“

„Da hast du vierhundert Pfund gewonnen, Fingal.“

„Ehrlich verdientes Geld“, meinte O’Reilly, „und du wirst dich erinnern, dass ich den Tipp an Seine Lordschaft weitergegeben habe. Er hat auch was gewonnen.“ O’Reilly wandte sich zum Gehen, blieb dann aber wieder stehen. „Wenn man vom Teufel spricht, dann kommt er.“

Barry sah zwei Männer näher kommen, Hauptmann O’Brien-Kelly und einen älteren Herrn mit strubbligem grauem Haar und einer Tweedmütze auf dem Kopf. In seiner gestopften roten Wolljacke, dem kragenlosen Hemd, den abgewetzten Cordhosen und den schlammbespritzten Gummistiefeln sah er wie ein Gärtner aus.

„Tag, O’Reilly“, sagte er. „Herrlicher Tag für das Rennen, was? Der Umsatz scheint hervorragend zu sein.“ Die Art, wie er sprach, verriet Barry, dass der Mann aus der Grafschaft Ulster stammte, aber in einem Internat erzogen worden war. Er sprach ein sehr gepflegtes Englisch, ohne den Akzent der englischen Oberschicht nachzuahmen. „Ich glaube, meinen Gast haben Sie schon kennen gelernt, er kommt vom Regiment meines Sohnes.“ Er nickte zum Hauptmann hinüber. „Und Sie sind sicher Laverty?“

Verzweifelt versuchte Barry, sich an die korrekte Anredeform für einen Marquis zu erinnern. Er entschied sich für ein unverfängliches „Ja, Sir“.

„Und wir beide, Fingal, werden in ein paar Wochen draußen das Gebüsch durchstöbern. Die Fasanen machen sich dieses Jahr sehr gut. Können Sie sich freinehmen und Ihr Gewehr und Arthur Guinness mitbringen?“

O’Reilly strahlte. „Mit Vergnügen.“

„Bertie“, sagte Hauptmann O’Brien-Kelly zum Marquis, „können wir denn nicht weitergehen? Ich würde wirklich gern auf die kleine Stute im ersten Rennen setzen.“

Der Marquis runzelte ganz leicht die Stirn. „Gehen Sie nur schon vor“, sagte er.

„Herr Hauptmann“, sagte O’Reilly leise, „als wir uns das letzte Mal sahen, da habe ich Ihnen doch von einem Mann erzählt, den Sie kennen lernen sollten, auch ein Fan von Arkle. Nun, da ist er. Donal Donnelly.“ Er deutete auf Donal, der an einem der Buchmacherstände stand. „Sagen Sie ihm, ich hätte Sie geschickt, aber Sie müssen langsam sprechen. Er ist ein bisschen unterbelichtet. Einer von den Dorfbauern.“

„Aber sicher.“ Eilig entfernte sich der Hauptmann.

„Kommen Sie gut mit Ihrem Gast aus?“, fragte O’Reilly.

Der Marquis seufzte. „Als Sean mich gebeten hat, ihn für ein paar Tage zu mir einzuladen, war es sehr schwer, das abzulehnen.“ Natürlich war der Marquis zu sehr Gentleman, als dass er jemanden kritisiert hätte, der in seinem Haus zu Gast war.

„Eure Lordschaft, ich habe eine Bitte, die vielleicht merkwürdig klingt“, sagte O’Reilly.

„Ja?“

„Kennen Sie Sonny?“

„Den Einsiedler, der in seinem Auto wohnt?“ Der Marquis lächelte. „Doch, den kenne ich. Ein exzellenter Schachspieler, und er weiß mehr über die Kultur der frühen Nabatäer als alle anderen, die ich kenne. Sie wissen schon, das Volk, das die Stadt Petra erbaut hat.“

„Ja, das ist Sonny“, meinte O’Reilly. „Er liegt zurzeit in einem Heim in Bangor, und ich suche vorübergehend eine Bleibe für ihn.“

„Normalerweise wäre ich da nur zu gern behilflich“, antwortete der Marquis, „aber wir geben an diesem Wochenende ein großes Fest und beherbergen Leute, die zum Rennen gekommen sind. Wenn einer von ihnen früher wieder abreist, sage ich Ihnen Bescheid.“

„Das ist sehr großzügig von Ihnen, Sir.“

„Aber nicht doch“, entgegnete der Marquis. „Sonnys Gesellschaft ist mir viel lieber als …“ Er deutete mit dem Kopf in die Richtung des Hauptmanns, der tief ins Gespräch mit Donal Donnelly versunken war.

Barry sah, wie Donal dem Hauptmann etwas überreichte und dafür eine Anzahl von Geldscheinen erhielt.

„Komm, Barry“, sagte O’Reilly, „das Rennen um halb zwei geht gleich los.“

Mit einer Schulter voran schob O'Reilly sich durch die Menschenmassen, die sich am Start drängten. „Quetsch dich hier rein." O'Reilly deutete auf einen freien Platz neben sich am weiß gestrichenen Zaun.

Barry lehnte sich auf die oberste Latte. Er erkannte jetzt deutlich, dass die ersten paar Hundert Meter eingezäunt waren und dass die Bahn dann zwischen brusthohen Hecken weiter zum ersten Hindernis führte.

„Dahinten ist der Zielpfosten", erklärte O'Reilly. „Wenn wir hier stehen bleiben, können wir sowohl den Start als auch das Finish beobachten."

Zwischen dem Startpfosten und einem erhöhten, von einem niedrigen Geländer umgebenen Podest war ein Seil gespannt. Barry beobachtete, wie ein Mann mit Schirmmütze und langem Mantel eine Leiter hochstieg und die Plattform betrat.

„Der Starter", sagte O'Reilly. „Jetzt dauert's nicht mehr lange. Da kommen sie schon."

Acht Pferde näherten sich, eins hinter dem anderen, von Stallburschen geführt. Die seidenen Blusen der Jockeys wiesen verschiedene Farben auf: ihre Rennfarben. Jeder Stall und jeder Besitzer hatte sein eigenes Muster. „Siehst du den Typ da auf dem großen Wallach?" O'Reilly deutete auf einen Jockey, dessen Bluse in vier gleich große Quadrate eingeteilt war, zwei grüne und zwei rote. „Das sind die Farben von unserem Marquis."

Die Stallburschen führten ihre Schützlinge vor das Startseil, wo sie Schulter an Schulter aufgereiht wurden.

Der Mann auf dem Podest hob eine rote Fahne. Alle Jockeys beugten sich vor und richteten den Blick auf die Bahn.

Eine Glocke bimmelte, der Starter schlug die Fahne nach unten. Das Seil fiel auf den Boden, die Pferde stürmten mit ohrenbetäubendem Gedonner über die Bahn.

Barry reckte den Hals, um zu sehen, wie die Pferde das erste Hindernis nahmen. Das Tier in Führung flog hinüber, einige andere folgten. Ein Jockey nahm die Hürde sehr elegant ohne Pferd, während sein Ross mit nachschleifenden Zügeln am Rand der Bahn zu grasen begann. Barry konnte nicht sehen, wie der Jockey auf dem Boden aufschlug, aber er hoffte, dass er sich nicht verletzt hatte.

Das Hufgetrommel wurde leiser, aber die anfeuernden Rufe der Zuschauer brandeten auf und ebbten ab wie Meereswogen.

Barry drehte sich um und sah den Pferden entgegen. Schon konnte er in der Ferne wieder die Hufe donnern hören. Zwei Pferde galoppierten Kopf an Kopf. Ihre Jockeys duckten sich noch tiefer und schoben sich in den Sätteln nach vorn.

Von seinem Platz aus schien es, als hätte das größere Pferd gewonnen. Der Jockey trug Grün und Rot, die Farben des Marquis. Das übrige Feld kam hinterher, aber es waren weniger Tiere, als gestartet waren. Der Parcours hatte seinen Tribut gefordert.

„Ein sehr befriedigendes Ergebnis für das erste Rennen“, sagte O'Reilly. „Seine Lordschaft wird sich freuen. Schade nur um die kleine Stute.“ Er grinste.

„Welche Stute, Fingal?“

„Whinney Knowes. Sie hat am ersten Hindernis verweigert.“

„Kennst du ihren Besitzer?“

„Nein, kenne ich nicht“, antwortete O'Reilly, „aber ich kenne jemanden, der es unheimlich eilig hatte, auf sie zu setzen.“

Da fiel Barry Hauptmann O'Brien-Kelly wieder ein.

„Und jetzt komm!“, forderte O'Reilly ihn auf und schob sich vom Zaun fort. „Lass uns gehen und Fergus suchen.“

Barry folgte O'Reilly auf eine Wiese.

„Da ist Fergus.“ O'Reilly ging auf ihn zu. „Na, Fergus, wie geht's deinem Auge?“

„Könnte nicht besser sein.“ Der Jockey zwinkerte Barry zu. „Sie haben mir geholfen, Sir, und am Montag kriegen Sie was zu tun. Drei von den Stalljungen wollen zu Ihnen kommen, ganz bestimmt.“

Barry lächelte erfreut.

„Wie war das mit dem dritten Rennen?“, fragte O'Reilly.

Fergus Finnegan senkte die Stimme: „Die Favoritin ist eine kleine Stute, sie heißt Nancy's Fancy, aber ich reite einen, den kennt noch keiner. Kommen Sie mal mit.“

Plötzlich blieb Barry stehen. Vor ihm stand das größte Pferd, das er je gesehen hatte. Ein Stallbursche hielt es am Zügel.

„Das ist Battlecruiser. Was halten Sie von ihm, Doc?“

„War sein Vater ein Elefant?“

Fergus lachte. „Könnte man denken bei seiner Größe.“ Der Jockey trat näher an O'Reilly heran. „Battlecruiser braucht man einen Zaun oder eine Hecke bloß zu zeigen, schon ist er drüber weg. Er ist noch kein einziges Rennen gelaufen, deshalb weiß niemand, wie gut er in Form ist. Die Buchmacher haben ihn mit zehn zu eins angegeben.“

„Danke, Fergus“, sagte O’Reilly, „ich glaube, jetzt ist es Zeit, dass wir ein Wörtchen mit Honest Sammy Dolan reden.“

Honest Sammy Dolan war ein kleiner Mann, seine Backen hatten die Farbe reifer Pflaumen und seine Stimme war heiser vom Ausrufen der Wettquoten.

Während sie in der Schlange warteten, las Barry die Quoten auf der Tafel. Ja, Battlecruiser war mit zehn zu eins aufgeführt. Plötzlich bekam er große Augen. Mit fünf zu eins war ein Pferd namens Patricia’s Pleasure aufgelistet.

O’Reilly stand vor dem Schreibtisch. „Fünfzig Pfund auf Sieg für Battlecruiser.“

„Viel Glück, Sir. Der Nächste“, sagte Dolan.

O’Reilly trat zur Seite. „Wir sehen uns am Start, Barry.“

Barry zögerte. Dann reichte er dem Buchmacher fünf Pfund und sagte: „Auf Sieg für Patricia’s Pleasure.“

Als er sich wieder zum Zaun durchgekämpft hatte, wartete O’Reilly schon auf ihn. Hinter dem Seil drängelten sich die Pferde, die im dritten Rennen laufen sollten. Auch Battlecruiser mit Fergus Finnegan war da. Barry wandte sich an seinen Nachbarn auf der anderen Seite. „Entschuldigen Sie bitte, welches Pferd ist Patricia’s Pleasure?“

„Das da.“ Der Mann deutete auf einen kleinen Rotschimmel. Der Jockey trug eine Bluse mit senkrechten grünen und weißen Streifen.

„Danke“, sagte Barry. Die Glocke ertönte.

„Los geht’s!“, brüllte O’Reilly. „Mann, guck dir bloß mal den Battlecruiser an!“

Das große Pferd führte bereits mit zwei Längen, und Fergus lenkte es nun zum inneren Zaun hinüber. Das Tier donnerte über die Bahn und jagte an dem weißen Zaun entlang.

Und Battlecruiser setzte mühelos über die Hecke, an die zwei Meter höher als nötig. Doch dann tauchte ein Problem auf. Kaum hatte Battlecruiser den weißen Lattenzaun hinter sich gelassen, fiel sein Blick auf die Begrenzungshecke. Er nahm die Herausforderung an, und schon galoppierte er über das umgepflügte Feld in der Mitte der Bahn, so als beabsichtige er, ganz bis nach County Antrim zu rennen.

„Kreuzhimmeldonnerwetter noch mal!“, brüllte O’Reilly und zerriss seinen Wettzettel. „Fünfzig Pfund im Eimer. Da müssen doch die Engel weinen.“

Barry hielt es für klüger, nicht zu lachen.

„Na schön.“ O’Reilly wandte sich zum Gehen. „Hat ja nicht viel Sinn, bis zum Ende dazubleiben. Kommst du mit?“

Barry schüttelte den Kopf. „Ich möchte das Finish trotzdem gern sehen.“

Er wandte sich wieder der Rennbahn zu. Ein Pferd lag mit vier Längen in Führung. Gerade nahm es das letzte Hindernis. Die Bluse des Jockeys zeigte grüne und weiße senkrechte Streifen. Patricia’s Pleasure hielt seinen Abstand zum Feld und passierte den Zielpfosten.

Barry begab sich zu den Buchmachern und holte dreißig Pfund ab. Als er langsam den Hügel hinaufstieg, entdeckte er O’Reilly. Der Arzt unterhielt sich mit Hauptmann O’Brien-Kelly.

„Alles etwas sonderbar“, sagte der Hauptmann gerade. „Ich hatte gehofft, Sie könnten mir vielleicht aus der Klemme helfen. Ich kann nämlich Seine Lordschaft nicht finden, und ich bin gerade ein bisschen knapp. Ich habe dem Burschen dahinten …“, er deutete zu Honest Sammys Stand hinunter, „ein paar Schuldscheine gegeben. Und momentan bin ich nicht so ganz in der Lage, sie auszulösen.“

„Ich würde ja gern“, sagte O’Reilly aalglatt, „aber mein Pferd müsste inzwischen schon fast in Belfast sein statt im Siegerring, deswegen bin ich jetzt im Augenblick gerade pleite.“

„Schade. Das Dumme ist, dass ich keine Probleme hätte, wenn ich diesem Bauernburschen, den Sie mir empfohlen haben, nicht hundert Pfund gegeben hätte.“ Er kramte in seiner Hosentasche und zog eine Silbermünze hervor. „Wissen Sie, wer das ist?“

O’Reilly warf Barry einen Blick zu und musterte dann die Münze. „Also, ich könnte schwören, dass das Arkle ist, und haargenau getroffen.“

„Stimmt, und ich hab ihn dazu gebracht, mir die Münzen für ein Pfund pro Stück zu verkaufen. Erst wollte er zwei Pfund haben, aber der Mann hat ja keine Ahnung, wie man handelt. Ich hab seinen gesamten Vorrat aufgekauft.“

„Hier werden Sie die Münzen allerdings kaum noch unter die Leute bringen können“, sagte O’Reilly. „Aber zu Hause in England bei Ihrem Regiment werden Sie sie bestimmt schnell los.“

Der Hauptmann strahlte. „Nicht wahr?“ Doch dann wurde er wieder ernst. Barry folgte seinem Blick und entdeckte einen stämmigen Mann mit aufgekrempelten Ärmeln, der von Honest Sammys Stand zielstrebig in ihre Richtung marschierte.

„Jetzt muss ich aber rennen“, sagte der Hauptmann und machte, dass er wegkam.

O'Reilly lachte. Als er sich endlich beruhigt hatte, fragte er: „Und wer hat gewonnen?"

Barry zögerte. „Ich hab gewonnen, Fingal, vielmehr mein Pferd."

O'Reilly legte ihm einen Arm um die Schultern. „Bravo, Laverty."

„Danke, Fingal. Schade, dass dein Pferd abgehauen ist."

„Och", sagte O'Reilly. „Insgesamt hab ich Honest Sammy immerhin um dreihundertfünfzig Pfund erleichtert, und du kennst ja den Spruch: ‚Pech im Spiel und bei den Pferden … Glück in der Liebe.'"

Barry ging auf, dass er ja gerade beim Pferderennen Glück gehabt hatte, über die Schlussfolgerung wollte er lieber nicht nachdenken.

„Hast du Lust, dich heute Abend um die Praxis zu kümmern?", fragte O'Reilly.

„Na ja, ich …"

„Schön, denn mir ist überhaupt nicht danach. Ich möchte gern zum Dreckspatz rübergehen und noch mal mit Willy Dunleavy reden."

„Wenn du meinst, Fingal."

„Also abgemacht. Dann bin ich morgen an der Reihe, und vielleicht kannst du ja rausfinden, ob deine Miss Spence dann Zeit hat."

9

She Loves You, Yeah, Yeah, Yeah

Die Reifen von Barrys Käfer scheuerten an der Bordsteinkante der Esplanade entlang, als Barry gegenüber von Haus Nummer 9 parkte. Bei seinem Anruf gestern Abend hatte Patricia vorgeschlagen, am Sonntag – heute – einen Ausflug aufs Land zu unternehmen. Sie hatte versprochen, ein Picknick vorzubereiten.

Barry stieg aus und schaute über die Bucht. Auf den kleinen Wellen tanzte das Sonnenlicht. Er überquerte die Straße und drückte auf die Klingel von Wohnung Nummer 4. Unwillkürlich fuhr er sich mit der rechten Hand über den Kopf, um die blonde Locke zu glätten, die wie immer hochstand.

„Guten Morgen, ich …", sagte er, und dann blieb ihm die Luft weg. Patricia stand in der Tür, das Haar zu einem Pferdeschwanz frisiert. Als sie ihn anlächelte, bildete sich in ihrer linken Wange ein Grübchen. Ihren obersten Blusenknopf hatte sie geöffnet, die schwarzen Steghosen saßen wie angegossen, und in der Hand hielt sie einen Picknickkorb.

Sie hauchte ihm einen Kuss auf die Wange. „Dir auch guten Morgen."

„Komm." Barry nahm ihre Hand und führte sie über die Straße. „Gib mir den Korb", sagte er, ging zur Fahrerseite und stellte den Picknickkorb auf den Rücksitz. Als er einstieg, saß sie schon auf dem Beifahrersitz. Barry lächelte. Patricia Spence war eine junge Frau, die nicht darauf wartete, dass ein Mann ihr die Tür aufhielt.

„Wo wollen wir eigentlich hin, Barry?"

„Ich dachte, wir könnten nach Strangford runterfahren."

„Wie schön." Sie lehnte sich zurück. „Du fährst, und ich genieße einfach. Das ist meine letzte Pause vor dem großen Tag."

„Vor der Prüfung?"

„Ja, am Dienstag … und dann muss ich das Ergebnis abwarten."

„Das ist hart." Und, dachte Barry, du bist nicht die Einzige, die warten muss. Harry Sloan wollte mir den histologischen Befund zukommen lassen, und ich habe immer noch nichts von ihm gehört.

Er fuhr durch Ballybucklebo und weiter auf der Landstraße nach Six Road Ends. Ihr Ziel lag zwischen Kirkubbin und Portaferry am Ende einer Bucht namens Strangford Lough.

Gransha Point war eine einsame schmale Halbinsel, etwa einen Kilometer lang. Es war etwa eine halbe Stunde zu fahren bis dorthin. Sie kamen gut voran, und schließlich bog Barry von der Portaferry Road nach Gransha Point ab auf einen zerfurchten Feldweg. An einer herrlichen Wiese voll mit Gräsern und Wildblumen und einer mit bunten Flechten bewachsenen Feldsteinmauer hielt Barry den Käfer an.

„Wir sind da", sagte er. Sie stiegen aus und sahen sich um.

„Ist das warm!", meinte Patricia.

Barry nahm den Picknickkorb und eine alte Decke aus dem Wagen und schloss ab. „Von hier aus müssen wir zu Fuß gehen", sagte er. „Da vorn ist ein Zauntritt, da können wir über die Mauer klettern."

„Schön." Sie nahm seine Hand. „Also los."

Heiß brannte Barry die Sonne auf den Rücken, als er sich umdrehte und auf den Zauntritt stieg. Bienen summten in den Stechginsterbüschen. „Ich gehe vor", sagte er, stieg über die Mauer und sprang auf der anderen Seite ins Gras.

Er stellte Korb und Decke ab und wartete, bis Patricia auf die Mauer geklettert war. „Spring", sagte er, und dann fing er sie auf und küsste sie. Er drehte sich um und deutete nach vorn. „Siehst du den großen Steinhaufen dahinten am Ufer, auf halbem Weg zur Landspitze?"

„Ja."

„Da gehen wir hin. Komm."

Den „Steinhaufen", der eigentlich ein verfallener Schafstall war, hatten sie schnell erreicht. „Wie findest du das?" Barry führte sie um den Stall herum zur windgeschützten Rückseite. „Hier ist es windstill, richtig gemütlich."

Er breitete die Decke aus und stellte den Picknickkorb auf den Rand. Sie setzte sich hin, legte die Arme um die angezogenen Beine und stützte das Kinn auf die Knie. „Als Student war ich oft hier", erzählte er, „einfach um mal ein paar Stunden aus Belfast rauszukommen."

„Ich bin noch nie auf dieser Seite der Bucht gewesen, dabei ist es von Newry aus überhaupt nicht weit. Ist das nicht dumm?"

„Überhaupt nicht." Barry setzte sich neben sie und legte ihr den Arm um die Schultern. Er spürte, wie sie sich an ihn schmiegte und den Kopf an seine Schulter legte. „Ich bringe dich her, wann immer du willst."

Er drehte ihr Gesicht zu sich hin und küsste sie zart.

Patricia zog den Kopf zurück, sah ihm aber weiter in die Augen.

„Zum Essen ist es noch zu früh", sagte er. „Hast du Lust, bis an die Spitze der Halbinsel zu gehen?"

Hand in Hand wanderten sie, bis der Streifen Land immer schmaler wurde und schließlich im Wasser versank. Barry hatte nicht das Bedürfnis zu sprechen, so erfüllt war er von Patricias Gegenwart.

Der Wind war warm, und es war Flut. „Da sind wir", sagte er und blieb auf der äußersten Landspitze stehen. „Hier hört das Land auf."

„Was für ein traumhafter Blick."

Barrys Blick glitt über die weißen Schaumkronen auf dem grünen Wasser und über die flachen Inseln bis zu den Berggipfeln, die über dem südlichen Teil von County Down Wache zu halten schienen.

„Das sind die Mountains of Mourne", sagte sie und sang: *„… ach wie gerne flög ich davon / zu dem Meer, das sich bricht an den Bergen von Mourne."*

Er schaute sie an. Ihm selbst sprachen diese Worte aus der Seele, und er wünschte sich, dass sie ähnlich empfand. „Ich habe gehört, Cambridgeshire soll ziemlich flach sein", bemerkte er und wartete ihre Reaktion ab.

„Falls ich da überhaupt hinkomme. Ich wäre viel lieber hier in Ulster. Aber selbst wenn es klappen sollte, werden die Mournes immer noch hier sein und ‚das Meer sich an ihnen brechen', wenn ich zurückkomme."

Und ich werde auch hier sein, dachte Barry. Er zog sie an sich und küsste sie. „Komm, lass uns zurückgehen und picknicken", sagte er, um ein neues Thema anzuschneiden.

Barry ließ die leere Bierflasche sinken und legte sie in den Picknickkorb zurück, der vor Kurzem noch Hühnchen-Sandwiches, gebuttertes *barmbrack*, das irische Früchtebrot, und ein paar Äpfel enthalten hatte. „Ein königliches Mahl", sagte er. Er rutschte über die Decke, um sich neben sie zu setzen.

„Ein wunderschöner Tag", sagte sie.

„Ja, nicht?" Er beugte sich zu ihr und küsste sie, dabei drückte er sie sacht auf die Decke hinunter, bis sie auf der Seite lag. Seine Lippen wanderten zu ihrem Hals, und er spürte, wie ihre Hände seinen Kopf hielten. Er schob einen Arm unter ihren Nacken und streichelte sie durch den satinglatten Blusenstoff. Barry wusste, dass sie sich lieben würden, hier auf der Decke im weichen Gras. Er schloss die Augen und schob seine Hand unter ihre Bluse.

„Patricia, ich …"

Krachend schlug der Deckel des Picknickkorbs zu. Barry riss die Augen auf. Die Ränder der Picknickdecke flatterten, denn durch die Lücken zwischen den Steinen blies jetzt der Wind. Das trockene Dünengras an den Seiten des alten Schafstalls lag flach. Wellen schlugen wuchtig auf den Strand.

Er setzte sich auf. Ein Blitz zuckte über den Himmel, Sekunden später folgte ein ohrenbetäubendes Donnern. Er hasste Gewitter.

Es begann zu regnen, schwere, harte Tropfen, und im Nu war sein Haar klatschnass. Als Patricia aufstand, rappelte er sich ebenfalls hoch. Er legte den Arm um sie. „Setz dich ganz dicht an die Mauer", sagte er, „da bist du ein bisschen geschützt."

Sie schüttelte den Kopf, machte sich los, hob die Arme über den Kopf und wandte das Gesicht zum Himmel. Ihr nasses schwarzes Haar glänzte wie Ebenholz. „Ich liebe Gewitter!", rief sie durch den tosenden Wind.

Als der Wind nachließ, wandte sie sich Barry zu, mit breitem Lächeln und einem tiefen Grübchen. „Toll", sagte sie, „das war wunderbar." Dann fiel ihr Blick auf Barrys Hose. „Du bist ja ganz durchgeweicht", sagte sie und fing an zu lachen. „Wir sind beide klatschnass. Guck mich doch mal an. Es ist wohl besser, wir gehen."

Barry holte tief Luft. „Ja", sagte er und bückte sich, um die triefende Decke zusammenzufalten.

Patricia kniete sich neben ihn und half ihm.

„Ich liebe dich, Patricia." Er wartete. Warum fielen ihm gerade jetzt O'Reillys Worte ein? „Glück im Spiel … Pech in der Liebe."

Ernst blickte Patricia ihn an. Er schloss die Augen. Wenn sie sich jetzt abwandte, wollte er das nicht mit ansehen müssen. Doch Patricia umarmte und küsste ihn. „Ich liebe dich auch, Barry Laverty“, flüsterte sie. „Obwohl ich weiß, dass ich das eigentlich nicht sollte.“

BARRY parkte seinen Käfer und trat ins Haus. Der Duft nach gebratener Ente erfüllte die Küche. Kinky stand am Spülbecken und schälte Kartoffeln. Mit ein paar Schritten war Barry bei ihr, hob sie hoch und schwang sie im Kreis.

„Lassen Sie mich runter, Dr. Laverty!“, rief Kinky lachend. „Lassen Sie mich sofort runter!“

„Ich bin verliebt, Kinky“, sagte er und ließ sie los.

„Hach.“ Kinky grinste immer noch. „Ich hab’s doch gleich gewusst, als ich Sie und Miss Spence zum ersten Mal zusammen gesehen habe. Ich freue mich für Sie beide … und auch für den Chef.“

„Für Dr. O’Reilly? Warum denn das?“

„Ach, Sie sind doch manchmal so leicht zu durchschauen. Sie haben doch überlegt, ob Sie wirklich hierbleiben sollen, oder?“

Barry schüttelte den Kopf.

„Doch, doch! Ich würde es gar nicht gern sehen, wenn Sie uns wieder verlassen würden, und der Doktor auch nicht. Er ist schließlich kein junger Hüpfer mehr, und er braucht Ihre Hilfe … genauso wie die Spinner hier im Dorf, auch wenn manche zu *cadránta* sind, um das zu kapieren.“

„Zu was?“

„Zu stur. Kümmern Sie sich einfach nicht um die. Man kann es nie allen recht machen.“ Kinky zog die Nase hoch. „Eine ganze Menge Leute hier finden, dass Sie Ihre Sache wirklich gut machen.“

„Danke, Kinky. Ist Dr. O’Reilly da?“

„Nein. Seine Lordschaft hat vorhin angerufen. Dr. O’Reilly hat über beide Backen gegrinst und ist losgesaust. Hat nur gemeint, er will nach Bangor, um Sonny abzuholen. Mehr weiß ich nicht.“

Barry ging nach oben. Er hörte die Türglocke und bemühte sich zu verstehen, was unten gesprochen wurde. Es war eine Männerstimme. Barry zog sich um und lief mit der nass geregneten Hose nach unten.

Im Flur stand Donal Donnelly, mit der Mütze in den Händen. Sein gewohntes Grinsen war einem besorgten Stirnrunzeln gewichen. „Es geht um Julie, Doktor“, stammelte er, „können Sie schnell kommen? Sie blutet ganz schlimm.“

„Ich hole meine Tasche." Barry gab Kinky die Hose, eilte ins Behandlungszimmer und griff nach seiner Arzttasche. „Wo ist sie denn, Donal?"

„Bei Brie Lannigan. Ich bin hin, weil ich mit ihr Abendbrot essen wollte, und plötzlich hat sie sich an den Bauch gefasst und geschrien." Barry sah Tränen auf Donals Wangen. „Und dann war da ein großer roter Fleck auf ihrem Kleid … ich hab sie sofort nach oben ins Bett gebracht. Brie hat kein Telefon, deswegen bin ich mit dem Rad hergekommen, so schnell ich konnte."

Donal schnappte Barrys Hand. „Kommen Sie schnell, Doktor."

„Ums Haus herum!", rief Barry. „Mein Auto steht hinten!"

Er ließ den Motor an, wartete, bis Donal seine Tür zugeschlagen hatte, und fuhr los. „Wo geht's lang?"

„Hier links auf die Main Street, dann am Maibaum rechts und dann die Shore Road entlang." Donal saß vornübergebeugt auf seinem Sitz.

Barry hatte Recht gehabt, als er sich bei Julies letzter Untersuchung vorige Woche Gedanken gemacht hatte. Ihr Uterus hatte sich merkwürdig angefühlt. Wenn Julie jetzt eine Fehlgeburt hatte, gab es keine Möglichkeit, das zu verhindern.

„Ich hab Angst, Doktor." Donal senkte die Stimme. „Sie … sie kann doch nicht sterben, oder?"

„Natürlich nicht, Donal." Barry bemühte sich, zuversichtlich zu klingen.

„Ach", Donal schlug mit der Faust aufs Armaturenbrett, „das ist alles meine Schuld. Es ist ein Gottesurteil, ja."

„Wieso denn?"

„Weil ich Julie ein Kind gemacht habe, ohne dass wir verheiratet waren."

„Machen Sie sich doch deswegen keine Gedanken, Donal."

„Dann eben weil ich den Herrn aus England reingelegt habe. Ich hab ihm hundert Pfund abgeknöpft, aber es sollte doch für Julie und mich sein und für das Kleine."

„Es hat ihn ja niemand gezwungen, die Halbe-Kronen-Stücke zu kaufen, Donal", sagte Barry.

„Halten Sie hier, Doktor."

Barry parkte, nahm seine Tasche vom Rücksitz und folgte Donal einen Fußweg entlang zur rechten Doppelhaushälfte. Donal öffnete ihm die Tür, Barry trat in einen schmalen Flur. Er folgte Donal die Treppe hinauf in eines der Zimmer.

Julie lag auf dem Bett. Sie war bleich und schwitzte. Ein roter Fleck breitete sich auf dem Laken über ihrem Unterleib aus.

Er spähte unter das Bett, aber dort war noch nichts zu sehen. Gut. Sie hatte also vermutlich noch nicht allzu viel Blut verloren. Bis jetzt.

„Julie“, sagte Barry, „können Sie mir sagen, was passiert ist?“

Sie versuchte sich aufzurichten, aber Barry setzte sich auf die Bettkante. „Ist schon gut.“ Er griff nach ihrem Handgelenk. Die Haut war feucht und kalt, ihr Puls schnell und ganz schwach. Ihr Blutdruck musste gefallen sein. Ihr drohte ein Schock.

Julie zwang sich zu einem Lächeln. „Jetzt sind Sie ja da, Doktor. Gestern hat es angefangen, mit ganz leichten Krämpfen. Aber ungefähr vor einer Stunde wurden sie so schlimm, und dann habe ich da unten angefangen zu bluten.“

Barry öffnete seine Tasche, entnahm ihr ein Päckchen mit sterilen Handschuhen und ein weiteres grünes Päckchen und riss beide auf.

„Wo ist das Bad?“

„Gleich links“, sagte Donal.

Barry wusch sich die Hände und kam zurück. „Ich muss Sie untersuchen, Julie.“ Er zog die Handschuhe über. „Würden Sie bitte draußen warten, Donal?“ Barry zog das blutige Laken zurück.

Der Gebärmutterhals war partiell geöffnet. Die Diagnose war nicht schwer zu stellen. Julie hatte eine Fehlgeburt, aber sie hatte den Fötus und die Plazenta noch nicht ausgestoßen, und solange nicht beides draußen war, würde die Blutung nicht zum Stillstand kommen. Eine Ausschabung war nötig und die musste im Krankenhaus vorgenommen werden.

Barry versuchte, sich nichts anmerken zu lassen. „Es tut mir leid, Julie. Sie verlieren das Baby. Sie haben eine Fehlgeburt. Wir müssen Sie ins Krankenhaus bringen.“

„Also gut“, flüsterte sie. Sie stöhnte wieder.

Patientinnen wie Julie sollten bei einer unterbrochenen Fehlgeburt und drohendem Schock eigentlich nicht bewegt werden, bevor sie nicht eine Bluttransfusion erhalten hatten. Sonst konnten sie sterben. Unbedingt den Notarzt rufen, hatte man den Studenten eingetrichtert, den speziell eingerichteten Krankenwagen anfordern, mit Fachleuten, die der Patientin vor dem Transport eine Transfusion verabreichten.

Andererseits würde das viel zu lange dauern. Donal hatte gesagt, es gebe kein Telefon im Haus. Er warf einen Blick auf das Bett. Der Blutfleck wurde zusehends größer. Bis der Krankenwagen kam, konnte Julie verblutet sein. Er musste etwas tun, und zwar sofort.

Er stand auf, zog die Handschuhe aus und holte tief Luft. In seiner

Tasche fand er, was er brauchte: Morphin zur Betäubung der Wehenschmerzen und Ergometrin, damit der Uterus sich zusammenzog und die offenen Blutgefäße so lange verschlossen blieben, bis er Julie ins Royal gebracht hatte.

Er zog zwei Spritzen auf und stach ihr die Kanülen rasch hintereinander in den Oberschenkelmuskel. Nach fünf Minuten war ihr heftiges Keuchen in ruhige Atemzüge übergegangen, und das Blut tröpfelte nur noch. Er hörte Schritte.

„Kommen Sie wieder rein, Donal."

„Ist sie tot?"

„Nein. Ich erklär's Ihnen später. Holen Sie eine saubere Decke, schnell!"

Donal flitzte los und kam mit einem Bündel im Arm zurück.

„Gut, und jetzt helfen Sie mir, ihr die Decke unterzuschieben."

Mit Donals Hilfe bugsierte Barry Julie auf die Decke. Dann brachten sie sie auf dieser provisorischen Trage zum Auto und legten sie auf den Rücksitz des Käfers.

An die Fahrt nach Belfast konnte Barry sich später kaum noch erinnern. Vor der Notfallambulanz hatte er gehalten und war durch die Schwingtüren ins Krankenhaus gestürzt. Im Foyer saßen ein paar uniformierte Krankenpfleger, rauchten und tranken Tee.

„Können Sie mir mal helfen?"

Einer von ihnen sah auf. „Wir haben gerade Pause, ja?"

Barry stellte sich O'Reilly vor, an der Rezeption des Genesungsheimes in Bangor, und holte tief Luft. „Hören Sie, ich bin Dr. Laverty. Ich habe draußen eine Frau, die verblutet. Holen Sie jetzt bitte sofort eine Trage!"

Die Männer sprangen auf. „'tschuldigung, Doktor, selbstverständlich."

Barry wartete, bis die Pfleger mit der Trage zurückkehrten. „Da draußen im Wagen." Er beaufsichtigte die Männer, als sie Julie auf die Segeltuchtrage hoben und gleich in die nächste Untersuchungskabine brachten. Dann ging er durch die Eingangshalle zur Rezeption. Dahinter saßen eine rot uniformierte Oberschwester und eine Ärztin im weißen Kittel und unterhielten sich. Die Ärztin erkannte er sofort. Sie war in seinem Jahrgang gewesen. „Ruth, könntest du dir meine Patientin ansehen? Es ist dringend."

Sie lächelte ihn an. „Hallo Barry. Na klar. Was ist denn los?"

„Unvollständige Fehlgeburt. Sie hat eine Menge Blut verloren. Richtig viel."

Ruth war schon aufgesprungen und gab, während sie zu der Kabine hinüberging, Anweisungen. „Schwester Corrigan …“ Die Oberschwester stand auf. „Schwester Corrigan, bereiten Sie eine Infusion vor …“ Eine blau uniformierte Schwester lief durch den Flur.

Aufatmend ließ Barry die Schultern sinken. Jetzt, da Julie in guten Händen war, ließ seine Anspannung spürbar nach. Er folgte der jungen Ärztin und stand schweigend daneben, während sie Julies Puls und Blutdruck überprüfte. Als die Schwester mit dem kleinen Rollwagen erschien, legte Ruth in Sekundenschnelle die Infusion an, und die Kochsalzlösung tropfte in Julies Arm.

„Gut“, sagte sie, „damit ist sie versorgt, bis der Gynäkologe kommt. Und ihre Krankengeschichte, Barry?“

Er erstattete seiner Kollegin kurz Bericht.

„Du hast an alles gedacht, Barry.“ Ruth steckte das Stethoskop in die Ohren, pumpte die Manschette auf und horchte. Sie lächelte. „Der Blutdruck steigt. Gleich haben wir ihre Blutgruppe, und dann geben wir ihr ein bis zwei Liter, machen die Ausschabung, und im Nu ist sie wieder auf den Beinen.“

„Danke, Ruth.“ Barry beugte sich über Julie und sah, wie ihre Augenlider flatterten.

„Dr. Laverty?“

„Alles ist gut, Julie. Sie sind im Krankenhaus. Bald geht es Ihnen wieder besser.“

Sie griff nach Barrys Hand und drückte sie. „Danke, Doktor. Geht's Donal gut?“

„Ich gehe gleich zu ihm, Julie.“

Doch sie war schon wieder eingeschlafen und antwortete nicht. Barry löste behutsam seine Hand aus ihrer. „Ich gehe jetzt und spreche mit … mit ihrem Mann.“ Donal würde Julie sehen wollen, doch die Besuchsvorschriften waren streng. Nur Familienangehörige waren zugelassen, und ein Freund zählte nicht zur Familie. „Und dann fahre ich nach Hause.“

Ruth lächelte. „Du hast sie in deinem eigenen Wagen hergebracht?“

Barry nickte.

„Ein Einsatz, der über die normale Pflichterfüllung hinausgeht.“

„Ach was.“ Barry errötete. „Alles andere hätte zu lange gedauert.“

Ruth schüttelte den Kopf. „Es gibt genügend Hausärzte, die einfach den Krankenwagen gerufen hätten. Du solltest mal sehen, was für schlimme Fälle wir hier reinkriegen.“

„Dr. O'Reilly hätte es genauso gemacht“, sagte Barry sofort. „Aber wie dem auch sei, ich muss los. Mein Abendessen wartet.“

„SCHADE, dass du die Ente verpasst hast“, bemerkte O’Reilly, zog die Serviette unter seinem offenen Kragen hervor und legte das zerknitterte Tuch auf den Esstisch. „Das Sherry Trifle war auch gut. Davon habe ich dir was übrig gelassen.“

Enttäuscht schaute Barry auf die traurigen Reste der Ente und eine Schüssel mit ein paar eingetrockneten grünen Erbsen. Nur die Kristallschüssel mit dem Sherry Trifle war noch halb voll.

„Kinky hat gesagt, du wärst mit Donal Donnelly losgebraust.“ O’Reilly sah ein wenig schuldbewusst aus. „Es wäre doch eine Schande gewesen, wenn ich das Essen hätte kalt werden lassen.“

Barry zuckte die Schultern. „Julie hat eine Fehlgeburt gehabt. Sie ist im Royal.“ Er setzte sich. „Ich musste sie und Donal hinfahren.“

„Das war genau richtig. Das hätte ich auch so gemacht.“

„Donal hält es für eine Strafe Gottes.“

O’Reilly lachte. „Für was denn?“

„Erstens, weil er sie vor der Ehe geschwängert hat.“

„Deswegen hat Donal sich Gedanken gemacht? Es ist doch noch gar nicht so lange her, da haben die jungen Burschen hier auf dem Land überhaupt nur geheiratet, wenn ihre Angebetete ihre Fruchtbarkeit ganz praktisch unter Beweis gestellt hatte. Schließlich braucht man kräftige Söhne, um eine Farm zu betreiben. Und was war der zweite Grund?“

„Er meint, er würde bestraft, weil er Hauptmann O’Brien-Kelly mit den Arkle-Gedenkmünzen übers Ohr gehauen hat.“

„Bestraft? Dafür müsste Donal eine Medaille verliehen kriegen.“

Mrs Kincaid kam mit einem leeren Tablett herein. „Ich habe noch Zeit, um Ihnen ein Omelett zu machen, Dr. Laverty“, sagte sie mit einem Blick auf den Tisch.

„Das wäre wunderbar, Kinky. Danke schön.“

„Nichts zu danken.“ Sie belud das Tablett mit Geschirr und verließ das Esszimmer.

O’Reilly stand auf und schenkte sich ein großes Glas Bushmills Whiskey ein. „Wenn man sieht, wie Kinky für dich sorgt, könnte man meinen, sie hätte dich adoptiert.“

Barry lächelte. „Ich hätte es schlechter treffen können“, sagte er. „Du weißt ja, dass meine Eltern für ein Jahr in Australien sind, und bis sie wiederkommen, bin ich quasi ein Waisenkind.“

„Ich weiß. Australien würde mich auch mal interessieren. Ich habe gehört, dass junge Ärzte dort hervorragende Aussichten haben.“

„Ja, das sagt mein Vater auch. Aber in Ulster sieht es auch nicht schlecht aus“, sagte Barry. Wie gern hätte er seinem Chef versichert, dass er sich zum Bleiben entschlossen hatte – aber da war noch immer die Sache mit Patricia.

„Freut mich, dass du das sagst.“

„Fingal, du hast eben gesagt, Donal sollte eine Medaille verliehen bekommen. Warum?“

„Die Wege des Herrn sind unergründlich …“, antwortete O’Reilly.

„… und wunderbar“, ergänzte Barry.

„Ganz richtig.“ O’Reilly schmunzelte und füllte noch einmal sein Glas. „Mit unserer Suche nach einer vorübergehenden Bleibe für Sonny hatten wir ja nicht viel Glück. Und als ich Seine Lordschaft um Hilfe bat, war das auch bloß ein Versuch. Das, was jetzt passiert ist, würde ich mir gern selbst als Verdienst anrechnen, aber es hatte überhaupt nichts mit mir zu tun.“

„Was ist denn passiert?“

„Du erinnerst dich, dass der Hauptmann gestern versucht hat, mich anzupumpen? Und erinnerst du dich auch noch an den tätowierten Herrn, der auf uns zukam? Der sah doch aus, als wollte er unseren guten Hauptmann windelweich prügeln.“

Barry sah Sammy Dolans Geldeintreiber noch vor sich.

„Anscheinend hat unser königlicher Leibgardist schließlich den Marquis ausfindig gemacht. Aber der hatte auch nicht mehr als ein paar Pfund bei sich.“

„Willst du damit sagen, der Hauptmann hat plötzlich festgestellt, dass er ganz dringend in England zu tun hat?“

O’Reilly grinste breit und mit Genugtuung. „Offenbar war er gestern Abend bereits auf der Fähre nach Liverpool.“

Barry lachte.

„Der Marquis begleicht die Spiel- und Wettschulden seiner Gäste normalerweise sofort und regelt die Angelegenheit dann später mit dem Schuldner. Der alte Knabe hat ein ausgeprägtes Ehrgefühl.“

„Und warum hat er dem Hauptmann nicht aus der Patsche geholfen?“

„Oh, das hat er, aber erst als der schon weg war. O’Brien-Kelly wird eine Rechnung von Seiner Lordschaft in der Post finden“, erklärte O’Reilly. „Und heute Nachmittag am Telefon hat der Marquis mir gestanden, dass er froh war, ihn von hinten zu sehen, und Sonny gern das Torhaus zur Verfügung stellen wolle.“

„Toll, Fingal.“

„Sonny freut sich wie ein Schneekönig, und Maggie benimmt sich wie eine Katze mit zehn Jungen.“

„Bist du vorbeigefahren, um es ihr zu erzählen?“

„Nein, nein, ich habe sie mitgenommen, als ich ihn abgeholt habe. Allein die beiden zu hören, als sie hinten im Rover saßen, war die Sache wert. Maggie plant die Hochzeit. Sie hat sich den Kopf zerbrochen, wo nach der Trauung der Empfang stattfinden soll.“

„Du hast ihr aber nicht wieder deinen Garten angeboten, so wie neulich Seamus Galvin?“

„Nein. Der Marquis ist ins Torhaus gekommen, weil er sehen wollte, wie Sonny da untergebracht ist. Er hat den alten Knaben richtig ins Herz geschlossen. Als ich wegfuhr, um Maggie nach Hause zu bringen, plauderten die beiden über irgendeine neue nabatäische Ausgrabung in Jordanien, über frühe ägyptische Papyrusrollen und Grundbesitz in Irland unter den Normannen. Aber das Wichtigste ist, dass Seine Lordschaft ihnen zugesagt hat, dass sie das Fest bei ihm veranstalten können.“

„Toll!“, sagte Barry.

Die Tür ging auf und Mrs Kincaid stand vor ihnen, schon im Mantel. „Hier ist Ihr Omelett“, sagte sie und stellte einen Teller vor Barry auf den Tisch. „Ich muss jetzt los, sonst komme ich zu spät. Die Landfrauen treffen sich heute.“

„Kinky, sehen Sie Mrs Bishop heute Abend?“, wollte O’Reilly wissen.

„Ja, ich denke schon.“

„Soweit ich weiß, hat Dr. Laverty Sie gebeten, mit ihr zu sprechen …“

Barry hatte ihm von seiner Idee erzählt.

„Ja, ich habe es nicht vergessen. Mal hören, was sie über Bertie und den Pachtvertrag für den Schwarzen Schwan weiß.“

„Schön.“

„Setzen Sie sich, Dr. Laverty, und langen Sie ordentlich zu.“

Kinky ging hinaus, streckte aber gleich wieder den Kopf zur Tür herein. „Dr. O’Reilly, da hat jemand etwas für Sie vor die Tür gelegt.“

„Doch nicht noch eine Katze?“, fragte Barry. Er erinnerte sich gut daran, wie Lady Macbeth zu ihnen gekommen war.

„Nein“, erklärte Kinky, „einen einzelnen, einsamen Gummistiefel.“

„Wenn dieser blöde Hund mir noch mal einen Gummistiefel anschleppt, dann besorge ich ihm einen Maulkorb!“, schimpfte O’Reilly am nächsten Tag. „Ich bin gestern Abend wirklich überall gewesen. Am Ende habe ich den zweiten Stiefel oben in den Ballybucklebo Hills gefunden." Er öffnete die Tür zum Behandlungszimmer, aber dann zögerte er. „Weißt du was? Ich bin müde, deswegen hole ich heute Morgen die Patienten rein. Mach du die Arbeit."

„Einverstanden." Barry ging ins Behandlungszimmer und setzte sich auf den Drehsessel. O'Reilly folgte ihm, brachte Donal Donnelly mit und nahm auf der Untersuchungsliege Platz.

„Morgen, Donal", sagte Barry. Ihm fiel auf, wie müde der junge Mann aussah. Seine rechte Hand hielt er mit der linken umfasst.

„Wie geht's Julie?"

„Die haben großartige Arbeit geleistet im Royal, nachdem Sie weg waren, doch, wirklich. Sie ist operiert worden, und als ich gestern Abend nach Hause musste, konnte sie schon im Bett sitzen, mit einem Tässchen Tee in der Hand. Donnerstag wollen sie sie schon wieder rauslassen."

„Es tut mir leid, dass sie das Kind verloren hat."

„Ja. Das ist nun nicht zu ändern. Die Frau Doktor hat mir gesagt, Sie hätten alles richtig gemacht, Sir, und das Baby hätte wahrscheinlich irgendwie Missbildungen gehabt. Vielleicht war es so am besten."

„Das kann durchaus sein, Donal."

„Na gut", meinte Donal, „aber ich bin gar nicht wegen Julie hier. Ich hab mir den Finger kaputt gemacht." Donal setzte sich auf einen Holzstuhl und hielt Barry die rechte Hand unter die Nase. „Ich hab mir den Finger vorhin ganz schlimm verdreht, als ich auf der Baustelle bei Sonny eine Ladung Dachziegel hochheben wollte."

Barry sah, dass die Spitze des rechten Mittelfingers nach oben abgeknickt war. Der Finger war gerötet und angeschwollen. „Können Sie ihn überhaupt bewegen?"

„Nein, Sir."

Barry nahm die Fingerspitze und versuchte vorsichtig den Finger zu strecken.

Mit einem Ruck entriss ihm Donal die Hand. „Das tut weh!"

„Entschuldigung, Donal." Barry war sicher, dass die lange Sehne, die normalerweise die Fingerspitze zurückzieht, vom Knochen abgerissen war. Und wahrscheinlich war dabei auch ein Stückchen Knochen mit abgerissen. Ein Röntgenbild könnte Aufschluss darüber geben, aber ob jetzt wirklich ein Knochenstückchen abgesplittert war oder nicht – die Behandlung war die gleiche. „Sie haben da einen Hammerfinger, Donal. Ich muss ihn eingipsen." Er stand auf und holte den Instrumentenwagen.

„Ich hole das Wasser“, sagte O’Reilly. Als Barry eine Gipsrolle aus einer Schublade des Rollwägelchens herausnahm, hörte er Wasser in eine Schüssel plätschern.

„Wie lange dauert es, bis der Finger wieder in Ordnung ist, Doktor?“

„Der Gips bleibt sechs Wochen dran, und dann kann es noch eine ganze Weile dauern, bis der Finger wieder völlig geheilt ist.“

O’Reilly stellte die Schüssel mit warmem Wasser auf das Wägelchen.

„Sechs Wochen?“ Donal stieß einen Pfiff aus. „Das hält die Arbeit an Sonnys Dach aber gewaltig auf.“

„Mach dir deswegen mal keine Gedanken“, sagte O’Reilly. „Seamus und Mary reisen nächste Woche mit dem kleinen Fingal nach Kalifornien ab, das wird die Reparatur ohnehin verzögern. Wir müssen Bishop einfach dazu bringen, mehr Leute einzustellen, damit das Haus fertig wird.“

Donal lächelte spöttisch. „Der hat doch nichts anderes mehr im Kopf als seine Pläne, wie er sich den Dreckspatz unter den Nagel reißen kann. An das Dach denkt der gar nicht mehr.“

Barry formte aus einem Stück von der weißen Gipsrolle eine Röhre.

„Darum werden wir uns schon kümmern“, meinte O’Reilly, „und außerdem hat Sonny fürs Erste eine Bleibe.“

„Ja. Aber davon wird das Dach nicht fertig.“ Donal war sichtlich am Nachdenken. „Ich glaube, ich rede mal mit ein paar von den Jungs. Hab mal so einen amerikanischen Film gesehen, da waren ’ne Menge Männer, irgendwo auf dem Land, und die haben sich alle getroffen und für einen von ihnen eine Scheune gebaut. Das ging ruck, zuck.“

„Damit würde Bishop aber eine Menge Geld sparen“, gab O’Reilly zu bedenken.

„Der kann mich mal. Ich würde das doch für Sonny und Maggie machen.“

Barry schob die Gipsröhre über Donals Mittelfinger bis ganz an die Hand hinunter. Dann führte er die Spitzen seines eigenen Daumens und Mittelfingers zusammen, wie um ein O zu formen. „Können Sie das nachmachen?“

Donal tat, was von ihm verlangt wurde. „Autsch“, sagte er.

„Und jetzt legen Sie die Hand in die Wasserschüssel.“

„Das ist schön warm, ja.“

Barry modellierte den Gipsverband um Donals Mittelfinger herum. Er spürte, wie das warme Wasser zwischen seinen Fingern hindurchtropfte, während er drückte. „So, fertig. Halten Sie den Finger mit dem Daumen gerade, bis der Gips trocken ist.“ Er ging zum Waschbecken und wusch sich die Hände.

Dann betastete er den Gips. „Trocknet prima. Donal, Sie können jetzt gehen. Kommen Sie morgen wieder. Dann muss ich prüfen, ob der Gips auch nicht zu eng ist.“

„Gut, Sir.“ Donal stand auf. „Ich glaube, ich fahre mal schnell zur Baustelle zurück. Dann sage ich Seamus, dass ich nicht mehr zum Arbeiten komme, und bitte ihn, heute Abend mit mir in den Dreckspatz zu gehen.“ Er grinste. „Ich glaube, Seamus könnte fast alle Jungs aus dem Dudelsackorchester dazu kriegen, bei Sonnys Dach zu helfen.“

IM FLUR klingelte das Telefon, und Barry hörte, wie Mrs Kincaid abnahm. Der Vormittag in der Praxis war nicht weiter aufregend gewesen, das Mittagessen war vorbei.

Mrs Kincaid kam herein. „Heute gab es wieder nur einen Anruf. Von Mrs Finnegan. Sie befürchtet, dass Declans Zustand sich verschlimmert hat.“

„Das ist doch der Mann, der Parkinson hat und mit der Französin verheiratet ist“, sagte Barry.

„Stimmt. Ist sie noch am Telefon?“, fragte O’Reilly.

„Nein, sie hat vorhin schon angerufen. Jetzt ist Mrs Fotheringham dran. Sie will Sie unbedingt sprechen, Dr. O’Reilly.“

O’Reilly verdrehte die Augen. „Ach herrje … ich komme“, sagte er seufzend.

Barry fragte sich, was die Frau wohl wollte.

Ein paar Minuten später kam O’Reilly zurück. „Dieses blöde Weib“, sagte er. „Sie will jetzt unbedingt wissen, woran ihr Mann gestorben ist.“

„Aber das Ergebnis der Obduktion ist doch noch nicht da.“

„Ich habe versucht, ihr das zu erklären, aber sie ist der Überzeugung, dass alles deine Schuld war.“ O’Reilly legte ihm die Hand auf die Schulter. „Sie hat gesagt, wenn sie nicht schnell eine Antwort kriegt, geht sie zu ihrem Anwalt.“

„Wie bitte? Sie will mich verklagen?“

„Wenn wir ihr nicht bald etwas vorlegen können, hat sie das vor.“

Ein Prozess wegen eines Kunstfehlers war der Albtraum eines jeden Arztes. So ein Verfahren würde seinen Ruf, den er gerade zu retten versuchte, vollkommen ruinieren.

„Ich weiß, was du denkst, mein Sohn. Wenn das vor Gericht kommt, spielt es gar keine Rolle, wie der Prozess ausgeht, dann wird es sehr schwierig für dich. Wir können nur hoffen, dass die Pathologen etwas finden."

Barry senkte den Kopf. Er hatte O'Reilly noch nicht erzählt, was sein Kommilitone Harry Sloan gesagt hatte. „Bisher haben sie nichts gefunden", sagte er nun.

„Wie?"

„Letzte Woche habe ich mit einem Assistenten aus der Pathologie gesprochen, einem alten Bekannten. Er war bei der ersten Untersuchung dabei und hat mir erzählt, dass alles ganz normal aussah. Er meinte, wir müssten die mikroskopische Gewebeuntersuchung abwarten."

„Das kann ein paar Wochen dauern."

„Eben. Aber Harry, mein Bekannter, hat mir versprochen, dass er sich die Schnitte selbst anschaut. Ich hatte gehofft, dass ich bis heute, spätestens morgen, von ihm höre."

O'Reilly wanderte zum anderen Ende des Esszimmers und zurück. „Also gut, wir machen jetzt Folgendes: Du fährst zu Declan Finnegan. Wenn sein Zustand sich verschlechtert hat, was wahrscheinlich ist, müssen wir ihn in die Neurochirurgie überweisen. Wenn du das für nötig hältst, fährst du weiter ins Royal und schnappst dir da den Chef der Neurochirurgie, Professor Greer. Wir haben mal zusammen Rugby gespielt, also sag ihm, ich hätte dich geschickt. Bitte ihn, möglichst bald einen Termin für Declan zu machen."

„Gut."

„Währenddessen fahre ich zu Mrs Fotheringham und versuche, die Wogen zu glätten."

10
Schulterschluss

Barry eilte den Hauptgang im Royal entlang und begab sich direkt zur Station 21, der Neurochirurgie. Erst einmal musste er einen Termin für Declan Finnegan bekommen.

Bei seinem Hausbesuch hatte Barry erschrocken festgestellt, dass sich Declans Zustand deutlich verschlimmert hatte. Declan musste zu einem Spezialisten, und zwar möglichst bald.

An der Rezeption von Station 21 blieb er stehen. Die auffallend hübsche, etwa fünfzigjährige Schwester, die dort saß, kannte er nicht. „Guten Tag", sagte er.

Ihr grau meliertes Haar lugte unter der riesigen, dreieckigen, gestärkten weißen Haube hervor, die im Royal ausschließlich von Krankenschwestern in höherer Stellung getragen wurde.

Sie lächelte ihn an. „Kann ich Ihnen helfen?"

„Da wäre ich Ihnen sehr verbunden. Ich bin Dr. Laverty. Vielleicht wissen Sie, wie ich Professor Greer erreichen kann? Ich möchte mit ihm über einen Parkinsonpatienten sprechen. Dr. O'Reilly hat mich hergeschickt."

„Dr. O'Reilly? Fingal Flahertie O'Reilly?"

„Das ist mein Chef."

„Wie geht's dem alten Tunichtgut denn?" Ihr Akzent verriet, dass sie aus Dublin stammte.

„Es geht ihm gut. Sie kennen ihn?"

„Von früher", sagte sie. „Ich war vor dem Krieg in Dublin Lernschwester, und er hat am Trinity College studiert. Er sah gar nicht so schlecht aus, damals, als er mit Professor Greer zusammen Rugby spielte." Sie klang ein bisschen wehmütig. „Und Sie wollen den Professor sprechen?"

„Ja, bitte."

Sie warf einen Blick auf die Uhr, die an ihrer Schürze hing. „Montag, drei Uhr – da ist er in seinem Büro und diktiert Sprechstundenberichte." Sie stand auf. „Warten Sie mal eben. Ich frage nach, ob er ein paar Minuten für Sie erübrigen kann."

Gleich darauf war sie wieder da. „Sie haben Glück. Ich zeige Ihnen den Weg." Sie führte Barry durch einen kurzen Flur und hielt ihm die Tür zu einem kleinen Büro auf.

„Kommen Sie rein, Laverty." Professor Greer erhob sich von seinem mit Papieren überladenen Schreibtisch. Kaum zu fassen, aber der Mann war sogar noch größer als O'Reilly. Seine kupferroten Augenbrauen passten zu seinem strubbligen roten Haarschopf. Sein Händedruck war fest und angenehm.

„Hier", sagte er und zog einen Stuhl an den Schreibtisch heran, „setzen Sie sich."

„Danke, Sir." Barry wartete, bis der Professor sich wieder hingesetzt hatte, dann nahm er selbst Platz.

„Was kann ich für Sie tun, Laverty?"

„Dr. O'Reilly lässt fragen, ob Sie uns bei einem Patienten helfen können."

Der Professor lachte. „Was, schon wieder? Ich habe doch letzten Monat ein Hirnaneurysma für euch operiert."

„Ich weiß“, sagte Barry. „Der Patient ist letzten Sonntag gestorben.“

„Ist das wirklich wahr?“ Der Professor beugte sich vor und schaute Barry ins Gesicht. „Ist eine weitere Blutung aufgetreten?“ Er wirkte besorgt.

„Der erste Obduktionsbefund ist negativ. Jetzt warten wir auf die Ergebnisse aus der Histologie.“

„Da bin ich aber froh, dass es nicht an der Operation gelegen hat.“ Er lehnte sich zurück. „Aber Sie sind vermutlich wegen eines anderen Falles hier.“

„Wir haben einen Patienten, Declan Finnegan, der unter Morbus Parkinson in fortgeschrittenem Stadium leidet. Seine Frau und er kommen nicht mehr damit zurecht. Dr. O'Reilly lässt fragen, ob Sie ihn untersuchen und möglicherweise auch operieren könnten.“

„Wie alt ist er?“

„Vierundsechzig.“

„Und hat keine Enzephalitis gehabt?“

„Nicht dass ich wüsste, Sir.“

„Ist er inkontinent?“

„Leider ja.“

„Wahrscheinlich wegen Bluthochdrucks oder Arteriosklerose.“

„Heißt das, dass Sie ihn nicht operieren können?“

„Erst muss ich ihn sehen.“ Der Professor blätterte in einem großen Terminkalender. „Sagen Sie mir seinen Namen und seine Adresse.“

Das tat Barry, und Greer notierte alles in seinem Kalender. „Können Sie ihn am Mittwoch um sechs herschicken? Ich nehme ihn nach der Sprechstunde noch dran. Vielleicht können wir ja etwas für ihn tun.“

„Das ist sehr liebenswürdig von Ihnen, Sir.“

„Das gehört zu unserer Arbeit dazu, aber Sie als Hausarzt wissen das ja. Fingal nimmt Sie bestimmt ordentlich ran.“

Barry musste lächeln. „Da haben Sie Recht.“

Der Professor beugte sich vor. „Und haben Sie Freude an der Arbeit?“

„Ja, doch, aber …“

„Aber Sie sind immer noch ganz bedrückt, wenn Sie einen Patienten verlieren? Das ist nicht Ihre Schuld.“

Barry seufzte. „In diesem Fall vielleicht doch. Ich habe anfangs eine falsche Diagnose gestellt. Wenn wir ihn eher eingewiesen hätten, wäre er vielleicht …“

„Das möchte ich bezweifeln. Ich erinnere mich an den Fall. Ein kleines

Aneurysma. Eine kleine Blutung. Sie war leicht zu beheben, und die Ergebnisse waren sehr gut.“

„Seine Frau spricht davon, dass sie Klage gegen mich erheben will“, platzte er heraus.

„Diese verdammten Rechtsverdreher!“

„Ich weiß es erst seit ein paar Stunden. Dr. O’Reilly ist zu der Witwe gefahren. Er will ihr nahelegen, doch zu warten, bis wir mit Sicherheit wissen, woran ihr Mann gestorben ist.“

„Gut. Wenn irgendjemand ihr einen Prozess ausreden kann, dann ist das Fingal O’Reilly. Sie sagten, die Ergebnisse der histologischen Untersuchung stehen noch aus?“

„Ja, Sir.“

„Kopf hoch. Mit etwas Glück sind Sie damit aus dem Schneider. Und wenn nicht, stelle ich mich als Gutachter zur Verfügung.“ Er streckte die Hand aus, und die Wärme seines Griffes tröstete Barry. „Wenn Sie ihn in einem frühen Stadium gesehen haben, und er hat bloß einen steifen Hals gehabt …“

„Genau so war es, Sir, das war das einzige Symptom.“

„Wenn das alles war, hätte ich selbst auch eine Fehldiagnose stellen können.“

„Danke, Sir.“

„Nichts zu danken.“ Der Professor lächelte. „Ich würde Ihnen gern mein Motto mit auf den Weg geben: Hoffen Sie das Beste, aber seien Sie auf das Schlimmste gefasst.“ Greer trat zu einem gerahmten Foto, das an der Wand hing. Es zeigte eine Gruppe junger Männer in dreckigen Stiefeln, Shorts und grünen Hemden. „Die Iren, 1939 im Lansdowne-Road-Stadion in Dublin. Wir haben Schottland zwölf zu drei geschlagen.“ Er deutete auf zwei junge Männer in der ersten Reihe, die in die Kamera lächelten. Der eine hatte flammend rotes Haar, der andere war offensichtlich O’Reilly. Die Schwester hatte Recht gehabt. Er hatte wirklich nicht übel ausgesehen.

„Sie haben die beiden besten Zweite-Reihe-Stürmer hinter sich, die Irland je hervorgebracht hat. Ich würde ja gern noch länger plaudern, aber …“

„Ich verstehe, und vielen Dank, Sir.“ Barry ging hinaus.

„Hat alles geklappt?“, fragte ihn die Krankenschwester hinter dem Schreibtisch.

„Ja, sehr gut, danke.“

„Schön. Und, Dr. Laverty? Wenn Sie Fingal Flahertie O'Reilly sehen, richten Sie ihm bitte Grüße von Caitlin O'Hallorhan aus."

„Ja, gern." Barry verließ die Station. Nach seinem Gespräch mit Professor Greer war ihm etwas leichter ums Herz. Er ließ die neurologische Abteilung hinter sich und ging wieder den Hauptflur entlang hinüber zur Pathologie. Sein Puls wurde schneller.

Barry atmete tief durch und schritt energisch aus. Er musste unbedingt Harry Sloan finden.

BARRY blieb vor einer gläsernen Doppeltür stehen. ABTEILUNG FÜR PATHOLOGIE. KEIN ZUTRITT stand auf einem Schild an der Wand. Entschlossen schob Barry die Türen auf. Rechts stand die Tür zu einem Büroraum offen. Drei Sekretärinnen saßen an ihren Schreibtischen und tippten eifrig. „Ja?" Eine kleine Frau mit Brille blickte ihn über ihre Schreibmaschine hinweg an.

„Ich suche Dr. Sloan. Ich bin Dr. Laverty."

„Harrys Tür ist die dritte links."

Barry bedankte sich, ging den Flur hinunter und klopfte an Harrys Tür.

Harry Sloan saß auf einem Drehstuhl auf Rollen vor einem Arbeitstisch. Er hob den Kopf von den Okularen eines Mikroskops und rieb sich die Augen. „Mmh ... ja ... Barry, du willst die histologischen Befunde von diesem Aneurysma, was?" Er zog die Brauen zusammen. „Tut mir schrecklich leid, Barry, wirklich. Ich habe noch keine freie Minute gehabt. Ich habe es versucht, aber zwei von den MTAs haben die Grippe. Da bleibt alles liegen. Ich weiß nicht mal, ob die Schnitte schon gemacht worden sind."

Barry versuchte, sich seine Enttäuschung nicht anmerken zu lassen.

„Es ist wichtig, ja?"

„Als wir letzte Woche darüber gesprochen haben, wollte ich mir vor allem selbst Gewissheit verschaffen. Aber heute habe ich erfahren, dass die Witwe mich verklagen will, wenn ich nicht erklären kann, warum ihr Mann gestorben ist."

„Oh, dann ist es brandeilig. Will sehen, was ich da tun kann." Harry nahm den Telefonhörer ab, wählte und sagte dann zu Barry: „Ich rede mal eben mit dem Laborleiter."

Gespannt hörte Barry zu.

„Hallo? Hughey?", sagte Harry in den Hörer. „Ich bin's, Harry Sloan. Erinnern Sie sich an die Obduktion neulich? Den Fall mit der Subarachnoidalblutung? Genau. Hören Sie, ich brauche die Schnitte vom Herzen so schnell wie irgend möglich. Ja. Ich warte." Schulterzuckend warf er Barry einen Blick zu. „Ja. Das darf nicht wahr sein. Sie sind immer noch nicht fertig? Jaja, ich verstehe. Hören Sie mal, Hughey, können Sie mir einen kleinen Gefallen tun? Ein Kumpel von mir hat vielleicht einen Anwalt auf dem Hals, wenn ich nicht schnell ein paar Ergebnisse für ihn habe. Ja, richtig. Genau. Ich bin Ihnen ein Bier schuldig." Harry legte auf und sagte zu Barry: „Der Laborleiter meint, er setzt sich sofort dran, aber es dauert ein paar Tage. Deine Telefonnummer habe ich ja noch. Ich rufe dich an, sobald ich etwas weiß."

Barry verabschiedete sich. Es fiel ihm ein, dass er Patricia anrufen musste, um ihr für morgen viel Glück zu wünschen. Anrufen? Ach was. Kinnegar lag ja auf dem Heimweg. Er beschloss kurz bei ihr hineinzuschauen.

IM KÜHLEN NIESELREGEN wirkten die Seemauer und der Asphalt der Esplanade fast schwarz. Draußen in der Bucht ertönte der klagende Ruf eines Nebelhorns. Barry schlug seinen Jackenkragen hoch, lief zu Haus Nummer 9, klingelte bei Wohnung 4 und wartete.

„Barry?" Patricia stand in der Tür. „Komm schnell rein. Du wirst ja patschnass."

Er folgte ihr in die Wohnung. „Entschuldige, dass ich so reinschneie, ich wollte dir einfach für morgen viel Glück wünschen." Ihr Tisch war mit aufgeschlagenen Fachbüchern bedeckt.

„Setz dich."

Barry ließ sich auf der Couch nieder. „Morgen ist ein großer Tag. Hast du weiche Knie wegen der Prüfung?"

Sie nickte. „Ich wollte mir heute in letzter Minute noch was reinpauken, aber ich kann mich nicht mehr konzentrieren."

Er klopfte neben sich auf das Sofa. „Komm, setz dich hin."

Patricia setzte sich neben ihn und nahm seine Hand.

Er gab ihr einen zarten Kuss. „Weißt du, was mit dem ‚zweiten Gesicht' gemeint ist?"

Sie nickte. „Manche Leute haben diese Gabe. Sie können hellsehen." Sie schaute ihm in die Augen. „Aber du glaubst doch nicht an so was, oder? Du bist doch Naturwissenschaftler."

„Ehrlich gesagt, ich weiß es nicht. Aber ich habe so ein komisches Gefühl, dass du das mit links machst." Er hatte überhaupt kein derartiges Gefühl, aber es lohnte sich, ihr das vorzuschwindeln, denn die Lachfältchen in ihren Augenwinkeln wurden tiefer.

„Ich weiß nicht, ob ich dir glauben soll oder nicht.“ Sie küsste ihn. „Aber es ist lieb, dass du es gesagt hast.“ Patricia stand auf. „Möchtest du noch ein bisschen bleiben? Ich wollte mir gerade Rührei machen.“

Nichts wollte Barry lieber, aber er hatte O’Reilly nicht gesagt, dass er vielleicht länger fortbleiben würde, als seine Vorhaben in Belfast es erforderlich machten. „Ich würde sehr gern bleiben, aber …“

Sie seufzte. „Aber die Pflicht ruft … und deine Patienten.“ Sie beugte sich zu ihm und nahm seine Hand. „Das gehört auch zu den Dingen, die ich an dir liebe, Barry. Ich glaube, ich könnte mich glücklich schätzen, wenn ich deine Patientin wäre.“

„Ich liebe dich, Patricia“, sagte er und küsste sie. „Rufst du mich morgen Abend an?“

„Auf jeden Fall!“

Barry wandte sich zur Tür. „Fährst du nach Newry zu deinen Eltern, oder bist du am Samstag hier?“

„Ich bin hier.“

„Das ist schön, denn ich würde mich freuen, wenn du mit mir auf eine Hochzeit gehen würdest. Zwei sehr liebenswerte alte Leutchen.“

„Gern.“

„Toll.“ Er öffnete die Tür. „Gib morgen dein Bestes“, sagte er noch, dann ging er.

NACH dem unwirtlichen Wetter draußen war es sehr gemütlich in der warmen Küche. Mrs Kincaid stand am Tisch und rührte energisch in einer Schüssel. „Da sind Sie ja wieder“, sagte sie.

„Ist Dr. O’Reilly zurück?“

„Ja, er wartet oben in der Stube auf Sie.“

„Danke, Kinky.“ Er hängte seine Jacke auf und ging nach oben in die Wohnstube.

O’Reilly stand mit einem Whiskeyglas in der Hand vor dem Kamin und starrte Lady Macbeth an, die aufrecht vor seinen Füßen auf dem Teppich saß. Er bückte sich und kraulte der Katze den Kopf. Sie stand sofort auf, machte einen Buckel und ging dann vor ihm hin und her, dabei drückte sie die Flanke gegen O’Reillys Hand. Er lachte. „Ein richtiger Streichelautomat, das Tier!“

Barry hörte die Katze schnurren.

O’Reilly deutete auf die Anrichte. „Schenk dir was ein und dann setz dich her.“ Er ließ sich in seinen Sessel plumpsen.

Barry stellte seine Tasche ab, goss sich einen Sherry ein und ließ sich in dem zweiten Sessel nieder. „Ich war bei Harry Sloan", sagte er.

„Deinem Pathologenfreund? Und?"

Barry zuckte die Achseln. „Er hat immer noch keine Ergebnisse. Er versucht, die Sache zu beschleunigen, aber es wird trotzdem noch ein paar Tage dauern. Er will mich anrufen."

O'Reilly sah Barry an. „Und das macht er auch?"

„Ich glaube schon."

„Hoffentlich." O'Reilly erhob sich. „Ich habe heute Nachmittag die Witwe besucht."

Unwillkürlich packte Barry sein Sherryglas fester.

„So einen Zorn habe ich schon lange nicht mehr erlebt." O'Reilly lehnte sich gegen das Kaminsims. „Das ist natürlich normal. Wenn jemand einen lieben Menschen verliert, möchte er am liebsten drauflosschlagen. Ich war eine ganze Stunde bei ihr."

„Und was hat sie vor, Fingal?"

„Schwer zu sagen. Ich glaube, ich konnte sie ein bisschen beruhigen. Aber dass ein Prozess gegen dich weder den Major zum Leben erweckt noch ihr selbst Erleichterung verschafft, hat sie nicht eingesehen. Sie hat mir versprochen, dass sie die Sache fallen lässt, wenn wir ihr eine zufriedenstellende Erklärung geben können. Aber den Termin mit ihrem Anwalt hat sie schon am Montag."

„Was, schon Montag?" Erschrocken blickte Barry seinen Chef an.

O'Reilly nickte. „Ich bin sicher, dass sie wartet. Aber wenn wir ihr bis zum Wochenende nichts vorlegen können, wird sie kaum noch zu stoppen sein."

„Danke, Fingal", sagte Barry leise.

„Aber das Gespräch mit deinem Freund war schließlich nicht der einzige Grund, warum du ins Royal gefahren bist, oder?"

„Nein."

Barry leerte sein Sherryglas und schenkte sich noch einmal ein. „Ich war bei deinem Freund Professor Greer. Nächsten Mittwoch hat er für Declan Finnegan Zeit."

„Das ist typisch Charley. Hast du für Declan schon einen Krankenwagen organisiert?"

„Nein, aber das mache ich noch. Dein Freund Charley hat mit mir über Major Fotheringham gesprochen. Als ich ihm erzählt habe, was hier vor sich geht, hat er mir versprochen, sich als Gutachter zur Verfügung zu stellen, falls ich einen brauche. Er hat den Major operiert, weißt du."

„Mit ein bisschen Glück kommt es nicht so weit, aber falls doch, ist es gut, wenn wir Charley auf unserer Seite haben.“ Barry betrachtete O’Reillys Blumenkohlohren, und ihm fiel ein, dass er bei der Marine ein gefeierter Boxer gewesen war. „Charley ist ein verdammt zäher Kämpfer.“

„Er hat mir ein Foto gezeigt … ihr beide im irischen Rugbyteam.“

O’Reilly lachte. „Boxen, Rugby … ein Wunder, dass ich das Trinity College überhaupt abgeschlossen habe.“

Barry erinnerte sich an den Blick der Schwester auf der neurochirurgischen Station, als er erwähnt hatte, dass er bei Dr. O’Reilly arbeitete. „Ich habe übrigens noch jemanden aus deiner Universitätszeit kennen gelernt, Fingal.“

„Und wer könnte das sein?“

„Eine Stationsschwester. Caitlin O’Hallorhan. Sie hat mir Grüße an dich aufgetragen.“

„Nicht möglich. Kitty? Ich habe sie seit vielen Jahren nicht gesehen.“ Barry hörte eine ungewohnte Sanftheit in O’Reillys Stimme. „Ich frage mich, was sie wohl die ganzen Jahre gemacht hat.“

„Warum rufst du sie nicht mal an?“

O’Reilly räusperte sich. „Weil ich zu viel zu tun habe. Abgesehen von der Praxis muss ich mich ja auch noch um Bertie Bishop und den Dreckspatz kümmern. Da bleibt uns keine freie Minute. Und Samstag gehen wir dann auf die Hochzeit von Sonny und Maggie.“

„Klar.“

„Ich habe dir doch gesagt, dass das hier kein Ferienlager ist.“

11
Arbeit ist die beste Medizin

„Los, Barry, aufstehen!“ Jemand rüttelte ihn an der Schulter. „Raus aus dem Bett mit dir, du Faulpelz, aber dalli!“ O’Reilly zog mit einem Ruck die Vorhänge des Mansardenfensters zurück und stapfte hinaus. Barry blinzelte in die Sonne. Er kletterte aus dem Bett, stolperte ins Bad, wusch sich kurz und zog sich eilig an. Dann trottete er ins Esszimmer hinunter.

O’Reilly saß bereits beim Frühstück. „Bedien dich.“ Er deutete mit der Gabel auf eine silberne Warmhalteschüssel. „Und ein bisschen Tempo, bitte.“

Der Geruch der Heringe war überwältigend. Barry hob den Deckel, packte sich ein paar Salzheringe auf den Teller und setzte sich.

„Hier." O'Reilly schob ihm eine gefüllte Teetasse über den Tisch. „Schlecht geschlafen?"

Barry nickte. Er nahm den Tee entgegen und goss Milch hinein.

„Das wundert mich gar nicht. So ein Prozess ist ein harter Schlag für einen Arzt", bemerkte O'Reilly, während er sich einen Toast nahm. „Wir alle, und manche mehr als andere, haben uns auch deswegen für die Medizin entschieden, weil es uns ein Bedürfnis ist, dass die Leute gut von uns denken. Das gilt sogar für mich."

Noch nie hatte O'Reilly von seinen Gefühlen gesprochen.

„Bist du schon mal verklagt worden, Fingal?"

„Ich?" O'Reilly griff nach der Marmelade. „Nein, jedenfalls bisher nicht. Mein bester Freund vom Trinity ist vor Gericht gelandet. Er war ein verdammt guter Chirurg, und er hat den Prozess gewonnen, aber danach war er nicht mehr der Alte. Ich will auf gar keinen Fall, dass dir das passiert."

„Ich sehe nicht, wie du es verhindern könntest."

„Ich wohl! Erstens …", er deutete mit dem angebissenen Toast auf Barry, „kann es gut sein, dass dein Kumpel bald einen Befund hat."

Plötzlich wurde Barry klar, was O'Reillys Strategie war. O'Reilly hatte mit seiner Weigerung, den Totenschein für den Major zu unterschreiben, die Obduktion quasi erzwungen. Offenbar hatte er die Reaktion der Witwe vorhergesehen und mit dieser Maßnahme versucht, Barry und natürlich auch den Ruf seiner Praxis zu schützen.

„Zweitens …", O'Reilly biss noch einmal ab, „besuche ich die Witwe noch mal, wenn es sein muss. Und drittens werde ich dich unter keinen Umständen über die Geschichte nachgrübeln lassen, bevor wir nicht sicher wissen, wie es weitergeht."

„Das ist leichter gesagt als getan."

„Aber ich kenne da ein Mittel: Man muss so intensiv eine Arbeit tun, die man liebt, dass …", er fixierte Barry mit einem strengen Blick, „„… und du liebst deine Arbeit doch, oder?"

„Ja natürlich."

„Dann ist ja gut." O'Reilly verputzte seinen letzten Happen Toast und stand auf. „Und noch was: Ich weiß, dass es in deinem Leben noch eine zweite Liebe gibt."

Ach du Schreck! Heute hatte Patricia ihre Prüfung. Barry war so mit seinen eigenen Problemen beschäftigt gewesen, dass er das komplett vergessen hatte.

„Ich werde dafür sorgen, dass du auch dafür Zeit findest."

„Danke, Fingal."

„HEUTE bist du am Ruder", sagte O'Reilly und ging ins Wartezimmer. Er kehrte mit Donal Donnelly im Schlepptau zurück. Der setzte sich auf einen Stuhl.

„Morgen, Donal. Lassen Sie mich mal sehen."

Donal streckte Barry die Hand hin. Der Gips um den Finger war schon schmuddlig, aber die Fingerspitze, die oben herausragte, rosa. Der Gips war also nicht zu eng. „Sieht prima aus, Donal."

Barry drehte sich zum Schreibtisch und füllte ein Formular aus. „In sechs Wochen nehmen wir ihn dann ab."

Er gab Donal das Formular. „Hier. Das ist die Krankmeldung. Ich denke, Sie können das Geld gebrauchen, weil Sie jetzt ja nicht arbeiten können."

„Danke, Sir. Aber ich arbeite trotzdem."

„Was denn?", mischte O'Reilly sich ein.

„Na ja, nicht für Geld, Sir." Eilig schob Donal das Blatt Papier in seine Gesäßtasche. „Gestern, nachdem ich Julie im Royal besucht hatte, bin ich noch im Dreckspatz gewesen. Seamus und ich haben eine ganze Menge Jungs zusammengetrommelt, die abends nach der Arbeit zu Sonnys Haus kommen wollen. Ich soll den Boss spielen, haben sie gesagt. Also so 'ne Art Aufsicht."

„Nicht schlecht, Donal", sagte Barry.

„Sonny ist doch ein anständiger alter Knabe. Und ich brauche bloß auf meinen vier Buchstaben zu sitzen und ihnen zu sagen, was sie tun sollen. Noch eine Woche, schätze ich, dann ist das Haus wieder so gut wie neu. Sie sagen Sonny doch nichts davon, oder? Wir möchten gern, dass es eine Überraschung wird."

„Darauf hast du unser Wort, Donal", versprach O'Reilly.

„PUH!", seufzte O'Reilly, als der letzte Patient gegangen und das überfüllte Wartezimmer leer geworden war. Die drei von Fergus Finnegan angekündigten Stalljungen waren tatsächlich gekommen, was Barry sehr gefreut hatte.

O'Reilly stand auf und streckte sich. „So", sagte er und machte sich auf den Weg ins Esszimmer. „Mittagessen."

Kinky erwartete sie bereits. „Sie kommen aber spät“, meinte sie. Sie stellte Barry und O’Reilly ihre Teller hin. „Es ist bloß eine kalte Quiche Lorraine, die verdirbt nicht.“

O’Reilly probierte einen kleinen Bissen und grinste dann breit. „Das schmeckt lecker, Kinky.“

„Haben Sie was anderes erwartet?“, fragte sie.

„Sie sind großartig, Kinky“, sagte Barry.

„Gar nicht, nein.“ Aber ihr Lächeln wurde breiter. „Na ja“, sagte sie, „was das Kochen angeht, vielleicht …“ Barry wollte schon zustimmen, aber sie sprach weiter. „Bei Mrs Bishop konnte ich allerdings wenig ausrichten.“

„Aha?“, sagte O’Reilly mit vollem Mund.

„Ich habe versucht, etwas über den Pachtvertrag vom Schwarzen Schwan rauszukriegen, aber ich glaube, sie weiß nicht viel darüber.“

„Also sind wir noch nicht weiter?“, fragte O’Reilly.

„Na, vielleicht ein ganz kleines bisschen, aber ich hab das nicht richtig verstanden. Er hat ihr gesagt, er bekommt den Dreckspatz, wenn niemand das mit dem Bach rauskriegt. Er hat ihr verboten, darüber zu sprechen.“

„Ein Bach?“, fragte Barry. „Was denn für ein Bach?“

Kinky schüttelte den Kopf. „Das wusste sie nicht.“

„Ich hab auch keine Ahnung“, gab O’Reilly zu, „aber ich habe eine Idee, wer uns weiterhelfen könnte. Haben Sie die Liste für heute Nachmittag?“

„Ja, hier.“ Kinky zog ein Blatt Papier aus der Schürzentasche.

O’Reilly überflog es rasch. „Nicht schlecht“, bemerkte er. „Wir müssen Declan Finnegan seinen Termin mitteilen, und zum Schluss würde ich gern im Torhaus vorbeischauen.“

„Um sicher zu sein, dass es Sonny gut geht?“

„So was Ähnliches“, sagte O’Reilly vage. „Und bis zum Abendbrot müssen wir wieder zurück sein. Dann musst du deine Miss Spence anrufen.“

„Wir sind da“, sagte O’Reilly und parkte vor dem einstöckigen, aus Ziegelsteinen erbauten Torhaus an der Einfahrt zum Anwesen des Marquis.

Barry stieg aus. Die reich verzierten schmiedeeisernen Tore standen offen, und am Ende der langen Einfahrt konnte er den georgianischen Säulenvorbau des Herrenhauses sehen.

O’Reilly hämmerte gegen die Tür. „Ist jemand zu Hause?“

Zu Barrys Überraschung öffnete der Marquis persönlich. „Ah, O'Reilly und der junge Laverty. Sie wollen Sonny besuchen?"

Barry folgte den Männern über einen kurzen Flur mit Parkettfußboden durch eine offene Tür in ein kleines, sehr ordentliches Wohnzimmer.

Sonny erhob sich aus einem dick gepolsterten Sessel, um seine Besucher zu begrüßen. Über seinem weißen Oberhemd trug er eine Strickjacke, dazu schwarze Hosen mit scharfen Bügelfalten. Vor seinem Sessel stand ein Tischchen mit einer Messingplatte, darauf ein Schachbrett mit einem angefangenen Spiel. „Dr. O'Reilly", sagte Sonny. „Was für eine schöne Überraschung."

„Setz dich doch wieder, Sonny." O'Reilly fühlte Sonny den Puls.

Barry sah, dass Sonnys Augen leuchteten und dass er keine Schwierigkeiten beim Atmen hatte, auch wenn über seinen Wangenknochen noch ein Anflug von Grau zu erkennen war. Schon vor seiner schweren Krankheit hatte Sonny an chronischer Herzschwäche gelitten, die O'Reilly aber mit Digitalis und einem Diuretikum gut unter Kontrolle gehalten hatte.

„Deine Pumpe läuft wie geschmiert, Sonny", sagte O'Reilly und gab sein Handgelenk frei. „Hast du noch von den Pillen, die wir dir gegeben haben?"

„Ja, Doktor."

„Nimm sie weiter. Samstag ist ein großer Tag für dich." Er wandte sich an den Marquis. „Werden Sie dafür sorgen, dass Sonny in die Kirche kommt, Sir?"

Der Marquis lächelte. „Ich bin sein Trauzeuge. Ich fahre ihn im Rolls-Royce hin."

Sonny hüstelte. „Dürfte ich Sie um einen Gefallen bitten, Dr. O'Reilly? Maggie ist zu schüchtern, um Sie selbst zu fragen."

„Schießen Sie los!"

„Ihr Vater ist ja schon lange tot, und sie möchte, dass alles so gemacht wird, wie es sich gehört. Da hat sie mich gebeten, Sie zu fragen … ob Sie als Brautführer fungieren würden?"

„Ich?" O'Reilly grinste von einem Ohr zum anderen. „Mit dem größten Vergnügen!"

„Ich glaube", meinte der Marquis, „all das Gerede vom Heiraten verlangt nach einem Glas Sherry. Setzen Sie sich doch bitte, meine Herren."

„Sie haben nicht vielleicht ein Tröpfchen John Jameson, Eure Lordschaft?", fragte O'Reilly und ließ sich auf einem kleinen Sofa nieder.

„Doch, natürlich, Fingal … und ich vermute, Sonny darf auch ein Schlückchen?“

„Selbstverständlich.“ O’Reilly nahm sein Glas Whiskey entgegen.

Barry setzte sich neben O’Reilly und griff nach seinem Sherry.

„Auf das glückliche Paar.“ Der Marquis hob sein Glas.

„Das ist ein hervorragender Tropfen“, meinte O’Reilly, nachdem er sein Glas in einem Zug halb ausgetrunken hatte. „Besser als das Zeug, das Willy im Dreckspatz ausschenkt.“

„Im Dreckspatz?“, fragte der Marquis nach. „Ich habe Gerüchte über den Schwarzen Schwan gehört.“

O’Reilly nickte. „Der Pachtvertrag läuft in Kürze aus, und Bertie Bishop ist der Eigentümer. Er will den Vertrag nicht verlängern, denn er möchte unseren alten Pub in eine Touristenfalle verwandeln. Alles Alte rausreißen und tonnenweise Chrom und Plastik reinbringen.“

„Das ist ja schrecklich. Können wir ihn nicht daran hindern?“

„Ich habe es versucht“, meinte O’Reilly, „aber mit dem Mann lässt sich nicht vernünftig reden. Das Grundstück, auf dem der Dreckspatz steht, gehört ihm.“

Sonny hüstelte wieder. „Entschuldigen Sie, Eure Lordschaft, erinnern Sie sich daran, Sir, dass wir über normannischen Grundbesitz in Irland gesprochen haben?“

„Doch, allerdings.“

Sonny nickte. „Wenn ich mich recht erinnere, haben Sie mir erzählt, dass damals, im Jahr 1177, als John de Courcy für König Heinrich den Zweiten Ulster eroberte, einem seiner Ritter, Ihrem Ahnherrn nämlich, sämtliche Rechte an der Siedlung Ballybucklebo und den umliegenden Gehöften vermacht wurden.“

„Stimmt. Aber wir mussten einen erheblichen Teil davon verkaufen. Auf diese Weise ging vor neunundneunzig Jahren auch das Grundstück verloren, auf dem der Dreckspatz erbaut wurde.“ Er runzelte die Stirn. „Ich müsste in den Familiendokumenten nachschauen, aber was Dr. O’Reilly gesagt hat, ist zweifellos richtig. Bishop hat es irgendwie geschafft, das Land von den Nachkommen der ursprünglichen Käufer zu erwerben. Daher kann er den Pachtvertrag von Willy Dunleavy verlängern oder auch nicht, ganz wie es ihm beliebt.“

O’Reilly spielte mit einer Schachfigur herum. „Mrs Bishop hat Mrs Kincaid erzählt, dass Bishop irgendetwas verschweigen will, was mit einem Bach zu tun hat.“

„Tatsächlich?“ Die Augen des Marquis leuchteten auf. „Mit einem Flüsschen?“

Sonny erhob sich so plötzlich, dass er fast seinen Sherry verschüttet hätte. „Ich möchte wetten, Sir, dass Ihre Familie das Fischereirecht damals nicht mitverkauft hat.“

„Unter keinen Umständen. Das wäre undenkbar gewesen.“

„Und mir ist bekannt, dass ein schmaler Nebenarm vom Bucklebo River durch ein unterirdisches Rohr geführt wurde, weil sich genau darüber die Straßen kreuzten, das heißt also, noch immer kreuzen …“

„Unter dem Dreckspatz? Hach!“ O'Reilly kippte seinen restlichen Whiskey hinunter. „Und da schwimmen immer noch die Lachse hindurch, landeinwärts, zum Laichen?“

„O ja“, sagte Sonny.

„Tut mir leid“, sagte Barry, „aber da komme ich nicht mit.“

„Das bedeutet, Dr. Laverty“, sagte der Marquis ruhig, „dass meine Vorfahren, als sie das Grundstück veräußerten, das sich jetzt in Bishops Besitz befindet, einen Vertrag aufgesetzt haben, der einen Zusatz enthielt, dass an den Gebäuden keine baulichen Veränderungen vorgenommen werden dürfen, die die Wanderung der Lachse behindern könnten. Jedenfalls nicht ohne die Erlaubnis unserer Familie.“

„Also kann Councillor Bishop seine Pläne für den Dreckspatz nur dann in die Tat umsetzen, wenn Sie es ihm gestatten, Eure Lordschaft?“

„Ich bin sicher, dass ein Entkernen des Gebäudes als ‚bauliche Veränderung‘ gelten würde. Vermutlich könnte sein Rechtsanwalt das anfechten, aber der Prozess würde sich über Jahre hinziehen.“

„Würden Sie ihn denn verklagen, Eure Lordschaft?“, fragte O'Reilly.

„Ich würde ihn natürlich mit Vergnügen verklagen, aber die Prozesskosten wären gewaltig.“

O'Reilly beugte sich über das Schachbrett. „Aber rein rechtlich gesehen könnten Sie ihm doch mit einer Klage drohen, oder? Und Bishop ist schlau genug, um sich auszurechnen, wie viel ihn das kosten würde. So ein Prozess würde ihn finanziell ruinieren.“

„Da haben Sie Recht. Ich brauche ihm bloß mit einer Klage zu drohen.“ Der Marquis grinste fast so breit wie O'Reilly. „Hier“, er streckte die Hand aus, „Ihr Glas ist leer. Lassen Sie mich nachschenken.“

O'Reilly schüttelte den Kopf. „Nein, vielen Dank, Sir, Dr. Laverty und ich müssen auf dem Heimweg noch im Dreckspatz vorbeischauen … kurz mit Willy sprechen … und es würde mich gar nicht wundern, wenn er uns zur Feier des Tages einen ausgeben möchte. Und dann …", O'Reilly schaute Barry an, „müssen wir beide nach Hause. Wir haben ein paar Telefonate zu erledigen."

KNARREND schloss sich die Schwingtür des Schwarzen Schwans hinter Barry. Von dem gewohnten Stimmengesumm war heute nichts zu hören.

„Guten Abend, die Herren", sagte Willy. „Was darf's …"

„Whiskey!", rief O'Reilly. „Und du, Barry?"

„Sherry bitte."

Barry ging zum nächsten Tisch, während O'Reilly an die Bar trat. Willy stellte zwei Gläser auf die Theke. O'Reilly bezahlte und nahm sein Wechselgeld entgegen. „Immer noch Flaute im Geschäft, Willy?"

„In den letzten Tagen ist es ein kleines bisschen besser geworden", erklärte Willy, „und um neun wird es hier brechend voll. Dann kommen nämlich die Dachdecker-Dragoner."

„Wer bitte?"

Willy lächelte. „So nenne ich die Burschen, die gleich nach der Arbeit bei Sonny weitermachen. Sie essen nicht mal zu Hause Abendbrot. Donal Donnelly nimmt sie richtig ran, und nicht nur die Musiker. Fast alle, die einigermaßen zupacken können, wollten helfen, als das bekannt wurde. Und die Frauensleute bringen ihnen massenweise Tee und Butterbrote raus, damit sie bei der Arbeit essen können."

„Toll", sagte O'Reilly und nahm sein Glas.

„Und", sagte Willy, „wissen Sie was, Sir?"

„Nein, aber das erzählst du mir gleich."

„Stimmt. Donal sagt, es ist das Hochzeitsgeschenk unseres Dorfes für Sonny und Maggie. Und bisher hat niemand die Katze aus dem Sack gelassen und …" Er sprach noch leiser, und obwohl Barry sich anstrengte, konnte er nicht verstehen, was der Wirt sagte. Aber es dauerte eine ganze Weile, und während Willy weiterwisperte, trank O'Reilly seinen Whiskey aus.

„Unglaublich!", brüllte O'Reilly und warf einen Blick auf sein Glas. „Hör mal, Willy, dieses Glas hat ein Loch. Es ist leer."

„Oje, Doc. Soll ich …"

„Natürlich sollst du, und dann bring es an den Tisch rüber …", O'Reilly nahm Barrys Glas, „und weil ich gerade sehe, dass du im Augenblick nicht so viel zu tun hast, schenk du dir auch eins ein und komm rüber und setz dich zu uns. Dr. Laverty und ich haben dir was zu erzählen."

Er schlenderte zum Tisch und reichte Barry seinen Sherry. „Hier. Trink." O'Reilly rückte sich einen Stuhl zurecht und setzte sich.

„Prost." Barry trank ein Schlückchen.

O'Reilly beugte sich vor. „Du wirst nicht glauben, was Willy mir gerade eben erzählt hat. Die Jungs reißen sich nicht nur beide Beine aus, um Sonnys Haus bis Samstagabend fertigzukriegen, nein … Sonny hat ja auch keine Möbel, weißt du."

„Woher auch, wenn er bisher in seinem Auto gewohnt hat."

„Nicht mal eine Fußbank, deswegen haben die Burschen sich was überlegt. Seamus und Maureen Galvin haben einen Tisch und Besteck, was sie nicht mit nach Amerika nehmen. Mr Coffin hat ein halbes Dutzend Stühle übrig. Der eine hat Bettwäsche, der andere ein Bett, der dritte Töpfe und Pfannen. Wenn die Hochzeit vorbei ist, soll Sonnys Haus bezugsfertig sein."

„Das ist ja fantastisch."

„Ja", sagte O'Reilly. „Jeder weiß, dass die beiden sich zur Not in Maggies Häuschen quetschen könnten, aber für zwei Menschen, fünf Hunde und Maggies Kater ist es ja wirklich viel zu klein. Als Sonny seiner Maggie vor Jahren einen Heiratsantrag gemacht hat, war der Plan, dass sie beide in seinem Haus wohnen. Aber dann kam es zum Streit mit Bertie Bishop wegen des Daches."

„Und jetzt wird das Dach repariert."

„Ja, aber das ist noch nicht alles", sagte O'Reilly ernst. „Das ganze Dorf kocht, weil Bishop den Dreckspatz übernehmen will, und sie wissen alle, dass er sich nicht gerade überanstrengt hat, das Dach schnell fertigzukriegen. Ich habe den Eindruck, das Dorf will ihm auf diese Weise sagen, dass er hier überflüssig ist und …"

„Tut mir leid, wenn ich störe." Willy stellte O'Reilly ein gefülltes Glas hin. „Aber Sie haben ja gesagt, dass ich mich zu Ihnen setzen soll."

„Ja, komm nur her, Willy."

„Das ist ein Schlückchen Portwein, Sir", sagte Willy mit einer Kopfbewegung zu seinem eigenen Glas hin. *„Sláinte."*

„Sláinte Mhaith." O'Reilly nippte an seinem Whiskey.

„Ich freue mich wirklich für Sonny und Maggie, dass sie bald ein Haus haben", sagte Willy. „Aber ich muss hier raus sein, wenn der Pachtvertrag abgelaufen ist."

„Tatsächlich?", erwiderte O'Reilly. „Darüber wollten Dr. Laverty und ich nämlich mit dir sprechen, Willy."

Angespannt saß der Gastwirt auf seinem Stuhl. „Haben Sie Bishop dazu gekriegt, es sich anders zu überlegen?“

„Nein, noch nicht … Aber wir kriegen ihn dazu, was, Barry?“

Er sagte das mit solchem Nachdruck, dass Barry nichts anderes übrig blieb, als zu nicken. O’Reilly erklärte nun, was es mit dem Bach unter dem Pub auf sich hatte, und vor allem dass auch Seine Lordschaft alles tun wollte, damit der Dreckspatz nicht in Bertie Bishops Hände fiel.

„Ich weiß gar nicht, was ich sagen soll“, sagte Willy erstaunt.

„Siehst du“, sagte O’Reilly, „das ist genau richtig. Sag niemandem ein Sterbenswörtchen davon.“

Willy nickte.

„Wenn ihr nichts dagegen habt“, fuhr O’Reilly fort, „will ich unserem ehrenwerten Gemeinderat nämlich selbst die frohe Botschaft überbringen, und ich möchte nicht, dass er schon vorher etwas läuten hört.“

„Ich halte den Mund, Doktor, aber eine kleine Frage hätte ich noch.“

„Ja?“

„Darf ich’s Mary erzählen? Wissen Sie, Mary macht da im Laden von dieser Miss Moloney eine fürchterliche Zeit durch. Wenn ich die Gewissheit hätte … und Sie sind wirklich absolut sicher, dass wir hierbleiben können?“

„Willy, im Leben sind nur der Tod sicher und die Steuern, aber der Marquis hat gesagt, er würde so lange gegen Bishop angehen, wie seine Mittel es zulassen.“

Das stimmt, dachte Barry, aber diese Mittel sind nicht so unbegrenzt, wie Willy offenbar glaubt, denn der Gastwirt sagte: „Dann kann ich meiner Mary eine ganze Stelle geben, und sie kann endlich dort weg.“

O’Reilly warf Barry einen flüchtigen Blick zu. „Sag es Mary doch gleich, Willy.“

Willy stand auf und leerte in einem Zug sein Glas. „Trinken Sie ruhig, Dr. O’Reilly und Dr. Laverty. Es gibt noch mehr hier.“ Er begab sich zur Bar.

„Eigentlich sollten wir das nicht tun, Fingal“, sagte Barry, wobei er nicht den zweiten Drink meinte, den sie zu sich nehmen wollten.

Offenbar wusste O’Reilly sehr gut, worauf Barry hinauswollte, denn er warf ihm einen finsteren Blick zu. „Ich möchte Ihre Diagnose ganz entschieden infrage stellen, Dr. Laverty. Wir müssen es sogar tun. Und wir werden darauf trinken, und weißt du, worauf noch?“

„Nein.“

„Auf das tüchtige Schiff Ballybucklebo und alle, die darauf unterwegs sind. Es ist ein wunderbares kleines Nest.“ Er leerte sein Glas. „Ich möchte nirgends sonst auf Gottes grüner Erde leben.“

Barry zögerte. „Weißt du, Fingal, darauf könnte ich auch trinken“, sagte er dann.

„Schön“, meinte O’Reilly, „aber das ist unser letztes Glas. Kinky liest uns die Leviten, wenn wir zu spät kommen, und außerdem musst du deine Patricia anrufen.“

Barry folgte O’Reilly durch den Hintereingang in die Küche, wo Kinky gerade Mehl von einem Teigbrett wischte. Doch dann war O’Reilly nicht mehr zu sehen.

Barry schnupperte. „Was kochen Sie denn da, Kinky?“

Sie lächelte. „Das ist Rindfleisch mit Talgklößen.“

„Wunderbar“, sagte Barry. „Kinky, hat jemand für mich angerufen?“

„Niemand.“

Es war mittlerweile Viertel nach sechs, von Harry Sloan würde er also nichts mehr hören.

„Hatten Sie denn mit einem Anruf gerechnet?“, fragte Kinky und sah Barry an. „Sie werden einen Anruf kriegen“, erklärte sie, „und Sie werden genau das hören, was Sie sich wünschen. Ich habe keine Ahnung, was das ist, aber es wird noch ein paar Tage dauern.“

„Woher wissen Sie das, Kinky?“

Sie lächelte. „Das kann ich Ihnen nicht erklären. Ich weiß es einfach. So, ich muss jetzt etwas tun, also seien Sie so lieb und machen Sie sich zum Essen fertig.“

Während Barry die Treppe hinaufstieg, fragte er sich, was Kinky wohl mit ihrem „Sie werden genau das hören, was Sie sich wünschen“ gemeint hatte. Dass bei Major Fotheringhams Obduktion die Nadel im Heuhaufen gefunden worden war? Dass seine Zukunft in Ballybucklebo gesichert war?

Barry ging ins Bad, wusch sich die Hände und begab sich wieder nach unten in den Flur.

O’Reilly telefonierte gerade. „… gut. Ich hole dich am Samstag um halb elf ab. Bis dann.“ Mit einem lauten *Ping* landete der Hörer auf der Gabel. O’Reilly rieb sich die Hände und lächelte breit. Erst als er sich umdrehte, sah er Barry. „Geht dich gar nichts an“, sagte er.

Barry hielt die Hände hoch. „Ich wollte gar nicht fragen.“

„Dann ist ja gut.“ Er nickte in Richtung Telefon. „Jetzt bist du dran.“

„Danke, Fingal.“ Barry nahm den Hörer ab, wählte Kinnegar 65 73 34 und wartete. „Hallo! Patricia?“

„Barry?“ Sie klang müde.

„Wie ist es gelaufen?“

Patricia seufzte. „Es war schrecklich. Ich hab dir ja schon erzählt, dass ich Bauzeichnen hasse. Bei zwei von den sechs Aufgaben mussten wir Pläne zeichnen. Ich kann gar nicht bestanden haben.“

Ihre Stimme hörte sich an, als sei sie den Tränen nahe. „Ich wette, dass du es trotzdem geschafft hast“, sagte er.

Sie seufzte erneut. „Da bin ich mir nicht so sicher.“

„Kopf hoch. Und selbst wenn du nicht bestanden hast“, Barry sah sich um, um sicherzugehen, dass niemand zuhörte, „dann liebe ich dich trotzdem … mein Schatz.“

„Ich weiß … ich liebe dich auch, Barry. Ich möchte dich so gern sehen, aber das geht nicht.“

„Warum nicht?“

„Dad und Mummy finden, dass ich das Ergebnis zu Hause in Newry abwarten sollte. Dad holt mich um sieben hier ab. Aber Samstagvormittag bin ich wieder zurück, und wenn ich das Ergebnis schon vorher kriege, rufe ich dich sofort an, das verspreche ich dir.“

„Dann sehen wir uns am Samstag. Ich hole dich um eins ab. Die Hochzeit ist um zwei.“

„Gut“, sagte Patricia, „und ich will versuchen, nicht zu nervös zu sein. Versprochen.“

„Braves Mädel.“ Er schickte ihr einen Kuss durchs Telefon. „Ich denke an dich.“

12
Gnade vor Recht

Der Mittwochvormittag war wie im Flug vergangen. „Haben wir heute Nachmittag Hausbesuche, Kinky?“, fragte O’Reilly, als die Haushälterin ins Esszimmer hereinkam.

„Zwei“, meinte sie, „aber beide sind nicht eilig.“ Sie reichte O’Reilly die Liste und stellte eine Suppenterrine auf den Tisch.

„Wieder nur Suppe?“ O’Reilly schmollte.

„Sie haben gestern Abend so viele Klöße in sich reingestopft, dass Sie heute Mittag etwas Leichteres brauchen“, erklärte Mrs Kincaid.

O’Reilly seufzte und hielt seinen Teller hin. „Was hat uns Kinky denn diesmal gekocht?“

Barry atmete den Duft von Knoblauch, Nelken, Zwiebeln und Fleisch ein. „Riecht wie Mockturtle.“ Er gab O’Reilly den gefüllten Teller zurück und bediente sich selbst.

O’Reilly schnupperte und probierte einen großen Löffel von der Suppe. „Stimmt“, sagte er mit einem Lächeln, „und sie ist richtig lecker.“

Sie waren noch nicht fertig mit ihrem Essen, da klingelte es.

Barry hörte, wie Kinky die Tür öffnete, und was er hörte, klang wie Bertie Bishops Stimme. O’Reilly hatte den Bishops um ein Uhr einen Termin gegeben.

Kinky brachte einen Teller mit *barmbrack* und eine Teekanne herein. „Lassen Sie sich mit Ihrem Tee nicht zu lange Zeit. Ich habe gerade Bertie und Florence Bishop in den Behandlungsraum gelassen. Er ist gereizt und rennt rum wie ein Bulle im Laufstall.“

O’Reilly grinste Kinky breit an und nahm sich eine Scheibe *barmbrack*. „Dr. Laverty und ich haben eine kleine Überraschung für ihn.“

„Aha?“ Kinky legte den Kopf schräg.

Barry schenkte sich Tee ein.

„Ja“, meinte O’Reilly, „und die haben wir Ihnen zu verdanken. Sie haben in Ihrem Gespräch mit Florence herausgefunden, dass unter dem Dreckspatz ein Bach entlangfließt.“

„Ein Bach unter dem Dreckspatz? Nicht möglich!“

„Doch. Dieser Bach ist zwar eher ein Rinnsal, aber er wird Bertie Bishop das Genick brechen. Deswegen kann er nämlich mit dem Dreckspatz nichts anfangen.“

„Wenn Sie das sagen. Aber erzählen Sie ihm bloß nicht, von wem ich den Hinweis habe. Er ist ein rachsüchtiger kleiner Schuft, und ich will nicht, dass er Florence die Hölle heißmacht.“

„Keine Sorge, Kinky“, beruhigte O’Reilly sie. „Florence und ihr Geheimnis sind sicher bei uns.“

O’Reilly stand auf. „Nun komm schon, Laverty. Es ist eine Schande, die Bishops warten zu lassen, und die beiden sind schließlich deine Patienten.“

Seufzend folgte Barry seinem Chef. Bishop war im schwarzen Anzug erschienen und drehte seine Melone zwischen den Fingern. Mrs Bishop trug ein schlichtes blaues Kleid und ein Hütchen mit einem Halbschleier. Barry fand, dass sie fröhlicher wirkte, nicht mehr so lethargisch. Als er die beiden begrüßte, drehte der Councillor sich halb zu Barry um.

„Wurde aber auch Zeit, Laverty“, knurrte er.

„Wunderschönen guten Tag, Bertie“, sagte O’Reilly beim Eintreten. Er schwang sich auf die Untersuchungsliege.

Barry ließ sich auf dem Drehsessel nieder. „Wie geht es Ihnen, Mrs Bishop?“

„Dr. Laverty.“ Sie strahlte ihn an. „Es ist ein Wunder, doch, ja. Ich hab diese Tablettchen genommen … und jetzt habe ich wieder Schwung und kann den ganzen Haushalt machen und habe Appetit wie früher und …“

„Ich komme überhaupt nicht mehr zu Wort“, beschwerte sich Bishop.

Barry schaute zu O’Reilly hinüber, musste aber sofort wieder wegsehen, denn O’Reilly grinste über das ganze Gesicht. „Freut mich, dass es Ihnen besser geht, Mrs Bishop“, meinte er. „Erinnern Sie sich noch, wie ich Sie beim letzten Mal darum gebeten habe, den Arm zu heben und zu senken?“

Sie stand auf. „So?“ Mühelos bewegte sie den Arm auf und ab.

„Das ist ausgezeichnet, Mrs Bishop“, sagte Barry rasch. „Sie können sich wieder hinsetzen. Sie sind auf dem Weg der Besserung. Ich bin sehr zufrieden.“

„Aber längst nicht so zufrieden wie ich, Dr. Laverty.“ Florence Bishop wandte sich an ihren Mann. „Du hast ja gesagt, diese beiden Ärzte wären bloß Quacksalber und mir würde nichts fehlen und ich wäre einfach nur faul und …“

„Ja, meine Liebe.“ Der Councillor verdrehte die Augen zum Himmel und blickte dann zu Barry hinüber. „Wäre es nicht möglich, die Dosis ein bisschen zu verringern, Doktor?“

„Tut mir leid“, erwiderte Barry, „aber das scheint mir nicht ratsam.“

„Außerdem will ich das gar nicht“, sagte Florence, „aber ich wollte Sie fragen, ob Sie noch andere Pillen haben, Doktor. Ich möchte so gern ein bisschen abnehmen. Cissie Sloan hat gesagt, als bei ihr alles so langsam ging und sie nicht aufs Klo konnte, haben Sie ihr Tabletten gegeben, die haben ihre Schilddrüse in Ordnung gebracht, und da hat sie abgenommen und …“

„Augenblick mal, Mrs Bishop“, unterbrach Barry ihren Redestrom. „Die Tabletten, die ich Mrs Sloan verschrieben habe, helfen Ihnen nicht, es sei denn, mit Ihrer Schilddrüse stimmt irgendwas nicht. Aber vielleicht sollten wir die Schilddrüse für alle Fälle mal untersuchen lassen? Ich fülle rasch die Formulare aus. Die Blutuntersuchung wird in Bangor gemacht."

„Toll! Bertie, du kannst mich heute Nachmittag gleich rüberfahren, und dann könnte ich auch ein bisschen einkaufen gehen."

„Auf gar keinen Fall!", fuhr ihr Mann sie an. „Ich treffe mich um zwei mit Willy Dunleavy und regle diese Geschichte mit dem Dreckspatz."

Barry zögerte. Wenn er Bertie Bishop bluffen wollte, musste er mit allem Selbstvertrauen vorgehen, das er aufbringen konnte. „Da wird es sicherlich um den Pachtvertrag gehen, Mr Bishop, oder nicht?"

„Das geht Sie zwar nichts an, Laverty, aber ja, so ist es."

„Mr Bishop, als Sie das letzte Mal hier bei uns waren, sagte Dr. O'Reilly, ein kleines Vögelchen hätte ihm verraten, dass Sie Willy Dunleavy rauswerfen wollen. Daraufhin sagten Sie, er solle dem Vögelchen mitteilen, es könne Sie mal ..."

„Das ist richtig und ich habe es auch genauso gemeint, jawoll."

Barry holte tief Luft. „Mr Bishop, Dr. O'Reilly und ich haben inzwischen mit einem viel größeren Vogel gesprochen. Mit einem höheren Tier, um im Bild zu bleiben." Barry fixierte Bishop. „Der Marquis von Ballybucklebo besitzt die Fischereirechte an dem Bach, der unter dem Schwarzen Schwan hindurchfließt."

Bishops Augen wurden groß. Er lehnte sich auf seinem Stuhl zurück, dann sprang er auf. Alle Farbe wich aus seinem Gesicht. „Wer hat Ihnen denn von dem Bach erzählt?"

Barry schaute Florence an und schüttelte rasch den Kopf. Sie hatten Kinky versprochen, sie zu schützen. „Das ist in einer Unterhaltung zur Sprache gekommen, als Seine Lordschaft und Sonny über normannisches Besitzrecht diskutierten. Sonny wusste alles über diesen Bach ..." Das war zwar nicht ganz richtig, aber die Lüge war ja für einen guten Zweck. „... und daraufhin hat Seine Lordschaft uns erzählt, dass Sie ohne seine Erlaubnis im Dreckspatz nichts verändern dürfen."

„Das werden wir ja sehen. Wenn ich das nicht durchziehen kann, verliere ich ein Vermögen. Den verklage ich."

Der Mann reagierte genau so, wie O'Reilly es vorhergesagt hatte. Wenn Barry ihn schachmatt setzen wollte, musste er ihn davon überzeugen, dass er mit einem Gerichtsverfahren nichts erreichen würde.

„Der Marquis ist durchaus darauf vorbereitet."

„Vorbereitet? Ich weiß sehr gut, dass sein gesamtes Geld in seinem Gut steckt."

„Mr Bishop, ich bin dabei gewesen und Dr. O'Reilly auch, als Seine Lordschaft sagte, er würde seine Mittel bis zum Letzten ausschöpfen."

Bishop zog die Stirn kraus. „Hat er das wirklich gesagt?"

Barry nickte.

„Und Sie wollen mir auch wirklich keinen Bären aufbinden?", fragte Bishop mit stockender Stimme. „Bis zum letzten Rest?"

„Mr Bishop", erklärte Barry, „ich bin Arzt. Was hätte ich denn davon, wenn ich Sie belügen würde?" Einen Sieg über Sie, dass der Dreckspatz bleibt wie er ist, dass Willy und Mary eine gesicherte Zukunft haben und dass O'Reilly seinen Ruf nicht verliert, das hätte ich davon, sagte Barry sich im Stillen. Er hielt den Atem an.

Der kugelrunde kleine Mann ließ sich wieder auf seinen Stuhl fallen. Mit finsterem Blick schaute er Barry an. „Das würde mich ruinieren."

Barry atmete auf. Er hatte gewonnen, und es war ein großartiges Gefühl.

„Das ist alles Sonnys Schuld. Dieser alte Esel. Ich hätte mich nie von Ihnen beiden überreden lassen dürfen, sein Dach zu reparieren."

„Aber", sagte Barry, „das tun Sie doch gar nicht. Seit gestern Abend hat Donal einen ganzen Trupp aus dem Dorf zum Arbeiten da …"

„Und", fügte O'Reilly hinzu, „abgesehen vom Material, kostet Sie das keinen Penny, Bertie. Die Arbeit kriegen Sie jetzt umsonst."

„Umsonst? Niemand macht irgendwas umsonst. Was wollen die denn von mir?"

„Ich glaube", meinte Barry, „das ganze Dorf wünscht sich, dass Sie den Dreckspatz so lassen, wie er ist."

„Mir bleibt ja auch gar nichts anderes übrig, oder?"

„Nein", sagte O'Reilly und rutschte von der Liege herunter, „da haben Sie Recht, aber Sie könnten das zu Ihrem Vorteil nutzen."

Bishops Augen wurden schmal. „Zu meinem Vorteil?"

„Nun ja", erklärte O'Reilly, „nachdem Sie sich im letzten Monat bereiterklärt hatten, Sonnys Dach zu reparieren, sind Ihre Aktien hier im Dorf doch gestiegen."

„Hätte ich ja gar nicht, wenn Sie beide nicht …" Den Rest des Satzes verschluckte Bishop. „Aber außer uns weiß niemand etwas davon, oder?"

O'Reilly schüttelte den Kopf. „Und über die Geschichte mit dem Dreckspatz braucht auch niemand etwas zu wissen. Sagen Sie dem Dorf einfach, Sie hätten es sich anders überlegt. Das ist Ihre Bürgerpflicht als Gemeinderat."

„Sonst noch was, Dr. O'Reilly?"

„Sie und Florence werden doch zur Hochzeit von Sonny und Maggie kommen, oder? Sie sind hier in der Gegend ein wichtiger Mann. Da könnten Sie doch auch ein paar Worte sagen."

„Ja, warum eigentlich nicht?"

„Und du könntest noch was sagen, Bertie." Mrs Bishop sah Barry an. „Es tut mir leid, Dr. Laverty, aber ein paar Leute hier im Dorf erzählen, Sie verstünden nichts von Ihrer Arbeit. Aber ich finde, dass Sie bei mir ein Wunder vollbracht haben."

„Ein Wunder? Ich weiß nicht recht …"

„Also, ich finde das wohl … und haben Sie nicht gesagt, über Cissie Sloan dürften Sie mit niemandem sprechen? Das heißt, Sie dürfen sich auch nicht selbst dafür loben, dass Sie mich gesund gemacht haben, oder?"

„Nein, das darf ich nicht."

„Aber du könntest das tun, Bertie. Es würde nicht schaden, wenn du ein paar Worte über Dr. Laverty und mich einflechten könntest …"

„Schon gut, Florence." Der Councillor seufzte und setzte sich die Melone auf. „Ich werde dir am Samstag den Gefallen tun, aber nur wenn die beiden Herren hier kein Wort mehr über die Sache mit dem Fischereirecht verlieren, abgemacht?"

„Kein Sterbenswörtchen", versicherte O'Reilly.

„Wenn das so ist", meinte Bishop und wandte sich zur Tür, „dann komm, Flo. Ich fahre dich jetzt nach Bangor."

„O nein." Störrisch blieb Florence Bishop stehen. „Erst wenn du dich bei Dr. Laverty bedankt hast."

„Danke, Dr. Laverty", sagte Bishop.

Dann gingen die beiden.

13

Viele Hände machen der Arbeit schnell ein Ende

„Es wird einfacher, wenn die Kinder nächsten Monat wieder in die Schule gehen", bemerkte O'Reilly, ehe er den nächsten Patienten holte. An diesem Donnerstagvormittag war Barry sich wie in einer pädiatrischen Ambulanz vorgekommen: Sommergrippen, Heuschnupfen, ein Fall von starkem Sonnenbrand und ein kleiner Junge, der sich eine Glasmurmel ins linke Nasenloch geschoben hatte.

O'Reilly hielt die Tür zum Behandlungszimmer auf. „Geh schon mal rein, Helen", sagte er. „Ich bin gleich wieder da."

„Hallo Helen. Setzen Sie sich." Barry fiel auf, dass sie heute weder Handschuhe noch eine langärmelige Bluse trug. „Wie geht's Ihnen denn?"

„Besser", erklärte sie, „viel besser." Sie streckte ihm die Arme hin. „Sehen Sie?" Der tiefrote, schuppende Ausschlag war verblasst.

„Das ist ja sehr schön", sagte Barry. „Und wie sieht es in den Kniekehlen aus?"

Helen stand auf, drehte sich um und hob ihren Rock an.

Die Haut in den Kniekehlen war keineswegs abgeheilt. „Da ist es nicht so gut."

Sie ließ den Rock wieder fallen. „Aber nicht mehr so schlimm wie vorher." Sie setzte sich hin. „Es juckt nicht mehr so furchtbar, und ab heute Abend wird es dann wirklich besser."

Barry war verdutzt. Er ließ sich im Drehsessel nieder. „Warum ab heute Abend, Helen?"

„Heute nach der Arbeit kündige ich."

Die Tür wurde geöffnet und O'Reilly trat ein.

Barry wandte seine Aufmerksamkeit wieder der Patientin zu. „Sie wollen kündigen, Helen?"

„Ja. Wo der kleinen Mary doch jetzt nichts mehr passieren kann."

Er warf einen Blick zu O'Reilly hinüber.

„Sie kann jetzt Vollzeit bei ihrem Dad arbeiten", erklärte Helen. „Fragen Sie mich nicht, wie er das machen will, wo doch dieser Bishop jetzt den Dreckspatz übernimmt."

„Willy Dunleavy weiß schon, was er tut", sagte O'Reilly.

„Mary hat es jedenfalls heute Abend geschafft", sagte Helen. „Sie arbeitet ja nur Teilzeit, deswegen kann sie jederzeit gehen. Und ich bin dann auch bald weg."

Barry nahm ihre rechte Hand, drehte sie um und betrachtete den Ausschlag. „Es sieht wirklich so aus, als würde das Ekzem abheilen. Aber ganz ehrlich, Helen, ich weiß nicht, ob das an der Behandlung liegt oder an der Tatsache, dass Sie Miss Moloney verlassen. Trotzdem bin ich der Meinung, dass Sie die Salbe noch eine Weile benutzen sollten."

„Das mache ich, Dr. Laverty. Ich wollte einfach kurz vorbeischauen, damit Sie wissen, dass es mir besser geht. Sehe ich Sie beide am Samstag?"

„Aber sicher!", erklärte O'Reilly.

Barry brachte Helen zur Tür und schloss sie hinter ihr. „Wer ist als Nächstes dran?"

„Helen war die Letzte. Aber ich habe eine Neuigkeit für dich. Eben bin ich rausgegangen, um zu telefonieren. Ich habe kurz mit Charley Greer gesprochen. Er hat Declan gestern Abend untersucht."

„Was hat er gesagt?"

„Charley meint, dass Declan ein guter Kandidat für eine Operation ist."

„Das ist ja schön. Da wird seine Frau sich freuen."

„Und sie ist nicht die Einzige, die sich darüber freut. Ich kenne Declan und Mélanie, seit ich hier bin. Sie sind ein entzückendes Paar. Das war so ein Jammer, mitanzusehen, wie es mit dem armen Kerl bergab ging", sagte O'Reilly fast zu sich selbst. Dann wandte er sich zur Tür. „Charley weiß noch nicht, an welchem Tag er die Operation machen kann, aber er hat Declan gleich dabehalten. Mélanie braucht ein bisschen Ruhe."

„UNSERE amerikanischen Vettern", sagte O'Reilly am nächsten Abend, „haben eine Redewendung: *Thank God it's Friday*." Er stand an der Anrichte und schenkte ihnen Aperitifs ein. „Ausnahmsweise stimme ich ihnen da zu. Für diese Woche habe ich genug von hippokratischen Unternehmungen."

Barry starrte durch das Fenster der Wohnstube. Er hörte O'Reilly nur mit halbem Ohr zu.

Der hat gut reden, dachte Barry. Er kann ja gern das Ende einer normalen Arbeitswoche feiern, aber Harry Sloan hat sich noch immer nicht gemeldet, und Mrs Fotheringhams angekündigter Termin, der Sonntagabend, nähert sich mit Riesenschritten. Nervös rutschte Barry in seinem Sessel hin und her.

„Sherry?" O'Reilly griff nach der Karaffe.

Barry schüttelte den Kopf. „Nein danke. Lieber einen irischen Whiskey."

O'Reilly reichte Barry das Glas, dann ließ er sich in seinen Sessel sinken. „Hör mal, Barry, du hast den ganzen Nachmittag ein langes Gesicht gemacht. Nun mal Kopf hoch, mein Junge!"

„Tut mir leid."

„Es war gut, dass du dich von dieser Geschichte mit der Obduktion nicht hast unterkriegen lassen, sondern einfach deine Arbeit gemacht hast. Jeder Arzt muss das lernen. Es ist unerlässlich, dass man seine Probleme für sich behält, so banal das auch klingen mag, denn die Patienten gehen vor."

„Fingal, wann hast du dich eigentlich entschieden, Medizin zu studieren?“

O’Reilly lachte schallend. „Genau weiß ich das nicht mehr, aber in meinem letzten Jahr an der Clongowes Wood School, als es Zeit war, über den zukünftigen Beruf nachzudenken, sind von den Jungs, mit denen ich Rugby spielte, einige aufs Trinity College gegangen. Da dachte ich mir, Medizin wäre vielleicht etwas für mich.“

„Und hat sich das bewahrheitet?“

„Für mich?“ Er stand auf und schaute aus dem Fenster. „Für mich ist es ein guter Beruf, Barry. Ein richtig guter Beruf …“ Er drehte sich um und blickte Barry an. Seine dunklen Augen leuchteten und er lächelte. „Für dich ist es auch ein guter Beruf, mein Sohn, denn obwohl du noch so jung bist, hast du schon alles, was ein guter Arzt braucht. Erfahrung ist etwas Wunderbares. Sie sorgt dafür, dass man erkennt, wenn einem der gleiche Fehler zum zweiten Mal unterläuft … und zum dritten Mal, bis man ihn dann eines Tages nicht mehr macht.“

Barrys Anspannung löste sich ein wenig und er lächelte.

„Schon besser“, meinte O’Reilly. „Ich hatte gerade den Eindruck, dass du mit deinen Gedanken ganz woanders bist.“

„Na ja …“ Es war zwecklos, das zu leugnen. „Harry hat doch gesagt, er würde sich wieder melden. Hat er aber nicht.“

„Hätte es Sinn, deinen Kumpel jetzt noch anzurufen?“

Barry schüttelte den Kopf. „Inzwischen ist er bestimmt nach Hause gegangen, und ich habe seine Nummer nicht. Ich weiß nicht mal, wo er wohnt.“

„Schade“, sagte O’Reilly. „Ich war sicher, dass wir von ihm hören würden. Aber ich habe mich geirrt. Und in anderer Hinsicht könnte ich mich auch geirrt haben.“

„Wie meinst du das?“

„Ich habe doch gesagt, wenn ich es für nötig hielte, würde ich Mrs Fotheringham noch mal besuchen. Aber ich habe es nicht getan.“

„Glaubst du denn, das würde helfen?“

„Ganz ehrlich, Barry, ich weiß es nicht.“ O’Reilly ließ sich wieder in den Sessel fallen und legte die gestiefelten Füße auf die Fußbank.

„Warum willst du dir dann die Mühe machen?“

„Weil man einen Kampf nicht mitten in der zehnten Runde aufgibt.“ Forschend sah er Barry an. „Und da ist noch was anderes. Ich kenne sie seit vielen Jahren. Sie ist zwar eine geborene Hypochonderin und die anstrengendste Frau auf Gottes Erde, aber … aber sie und ihr verstorbener Mann haben früher, zur Kolonialzeit, in Indien gelebt, und sie lebten nach den alten Werten, den guten wie den schlechten. Dazu gehörte auch ein ausgeprägter Sinn für Fairness.“ Er schlug die Beine übereinander. „Sie hat mir versprochen, die Sache fallen zu lassen, wenn wir den Beweis erbringen, dass es nicht deine Schuld war.“

„Aber wir haben den Beweis nicht.“

„Noch nicht“, sagte O'Reilly. „Aber was hältst du von meiner Idee? Soll ich den gerechten Kampf weiterkämpfen? Noch mal die Witwe besuchen?“

Barry wusste nicht, was er antworten sollte. „Das wird bestimmt nicht leicht.“

„Für wen? Für mich? Für Mrs Fotheringham?“

Barry schüttelte den Kopf. „Nein. Für mich.“

„Für dich?“ O'Reilly runzelte die Stirn. „Warum für dich?“

„Eigentlich müsste ich mit ihr sprechen. Es ist meine Pflicht.“

O'Reilly klopfte Barry auf die Schulter. „Ich wusste, dass du das sagen würdest. Ich bin stolz auf dich, Barry. Aber du musst da nicht allein hinfahren. Wenn wir bis morgen nichts gehört haben, besuchen wir sie am Sonntag zusammen.“

„Danke, Fingal. Ich …“

Er hörte Kinkys Stimme, dann ihre Schritte auf der Treppe. Sie streckte den Kopf durch den Türspalt. „Dr. Laverty, da ist ein Anruf für Sie. Ihre Miss Spence. Sie klang ganz aufgeregt.“

Barry nahm zwei Stufen auf einmal und schnappte sich den Hörer. „Hallo Patricia. Wo bist du?“

„In meiner Wohnung.“ Sie klang wirklich ganz aufgeregt.

„Aber ich dachte, du würdest erst morgen wieder nach Kinnegar kommen.“ Er hörte sie lachen. „Du hast es geschafft, ja?“

„Ja, ich hab's geschafft. Du hast Recht gehabt. Ist das nicht fantastisch?“

„Einfach toll.“ Barry schluckte. „Gut gemacht. Herzlichen Glückwunsch.“

„Kannst du herkommen? Ich wollte dich so gern sehen, dass ich Dad gebeten habe, mich heute Abend schon nach Hause zu fahren.“

Barry zögerte. „Ich weiß nicht. Ich muss O'Reilly fragen. Warte mal.“ Er hörte O'Reilly von oben rufen.

„Na? Hat sie's geschafft? Kinky sagt, sie ist ganz aufgeregt.“

„Ja. Sie ist wieder in ihrer Wohnung.“

„Das ist ja wunderbar." O'Reilly reckte die verschränkten Hände über den Kopf wie ein Berufsboxer, der einen K. o. erzielt hatte. „Dann steh doch nicht so rum, du Dussel. Fahr zu ihr hin und nimm sie auch von mir in die Arme."

DIE SCHEIBENWISCHER des Käfers mühten sich ab, die Windschutzscheibe von dem Sprühregen zu befreien. Barry beugte sich vor und konzentrierte sich auf die kurvenreiche Straße nach Kinnegar.

Er beschleunigte auf einem geraden Stück, vor der nächsten Kurve verlangsamte er den Wagen wieder. Plötzlich sah er vor sich die Bremslichter eines Lastwagens aufleuchten. Verdammt! Er stieg auf die Bremse und kämpfte mit dem Lenkrad, während der Käfer nach links schleuderte und dann mit quietschenden Reifen kurz hinter dem Lkw zum Stehen kam. Barrys Fußsohlen kribbelten.

Er schaute an dem Lkw vorbei die Straße entlang. Dort stauten sich einige Wagen vor einem Hindernis. Ungeduldig schlug Barry mit der Faust aufs Lenkrad, und als die Schlange langsam weiterschlich, folgte er. Erst als er sich beinahe auf gleicher Höhe mit dem Hindernis befand, konnte er erkennen, was passiert war.

Ein Sportwagen war frontal gegen einen Militär-Lkw gerast. Mehrere Soldaten in Uniform standen daneben, dicht gedrängt wie ein Trupp verängstigter Schafe. Andere beugten sich über zwei Uniformierte, die im Gras lagen.

Ein Krankenwagen war nirgends zu sehen, aber auf dem Randstreifen parkte ein Polizeiwagen mit Blaulicht. Zwei Beamte der Royal Ulster Constabulary in ihren flaschengrünen Uniformen regelten den Verkehr.

Nach kurzem Zögern bremste Barry und kurbelte das Fenster herunter. Wider besseres Wissen hoffte er, dass er hier überflüssig war. „Ich bin Arzt!", rief er einem Polizisten zu. „Brauchen Sie Hilfe?"

„Halten Sie bitte hinter dem Streifenwagen, Sir."

Barry leistete der Anweisung Folge, stieg aus, schlug zum Schutz gegen das feuchte Wetter den Kragen hoch und trottete zum Unfall zurück.

Dem Fahrer des Sportwagens konnte er nicht mehr helfen. Er war mit dem Oberkörper durch die Windschutzscheibe geschleudert worden. Der junge Mann war tot. Aber Barry konnte sich um die beiden verletzten Soldaten kümmern.

Nach der Erstversorgung war ihm klar, dass sie so schnell wie möglich ins Krankenhaus gebracht werden mussten. Zum Glück war der Krankenwagen aus dem Royal Victoria schon auf dem Weg und ließ nicht mehr lange auf sich warten. Als der erste Patient hineingeschoben wurde, beschloss Barry, schon mal mit dem Arzt in der Notaufnahme zu sprechen.

„Funktioniert Ihr Funkgerät?“, fragte er einen der Sanitäter.

„Aber sicher. Wissen Sie, wie das geht?“

Barry schüttelte den Kopf.

Er folgte dem Mann zum Führerhaus des Krankenwagens. Der Sanitäter stieg ein und kam gleich darauf mit einem Mikrofon an einem langen Kabel wieder heraus. „Mit wem möchten Sie denn sprechen?“

„Mit dem Assistenzarzt in der Chirurgie.“

„Gut. Warten Sie.“ Er sprach in sein Mikrofon, dann reichte er es Barry. „Sie haben Glück. Er ist gerade in der Notaufnahme. Sie holen ihn. Sehen Sie den Knopf hier?“

Barry nickte.

„Den müssen Sie drücken, wenn Sie sprechen wollen. Wenn Sie fertig sind, sagen Sie ‚over‘, und wenn Sie zuhören wollen, lassen Sie ihn los. Alles klar?“

„Danke.“

Barry lauschte dem Knistern, bis er eine Stimme hörte: „Herzlich willkommen im Leichenschauhaus des Royal Victoria Hospital und beim chinesischen Imbiss. Over.“

Barry grinste in sich hinein. Der Akzent und die Pietätlosigkeit seines Freundes Jack Mills waren unverkennbar. Er drückte auf den Knopf. „Jack, hier ist Barry. Ich bin bei einem Unfall auf der Straße zwischen Bangor und Belfast. Komplizierter Unterschenkelbruch, Schienbein und Wadenbein. Ich hab dem Verletzten Morphin gespritzt, und dann ist da noch ein anderer mit einer Kopfverletzung, die genäht werden muss. Over.“ Er ließ den Knopf los.

„Du kommst ja ganz schön rum, Kollege, was? Er hat also Morphin gekriegt? Okay. Ich notiere das. Und einer muss genäht werden? Immer her damit. Wann sind sie denn hier? Over.“

„In einer halben bis Dreiviertelstunde. Over.“

„Prima. Und wie geht’s dir, Barry? Over.“

Barry wusste, dass über die Notfallfrequenz eigentlich nicht geplaudert werden durfte, aber ihm fiel plötzlich etwas ein. „Hast du Harry Sloan gesehen, Jack? Over.“

„Gestern. Sah aus wie eine wandelnde Leiche. In der Pathologie haben sie alle die Grippe. Wahrscheinlich liegt er mit einer Eispackung auf dem Kopf und ein paar heißen Whiskeys im Bauch zu Hause im Bett …"

Barry war so gespannt, dass er den Knopf drückte und seinem Freund ins Wort fiel. „Hast du seine Telefonnummer?"

„Leider nicht hier. Over."

„Weißt du denn, wo er wohnt? Over."

„Camden Street. Du wartest immer noch auf diesen Befund, was? Over."

„Genau. Der ist furchtbar wichtig. Over."

„Ich habe Nachtdienst, aber morgen habe ich frei. Dann laufe ich mal rüber und gucke, ob er zu Hause ist. Wo kann ich dich erreichen? Over."

„Versuch es bei O'Reilly in der Praxis. Die Nummer hast du ja." Doch dann fiel Barry die Hochzeit ein. „Jack, ich bin morgen den ganzen Nachmittag auf einer Hochzeit. Wenn du mich telefonisch nicht erreichst, könntest du dann vielleicht nach Ballybucklebo kommen? Ist ja nicht weit. Over."

„Für dich, Laverty? Für dich würde ich den höchsten Berg erklimmen, den tiefsten Ozean durchschwimmen … und sogar uneingeladen auf einer Hochzeit in Ballybucklebo erscheinen … vor allem wenn für mich ein Pint dabei rausspringt. Wie komme ich hin? Over."

Barry erklärte Jack den Weg zum Anwesen des Marquis.

„BARRY!" Patricia riss die Haustür auf. „Barry, ich …" Sie schlug sich die Hand vor den Mund. „Ach du Schreck, wie siehst du denn aus? Ist alles in Ordnung? Was ist passiert?"

„Tut mir leid, dass ich so spät komme. Unterwegs gab es einen Unfall und ich musste helfen."

„Du Ärmster. Komm rein. Du bist ja klatschnass." Sie hielt ihm die Tür zum Badezimmer auf. „Wir können reden, wenn du dich abgetrocknet und sauber gemacht hast. Da hängt ein frisches Handtuch."

„Danke." Barry säuberte sich und trocknete sich die Haare. Auf der Fahrt vom Unfallort nach Kinnegar hatte er seine Gedanken geordnet und beschlossen, sich heute Abend nicht mit den möglichen Folgen von Patricias bestandener Prüfung zu befassen, sondern einfach mit ihr zu feiern.

Er ging ins Wohnzimmer. Patricia öffnete gerade eine Flasche Chianti. Auf dem Tisch standen zwei Gläser. „Jetzt siehst du wieder wie ein Mensch aus", sagte sie. „Erzähl mir, was passiert ist."

„Auf dem Weg hierher hat es einen Verkehrsunfall gegeben. Ich habe angehalten und ein bisschen geholfen. Ein Mann hatte sich das Bein gebrochen, und ein anderer hatte eine Platzwunde am Kopf." Und einer war tot, aber Patricia davon zu erzählen würde den jungen Mann auch nicht wieder lebendig machen. Warum sollte er ihr diesen großen Tag verderben?

Patricia schüttelte sich. „Ich glaube, so genau will ich es gar nicht wissen."

„Nein, das kann ich gut verstehen. Aber von dir will ich jetzt alles ganz genau wissen. Man hat schließlich nicht jeden Abend ein Stipendium zu feiern." Barry umarmte und küsste sie. „Ich freue mich so! Herzlichen Glückwunsch!"

„Und du hast nichts dagegen, dass ich weggehe?", fragte sie zaghaft.

Natürlich hatte er etwas dagegen, aber aus rein egoistischen Motiven. „Ich habe dir doch gesagt, dass ich mich freue, und ich bin sehr, sehr stolz auf dich."

„Ich liebe dich, Barry."

„Ich liebe dich auch." Er gab ihr ein Küsschen auf die Wange. „Komm, jetzt will ich alles hören."

„Ich habe den Brief mit der Nachmittagspost gekriegt. Er trug das Wappen von Cambridge auf dem Umschlag." Sie lächelte verlegen. „Ich musste Mum um Hilfe bitten, denn meine Hände zitterten so, dass ich ihn nicht aufmachen konnte."

„Ich wette, als deine Mutter ihn dir vorgelesen hat, hast du noch mehr gezittert."

Sie nickte. „Ich konnte es gar nicht glauben." Ihre Stimme klang fast erschrocken. „Ich habe es geschafft. Ich habe es wirklich geschafft."

„Das ist wunderbar." Barry nahm die Flasche, schenkte ein und reichte ihr ein Glas. „Hier. Komm und setz dich." Er wartete, bis sie neben ihm auf dem Sofa saß, dann hob er sein Glas und sagte: „Auf deinen Erfolg."

Sie nahm einen Schluck und ließ ihr Glas sinken. „Ich hatte dir ja versprochen, dir sofort Bescheid zu sagen. Ich musste dich sehen. Dad hat das verstanden. Er hat mich hergefahren."

„Das ist schön", sagte er.

„Ich kann's immer noch nicht fassen. Mit dem Stipendium sind alle meine Unkosten abgedeckt, Bücher, Geräte, Unterkunft und Verpflegung für ganze drei Jahre. Ich werde im Girton College wohnen. Das ist eins der Frauencolleges …"

Er ließ sie weiterreden.

„Nur die Reisekosten, die müssen Dad und Mum übernehmen."

„Das heißt vermutlich, dass du nur zu den längeren Ferien nach Hause kommst?“

„Ja. Ich reise in der ersten Septemberwoche ab, aber Weihnachten komme ich nach Hause. Und Ostern auch, und im Sommer habe ich zwei Monate frei … wenn ich nicht irgendein Praktikum mache.“ Sie trank von ihrem Wein. „Ist das nicht wunderbar?“

„Es ist wirklich wunderbar“, sagte er, „und ich liebe dich.“

Sie lehnte sich zurück und nahm seine Hand. „Danke“, sagte sie ganz leise.

„Wofür? Dass ich dich liebe? Das ist leicht.“

„Ja, aber für noch mehr. Ich weiß doch, was in dir vorgeht. Du denkst, wir werden uns auseinanderleben …“

Barry senkte den Blick.

„Aber das tun wir nicht. Bestimmt nicht. Ich kann doch gar nicht anders, als einen Mann zu lieben, der befürchtet hat, dass ich mein Stipendium bekomme, aber kein Wort darüber verloren hat. Der es mit mir feiert. Du hast eine besondere Gabe, Barry Laverty. Kein Wunder, dass O'Reilly dich für einen der besten jungen Ärzte hält, die er seit Langem kennen gelernt hat.“

„Das hat O'Reilly gesagt?“ Hatte er das wirklich gesagt?

„Ja, als ich vor ein paar Wochen auf dem großen Fest in seinem Garten mit ihm gesprochen habe. Er hat gesagt, du hast die Gabe nachzuempfinden, was andere Menschen fühlen. Und du handelst auch danach. So wie jetzt eben, als ich dir gesagt habe, dass ich das Stipendium bekommen habe. Du kannst dich selbst zurücknehmen.“

„Na ja, das muss er gerade sagen. Ich könnte schwören, dass der Mann Gedanken lesen kann.“

„Und du hättest gar nichts dagegen, auch mal so ein Arzt wie Fingal O'Reilly zu werden, oder?“

„Nein, da hast du Recht.“

Sie nahm ihr Weinglas und trank. „Also, wenn du telepathische Fähigkeiten hast wie O'Reilly, was denke ich dann gerade?“

„In diesem Moment? Ich habe nicht die geringste Ahnung.“

„Na“, sagte sie, „du bist mir ja ein schöner Gedankenleser.“ Auf einmal schlang sie ihm die Arme um den Hals, zog ihn an sich und küsste ihn. Sie nahm seine Hand, legte sie auf ihre linke Brust, und Barry spürte den Druck der Hand und die Wärme darunter. Er umfasste ihre Brust. Sein ganzer Körper kribbelte. Dann spürte er, wie Patricia sich von ihm löste. Langsam stand sie auf und entfernte sich einen Schritt weit, hielt aber immer noch seine Hand.

„Wenn du gewusst hättest, was ich denke, dann wärst du als Erster im Schlafzimmer gewesen. Die erste Tür links.“

„ICH WEISS, es ist erst halb elf, aber es ist so ein herrlicher Tag.“ Barry folgte Patricia durch die Haustür von Esplanade 9 in ihre Wohnung. Er schloss die Tür hinter sich, nahm sie in die Arme und küsste sie. Er begehrte sie sogar noch mehr als vor einigen Stunden.

Sie machte sich los. „Dass du früher kommst, ist ja gar nicht schlimm, aber ich komme gerade aus der Badewanne“, sagte sie ein wenig atemlos.

„Du bist schön“, sagte Barry, obwohl ihr feuchtes Haar herunterhing und sie kein Make-up trug. Sie hatte einen Morgenrock an und flauschige rosa Pantoffeln.

„Es gibt Kaffee“, sagte sie. „Möchtest du ’ne Tasse?“

„Gern.“

Sie schenkte ihm ein und goss etwas Milch dazu. Sie wusste, wie er seinen Kaffee mochte.

„Es war so schön gestern Abend. Danke.“

Sie gab ihm einen Kuss. „Ich ziehe mich jetzt an.“

Er machte es sich bequem, während Patricia im Badezimmer verschwand. Er hörte einen Föhn brummen.

„Lass dir Zeit!“, rief er vom Sofa aus. Er wartete gern. „Ich konnte schon so früh kommen, weil O’Reilly losgefahren ist, um jemanden aus Belfast abzuholen. Mrs Kincaid hält bis zum Gottesdienst die Stellung. Ich glaube aber, die Leute sind jetzt viel zu sehr damit beschäftigt, alles für die Hochzeit von Maggie und Sonny vorzubereiten, um krank zu werden.“

„Das wird eine richtig große Sache, was?“

„Das ganze Dorf ist völlig aus dem Häuschen.“

Gleich darauf kam sie ins Wohnzimmer zurück. „Wie seh ich aus?“

Er musterte sie von unten bis oben, von den Lacklederpumps über den knielangen karierten Kilt bis zu den Mandelaugen. „Umwerfend“, sagte er.

„Danke, sehr freundlich, Sir.“ Sie machte einen kleinen Knicks.

„Hör mal“, sagte er, „bis zur Trauung haben wir noch viel Zeit. Ich dachte, wir könnten einen kleinen Ausflug machen.“

„Wohin?“

„Zu Sonnys Haus. Einer von unseren Patienten, Donal Donnelly, und ein ganzer Trupp Männer aus dem Dorf haben es renoviert. Das ist das

Hochzeitsgeschenk des Dorfes für das glückliche Paar, und es soll eine große Überraschung werden. Ich möchte gern sehen, wie das Haus jetzt aussieht."

„Ich möchte es auch gern sehen. Warte, ich hole eben meine Handtasche."

BARRY parkte nah an Sonnys Tor.

„Was ist das denn?" Patricia deutete auf Donal Donnellys bunten Drahtesel, der am Torpfosten lehnte.

„Sieht so aus, als ob Donal hier ist", antwortete Barry. „Das ist sein Fahrrad."

Sonnys Haus war kaum wiederzuerkennen. Das Gerüst war verschwunden. Das neue Schieferdach schimmerte dunkel im Sonnenlicht, die grün gestrichene Haustür und die Fensterrahmen glänzten. Barry freute sich, dass im Erdgeschoss Blumenkästen auf den Fensterbänken standen. Das würde Maggie gefallen.

Die Angeln quietschten nicht mehr, als er das Tor öffnete.

Der Rasen war frisch gemäht, es roch nach geschnittenem Gras. In der Ferne hörten sie einen Mähdrescher arbeiten und eine Kuh muhen.

„Entschuldigen Sie, Dr. Laverty, Sir." Donal Donnelly stand in der offenen Tür.

„Morgen, Donal. Patricia, darf ich dir Donal Donnelly vorstellen?", sagte Barry. „Donal, das ist Miss Spence."

„Freut mich, Miss", sagte Donal. „Wenn Sie mich entschuldigen wollen, ich hab's eilig. Muss mich in Schale werfen. Die anderen Highlander und ich wollen nach der Trauung ein Ehrenspalier bilden."

„Dürften Miss Spence und ich uns ein bisschen im Haus umsehen?"

„Aber sicher." Donal ging zu seinem Fahrrad.

Im Flur des Hauses schlug Barry und Patricia der Geruch nach frischer Farbe entgegen. Die Wände waren cremeweiß. Auf den Dielen lag ein Läufer. Die Tür zur Linken stand einen Spaltbreit offen. „Was ist hier?" Barry schob die Tür ganz auf.

„Das Esszimmer", sagte Patricia.

Durch die Fenster zur Straßenseite fiel Sonnenlicht in den Raum. An der Decke hing ein Kristallleuchter, darunter stand ein Tisch aus Kiefernholz mit vier Holzstühlen. Auf der karierten Tischdecke lagen zwei Gedecke, und in der Mitte duftete ein frischer Blumenstrauß. Rechts und links davon standen zwei Messingleuchter. Auf einer handgemalten Karte war zu lesen:

Willkommen zu Hause, Sonny und Maggie. Euer Essen steht im Kühlschrank.

Patricia betrachtete alles mit großen Augen. „Wie schön. Wenn das ganze Haus so in Schuss ist, müssen deine Freunde ja unglaublich gearbeitet haben. Das ist, als hätte eine gute Märchenfee ihren Zauberstab geschwungen."

„Es fällt mir ein bisschen schwer, mir Donal als Märchenfee vorzustellen", sagte Barry grinsend, „aber du hast Recht. Und ich wette …"

Vom Flur her dröhnte eine tiefe Stimme. „Hallo? Ist jemand da?"

Was machte Fingal denn hier? Wahrscheinlich war er auch einfach neugierig auf das Haus. „Nur wir beide, Fingal. Komm rein!"

O'Reilly stand in der Tür, bereits für die Hochzeit angezogen.

„Guten Morgen, Fingal", sagte Barry. „Patricia Spence kennst du ja schon."

O'Reilly nickte ihr zu. „Was machst du denn hier, Laverty?" Er schien sich über die Begegnung mit Barry nicht gerade zu freuen.

„Wir schauen uns ein bisschen um."

O'Reilly räusperte sich und drehte sich um. „Alles in Ordnung", sagte er, „es ist bloß der junge Laverty. Komm ruhig rein, Kitty."

Caitlin O'Hallorhan betrat das Zimmer.

Mit ihr also hatte O'Reilly neulich abends telefoniert. Aha, dachte Barry überrascht.

„Schwester", sagte Barry mit einer leichten Verbeugung, „wie schön, Sie wiederzusehen. Das ist Patricia Spence. Patricia, das ist Schwester O'Hallorhan."

Während die beiden Frauen die üblichen Höflichkeiten austauschten, musterte Barry die Stationsschwester, die O'Reilly als Student gekannt hatte.

Schon bei ihrer ersten Begegnung war ihm aufgefallen, dass sie ausgesprochen gut aussah. Ohne die Schwesterntracht aber war sie einfach umwerfend. Ihre schlanke Figur wurde durch das gut geschnittene kastanienbraune Kostüm noch betont. Ihr Haar, von der gestärkten Schwesternhaube befreit, schimmerte silbrig. Im Sonnenschein wirkten die bernsteinfarbenen Pünktchen in ihren grauen Augen golden. Die Lachfältchen in ihren Augenwinkeln wurden tiefer, als sie zu Barry sagte: „Sie sind ein Mann, der Wort hält, Dr. Laverty."

„Wie meinen Sie das?"

„Sie haben Fingal tatsächlich von mir gegrüßt."

Ist O'Reilly der Kragen zu eng geworden?, dachte Barry, als sein Chef anfing, mit einem Finger am Kragen herumzuzerren.

„Na ja, alte Freunde aus der Studienzeit …", wobei er das Wort „Freunde" betonte, „sollten doch Kontakt halten."

„Ach Fingal", sagte Kitty O'Hallorhan mit einem schelmischen Grinsen, „wie recht du hast. Was sind schon fünfundzwanzig Jahre für alte Freunde?"

O'Reilly räusperte sich.

„Wir sind gerade erst gekommen, und soweit wir sehen, haben Donal und seine Truppe hervorragende Arbeit geleistet", sagte Barry.

„Aber außer diesem Zimmer habt ihr noch nichts gesehen?", fragte O'Reilly.

„Nein", antwortete Barry.

„Dann zeigen Sie Kitty doch den Rest, Patricia", bat O'Reilly und zog Kitty O'Hallorhan zur Seite. „Schließt du dich bitte Miss Spence an? Ich habe mit meinem jungen Kollegen etwas zu besprechen."

Barry wartete, bis die Frauen losgezogen waren. „Was gibt es denn, Fingal?", fragte er leise.

O'Reilly schaute Kitty O'Hallorhan nach. „Ich habe diese Frau jahrelang nicht gesehen, aber sie hat sich kein bisschen verändert …"

Barry hüstelte. „Du hast gesagt, du wolltest mit mir sprechen, Fingal?"

„Ach so, ja." O'Reilly drehte sich zu Barry um. „Ich bin froh, dass ich dich getroffen habe. Ich brauche etwas Hilfe."

„Wobei?"

„Nach der Trauung. Ich hätte dich schon früher fragen sollen, aber es war mir entfallen. Jemand muss Kitty zur Hochzeitsfeier mitnehmen. Weißt du, Sonny sehnt sich so nach seinen Hunden und die sind ja noch bei Maggie. Ich möchte da vorbeifahren und sie zu Seiner Lordschaft bringen …"

„Und ich soll Kitty mitnehmen?"

„Ja, und ich möchte, dass du auch Arthur Guinness abholst."

„Das lässt sich machen."

„Braver Junge." O'Reilly klopfte ihm auf die Schulter. „Ich wusste, dass ich auf dich zählen kann."

Kitty und Patricia traten ins Zimmer. Beide lächelten vergnügt.

„Und?", fragte O'Reilly.

„Es ist wunderschön geworden", meinte Patricia. „Die Küche ist fertig eingerichtet, zwei Zimmer sind noch nicht möbliert, aber in dem dritten steht ein riesiges Messingbett, vor dem Fenster hängen Chintzvorhänge, und man hat einen tollen Ausblick über die Felder bis zur Bucht. Sonny und Maggie werden einen guten Start haben."

„Schön", sagte O'Reilly. Er vermied es, Kitty O'Hallorhan direkt anzusehen. „Ist auch höchste Zeit, dass die beiden endlich zusammenkommen." Dann warf er Barry einen strengen Blick zu. „So, jetzt lasst uns mal Pläne machen. Bestimmt wollt ihr beiden ein bisschen Zeit für euch haben, du und Miss Spence. Ich fahre mit Kitty nach Crawfordsburn zum Mittagessen ins ‚Old Inn'."

„Gut", sagte Barry.

„Ja, dann bis nachher in der Kirche." O'Reilly hielt die Tür weit auf und ließ Kitty den Vortritt.

Barry beobachtete, wie O'Reilly auch die Wagentür aufhielt und Kitty einsteigen ließ. Er hörte noch, wie sie sagte: „Und du fährst doch vorsichtig, Fingal, ja? Weißt du, auf dem Weg hierher hättest du beinahe einen Radfahrer angefahren."

14
Der schönste Tag im Leben

Sonny und Maggie waren „Mann und Frau, bis dass der Tod euch scheidet". Sonny küsste die Braut, der Priester sprach mit erhobener rechter Hand den Segen, und die Trauung war vorüber. Zu den brausenden Orgelklängen des Hochzeitsmarsches schritt der Brautzug durch die versammelte Gemeinde den Mittelgang hinunter.

Beim Verlassen ihrer Bank vorn im Kirchenschiff ließ Barry Kitty und Patricia vorangehen. Ein großer Teil der Gäste war bereits auf dem Weg zum Hochzeitsfest auf dem Gut des Marquis.

Barry musste blinzeln, als sie hinaustraten in die helle Sonne. Das Pfeifen der großen Dudelsäcke war ohrenbetäubend – zwei Reihen Highlander mit den aufgeblasenen Säcken unter dem Arm und den Basspfeifen auf den Schultern flankierten den Gehsteig. Donal Donnelly hielt einen Tambourstab mit silberner Spitze in die Höhe, und sein eingegipster Mittelfinger störte ihn dabei offensichtlich überhaupt nicht. Offenbar genoss er seine Position als Tambourmajor.

Barry überholte die beiden Frauen und winkte ihnen mitzukommen. Bei diesem Krach war es sinnlos, sich Gehör verschaffen zu wollen. Er ging um die Musikanten herum zum Fahrweg, wo er seinen Käfer geparkt hatte. Hinter O'Reillys Haus war der Lärm der Dudelsäcke etwas gedämpft, aber dafür saß Arthur Guinness mit zurückgelegtem Kopf im Garten und jodelte gegen die Musik an. Es klang schauerlich.

„Es tut mir leid", sagte Barry zu den Frauen, „aber ich fürchte, eine von euch muss sich den Rücksitz mit dem Hund von Baskerville teilen."

„Kein Problem", sagte Patricia. Barry klappte die Sitzlehne vor und half ihr beim Einsteigen. Der Hund zwängte sich neben Patricia auf den Rücksitz.

„Jetzt sind Sie dran, Schwester O'Hallorhan."

„Nennen Sie mich doch Kitty", sagte sie und stieg ein.

Barry ging um den Wagen herum, stieg ebenfalls ein und ließ den Motor an. „Nächster Halt: das Hochzeitsfest."

Auf beiden Seiten der Main Street standen Gratulanten. Weiter vorn zockelte ein *Jaunting Car* die Straße entlang, ein zweirädriges kleines Gefährt, auf dem Maggie, Sonny und der Marquis saßen. Fergus Finnegan hockte mit einer Schirmmütze auf dem Kopf auf dem Kutschbock und trieb das vorgespannte Eselchen an. Auf einem Schild hinten am Wagen stand: *Just Married.*

Die Tore zum Gut waren weit geöffnet. Langsam folgte Barry dem Hochzeitspaar die kiesbestreute Einfahrt hinauf. Er fand einen Parkplatz, stieg aus und öffnete die Beifahrertür. Die beiden Frauen stiegen aus, und kaum war Arthur draußen, da rannte er auch schon davon.

Barry nahm Patricias Hand und nickte Kitty zu. „Wir wollen versuchen, Fingal zu finden. Wird nicht einfach sein in diesem Gewühl."

Die Hälfte der Rasenfläche war mit langen Tischen besetzt. Ganz vorn stand der Tisch für das Brautpaar und die Ehrengäste. Auf dem Rasenstück daneben drängte sich eine richtige Menschenmenge. Es sah so aus, als sei das ganze Dorf erschienen.

Barry sah, wie Patricia auf den vorderen Tisch deutete, und folgte ihr und Kitty dorthin. O'Reilly hatte sich bereits dort niedergelassen.

Als die beiden Frauen ankamen, stand O'Reilly auf, rückte Kitty einen Stuhl zurecht und blieb stehen, bis sie sich gesetzt hatte. „Das Brautpaar müsste in ein paar Minuten hier sein", sagte er, „wenn also jemand noch was zu trinken haben will, bevor der offizielle Teil anfängt, dann jetzt oder nie."

„Für Patricia ein Glas Weißwein", sagte Barry und sah sie zustimmend nicken. „Und für mich bitte einen kleinen Bushmills."

O'Reilly hob den Daumen und nahm weitere Bestellungen entgegen. „Komm, Barry. Ich brauche Hilfe, um das alles zu tragen."

Mit einem Schulterzucken wandte Barry sich an Patricia. „Bin gleich wieder da."

Er musste rennen, um mit O'Reilly Schritt zu halten, der schnurstracks an den Kopf der Schlange marschierte, ohne dass unter den Wartenden auch nur ein einziges Wörtchen des Protestes laut wurde. Er gab seine Bestellung bei Willy Dunleavy auf.

Barry drängte sich an Mary, Seamus und dem Baby Barry Fingal Galvin vorbei.

„Wie geht's denn, Doc?", fragte Seamus. „Das ist unsere letzte Party hier in Ballybucklebo. Montag hauen wir drei nach Amerika ab."

„Mir geht's prima, danke. Ich hoffe, dass Sie da drüben Ihr Glück machen. Vielleicht kommen Sie ja eines Tages zu Besuch hierher zurück?"

„Wir kommen bestimmt mal wieder her, Doc", sagte Seamus.

Barry trat neben O'Reilly, nahm ein Tablett mit Gläsern entgegen und trug es zu ihrem Tisch zurück.

Kinky hatte inzwischen an der Ecke Platz genommen. Strahlend rückte sie ihren neuen Hut zurecht.

Barry verteilte die Getränke und setzte sich wieder neben Patricia. Er hob das Glas und sah ihr in die Augen. „Auf die frischgebackene Stipendiatin", flüsterte er.

Sie schüttelte lächelnd den Kopf. „Nein, Barry, einfach: auf uns", sagte sie.

„Entschuldigen Sie, Dr. Laverty", sagte Kinky, „kurz bevor ich zur Kirche los bin, hat Ihr Freund angerufen, der Dr. Mills ..."

Aber Kinkys weitere Worte verstand Barry nicht mehr, sie gingen in Dudelsackmusik, Trommelschlägen und dem Geheul von Arthur Guinness unter, der sich unter dem Tisch verkrochen hatte.

Donal Donnelly führte den Zug an. Hinter ihm folgten mit schwingenden Kilts und geblähten Dudelsäcken die Highlander, begleitet von zwei Trommlern. Hinter den Musikanten kam das Eselchen, das tapfer den kleinen Kutschwagen zog. Der Marquis sah in Frack und Zylinder sehr festlich aus, jeder Zoll ein Mitglied des britischen Oberhauses. Sonny schien der ganze Auftrieb eher zu verwirren, aber Maggie in ihrem weißen Hochzeitskleid strahlte über das ganze Gesicht.

Dann tauchten von irgendwoher Sonnys fünf Hunde auf und sprangen bellend neben der Kutsche her.

Barry hätte zu gern mit Kinky gesprochen, aber ihm blieb nichts anderes übrig, als abzuwarten, bis der Höllenlärm sich gelegt hatte.

„Bum, bum! Bum, bum!“ Der Mann mit der großen Trommel signalisierte mit Doppelschlägen das Ende des Liedes. Das Klagen der Dudelsäcke erstarb, und zum ersten Mal wurde es still auf diesem geräuschvollen Fest.

Der Marquis stieg aus und half Maggie vom Wagen. Offenbar besaß sie doch ein künstliches Gebiss, denn heute war ihr Lächeln makellos. Der Marquis führte das Hochzeitspaar an den vorderen Tisch, und als er selbst und das Brautpaar ihren Platz eingenommen hatten, brach ein Jubelgeschrei los.

Barry versuchte, Kinky anzusprechen, aber sie war völlig in eine Unterhaltung mit einer Frau mittleren Alters vertieft, die ihr gegenübersaß.

Als es etwas ruhiger geworden war, stand O'Reilly auf und klopfte mit einer Gabel an ein leeres Wasserglas. „Ich bitte um Aufmerksamkeit!“, rief er. „Ich bin gebeten worden, das Fest heute Nachmittag, mit dem wir die Hochzeit von zwei ganz besonders verdienten Bürgern von Ballybucklebo feiern wollen, zu moderieren.“

„Hört, hört!“, rief jemand in den Applaus.

O'Reilly schlug wieder an das Glas. „Wir werden mit einem Tischgebet beginnen und dann essen. Neben der Bar ist das Büfett aufgebaut. Erst geht der Tisch hier vorn los, dann der Reihe nach die anderen. Klar? Wenn ihr alle gegessen und getrunken habt, gibt es eine kleine Pause, und dann geht's ans Redenschwingen. Ich werde die Redner aufrufen, und ich habe einen Rat für euch. Ich möchte, dass ihr aufsteht, redet … und wieder den Mund haltet. Fasst euch kurz. Denkt an Fergus Finnegan, den Jockey. Ganz kurz.“

„Gutes kommt in kleinen Portiönchen, Doktor, ja doch!“, rief Fergus als Antwort. „Und je größer jemand ist, desto härter fällt er.“

Die Anspielung auf O'Reillys Körpergröße entging der Menge nicht. Manche brüllten vor Lachen, einige pfiffen laut. Fergus erhob sich und verbeugte sich vor seinen Anhängern.

„Eins zu null für dich, Fergus“, räumte O'Reilly ein. Er wartete, bis es wieder still war. „Ich bin jetzt fertig“, meinte er dann, „und nun bitte ich euch alle aufzustehen, während der Pfarrer das Gebet spricht.“

Barry erhob sich mit den anderen zusammen. Kaum war das Tischgebet gesprochen, da beugte er sich über den Tisch. „Kinky? Kinky?“

„Was denn?“

„Was hat Dr. Mills gesagt?“

„Er hat gesagt, ich soll Ihnen ausrichten, dass es ihm sehr leid tut, ja …“

„Es tut ihm leid?“ Hieß das, dass Harry nichts herausgefunden hatte?

„Er war die ganze Nacht auf und hat verschlafen, aber er wollte gerade los, um Ihren anderen Freund zu besuchen, und anschließend kommt er dann gleich her. Das war alles, Sir.“

Barry seufzte. „Danke, Kinky“, sagte er.

„Dr. Laverty? Ich habe Ihnen doch schon gesagt, dass Sie hören werden, was Sie hören wollen. Also warten Sie einfach ab und haben Sie Geduld.“

„Ich werd’s versuchen.“

„Das ist gut“, sagte sie, „und jetzt ziehen Sie los und holen der netten Miss Spence einen Happen zu essen.“

Während des Essens war am vorderen Tisch nicht viel geredet worden. O’Reilly, die Serviette unterm Kragen, wandte sich an Barry. „Ich gebe ihnen noch zehn Minuten, damit der letzte Tisch in Ruhe aufessen kann.“

Barry schob seinen Teller fort. „Möchtest du das glückliche Paar kennen lernen?“, fragte er Patricia.

„Sehr gern.“

Patricia stand auf, und gemeinsam gingen sie am Tisch entlang.

„Entschuldigen Sie“, sagte Barry, „Sonny, Maggie, darf ich Ihnen Miss Patricia Spence vorstellen?“

Sonny erhob sich und machte eine Verbeugung. „Bin entzückt, Miss Spence.“

„Sie sind das also, von der ich gehört habe“, meinte Maggie und musterte Patricia mit schräg gelegtem Kopf ganz unverhohlen. „Sie sind sogar noch hübscher, als ich gehört habe. Hier im Dorf wird nämlich von Ihnen gesprochen, wissen Sie.“

Patricia errötete. „Da-Danke, Maggie“, stotterte sie.

„Dr. Laverty“, sagte Maggie, „ich glaube, diese junge Dame ist zu schade für Sie.“

Barry lachte. „Da haben Sie Recht, Maggie.“

Wieder ertönte das Glas und O’Reillys Stimme: „Alle mal herhören!“

Barry brachte Patricia rasch auf ihren Platz zurück.

„Es ist Zeit, dass wir weitermachen“, sagte O’Reilly, „aber vorher möchte ich mich im Namen aller ganz herzlich beim Marquis von Ballybucklebo bedanken, weil er uns erlaubt hat, auf seinem Grund und Boden zu feiern.“

Das Gebrüll der Menge war ohrenbetäubend.

„Und jetzt bitte ich Seine Lordschaft, den Toast auf das glückliche Paar auszubringen."

O'Reilly setzte sich, und der Marquis stand auf. „Meine Damen und Herren, wir alle kennen Maggie MacCorkle und unseren Freund Sonny seit vielen Jahren. Sonny ist Schachspieler, Fachmann für die Töpferkunst des Mittleren Ostens und …", er sah Bertie Bishop direkt an, „für Grundbesitz und Eigentumsrechte bei den Normannen."

Der Gemeinderat machte ein böses Gesicht.

„Maggie ist Katzenliebhaberin und eine exzellente Blumenkastengärtnerin und … einige von Ihnen wissen das vielleicht nicht … Gewinnerin der Silbermedaille bei der irischen Meisterschaft im Kunstspringen 1922."

Nein, das hatte Barry nicht gewusst.

„Und jetzt springt Maggie wieder, aber diesmal …", ein Kopfneigen zu Sonny hinüber, „diesmal gewinnt sie Gold, glaube ich."

Niemand lachte. Stattdessen bekundeten die Zuhörer ihr Einverständnis durch lautes, lang anhaltendes Klatschen.

„Herzlichen Glückwunsch, Sonny, und Ihnen alles Glück der Welt, Maggie." Der Marquis hob sein Glas. „Ich bitte Sie alle, sich mit mir zu erheben und dem Brautpaar zuzuprosten. Mögen Sie lange miteinander glücklich sein, und möge jeden Tag die Sonne auf Ihre Ehe scheinen. Auf die Braut und den Bräutigam."

„Auf die Braut und den Bräutigam!", brüllte die Menge.

„Sonny wird jetzt im Namen des glücklichen Paares antworten!", rief O'Reilly.

Sonny erhob sich. „Mylord, meine Damen und Herren, im Namen von meiner Frau", er lächelte zu Maggie hinunter, „möchte ich ein paar Dinge sagen. Es gibt eine Reihe von Menschen hier, bei denen ich mich bedanken möchte. Als Erstes möchte ich Seiner Lordschaft für seine auf so sehr vielfältige Weise erwiesene Großzügigkeit mir gegenüber danken."

Höflicher Applaus.

„Als Nächstes möchte ich mich bei Councillor Bishop bedanken."

Barry hörte, wie die ganze Hochzeitsgesellschaft nach Luft schnappte. Alle Anwesenden wussten von der langjährigen Fehde zwischen den beiden Männern, von dem Streit über Sonnys Dach und von Maggies Weigerung, Sonny zu heiraten, solange das Dach nicht repariert war.

„Ich hoffe, dass wir beide von nun an die Vergangenheit ruhen lassen können." Er blickte zu Bertie Bishop hinüber.

„Und zum Schluss", erklärte Sonny, „möchte ich Maggie MacCorkle dafür danken, dass sie all die Jahre auf mich gewartet und schließlich eingewilligt hat, meine Frau zu werden …"

Die Jubelrufe waren ohrenbetäubend. Sonny setzte sich wieder.

Bevor O'Reilly etwas sagen konnte, war Maggie aufgestanden. In Ulster sollte eine Braut eigentlich sittsam an der Seite ihres frisch Angetrauten sitzen und schweigen. „Ich weiß, ich weiß, ich soll eigentlich die Klappe halten, aber Seine Lordschaft hat auf uns beide einen Toast ausgebracht, und ich möchte nun Seiner Lordschaft auch gern danken und Councillor Bishop auch. Wenn er Sonnys Dach nicht heil gemacht hätte, wäre ich immer noch mit meinem Kater allein." Dann grinste sie. „Ich habe einen Rat für einige von euch." Sie schaute Barry an und ließ den Blick dann zu O'Reilly und Kitty hinüberwandern. „Sonny und ich sind ein paar sture alte Esel, dass wir uns wegen einem dämlichen Dach zerstritten haben. Seid nicht so blöd wie wir, ihr jungen Leute!" Maggie beugte sich zur Seite und schmatzte Sonny einen feuchten Kuss auf die Stirn. Dann setzte sie sich, während donnernder Applaus aufbrandete.

Barry spürte, dass jemand hinter ihm stand. Er drehte sich um und erblickte Donal Donnelly. Neben ihm stand Julie MacAteer, sie sah ein wenig blass, aber glücklich aus. Barry stand auf. „Wie geht's Ihnen, Julie?"

Sie lächelte. „Bin auf dem Weg der Besserung, Doktor. Ich wollte mich bei Ihnen bedanken."

„Keine Ursache."

„Und mich für eine Weile verabschieden. Ich fahre ein paar Wochen nach Rasharkin zu meiner Familie." Sie schaute Donal an. „Und wenn ich wiederkomme, müssen Donal und ich auch Pläne machen."

„Wie schön."

„Jetzt müssen wir aber weiter, Doktor", sagte Donal.

„Als Nächstes bitte ich Councillor Bishop herzukommen!", ertönte wieder O'Reillys Bass.

Als Bishop zum vorderen Tisch stapfte, rief jemand: „Und was ist mit dem Dreckspatz?"

Breitbeinig stellte Bishop sich hinter den Tisch. Mit den Händen packte er die Aufschläge seiner schwarzen Anzugjacke. „Mylord, meine Damen und Herren", begann er, als spräche er vor dem Grafschaftsrat, „einer von Ihnen hat eben eine eminent wichtige Frage gestellt …"

„Ja! Was wird mit dem Dreckspatz?"

„Ich habe mir diese Sache", verstohlen warf er einen Blick auf O'Reilly, „sehr gründlich überlegt. Ich habe mir Ihre Bedenken angehört, und ich werde dem vernünftigen Rat unserer Ärzte Dr. O'Reilly und Dr. Laverty hier folgen, jawoll."

„Dass Sie die Beine unter den Arm nehmen und abhauen?"

„Nein", sagte Bishop mit einem Lächeln, „dafür bin ich ein bisschen zu rundlich."

Das brachte ihm nun doch ein paar Lacher ein.

„Ich habe mich also entschieden, und ich habe Willy Dunleavy gesagt, dass er und die Seinen den Schwan für weitere neunundneunzig Jahre pachten können."

Bishops folgende Worte gingen im allgemeinen Jubel unter.

„Und wenn Sonny bereit ist, das Kriegsbeil zu begraben, dann bin ich das auch."

Er beugte sich zu Sonny hinunter, und die beiden Männer schüttelten sich die Hand. „Und das ist alles, was ich zu sagen habe."

„Bertie!" Florence Bishop winkte ihrem Mann. „Bertie, das ist noch gar nicht alles. Du hast doch versprochen, als wir am Donnerstag in Bangor waren …"

„Richtig. Richtig, Florence. Das hätte ich fast vergessen. Tut mir leid." Er zeigte auf Barry. „Meine Frau ist furchtbar krank gewesen. Aber unser Dr. Laverty hier, der hatte das im Handumdrehen heraus, und er hat sie wieder ganz gesund gemacht. Flo und ich sind Ihnen sehr, sehr dankbar, Doktor."

Erneut hatte sich Schweigen über die Menge gebreitet.

„Ich will auf die Freundschaft trinken und natürlich auch auf Sonny und Maggie", erklärte Bishop, „aber ich bitte Sie alle, aufzustehen … und das Glas auch auf unsere beiden Ärzte zu erheben."

„Gut gemacht, Bertie", sagte O'Reilly, als Bishop unter Jubelrufen an seinen Platz zurückkehrte. „Und", fuhr er fort, „damit bleibt noch ein letzter Redner, bevor wir uns der Hauptsache dieses Tages widmen können. Hier kommt Donal Donnelly."

Donal trat vor. „Als Erstes wollen Julie und ich uns ebenfalls bei Dr. Laverty bedanken. Ihr wisst alle, was er für sie getan hat."

Gedämpfter Applaus.

„Aber jetzt kommt das Wichtigste: Die Highlander und ich und ein ganzer Schwung von den anderen Jungs und eine Menge Frauen hier im Dorf haben ein kleines Geschenk für Sonny und Maggie."

Sonny schaute Maggie verwundert an.

„Im Namen des Dorfes Ballybucklebo habe ich das große Vergnügen, euch den Schlüssel zum neuen, voll eingerichteten Haus zu überreichen. Heute Morgen sind wir damit fertig geworden.“ Damit überreichte er Sonny einen riesigen Schlüssel, den er aus Sperrholz gesägt und mit Silberfolie überzogen hatte.

Tränen liefen über Sonnys verblüfftes Gesicht. Barry spürte, dass er selbst auch einen Kloß in der Kehle hatte. Wie konnte ein junger Arzt, der halbwegs bei Sinnen war, auch nur in Erwägung ziehen, Ballybucklebo zu verlassen?

„Hier, Maggie.“ Donal reichte Maggie einen echten Schlüsselbund. „Die Schlüssel gebe ich Ihnen, denn alle verheirateten Männer hier werden bestätigen, dass sie rechtlich gesehen vielleicht Haushaltsvorstände sind – aber jeder weiß auch, wer in Wirklichkeit die Hosen anhat, doch, ja.“

Das Gelächter fing leise an und wurde dann lauter und lauter, so wie eine Welle mehr und mehr an Kraft gewinnt, während sie sich dem Ufer nähert.

Plötzlich spürte Barry eine Hand auf der Schulter. Er drehte sich um und schaute in das offene Gesicht von seinem Freund Jack Mills. „Tut mir leid, dass ich so spät komme, aber besser spät als nie.“

15

Zum guten Schluss ein neuer Anfang

„Jack.“ Barry stand auf und suchte das Gesicht seines Freundes nach einem Hinweis ab. „Bist du bei Harry gewesen?“

„Jaja. Das arme Schwein kann einem wirklich leidtun. Sieht aus wie ein Gespenst. Diese Grippe ist richtig scheußlich.“

„Das tut mir leid. Hat er den Befund?“

„Ja.“ Jacks Gesicht war ausdruckslos, bis er die halb volle Weinflasche entdeckte und anfing zu grinsen.

Stirnrunzelnd hatte Patricia das Gespräch verfolgt. Rasch holte sie ein sauberes Glas und reichte es Jack.

„Danke, Patricia.“ Er nahm die Flasche. „Schön, dich zu sehen. Du siehst umwerfend aus.“

„Jack! Der Befund.“

„Ach ja, natürlich.“ Jack fischte einen Umschlag aus der Innentasche seines Jacketts und gab ihn Barry. „Guck ihn dir an, während ich mir einschenke.“ Er hob die Flasche.

Barry nahm den Umschlag, riss ihn auf, zog zwei Bogen heraus und begann zu lesen. Oben standen der Name des Majors und Angaben zu seiner Person. Darunter schloss sich der HISTOLOGISCHE BEFUND an. Barry überflog ihn und las die Zusammenfassung: TODESURSACHE: STARKE VERENGUNG DER HERZKRANZGEFÄSSE, DIE EINEN PLÖTZLICHEN TOD ZUR FOLGE HATTE, BEVOR SICH MAKROSKOPISCHE PATHOLOGISCHE VERÄNDERUNGEN EINSTELLTEN.

Major Fotheringham war an einer koronaren Herzerkrankung gestorben. Mit seiner Hirnblutung hatte diese Krankheit nicht das Geringste zu tun. Barry atmete auf.

„Alles in Ordnung, Barry?“ Patricia stand an seiner Seite.

„Ja. Doch. Danke.“

„Du bist plötzlich kalkweiß geworden.“

„Ich … ich habe sehr auf diesen Bericht gewartet. Alles Weitere erkläre ich dir später.“ Er nahm sie in die Arme. „Das ist das Beste, was mir heute passieren konnte.“

„Dann haben wir also beide Grund zu feiern?“

„Ganz genau.“ Er küsste sie. „Aber jetzt“, sagte er dann, „muss ich es O’Reilly erzählen. Der hat auch auf das Ergebnis gewartet.“

„Dann geh. Er ist da drüben bei Kitty. Aber komm schnell wieder. Ich will die ganze Geschichte hören.“

„Bin gleich wieder da.“ Barry machte sich auf den Weg zu O’Reilly, der in ein Gespräch mit Kitty O’Hallorhan vertieft war.

„Gute Nachrichten, was?“, rief Jack ihm zu. „Harry hat mir erzählt, was drinsteht.“

„Genau das, was ich mir gewünscht habe. Warum hast du mir das denn nicht gleich gesagt?“

„Ich wollte dir die Überraschung nicht verderben!“

Barry schüttelte lachend den Kopf und begab sich schnurstracks zu O’Reilly hinüber. Sonnys fünf Hunde drängten sich um O’Reilly und Kitty. Von Arthur Guinness war nichts zu sehen. Auch von Sonny und Maggie nicht. Bestimmt waren sie gerade im Gutshaus und zogen sich um.

Noch immer lachend, kam Barry bei O’Reilly und Kitty an. Die beiden standen dicht zusammen, O’Reilly hatte Kitty den Arm um die Taille gelegt. Barry wartete auf eine Pause in ihrem Gespräch.

O’Reilly räusperte sich und nahm den Arm von ihrer Hüfte. „Wir … äh, wir sprechen bloß … über alte Zeiten“, sagte er. „Was können wir für dich tun, Barry?“

„Fingal, Jack Mills hat mir den Obduktionsbericht mitgebracht.“

O’Reilly wurde sofort ernst. „Und?“

„Ein schwerer stummer Herzinfarkt.“

„Mensch, das ist ja wunderbar. Schlimm für den Major, aber so ist nun mal das Leben.“ Er griff nach Barrys Hand. „Morgen besuchen wir die Witwe. Ich habe dir ja gesagt, dass sie ihr Versprechen halten wird, wenn wir die Fakten haben. Kein Prozess. O Mann, was freue ich mich für dich, mein Sohn.“

„Sicher wirst du mir das alles gleich erklären, Fingal“, sagte Kitty.

„Ganz bestimmt, aber zuerst müssen wir darauf einen trinken. Whiskey, Barry?“

„Bloß einen Kleinen, später. Ich habe Patricia allein gelassen, und ich will ihr auch endlich die Geschichte erzählen.“

„Dann machen wir das anders.“ O’Reilly übernahm das Kommando. „Du wartest hier, Kitty. Ich hole die Drinks. Barry, du bringst Patricia her. Sie möchte bestimmt noch ein Glas Wein.“ Ohne eine Antwort abzuwarten, stürmte er los.

„Sie kennen ihn doch schon viele Jahre, Kitty. Ist er immer so gewesen?“

„Viel schlimmer.“ Sie lachte. „Er ist mit den Jahren milder geworden.“

Sie hatte wirklich ein entzückendes Lächeln.

„Ich gehe jetzt Patricia holen“, meinte Barry.

Patricia wartete dort, wo Barry sie verlassen hatte. „Tut mir leid“, entschuldigte er sich. „Es ist eine lange Geschichte, aber um es kurz zu machen: Dieser Befund, den ich eben gekriegt habe, hat mir das Fell gerettet. Du weißt, dass O’Reilly mir nach einem Jahr Assistenzzeit eine Teilhaberschaft angeboten hat?“

Sie nickte.

„Es sah so aus, als würde daraus nichts werden. Mir ist eine Klage angedroht worden.“

Patricia überlief ein Schauer. „Ach du grüne Neune! Warum hast du mir denn kein Wort davon gesagt?“

Er schüttelte den Kopf. „Nein. Du hattest schon genug um die Ohren.“

„Die Prüfung?“ Ihre Wangen röteten sich.

Barry hielt die Hände hoch. „Und ich konnte ja ohnehin nichts tun. Ich musste auf den Obduktionsbefund warten.“

„Und den hast du gerade erst gekriegt?“

„Stimmt.“

„Und es ist nicht deine Schuld, oder?“ Sie küsste ihn. „Wunderbar. Also kannst du hierbleiben?“

Sollte er ihr jetzt sagen, dass er daran gedacht hatte, sich eine Stelle in Cambridge zu suchen, um in ihrer Nähe zu sein? Nein. „Ja", sagte Barry, „ich kann hierbleiben."

Sie küsste ihn wieder. „Das freut mich sehr für dich."

Er schaute ihr in die Augen. „Aber was wird aus uns?"

„Aus uns?" Patricia antwortete nicht gleich. „Ich liebe dich, Barry."

„Und ich liebe dich, Patricia. Das weißt du, aber drei Jahre sind schrecklich lang."

Sie nahm seine Hand. „Wir müssen beide an unsere berufliche Zukunft denken. Und zum Heiraten sind wir noch viel zu jung, falls du das im Sinn hast."

Ja, genau daran hatte Barry gedacht. In dem Augenblick, als er die Tragweite des pathologischen Befundes verstanden hatte, hatte er beschlossen, Patricia einen Heiratsantrag zu machen.

„Das weiß ich alles", sagte er, „aber …"

„Da gibt es kein Aber, Barry. Wenn du mich so sehr liebst, wie du sagst, dann wartest du. Manche Leute machen das, weißt du."

„Du meinst Sonny und Maggie?"

Patricia nickte. „Ich komme zu dir zurück. Mach dir keine Sorgen deswegen."

Er lachte und küsste sie. „Ich glaube dir, Patricia. Ich liebe dich, und mir ist ganz egal, wer das erfährt."

Er wollte noch mehr sagen, wurde aber durch Jubelrufe und Dosenklappern unterbrochen. Der Rolls-Royce des Marquis fuhr vor dem Säuleneingang des Gutshauses vor. An der hinteren Stoßstange hingen auf Schnüre gefädelte Blechdosen und alte Stiefel.

Hand in Hand gingen sie über den Rasen. Sie kamen gerade rechtzeitig, um den Marquis die breite Treppe hinunterschreiten zu sehen. Er führte Sonny, jetzt in einem gut sitzenden grauen Doppelreiher, und Maggie, die ein erikafarbenes Twinset und einen schicken wollenen Faltenrock trug. Auf dem Kopf hatte sie einen Strohhut mit einer einzelnen Rose im Hutband, und in der Hand hielt sie ihren Brautstrauß.

Maggie warf den Brautstrauß in die Menge. Barry wünschte, Patricia würde ihn fangen, aber der lautstarke Beifall der Umstehenden und O'Reillys verdutztes Gesicht, als der Strauß Kitty O'Hallorhan direkt in die Arme flog, entschädigten ihn für seine Enttäuschung.

Sonny half Maggie auf den Rücksitz des Rolls-Royce, und der Marquis fuhr mit ihnen davon, so wie es seiner Position als Trauzeuge entsprach.

Das Dosengerassel und die Melodie eines einzelnen Dudelsackpfeifers begleiteten die Abfahrt.

„Barry, jetzt kommt endlich her!“, rief O’Reilly.

Er saß zwischen Kitty und Mrs Kincaid. Barry hatte vergessen, dass Getränke auf Patricia und ihn warteten. Er nahm ihre Hand, ging mit ihr zum Tisch und rückte ihr den Stuhl zurecht. Arthur Guinness war wiederaufgetaucht und lag unter dem Tisch, wo er aus seiner Schüssel schlabberte.

„Bitte schön.“ O’Reilly reichte Patricia den Wein und Barry den Whiskey. *„Sláinte.“*

„Sláinte Mhaith“, gab Barry zurück. Er stand noch hinter Patricia, mit einer Hand auf ihrer Schulter.

„Also“, sagte O’Reilly, „die Festivitäten hier werden jetzt erst richtig losgehen, aber ich denke mir, dass ihr jungen Leute euch vielleicht gern verkrümeln möchtet?“

Barry sah Patricia an. Sie lächelte zu ihm hinauf.

„Gut“, meinte O’Reilly, „in dem Fall übernehme ich heute Abend den Bereitschaftsdienst.“

„Danke, Fingal.“ Barry stellte sein Glas auf den Tisch und wollte zurücktreten, damit Patricia wieder aufstehen konnte, doch O’Reillys laute Stimme hielt ihn davon ab. „Nein, du Esel. Du hast noch nicht ausgetrunken. Und bevor du abhaust, habe ich noch eine Aufgabe für dich.“

Barry zuckte die Achseln und nahm sein Whiskeyglas wieder in die Hand.

„Also“, erklärte O’Reilly, „wenn ich Bereitschaftsdienst mache, muss ich in der Nähe des Telefons sein.“ Er schaute Kinky an. „Mrs Kincaid, meinen Sie, dass Sie für Schwester O’Hallorhan und mich ein kleines Abendbrot richten könnten?“ Er wandte sich an Kitty. „Vielleicht möchtest du sehen, wie ein alter Landarzt lebt?“

„Sehr gern.“ Sie nickte zustimmend.

„Abendessen, ja?“, fragte Kinky mit einem Blick auf O’Reillys Westenknöpfe, die fast aus den Knopflöchern sprangen. „Klar, ich habe alle Zutaten für einen wunderbaren Salat da.“

O’Reilly stöhnte, dann beugte er sich vor und griff unter den Tisch. Immer noch vorgebeugt, sah er Barry an. „So, Dr. Laverty“, sagte er feierlich, „ich habe Sie noch nicht nach Ihren Plänen für die Zukunft gefragt, aber jetzt möchte ich die Gelegenheit beim Schopf ergreifen. Werden Sie im Licht der neuesten Nachrichten mein Angebot annehmen?“

„Ja, Dr. O’Reilly, vielen Dank.“

„Und“, fuhr O’Reilly fort, „ich nehme an, dass du auch gern selbstständig arbeiten möchtest?“

„Ja, Fingal. Da hast du Recht.“

„Gut. Denn ich habe den ersten Fall für dich, bei dem du ganz auf dich allein gestellt sein wirst.“

Barry spürte, wie seine Wangen glühten, so stolz war er auf O’Reillys Vertrauen. Lieber wäre er sofort mit Patricia weggefahren, aber wenn er einen Patienten besuchen sollte …

„Um wen geht es denn, Fingal?“

„Nicht um wen, sondern um was.“ O’Reilly richtete sich auf, zog einen einzelnen Gummistiefel unter dem Tisch hervor und streckte ihn Barry entgegen. „Finden Sie ein Zuhause für dieses blöde Ding, Dr. Laverty … und ich werde Ihnen dabei kein bisschen auf die Finger sehen.“

PATRICK TAYLOR

Foto: Ivan Keaney

„Im Herzen bin ich Ire geblieben."

Patrick Taylor, Autor der „Barry Laverty"-Geschichten, ist selbst Arzt, Ire und sieht ein bisschen so aus, wie man sich Dr. Fingal Flahertie O'Reilly vorstellt. Und wenn er auch jahrzehntelang in Kanada lebte, so ist er doch im Herzen immer Ire geblieben. Um den Schrecken des Bürgerkriegs zwischen Protestanten und Katholiken zu entfliehen, verließ Taylor mit seiner Familie im Jahr 1970 die Heimat. Jetzt, da die Verhältnisse friedlicher geworden sind, kehrte der pensionierte Arzt nach Irland zurück und ließ sich im County Roscommon nieder, wo er einst erste Erfahrungen in seinem Beruf gesammelt hatte. „Manchmal, wenn ich die schmalen Gassen bei meinem Haus entlangspaziere, sehe ich vor meinem inneren Auge Barry, wie er mit den Dorfbewohnern ein Schwätzchen hält", erzählt Taylor. Dem Leser gefällt das von ihm geschilderte Ballybucklebo allemal: die dritte Geschichte um die beiden engagierten Landärzte in dem irischen Dorf ist bereits in Vorbereitung.

Patrick Taylor ist ein vielseitig begabter Mann: Er ist nicht nur Arzt mit dem Fachgebiet Frauenheilkunde, er hat auch Artikel in medizinischen Zeitschriften veröffentlicht, Sachbücher geschrieben und an Hochseesegelregatten teilgenommen. Nach zahlreichen Publikationen auf seinem Fachgebiet versuchte er sich vor rund 15 Jahren an Kurzgeschichten und Romanen. Er war mit Freude und Engagement bei der Sache und der Erfolg gab ihm Recht. Nicht zuletzt lässt er mit dem Dorf Ballybucklebo (das es unter diesem Namen nicht gibt) auch für sich selbst die Welt seiner Kindheit auferstehen. Und wenn seine Frau ihm dann noch *barmbrack* backt, den köstlichen irischen Rosinenkuchen, ist das Leben in Ordnung für Dr. Taylor. Das Rezept kann man übrigens nachlesen auf seiner Homepage unter *www.patricktaylor.ca*

BIS ANS
ENDE DES
HIMMELS
KATE FURNIVA

Eine Liebe, stärker als die Einsamkeit Sibiriens. Eine Freundschaft, stärker als die Verzweiflung des Arbeitslagers ...

Ein opulentes Drama, das Figuren und Schauplätze des zaristischen Russlands ebenso zum Leben erweckt wie die Wirren der Oktoberrevolution und den Alltag unter der Schreckensherrschaft Stalins.

Arbeitslager Dawinsky, Sibirien
Februar 1933

1

Die Zone, so wurde das Gelände genannt. Gesichert wurde es von einer Doppelsperre aus undurchdringlichen Stacheldrahtrollen, einem hohen Zaun und Wachen auf Türmen, die niemals schliefen.

Für Sofia Morosowa verschmolz die Zone mit all den anderen verhassten, verlausten Lagern, in denen sie schon gewesen war. Durchgangslager waren am schlimmsten. Die fraßen die Seele auf und spuckten sie in Viehwaggons wieder aus, die einen zum nächsten Durchgangslager brachten. *Etap* nannte man das – das Verlegen von Gefangenen von einem Lager ins andere, bis man keine Freunde, keine Besitztümer und kein Ich mehr übrig hatte. Man wurde zu einem Nichts. Genau das wollten sie.

Arbeit ist eine Sache der Ehre, der Tapferkeit und des Heldentums. So stand es in meterhohen Buchstaben aus Eisen über dem Eingangstor des Gefangenenlagers Dawinsky, und jedes Mal wenn Sofia dort hinaus- oder hineingetrieben wurde, um in der Taiga Zwangsarbeit zu leisten, musste sie unter diesen Worten Stalins hindurch. Zweimal täglich in den zehn Jahren, zu denen sie verurteilt worden war, insgesamt also über siebentausendmal. Das heißt, falls sie so lange überleben sollte, was kaum zu erwarten war. Würde sie glauben, dass Zwangsarbeit eine Sache des Heldentums ist, wenn sie diese Worte siebentausendmal gelesen hatte? Würde es sie dann überhaupt noch kümmern, ob sie das glaubte oder nicht?

Als sie um fünf Uhr morgens zusammen mit sechshundert anderen Gefangenen in langer, stummer Zweierreihe durch den Schnee in die arktische Dunkelheit stapfte, spie sie unter Stalins Worten aus. Die Spucke gefror, noch ehe sie am Boden auftraf.

„Wir bekommen einen Schneesturm“, sagte Sofia. Sie besaß die unheimliche Gabe, das Wetter schon halbe Tage vorher zu erahnen. Als sie noch bei Petrograd lebte, hatte sie das gar nicht gewusst. Erst hier draußen, wo die Wälder einen verschlangen, hatte sie es bemerkt.

Sie wandte sich an die junge Frau, die neben ihr saß. „Mach schon, Anna, geh zu den Wachen und sag ihnen, dass sie die Seile ausgeben sollen."

„Ein guter Vorwand, mir an ihrem Feuer die Hände zu wärmen", erwiderte Anna lächelnd. Sie war von zierlicher Gestalt und stets zu einem Lächeln bereit, doch die Schatten unter ihren blauen Augen waren so dunkel, dass es aussah, als wäre sie in eine Schlägerei geraten.

„Sieh zu, dass die hirnlosen Mistkerle sich auch danach richten", sagte Nina, eine Ukrainerin mit breiten Hüften, die besser als alle anderen mit dem Vorschlaghammer umzugehen wusste. „Ich will nicht, dass unsere Brigade eine von euch im Schneesturm verliert."

Wenn die Sichtweite bei einem Schneesturm auf null herabsank, wurden die Gefangenen mit Seilen aneinandergebunden und ins Lager zurückgeführt. Die Seile sollten sie nicht an der Flucht hindern, sondern dafür sorgen, dass sie zusammenblieben und nicht im Schnee erfroren.

„Wenn die noch alle Tassen im Schrank haben, lassen sie uns heute früher Schluss machen, damit wir vor dem Sturm in unsere stinkigen Hütten kommen", schnaubte Tascha, die auf der anderen Seite neben Sofia saß. Sie hatte ein schmales Gesicht mit einem hübschen Mund, der erstaunliche Flüche äußern konnte.

„Das wäre auch besser für dich, Anna", sagte Sofia. „Da könntest du dich etwas ausruhen."

„Ach, mir geht es gut heute. Bald schaffe ich das gleiche Tagespensum wie du, Nina. Pass nur auf." Anna lächelte die drei Frauen verschwörerisch an, sodass die laut auflachten. Die Blicke, die sie dabei tauschten, entgingen ihr freilich nicht, wie Sofia bemerkte.

Anna rang mit einem Hustenanfall und nippte an ihrem *tschai*, um das Kratzen im Hals zu lindern. Nicht dass das Getränk den Namen Tee verdient hätte. Es war ein bitteres Gebräu aus Kiefernnadeln und Moos, das angeblich gut gegen Skorbut war. Ob das stimmte oder ob man dieses Gerücht nur verbreitet hatte, damit sie die braune Brühe schluckten, wusste niemand zu sagen. Immerhin gaukelte das Zeug dem Magen vor, er bekäme etwas zu verdauen. Alles andere interessierte sie nicht.

Die vier Frauen saßen dicht aneinandergekauert auf einem gefällten Kiefernstamm und stießen mit ihren *lapti*, den Stiefeln aus weicher Birkenrinde, Löcher in den Schnee, während sie versuchten, aus ihrer halbstündigen Mittagspause das Beste zu machen.

Rings um sie erstreckten sich, so weit das Auge reichte, dichte Kiefernwälder, deren unermessliche, unter Schneemassen begrabene Weiten den gesamten Norden Russlands bedeckten. Und in diese Weiten sollten sie eine Straße aushauen. Lieber Gott, was für eine grauenvolle Arbeit! Unter guten Bedingungen bestenfalls furchtbar anstrengend, aber mit unzulänglichem Werkzeug und bei Temperaturen von zwanzig oder dreißig Grad unter null war es ein einziger Albtraum. Die Schaufeln zerbrachen, die Hände liefen schwarz an, der Atem gefror einem in der Lunge.

„*Dawai!* Beeilung! An die Arbeit!“

Die Wachleute standen dicht gedrängt um die Kohlenpfanne und brüllten ihre Befehle, ohne sich auch nur einen Schritt von der kostbaren Wärme zu entfernen. Entlang der schnurgeraden Schneise, die für die neue Straße in den Wald geschlagen worden war, erhob sich ein kollektiver Seufzer wie Rauch in die Luft, als die Frauenbrigaden wieder zu ihren Hämmern und Spaten griffen.

Anna war als Erste auf den Beinen. Sie wollte unbedingt beweisen, dass sie das tägliche Arbeitspensum zu erfüllen vermochte.

„Kommt schon, ihr faulen …“ Sie brachte den Satz nicht zu Ende. Ihre blauen Augen wurden glasig, Anna schwankte. Hätte sie sich nicht an ihre Schaufel geklammert, wäre sie zu Boden gesunken. Sofia eilte zu ihr und stützte sie. Von Husten geschüttelt, bebte Anna am ganzen Körper und presste sich einen Lappen vor den Mund.

„Die macht's nicht mehr lange“, flüsterte Tascha. „Ihre Lunge ist –“

„Pst.“ Sofia sah sie böse an.

Nina klopfte Anna schweigend auf die Schulter. Sofia brachte sie zu ihrem Abschnitt der Straße, half ihr auf die erhöhte Trasse hinauf und drückte ihr sacht die Schaufel in die Hand. Nicht ein einziges Mal hatte Anna im vergangenen Monat die Norm erfüllen können, was zur Folge hatte, dass sie weniger zu essen bekam als die anderen.

Sofia schaufelte ein paar Ladungen Steine für sie weg.

„Danke“, sagte Anna und wischte sich den Mund. „Ich schaff das jetzt schon.“

Sofia sah der Freundin nur stumm in die eingesunkenen Augen, und was sie dort erblickte, ging ihr ans Herz. Ach, Anna. Was für ein zerbrechliches Geschöpf. Achtundzwanzig Jahre alt. Und bald würde sie sterben, nur zu bald.

In diesem Augenblick, im ewigen Eis der sibirischen Wildnis, fasste Sofia einen Entschluss. *Ich schwöre bei Gott, Anna, ich bringe dich hier raus. Und wenn es mich das Leben kostet.*

Der Schneesturm kam, genau wie Sofia es prophezeit hatte. Die Wachen banden den grauen Bandwurm zerlumpter Gestalten mit Seilen zusammen und trieben sie den langen, mühsamen Weg zum Lager zurück.

Sofia und Anna schleppten sich Schritt für Schritt voran und hielten sich nah beieinander, um sich gegenseitig zu wärmen. Aber es gab ihnen noch mehr, etwas noch Kostbareres als Wärme. Sie sprachen miteinander. Nicht das übliche Gejammer über Rückenschmerzen, zerbrochene Spaten oder darüber, wie schwierig es war, die Norm zu erfüllen. Die beiden tauschten Worte aus, die echte Bilder erzeugten.

Schon früh hatte Sofia herausgefunden, dass man in einem Arbeitslager nur von einer Minute zur anderen existierte, von einem Bissen zum nächsten. Man teilte die Zeit in winzige Abschnitte ein und sagte sich stets aufs Neue: Diesen kleinen Abschnitt lang kann ich überleben. So kam man durch den Tag. Keine Vergangenheit, keine Zukunft, es gab immer nur diesen einen Augenblick. Sofia war überzeugt davon, dass man bloß so überleben konnte; die Seele musste dabei verhungern.

Anna hatte andere Vorstellungen. Sie hatte alle von Sofia aufgestellten Regeln gebrochen und die Tage erträglich gemacht: mit Worten. Jeden Morgen auf dem zweistündigen Marsch in die Arbeitszone und jeden Abend, wenn sie sich müde ins Lager zurückschleppten, steckten sie die Köpfe zusammen und malten Bilder aus Worten, bis die kunstvoll ausgearbeiteten Szenen deutlich vor ihren Augen standen. Die Wachen, die Gewehre, der kalte Wald und die gnadenlose Wildnis verblassten daneben, wie Träume verblassen.

Annas Geschichten handelten alle von ihrer Kindheit in Petrograd, in der Zeit vor der Revolution. Und Tag für Tag, Monat für Monat, Jahr für Jahr spürte Sofia, wie Annas Worte und die Geschichten zu einem festen Gerüst für sie wurden, das sie zuverlässig stützte, wenn sie die Axt schwang oder einen Graben aushob.

„Anna“, sagte Sofia und klammerte sich an das Seil, das sie zusammenhielt, „erzähl mir noch einmal von Wassili.“

Anna musste lächeln. Allein die Erwähnung des Namens entzündete ein Licht in ihr und brachte ihre blauen Augen zum Leuchten, so erschöpft oder krank sie auch sein mochte. Wassili Djuschejew war Annas Kindheitsfreund in Petrograd gewesen, vier Jahre älter als sie, der Gefährte all ihrer Gedanken im Wachen und vieler ihrer Träume bei Nacht. Er war der Sohn von Swetlana und Grigori Djuschejew, aristokratischen Freunden von Annas Vater, und Sofia wollte alles über ihn wissen. Alles. Diesmal nicht zum

Vergnügen – obwohl es ihr großes Vergnügen bereitete, wenn Anna von Wassili erzählte –, diesmal war es ernst.

Sofia hatte beschlossen, Anna aus dieser Hölle herauszuholen, bevor es zu spät war, und das konnte ihr nur gelingen, wenn sie Hilfe bekam. Wassili war der Einzige, an den sie sich wenden konnte. Aber würde er helfen? Konnte sie ihn überhaupt finden?

Ein versonnenes Lächeln zog über Annas Gesicht. Sie hatte ihr Kopftuch so umgebunden, dass nur die Augen zu sehen waren, und auch die waren zum Schutz gegen den Wind halb zugekniffen. Das Lächeln war dennoch da, verborgen in ihren Augen, als sie zu erzählen begann.

Es war ein grauer Wintertag, Anfang 1917. Der Himmel und die Erde verschmolzen zu einem spröden Panzer aus Eis in einer stillen Welt. Wassili und ich waren zum See auf dem Anwesen seines Vaters hinausspaziert, nur wir beide, dick eingemummt gegen die Kälte.

„Ich bau dir einen Schlitten aus Schnee", sagte er, „einen Schlitten, der einer Schneekönigin würdig ist."

Du hättest ihn sehen sollen, Sofia. Seine Augen waren hell und funkelten, als er zu mir heraufschaute, wie ich auf den kahlen Ästen der Platane herumkletterte. Er sagte nicht ein einziges Mal „Sei vorsichtig" oder „So etwas tut eine Dame nicht", wie Maria, meine Kinderfrau, es getan hätte.

„Da oben bleibst du trocken", lachte Wassili nur. „Und du stolperst nicht mit deinen großen Füßen über den Schlitten, bevor er fertig ist."

Ich warf einen Schneeball nach ihm und sah vergnügt zu, wie er Kufen aus Schnee modellierte und sich dann daranmachte, den geschwungenen Aufbau des Schlittens zu formen.

Zuerst sang ich ihm „Gaida Troika" vor und ließ im Takt meine Füße baumeln, aber schließlich konnte ich die Frage nicht mehr zurückhalten, die mir auf der Zunge brannte.

„Erzählst du mir, was du so tust, Wassili? Du bist kaum noch hier. Ich … habe so manches gehört."

„Was denn?"

„Die Dienstboten sagen, es wird gefährlich auf den Straßen."

„Auf die Dienstboten solltest du immer hören, Annoschka", erklärte er lachend. „Die wissen alles."

Aber so leicht ließ ich mich nicht abspeisen. „Erzähl es mir, Wassili."

Er sah zu mir empor, und seine Miene war plötzlich ernst. Sein weiches braunes Haar fiel nach hinten aus dem Gesicht.

„Willst du es wirklich wissen?“

„Ja. Ich bin schon zwölf, alt genug, um zu erfahren, was vor sich geht. Sag es mir, Wassili. Bitte.“

Er nickte nachdenklich. Dann erzählte er mir von den Menschenmengen, die sich am Tag zuvor lärmend auf dem Platz vor dem Winterpalast versammelt hatten. Ein Schuss war gefallen. Die Kavallerie kam angeritten und hatte mit gezückten Säbeln für Ordnung gesorgt.

„Aber das ist nicht von Dauer, Anna. Es ist wie ein Feuerwerk. Die Zündschnur brennt bereits. Es geht nur noch darum, wann das Ganze explodiert. Meine Eltern wollen nicht auf mich hören, aber wenn sie ihr Leben nicht auf der Stelle ändern, wird es …“ Er brach ab.

„Wird es was?“

„Wird es zu spät sein.“

Trotz der Biberfellmütze und des warmen Capes lief es mir eiskalt den Rücken hinunter, als ich die Besorgnis in seinen Augen sah. Rasch begann ich nach unten zu klettern, schwang mich zwischen den Ästen hinab und sprang, als ich nicht mehr weit vom Boden entfernt war, in Wassilis ausgebreitete Arme. Er fing mich sicher auf, und ich atmete den Duft seiner Haare ein, frisch und männlich.

Als ich ihm einen Kuss auf die Wange gab, drückte er mich kurz an sich, ehe er mich in hohem Bogen durch die Luft wirbelte und auf dem Schlitten absetzte, den er für mich gebaut hatte. Dann verbeugte er sich vor mir. „Eure Kutsche, Prinzessin Anna.“

Ich war mit dem Herzen nicht mehr dabei, aber um ihm den Spaß nicht zu verderben, nahm ich mit großer Geste die imaginären Zügel auf, trieb mit einem Zungenschnalzen die Geisterpferde an und sauste in meinem Silberschlitten einen Waldpfad entlang. Plötzlich fuhr ich auf dem kalten Sitz herum. Wo war Wassili? Da sah ich ihn mit traurigem Gesicht am Stamm der Platane lehnen und eine Zigarette rauchen.

„Wassili!“, rief ich.

Er kam zu mir, lächelte aber nicht. Seine grauen Augen sahen zum Haus seines Vaters hinüber, drei Stockwerke hoch, mit eleganten Fenstern und hohen Schornsteinen. „Weißt du“, fragte er, „wie viele Familien in einem Haus wie dem unseren leben könnten?“

„Eine – deine.“

„Nein, zwölf Familien. Wahrscheinlich noch mehr, wenn mehrere Kinder sich ein Zimmer teilen. Die Dinge werden sich ändern, Anna. Es gibt Leute da draußen, Millionen von Leuten, die werden Veränderungen fordern.“

„Sind das die, die jetzt streiken?“

„Ja. Sie sind schrecklich arm, Anna, und man hat ihnen alle Rechte genommen. Du ahnst nicht, wie das ist, weil du dein ganzes Leben in einem goldenen Käfig verbracht hast und nicht weißt, was es heißt, Kälte und Hunger zu erleiden.“

„Sie können meinen anderen Mantel haben“, bot ich an. „Komm, wir gehen ihn holen.“

Da lächelte er mich an, dass mein Herz einen Hüpfer machte. Dafür gab ich gern meinen Mantel her.

Wassili sprang mit großen Sätzen über die weiße Wiese und hinterließ eine Spur dunkler Löcher im Schnee. Ich musste die Beine ordentlich strecken, um meine Pelzstiefel in seine Fußstapfen zu setzen. Auf dem ganzen Weg hörte ich den Wind in den gefrorenen Bäumen klirren. Es klang wie eine Warnung.

Sofia saß reglos im Schneidersitz auf den schmutzigen Bodenbrettern. Die Nacht war bitterkalt, aber ihre Muskeln hatten gelernt, sich zu beherrschen, so wie Sofia gelernt hatte, sich zu gedulden. Und als die neugierige Maus ihre Nase durch die morschen Bretter der Barackenwand schob und mit funkelnden Augen und zitternden Barthaaren um sich blickte, war Sofia gewappnet. Mit angehaltenem Atem beobachtete sie das Tierchen. Es witterte Gefahr, doch die Verlockung des Brotkrümels, den Sofia auf den Boden gelegt hatte, war in der futterlosen Welt des Arbeitslagers einfach zu groß, und so beging das kleine Geschöpf einen tödlichen Fehler: es trippelte auf den Krümel zu. Da schoss Sofias Hand hervor. Ein kurzes Quieken und es war vorbei. Sie legte die Maus zu den drei anderen in ihrem Schoß und nahm wieder ihre reglos lauernde Haltung ein.

„Das machst du sehr gut“, sagte Anna leise.

Sofia blickte überrascht auf. Im schwachen Lichtschein erkannte sie gerade noch den blonden Kopf auf einer der Pritschen und das zierliche blasse Gesicht.

„Kannst du nicht schlafen, Anna?“, fragte sie ebenso leise zurück.

„Ich sehe dir gern zu. Es lenkt mich von all dem hier ab.“ Sie beschrieb mit ihrem Kinn einen Bogen.

Sofia sah sich um. In der langgestreckten Holzbaracke drängten sich hundertfünfzig unterernährte Frauen auf harten Gemeinschaftspritschen und erfüllten die frostige Luft mit ihrem Schnarchen, Husten und Stöhnen. Nur sie saß da, mit einem kostbaren Häufchen Fleisch im Schoß. Obwohl sie erst 26 war, hatte Sofia genügend Zeit in Arbeitslagern verbracht, um die Geheimnisse des Überlebens zu kennen.

„Lust auf Nagetierbraten?“, fragte sie mit schiefem Lächeln.

„*Njet*, nein. Heute Nacht nicht. Du kannst sie alle haben.“

Sofia sprang auf und beugte sich über Annas Pritsche. „Gib nicht auf, Anna“, sagte sie heftig. „Du musst essen, was ich für dich fange, auch wenn es nicht schmeckt. Wie willst du morgen arbeiten, wenn du nichts isst?“

Anna schloss die Augen und wandte ihr Gesicht von Sofia ab.

„Anna“, sagte Sofia streng, „was würde Wassili dazu sagen?“ Sie hielt den Atem an. Nie zuvor hatte sie Wassilis Namen als Druckmittel benutzt.

Langsam drehte sich der zerzauste Blondschopf wieder zu ihr um, und ein Lächeln zeigte sich in den bleichen Mundwinkeln, das Funkeln neuer Energie in den blauen Augen.

„Dann geh und bereite deine abscheulichen Mäuse zu“, murmelte Anna.

„Vorher fange ich aber noch eine.“

Anna packte Sofias Hand. „Warum tust du das für mich?“

„Weil du mir das Leben gerettet hast.“

Sofia spürte, wie Anna die Schultern zuckte. „Das ist längst vergessen“, flüsterte sie.

„Für mich nicht. Was immer es kosten sollte, ich werde nicht zulassen, dass du hier stirbst, Anna.“ Sie setzte sich wieder vor die Barackenwand, verschloss ihre Sinne vor dem eisigen Luftzug und ließ Annas Worte still in ihrem Kopf nachhallen.

Das ist längst vergessen.

Sofia zog den aus Matratzenstoff und Deckenfäden zusammengenähten Handschuh von der rechten Hand und hielt die beiden vernarbten Finger dicht vor ihre Augen. Sie konnte die unförmigen Fingerkuppen gerade noch erkennen. Sie hielten die Erinnerung wach, an jedem einzelnen Tag ihres Lebens. Nein, das war nicht längst vergessen.

ANGEFANGEN hatte es, als sie nicht mehr mit Beilen die Äste von gefällten Bäumen hauen mussten, sondern zum Straßenbau eingesetzt wurden. Woher die Straße kam oder wohin sie führen sollte, sagte man den Zwangsarbeiterinnen nicht. Klar war nur, dass sie die Trasse unter unerbittlichem Druck vorantreiben mussten.

Sofia war bald so erschöpft, dass sie kaum mehr denken konnte. Ihre Welt bestand nur noch aus großen und kleinen Steinen. Sie stapelte sie im

Schlaf, schaufelte Kies in ihren Träumen. Schlug Granitwürfel in den Boden, bis ihre Rückenmuskeln vergaßen, wie es war, ohne den bohrenden Schmerz zu leben, der einem jede Willenskraft raubte. Noch schlimmer war das Ausheben der Gräben. Den ganzen Tag standen sie mit gebeugtem Rücken im schlammigen Wasser und schaufelten Geröll.

„Kann eine von euch Vogelscheuchen singen?“

Die überraschende Frage kam von einem neuen Wächter. Er war Mitte zwanzig und hatte ein intelligentes Gesicht.

Wieso arbeitet er als Wächter?, fragte sich Sofia. Wahrscheinlich hatte er in seinem Beruf einen Fehler gemacht und büßte jetzt dafür.

„Also, wer von euch kann singen?“

Singen kostete wertvolle Kraft. Niemand sang hier. Zumal ohnehin verlangt wurde, dass sie ihre Arbeit schweigend verrichteten.

„Nun macht schon. Ein Lied verschönt mir den Tag.“

Anna klopfte auf der erhöhten Straße Steine fest, aber Sofia beobachtete, wie sie den Kopf hob und sich in ihrer Miene ein Gedanke zu formen schien. Ein Lied? Ja, warum nicht? Ein altes Liebeslied wäre …

Sofia warf ein Steinchen nach ihr, das sie am Knöchel traf. Anna zuckte zusammen und sah zu Sofia herüber, die drei Meter entfernt bis zu den Knien im Wasser stand. Ihr Gesicht war schmutzig, von Schlamm, Insektenstichen und Schweiß überzogen. Sie sah Anna an und schüttelte den Kopf. *Nein*. Sie formte das Wort lautlos mit ihren Lippen.

„Ich kann singen.“ Eine kleine dunkelhaarige Frau in den Dreißigern hatte das gesagt. „Ich bin …“ Sie korrigierte sich: „Ich war Opernsängerin. Ich bin in Moskau, Paris und Mailand aufgetreten und …“

„Ausgezeichnet! Dann schmettre mir mal eins, mein Vögelchen.“

Die Frau zögerte keine Sekunde. Sie warf ihren Hammer hin, richtete sich zu voller Größe auf, holte tief Luft und begann zu singen. Die Töne stiegen aus ihrem Mund, rein und herzzerreißend, in überwältigender Schönheit. Köpfe hoben sich, mit Lächeln und Tränen in den Augen.

„Un bel dì, vedremo levarsi un fil di fumo sull'estremo confin del mare. E poi …“

„Das ist aus Madame Butterfly“, flüsterte eine Frau, die eine mit Steinen beladene Schubkarre zur Straße hinaufschob. Und während sie alle dem Zauber dieser Stimme lauschten, ertönte plötzlich ein Warnschrei. Köpfe flogen herum. Alle sahen es. Die Frau hatte, um besser zuhören zu können, ihre Schubkarre unachtsam abgestellt, und nun kippte sie um. Vor diesem Unfall fürchteten sie sich alle ständig: eine Ladung Steine, die von der erhöhten Straße in den Graben rutschte. Wer unten davon erwischt wurde, hatte keine Chance.

„Sofia!“, schrie Anna.

Sofia war schnell. Das knietiefe Wasser behinderte ihre Flucht, aber dank ihren guten Reflexen gelang es ihr dennoch, den herabpolternden Steinen auszuweichen. Schon schoss hinter ihr ein Schwall Wasser aus dem Graben empor. Nur ein einziger Brocken traf sie. Er prallte vom Schotter am Rand der neuen Straße ab und stürzte auf ihre rechte Hand, mit der sie sich an der Böschung abstützte. Sofia gab keinen Ton von sich.

„Zurück an die Arbeit!“, schrie der Wächter, erschrocken über das, was er angerichtet hatte.

Anna sprang zu Sofia in den Graben und nahm ihre Hand. Zwei Fingerspitzen waren zu Brei zermalmt, Blut tropfte dunkelrot ins Wasser.

„Verbinden!“, rief der Wächter und warf ihnen einen Lappen zu.

Anna fing den schmutzigen Fetzen auf. „Alles ist immer dreckig in diesem gottverlassenen Loch!“, schimpfte sie laut.

„Das wird schon wieder“, sagte Sofia, als Anna den Stoff fest um die beiden verletzten Finger wickelte, sodass sie sich gegenseitig schienten und die Blutung gestillt wurde. Sie schob Sofias Hand erst in ihren eigenen Handschuh und dann in Sofias durchnässten, um sie besser zu schützen.

Sofia betrachtete das unförmige Ding, als gehörte es nicht zu ihr. Beide wussten, dass sich die Finger entzünden würden und dass sich ihr unterernährter Körper nicht gegen die Infektion wehren konnte.

„An die Arbeit, ihr zwei!“, schrie der Wächter. „Und Mund halten!“

„Komm gar nicht erst auf den Gedanken, dass du das nicht überleben könntest“, sagte Anna streng. „Und jetzt geh für mich da rauf und schlepp Steine. Die sind wenigstens trocken.“ Sie nahm die Schaufel, die Sofia aus der Hand gefallen war, und begann im Wasser zu arbeiten.

Bald darauf wurde Sofia krank. Beide Frauen hatten damit gerechnet, aber die Geschwindigkeit, mit der es geschah, erschreckte sie.

„Erzähl mir was Schönes, Anna“, bat Sofia. „Bring mich zum Lachen.“

Es war nach Mitternacht, und sie saßen auf dem Fußboden der Baracke, den Rücken an die Wand gelehnt. Seit dem Unfall waren vier Tage vergangen. Die verletzte Hand war schlimm entzündet, Sofias Haut am ganzen Körper trocken und fieberheiß. Bei der Arbeit konnte sie nicht annähernd die Norm erfüllen und erhielt entsprechend kleine Essensportionen zugeteilt. Anna gab ihr von ihrer eigenen kargen Ration ab, aber nicht immer konnte Sofia die Nahrung bei sich behalten. Das Fieber würgte sie.

Während sie sich die pochende Hand an die Brust hielt, wiederholte sie flüsternd: „Erzähl mir was Schönes, Anna." Und Anna begann zu erzählen. Ihre Worte vertrieben den Schmerz in die Dunkelheit, als sie beschrieb, wie Wassili ihr auf dem zugefrorenen See das Schlittschuhlaufen beigebracht hatte. Als sie fertig war, legte Sofia ihren Kopf an Annas Schulter.

„Ich glaube", sagte sie leise, „ich verliebe mich in deinen Wassili."

DIE OPERNSÄNGERIN war erschossen worden. Man verstieß hier nicht gegen die Regeln, jedenfalls nicht vor so vielen Zeugen. Auch der Wächter hatte seine Lektion erteilt bekommen, aber die war noch schlimmer: er musste vor ein Hinrichtungskommando seiner eigenen Genossen treten. Sofia fröstelte bei dem Gedanken, dass Anna an jenem Tag auf der Straße ebenfalls drauf und dran gewesen war, ein Lied zu singen.

„Hier, das wird helfen." Anna nahm Sofias Hand behutsam in ihre eigene und begann den verdreckten Verband abzuwickeln. Sofia machte nicht einmal die Augen auf. Sie lag auf der Pritsche, ihr Atem ging schnell und flach. Seit Tagen hatte sie nicht mehr gearbeitet, und wer in diesem Lager nicht arbeitete, bekam auch nichts zu essen.

„Sofia", sagte Anna streng, „mach die Augen auf. Los, zeig mir, dass du noch am Leben bist!"

Unter größter Anstrengung hob Sofia die Lider. Der Anblick ihrer Hand war schier unerträglich. Ein schwarzes, aufgedunsenes Stück faules Fleisch mit tiefen Rissen zwischen den Fingern, aus denen stinkender Eiter quoll.

„Meine arme Sofia", flüsterte Anna, fuhr ihr über die glühende Stirn und strich ihr das schweißnasse Haar aus dem Gesicht. „Das wird dir helfen", murmelte sie, „davon wirst du gesund."

Sie wickelte einen Umschlag aus grünen und orangefarbenen Flechten um die Hand und zwischen den Fingern hindurch bis zum Handgelenk. So vorsichtig sie das auch tat, Sofia zuckte doch heftig zusammen.

Anna schob ihr einen Brei aus zerkleinerten Blättern und Butter zwischen die aufgesprungenen Lippen. „Kau!", befahl sie. „Das hilft gegen die Schmerzen." Mit Argusaugen beobachtete sie, wie sich Sofias Unterkiefer bewegte.

„Anna." Ein heiseres Flüstern. „Sag mir … wo hast du das her?"

„Das spielt keine Rolle, schluck's einfach runter. Morgen gibt es mehr davon. Versprochen."

Danach kam ein winziges Stück Schweinespeck. Sofias trübe blaue Augen hatten mit einem verwirrten Ausdruck an Annas Gesicht gehangen, doch als in ihrem fiebrigen Kopf die Erkenntnis dämmerte, wurde aus der Verwirrung Verzweiflung. Sie stöhnte inbrünstig auf, ein schauriger Ton, der Anna zusammenfahren ließ. Beide wussten, dass es für eine Gefangene in diesem Lager nur eine Möglichkeit gab, an den Speck der Wachen zu kommen.

Mit ihrer gesunden Hand griff Sofia nach Annas Unterarm. „Nein!“, keuchte sie. Eine Träne rann aus ihrem Auge zum Ohr hinab. „Tu das nie mehr. Bitte!“

„Sofia, ich brauche eine Freundin, die lebt. Keine, die in einer stinkenden Grube im Wald vermodert …“

„Aber ich ertrage das nicht.“

„Wenn ich es kann, kannst du es auch!“, schrie Anna sie plötzlich wütend an. Sofia sah ihr lange ins Gesicht, dann löste sie die Finger langsam vom Arm der Freundin.

„Und jetzt iss“, sagte Anna grimmig. Sofia öffnete folgsam den Mund.

Zwei Jahre und acht Monate waren seit diesem Tag vergangen, doch die Erinnerung daran besaß noch immer solche Macht, dass sie Sofia fast das Herz zerriss. Am liebsten hätte sie Anna in den Arm genommen und kräftig durchgeschüttelt.

Von dort, wo Sofia auf dem Boden saß und auf die nächste allzu abenteuerlustige Maus wartete, konnte sie den Blondschopf der Freundin sehen, die sich auf der überfüllten Pritsche hin und her warf. Und sie konnte sie husten hören, obwohl sie ein Tuch vor dem Mund hatte.

„Nein, Anna“, flüsterte sie, „ich habe es nicht vergessen.“ Sofia senkte die Stirn auf ihre Knie.

Wassili war der Schlüssel. Anna hatte keine Familie und war viel zu schwach, tausend Meilen weit durch die Taiga zu wandern, falls ihr die Flucht aus dieser Hölle gelänge. Daher gab es nur eine Lösung: Sofia musste Wassili ausfindig machen und hoffen, dass er helfen würde. Hoffen? Nein, das war ein viel zu schwaches Wort. Glauben, das war es. Sie musste fest daran glauben. Erstens dass sie ihn finden konnte, zweitens dass er bereit wäre, Anna zu helfen, obwohl er sie seit sechzehn Jahren nicht mehr gesehen hatte, und drittens, dass er über die Mittel verfügte, es zu tun.

Aber würde Wassili dafür sein Leben riskieren? Sofia hob den Kopf und schnitt eine Grimasse. Es klang völlig absurd, aber es war alles, woran sie sich klammern konnte. „Wassili“, flüsterte sie, „ich vertraue dir.“

Die Flucht war ein gewaltiges Risiko. Hunderte versuchten es Jahr für Jahr, aber nur wenige kamen weiter als ein, zwei Werst. Die Spürhunde, der Nahrungsmangel, die Wölfe, die Kälte im Winter oder die Hitze im Sommer und die Schwärme schwarzer Mücken, die einen bei lebendigem Leibe auffraßen – das alles konnte den entschlossensten Geist besiegen.

Sofia schauderte, allerdings nicht vor Kälte. Ihr müdes Hirn hatte gerade den Zipfel von etwas erhascht, das sie fast vergessen hatte: Freiheit.

„Ich gehe“, verkündete Sofia.

„Du gehst? Wohin denn?“

„Ich verlasse das Arbeitslager Dawinsky. Mir reicht's, ich werde fliehen.“

„Nein!“, schrie Anna auf, sah sich rasch um und senkte die Stimme zu einem leisen Flüstern. „Du bist verrückt, das darfst du nicht mal versuchen. Fast jeder, der es probiert, bezahlt es mit dem Leben. Und wenn sie dich fassen, kommst du in Einzelhaft. Wir beide wissen, dass das schlimmer ist als jeder Sarg. Da drin stirbst du einen langsamen Tod. Bitte, Sofia, bleib! Du hast doch schon fünf Jahre hinter dir. Nur noch weitere fünf, dann kommst du frei.“

Nur noch weitere fünf. Wem wollte sie etwas vormachen?

Anna versuchte es mit Tränen und mit Betteln, aber es half alles nichts. Sofia war versessen darauf zu fliehen.

Für Anna war es, als würde ihr das Herz aus dem Leib geschnitten. Natürlich konnte sie der Freundin nicht vorwerfen, dass sie sich nach Freiheit und einem lebenswerten Leben sehnte. Trotzdem hatte sie das Gefühl, Sofia lasse sie im Stich.

Anna hustete in ihren Schal, wischte sich den Mund ab und lehnte sich an die Wand zurück. „Ich habe Angst um dich, Sofia.“ Sie rang nach Luft. „Die Angst liegt wie ein schweres schwarzes Tuch über unserem Land. Sie erstickt es, genau wie sie mich erstickt.“

Eine ganze Weile sagten sie nichts. Doch das Schweigen tat weh, und so fragte Anna: „Wohin willst du gehen?“

„Ich halte mich an den Ob, dann weiter südwestwärts, Richtung Swerdlowsk und in den Ural. Nach Tiwil.“

Anna zuckte zusammen. „Warum Tiwil?“

„Weil dort Wassili ist.“

Eifersucht krallte sich in Annas Eingeweide. Wie konnte Sofia es wagen, nach Tiwil zu gehen?

„Ist das der Grund, weshalb du fliehen willst?“

„Ja."

„Ich verstehe."

„Nein, das tust du nicht."

Doch, Anna verstand nur zu gut. Sofia wollte Wassili für sich haben.

Sofia blickte Anna durchdringend an und seufzte. „Hör mal, du Dummerchen: Du hast mir gesagt, Maria hätte dir von Swetlana Djuschejewas Schmuck erzählt."

Anna runzelte die Stirn. „Ja und?"

„Sie hat dir erzählt", fuhr Sofia bedächtig fort, als spräche sie mit einem Kind, „Wassili habe die Juwelen in der Kirche in Tiwil versteckt."

„Also geht's dir um den Schmuck?"

„Nein, nicht bloß um den Schmuck."

„Auch um Wassili?"

„Ja, auch um Wassili."

Anna zitterte. Sie sagte noch einmal: „Verstehe", was einen neuen Hustenanfall auslöste. Sie presste den Schal an den Mund und rang nach Luft, und als es vorbei war, sah sie Sofia matt an.

„Pass gut auf ihn auf", flüsterte sie.

Sofia neigte den Kopf zur Seite. Einen Moment lang sagte sie nichts, dann zog sie Anna den Schal vom Mund. Schweigend betrachteten sie beide die Blutflecken auf dem Stoff. Danach sagte Sofia klar und bestimmt: „Das ist der einzige Grund, weshalb ich von hier fliehe. Mithilfe des Schmucks und mit Wassilis Hilfe komme ich hierher zurück."

„Warum in Gottes Namen willst du in dieses stinkende Loch zurückkehren?"

„Um dich zu holen."

Vier Wörter, nur vier. Doch danach war Annas Welt eine andere.

„Noch einen Winter hier überstehst du nicht", sagte Sofia leise. „Und das weißt du auch, aber du bist zu schwach, um zu fliehen. Wenn ich nicht gehe und Hilfe für dich hole, wirst du sterben."

Anna konnte Sofia nicht in die Augen sehen. Sie drehte den Kopf zur Seite und kämpfte gegen die Tränen. Ihr war speiübel vor Angst, und sie wusste, sie würde die Last dieser Angst von nun an jede Sekunde spüren, die Sofia fort war.

„Sofia", sagte sie mit einer Stimme, die sie selbst kaum als die ihre erkannte, „pass auf, dass du nicht von einem Wolf gefressen wirst."

Sofia lachte. „Ein Wolf hätte doch keine Chance."

Ural
Juli 1933

2 Der Hund. Den hörte Sofia als Erstes: den Hund. Dann die Männer. Näher, gefährlich nah, winselnd, hechelnd, gierig nach Blut. Ihr sträubten sich die Nackenhaare vor Verzweiflung und Wut.

Aber wie konnte sie auf einen Hund wütend sein? Das Tier tat nur, wozu es gezüchtet worden war: seine Beute aufspüren. Und sie war die Beute.

Sofia zitterte. Sie stand im Eingang einer Hütte, die sie auf einer kleinen Lichtung zwischen Birken entdeckt hatte, an einem bewaldeten Nordhang tief im Ural, und sah die Abendsonne hinter den Baumwipfeln untergehen. Alles Grün wurde erst bernsteinfarben, dann leuchtend rot.

Vier endlose, furchtbar anstrengende Monate lagen hinter ihr. Mühsam hatte sie sich durch halb Russland gekämpft, immer Richtung Südwesten, den Sternen folgend.

Die Flucht aus dem Lager Dawinsky hatte sich als noch gefährlicher erwiesen, als sie befürchtet hatte. Es war ein trüber Tag im März gewesen. Nebelschwaden trieben zwischen den Bäumen wie Gespenster, die Sicht war schlecht. Ein idealer Tag, um sich den Gespenstern anzuschließen.

Anna und Sofia warteten bis zur *perekur*, der fünfminütigen Rauchpause. Sofia stand bei den anderen Frauen ihrer Brigade und spürte, wie Anna sie stumm musterte, sich jedes Detail einprägte. Der Entschluss, die Freundin zurückzulassen, erschien ihr plötzlich wie ein Verrat, aber sie hatte keine andere Wahl. Selbst allein hatte sie kaum eine Überlebenschance …

Sie zwang sich, nicht weiter darüber nachzudenken, trat an Annas Seite und flüsterte eindringlich: „Ich verspreche dir, ich komme dich holen. Warte auf mich!“

Anna nickte. Das war alles. Nur ein Nicken und ein Blick, den sie tauschten. Eine erstarrte Sekunde, ohne Anfang, ohne Ende. Dann eilte Anna zu den vier Wachleuten, die rauchend um die Kohlenpfanne standen. Einer hielt einen Schäferhund an der Kette.

Sie fuchtelte mit den Armen, um die Aufmerksamkeit auf sich zu lenken. „Seht doch!“, schrie sie und deutete aufgeregt auf die Kiefern hinter den Wächtern.

„Was?“ Die vier Männer fuhren herum und hoben die Gewehre.

„Wölfe!“, rief sie.

„Wie viele?“

„*Tri.* Drei! Ich habe drei gesehen“, log Anna.

„Wo?“

„Da ist einer!“, kreischte sie. „Da drüben! Der helle Fleck … “

Ein Schuss wurde abgegeben. Der Hundeführer lief zu den Bäumen hinüber, verfolgt von den Blicken der Gefangenen. Während alle auf den Waldrand nördlich der Straße starrten, wandte sich Sofia nach Süden und setzte sich behutsam in Bewegung. Fünfzehn Meter trennten sie vom schützenden Wald.

Das Herz schlug ihr bis zum Hals. *Renn nicht, geh langsam.* Sie verfluchte den Schnee, der unter ihren Füßen knirschte. Noch zehn Meter …

Ein weiterer Schuss fiel. Sofia duckte sich instinktiv, aber der Schuss hatte nicht ihr gegolten. Er zog eine ganze Serie von Schüssen nach sich, die nördlich der Straße im Unterholz einschlugen.

„Das vertreibt die Mistviecher“, sagte einer der Wachleute zufrieden und zündete sich eine Zigarette an. „*Dawai*, zurück an die Arbeit!“

Die Anspannung löste sich in allgemeines Gemurmel auf. Sofia beschleunigte ihren Schritt. Noch drei Meter …

„Halt!“

Sie blieb stehen.

„Wohin willst du?“

Sie drehte sich um. Es war zum Glück kein Aufseher, sondern die Brigadeführerin. Sofia atmete auf.

„Zur Latrine, Olga. Ich muss ganz dringend …“

„Gar nichts musst du. Die nächste Latrine liegt in der entgegengesetzten Richtung, das weißt du so gut wie ich.“

„Die läuft bereits über. Ekelhaft. Deshalb …“

„Hat einer der Wachleute genehmigt, dass du austreten gehst?“

„Wie denn? Die sind ja alle mit den Wölfen beschäftigt.“

„Du kennst die Regeln: Ohne Erlaubnis der Wachen darfst du dich nicht von der Arbeit entfernen.“

„Aber ich muss wirklich dringend! Bitte! Nur dieses eine Mal …“

„Wache!“

„Nein, Olga!“

„Wache! Hier will jemand abhauen.“

Der gefrorene Boden war beinahe undurchdringlich. Jeder Spatenstich tat Sofia in den Knochen weh. Unhörbar verfluchte sie den Wächter, der sie grinsend beobachtete, einen bärtigen Mann mit einem Gewehr über der Schulter.

Man hatte sie dazu verdonnert, eine neue Latrinengrube auszuheben. Die Sache hätte schlimmer ausgehen können, sagte sie sich unablässig. Sie wurde bloß dafür bestraft, dass sie vor dem Austreten nicht um Erlaubnis gebeten hatte. Der Version der Brigadeführerin, die das Ganze für einen Fluchtversuch hielt, schenkten die Wachleute zum Glück keinen Glauben. Sonst hätten sie Sofia eine Kugel in den Kopf gejagt.

Die neue Latrine, die drei Meter lang und einen Meter tief werden sollte, lag zwischen den Bäumen, keine zwei Schritte vom Waldrand entfernt. Gegen Abend, als sich die Zweige der Bäume im Nebel verloren, kam ein dunkelhaariges junges Mädchen Sofia zu Hilfe. Sie hatte einen der Wächter beschimpft und musste deshalb ebenfalls graben. Nur das Klirren der Spaten war zu hören, während sie Seite an Seite schufteten, wobei Sofia immer wieder versuchte, Anna auf der Straße zu erspähen. Doch die Brigade war weitergezogen und hatte sie mit dem Mädchen und dem Aufseher allein zurückgelassen.

Es dunkelte bereits und die Geräusche des Waldes drangen lauter an ihr Ohr, als das Mädchen plötzlich seinen Schlüpfer herunterließ, sich über die ausgehobene Grube hockte und die neue Latrine einweihte. Das Grinsen im Gesicht des Wachmanns wurde breiter, und er schlenderte näher heran, um sich das Schauspiel nicht entgehen zu lassen.

Das war die Gelegenheit! Sofia wusste es im selben Augenblick. Sie trat im Dunkeln hinter den Bärtigen, hob den Spaten und schlug dem Mann das Schaufelblatt mit aller Kraft auf den Hinterkopf.

Nun gab es kein Zurück mehr.

NATÜRLICH hatten sie mit Hunden nach ihr gesucht. Sofia hatte es erwartet und war deshalb im Sumpfland geblieben, das in dieser Jahreszeit unter Wasser stand, sodass es den Hunden schwerfiel, Witterung aufzunehmen.

Wenn sie ihr zu nahe kamen, legte sie sich rücklings ins Wasser und schloss die Augen. Nur Nase und Mund über der Oberfläche, verbrachte sie Stunden reglos im Schlamm, während die Wachen nach ihr suchten. Immer noch besser, bei lebendigem Leib von Insekten aufgefressen zu werden als von Hunden.

Durch die Taiga irrend, stieß sie irgendwann auf eine Bahnlinie, die sich als silberne Schlange in der Ferne verlor. Sofia folgte den Gleisen tagelang, bis sie schließlich an einen Fluss kam. War das der Ob? Sie hatte keine Ahnung. Sie wusste zwar, dass der Ob nach Westen auf den Ural zufloss, aber wer sagte ihr, dass das hier nicht ein ganz anderer Strom war? Sie fühlte

Panik in sich aufsteigen. Vom Hunger entkräftet, konnte sie kaum mehr denken. Sie hatte auch jegliches Zeitgefühl verloren.

Wie lange war sie schon in dieser gottverlassenen Wildnis unterwegs? Sie dachte angestrengt nach und kam darauf, dass es Wochen sein mussten. Denn die Sonne stand mittlerweile deutlich höher am Himmel als bei ihrem Aufbruch.

Sie ertrank beinahe, als sie den Weg abkürzen wollte, indem sie einen Nebenarm des großen Stromes durchschwamm. Und nicht nur einmal wurde sie fast erwischt, als sie sich an einem Hühnerstall oder einer Wäscheleine bediente.

Sie war ständig auf der Hut vor Menschen, doch als immer öfter Siedlungen an ihrem Weg auftauchten, wurde es zu gefährlich, tagsüber ohne Papiere unterwegs zu sein. Also lief sie nur noch bei Nacht weiter und kam dadurch langsamer voran.

So passierte ihr auch das Missgeschick, eine Woche lang in die falsche Richtung zu gehen, weil der Himmel bedeckt war und sie in der finsteren Nacht nicht mitbekam, dass sich der Ob nach Norden gewandt hatte.

„*Dura!* Wie kann man so dämlich sein!“, verfluchte sie ihre eigene Dummheit, als sie es bemerkte.

In einem Streifen Mondlicht war sie am Flussufer niedergesunken und hatte die mit Blasen übersäten Füße ins dunkle Wasser baumeln lassen. Sie schloss die Augen und beschwor ein Bild des Ortes herauf, der das Ziel ihrer beschwerlichen Reise war: Tiwil. Obwohl sie nie dort gewesen war, gelang es ihr auf Anhieb, sich das kleine verschlafene Dorf in einem Tal des Ural vorzustellen.

O Anna, wie soll ich es bloß finden?, hatte sie sich verzweifelt gefragt.

Doch nun war sie endlich angekommen, auf einer Lichtung mit silbernen Birken, die moosbewachsene Hüttenwand im Rücken, die letzten Sonnenstrahlen im Gesicht.

Und ausgerechnet jetzt, unmittelbar vor dem Ziel, schienen sie wieder hinter ihr her zu sein. Sie waren so nah, dass sie den Hund winseln hören konnte.

Sofia rannte los. Sekunden später brachen zwei Männer mit Gewehren und einem Hund aus dem Dickicht, doch da war sie schon hinter der Hütte und lief geduckt ans andere Ende der Lichtung. Keuchend schlüpfte sie zwischen die dunklen Stämme und fühlte sich sogleich geborgen.

In diesem Augenblick sah sie den Jungen – und keine drei Schritte von ihm entfernt den Wolf, der in einer Senke kauerte.

PJOTR PASCHIN bewegte keinen Muskel. Er blinzelte nicht einmal, als er das Raubtier anstarrte. Die bösen gelben Augen zogen ihn so in ihren Bann, dass er kaum zu atmen wagte. Nie zuvor in seinem jungen Leben war er einem Wolf derart nahe gewesen.

Als Boris ihn gefragt hatte, ob er mit ihm und Igor Andrejew auf die Jagd gehen wolle, hatte Pjotr begeistert zugestimmt. „Du bist zwar nur ein mickriger Zwerg“, hatte Boris mürrisch gesagt, „aber mit dem Hund kannst du schon ganz gut umgehen.“ Was bedeutete, das Pjotr die Lauferei übernehmen sollte.

Doch sie hatten kein Glück gehabt. Es gab nur wenig Wild, und da sein Jagdgefährte Igor den ganzen Tag stumm wie eine Eidechse blieb, hatte Boris sich der mitgebrachten Flasche zugewandt, was alles nur noch schlimmer machte. Am Ende versetzte er Pjotr einen Stoß mit dem Gewehr, weil der Junge die Hundeleine nicht kurz genug gehalten hatte, worauf Pjotr schmollend zwischen den Bäumen verschwand.

Er wusste, dass das nicht richtig war. Damit verstieß er gegen das oberste Gebot des Waldes, wonach man nie den Kontakt zu seinen Gefährten verlieren durfte. Jedes Kind in der Gegend wuchs mit Gutenachtgeschichten auf, die alle darauf hinausliefen, dass man nie, niemals allein in den Wald gehen durfte, weil dort Kobolde, Wölfe oder der böse Mann mit dem Beil auf einen lauerten. Aber Pjotr war jetzt elf Jahre alt und glaubte auf sich aufpassen zu können.

Als er die mit hellgrünem Moos bedeckte Hütte erblickt hatte, war seine Neugier erwacht. Er machte einen Schritt darauf zu – und hörte im selben Augenblick ein dunkles Knurren zu seinen Füßen, das einen eisigen Schrecken durch seine Glieder jagte. Als er herumfuhr, sah er den Wolf.

Pjotr wagte nicht zu atmen. Langsam, ganz langsam bewegte er die linke Hand zu der Pfeife hin, die an einer Schnur um seinen Hals hing. Doch da brach ein heller Schemen in die Stille ein. Eine hochgewachsene junge Frau mit blondem Haar kam von der Hütte hergerannt. Sie keuchte so laut, dass er sie am liebsten mit einem Schrei gewarnt hätte, doch daran hinderte ihn das heftige Pochen in seiner Kehle. Dann blieb sie stehen und riss überrascht die blauen Augen auf. Aber statt beim Anblick des Wolfes aufzuschreien, beachtete sie das Tier kaum und lächelte stattdessen Pjotr an.

„Hallo“, flüsterte sie. *„Priwet.“* Sie legte einen Finger an die Lippen, zum Zeichen, dass er schweigen sollte. Ihr Mund lächelte, als wäre das alles ein Spaß, doch als Pjotr ihr in die Augen sah, war darin nur Ernst zu entdecken. Die Frau hatte Angst.

Plötzlich dämmerte es ihm: Sie war ein Flüchtling, ein Staatsfeind auf der Flucht. Man hatte sie auf den wöchentlichen Versammlungen vor solchen Leuten gewarnt. Ihm wurde noch beklommener zumute. Kein normaler Mensch benahm sich dermaßen seltsam, oder? Schon war sein Entschluss gefasst: Er hob die Pfeife an den Mund.

Später erinnerte er sich an das Gefühl des kalten Metalls an seinen Lippen und an das Hämmern in seiner Brust, als er und die Frau im Schatten der großen Kiefer vor diesen bösen gelben Augen gestanden und sich wortlos angestarrt hatten. Sie schüttelte nachdrücklich den Kopf. Dann legte sie wieder einen Finger an die Lippen und sah ihn mit einem Lächeln an, bei dem er merkwürdigerweise das Gefühl hatte, dass es ihm etwas wegnahm. Es hinterließ ein Loch an einer verborgenen Stelle in seinem Innern, die bis dahin nur seine Mutter berührt hatte. Es schmerzte so sehr, dass er die Hand gegen seine Rippen presste, um das Stechen zu vertreiben, und als er den Blick wieder hob, war die fremde Frau verschwunden. Eine schwache Bewegung der Zweige, mehr war nicht von ihr zu sehen. Auch der Wolf war nicht mehr da.

Pjotr stand dort mit der Pfeife in der Hand. Es kam ihm wie eine Ewigkeit vor, auch wenn es nicht länger als eine Minute gewesen sein konnte. Allmählich kehrten die Geräusche zurück: das Winseln des Hundes und die beiden Männer, die schimpfend nach ihm suchten. Pjotr wusste, er hätte sich ihnen bemerkbar machen müssen. Als Sowjetbürger war er verpflichtet, Alarm zu schlagen. *Schnell, da ist ein Flüchtling, eine Frau, sie läuft zum Fluss hinunter. Bringt eure Gewehre mit!*

Aber in seiner jungen Brust meldete sich hartnäckiger Widerstand, als er an die hellen Haare und die blauen Augen dachte, und es kam ihm kein Wort über die Lippen.

STILL LAG TIWIL in der Dunkelheit der frühen Morgenstunde. Sofia, die in der Hütte auf der Lichtung eine unruhige Nacht verbracht hatte, schöpfte beim Anblick des Dorfes neuen Mut. Das war das Ziel, dem sie zugestrebt war und das sie sich auf ihrem langen Weg tausendmal vorgestellt hatte – immer mit einem Menschen darin: Wassili. Das war sein Heimatdorf.

Aber war Tiwil wirklich der richtige Ort? Oder hatte sie den weiten Weg umsonst gemacht? Schließlich gründete ihr ganzer Plan auf dem Wort einer einzigen Frau, und das war Maria, Annas Kindermädchen in vergangenen Tagen. Als Anna verhaftet worden war, hatte Maria ihr zugeflüstert, Wassili sei nach der Revolution von 1917 aus Petrograd geflohen und später in Tiwil, am anderen Ende Russlands, wiederaufgetaucht. Dort lebe er unter dem Namen Michail Paschin.

Was war diese Aussage wert?

Sofia musste daran glauben, dass er dort lebte, dass er ganz in der Nähe war. „Wassili“, flüsterte sie in den Wind, „ich brauche deine Hilfe.“

Tiwil lag am oberen Ende des Tiwa-Tals, das weiter unten in eine weite Ebene mündete und von steilen bewaldeten Hängen umgeben war. Der Ort bestand aus einer Ansammlung von Häusern zu beiden Seiten der einzigen Straße, dazwischen ein wildes Durcheinander von Scheunen, Ställen und geflickten Zäunen. Mitten im Dorf stand die Kirche, was allein schon bemerkenswert war, denn in ganz Russland waren die Dorfkirchen auf Befehl des Politbüros gesprengt worden. Oder, was fast noch schlimmer war, sie mussten als Lagerräume für Getreide oder Dünger genutzt werden. Diese hier war einer solchen Schande entgangen. Den vielen Bekanntmachungen an der Tür nach zu schließen, diente sie als Sitzungssaal für die obligatorischen politischen Versammlungen.

Sofia schlich vorsichtig zum Kirchenportal und ertastete das Schloss, ein großes, altmodisches Ding aus Eisen, dem sie mit ihrem Messer nicht beikam. Unter stummen Flüchen tastete sie sich auf der Suche nach einem Seiteneingang an der Wand entlang. Als irgendwo hinter ihr ein Licht anging, setzte für kurze Zeit ihr Herzschlag aus. Sie wandte sich um, schob sich lautlos bis zur Ecke des Gebäudes zurück und spähte mit angehaltenem Atem auf die Straße.

Das Licht schimmerte wie eine Warnung zu ihr herüber. Es drang aus dem Fenster einer *isba,* eines Holzhauses, nicht weit von ihr entfernt. Während sie hinüberstarrte, schritt ein Mann eilig durch das Rechteck aus gelbem Lampenlicht, eine hohe Gestalt, die gleich wieder verschwunden war. Sekunden später erlosch das Licht in der Isba, und Sofia hörte eine Tür ins Schloss fallen, hörte Schritte auf der Straße.

Was hatte der Mann vor, so früh am Tag? Sofia hatte nicht damit gerechnet, dass das Dorf schon vor dem Morgengrauen erwachen würde.

Der Fremde entfernte sich, ging die Straße hinunter, für wenige Sekunden vom Mond beschienen. Sein Haar war kurz geschoren, und er trug ein einfaches Arbeiterhemd, was merkwürdig war, denn er bewegte sich mit dem Selbstvertrauen eines Menschen, der etwas zu sagen hat.

„Genosse Paschin, auf ein Wort bitte!“

Die laute Stimme erschreckte Sofia fast zu Tode, so unerwartet durchbrach sie die Stille. Sie gehörte dem Mann auf der Straße.

Genosse Paschin.

Michail Paschin? Das war der Name, den Wassili angenommen hatte. Plötzlich war Sofia sehr aufgeregt. Konnte es sein, dass sie so viel Glück hatte? Sie schob sich weiter vor, um herauszufinden, wo der Mann auf der Straße diesen Genossen Paschin erblickt haben könnte. Und das Glück blieb ihr treu, denn in diesem Moment kam der Mond hinter den Wolken hervor und tauchte die Straße in helles Silberlicht.

Sie sah Paschin deutlich vor sich. Er war eben aus einem Haus getreten und schloss nun die Tür mit einer hastigen, ungeduldigen Bewegung. Sofia betrachtete ihn: hohe Stirn, sehr aufrechte Haltung, dunkler Anzug und Krawatte, wozu die Satteltasche auf seiner Schulter, die ihm das Jackett zerknitterte, nicht recht passen wollte. Er antwortete nicht, sondern blieb einfach stehen und wartete, dass der andere zu ihm kam.

Sofia kauerte sich nieder und spitzte die Ohren, aber die beiden waren so weit weg, dass sie nur ein Murmeln vernahm. Beide Männer waren groß und schlank, der im Arbeiterhemd etwas kräftiger, der andere in seinem ganzen Gebaren eleganter. Die beiden mochten sich offenbar nicht. Das sah man an ihrer Körperhaltung, wie sie steifbeinig und mit zurückgenommenen Schultern dastanden, nicht direkt aggressiv, aber auch nicht weit davon entfernt. Ihr Gespräch, worüber auch immer, war rasch beendet, und schon gingen sie auseinander.

Mit stockendem Atem beobachtete Sofia, wie der Mann im Anzug von der Straße abbog und einen ausgetretenen steilen Weg hinaufstapfte, der zu einem langgestreckten Gebäude führte. Sie konnte es in der Dunkelheit gerade noch erkennen. Am liebsten wäre sie Paschin gefolgt, aber er wirkte so wachsam, dass er sie vermutlich bemerkt hätte.

Noch wusste sie nicht, ob er tatsächlich Wassili war. Und selbst wenn, so war es trotzdem zu früh, um ihm von Anna zu erzählen; zu früh, um sich sicher zu sein, dass er sie nicht als entflohenen Häftling melden würde. Wenn er das täte, gäbe es keine Hoffnung mehr, Anna zu retten. Also verharrte Sofia im Schatten der Kirche und wartete.

Zehn Minuten später vernahm sie das Geräusch von Pferdehufen. Als sie vorsichtig um die Ecke lugte, sah sie, wie der Mann im Anzug den steilen Weg heruntergeritten kam. Ross und Reiter galoppierten auf der Straße an ihr vorbei, ohne sie zu bemerken, und waren gleich darauf verschwunden.

Sie holte tief Luft. „Anna“, flüsterte sie, „ich glaube, ich habe Wassili gefunden.“

SOFIA war schwindlig. Sie hatte den ganzen letzten Tag nur eine Handvoll Beeren in den Magen bekommen und musste unbedingt etwas zu essen auftreiben. Die letzte Isba am Dorfrand erschien ihr am geeignetsten. Falls man sie ertappte, war es nicht weit in den Wald.

Geduckt lief sie zum Gemüsebeet hinten im Garten, riss zwei kleine Kohlköpfe aus und stopfte sie in ihren Beutel. Dann wühlte sie aus der Erde, was sie gerade zu fassen bekam: eine rote Bete, eine Zwiebel, einen Rettich. Immer wieder schaute sie sich nervös nach dem Haus um, aber die Silhouette der Isba blieb dunkel und stumm. Rasch rieb Sofia den Rettich an ihrem Ärmel sauber und öffnete erwartungsvoll den Mund. Doch bevor sie zubeißen konnte, traf sie ein Schlag auf den Hinterkopf, und sie sank bewusstlos zu Boden.

„LAUF, Pjotr, lauf!"

Pjotr Paschin rannte die staubige Aschenbahn entlang, holte mit Armen und Beinen weit aus und übernahm die Führung. Dicht auf den Fersen folgten ihm keuchend neun andere Jungen. Als er warme Atemluft auf seiner nackten Schulter spürte, drehte er den Kopf gerade so weit zur Seite, dass er seinen hartnäckigsten Verfolger erkennen konnte. Noch eine letzte Anstrengung und er würde Jurij geschlagen haben und als Erster über die Ziellinie laufen. Stattdessen verlangsamte Pjotr sein Tempo – nur so wenig, dass niemand es bemerkte, aber doch genug. Nach zehn Schritten hatte Jurij ihn überholt und stürmte als Erster am Zielpfosten vorbei.

„Gut gemacht, Pjotr", sagte Elisaweta Lischnikowa, seine Klassenlehrerin, als sie neben ihn trat. „*Molodjez!* Gratuliere."

Sie lächelte, und um ihre Augen bildeten sich zahllose kleine Fältchen. Die Lehrerin war auffallend groß, hatte dichtes graues Haar, das im Nacken zu einem Knoten geschlungen war, und eine lange, dünne Nase, mit der sie Lügen normalerweise auf hundert Schritt Entfernung wittern konnte.

„Du bist gut gelaufen, Pjotr", sagte sie.

„Spasibo." Danke.

Auf einmal sprang ihm jemand mit solcher Wucht in den Rücken, dass er der Länge nach in den Staub flog.

„Jurij, runter von mir, *durak*!"

„Du warst großartig, Pjotr. Fantastisch! Aber ich hab gewusst, dass ich dich trotzdem schlagen kann." Jurij hob in Siegermanier den Arm.

„Halt den Mund, du Angeber", sagte Pjotr und musste doch grinsen.

Jurij Gamerow war jemand, dem man gern einen Gefallen tat. Ein großer, kräftiger Junge mit rotblonden Haaren, der ganz selbstverständlich und scheinbar mühelos überall den Ton angab. Pjotr beneidete ihn um diese Fähigkeit. Er selbst war klein und schüchtern, aber in Jurijs Nähe fühlte er sich … nun ja, irgendwie bedeutender. Und aus irgendeinem Grund, den er selbst nicht ganz verstand, waren sie gute Freunde.

„Ihr zwei werdet heute nach dem Sport die Fenster in der Schule putzen, wenn ihr euch weiter so ungehörig benehmt", sagte die Lehrerin nun in strengem Ton.

Die Plackerei des Schuljahrs lag hinter ihnen, sie waren im Sommerlager der Jungen Pioniere. Pjotr liebte diese Zeit, obwohl das Lager von Elisaweta Lischnikowa geleitet und auf dem Schulhof abgehalten wurde, wo außerhalb des Unterrichts dieselben Verhaltensvorschriften galten wie während der Schulzeit.

„Macht auf der Stelle die Bahn frei. Ich will das nächste Rennen starten."

Sie trollten sich und warfen sich ins Gras, das an den Beinen kitzelte, weil sie kurze Hosen trugen. Sogleich gesellte sich Anastasia zu ihnen.

„Da kommt die Maus", stöhnte Jurij.

Er hatte Recht: Anastasia Tuschkowa sah wirklich aus wie eine Maus. Kleine Nase, spitzes Kinn, das Haar, das in einem dünnen Zopf wie ein Mäuseschwanz den Rücken hinunterbaumelte. Aber Pjotr störte sich nicht daran, auch wenn er das Jurij gegenüber niemals zugegeben hätte.

Sie ließ sich vor ihnen ins Gras fallen und streckte eine schmutzige Hand aus. Darin lag ein Keks.

„Das ist deine Belohnung, weil du gewonnen hast", sagte sie zu Jurij. „Die Lehrerin hat mich geschickt." Dann wandte sie sich mit strahlendem Lächeln an Pjotr. Sie war elf, genauso alt wie er, sah aber jünger aus. „Du müsstest eigentlich auch einen bekommen, Pjotr. Immerhin hast du beinahe gewonnen."

„Beinahe reicht aber nicht", sagte Jurij grinsend, nahm die *petschenka*, brach sie umständlich in drei gleich große Stücke und verteilte sie.

„Nein", sagte Pjotr und schob seine Hand weg. „Du hast gewonnen, deshalb isst du das auch."

„Ich bestehe aber darauf", sagte Jurij. „Jedem das Gleiche – daran glauben wir doch."

Das war das Dumme an Jurij: Er wollte den Kommunismus in allen Lebensbereichen verwirklichen. Das galt sogar für Kekse.

„Mhm", machte Anastasia. „*Miod*. Honig."

Im Handumdrehen hatte sie sich ihr Keksstück in den Mund geschoben.

Ihre Hast war Pjotr peinlich. Er sah zum dichten Grün des Waldes hinüber, der die steilen Hänge des Tals und die Berge dahinter bedeckte. Irgendwo dort oben war sie, die Frau mit den hellen Haaren. Lebte sie da im Wald? Vielleicht würde er sich morgen zu der alten Hütte zurückschleichen, um zu sehen, ob …

„Pjotr …", sagte Anastasia ängstlich. „Sieh mal." Ihre kleine, schmale Hand zeigte an der großen Zeder am Dorfeingang vorbei, die unbefestigte Straße hinauf, wo in der Ferne eine Staubwolke zu sehen war, die sich langsam näherte. Die Straße war wenig befahren. An den meisten Tagen kamen bloß ein paar Ochsenkarren durchs Dorf, ganz selten einmal ein Auto oder ein Lastwagen.

Pjotr vergaß die Frau im Wald, als er sah, wer da mit seinem Pferdefuhrwerk angefahren kam. Es war Alexej Fomenko.

Das Fuhrwerk hielt draußen vor dem Schulhof. Jurij sprang auf und half Anastasia auf die Beine. „Das ist Genosse Fomenko. Kommt, wir gehen ihn begrüßen!"

„Nein." Anastasia schüttelte den Kopf.

Pjotr stellte sich neben sie. „Warum denn nicht? Was hast du?"

„Er hat letzte Woche Mascha geholt."

Pjotr verschlug es die Sprache. Mascha war das letzte Schwein, das die Tuschkows besessen hatten. Ihr einziger Besitz …

„Das ist Genosse Fomenkos Aufgabe", sagte Jurij.

„Unser einziges Schwein mitzunehmen?"

„Ja, natürlich", gab Jurij entschlossen zurück. „Wir sind ein Kolchos. Er hat die Pflicht, seine Aufgabe korrekt zu erledigen."

„Dann ist die Aufgabe nicht richtig."

Jurij schüttelte heftig den Kopf. „So etwas darfst du nicht sagen, Anastasia. Dafür kannst du ins Gefängnis kommen."

„Vielleicht war es ja nur ein Irrtum", meinte Pjotr nachdenklich.

„Hältst du das für möglich?" Anastasias Augen leuchteten auf.

Als Pjotr das sah, wurde er wütend auf sich selbst, weil er eine unsinnige Hoffnung in ihr geweckt hatte. Nun konnte er sie nicht enttäuschen. Er richtete sich auf, fuhr sich mit der feuchten Hand durch die zerzausten Haare und schluckte heftig. „Ich gehe ihn fragen."

ALEXEJ FOMENKO war der Kolchos-Vorsitzende von Tiwil. Der vom Kollektiv bestellte landwirtschaftliche Großbetrieb des Tals hieß *Krasnaja Strela*, Roter Pfeil. Fomenko, gerade mal Anfang dreißig, leitete den Betrieb. Er stellte die Dienstpläne auf, kontrollierte, ob die Arbeitskräfte pünktlich erschienen, und sorgte dafür, dass die Arbeitsergebnisse rechtzeitig im Zentrum des *rajon* gemeldet wurden. Vor vier Jahren war Fomenko vom Zentralbüro des *oblast* gekommen und hatte Ordnung in den chaotischen bäuerlichen Betrieb gebracht, der mit seinen Abgaben und Quoten so sehr im Verzug war, dass die Dorfbewohner Gefahr liefen, allesamt als Saboteure im Gefängnis zu landen. Fomenko hatte sie auf Vordermann gebracht. Pjotr verehrte ihn.

Der Vorsitzende sprach vor dem Schulhaus mit der Lehrerin. Pjotr schlich um Fomenkos Fuhrwerk herum, zur hinteren Ladeklappe, an der ein fuchsfarbenes Stutfohlen angebunden war. Es war ein scheues Tier, das nervös auf der Stelle tänzelte.

Pjotr versuchte es zu beruhigen, aber es ließ sich nicht besänftigen, sondern versuchte ihn mit seinen großen gelben Zähnen zu kneifen – ohne Erfolg, weil das Halfter zu stramm saß.

„Genosse Vorsitzender." Es war das erste Mal, dass Pjotr den Genossen Alexej Fomenko ansprach. Gesehen und gehört hatte er ihn bei den obligatorischen politischen Versammlungen freilich schon oft genug.

„Jetzt nicht, Pjotr", sagte die Lehrerin streng.

„Ist schon in Ordnung, Elisaweta. Hören wir den jungen Genossen an. Er sieht aus wie jemand, der etwas zu sagen hat."

Pjotr sah zu Alexej Fomenko auf, dankbar für die freundlichen Worte. Die tiefliegenden grauen Augen betrachteten ihn interessiert. Fomenko hatte energische Gesichtszüge, und trotz des weiten Arbeitshemds, das er trug, wirkte der schlanke Mann respekteinflößend. Genau so wollte auch Pjotr später einmal sein.

„Nun, was gibt's, junger Genosse? Sprich!"

„Genosse Vorsitzender, ich … äh …" Pjotrs Handflächen glühten. Er wischte sie an seinen kurzen Hosen ab. „Es gibt zwei Dinge, die ich sagen möchte."

„Ja bitte?"

„Genosse Vorsitzender, letzte Woche haben Sie der Familie Tuschkow ein Schwein weggenommen."

Die grauen Augen wurden zu schmalen Schlitzen. „Sprich weiter."

„Es ist nur so … dass ich dachte, vielleicht war das ein Irrtum … und wenn …"

„Es war kein Irrtum."

„Aber die Tuschkows können ohne Mascha nicht überleben. Wirklich nicht!“ Pjotr sprach jetzt sehr schnell. „Sie haben acht Kinder, Genosse Vorsitzender. Sie brauchen das Schwein, um die Ferkel zu verkaufen. Sonst haben sie nichts zu essen.“

„Nun hör mir genau zu.“ Der Vorsitzende legte ihm eine Hand auf die nackte Schulter. „Was glaubst du, wer die Arbeiter in unseren Fabriken mit Nahrung versorgt? Die Leute in den Städten, die unsere Kleider und unsere Maschinen und Medikamente herstellen, all die Männer und Frauen in den Werften und Bergwerken? Wer versorgt sie mit Nahrung?“

„Wir, Genosse Vorsitzender.“

„Sehr richtig. Jeder Kolchos muss seine Quote erfüllen, um den Rajon zu versorgen, den Bezirk, und jeder Bezirk versorgt den Oblast, die Provinz. So wird das große Proletariat dieses gewaltigen Landes mit Nahrung und Kleidung versorgt. Was also ist wichtiger, junger Mann? Der Einzelne oder der Sowjetstaat?“

„Der Sowjetstaat“, sagte Pjotr eifrig.

Fomenko lächelte zufrieden. „Vortrefflich. Und was zählt demnach mehr: die Familie Tuschkow oder der Staat?“

Pjotr, von dieser plötzlichen Wendung überrumpelt, geriet aus der Fassung. Was sollte er darauf antworten?

„Der Staat“, sagte er leise.

„Siehst du, und deshalb habe ich das Schwein mitgenommen“, erklärte Fomenko freundlich. „Verstehst du das jetzt?“

„Jawohl, Genosse Vorsitzender.“

„Gut.“ Fomenko nahm die Hand von Pjotrs Schulter. „Und was war das Zweite, worüber du mit mir sprechen wolltest?“

„Das Fohlen“, murmelte Pjotr. „Der Haltestrick ist zu kurz und das Halfter zu stramm.“

„Du hast gute Augen, junger Genosse. Das Fohlen hat außerdem ein Hufeisen verloren.“ Er griff in die Tasche, holte eine 50-Kopeken-Münze heraus und warf sie in die Luft. „Hier, fang! Du bist ein heller Bursche und kennst dich mit Pferden aus. Du darfst das Fohlen für mich zum Schmied bringen.“

Pjotr fing die Münze und blickte Elisaweta Lischnikowa fragend an. Sie nickte. „Nimm Anastasia mit“, sagte sie.

Das vergrößerte seine Scham noch mehr, denn sie hatte ja alles mit angehört. Seine Wangen brannten. Er lief von den Erwachsenen weg, machte das Fohlen los, und als er mit Anastasia zusammen die staubige Straße hinaufging, reichte er ihr die Münze. „Die kannst du haben.“

„Danke, Pjotr. Du bist der beste Freund der Welt.“

Sofia öffnete die Augen, es war stockdunkel. Sie setzte sich auf. Ein Fehler! In ihren Augäpfeln zuckten Blitze. Verwirrt legte sie sich wieder hin und wartete darauf, dass die Bruchstücke in ihrem Kopf zusammenfanden.

Wo zum Teufel befand sie sich? Einen entsetzlichen Augenblick lang glaubte sie, wieder im Arbeitslager zu sein. Aber nein, sie hörte in der Nähe eine Ziege meckern, und sie lag vollständig bekleidet auf einem Bett, nicht auf einer harten Pritsche. Ihre Fingerspitzen ertasteten weiche Baumwolllaken, also war sie nicht im Lager Dawinsky.

So weit, so gut. Sofia holte tief Luft.

Als sich ihre Augen an die Dunkelheit gewöhnt hatten, nahm sie die Beine vom Bett, stellte fest, dass sie keine Schuhe anhatte, und stand vorsichtig auf. Das ging nicht gut, aber auch nicht so schlecht, wie sie erwartet hatte. Sie holte noch einmal tief Luft und tappte zur Tür. Ihre Hände strichen über solide Bretter, durch die Ritzen dazwischen drang etwas Tageslicht.

Sie legte das Ohr an die Tür und horchte. Kein Geräusch. Nur Stille und ihr eigener Herzschlag.

Vorsichtig betätigte sie den Riegel: Die Tür war nicht abgeschlossen.

Sofia trat in ein niedriges Wohnzimmer mit Balkendecke und Holzwänden. In einer Ecke stand eine geschnitzte Truhe, in der Mitte ein grob zusammengezimmerter Tisch mit zwei Stühlen und an der Wand die *petschka*, ein großer Ofen, dem ein brauner Polstersessel zugewandt war. Die Luft war von schweren Kräuteraromen erfüllt, was kaum verwunderte, da überall an den Wänden Bündel getrockneter Blätter hingen.

Ansonsten war das Zimmer leer. Linker Hand befand sich ein Fenster, das auf ein staubiges Wegstück hinausging, daneben eine weitere Tür. Sofia lief hin, atmete erleichtert auf, als sich auch diese Tür problemlos öffnen ließ, und trat über die Schwelle ins Freie.

„Du brauchst Schuhe."

Sie blieb erschrocken stehen. Die Stimme – eine Männerstimme – war von hinten gekommen. Langsam drehte sie sich um. Nach dem blendenden Tageslicht draußen konnte sie in dem dämmrigen Zimmer zunächst keine Veränderung wahrnehmen. Doch dann lenkte eine kleine Bewegung ihren Blick auf den braunen Sessel. Da war ein Gesicht, ein schmales Gesicht, die Mundwinkel freundlich nach oben gebogen; schwarzes, glatt zurückgekämmtes Haar und noch schwärzere Augen, die Sofia aufmerksam beobachteten. Wieso hatte sie den Mann vorhin nicht bemerkt?

„Möchtest du keine Schuhe?"

Er sprach leise und blickte an der Rückenlehne des Sessels vorbei zu ihr herüber. Außer dem Gesicht blieb fast alles von ihm dahinter verborgen, nur seine Beine in den abgewetzten braunen Lederhosen und ein leuchtend gelber Ärmel auf der Armlehne waren deutlich zu sehen.

„Möchtest du keine Schuhe?", fragte er noch einmal.

Sie hatte vergessen, dass sie barfuß war. Rasch warf sie einen Blick über die Schulter, auf den sonnenhellen Berghang, der zum Sicherheit verheißenden Waldrand führte.

Lauf, sagte sie unhörbar zu sich selbst, *lauf!* Nachdem sie einen so weiten und anstrengenden Weg hinter sich gebracht hatte, durfte sie ihre kostbare Freiheit jetzt nicht aufs Spiel setzen. Dennoch zögerte sie.

„Doch, ich möchte meine Schuhe haben." Ihre Zunge klebte am Gaumen.

„Warte, ich hole sie dir."

Der Mann stand auf und kam um den Sessel herum. Er war kleiner, als sie gedacht hatte – nicht einmal so groß wie sie selbst –, und älter, als seine dunklen Augen und Haare glauben machten: etwa fünfzig. Seine Haut war braun und runzlig, als hätte er jahrelang im Freien gelebt.

Er ging zu der Eichentruhe in der Ecke, klappte den Deckel auf und nahm ein Paar Schuhe heraus. Langsam, um sie nicht zu erschrecken, trat er vor und stellte die Schuhe auf den Tisch; dann zog er sich bedächtig wieder neben den Ofen zurück.

Sofia begriff, dass er sie in die Isba zurückzulocken versuchte, wie man ein Pferd mit einem Apfel in den Stall lockt. Trotzdem überwand sie sich und trat wieder ein.

Sie konnte sich das nicht erklären, aber irgendwie hatte sich der Raum verändert. Der Kräutergeruch nahm ihr nicht mehr den Atem, sondern war erfrischend. Das Zimmer strahlte etwas wohltuend Friedliches aus.

Verblüfft musterte sie die Schuhe auf dem Tisch. „Das sind nicht meine."

„Deine waren durchgewetzt. Sie hatten Löcher in den Sohlen und wurden nur noch von einer Schnur zusammengehalten. Ich dachte, du magst die hier vielleicht lieber."

Er sprach von den Schuhen, als handelte es sich um ein Päckchen billigen *machorka*-Tabak und nicht um etwas, für das manche Leute einen Mord begehen würden. Weiches Schweinsleder, auf dicke Gummisohlen genäht, neue Schuhe. Wer konnte heutzutage noch neue Schuhe auftreiben? Und die dann einfach verschenken?

Aber Sofia hatte nicht vor, mit dem Mann darüber zu diskutieren. Sie trat an den Tisch, nahm die Schuhe und zog sie an. Sie passten perfekt.

„Danke“, sagte sie.

Er lächelte sie freundlich an. „Mögen sie dich schützen.“

„Was?“

„Mir scheint, du brauchst Hilfe. Das ist alles“, sagte er sanft.

Sofia blinzelte. Der kleine Mann machte sie nervös. „Wie lange bin ich schon hier?“

„Seit zwei Tagen.“

Sie überlegte. Aus unerfindlichen Gründen hatte sie das Gefühl, dass mehr Zeit vergangen sein musste, seit sie in den Gemüsegarten eingedrungen war. „Man hat mich niedergeschlagen.“

„Ja, leider. Senia, meine Tochter, hat dich erwischt, als du unser Gemüse stehlen wolltest.“ Das war kein Vorwurf, nur eine Feststellung.

„Und deshalb hast du mich eingesperrt?“

Er schwieg. Das Lächeln war verschwunden, und seine Haltung wirkte verkrampft, woran Sofia erkannte, dass sie ihn beleidigt hatte.

„Ich habe versucht, dich zu heilen“, erklärte er ruhig.

„Danke.“ Sie erinnerte sich an eine Stimme, die ihr zugeflüstert hatte, und an kühle Hände auf ihrer glühenden Stirn. „Ist das dein Schlafzimmer, wo ich gelegen habe?“

„Ja.“

„Es hat keine Fenster.“

„Ich brauche keine Fenster, um etwas zu sehen.“

Das verstand sie nicht. „Ich danke dir noch einmal, dass ich bei dir ausruhen durfte, aber jetzt muss ich gehen.“

Als sie sich der offenen Tür zuwandte, vernahm sie seine sanfte Stimme, so leise, dass sie kaum zu verstehen war. „Du brauchst nicht zu gehen. Du kannst bleiben. Hier bist du in Sicherheit.“

Hier bist du in Sicherheit. Die Worte hallten in ihr nach. Und wie aus dem Nichts heraus kam ihr die Erkenntnis, wie leid sie es war, immerzu in Angst zu leben. Außerdem: Wenn sie Anna retten wollte, ging das nur von Tiwil aus, nicht indem sie sich da draußen im Wald herumschlug.

Ihre Gedanken wurden unscharf, begannen zu verschwimmen.

„Setz dich doch.“ Zum ersten Mal kam er einen Schritt auf sie zu. Dann legte er eine Hand auf die Tischkante. Sofia rührte sich nicht.

„Warum? Warum willst du mich aufnehmen? Ohne zu fragen, woher ich komme oder weshalb ich hier bin? Dir muss doch klar sein, dass ich … dass du und deine Tochter dadurch in ernste Schwierigkeiten geraten können. Warum willst du so ein Risiko eingehen?“

„Wenn sich die Menschen in diesem Land nicht gegenseitig helfen“, sagte er grimmig, „wird es bald kein Russland mehr geben. Die Menschen werden alle in Arbeitslagern stecken. Ob als Gefangene oder als Wächter, das ist gleichgültig. Eine ganze Nation, dazu verurteilt, langsam zu sterben. Am Ende werden nur noch die aalglatten Idioten vom Politbüro in Moskau übrig sein. Verflucht seien ihre niederträchtigen, gottlosen Seelen! Mögen sie hungern, wie wir gehungert haben. Mögen sie ihre Frauen und Kinder verlieren, wie wir die unseren verlieren. Der Teufel soll sie alle holen!“

Sofia ließ sich auf einen Stuhl sinken, sah in die tiefgründigen dunklen Augen, denen nichts entging, und die Welt schrumpfte zusammen, bis es nur noch sie beide und dieses Zimmer zu geben schien.

Der Mann hatte etwas Außergewöhnliches an sich. Sofia hatte nur deshalb bis zu diesem Tag überlebt, weil sie gelernt hatte, dass Vertrauen so zerbrechlich ist wie ein Mottenflügel und dass man es niemandem ohne Weiteres schenken sollte. Aber jetzt schenkte sie dem Fremden ein Lächeln.

„Ich heiße Sofia.“

Er lachte, freundlich und hell, und streckte seine Hand aus. „Ich heiße Rafik Iljan, aber man nennt mich den Zigeuner. Du und ich, Sofia, wir können uns gegenseitig helfen.“

3

Tiwil
Juli 1933

„Hast du sie gesehen?“ Elisaweta Lischnikowa kniff im Sonnenlicht die Augen zusammen und starrte zur Isba des Zigeuners hinüber.

„*Njet*, nein“, antwortete Pokrowskij, während er den letzten Nagel in den gut geölten Huf schlug und die Spitze mit einer Kneifzange abzwickte. Das Stütchen drehte ständig den Kopf hin und her und zerrte am Halfter, um zu sehen, was er dahinten machte. „Der Zigeuner behauptet, sie sei eine angeheiratete Nichte von ihm“, murmelte der Schmied.

„Und? Glaubst du ihm?“

„Nein.“

Pokrowskij hatte auf dem Hof neben der Schmiede gearbeitet, als die Lehrerin bei ihm aufgetaucht war. Es war ein heißer, schwüler Tag, und bis eben hatte er zufrieden vor sich hin gewerkelt. Jetzt waren ihm der Schweiß auf seinem rasierten Schädel und der Pferdegestank seiner Lederschürze plötzlich unangenehm. So erging es ihm jedes Mal, wenn ihm die Lehrerin begegnete. Er kam sich dann dick und unbeholfen vor, nicht mehr groß und kräftig, wie er sich sonst fühlte.

Elisaweta trug ein langes schwarzes Kleid, das eng an ihrer schmalen Taille anlag. Auch alles andere an ihr war zierlich und damenhaft.

„Ich glaube ihm auch nicht“, sagte sie nachdenklich.

„Aber was macht sie dann hier?“ Er griff zu einer langen Feile.

„Was meinst du?“

Ihre Blicke trafen sich. Sie brachte ihn immer dazu, selbst über seine Antworten nachzudenken. Als ob sie die nicht schon wüsste. Während er mit der Feile den Huf des Fohlens bearbeitete, sprach er aus, was sie wahrscheinlich ebenfalls dachte.

„Sie ist ein Spitzel. Stirchow hat sie geschickt, um uns auszuspionieren. Aber weshalb sollte Rafik, der unser Dorf über alles liebt, so eine bei sich aufnehmen?“

„Vielleicht, um sie im Auge zu behalten?“

„Das hältst du für möglich?“

„Könnte schon sein.“ Sie ließ den Blick durch die Werkstatt schweifen. Ohne den Schmied anzusehen, sagte sie: „Heute Abend kommt wieder ein Paket, mein Freund.“

„Ich werde da sein. Du kannst dich darauf verlassen.“

Sofia schreckte aus dem Schlaf. Wütendes Klopfen an der Haustür der Isba riss sie aus einem Albtraum, den sie nur zu gern hinter sich ließ. Bevor sie einen klaren Gedanken fassen konnte, reagierte ihr Körper bereits instinktiv. Mit einer fließenden Bewegung schwang sie sich von der Pritsche hinterm Ofen, lief geduckt durchs Wohnzimmer und drückte sich flach an die Wand neben der Tür.

„Rafik! Mach auf, verdammt!“, schrie draußen ein Mann und trat so heftig gegen die Tür, dass sie in den Angeln klapperte. Sofias Herz pochte laut.

Rafiks Schlafzimmertür flog auf, und eine Kerze schwebte durch den Raum. Die flackernde Flamme beleuchtete das Gesicht des Zigeuners. Als er Sofia bemerkte, flüsterte er ihr zu: „Schon gut. Das ist Michail Paschin, der Direktor der Lewizkij-Fabrik in Dagorsk, wo Senia arbeitet.“

Michail. Er kam zu ihr.

„Zigeuner!“ Noch ein Schlag gegen die Tür. „Mach auf, um Himmels willen! Du wirst gebraucht.“

Sofia hielt den Atem an und griff nach dem Riegel. Aber bevor sie ihn aufziehen konnte, fasste Rafik nach ihrer Hand. „Du bist hier in Sicherheit“, sagte er ruhig. „Vergiss das nicht.“

Er gab ihre Hand frei und öffnete die Tür. „Was gibt’s denn, Pilot?“

„Glinka. Die braune Stute“, antwortete die Stimme draußen ungeduldig.

„Fohlt sie bereits? So früh?“

„Ja, und es geht ihr schlecht. Priester Logwinow fürchtet, wir könnten sie verlieren.“

Rafiks Miene verzerrte sich, als empfände er körperlichen Schmerz bei dem Gedanken, ein Pferd zu verlieren. Sofia nahm ihm den Kerzenhalter ab.

„Warte hier, Pilot“, sagte der Zigeuner und verschwand in seinem dunklen Schlafzimmer.

Michail Paschin trat über die Schwelle, schloss die Tür hinter sich und sperrte damit den Wind und die Nacht aus. Im Kerzenschein sah Sofia ein Paar kluge Augen, grau und undurchdringlich. Obwohl er höchstens dreißig war, zogen sich zwei tiefe Falten von seiner Nase zu den Mundwinkeln, die von Dingen erzählten, die er wohl noch niemandem gesagt hatte. Aber hatte in diesen Zeiten nicht jeder irgendetwas zu verbergen?

Paschin neigte höflich den Kopf. „Entschuldige bitte, dass ich deinen Schlaf gestört habe.“

Sie hielt die Kerze höher, um zu sehen, woher die Energie kam, mit der er die Isba bei seinem Eintritt belebt hatte. Seine langen Gliedmaßen waren ständig in Bewegung, als könnte er es nicht erwarten, wieder aufzubrechen. Er trug sorgfältig polierte schwarze Schuhe, einen dunkelgrauen Anzug und ein frisches weißes Hemd mit Krawatte, was in der einfachen Hütte seltsam unpassend wirkte.

„Warum nennt Rafik dich Pilot?“, fragte Sofia.

„Das ist ein Scherz zwischen uns beiden. Ich bin kein Pilot.“

„Vielleicht doch? Der Pilot der Lewizkij-Fabrik?“

Er lachte, aber es klang eher bitter als belustigt. „Da könnte ich als Pilot allenfalls eine Bruchlandung hinlegen.“

„Ist es klug, so etwas zu sagen?“

Sie hatte ihn nicht erschrecken wollen, dennoch zog er die Augenbrauen hoch, und sie spürte, wie die Stimmung zwischen ihnen umschlug.

„Danke für die Warnung“, sagte er förmlich.

„Das sollte keine Warnung sein, sondern …“

In diesem Augenblick stürmte Rafik ins Zimmer: vollständig angezogen, eine warme Wolljacke und eine grobe Decke über der einen Schulter, eine prall gefüllte Ledertasche über der anderen. „Komm, Michail! Wir müssen uns beeilen.“

Michail Paschin öffnete die Tür, und ohne ein Abschiedswort eilten die beiden Männer in die Nacht hinaus. Sofia sah ihnen nach. Der Kleinere lief mit Trippelschritten, der große Schlanke holte weit aus, wie ein Wolfshund.

„… sondern eine Frage“, beendete sie ihren Satz.

Es gibt ihn, Anna! Es gibt ihn wirklich. Er ist ein Mensch aus Fleisch und Blut, er existiert nicht nur in unseren Köpfen. Er ist echt, so echt, dass ich ihn hätte anfassen können, wenn ich gewollt hätte.

Er war zu ihr gekommen, hatte sich aus dem Dunkel geschält wie schon tausendmal zuvor, wenn sie ihn gerufen hatte. Aber noch niemals war er ihr als Wesen aus Fleisch und Blut erschienen. Nie zuvor hatte er eine Stimme gehabt und Haar, das nach Morgennebel roch. Wassili …

Michail Paschin.

Noch immer hörte sie seine Stimme: *Ich bin kein Pilot.*

„Da täuschst du dich, Michail Paschin“, flüsterte sie. „Du hast mich hierhergebracht, meine Schritte nach Tiwil gelenkt.“

Und sie? Sie hatte diesen kostbaren Augenblick vergeudet. Ihr dummes Mundwerk hatte Wassili mit einer Frage verschreckt, die in seinen Ohren nach einer Drohung geklungen hatte. Verdammt!

„Nächstes Mal“, flüsterte sie, wütend auf sich selbst, „ich schwöre es, nächstes Mal berühre ich dich. Ich lege meine Hand auf die Muskeln deiner Arme und fühle deine Haut unter meinen Fingern.“

Dann richtete sie sich abrupt auf und starrte in die tanzende Flamme der Kerze. „Er gehört Anna“, murmelte sie in die Nacht.

Elisaweta Lischnikowa tat der Mann leid, der in dem unterirdischen Raum vor ihr saß. Eine Kerze warf unruhige Schatten auf die mit Brettern verkleideten Lehmwände. Am Boden war ein Stück Sackleinen ausgebreitet mit einigen Decken darauf. Neben der Kerze lag eine Bibel. Elisaweta hatte sie dort hingelegt, aber der Mann hatte sie offenbar nicht angerührt.

Das *Paket,* das sie dem Schmied angekündigt hatte, das war er. Seine Hand zitterte, ansonsten aber schlug er sich wacker. Sein blondes Haar war ordentlich gescheitelt, seine Haltung betont aufrecht, das gefiel ihr. Sie mochte es nicht, wenn die Leute in zerknitterten Lumpen daherkamen, in sich zusammengesunken und schlotternd vor Angst. Sie hatte es gern, wenn sie ein wenig Rückgrat zeigten. Wobei sie, weiß Gott, allen Grund hatten, sich zu fürchten.

„Hier, Genosse Gorkin … Das ist übrigens dein neuer Name: Andrei Gorkin. Gewöhn dich schon mal daran."

Er blinzelte, als wollte er sich den Namen einprägen. „Ich werde es nicht vergessen", sagte er.

Elisaweta fiel auf, wie gewählt er sich ausdrückte. Noch so ein Intellektueller, dachte sie. Womöglich ein Universitätsdozent, der seine Vorliebe für die falsche Art von Büchern oder Musik zu unvorsichtig bekundet hatte. Der Gedanke ließ sie frösteln, und sie zog den grauen Wollschal fester um ihre knochigen Schultern.

„Hier", wiederholte sie und hielt ihm ein kleines, in Stoff eingeschlagenes Bündel hin, „hier hast du etwas zu essen. Schwarzbrot und Sonnenblumenkerne. Nicht viel, aber fürs Erste wird es reichen."

„Spasibo", sagte er mit bebender Stimme und fuhr sich mit einer Hand über die Augen.

„Wenn du einen klaren Kopf behältst und alles tust, was man dir sagt, kommst du unbeschadet aus der Sache heraus."

„Ich kann dir gar nicht genug danken für alles, was …"

„Sei still und iss. Es kann jeden Augenblick losgehen."

Während sie die Hand auf den alten Eisenriegel an der Tür legte, um sie beim verabredeten Klopfzeichen sofort öffnen zu können, beobachtete sie, wie er sich zum Kauen und Schlucken zwang. Verständlich, dass ihm nicht nach essen zumute war. In Nächten wie dieser drehte sich ihr selbst fast der Magen um. Bei dem Gedanken daran, dass in ihrem Land eine ganze Generation von Intellektuellen ausgelöscht wurde, seufzte sie. Wer würde der nächsten Generation das Denken beibringen?

Ein jäher Luftzug ließ die Kerze flackern. Gleich darauf klopfte es an der Tür.

„Dein Führer ist da", flüsterte sie, und die breite Gestalt Pokrowskijs schlüpfte in das Kellerloch.

„Bereit?", fragte Pokrowskij den Mann.

„Ja."

„Dann gehen wir."

Elisaweta zog leise die Tür auf, und der Mann trat in die frische Nachtluft hinaus. Sie legte eine Hand auf den muskulösen Arm des Schmieds.

„Mein Freund", sagte sie leise, „sei vorsichtig."

„Keine Sorge, ich werde ihn wohlbehalten abliefern."

Rafik hielt den Stein in der Hand. Er hatte sich in sein Zimmer zurückgezogen und den Kiesel, nicht größer als ein Entenei und weiß wie ein Schwanenhals, aus dem scharlachroten Futteral genommen, denn er spürte Gefahr. Ein Säbelrasseln, als stellten sich Soldaten zur Schlacht auf.

Dass seinem geliebten Tiwil heute Nacht erneut Gefahr drohte, betrübte ihn zutiefst, und immer wenn er die Augen schloss, sah er Sofia, die Blonde, groß und schlank.

Hinter seinen Augen pulsierte ein stechender Schmerz. Er legte den Daumen auf den glatten weißen Kiesel; der kühle Stein gemahnte ihn an die uralte Kraft seiner Vorfahren, linderte den Schmerz und machte seinen Kopf frei. Nun kamen die Bilder bereitwilliger.

Der Stein war durch viele Generationen seiner Vorfahren in seine Hände gelangt, stets vom Vater auf den Sohn vererbt; angeblich stammte er aus dem Felsen, der im Heiligen Land vom Grab Jesu Christi gewälzt worden war. Wenn Rafik ihn auf seiner Handfläche liegen hatte, wurde ihm jedes Mal deutlich bewusst, dass jeder Besitzer den dicht gepressten Kristallen dieses Steins ein wenig von seiner Kraft mitgegeben hatte. Und er spürte das Leben darin.

Eine Flamme züngelte aus einer Schale mit duftendem Öl, und von ihrer Spitze stieg ein dünner Rauchfaden bis unter die Zimmerdecke, wo er sich ausbreitete und erstarrte wie ein Schild. Rafiks Daumen strich über den Kiesel, streichelte die glatte Oberfläche, zeichnete einen Kreis darauf, einen Schutzkreis. Und noch eine Runde um den Stein.

„Senia!“

Sogleich trat seine Tochter zu ihm ins Zimmer. Sie trug ein fließendes rotes Gewand mit einem breiten Zigeunertuch um die Taille. Wie schön sie ist, dachte er. Wie sehr sie ihrer toten guten Mutter gleicht.

Senia betrachtete den Stein in seiner Hand mit aufmerksamem Blick, klug und wissbegierig, aber er sagte ihr nichts. Sie hatte ihn schon oft in der Hand gehalten und von allen Seiten untersucht, doch nie etwas anderes darin erblicken können als einen von silbrigen Adern durchzogenen weißen Kiesel. Für sie war es nur ein gewöhnlicher Stein. Rafik wusste, es war eine große Enttäuschung für sie, dass sie keine Spur ihrer Vorfahren darin wahrzunehmen vermochte. Und obwohl er ihr das niemals sagen würde, war er selbst noch enttäuschter darüber als sie.

„Begleite sie heute Nacht, Senia. Aber lass sie nicht wissen, dass ich durch deine Augen sehe.“

„Ja, Rafik.“ Und nach einer Pause: „Wird sie bald in Gefahr geraten?“

„Die Gefahr kommt von zwei Seiten. Sieh zu, dass du sie gut behütest.“ Er schloss seine Faust um den Stein und schwenkte sie kurz durch die Flamme. „Heute Nacht dringt Finsternis nach Tiwil. Feuer und Finsternis.“

„Bist du bereit?“, fragte Senia mit zitternder Stimme.

„Ich bin bereit.“

„Wirst du krank werden?“

Er lächelte sie zärtlich an. „Hab keine Angst, Tochter. Sie ist hier.“

Pjotr ging gern zu den Versammlungen. Er kam jedes Mal zu früh. Am liebsten saß er in der ersten Bankreihe, direkt vor dem Redner; im Hemd der Jungen Pioniere, das er selbst frisch gebügelt hatte, die Hände sauber geschrubbt, die Haare mit Wasser und Kamm vorübergehend gebändigt. Seine Augen glänzten.

„*Dobrij wetscher.* Guten Abend, Pjotr.“

Eine wuchtige Gestalt mit glatt rasiertem Schädel und ordentlich getrimmtem Bart setzte sich neben ihn.

„*Dobrij wetscher*, Genosse Pokrowskij.“

Auch der Schmied wählte jede Woche seinen Platz in der ersten Reihe, allerdings aus anderen Gründen als Pjotr. Pokrowskij stellte dem Redner gern Fragen.

„Dein Vater kommt mal wieder nicht, Pjotr?“

„*Njet*. Er hat noch in der Fabrik zu tun.“

„Seltsam, dass er ausgerechnet immer dann noch zu tun hat, wenn wir Versammlung haben.“

Pjotr errötete. „Nein, er muss wirklich noch arbeiten. Uniformen für die Armee machen. Dringender Befehl aus Moskau.“

„Ja, wenn das so ist …“

„Das ist eine wichtige Aufgabe“, beharrte Pjotr, brach dann aber ab, weil es ihm plötzlich übertrieben vorkam.

Seine Stimmung war verdorben. Verdrossen starrte er die kahlen Wände an, die früher einmal mit bunten Gemälden von Christus und seinen Jüngern geschmückt gewesen waren. Die kunstvoll gemeißelten Rahmen der Ikonen an den Säulen hatte man abgeschlagen. Nur noch gezackte Ränder waren zu sehen, die religiösen Darstellungen waren allesamt weiß übertüncht worden. Pjotr gefiel die schlichte Gleichförmigkeit. Ihm gefielen auch der Tisch aus Metall auf der niedrigen Plattform vor ihm, wo früher der vergoldete Altar gestanden hatte, und die beiden stabilen Stühle, die unter dem Porträt des Großen Führers auf die Redner warteten. Daneben hing ein rotes Plakat mit der Losung: *Smert wragam sowjetskogo naroda* – Tod den Feinden des Sowjetvolks.

So sollte es sein: einfach und klar. Alles für das Volk. Wie Stalin es versprochen hatte. Pjotr und Jurij hatten alle Flugblätter gelesen und die Losungen der Partei auswendig gelernt, und Jurij erklärte ihm immer wieder, diese neue Welt sei für sie gemacht. Pjotr wollte ihm so gern glauben, aber manchmal wand sich ein kleiner Wurm des Zweifels durch die Losungen und fraß Löcher in seine Gewissheit.

Die Reihen hinter ihm füllten sich. Die meisten Dorfbewohner trugen noch ihre Arbeitskleidung aus grober blauer Baumwolle. Nur einige der jüngeren Frauen hatten ihre staubigen Kopftücher abgelegt und hübsche Blusen angezogen, bunte Tupfer in der eintönigen Masse.

„*Priwet*, Pjotr. Hallo!"

Jurij kam auf seinen langen Beinen herangestakst und quetschte sich neben Pjotr ans Ende der Bank; er trug ein makellos weißes Hemd der Jungen Pioniere und ein rotes Halstuch.

„Hast du schon gehört?", fragte er. „Stirchow wird heute Abend zu uns sprechen."

Pjotr erschrak. „Warum? Was haben wir getan?"

„Frag nicht so dumm. Es ist eine Ehre für uns, den stellvertretenden Bezirksvorsitzenden zu Gast zu haben."

Es sind die Hände, dachte Pjotr. Wie sie sich durch die Luft bewegten, stark und gebieterisch. Weit ausholende Gesten, mit denen einzelne Worte betont wurden, kurze, zackige Bewegungen an besonders wichtigen Stellen. Diese Hände hatten Macht. Alexej Fomenko, *predsedatel kolchosa*, der Vorsitzende des Kolchos, sprach bereits seit einer Stunde, und Pjotr konnte den Blick nicht von ihm abwenden.

Bis jetzt hatte Fomenko die von der Zentralen Kontrollkommission aktuell festgesetzten Quoten verlesen, dann die Drückeberger aufgezählt, die mit ihren Arbeitsleistungen im Rückstand waren, und sie alle zu größeren Anstrengungen ermahnt.

„Hütet euch vor Selbstzufriedenheit!", sagte er. „Wir stehen kurz vor dem Ende von Stalins erstem Fünfjahresplan, mit dem unser Land zur führenden Industrienation der Welt aufsteigen wird. Wir haben den Aberglauben der Vergangenheit abgelegt …" Der Kolchos-Vorsitzende fixierte einen großen, knochigen Mann, der unter seiner kastanienbraunen Löwenmähne und dem struppigen rötlichen Bart grimmig zurückstarrte; er trug ein Hemd, aus dessen offenem Kragen das obere Ende eines großen Holzkreuzes ragte, das an seinem Hals hing. „... und das System der Knechtschaft durch das Programm der Freiheit ersetzt." Fomenko ballte die Fäuste. „Eine neue Welt entsteht. Eine Welt, in der die Fehler vergangener Jahrhunderte hinweggefegt werden. Und wir sind der Motor, der diese Welt antreibt – ja, ihr und ich und die Kollektivwirtschaft. Vergesst das niemals! Die Herrschaft der Kulaken, der reichen Bauern, die euch alle ausgebeutet haben, die Herrschaft dieser Leute ist dank der genialen Vision unseres Großen Führers für immer gebrochen."

Fomenko drehte sich zu dem riesigen Stalin-Porträt um, das von roten Fahnen eingerahmt hinter ihm hing. „Josef Stalin, der Vater unserer Nation. Er ist der Mann, der die Fackel, die Lenin für uns entzündet hat, bis in den letzten Winkel unserer großartigen Sowjetunion trägt. Stalin ist der Mann, der uns von Saboteuren und subversiven Elementen befreit, von Schmarotzern und Plünderern, die unsere Anstrengungen zur Verwirklichung des großen Fünfjahresplans zunichtemachen wollen." Der Vorsitzende verschränkte die Hände. „Wir alle müssen im großen Kampf für den Sieg des Kommunismus zusammenstehen."

„Wie wäre es zur Abwechslung mal mit einem großen Brot statt mit einem großen Kampf?", murrte der Schmied.

„Genossen ..." Der untersetzte Mann, der neben Fomenko am Tisch saß, ergriff das Wort. Er hatte ein glattes, wohlgenährtes Gesicht, drahtiges Haar und seltsam farblose Augen. Von dem Geld, das seine elegante Lederjacke gekostet haben musste, hätte Anastasias Familie einen Monat lang leben können; das konnte sogar Pjotr erkennen. Und obwohl Jurij der Ansicht war, dass die Teilnahme dieses Mannes an der Versammlung eine Ehre für sie sei, empfand Pjotr ihn eher als Bedrohung.

Fomenko lehnte sich augenblicklich auf seinem Stuhl zurück und überließ alles Weitere seinem Vorgesetzten.

„Genossen, ich bin stolz, bei euch zu sein, bei meinen Brüdern, den Arbeitern des Kolchos Roter Pfeil. Ihr alle kennt mich: Ich bin Alexander Stirchow, der stellvertretende Vorsitzende des Bezirkskomitees, ein Mann des Volkes. Ich habe eine Botschaft des Komitees für euch: Wir spenden euch Lob für das, was ihr in diesem schwierigen Jahr bisher erreicht habt, und drängen euch zu noch größeren Anstrengungen. Die Missernte im vergangenen Herbst war das Werk von Saboteuren und Spionen, die im Dienst fremder Mächte stehen. Sie haben es darauf abgesehen, unsere großartigen technischen Fortschritte zunichtezumachen. In einigen Teilen

Russlands mussten wir deshalb den Gürtel um ein, zwei Löcher enger schnallen …“

„Oder um drei!“, rief jemand aus dem Saal.

„Dein eigener Gürtel scheint nicht so eng zu sitzen, Genosse Stirchow!“, rief ein anderer.

„Mein jüngstes Kind ist verhungert. Was sagst du dazu, Genosse stellvertretender Vorsitzender?“

Stirchow schürzte die Lippen. „Wir hatten in der Tat einige Engpässe zu verzeichnen.“

„Wir haben keine Engpässe, wir haben eine Hungersnot!“, rief Pokrowskij. „Überall sterben die Leute …“

„Genosse Stirchow ist ein viel beschäftigter Mann“, unterbrach Fomenko den Schmied hastig. „Er kann seine kostbare Zeit nicht mit deinen unsinnigen Einwürfen vergeuden, Pokrowskij. Es gibt keine Hungersnot. Das ist ein Gerücht, das von denselben schädlichen Elementen ausgestreut wird, die durch die Sabotage unserer Erntearbeiten diese Engpässe erst herbeigeführt haben.“

„Du lügst!“, rief Pokrowskij.

Stirchow fuhr den Schmied heftig an: „Ich kenne dich. Du hast schon letztes Mal, als ich hier war, Unruhe gestiftet. Wenn du weiter solche hetzerischen Behauptungen verbreitest, werde ich …“

Er musste den Satz nicht zu Ende sprechen. Alle wussten, was mit Aufrührern geschah.

Beunruhigt ließ Pjotr seinen Blick über die Versammlung schweifen. Da sah er sie hinten neben der Tür stehen, die junge Frau aus dem Wald, die mit den hellen Haaren. Reglos stand sie da, und ihre blauen Augen waren auf ihn gerichtet.

Warum war sie hier, die Flüchtlingsfrau? War sie eine Saboteurin, wollte sie Unruhe stiften? Sollte er etwas sagen? Ach, wenn er doch nur wie Jurij wäre, der sich so selbstsicher in dieser schwierigen Welt bewegen konnte.

Pjotr holte tief Luft und erhob sich von seinem Platz. „Genosse Vorsitzender, ich muss etwas sagen.“

Sofia hatte es kommen sehen. Sie nahm es dem Jungen nicht übel, als er jetzt aufstand. Er konnte gar nicht anders. Glühender Eifer beflügelte ihn, das war an seinem Gesicht abzulesen. Nein, sie nahm es ihm nicht übel. Aber das bedeutete nicht, dass sie sich nicht wehren würde.

Rasch trat sie in den Gang zwischen den Bankreihen.

„Genosse stellvertretender Vorsitzender." Sie sprach laut und deutlich über die dünne Stimme des Jungen hinweg.

Sogleich wandten sich alle Augen von Pjotr ab und richteten sich auf die Fremde. Ein Gemurmel ging durch den Saal. „Wer ist das? *Kto eto?*"

„Nenn deinen Namen, Genossin", befahl Stirchow.

„Ich heiße Sofia Morosowa." Ihr Herzschlag galoppierte wie ein junges Maultier. „Ich komme aus Garinsow in der Nähe von Lesosibirsk, wo ich bis zum Tod meiner Tante gelebt habe. Ich bin eine angeheiratete Nichte von Rafik Iljan."

Jetzt drehten sich die Leute nach Senia um, die neben dem großen Mann mit der Löwenmähne saß. Sie nickte, sagte aber nichts.

„Was möchtest du sagen, Genossin Morosowa?", fragte Stirchow.

„Genosse, ich bin zu dieser Versammlung gekommen, um meine Arbeitskraft für die Ernte anzubieten."

Erfreut übernahm der Vorsitzende Alexej Fomenko das Wort. „Wir können zusätzliche Arbeitskräfte zur Erntezeit gut brauchen. Hast du schon einmal Feldarbeit geleistet?"

„Ja", sagte sie. „Ich kenne mich mit der Feldarbeit aus."

Gemurmel erhob sich von den Bänken.

„Sie kann in meiner Brigade mithelfen", meldete sich ein Mann.

„Wir brauchen sie auf den Kartoffelfeldern!", rief eine Frau.

„Also gut, Sofia Morosowa, wir werden Arbeit für dich finden", sagte Alexej Fomenko. „Hast du dich beim Kolchos-Büro angemeldet?"

„Noch nicht."

Er stockte, und seine Augen verengten sich. Sofia erkannte, dass er misstrauisch geworden war.

„Das musst du morgen früh gleich als Erstes tun", sagte er.

„Selbstverständlich."

Pjotrs Vorbehalte gegenüber der Fremden schmolzen dahin. Eben noch hatte es wie Säure in seiner Kehle gebrannt, und plötzlich glaubte er süßen Honig zu schmecken. Er war verwirrt. Wie hatte sie das gemacht? Sie war ein Volksfeind, davon war er nach wie vor überzeugt. Warum sonst sollte sie im Wald vor den Jägern davongerannt sein? Doch als er in die Gesichter der anderen blickte, sah er, dass sie seine Einschätzung nicht teilten.

Wer war diese Frau? Eine *wedma*? Eine Hexe?

„Genossen", fuhr Stirchow fort, „ich bin heute Abend hier, um euch mitzuteilen, welche Quoten ihr bei der diesjährigen Ernte zu erfüllen habt. Der Staat verlangt eine Erhöhung eurer Abgaben."

Ein entsetztes Stöhnen ging durch den Saal, ein zorniges Getuschel wie das Rascheln von Ratten im Stroh. Die Wut war mit Händen zu greifen. Pjotr spürte sie wie eine Woge heißer Luft in seinem Nacken.

„Ruhe!" Fomenko klopfte auf den Tisch. „Hört euch an, was der Genosse Stirchow zu sagen hat."

„Wir hören es", sagte der Brigadeführer Igor Andrejew ruhig. Sein Jagdhund winselte neben ihm. „Aber vorigen Dezember hat das Politbüro den größten Teil unserer Getreidesaat und unserer Saatkartoffeln beschlagnahmt, um die Städte und die Rote Armee mit Nahrung zu versorgen. Deshalb fällt die Ernte in diesem Jahr sehr viel geringer aus. Wir können nicht einmal die derzeitigen Quoten erfüllen." Er sah Fomenko direkt in die Augen. „Vorsitzender, wir werden Ratten essen müssen."

„Wenn ihr euch anstrengt", sagte Fomenko eindringlich, „werdet ihr zu essen haben. Stalin hat das Ende von Armut und Bettelei auf dem Lande verkündet. Strengt euch an", wiederholte er, „und ihr werdet nicht hungern müssen."

Es war Leonid Logwinow, der als Erster aufstand, der große Mann mit der Löwenmähne, den sie immer noch Priester nannten, obwohl es seine Gemeinde längst nicht mehr gab. Mit seiner knochigen Hand umklammerte er das hölzerne Kruzifix an seinem Hals. Er streckte den Arm aus und richtete das Kreuz direkt auf Stirchow.

„Gott vergebe euch eure Schandtaten", rief er mit Donnerstimme, „und die blasphemischen Lügen eures Antichristen!"

„Das ist zu viel, Priester, du bist zu weit gegangen." Stirchow schlug mit der Faust auf den Metalltisch.

Im selben Augenblick flog am anderen Ende des Kirchenschiffs mit lautem Krachen das Eichenportal auf, und eisige Luft fuhr in den Saal. Michail Paschin stapfte den Mittelgang entlang, die Haare vom Wind zerzaust.

„Lauft alle nach Hause!", schrie er und zeigte auf die Männer hinter dem Tisch. „Die beiden haben euch reingelegt. Sie halten euch hier drinnen hin, während draußen im Dorf Soldaten im Auftrag des Amts für Getreidebeschaffung eure Häuser plündern. Sie suchen nach verborgenen Vorräten, räumen eure Speisekammern leer und stehlen eure Hühner, um ihre Quoten zu erfüllen."

Entsetzt sprangen alle auf.

„Geht nach Hause!“, übertönte Michails Stimme den Lärm. „Sonst müsst ihr alle verhungern.“

Er trat beiseite, um die aufgeschreckten Dorfbewohner vorbeizulassen. Sie schoben, schubsten, schrien, wollten alle auf einmal ins Freie. Paschins Blick flog über das Gedränge. Wo war Pjotr? Irgendwo musste er doch sein.

Dass sein Sohn die Propaganda der Kommunisten wie ein Schwamm in sich aufsog, erbitterte ihn, aber jetzt hatte er nur eins im Sinn: Er musste Pjotr finden und in Sicherheit bringen. Heute Nacht würde es zu Gewaltausbrüchen kommen.

Der Gedanke war noch nicht zu Ende gedacht, da flog durch eines der Seitenfenster ein Stein herein. Glassplitter und Regentropfen prasselten auf die leeren Bänke.

Michail holte tief Luft. „Pjotr!“, brüllte er.

„Papa!“

Ungeheure Erleichterung machte sich in Michail breit, als er seinen Sohn erblickte. Gleich darauf drang eine weibliche Stimme an sein Ohr.

„Du scheinst immer nur schlechte Nachrichten zu bringen.“

Michail schaute sich verwundert um, wer das gesagt hatte. Zu seiner Überraschung war es die junge Frau, der er heute vor Tagesanbruch begegnet war, die Nichte des Zigeuners. Ihre sonderbaren blauen Augen blickten ihn an, als würden sie einen anderen Menschen in ihm sehen, einen, den er selbst vor den Blicken der Öffentlichkeit verborgen hielt. Wie ein Fels in der Brandung stand sie da im Mittelgang und ließ den Strom der Leute um sich herumfließen.

„Heutzutage sind fast alle Nachrichten schlechte Nachrichten“, murmelte er unwillig.

„Nicht alle“, entgegnete sie.

Er wollte sich an ihr vorbeischieben, um zu Pjotr zu gelangen, aber etwas ließ ihn zögern. Und als eine ältere Babuschka ihn schubste, war er der Fremden plötzlich ganz nahe, so nahe, dass er den frischen Wacholderduft ihres Atems riechen konnte.

Sie war schrecklich mager. Ihre Knochen stießen beinahe durch die Haut, und auf dem eingefallenen Gesicht zeichneten sich dunkle Hungerflecken ab. Aber ihre Augen waren außergewöhnlich. Blauer als der Sommerhimmel leuchteten sie im Lampenlicht. Sie strahlten etwas merkwürdig Ungezähmtes aus. Eine Sekunde lang hatte er das Gefühl, sie würde damit in sein Innerstes blicken.

Plötzlich tauchte Pjotrs besorgtes Gesicht neben ihm auf. Entschlossen packte Michail mit der einen Hand seinen Sohn am Arm, mit der anderen die junge Frau und zerrte sie beide durch die Tür ins Freie.

In dieser Nacht wurde in Tiwil das Unterste zuoberst gekehrt. Auf dem Weg zu ihrer Isba beobachtete Pjotr es mit Entsetzen.

„Bleib im Haus, Pjotr, und halt die Tür verschlossen." Das waren Papas Worte.

Mit finsterer Miene zündete sich Michail eine Zigarette an, strich dem Jungen kurz übers Haar und wollte schon in den Wirren dieser Nacht verschwinden, da drehte er sich noch einmal um und sah Sofia Morosowa prüfend an. „Tust du mir einen Gefallen?", fragte er sie. „Kannst du heute Nacht auf meinen Sohn aufpassen?"

„Aber natürlich. Ich werde ihn beschützen."

Beschämt wandte Pjotr den Blick von ihr ab, doch Michail nickte zufrieden und trat auf die Straße hinaus, in den kalten Nieselregen. Als er die Tür hinter sich zuzog und die beiden allein im Hausflur zurückließ, hatte Pjotr solche Angst um seinen Vater, dass er ihm am liebsten nachgelaufen wäre. Die Flüchtlingsfrau spürte das offenbar und musterte ihn argwöhnisch. Also nahm Pjotr die Öllampe, die Papa auf dem Regal neben der Tür hatte stehen lassen, und ging damit ins Wohnzimmer. Er hoffte, die Frau käme nicht nach, aber sie blieb ihm dicht auf den Fersen.

Beide schwiegen. Er stellte die Lampe auf den Tisch und ging in die Küche. Dort nahm er sich einen Becher Wasser, trank ihn langsam aus, zählte im Kopf bis fünfzig und ging ins Wohnzimmer zurück.

Sie war immer noch da. Neugierig betrachtete sie das halb fertige Modell einer Brücke auf dem Tisch, nahm sogar eines der winzigen Holzstückchen in die Hand, die auf der Tischplatte lagen.

„Nicht anfassen", sagte er nervös.

„Um so etwas zu bauen, braucht man sicher viel Geduld."

„Papa baut die Brücke." Er schob sich näher heran. „Ich helfe ihm bloß."

„Sehr schön." Sie musterte das Bauwerk aufmerksam, legte das Holzstückchen wieder hin und sah sich im Zimmer um.

„Ihr habt ein schönes Haus", sagte sie schließlich.

Er sah sie nicht an. Natürlich war das ein schönes Haus, das schönste im ganzen Dorf. Ein mächtiger Ofen bildete den Mittelpunkt der Isba, die über geräumige Zimmer und eine große Küche verfügte. Die vornehmen Möbel waren nicht selbst geschreinert, sondern kamen aus der Fabrik.

Pjotr sah sich stolz um. Das Haus mit den prächtigen Wollteppichen auf dem dunklen Holzboden und den in der Lewizkij-Fabrik genähten Vorhängen war eines Fabrikdirektors würdig.

„Kann ich etwas zu trinken haben?“, fragte sie.

Die Wanduhr schlug zehn, als er in die Küche eilte und ihr hastig etwas Wasser in den Becher füllte, den er eben selbst benutzt hatte. Er machte sich nicht die Mühe, ihn auszuwaschen.

Doch als er ins Wohnzimmer zurückkam, hockte sie vor dem Eckschrank, in dem Papa seine Sachen aufbewahrte, eine ungeöffnete Wodkaflasche in der einen Hand, ein Schnapsglas in der anderen.

„Das gehört Papa. Stell es zurück!“

Sie lächelte ihn an, eine kaum merkliche Bewegung ihrer Lippen.

Pjotr sah zu, wie sie den Verschluss von der Flasche abschraubte und sich einen Schluck einschenkte. Sie trug die Flasche und das Glas zum Sessel, ließ sich darin nieder und prostete ihm zu.

„Sa sdorowje!“, sagte sie feierlich und kippte den Wodka in einem Zug hinunter.

„Ich werde das melden“, sagte er hastig.

„Was?“

„Dass du ein Flüchtling bist. Ich werde es dem Vorsitzenden Fomenko melden.“

„Wie kommst du darauf?“, fragte sie. „Neulich im Wald … da habe ich auf meiner Reise nach Süden nur eine Pause eingelegt.“ Gelassen fügte sie hinzu: „Du hast keinen Beweis.“

Er schwieg.

„Ich will keinen Ärger, Pjotr“, sagte sie leise.

„Wenn du keinen Ärger willst, warum bist du dann heute Abend zu der Versammlung gekommen?“

„Um dich zu sehen. Ich wollte wissen, wer du bist.“

Sein Magen krampfte sich zusammen. Er starrte auf seine Füße hinunter.

„Wo ist deine Mutter?“

„Weggegangen.“ Er zuckte die Schultern. „Und nie mehr zurückgekommen.“

„Das tut mir leid, Pjotr. Wann war das?“

„Vor sechs Jahren.“

„Sechs Jahre sind eine lange Zeit.“

Sie beugte sich vor, legte sanft die Hand unter sein Kinn und zwang ihn, sie anzuschauen. „Pjotr, bitte. Wir können Freunde sein, du und ich.“

Sie warf ein Netz nach ihm aus, ein Netz, dessen Fäden so fein gesponnen waren, dass er es nicht sehen konnte. Aber er wusste doch, dass es da war. Wie unschuldig und harmlos sie wirkte, und trotzdem spürte er ihre Entschlossenheit so deutlich, wie er hinter grauen Wolken das Herannahen eines Gewitters spüren konnte.

Pjotr drehte sich um und lief aus dem Haus.

RAFIK bekämpfte die Plünderer in Uniform mit seinen Geisteskräften, einen um den anderen. Einzeln, zu zweit, zu dritt rückten sie an. Rafik drang in ihre kläglichen Hirne ein und hemmte ihren Schritt. Vor jedem Haus ließ er sie zögern, sodass die Bewohner Zeit gewannen und ihre Vorräte aus der Speisekammer im Wald verstecken konnten. Getreidesäcke, Schweinskeulen, Käselaibe – alles verschwand in der Dunkelheit.

Doch die Soldaten stöberten überall herum. Mit einem schweren Lastwagen fuhren sie langsam von Haus zu Haus. Auf der offenen Ladefläche lagen bereits über ein Dutzend Säcke; daneben standen zwei junge Soldaten und stapelten weitere, die ihnen von anderen Uniformierten zugeworfen wurden. Es waren zu viele für Rafik. Mit sechs auf einmal konnte er es nicht aufnehmen. Er spürte, wie der Schmerz kam und seine Kräfte nachließen.

Aber als er vor seinem inneren Auge sah, wie die Frau an einer der Haustüren weinte und die abweisenden Gesichter anflehte, ihrer Familie etwas zu essen dazulassen, wusste Rafik, welchen Preis das Dorf bezahlen würde, wenn er jetzt aufhörte. Also machte er weiter, auch wenn nun er selbst dafür bezahlte.

Ein glühender Schmerz durchfuhr sein Gehirn, er taumelte auf die Straße.

„Senia“, keuchte er.

Noch ehe er den Namen ausgesprochen hatte, war seine Tochter in der Dunkelheit an seiner Seite. Sie hatte ein Fläschchen mit einer grünen Flüssigkeit in der Hand. Ihre Blicke trafen sich, und in ihren Augen sah er, dass sie große Angst um ihn hatte. Dennoch bat sie ihn mit keinem Wort, von seinem Tun abzulassen.

„Der Trank wird den Schaden nicht aufhalten.“ Sie kühlte seine Schläfen mit einem Tuch, das nach Kräutern roch. „Aber er überdeckt den Schmerz, sodass du weitermachen kannst – wenn du willst.“

Ihre schwarzen Augen flehten, dass er es nicht tun möge. Er legte ihr eine Hand an die Wange und trank die grüne Flüssigkeit aus.

PJOTR hatte fast die Pferdeställe erreicht, als Sofia ihn einholte. Ihre Finger schlossen sich um sein Handgelenk, und er staunte, wie stark sie war.

„*Priwet*“, sagte sie ohne eine Spur von Verärgerung darüber, dass er vor ihr weggelaufen war. „Da bist du ja.“

„Ich wollte nur nach Swesda sehen“, sagte er hastig, „Papas Pferd. Das sollen die Soldaten nicht mitnehmen.“

Er hätte es ihr gegenüber nie zugegeben, aber das grausame Unrecht, von dem sein Dorf in dieser Nacht heimgesucht wurde, entsetzte ihn.

Sofia stutzte, dachte kurz über seine Erklärung nach, nickte schließlich und führte ihn den Rest des schmalen Weges zu den Stallungen hinauf, die um einen Hof herum angeordnet waren. Erst im Stall ließ sie seine Hand los, nahm eine Kerosinlampe von der Wand und zündete sie an.

Als er den Wassereimer für Swesda füllte, verfolgten die blauen Augen jede seiner Bewegungen.

„Swesda ist so unruhig“, sagte Sofia und streichelte zart die Nüstern des Rappen.

Auch die anderen Pferde wieherten nervös in ihren Boxen. Pjotr bekam allmählich das Gefühl, dass da irgendetwas nicht stimmte, er konnte sich aber keinen Reim darauf machen.

„Hör mal“, flüsterte Sofia.

Pjotr lauschte. Zuerst vernahm er nur die Geräusche der unruhigen Pferde. Doch dann konzentrierte er sich, und schließlich hörte er noch etwas anderes: ein dumpfes Tosen in der Ferne, das ihm durch Mark und Bein ging.

„Was ist das?“, fragte er besorgt.

„Pjotr!“ Unvermittelt tauchte die lange Gestalt des Priesters in der Stallgasse auf, der augenblicklich damit begann, in jeder einzelnen Box nachzuschauen, ob mit den Pferden alles in Ordnung war. „Pjotr“, stöhnte er, „die Scheune unten, in der die Wagen stehen … Sie brennt!“

Sein wild zerzaustes rotes Haar umgab seinen Kopf, als ob er selbst in Flammen stünde. „‚Mein ist die Rache, spricht der Herr.‘“ Er fuhr herum und starrte Pjotr mit flackernden Augen an. „Ich sage dir, das ist das Werk Gottes. Seine Strafe für das Böse, das hier geschieht.“

Sofia lief zur Stalltür , sah in die Nacht hinaus und rief: „Komm, Pjotr!“

Der Junge rannte zu ihr und schrie auf. Der ganze Nachthimmel stand in Flammen. Pjotr geriet außer sich. Ein solches Inferno hatte er schon einmal erlebt, und damals hatte sich sein ganzes Leben verändert.

Er wollte losrennen, zu der brennenden Scheune hinunter, aber Sofia hinderte ihn daran.

„Du wirst hier gebraucht, Pjotr“, sagte sie mit fester Stimme. „Du musst helfen, die Pferde zu beruhigen.“

Pjotr bemerkte den Blick, den die Flüchtlingsfrau dabei mit dem Priester tauschte.

„Sie hat Recht“, sagte Priester Logwinow. „Die Pferde wittern den Rauch, und wenn sie uns nicht durchgehen sollen, brauche ich deine Hilfe.“

„Aber ich muss Papa finden!“

„Nein, Pjotr, du bleibst hier!“, insistierte Sofia, ohne den Blick von den Flammen zu wenden. Eine tiefe Falte stand zwischen ihren Augen. „Ich sorge dafür, dass deinem Papa nichts geschieht.“ Und ohne ein weiteres Wort entschwand sie in der Dunkelheit.

Gigantische Flammen rissen den Nachthimmel in Fetzen. Spuckend und züngelnd stiegen sie zwanzig Meter hoch in die Luft, sodass Michail Paschin noch unten am Flussufer die Funken in den Augen und den Rauch in der Lunge spürte. Er kniete an der Uferböschung und versuchte verzweifelt, die alte Wasserpumpe zum Leben zu erwecken, aber bislang hatte sie all seinen Bemühungen widerstanden. Erst als er mit seinem schwersten Schraubenschlüssel wütend auf das Metallgehäuse einprügelte, sprang der Motor an und begann mit Getöse das Flusswasser durch den Schlauch nach oben zu befördern.

„Ach, die Methode des Fachmanns“, spottete eine Frauenstimme.

Er sah auf, konnte jedoch in der Dunkelheit nichts erkennen, nur tanzende Schatten vor dem rot glühenden Himmel. Dann aber sah er ihr Gesicht.

„Ich bin’s – Sofia“, sagte sie.

„Ich dachte, du bist bei Pjotr in meinem Haus?“

„Keine Sorge, dein Sohn ist in Sicherheit. Er sieht im Stall nach den Pferden. Der Priester passt auf ihn auf.“

„Gut. Da oben kann ihnen nichts passieren.“

Sie trat näher, und Michail bewunderte ihren Gang, der geschmeidig war wie der einer Katze.

„Das ganze Dorf hilft“, sagte sie, während ihr Blick über die Löscharbeiten wanderte. Ihre Worte gingen fast im Rattern des Motors unter.

„Ja, wenn es drauf ankommt, kann der Kolchos gut zusammenarbeiten.“ Er blickte über die Schulter, dorthin, wo Männer und Frauen eine lange Kette vom Fluss bis zur Scheune gebildet hatten und einen Eimer Wasser nach dem anderen hinaufreichten. Jedes einzelne Gesicht zeugte von grimmiger Entschlossenheit.

„Wer zum Teufel hat das getan?“ Sein Magen krampfte sich zusammen vor dumpfer Wut. „Wem kann etwas daran liegen, unsere Scheune niederzubrennen?“

Sie ging nicht darauf ein, sondern betrachtete nachdenklich die Menschenkette. „Michail, sieh mal, wer da mit in der Reihe steht.“

„Du meinst die Dorfbewohner?“

„Und wer noch?“

„Die Soldaten, die ihnen helfen.“

„Richtig.“

„Ja und? Was ist mit ihnen?“

„Sieh sie dir genau an“, flüsterte sie.

Er runzelte die Stirn. Was meinte sie denn bloß? Die Soldaten arbeiteten tatkräftig in der Kette mit. Sie schienen genauso entschlossen, ein Übergreifen des Feuers auf die zweite Scheune zu verhindern, wie die Dorfbewohner.

Plötzlich dämmerte es ihm. Verdammt, sie hatte Recht!

Michails Puls begann zu rasen, als er erkannte, dass die Soldaten voll und ganz auf die Löscharbeiten konzentriert waren. Kein Einziger von ihnen dachte mehr an die Getreidevorräte. Warum war er nicht selbst darauf gekommen?

Er sprang auf, überließ die Pumpe sich selbst und rannte zwischen den Trauerweiden zum Dorf zurück. Sofia lief neben ihm her.

„Wartet hier“, sagte Michail. „Und verhaltet euch still.“

Die kleine Schar der Dorfbewohner nickte und drückte sich in den Schatten der Schmiede; vier Frauen – eine davon krank – und zwei alte Männer. Ihre Rücken sahen nicht stark genug aus für die schweren Säcke, die sie tragen sollten, aber außer ihnen hatte Michail in den Häusern niemanden angetroffen. Alle anderen waren bei der brennenden Scheune, also musste es so gehen. Und mit Sofia natürlich.

Als er sich davonschleichen wollte, beugte sie sich zu ihm und flüsterte ihm ins Ohr: „Pass auf dich auf. Ich habe Pjotr versprochen, dafür zu sorgen, dass dir nichts geschieht.“

Da er ihre Augen nicht sehen konnte, drückte er ihre Hand. Die Kraft, die er darin spürte, beseitigte seine Zweifel, ob sie mit den Säcken zurechtkommen würde.

„Ich komme wieder“, versprach er und ging los.

Die dunkle Dorfstraße lag einsam und verlassen, nur der Lastwagen war noch da. Daneben stand ein einzelner Soldat der OGPU, der Staatssicherheitspolizei, in einem knöchellangen Mantel, mit einer Pistole in der Hand, und bewachte die Säcke auf der Ladefläche. Michail sah sich um, aber es waren keine anderen Soldaten in der Nähe. Der hier lehnte mit einer Zigarette im Mund hinten am Wagen und wartete, dass seine Kameraden zurückkamen.

„Oi moros, moros, nje moros menja. Nje moros menja, mojewo kon", begann Michail laut und ungestüm zu singen. Er lallte so sehr, dass die Worte kaum zu verstehen waren, schwankte auf den Lastwagen zu, torkelte von einer Straßenseite zur anderen und schaffte es gerade noch, nicht der Länge nach hinzufallen. Lachend warf er den Kopf zurück.

„He, Genosse, mein Freund, wie wär's mit einem Schluck?!", rief er und schwenkte einladend eine Wodkaflasche, die er sich bei der Schmiede geschnappt hatte. Dann verharrte er und sah sich scheinbar verwirrt auf der leeren Straße um. „Wo sind die anderen?"

Der Mann stieß sich vom Lastwagen ab, warf die Zigarette auf den Boden und drückte sie mit dem Absatz aus. Er musterte Michail misstrauisch.

„Wer bist du?"

„Dein Freund, dein guter Freund", lallte Michail mit schiefem Grinsen und hielt ihm erneut die Flasche hin. „Hier, trink was!"

„Mach, dass du weiterkommst, du Esel! Du bist betrunken."

„Betrunken, aber glücklich. Du siehst gar nicht glücklich aus, Towarischtsch."

„Das wärst du auch nicht, wenn du dich mit solchen …"

„Hier." Michail hielt ihm immer noch die Flasche hin. „Für dich ist noch was übrig. Womöglich musst du die ganze Nacht hier stehen."

Die Flammen spiegelten sich in der Brille des Mannes. Sein Zögern verriet ihn. Michail griff nach der freien Hand des Soldaten und schloss die Finger um die Flasche. „Entzünde ein Feuerchen in deinem Bauch." Er bog sich vor Lachen. „In deinem Bauch – und nicht in unserer Scheune."

Der andere schien sich zu entspannen. Er lächelte beinahe.

„Warum eigentlich nicht?" Er nahm einen Schluck und hustete.

„Gut?"

„Das ist Katzenpisse! Kein Wunder, dass ihr Bauern so verblödet seid. Dieses selbst gebrannte Zeug zerfrisst euch das Gehirn."

„Komm mit, Genosse Offizier, dann geb ich dir …" Michail senkte verschwörerisch die Stimme. „… was Gutes. Was wirklich Gutes."

Der Mann war stockbetrunken, nachdem Michail ihm eine Stunde lang seinen besten Wodka eingetrichtert hatte. Aber als er dem Soldaten schließlich auf die Beine half und ihn zur Tür führte, musste er zu seiner Verblüffung feststellen, dass der Mistkerl doch noch nicht ganz den Verstand verloren hatte.

„Du kommst mit", sagte der Mann, wobei er bedenklich schwankte.

„Nein, mein Freund, ich geh ins Bett", meinte Michail grinsend.

Er wollte die Tür schließen, aber der Uniformierte lehnte sich dagegen. „Du kommst mit, Genosse aus Tiwil! Zum Wagen." Mit erstaunlicher Geschwindigkeit für einen, der mit Wodka abgefüllt war, zog er seine Pistole und richtete sie auf Michail. *„Bystro!"* – Schnell!

Und so torkelten sie zusammen die Straße entlang, die immer noch von den Flammen am Nachthimmel erhellt wurde. Vor ihnen zeichneten sich die Umrisse des Lastwagens ab. Selbst in der Dunkelheit war deutlich zu erkennen, dass auf der Ladefläche nur noch wenige Säcke lagen.

Der Soldat starrte die Säcke an und schluckte. „Wo ist das Getreide?"

Ernüchtert zog er die Pistole, hielt sie Michail an die Schläfe und knurrte: „Sag mir, wo das verfluchte Getreide ist, du Mistkerl!"

Michail erstarrte. „Ruhig Blut, Genosse", lallte er mit schwerer Zunge. „Ich hab keine Ahnung, wovon du …"

„Ich zähle bis drei."

„Nein, Genosse …"

„Odin." Eins.

„Ich weiß nicht, wo dein Getreide geblieben ist. Glaub mir doch!"

„Dwa." Zwei.

Michail spannte seine Muskeln zur Gegenwehr, aber dann wurden sie beide von einer ruhigen Stimme abgelenkt.

„Genosse Offizier, ich glaube, du machst einen Fehler." Es war Sofia, die an der Seite des Zigeuners hinter dem Lastwagen vortrat.

„Wer seid ihr?"

„Ich bin Sofia Morosowa, und das ist mein Onkel, Rafik Iljan."

„Ihr wisst, wo mein Getreide ist?"

„Natürlich. Da liegt es doch."

Der Druck der Waffe lockerte sich, und Michail atmete erleichtert auf.

Rafik stand so dicht vor dem Soldaten, dass ihre Umrisse zu einem verschmolzen. Und während er den Mann am Arm packte und seine Finger in das Fleisch unter dem Unifomärmel krallte, sah er ihm fest in die blutunterlaufenen Augen. Das Seltsame war, dass sich der Offizier mit keinem

Wort darüber beschwerte. Er starrte den Zigeuner nur mit leicht verblüffter Miene an, als hätte er lediglich vergessen, wo seine Zigaretten geblieben waren, nicht ein Berg von Getreidesäcken.

„Du hast dich geirrt", erklärte Rafik eindringlich und packte mit der freien Hand Michails Arm. Fast unhörbar leise war die Stimme des Zigeuners, die sich dennoch in Michails Schädel bohrte und durch seine Hirnwindungen kroch, bis er nichts anderes mehr hörte. „Auf dem Wagen waren nur vier Säcke, und die sind alle noch da", murmelte Rafik. „Nichts fehlt."

Michail und der Offizier starrten die Ladefläche an. Natürlich, da hatten immer nur vier Säcke gelegen. Was hatten sie denn gedacht?

Was zum Teufel ging da vor? Sofia konnte es nicht fassen. Auf irgendeine unerklärliche Weise schien es Rafik zu gelingen, von den beiden Männern Besitz zu ergreifen, erst von dem OGPU-Offizier, dann von Michail. Er beeinflusste ihre Gedanken.

„Sofia!"

Sie blinzelte und sah den Zigeuner in der Dunkelheit schwanken. Als sie ihn mit einer Hand stützte, fühlte sie, dass er am ganzen Körper zitterte.

„Geh", sagte er mit schwacher Stimme. „Lauf zur Schule. Sag Elisaweta, sie soll den Schlüssel zur Kammer bringen. Mach schnell!"

Die Schule stand am Dorfeingang und war ein modernes Gebäude ohne Schnörkel und Verzierungen. Eines der Fenster war erleuchtet, also war die Lehrerin zu Hause. Erleichtert rannte Sofia auf den Eingang zu, während sie sich zugleich fragte, weshalb Elisaweta Lischnikowa nicht beim Löschen half.

Sie klopfte laut an die Tür, und die wurde so schnell aufgerissen, dass die Frau dahintergestanden und gehorcht haben musste, ob draußen jemand kam. Der Anblick der grauhaarigen Lehrerin, die sie mit klugen Augen musterte, ließ Sofias Herz gleich ruhiger schlagen.

„Rafik schickt mich!", stieß sie hervor.

„Was will er?"

„Den Schlüssel."

Die Lehrerin schien bestürzt. „Er hat dir von dem Schlüssel erzählt?"

„Ja. Er hat gesagt, er braucht den Schlüssel zur Kammer. Er möchte, dass du ihn ihm bringst."

Die Lehrerin schwieg. Ihr Argwohn war förmlich zu greifen.

„Warte hier."

Doch als Elisaweta Lischnikowa im Flur des Schulgebäudes verschwand, trat auch Sofia ein und schloss die Tür hinter sich. Draußen stehen zu bleiben war zu gefährlich. Wenn die Soldaten sie dort sahen, kamen sie womöglich auf die Idee, auch noch der Schule einen Besuch abzustatten.

Neugierig blickte sich Sofia im Hausflur um. Elisaweta hatte die Tür zu ihrem Zimmer angelehnt gelassen. Sofia konnte sich nicht beherrschen. Leise folgte sie der Lehrerin – und staunte.

Das hatte sie nicht erwartet: das Zimmer sah aus wie früher ein Salon in Sankt Petersburg. Der Teppich hatte ein kunstvolles indisches Muster, Tisch und Schränke waren eindeutig französische Arbeiten aus dem vorigen Jahrhundert, mit Schnörkeln verziert, die Griffe vergoldet. Dazu üppige weinrote Vorhänge aus schwerer Seide.

Sofia hielt den Atem an, als sich Elisaweta, die offenbar etwas aus dem Geheimfach eines eleganten Sekretärs entnommen hatte, wieder aufrichtete. Bei Sofias Anblick lief ihr Gesicht tiefrot an.

„Ich hatte also Recht“, sagte die Lehrerin ruhig. „Du spionierst für den Genossen Stirchow.“

Sofia schüttelte langsam den Kopf. Wortlos sahen sich die beiden Frauen in die Augen. Die Miene der Älteren wurde noch strenger, aber Sofia ließ sich nicht beirren.

„Nein“, sagte sie fest. „Du täuschst dich.“

Die Lehrerin ging nicht weiter darauf ein. Stattdessen sagte sie: „Ich habe dich nicht eingeladen, dieses Zimmer zu betreten. Bitte geh.“

„Ich warte im Flur“, sagte Sofia. „Aber beeil dich.“

Sie verließ das schöne Zimmer, und wenig später kam auch Elisaweta Lischnikowa heraus, zwei Schlüssel in der Hand. Mit dem einen schloss sie ihr Zimmer ab und schob ihn sich dann in den dicken grauen Haarknoten in ihrem Nacken. Sofia beobachtete es fasziniert, doch dann erinnerte sie sich an ihren Auftrag.

„Du hast den Schlüssel zu dieser Kammer, von der Rafik sprach?“

„Selbstverständlich.“

„Dann wollen wir ihn Rafik bringen.“

„Du nicht.“

„Was?“

„Ich will, dass du hierbleibst. Geh nicht weg.“

„Warum?“ Sofia wollte unbedingt zu Michail zurück.

„Falls die Soldaten kommen. Sehr wahrscheinlich ist das nicht, aber wer weiß.“ Noch einmal musterte sie Sofia eingehend. „Du scheinst mir in der

Lage zu sein, diese Männer davon abzuhalten, in meine Schule einzudringen. Bewach sie gut! Ich vertraue dir."

Die Lehrerin warf sich ein graues Kopftuch über, und schon fiel hinter ihr die Tür ins Schloss.

Ärgerlich schritt Sofia auf den abgewetzten Dielen auf und ab. Sie wollte auch da draußen sein, damit sie notfalls verhindern konnte, dass man statt der fehlenden Getreidesäcke Michail und Rafik auf den Lastwagen lud. Alles in ihr sträubte sich dagegen, stattdessen auf ein unwichtiges kleines Schulgebäude aufzupassen. Was gab es hier schon zu bewachen außer ein paar eleganten Möbelstücken? Und wie hatte Elisaweta Lischnikowa das gemeint, Sofia sei in der Lage, die Soldaten am Eindringen in die Schule zu hindern? Sollte das bedeuten, dass sie mit den OGPU-Leuten unter einer Decke steckte? Dass sie das Zeug hatte, sich gegen sie durchzusetzen? Oder dass sie mit ihrer Jugend und ihren weiblichen Reizen die Soldaten vom rechten Weg abbringen konnte?

Wenige Minuten später vernahm sie das Geräusch zum ersten Mal: ein leises Winseln, wie von einer Maus, die Schmerzen hat. Ob es ein Geschöpf sein mochte, das aus der brennenden Scheune geflohen war? Da! Sie hörte es wieder. Eindeutig ein Jammern.

Es schien durch die zweite Tür im Flur zu dringen, hinter der sie das Klassenzimmer vermutete. Sofias Atem wurde flach, ihre Nackenhaare stellten sich auf.

Dann straffte sie energisch den Rücken. Sie würde nicht einfach tatenlos hier stehen bleiben. Entschlossen nahm sie die Öllampe vom Haken und stieß die Tür auf. Das Licht der Lampe drang in den Raum, schwang im weiten Bogen durchs Dunkel, spiegelte sich in den Fenstern und erhellte eine Anzahl kleiner bleicher Kreise. Erst nach einer Sekunde erkannte Sofia, dass es Gesichter waren. Blasse Kindergesichter mit ängstlich aufgerissenen Augen.

Sie waren vier bis elf Jahre alt und saßen schweigend an den Pulten. Elf kleine, bleiche Monde in der Dunkelheit. Jedes der Kinder hatte ein Bündel vor sich auf dem Pult liegen, das eine groß und unförmig, das andere klein und einen starken Geruch verströmend. Fast alle Kinder legten schützend ihre dünnen Ärmchen um das Bündel mit Essen, das sie von zu Hause gerettet hatten.

Das Jammern, das Sofia gehört hatte, kam von einem kleinen Mädchen. Ein älteres hielt ihm den Mund zu, aber das Mäusewimmern drang unter der Hand hervor.

Rasch brachte Sofia die Lampe in den Flur zurück und hängte sie wieder auf, damit kein Licht in das Klassenzimmer fiel. Als sie zu den Kindern zurückkehrte und die Tür hinter sich schloss, seufzten sie erleichtert auf. Sofia tastete sich zum Lehrerstuhl vor und setzte sich.

„Und jetzt", flüsterte sie, „erzähle ich euch eine Geschichte. Aber ihr müsst mucksmäuschenstill sein."

Tiwil
Juli 1933

4

„Papa, wach auf! Bitte wach auf! Du kommst zu spät."

Als Michail die Augen aufschlug, blendete ihn die grelle Morgensonne. Er zuckte zusammen und erkannte, dass er auf dem Fußboden seines Wohnzimmers lag, eingehüllt in seinen Mantel, eine Flasche an die Brust gedrückt. Eine leere Flasche.

„Papa, du hast dich betrunken!"

Michail richtete sich auf und fuhr sich mit der Hand durchs Haar. Die Zimmerdecke schaukelte und beruhigte sich wieder. Sein Kopf fühlte sich seltsam leer an.

„Ich war nicht betrunken, Pjotr."

„Doch, und das weißt du auch." Der Junge funkelte ihn böse an. „Und jetzt kommst du zu spät zur Arbeit."

„Wie spät ist es denn?"

„Halb neun."

„Tschjort!" Michail stand auf und stöhnte.

Verdammt, so einen Kater hatte er noch nie gehabt! Sein Gehirn schien völlig aus dem Lot. Sein Hemd roch nach Schnaps und noch etwas anderem. Er schnupperte behutsam am Ärmel. War das sie? Der Geruch ihrer Haut an seinem Arm? Plötzlich erinnerte er sich an Sofias Gesicht in der Dunkelheit, ihre vollen, weichen Lippen, die ihm etwas zuflüsterten. Aber was, verdammt! Was hatte sie gesagt? Er wusste es nicht mehr …

Dunkel erinnerte er sich daran, dass er Rafik letzte Nacht begegnet war. Was hatte der Zigeuner damit zu tun?

„Pjotr", sagte er mit rauer Stimme, „es ist gut, dass du mich geweckt hast. Danke. *Spasibo!*"

Er ging in sein Schlafzimmer, rasierte sich und wechselte das Hemd; als er zurückkam, wartete Pjotr mit tausend Fragen auf ihn.

„Papa, was ist letzte Nacht passiert? Was ist mit dem Getreide geschehen, Papa? Mit den vielen Säcken, die auf dem Lastwagen gestapelt waren?"

Der Junge sah ihn angespannt an, als hätte er Angst vor der Antwort. „Die Leute sagen, jemand hat den Soldaten die Säcke gestohlen. Und du … sollst daran beteiligt gewesen sein. Papa, sag mir …“

„Es wurde nichts gestohlen“, unterbrach ihn Michail. „Da waren nur vier Säcke.“

„Die Leute sagen, das stimmt nicht.“

„Dann lügen die Leute“, sagte Michail mit fester Stimme. „Pjotr, halt dich heute von den Scheunen fern. Das Feuer ist nicht von selbst ausgebrochen, und Fomenko wird nach einem Schuldigen suchen.“

Die frische Luft tat Michail gut, als er an der Zeder vorbei aus dem Dorf galoppierte. Vor ihm erstreckte sich das Tal, in dem unter der heißen Sonne gearbeitet wurde. Das abgeerntete Kartoffelgrün raschelte auf den Äckern, gebeugte Gestalten standen in den Furchen und schwangen Hacken und Rechen. Die gesamte Kolchos-Belegschaft strengte sich an, Alexej Fomenkos Quoten zu erfüllen.

Eine Lerche stieg in den strahlend blauen Himmel empor. Ihre Flügel flatterten wie Herzschläge, und Michail beneidete sie um die Mühelosigkeit, mit der sie sich in die Luft erhob. Er hatte früher bei der Flugzeugfabrik N22 in Moskau gearbeitet und sehnte sich nach dem wunderbaren Gefühl der Freiheit beim Fliegen. Aber Freiheit war ein Wort, das in diesen Zeiten keine Bedeutung mehr hatte.

Er gab Swesda die Sporen, worauf der Rappe in gestreckten Galopp verfiel. Eine Staubwolke hinter sich herziehend, jagten sie dahin, bis er plötzlich eine Gestalt vor sich am Wegrand erblickte. Er erkannte sie sofort an der charakteristischen Art, mit der sie den Kopf ein wenig zur Seite geneigt hielt. Als erwarte sie etwas Besonderes von einem. Mit einer Hand beschirmte sie ihre Augen und beobachtete ihn, wie er die Zügel annahm und das Tempo verringerte, um sie nicht in Staub einzuhüllen.

„Guten Morgen, Sofia Morosowa. *Dobroje utro.* Du bist weit weg von zu Hause.“

Sie sah mit offenem Lächeln zu ihm auf. „Das hängt davon ab, wo zu Hause ist.“

Ihr Lächeln war ansteckend. „Bist du nach Dagorsk unterwegs? Zu Fuß?“

„Nein, ich habe auf dich gewartet.“

„Das freut mich, denn ich muss dich etwas fragen.“ Michail glitt aus dem Sattel, landete leichtfüßig neben ihr und hielt die Zügel locker in der Hand.

„Weißt du, was gestern Nacht mit den Getreidesäcken geschehen ist?“, fragte er.

Ihre Augen leuchteten blau, als sie ihn offen ansahen.

„Du warst doch dabei“, sagte sie und wandte den Blick von ihm ab, in Richtung des Dorfes. „Du hast die Säcke gesehen.“

„Genau das verstehe ich ja nicht. Ich war da“, sagte er, „aber irgendwie geht in meinem Kopf alles durcheinander. Ich verstehe das nicht. Ich erinnere mich noch an das Feuer und wie du zur Pumpe gekommen bist … Und da war ein Mann mit Brille, der sich über meinen besten Wodka hermachte, aber dann …“ Er trat einen Schritt näher an sie heran. „Sag mir, Sofia, wie viele Getreidesäcke lagen auf dem Lastwagen, bevor alle wegliefen, um das Feuer zu bekämpfen?“

Einen Moment glaubte Michail, sie werde ihm nicht antworten. Etwas in ihren Augen veränderte sich, als würde ein Vorhang zugezogen. Noch bevor sie den Mund öffnete, wusste er, dass sie ihn anlügen würde, und aus Gründen, die er nicht ganz verstand, wurde ihm deshalb ganz elend zumute.

„Michail, bevor das Feuer ausbrach, lagen vier Säcke auf dem Wagen. Und am Ende der Nacht waren es immer noch vier.“

Er sagte nichts mehr. Eine ganze Weile blieben beide stumm.

„Rafik ist krank“, sagte sie schließlich.

Michail versuchte einen Zusammenhang zwischen Rafik und dem Lastwagen herzustellen, und fast wäre es ihm auch gelungen. Doch dann war alles wieder weg.

„Tut mir leid, dass es Rafik nicht gut geht“, sagte er.

„Du siehst auch nicht besonders gesund aus.“

„Aber nur, weil ich mir den Kopf zermartere, was letzte Nacht geschehen ist. Bitte, Sofia, sag es mir!“

Wieder wandte sie den Blick ab.

Da packte er sie am Arm. „Wie viele Säcke, Sofia?“

„Vier.“

Zornig ließ er ihren Arm los und schwang sich mit einem Satz zurück in den Sattel. Ob sich seine Wut gegen Sofia und ihr beharrliches Lügen oder gegen sich selbst und seine Gedächtnislücken richtete, wagte er sich nicht zu fragen.

Er nahm die Zügel in die Hand und wollte dem Pferd schon die Sporen geben, zögerte aber in letzter Sekunde und sah Sofia noch einmal ins Gesicht. Etwas in ihrem eindringlichen Blick hielt ihn fest, etwas, was er nicht einfach so zurücklassen konnte. Als er den Arm ausstreckte, griff sie sofort danach und schwang sich hinter ihm in den Sattel.

Anfangs schwiegen sie beide. Sofia hielt sich nur ganz leicht an Michail fest und spürte doch die straffen Muskeln auf seinen Rippen.

Kaum hatte sie sich auf den Rappen geschwungen, fiel die Vergangenheit von ihr ab wie ein schweres Bündel, das sie lange mit sich herumgeschleppt hatte und jetzt einfach hinter sich ließ. Sie würde es wieder auflesen müssen, das stand fest. Aber damit konnte sie noch warten.

In diesem Moment war sie munter und froh, und nichts anderes zählte für sie, als mit ihm auf einem Pferd zu sitzen, so dicht hinter ihm, dass sie seinen Geruch einatmen und seinen Kopf aus nächster Nähe betrachten konnte. Am liebsten hätte sie die Arme um seinen Körper geschlungen und sich an ihn gedrückt, seinen von der Sonne gewärmten Rücken gespürt und seinem Herzschlag gelauscht. Stattdessen berührte sie ihn kaum, während sie sich im Rhythmus des Pferdes bewegte, das rasch dahintrabte.

Die endlosen Furchen der Kartoffeläcker zogen an ihr vorbei, von blühendem Klee gesäumt, den gierige Bienen umschwärmten. War auch sie so eine gierige Biene? Schwärmte auch sie um eine Blüte, die sie unwiderstehlich anzog?

Aber er gehörte ihr nicht. Wenn sie ihn nahm, war das Diebstahl.

Sie spürte einen heftigen Stich in der Brust und verkrampfte unwillkürlich die Finger, sodass Michail den Kopf zu ihr umwandte.

„Sitzt du gut dahinten?“, fragte er.

„Ja, sehr gut. Dein Pferd muss einen starken Rücken haben, dass es uns beide so mühelos tragen kann.“

„An uns beiden trägt Swesda nicht schwerer als an einem Mückenflügel. Er ist es gewohnt, in Dagorsk den ganzen Tag schwere Karren zu ziehen.“

„Für deine Fabrik?“

„Nein, für ein Frachtunternehmen. Du hast doch nicht etwa angenommen, dass er schön mit Heu versorgt im Stall steht und sich von morgens bis abends mit einer jungen Stute vergnügt?“ Er lachte. „So wie es der Genosse Stirchow wahrscheinlich den ganzen Tag lang macht.“

Sie spürte sein Lachen unter ihren Fingerspitzen und empfand einen freudigen Widerhall davon in ihren Adern.

„Michail, du bist zu offenherzig mit deinen Bosheiten. Du solltest dich besser vorsehen.“

Seine breiten Schultern sanken nach vorn, als hätte sie ihm eine wenig willkommene Last auferlegt. „Du hast ja Recht. Man sollte meinen, ich müsste allmählich klüger werden. Aber das ist auch der Grund, weshalb ich hier in der hintersten Provinz gelandet bin und nicht …“ Der Satz endete mit einem tiefen Seufzer.

„Und nicht …?“

„Und nicht in Moskau geblieben bin.“

„Hat es dir in Moskau so sehr gefallen?“

„Jedenfalls in Tupolews Flugzeugfabrik.“

„Nennt Rafik dich deswegen Pilot?“

„Ja, aber ich bin nie Pilot gewesen. Ich bin Ingenieur. Ich habe Motoren konstruiert und mit den ANT-Modellen Belastungstests durchgeführt.“

Es fiel ihr nicht schwer, sich vorzustellen, wie er sich in die Lüfte erhob, voller Freude über die Freiheit in den Wolken. Die Frage, weshalb er die geliebte Arbeit nicht mehr tun durfte, lag ihr auf der Zunge, aber sie stellte sie nicht. Stattdessen legte sie ihre Wange an seine Schulter. Und während sie schweigend weiterritten, spürte sie, wie das Band zwischen ihnen fester wurde.

Als könnte er ihre Gedanken lesen, sagte er nach einigen Minuten tonlos: „Ich wurde entlassen, weil ich einen Brief geschrieben hatte. An einen Freund in Leningrad. Darin hatte ich über Inkompetenz geklagt, die dazu führte, dass dringend benötigtes Material oft erst verspätet an die N22-Fabrik geliefert wurde, und das, obwohl Stalin persönlich die Expansion der Flugzeugindustrie zu einem vorrangigen Ziel erklärt hatte.“

„Unklug“, sagte sie und strich ihm über das weiche Haar.

„Unklug, allerdings.“ Er lehnte sich ein wenig im Sattel zurück, sodass seine Schulter sich fester an ihre Wange schmiegte. „Ich hätte wissen müssen, dass bei einem so heiklen Projekt die Korrespondenz sämtlicher Beschäftigten überwacht wird. Ich war ein Idiot. Und ich habe es allein Andrei Tupolews Einsatz zu verdanken, dass ich nicht nach Sibirien ins Arbeitslager geschickt wurde, sondern bloß hierher ins Nirgendwo. Aber ich bin Ingenieur und, verdammt noch mal, kein verfluchter Kleiderhändler.“

„Du hast noch Glück gehabt.“ Sofia richtete sich wieder auf. „Du musst vorsichtiger sein, Michail.“

„Ich weiß. Ich hatte schon einige Zusammenstöße mit Stirchow und seinem Rajon-Komitee, nur weil ich Ingenieur bin. Seit den großen Schauprozessen gegen die Ingenieure traut mir Stirchow nicht mehr.“

„Was für Schauprozesse?“ Das rutschte ihr unüberlegt heraus. Am liebsten hätte sie sich die Worte zurück in den Mund gestopft.

„Sofia, du musst doch davon gehört haben. Alle haben davon gehört. Die Prozesse gegen die Maschinenbauingenieure. Der erste war der Schachty-Prozess 1928, erinnerst du dich? Fünfzig Techniker aus der Kohleindustrie. Die armen Schweine wurden von Staatsanwalt Krylenko beschuldigt, die Produktion zu drosseln, letztlich also den hungernden Massen das Essen wegzunehmen, und sich dafür von ausländischen Mächten bezahlen zu lassen. Das wurde als Hochverrat erachtet."

Sie spürte, wie sein Rücken sich vor Zorn versteifte.

„Alle verlangten ihren Tod. Man zwang sie, die absurdesten Verbrechen zu gestehen. Sie verleumdeten unseren ganzen Berufsstand, demütigten uns, brachten uns in Gefahr." Plötzlich brach er ab, und sie fragte sich, wohin er mit seinen Gedanken geraten war. Als er dann weitersprach, klang seine Stimme völlig verändert.

„Du musst blind und taub gewesen sein, wenn du nichts von diesen Prozessen weißt. Das war ein riesiges Spektakel. Stalins Propaganda hat überall davon berichtet. In sämtlichen Zeitungen, im Rundfunk, in Wochenschauen und auf Plakaten. Monatelang wurden wir damit bombardiert." Wieder brach er abrupt ab.

„Ich war krank", log sie leise.

„Blind und taub", murmelte er vor sich hin. „Oder du hattest keine Gelegenheit, die Zeitung zu lesen."

„Ich war krank", wiederholte sie teilnahmslos.

„Du kannst doch lesen, oder?"

„Ich hatte Typhus. Ich war viele Monate krank und habe keine Zeitungen gelesen."

„Verstehe."

Er sagte das so kalt, dass sie erschauderte. Den Rest des Weges in die Stadt legten sie schweigend zurück.

Als Sofia mit Michail durch die Straßen von Dagorsk ging, hatte sie das Gefühl, von der Stadt erdrückt zu werden.

Der ehemals beschauliche Marktflecken am Osthang des Ural war mit leichter Verspätung ins 20. Jahrhundert gestolpert, nachdem Stalin 1929 versprochen hatte, die rückständigen Bauern zu zivilisieren und die Klasse der Kulaken, der reichen Bauern, auszulöschen. Am Stadtrand waren Fabriken entstanden, die mit dem Ruß ihrer Schornsteine die Luft und alles andere grau färbten. Auch die Menschen hatten sich verändert, seit sich die modernen, nüchternen Wohnblocks mit arbeitsuchenden Fremden oder, schlimmer noch, mit Leuten gefüllt hatten, die wegen irgendwelcher Verbrechen gegen den Staat in diese entlegene Region verbannt worden waren. In Dagorsk wimmelte es von Menschen, die einem nicht in die Augen sehen konnten. Sofia fühlte sich unbehaglich.

„Hier ist immer so viel los“, sagte Michail, als sie an der Ruine einer Kirche mit Zwiebeltürmen vorbeiliefen. „Deswegen habe ich das stille, friedliche Tiwil vorgezogen, obwohl mein Sohn da vermutlich anderer Meinung ist. Er ist noch jung. Ich glaube, ihm würde der Trubel in Dagorsk gefallen.“

„Ich weiß nicht. Ich habe den Eindruck, er mag das Landleben, besonders den Wald. Und er geht Pokrowskij gern in der Schmiede zur Hand.“

„Vielleicht hast du Recht.“ Es klang erfreut. „Und wie ist das bei dir?“

„Ich fühle mich in der Masse nicht wohl.“

„Das habe ich bemerkt.“ Michail blieb stehen, drehte Sofia zu sich herum und legte ihr seine Hände auf die Schultern. Seine grauen Augen funkelten neugierig. „Sofia, was genau machst du hier?“

„Ich möchte zur *apteka* in der Kirow-Straße, Arznei für Rafik kaufen.“

Sie wusste, das hatte er nicht gemeint. Er wollte wissen, was sie in Tiwil machte. Aber so weit war sie noch nicht. Es war immer noch zu früh, ihm von Anna zu erzählen. Sofia war sich nach wie vor nicht sicher genug.

Er sah ihr fragend ins Gesicht. Dann nahm er ihre Hand, legte fünfzig Rubel hinein und schloss ihre Finger um den Geldschein. „Ich muss dich jetzt verlassen, Sofia. Kauf dir etwas zu essen, damit du nicht noch dünner wirst.“ Mit einem Lächeln drehte er sich um und entfernte sich rasch.

Als Sofia kurz darauf aus der düsteren Apteka ins helle Tageslicht der Kirow-Straße trat, das in Papier eingeschlagene Päckchen für Rafik in der Hand, entdeckte sie Senia. Die Zigeunerin stand im Schatten einer großen Linde in der Nähe der Zeitungsaushänge und hatte ihre Arme um den Hals eines jungen Mannes gelegt, der zärtlich ihre Taille umfasst hielt. Er trug eine Jacke mit hellblauen Epauletten, die Uniform der OGPU, der Staatssicherheitspolizei. Rasch wandte sich Sofia ab, eilte in die entgegengesetzte Richtung weiter und verschwand um eine Ecke.

„Oh, wen haben wir denn da? Die schöne Sofia Morosowa aus Tiwil, wenn ich nicht irre.“

Es war der stellvertretende Bezirksvorsitzende Stirchow, der ihr den Weg versperrte.

DAS BÜRO des Genossen Stirchow sah ganz anders aus, als Sofia es erwartet hatte. Es war elegant eingerichtet: ein großer Schreibtisch mit verchromten Beinen und glänzender schwarzer Oberfläche, auf der eine verchromte Uhr und ein Tischfeuerzeug standen, Chromstühle mit hellen Ledersitzen. Natürlich gab es auch die übliche Lenin-Büste auf einer Konsole und ein zwei Meter hohes Bild von Stalin an der Wand, aber Lenin mit seinem Spitzbart war nicht aus Gips, sondern aus weißem Marmor, und das Stalin-Porträt war ein von Meisterhand geschaffenes Ölgemälde. Dieser Mann wusste offenbar, wie er an Dinge kam, die ihm gefielen.

Sofia nahm auf dem angebotenen Stuhl Platz, schlug die Beine übereinander und wippte lässig mit dem Fuß, aber der Puls in ihren vernarbten Fingerspitzen klopfte wie eine frische Wunde – ein sicheres Zeichen, dass sie nervös war. Sie akzeptierte ein Glas Wodka, obwohl es noch lange nicht Mittag war. Es vertrieb das Frösteln, das ihr so plötzlich in die Knochen gekrochen war.

„Danke, Genosse Stellvertreter. Ich hätte nicht gedacht, in einer Stadt wie Dagorsk ein so modernes Büro zu finden."

„Modern im Geist, modern im Körper", sagte er wichtigtuerisch und ließ sich hinter dem riesigen Schreibtisch nieder.

Er klappte eine Bakelitschachtel auf und bot ihr eine hellbraune Zigarette an, die offenbar nicht aus Russland stammte. Importwaren gab es in diesen Zeiten nicht oft zu sehen, jedenfalls nicht offen, obwohl jeder wusste, dass sie in den Spezialgeschäften, die nur die Parteielite betreten durfte, zu kaufen waren. Sofia lehnte mit einer leichten Kopfbewegung ab, worauf Stirchow sich eine der Zigaretten ansteckte. Er nahm einen tiefen Zug und musterte die Frau, die ihm gegenübersaß, aufmerksam.

Sofia war noch nicht dahintergekommen, was genau dieser Mann mit den hellen Augen von ihr wollte, als er „ein Gespräch in meinem Büro" vorgeschlagen hatte.

„Du bist neu in der Gegend? Und in Tiwil?"

„Ja."

„Tiwil ist ein interessanter Ort."

Ihr gefiel nicht, wie er das sagte. „Die Leute in dem Dorf arbeiten sehr fleißig", erwiderte sie, „so wie viele andere auch. Ich wüsste nicht, was daran besonders interessant sein sollte."

„Da täuschst du dich, Genossin Morosowa."

Sofia wartete. Sie wusste, dass man bei Männern wie diesem mit Schweigen am weitesten kam. Er würde es sich nicht verkneifen können, die entstehende Pause mit Worten zu füllen.

„Tiwil ist anders als alle anderen Dörfer in meinem Rajon", sagte Stirchow prompt. „Ständig halten die Bewohner meine Leute zum Narren. Ich schicke sie dorthin, um dafür zu sorgen, dass die Quoten erfüllt werden, dass genügend Vieh und Getreide abgeliefert wird, dass Steuern bezahlt werden. Und womit kommen sie zurück?"

Er beugte sich vor und sah sie herausfordernd an. Sie nippte an ihrem Wodka und hielt seinem Blick stand.

„Mit Listen!", fauchte er. „Mit ordentlich abgehakten Listen. Alles erledigt, alles erhalten, jede Seite mit einem amtlichen Stempel versehen."

Er hieb so heftig mit der Faust auf den Tisch, dass die Uhr erbebte.

„Aber nichts davon stimmt. Am Ende jeder Woche gibt es eine Diskrepanz zwischen dem, was ist, und dem, was sein sollte. Deswegen bin ich neulich dorthin gefahren. Ich wollte die Angelegenheit selbst regeln. Aber dann ist es wieder passiert. Alles ging schief. Und ich weiß, wer schuld daran ist."

„Wer denn?" Sofia bemühte sich, möglichst teilnahmslos zu wirken.

Stirchow zog den Kopf zwischen die Schultern. „Das geht dich nichts an."

„Und warum", sie gab ihrer Stimme einen leicht ungeduldigen Ton, „hast du mich dann hierhergebeten?"

„Weil du von außerhalb kommst und noch kein Teil dieser verschworenen Gemeinschaft bist. Statt sich gegenseitig zu verpfeifen, um sich zusätzliche Privilegien zu verschaffen, wie es in den anderen Dörfern gang und gäbe ist, halten die Mistkerle in Tiwil alle die Klappe. Ich kann einfach keine undichte Stelle bei ihnen finden.

„Ein Mann wie du hat doch sicher einen Spitzel der Partei dort sitzen", sagte Sofia liebenswürdig.

„Selbstverständlich." Er winkte ab. „Aber der *bedniak* trägt mir bloß den üblichen Dorfklatsch zu. Der Trottel widmet sich lieber dem Wodka!"

„Und warum hast du mich nun zu diesem Gespräch gebeten?"

„Um dich zu warnen."

„Um mich zu warnen? Wovor denn?"

Er lächelte hintergründig. „Vor Gefahr."

„Was denn für eine Gefahr?"

„Es geht das Gerücht, dass du das Feuer gelegt hast."

Für einen Moment verschlug es ihr den Atem. Sie fing sich sofort wieder und lachte belustigt auf. Aber Stirchow lächelte nicht mehr. „Das ist vollkommen abwegig“, sagte Sofia. „Was für einen Grund sollte ich haben, die Scheune in Brand zu stecken?“

„Vielleicht gab es irgendwelchen Ärger?“

„Nein, Genosse Stirchow. Mein Onkel hat mich sehr freundlich bei sich aufgenommen, und ich bin ihm und ganz Tiwil dankbar dafür. Glaub mir, ein solches Verbrechen gegen sowjetisches Eigentum würde ich niemals begehen … Aber vielen Dank für die Warnung, Genosse. Ich werde mich vorsehen. Offenbar will derjenige, der die Scheune angezündet hat, mir die Schuld in die Schuhe schieben.“

„Mag sein“, sagte er leichthin, aber der Blick, mit dem er sie bedachte, war misstrauisch. „Zeig mir bitte deine Papiere, Genossin.“

Es war ein Vergehen, seine Ausweispapiere nicht ständig bei sich zu tragen. Papiere, aus denen der Wohnsitz, Datum und Ort der Geburt sowie der Name des Vaters hervorgingen. Ebenfalls ein Vergehen war es, den Kolchos ohne amtliche Genehmigung zu verlassen.

Sofia schlug langsam die Beine übereinander und beobachtete, wie Stirchows Blick der Bewegung folgte.

„Genosse Stirchow, zunächst will ich dir einen Vorschlag machen.“

Er stand auf, ging zu ihr hinüber, pflanzte seinen dicken Hintern auf die Schreibtischkante und legte ihr eine Hand aufs Knie. Sie unterdrückte den Reflex, ihm auf die Finger zu schlagen.

„Was für einen Vorschlag?“, fragte er.

„Mir scheint, du brauchst jemand Neuen in Tiwil. Jemanden … mit frischem Blick.“

Sein Lächeln kehrte zurück, ein Lächeln, das charmant sein sollte. Für einen kurzen Augenblick ließ sich die rosa Spitze seiner Zunge blicken.

„Du berichtest nur mir allein“, sagte er knapp.

„Selbstverständlich.“

„Und was verlangst du dafür?“

„Hundert Rubel. Wöchentlich. Außerdem fünfzig sofort, um die Abmachung zu besiegeln.“

„Hältst du mich für einen Idioten?“ Er beugte sich über sie, und sie roch französischen Tabak in seinem Atem. „Du solltest mich nicht unterschätzen, Genossin Morosowa.“ Er verstärkte seinen Griff um ihr Knie. „Bring mir Informationen, dann reden wir über Geld.“

Lachend erhob sie sich und schob seine Hand weg. „Ich höre so schlecht, wenn mein Magen knurrt, Genosse Stirchow.“ Sie hielt ihm auffordernd die Hand hin. „Fünfzig Rubel jetzt gleich", wiederholte sie. „Du wirst es nicht bereuen."

Er sah sie finster an. „Das will ich hoffen."

„Versprochen." Sie schenkte ihm ein strahlendes Lächeln.

„Ich hab gemerkt, dass du mich beobachtet hast." Senia trat Sofia in den Weg, als sie das Gebäude des Bezirkskomitees verließ. „Eigentlich sollte ich ja schon längst in der Fabrik sein, aber …" Sie senkte errötend den Blick.

Die junge Zigeunerin hatte ihr wildes Haar mit einem leuchtend gelben, im Nacken verknoteten Kopftuch gebändigt. Sie trug eine ausgebleichte, aber saubere rote Bluse mit weitem rundem Ausschnitt, der mehr von ihrer glatten olivbraunen Haut sehen ließ, als Rafik gutheißen mochte. Ein grüner Baumwollrock schwang um ihre Hüften. Sofia konnte verstehen, dass die Soldaten ihr nachliefen.

„Du siehst hübsch aus, Senia", sagte sie. „Wer war dein Freund?"

Das Mädchen errötete noch mehr. „Er heißt Wanja."

„Und er arbeitet für die OGPU, die Sicherheitspolizei."

Senias schwarze Augen blitzten auf. „Ich habe ihm nichts gesagt. Von dir, meine ich."

„Senia", sagte Sofia leise, „die Leute von der Sicherheitspolizei sind schlau. Du wirst ihm Dinge verraten, ohne dass du es bemerkst."

Rafiks Tochter schüttelte empört den Kopf. „Ich bin doch nicht dämlich. Ich sage keinen …" Sie brach ab, als wäre ihr gerade etwas eingefallen, und ihr Blick verfinsterte sich. „Ich sage nichts, was ich nicht sagen soll", erklärte sie trotzig.

„Dann ist ja alles in Ordnung. Hüte deine Zunge – Rafik zuliebe."

Als der Name ihres Vaters fiel, wandte Senia den Blick ab.

„Mach dir keine Sorgen. Ich werde Rafik nichts von Wanja verraten."

Senia lächelte so dankbar, dass Sofia sie in die Arme nahm und ihre Wange an die des Mädchens legte. „Aber sei vorsichtig. Nach dem, was mit dem Beschaffungsoffizier passiert ist, wird man sich in Tiwil besonders genau umhören. Es kann durchaus sein, dass sie dich dazu benutzen wollen."

„Wanja liebt mich", verkündete Senia statt einer Antwort. Sie machte sich von Sofia los und stolzierte mit erhobenem Kopf und schwingenden Hüften davon. Die Männer auf der Straße sahen sich nach ihr um.

In Michails Büro fiel kein Tageslicht. Oft hatte er deshalb schon erwogen, in einen der neuen Räume in dem hellen Anbau umzuziehen, den er an dem alten Fabrikgebäude hatte errichten lassen. Aber er besann sich jedes Mal im letzten Augenblick, weil er von seinem jetzigen Büro aus die ganze Produktionshalle überblicken konnte und von den Arbeitern gesehen wurde.

Eine Treppe führte zu dem schmucklosen Raum hinauf, in dem Michail, nur durch eine Glaswand von seinen Arbeitern getrennt, die Reihen aus Hunderten von Nähmaschinen unter sich hatte und mit einem einzigen Blick überprüfen konnte, ob die Produktion reibungslos lief. Im neuen Anbau hatte er moderne Schneidemaschinen aufgestellt, aber die Geräte hier waren so alt und reparaturanfällig, dass man sich ständig um sie kümmern musste.

Die Hände in den Hosentaschen, blickte er auch jetzt auf seine Leute hinab, aber er war unruhig und konnte sich nicht konzentrieren. Ständig musste er an Sofia Morosowa denken. Was auch immer die wahren Gründe dafür sein mochten, er war froh, dass sie nach Tiwil gekommen war, wie ein Wesen aus dem Wald, wild und unberechenbar. Sie ließ sein Herz schneller schlagen. Seit er ihr begegnet war, hatte er wieder das Gefühl, hoch oben in der Luft zu schweben. Uralte Erinnerungen regten sich, Erinnerungen, die er längst für tot und begraben gehalten hatte und die nun wieder lebendig wurden. Womit hatte Sofia das bewirkt? Nur mit ihrem blonden Haar, ihren blauen Augen, ihrem lebhaften Temperament?

Als er heftig an seiner Zigarette zog und den Rauch gegen die Glasscheibe blies, verschwanden die Frauen an ihren Maschinen wie im Nebel. Michail versuchte sich Sofia unter ihnen vorzustellen, den ganzen Tag mit Nähen beschäftigt. Unmöglich! Sofia war eine Lerche, wie er selbst. Eine zu starke Persönlichkeit für ein Land, in dem Eigenwilligkeit und Eigeninitiative unerbittlich bekämpft wurden …

Ein Klopfen an der Tür riss ihn aus seinen Gedanken.

„Herein“, sagte er, ohne sich umzudrehen. Das konnte nur sein Assistent Sukow sein, der ihm den nächsten Stapel Papierkram brachte.

„Genosse Direktor, du hast Besuch.“

Michail seufzte. Das fehlte ihm gerade noch, dass so ein dummer Gewerkschaftsinspektor hier auftauchte und sich wichtigmachte.

„Sag dem Kerl, ich bin nicht da.“

Verlegene Pause.

„Sag dem Genossen *Direktor*, der Kerl kann sehen, dass er da ist.“

Es war Sofia. Um den Augenblick zu genießen, drehte er sich ganz langsam zu ihr um. Mit belustigter Miene stand sie hinter seinem Assistenten, schwer atmend, als wäre sie gelaufen. Und selbst in ihren farblosen Kleidern strahlte sie etwas aus, was den Raum zum Leuchten brachte.

„Genossin Morosowa, entschuldige bitte! Nimm doch Platz", forderte er sie höflich auf. „Sukow, bring meiner Besucherin ein Glas Tee."

Frech, wie er war, verdrehte Sukow vielsagend die Augen, vergaß jedoch nicht, die Tür hinter sich zu schließen.

Statt sich zu setzen, trat Sofia neben Michail an die Glaswand und schaute auf die zahllosen über die Maschinen gebeugten Köpfe hinunter.

„Ich freue mich, dich so bald und so unerwartet wiederzusehen", sagte er lächelnd. „Welchem Umstand habe ich das zu verdanken?"

Sofia ging nicht auf seine Frage ein, sondern beobachtete interessiert die Näherinnen. „Was für flinke Finger sie haben."

„Ja, sie müssen schnell arbeiten, um die Quoten zu erfüllen."

„Natürlich, die Quoten."

„Der Fluch Russlands", sagte er und berührte ihre Schulter an der Stelle, wo ein Riss in der Bluse mit winzigen Nadelstichen ausgebessert worden war. Sie wich ihm nicht aus.

„Irgendwie sieht es so aus", sagte sie nachdenklich, „als ob die Maschinen die Frauen arbeiten lassen, und nicht umgekehrt."

„Das ist Stalins Absicht: keine Menschen, nur Maschinen, die tun, was man ihnen sagt."

„Michail!", zischte Sofia und sah zur Tür. Flüsternd fügte sie hinzu: „Sag so was nicht." Ihre Blicke trafen sich. „Bitte!"

Als die Tür aufging, wichen sie auseinander. Sukow kam mit einem Tablett herein und stellte es mit einer so übertrieben zuvorkommenden Geste auf dem Schreibtisch ab, dass Michail beinahe laut aufgelacht hätte.

„Spasibo", sagte er ebenso übertrieben.

Sukow verdrehte die Augen und verließ auf Zehenspitzen das Büro.

„Ich bitte um Verzeihung", sagte Michail lachend, als sie einander gegenüber am Schreibtisch Platz nahmen, „für das ausgeprägte Taktgefühl meines Assistenten."

Er griff nach einem der beiden Teegläser, doch als er auf dem *podstakannik*, dem Teeglashalter aus Metall, eine Abbildung des Kreml erblickte, nahm er das andere mit einem Bild des Baikalsees und reichte es ihr.

„Soll ich dir einen Witz erzählen?", fragte sie.

Vor Verblüffung verschluckte er sich beinahe an seinem Tee. „Ja, bitte."

Sie beugte sich mit leuchtenden Augen vor. „Zwei Männer begegnen sich auf der Straße, und der eine fragt: ‚Wie geht es dir?' – ‚Och, wie Lenin in seinem Mausoleum', lautet die Antwort. Der erste versteht das nicht. ‚Wie meinst du das? Warum wie Lenin?' Der zweite antwortet schulterzuckend: ‚Der bekommt auch weder zu essen noch wird er begraben.'"

Michail warf den Kopf zurück und lachte schallend. „Das nenne ich schwarzen Humor! Köstlich!"

Sie grinste ihn an. „Ich wusste, dass er dir gefällt. Aber erzähl den Witz bloß nicht weiter! Es gibt Leute, die finden ihn bestimmt nicht so komisch wie wir. Versprich es mir!"

„Sind wir Russen wirklich so tief gesunken? Weder tot noch lebendig?"

„Ich bin lebendig", sagte sie. „Ich kann mich bewegen, kann trinken – ich lebe." Wie zum Beweis nippte sie an ihrem Tee. Das Blau ihrer Augen wurde noch eine Spur dunkler, als sie leise hinzufügte: „Ich bin nicht tot."

Ihr Blick traf ihn wie ein Stromschlag. Unvermittelt stand er auf. „Komm, Sofia, wir gehen ein bisschen nach draußen."

Mit seinen Händen konnte er ihre Taille beinahe ganz umfassen, als er sie auf die Plattform des Güterwaggons hob. Sie war so leicht, dass er sich nicht gewundert hätte, wenn sie davongeflogen wäre.

„Eine schöne Aussicht hat man von hier oben", sagte sie, während sie mit einer Hand die Augen gegen die Sonne beschirmte und über den trüben Strom der Tiwa blickte.

„Von hier unten auch." Michail stand noch im wuchernden Unkraut des stillgelegten Nebengleises und blickte zu ihr empor.

Sie lächelte. Errötete sie?

Er hätte sich einen stimmungsvolleren Ort vorstellen können, aber es gab keinen anderen, wo sie ungestört waren. Deshalb hatte er sie zu dem Bahngelände geführt, das sich am Fluss entlang erstreckte bis zu der Stelle, wo die Schienen zu dem vergessenen Nebengleis abzweigten. Hinter Büschen und Bäumen versteckt, wurde es als Friedhof für ausrangierte Güterwaggons genutzt.

Nun schwang er sich ebenfalls hinauf und setzte sich neben sie, beide ließen die Beine baumeln. Ihm fiel auf, dass sie neue, gut genähte Schuhe trug, und als sie sich bückte, um den Staub davon abzuwischen, sah er die weißen Narben an ihren Fingern. Er fragte sich, woher sie die wohl haben mochte, und verspürte das seltsame Verlangen, die zarte, helle Haut an den Fingerkuppen zu berühren. Das Geräusch eines Zuges, der irgendwo Richtung Bahnhof schnaufte, erinnerte ihn daran, dass heute noch ein großer Posten Uniformen zu verladen war. Eigentlich sollte er dabei sein und für einen reibungslosen Ablauf sorgen.

„Zum Teufel damit“, murmelte er.

„Zum Teufel womit?“

„Ach, nichts.“ Er warf einen Stein in hohem Bogen in den Fluss, der braun und träge Richtung Norden strömte und dabei schmutzig weiße Schaumkronen aus den Abwasserrohren der Dagorsker Fabriken mit sich führte.

Beide versanken in nachdenkliches Schweigen.

„Sofia, schau mich an“, sagte Michail schließlich.

Schüchtern wandte sie ihm das Gesicht zu.

„Warum bist du heute in mein Büro gekommen?“, fragte er.

„Weil ich dich etwas fragen wollte.“

„Frag nur“, ermunterte er sie, obwohl sich sein Magen schmerzhaft verkrampfte.

„Bist du stolz auf deinen Vater? Auf das, was er getan hat?“

Michail war, als hätte man ihm den Boden unter den Füßen weggezogen, als baumelte er plötzlich über einem gefährlichen Abgrund.

„Warum stellst du solche Fragen?“

Den Kopf leicht zur Seite geneigt, nahm sie ihn mit ihrem offenen Blick gefangen, und erst nach einer Weile gab sie ihn lächelnd wieder frei. „Weil ich gern wissen möchte, was für ein Verhältnis du zu deinem Vater hattest“, sagte sie leise. „Du selbst hast Pjotr offensichtlich sehr gern, und er ist ja auch ein prächtiger Junge … Ich weiß, die Leute reden heutzutage nicht gern von der Vergangenheit, weil es zu gefährlich ist, aber … Ach was, es interessiert mich einfach, das ist alles.“

Michail spürte, dass das noch längst nicht alles war. Doch anstatt sie weiter in diese Richtung zu drängen, wollte er lieber von seinem Sohn erzählen. „Pjotr und ich sind uns sehr ähnlich, weißt du? Als Junge war ich genau wie er. Dieser unerschütterliche Glaube an eine bessere Welt! Eigentlich beneidenswert. So ein Glaube verleiht dem Leben einen festen Halt. Das ist wie bei der Modellbrücke, die ich gerade baue: Die einzelnen Komponenten sind starr, und den Plan, nach dem sie zusammengefügt werden, hat jemand anders erstellt – Lenin oder Stalin, Gott oder Mohammed. Jedenfalls nicht die Gläubigen selbst.“

„Heute glaubst du also nicht mehr, dass du die Welt verbessern kannst?“

„Nein. Die Welt soll sich um sich selbst kümmern. Ich habe kein Interesse mehr daran, sie zu retten.“

Sie blickte seufzend auf den Fluss. „Also gut, die Welt kannst du nicht retten. Aber würdest du einen Menschen retten? Einen ganz bestimmten?“

Darum ging es also. Obwohl sie es so beiläufig gesagt hatte, spürte er sofort: Das war die Frage, derentwegen sie in sein Büro gekommen war.

„Retten wovor?“

„Vor dem Tod.“

„Das ist eine große Frage.“

„Ich weiß.“

„Ob ich einen Menschen retten würde? Das würde darauf ankommen“, sagte er sehr bedächtig, „wer dieser Mensch ist. Aber ja, wenn es der richtige Mensch wäre, würde ich es versuchen.“

Sie hielt sich die Hand vor den Mund, aber nicht schnell genug; er sah noch, wie ihre Lippen zu beben anfingen. Dieser Augenblick, in dem sie die Fassung verlor, berührte ihn tief.

„Das ist eine große Antwort“, flüsterte sie.

„Ich weiß.“ Er nahm ihre vernarbte Hand und umschloss sie schützend mit seinen kräftigen Händen.

„Warum?“, flüsterte sie.

„Weil ich es einfach für wichtig halte“, sagte er und streichelte mit seinem Daumen ihre versehrten Finger. „Irgendjemand muss sich schließlich wehren.“

„Aber du hast gesagt, du hast kein Interesse mehr daran, die Welt zu verbessern.“

„Nicht die ganze Welt – aber vielleicht den kleinen Winkel, in dem ich lebe.“ Er hob ihre Hand an und strich mit den Lippen darüber, spürte das Blut in ihren Adern pulsieren. Sie beobachtete ihn aufmerksam, während er weitersprach.

„Wenn man sich zu einem willenlosen Rädchen in der riesigen Staatsmaschinerie machen lässt, vergisst man nur zu leicht, dass man ein Mensch ist. Dann tut man unter Umständen Dinge, die man später bereut. Aber ich bin ich, Michail Paschin, das ist unumstößlich.“

„Michail Paschin“, wiederholte sie gedankenverloren. „Hast du schon einmal den Namen Djuschejew gehört?“

„Nein.“ Die Antwort kam zu schnell.

Ihre schmale Schulter in der farblosen Bluse lehnte an seiner, und er spürte die Wärme ihres Körpers in seinen fließen.

„Ich habe Menschen gesehen, Michail, denen man ihre Persönlichkeit geraubt hat. Denen man alles genommen hat, was sie einmal waren. Stalin und seine Anhänger haben ihnen das angetan." Ihre Stimme war kaum noch ein Hauch. „Du solltest die Gefahr, die von ihnen ausgeht, nicht auf die leichte Schulter nehmen."

Er berührte einen ihrer vernarbten Finger. „Und das haben sie dir angetan?"

„Ja."

Als sie sich in die Augen sahen, stieß Sofia die Türen zu ihrem Innersten weit auf und ließ ihn hinein.

Behutsam nahm Michail ihr Gesicht in seine Hände, betrachtete die feinen Linien ihrer vollen Lippen, den Schwung ihrer Augenbrauen, bemerkte das zarte Beben ihrer Nasenflügel und fühlte tief in seinem Innern etwas aufflackern, von dem er gedacht hatte, es sei vor langer Zeit unwiderruflich zerstört worden. Er erkannte es sofort: Es war Vertrauen.

Er hatte gelernt, ohne dieses Gefühl zu leben, Tag für Tag, Monat für Monat, Jahr für Jahr; hatte den Verlust nur noch als dumpfen Schmerz gespürt. Und nun war es ausgerechnet an diesem unwirtlichen Ort wieder lebendig geworden.

Plötzlich fürchtete er, das zauberhafte Geschöpf an seiner Seite könnte sich vor seinen Augen in Luft auflösen. Er küsste Sofia sacht auf den Mund, sie stöhnte leise und schmiegte sich enger an ihn. Als seine Finger über ihr Rückgrat strichen, jeden einzelnen Wirbel befühlten und wie von selbst zu der schmalen Taille hinabglitten, schlang sie ihre Arme mit solcher Heftigkeit um seinen Hals, dass das Blut in seinen Adern zu pochen begann, und ihre Lippen öffneten sich. Michail sah und fühlte nichts mehr außer Sofia in seinen Armen.

Arbeitslager Dawinsky
Juli 1933

5 Während Anna in glühender Sommerhitze Steine für den Straßenbau klopfte – mit einem Hammer, der so schwer war, dass sie ihn kaum halten konnte –, hatte sie eine Idee. Seltsam, dass sie nicht schon viel früher darauf gekommen war, Nina zu fragen.

Sie musste sich noch bis zum Abend gedulden, doch sobald sie zu der endlosen Schlange für den Rückmarsch zusammengetrieben wurden, flüsterte sie der kräftigen Ukrainerin zu: „Nina, im Büro arbeitet doch eine Zivilistin, oder? Die große Dunkelhaarige."

Ihre Gefährtin nickte. „Ja. Sie wohnt im Quartier für Zivilisten und macht den Papierkram."

„Du redest manchmal mit ihr – ich habe euch gesehen."

Nina lachte leise. „Ich glaube, ich gefalle ihr."

Anna lächelte und fragte: „Ob sie was von Flüchtlingen weiß und was aus ihnen geworden ist? Im Büro muss es doch Unterlagen dazu geben."

Es war nur eine vage Hoffnung.

Um Ninas Augen zuckte es kurz, dann hob sie die Schultern und sagte: „So betrunken wie unser geliebter Kommandant meistens ist, kann ich mir kaum vorstellen, dass in seinem Büro so etwas wie Ordnung herrscht."

Aber das Zucken um ihre Augen hatte Anna genügt. „Nina", flüsterte sie, „du lügst."

„Nein, ich …"

„Bitte, Nina. Was hast du gehört?", drängte Anna. „Sag es mir!"

Nina murmelte hastig: „Ein namenloser weiblicher Flüchtling aus unserem Lager soll am Bahnhof von Kasan gefunden worden sein." Nach einer Pause fügte sie hinzu: „Tot. Kopfschuss."

Annas Füße gerieten ins Straucheln. Blind und kraftlos stolperte sie dahin. Ein bohrender Schmerz erfüllte ihren Kopf. Nina redete noch immer, aber Anna konnte die Worte nicht mehr hören.

„Nein", brachte sie keuchend heraus, „das ist sie nicht."

Ihre Lunge verkrampfte sich, sie bekam keine Luft mehr. Sie krümmte sich zusammen, rang nach Atem, und die Schlange hinter ihr kam allmählich zum Stehen.

„Beweg dich, *suka*, du Miststück!" Der Wächter, der ihr am nächsten war, stieß ihr den Gewehrkolben ins Kreuz, sodass sie vornüber auf die Knie in die trockenen Kiefernnadeln stürzte. Immerhin brachte der Schreck ihre Lunge dazu, wieder zu arbeiten. Nina riss sie hoch und zerrte sie weiter, bevor der Wächter erneut zuschlagen konnte.

„Das war sie nicht", murmelte Anna vor sich hin. „Das war nicht Sofia."

Nina nickte nur wortlos.

Danach hatte Anna keine Herrschaft mehr über ihre Gedanken. Sie benötigte all ihre Kraft, um Füße und Lunge so weit in Gang zu halten, dass sie nicht noch einmal mit dem Gewehrkolben gestoßen wurde.

In den vielen Jahren im Lager hatte sie ganz bewusst die Erinnerungen von sich ferngehalten, die ihr in die Seele schnitten wie ein Messer. Jedes Mal wenn die Gedanken an früher in ihr aufsteigen wollten, hatte sie die Bilder vor ihrem inneren Auge zurückgedrängt. Jetzt aber verlor sie sich in den Geschehnissen an jenem Tag im Jahr 1917, der für sie noch immer der Preiselbeersaft-Tag war.

Bis in den frühen Nachmittag hinein war die Welt noch in Ordnung gewesen.

Als Anna ihren Läufer zog, runzelte Grigori Djuschejew die Stirn und tippte sich mit dem Finger ans Kinn. „*Malischka*, meine Kleine, du wirst zu einer tödlichen Waffe. Ich habe dir zu viel beigebracht.“

Anna lachte und schaute aus dem Fenster des Salons der Djuschejews in das Schneegestöber unter dem bleigrauen Himmel, um ihre Genugtuung nicht zu zeigen. Papa, der neben ihnen saß und in einer seiner Tageszeitungen las, interessierte sich nicht für Schach. Sie hingegen hatte Grigori schon in jungen Jahren gedrängt, ihr das Spiel beizubringen, und sie hatte schnell gelernt. Offenbar besaß sie ein natürliches Talent für Strategie, und nun, vier Jahre später, war sie drauf und dran, ihm vor seinen Augen den König abzuluchsen.

Doch im allerletzten Moment bemerkte sie, wie sich seine struppigen Augenbrauen zusammenzogen, betrübt von der Aussicht, gegen ein zwölfjähriges Mädchen zu verlieren. Und plötzlich widerstrebte es ihr, diesen großherzigen Mann zu demütigen. Sie ließ seinem König ein Hintertürchen offen, sodass er doch noch gewinnen konnte.

„Gut gemacht, *malischka*“, schnaufte Grigori. „Bei Gott, das war knapp. Mit etwas Glück gelingt es dir vielleicht beim nächsten Mal!“

Papa sah von seiner Zeitung auf. „Hält sie dich auf Trab, mein Freund?“ Dann lehnte er den Kopf in den Sessel zurück und strich sich den Backenbart, wie er es immer tat, wenn er mit etwas nicht zufrieden war.

„Was ist, Papa?“

Er legte die *Prawda* zur Seite.

„Dieser verdammte Krieg gegen Deutschland! Wir kommen einfach nicht voran, weil wir schlicht unfähig sind. Und jetzt sind hier in Petrograd auch noch zwei weitere Fabriken in Streik getreten. Kein Wunder, dass junge Männer wie Wassili auf die Barrikaden gehen.“

„Die sollte man alle auspeitschen lassen“, knurrte Grigori empört und stieß eine Rauchwolke aus.

„Grigori, du kannst dich nicht hinter deinen italienischen Gemälden und deinen Araberhengsten verschanzen und die Augen davor verschließen, dass Russland in einer Krise steckt.“

„O doch, das kann ich, Nikolai. Und das tue ich auch.“

„Verdammt, diese jungen Leute haben Ideale, die …“

„Komm mir nicht mit diesem Unsinn. Ihre Ideale decken böse Taten mit dem Mantel der Gerechtigkeit zu. Diese verfluchten Menschewiki und

Bolschewiki werden unser Land spalten, und dann gibt es für uns kein Zurück mehr."

„Grigori, du bist blind. Das Russland der Romanows ist kein wohlbestelltes Utopia und ist es nie gewesen. Das System ist zum Untergang verurteilt."

„Bilden sich diese Narren wirklich ein, mit ihrer Parteimitgliedschaft könnten sie alle Probleme lösen? Ich sage dir, Nikolai, die haben noch viel zu lernen."

„Vielleicht sind wir beide es, die noch viel zu lernen haben?", entgegnete Papa hitzig.

„Mach dich nicht lächerlich."

„Hör zu, Grigori. Ist dir bekannt, dass Petrograd, unsere glorreiche Hauptstadt, die höchste Rate an Betriebsunfällen im ganzen Land hat? Und kein Mensch kümmert sich darum. Kein Wunder, dass die Gewerkschaften wütend sind." Papa redete sich immer mehr in Rage. „Wir leben im 20. Jahrhundert, und die Hälfte aller Häuser in dieser Stadt hat weder fließendes Wasser noch einen Anschluss an die Kanalisation. Aber will Zar Nikolaus etwas davon wissen? Nein, das interessiert ihn ebenso wenig wie die Brotknappheit."

„Das bedeutet noch lange nicht, dass wir uns auf den Untergang der Zarenherrschaft gefasst machen müssen", gab Grigori zurück.

„Ich fürchte, genau das bedeutet es."

„Genug, meine Herren!" Swetlana Djuschejewa, die auf dem Sofa vor dem Kamin saß, drohte ihrem Mann und seinem Freund mit dem Finger. „Schluss mit der Politik! Anna und ich langweilen uns zu Tode, nicht wahr, *malischka*?"

Aber Anna langweilte sich durchaus nicht. Seit einiger Zeit warf sie regelmäßig einen Blick in Papas Zeitungen, wenn er damit fertig war. Und sie fand die Nachrichten über die Straßenschlachten mit den mit Säbeln bewaffneten Kavalleristen sehr beunruhigend. Auf beiden Seiten floss Blut.

„Müsste Wassili nicht längst hier sein?", fragte Anna, bemüht, sich ihre Besorgnis nicht anmerken zu lassen.

„Stimmt. Der Teufelsbraten bleibt mal wieder lange aus", schimpfte Grigori, während er zur Anrichte ging und nach der Wodkaflasche griff.

„Hab ein bisschen Geduld mit ihm", sagte Swetlana lächelnd, nachsichtig wie immer.

Anna verließ den Schachtisch mit den eingelegten Feldern aus Elfenbein und Ebenholz und setzte sich auf das gepolsterte Bänkchen am Fenster.

„Mach dir keine Sorgen, er kommt bestimmt bald“, sagte Swetlana lächelnd. „Er weiß ja, dass du auf ihn wartest.“

Da Annas Mutter bei ihrer Geburt gestorben war, orientierten sich ihre Vorstellungen davon, wie eine Mutter sein sollte, ausschließlich an Swetlana, dieser schönen Frau mit der alabasterfarbenen Haut und den sanften braunen Augen. Ihr zuliebe nickte das Mädchen jetzt, obwohl sie selbst kein Wort davon glaubte. Sie wusste nur zu gut, wie sehr das Geschehen auf den Straßen Wassili in seinen Bann zog.

Sie wandte sich wieder dem Fenster zu. Der Park, der sich bis zum Teich erstreckte, war mit Neuschnee bedeckt, die Einfahrt noch immer leer.

Ihr ganzes junges Leben lang hatte Anna stets Wassilis Lachen um sich gehabt, seine lustigen grauen Augen, sein weiches braunes Haar, seine starken Schultern, an denen sie sich festgehalten hatte, wenn er mit ihr auf dem Rücken über die Wiesen galoppiert war. Aber seit einiger Zeit hatte er sich auf beunruhigende Weise verändert. Er ließ sich nur noch selten blicken, und selbst wenn er still zu Hause saß, konnte sie ihm ansehen, dass seine Gedanken draußen in den Straßen waren. Stürmisch gehe es dort zu, sagte er, und das machte ihr nur noch mehr Angst.

Plötzlich ging die Tür auf, und ein hoch aufgeschossener Junge mit funkelnden grauen Augen trat ein. Schneeflocken lagen auf seinem braunen Haar, als könnten sie nicht von ihm lassen, und seine Wangen glühten vom eisigen Wind. Er brachte einen Schwall frische Luft und pulsierendes Leben in den Salon, aber Anna bemerkte erschrocken, dass er schäbige, abgewetzte Arbeiterkleidung trug, kein feines Jackett wie sonst. Außerdem hielt er eine Baskenmütze in der Hand.

Wangen wurden geküsst und Hände geschüttelt, dann wandte sich Wassili mit einem breiten Lächeln Anna zu.

„Schau nicht so böse drein“, sagte er leichthin. „Ich weiß, ich habe versprochen, früher zu kommen, aber ich wurde … aufgehalten.“ Jetzt lachte er und zupfte sie an einer Locke, doch sie war noch nicht bereit, ihm zu verzeihen.

„Ich dachte, man hätte dir den Kopf abgeschlagen“, sagte sie vorwurfsvoll.

„Annoschka“, raunte er, und eine Gänsehaut überlief sie beim warmen Klang seiner Stimme. „Bitte verzeih mir, dass ich zu spät gekommen bin.“

„Wassili, ich hatte …“ Aber bevor ihr die Worte *solche Angst um dich* von den Lippen kamen, ahnte sie, dass ihm ihre Besorgnis nicht gefallen würde. Also brach sie den Satz ab und gab ihm stattdessen einen Kuss auf die Wange.

Mit einer formvollendeten Verneigung, die ihr Herz schneller schlagen ließ, nahm Wassili sie in die Arme und wirbelte sie im Kreis herum, sodass sich ihr Kleid bauschte wie ein Ballon.

„Mama!“, rief er. „Bitte etwas Musik für unsere Ballerina!“

„Lass mich“, bot Grigori an und ging zu dem Flügel am anderen Ende des Raums. „Wie wäre es damit?“ Er schlug ein paar muntere Akkorde an.

„Ah, ein Walzer von Chopin.“ Swetlana seufzte genießerisch und erhob sich anmutig. „Dr. Fedorin, darf ich bitten?“

„Es ist mir ein Vergnügen“, antwortete Papa höflich und nahm sie in die Arme.

Die Welt draußen war kalt und wurde mit jedem Augenblick kälter, aber der Salon war von Wärme und Gelächter erfüllt, während sie so tanzten. Wassili hielt Anna eng um die Taille gefasst, sodass sich ihre Wange am groben Stoff seiner Jacke rieb, als sie sich im Kreis drehten. Pure Freude durchströmte Anna. Alle Gedanken an demonstrierende Arbeiter und Säbel schwingende Soldaten schob sie weit von sich.

Wassili musste sich täuschen. Diese Welt würde niemals untergehen.

NACH einem kurzen energischen Klopfen flog die Salontür auf, und Maria, Annas Kindermädchen, trat ein. Sie sprach mit angespannter Stimme.

„Verzeihen Sie, Madame, aber es hat einen Unfall gegeben.“

Die Tanzenden erstarrten. Die Musik brach mitten im Takt ab.

„Einen Unfall?“, fragte Grigori Djuschejew.

„Eine Rangelei mit einer Bolschewikenpatrouille“, sagte Maria schwer atmend. „Unten am Obstgarten. Einer der Gärtner ist verletzt. Ein Bajonettstich, sagt man. Es ist wohl ernst.“ Sie stieß die Worte keuchend hervor, als wäre sie gerannt. „Ich dachte, Dr. Fedorin kann vielleicht helfen.“

Papa reagierte sofort.

„Ich komme! Ich hole nur meine Arzttasche aus dem Auto.“ Er stürzte zur Tür. „Jemand soll sauberes Wasser bringen, Swetlana“, rief er noch über die Schulter und war schon verschwunden.

Swetlana eilte ebenfalls aus dem Zimmer, Grigori und Maria folgten ihr. Wassili hielt Anna noch immer in den Armen; sein Herz klopfte so heftig, dass sie es fühlen konnte.

„Tanzen wir noch ein letztes Mal, Anna“, sagte er, und seine grauen Augen waren sehr ernst. „Danach wird es keinen Tanz mehr geben.“

Eng umschlungen wiegten sie sich im Gleichklang, jedoch nicht zu einem Walzer, sondern begleitet von den Rufen, die vor dem Haus ertönten. Als Wassili sie auf die Stirn küsste, atmete Anna tief ein, um sich seinen Geruch einzuprägen.

Dann fiel draußen ein Schuss. Jemand schrie. Wassili warf Anna zu Boden und bugsierte sie unter die Chaiselongue.

„Nein, Wassili“, flüsterte sie.

„Doch, Anna. Du musst dich hier verstecken.“ Sein Gesicht wirkte plötzlich viel härter und älter als das eines Sechzehnjährigen. „Was auch immer geschieht, komm nicht heraus. Hast du gehört? Bleib hier!“ Er nahm ihre Hand, küsste eine Fingerspitze und verschwand.

Anna, die sich nicht wie eine Puppe beiseitelegen lassen wollte, schob sich sofort wieder unter dem Sitzmöbel hervor. Auf Händen und Knien kroch sie zum Fenster, richtete sich auf und presste die Stirn an die eiskalte Scheibe.

Was hatte der Preiselbeersaft im Schnee zu bedeuten? Daneben lag Grigori Djuschejew.

ENTSETZT rannte Anna aus dem Haus, doch Maria packte sie so fest am Arm, dass es wehtat, und zerrte sie zurück auf die Eingangsstufen. Sie drückte Anna fest an ihre Beine und ließ sie nicht mehr los.

„Sag nichts“, flüsterte sie fast unhörbar, ohne den Blick von den Männern zu wenden, die vor ihr in der Zufahrt Aufstellung genommen hatten.

Überall graue Uniformen, rote Abzeichen auf den Schultern; der Schnee schmutzig und zertrampelt von ihren Stiefeln; ein Kreis von Gewehren auf drei Gestalten in der Mitte gerichtet: Wassili, Swetlana und Grigori.

Grigori lag seltsam verkrümmt im Schnee wie ein Schlafender, doch Anna wusste, dass er nicht schlief. Und der rote Saft neben ihm, das wusste sie ebenfalls, war kein Saft. Swetlana, die neben ihrem Mann kniete, legte mit einem furchtbaren, herzzerreißenden Stöhnen die Stirn auf seine Brust.

Auch Wassili sah seltsam aus. Wie festgenagelt stand er da und redete zornig auf einen Soldaten mit Schirmmütze ein, der einen Revolver auf Grigoris reglosen Körper gerichtet hielt.

„Du kriegst auch gleich eine Kugel ab, du Hund, wenn du nicht aufhörst zu kläffen“, sagte der Soldat mit hasserfülltem Blick. „Du und deine Familie, ihr seid Feinde des Volkes. Dein Vater, Grigori Djuschejew, war ein Parasit. Er hat die Arbeiter unseres Vaterlandes ausgebeutet, und …“

„Das ist nicht wahr.“ Wassili zwang sich zur Ruhe. „Mein Vater … hat seine Dienstboten und Pächter gut behandelt. Frag sie mal, was für ein …“

Der Soldat spuckte einen gelben Batzen Hass in den Schnee. „Niemand sollte ein Haus wie das hier besitzen. Man sollte euch alle vernichten wie Ratten.“

Anna winselte leise.

Da wandte sich der Soldat mit dem Revolver um und zielte direkt auf sie. „Du da! Komm her!“

Sie machte zitternd einen Schritt nach vorn, aber weiter kam sie nicht, weil Maria sie noch immer festhielt.

„Lasst sie in Ruhe“, sagte Wassili rasch. „Das ist bloß eine Dienstbotengöre.“

„In diesem Kleid? Für wie dumm hältst du mich? Nein, die gehört zu euch. Das ist auch so eine Ratte.“

„Lass sie“, wiederholte Wassili eindringlich. „Sie ist zu jung, sie kann nichts dafür.“

„Rattenbrut“, knurrte der Soldat und wandte sich, ohne die Waffe zu senken, an einen etwa fünfzehnjährigen Jungen, der neben ihm stand, die Mütze tief in die Stirn gezogen. „Hol mir die Ratte, mein Sohn.“

„Nein, Genosse“, sagte nun Maria. Ihre Stimme war eiskalt und fest wie der Schnee. „Das Mädchen gehört zu mir, sie ist meine Tochter. Ich bin hier angestellt, bin eine Arbeiterin, und sie ist ein Arbeiterkind. Sie gehört zum sowjetischen Proletariat.“

„Kein Arbeiterkind trägt so ein Kleid.“

„Das haben die ihr geschenkt.“ Maria zeigte auf Grigoris Leichnam und auf Swetlana, die immer noch über ihn gebeugt war. „Sie wollten, dass das Kind hübsch aussieht.“

Der Soldat wandte sich an Swetlana. „Ist das wahr? Hast du dem Gör das Kleid geschenkt?“

Swetlana stand auf, würdigte ihn jedoch keines Blickes, sondern lächelte stattdessen Anna zu. „Ja“, sagte sie ruhig, „ich habe der lieben Annoschka das Kleid geschenkt. Aber die Ratten, das seid ihr! Unserer Mutter Russland fresst ihr das Herz aus dem Leib, bis nur noch Blut und Tränen übrig sind.“

Da krachte der nächste Schuss. Anna zuckte so heftig zusammen, dass sie von der Treppe gefallen wäre, wenn Maria sie nicht gehalten hätte. Mit schreckgeweiteten Augen sah sie, wie Swetlana rückwärts in den Schnee geschleudert wurde. Mitten in der Stirn hatte sie ein rotes Loch, aus dem dunkle Fäden rannen. Wassili schrie auf und lief zu ihr hin.

Anna starrte den Soldatenjungen in seiner viel zu großen Uniform an.

Er hielt sein Gewehr fest in der Hand, und sie erkannte, dass er es gewesen war, der geschossen hatte.

Der Wortführer legte ihm stolz die Hand auf die Schulter. „Gut gemacht, mein Sohn.“ Ein zufriedenes Raunen ging durch die Reihen der Soldaten. Einer nach dem anderen ließ das Gewehr sinken und nahm eine entspanntere Haltung ein.

Da machte Wassili plötzlich einen Satz nach vorn. So schnell, dass Anna kaum begriff, was vor ihren Augen geschah, rammte er ein Messer in den Hals des Patrouillenführers, sprang die Eingangsstufen hinauf und verschwand im Haus. Als er an ihr vorbeirannte, nahm Anna noch seinen geliebten Geruch wahr.

Die Soldaten schossen auf ihn, eine Kugel streifte Marias Schläfe, aber Wassili erwischten sie nicht. Unter lautem Gebrüll stürmten ihm einige von ihnen nach. Ihr Getrampel hallte in der Eingangshalle und auf den Marmortreppen wider. Gleich darauf war das Splittern von Glas zu hören.

Schreckensbleich blickte Anna zu Maria auf. „Glaubst du, er hat es geschafft?“, flüsterte sie. „Ist Wassili ihnen entkommen?“

Das Gesicht des Kindermädchens war grau wie Stein, bis auf die blutige Schramme an der Schläfe. Reglos starrte Maria Swetlanas Leichnam an.

Erst da spürte Anna, dass ihr selbst Tränen über die Wangen liefen. Sie wischte sie mit kalten Fingern weg, als sie auf einmal ihren Vater bemerkte. Mit verzerrtem Gesicht rannte er auf seine beiden besten Freunde zu, die tot im schmutzigen Schnee hingestreckt lagen.

„Stehen bleiben!“, schrie einer der Soldaten, der etwas älter war als die anderen. Offenbar hatte er das Kommando übernommen nach dem Tod des Patrouillenführers, der hinter ihm in einer Blutlache im Schnee lag.

„Was ist passiert?“, fragte Papa atemlos. „Weshalb habt ihr diese beiden Menschen erschossen?“ Anna sah, wie er nach Luft rang. „Ich werde euch melden.“

„Wer bist du?“, fragte der Soldat gereizt.

„Dr. Fedorin. Ich habe mich um einen Gärtner gekümmert, den deine Männer verletzt haben.“

Während er neben Grigori in die Hocke ging, sah er verstohlen zu Anna hinüber und schüttelte unmerklich den Kopf. Nachdem er erst Grigori, dann Swetlana den Puls gefühlt hatte, sank er kraftlos in sich zusammen.

„Der Junge hat meinen Vater erstochen“, murmelte der Soldat in der zu großen Uniform, der Swetlana niedergestreckt hatte. Mit kummervollen braunen Augen sah er auf den toten Patrouillenführer hinunter.

Papa blickte auf und erhob sich mühsam. „Welcher Junge?“

„Der Sohn von Djuschejew“, knurrte der Ältere.

Papa erstarrte. „Wo ist er?“

„Meine Männer suchen ihn gerade.“

Papa sah Anna an, sagte aber nichts.

„Wir übernehmen dieses Haus“, erklärte der Soldat. „Ich beschlagnahme es im Namen des sowjetischen Volkes …“ Er unterbrach sich abrupt und zeigte auf den schwarzen Oakland, der in der Einfahrt parkte. „Wem gehört das Fahrzeug?“

„Das ist mein Wagen“, sagte Papa. „Ich bin Arzt. Ich brauche das Auto, um die Kranken zu besuchen.“

„Die reichen Kranken“, fauchte der Sohn des toten Soldaten.

„Sag mir, Doktor“, fragte der Ältere in scharfem Ton, „wohnst du auch in einem so großen Haus? Hältst du auch Dienstboten? Besitzt du Pferde und Kutschen und mehr silberne Samowars und Pelzmäntel, als du jemals verwenden kannst?“ Er trat einen Schritt näher. „Antworte!“

Für einen kurzen Moment ruhte Papas Blick nachdenklich auf Swetlana und Grigori. Dann verfinsterte sich sein Gesicht, und plötzlich riss er die silberne Uhr aus seiner Westentasche.

„Hier“, schrie er, „nehmt das! Und das!“ Er schleuderte sein Zigarrenetui und die Biberpelzmütze in den Schnee zu ihren Füßen. „Und nehmt auch mein Haus!“ Sein schwerer Schlüsselbund traf klirrend auf die Stiefelspitze des Jungen. Papas Zorn machte Anna Angst. „Lasst nichts übrig, nachdem ihr mir schon meine Freunde genommen habt. Nehmt auch den Rest! Bin ich dann besser geeignet, euer glorreiches Proletariat zu verarzten?“

Die Augen des Jungen füllten sich mit Hass, während Papa mit energischen Schritten auf Anna zustapfte. *Odin, dwa, tri, tschetiri* – einen, zwei, drei, vier Schritte … Ihr Herz schlug höher, als sie sein vertrautes beruhigendes Lächeln sah und die Hand, die er ihr entgegenstreckte. Schon spürte sie, dass Maria den Griff um ihre Schulter lockerte.

Erneut ein lauter Knall.

Papa riss stumm den Mund auf und verdrehte die Augen, bis sie ganz weiß wurden. Dann stürzte er mit dem Gesicht voran in den Schnee. In seinem Hinterkopf klaffte ein Loch.

Der junge Soldat reckte stolz sein Gewehr in die Höhe.

Schreiend riss sich Anna von Maria los.

ANNA war zum Schatten geworden, als ihr Vater im Schnee starb. Sie war kein Mensch mehr, nur noch ein zwölf Jahre alter Schatten in einer überfüllten, stickigen Wohnung, die Marias Bruder Sergej und dessen Frau Irina gehörte.

Annas Haut wurde fahl. Sie sprach kaum noch und stocherte nur im Essen herum. Tagsüber wich sie Maria nicht von der Seite und nachts teilte sie ein schmales Bett mit ihr. Stundenlang lag sie dann in der Dunkelheit, ohne die Augen zu schließen. Diese Augen, einst strahlend kornblumenblau, wirkten jetzt schmutzig grau wie das winterdunkle Wasser der Newa. Dennoch vergoss sie keine Träne.

„Das ist doch nicht normal“, sagte Irina in gedämpftem Ton. „Ihr Vater ist gestorben. Warum weint sie nicht?“

„Gib ihr Zeit“, flüsterte Maria ihrer Schwägerin zu und strich Anna über das blonde Haar. „Der Schock sitzt noch zu tief.“

„Ein Schock ist es, was dieses Mädchen braucht“, sagte Irina und deutete einen Klaps mit der Hand an. Dann wandte sie sich an Anna: „Tja, Kind, es wird langsam Zeit, dir das auszutreiben, damit die arme Maria wieder ihr eigenes Leben führen kann. Sie tritt morgen eine neue Stelle an und hat keine Zeit mehr, sich Sorgen um dich zu machen.“

In jäher Panik richteten sich Annas trübe Augen auf Maria. „Kann ich mitkommen?“ Ihre Stimme war nur ein Flüstern. „Ich kann dir helfen.“

„Nein, mein Schatz.“ Maria gab ihr einen Kuss auf die Stirn. „Ich werde in einer Fabrik arbeiten, Dichtungsringe in Wasserhähne einbauen. Da ist es laut und schmutzig und unvorstellbar langweilig. Dir wird es hier bei Tante Irina und dem kleinen Sascha viel besser gefallen.“

„Aber du kannst morgen vielleicht schon sterben – mitten zwischen den Wasserhähnen.“

Maria legte den Arm um Anna und wiegte sie sanft. „Keine von uns wird sterben. Du musst nur geduldig warten, bis ich wieder nach Hause komme.“

Von da an saß Anna den ganzen Tag am Fenster. Sie gab Maria morgens an der Wohnungstür im ersten Stock einen Abschiedskuss, rannte gleich danach ans Fenster und winkte ihr nach, bis sie auf der Straße nicht mehr zu sehen war. Und erst abends, wenn es dunkel wurde und Maria nach Hause kam, verließ Anna ihren Platz am Fenster wieder.

SIE HOLTEN Maria mitten in der Nacht, ließen ihr kaum Zeit, ein Kleid über ihr Nachthemd zu streifen. Immerhin konnte sie Anna noch an die Wand schieben.

„Du bleibst hier", sagte Maria entschlossen, und so rührte sich Anna nicht vom Fleck.

Sergej trat den Soldaten in den Weg. „Was wollt ihr von meiner Schwester?", fragte er laut. „Sie hat nichts getan. Wir sind eine ehrliche bolschewistische Familie. Ich habe am Sturm auf das Winterpalais teilgenommen. Hier …" Er knöpfte sein Nachthemd auf, sodass man die bläulich glänzende Narbe auf seiner Brust sah. „Ich bin stolz darauf, die Spur eines Säbels am Leib zu tragen."

„Respekt, Genosse", sagte der Offizier. „Aber wir wollen nicht dich befragen, sondern sie."

„Sie ist meine Schwester, und sie würde niemals …"

„Es reicht, Genosse." Mit erhobener Hand gebot er Sergej zu schweigen. „Bringt sie raus!", befahl er seinen Soldaten.

„Maria!" Irina trat einen Schritt vor. „Nimm das." Sie drückte der Schwägerin ihre wärmste Pelzmütze auf den Kopf und ein Stück Käse in die Hand. „Nur falls …", flüsterte sie.

Nur falls was?!, hätte Anna am liebsten geschrien.

Als Maria sechs Tage später nach Hause zurückkam, sprach sie wenig und ging nicht zur Arbeit. Stunde um Stunde lag sie auf der schmalen Matratze, die Augen weit offen.

Anna saß vor dem Bett auf dem Fußboden und bohrte die Finger in die Bettdecke, weil sie Maria so am nächsten kam, ohne sie zu berühren. Denn sobald sie die zerbrechliche Gestalt anfasste, das war ihr klar, würde Maria zerbrechen. Also saß sie still da und gab keinen Mucks von sich, schob Maria nur kleine Würfel rote Bete in den Mund, die Annas Finger und Marias Lippen preiselbeerrot färbten.

„Du musst fort."

Anna konnte nicht glauben, was sie da hörte.

„Du musst fort, Annoschka, noch heute."

„Nein!" Annas Stimme klang wie die eines in die Enge getriebenen Tieres.

„Keine Widerrede. Es geht nicht anders." Maria hielt die kleine Jutetasche in der Hand, in der sich Annas wenige Habseligkeiten befanden.

„Nein, Maria, bitte! Ich hab dich doch lieb."

Da begannen Maria die Tränen übers Gesicht zu laufen, und die Tasche in ihrer Hand zitterte. „Du musst aber gehen, mein Schatz", wiederholte sie. „Bitte schau mich nicht so an. Sergej bringt dich zum Bahnhof, und dann fährt eine liebe, nette Frau mit dir nach Kasan."

Anna schlang ihre dünnen Arme um Marias Hals. „Komm mit mir“, flüsterte sie.

Maria wiegte sie in ihren Armen. „Ich kann nicht, Kleines, das hab ich dir doch schon gesagt. Die Männer, die hier waren, wollen wiederkommen und mir noch mehr Fragen stellen.“

„Warum?“

„Weil sie wissen wollen, wo Wassili ist. Er hat einen ihrer Leute umgebracht, als sie seine Eltern erschossen haben, und das werden sie ihm nicht verzeihen. Sie haben mich ausgefragt, wo er sich versteckt halten könnte. Ich hab ihnen gesagt, dass ich es nicht weiß, aber sie … haben mir nicht geglaubt. Deinen toten Papa haben sie zum Volksfeind erklärt, und das bedeutet, dass auch du in Gefahr bist. Deshalb musst du fort. Ich komme dich holen, sobald ich kann.“

„Versprochen?“

„Versprochen. In einigen Monaten, wenn das Blutvergießen ein Ende hat, können wir wieder zusammen sein. Bis dahin wohnst du bei einer entfernten Cousine von mir. Ich hab dich sehr lieb, mein Kleines, und jetzt müssen wir beide sehr stark sein.“ Sachte, aber entschieden löste sie Annas Arme von ihrem Hals. „Lächle mich mal an.“

Anna lächelte, doch es fühlte sich an, als zerspränge ihr Gesicht in tausend Scherben.

Tiwil
Juli 1933

6

„Ich habe Michail angelogen.“

„Das ist nur gut für ihn“, erklärte Rafik, der mit mühsamen Schritten an Sofias Seite ging. „Je weniger er sich an die Geschichte mit den Säcken erinnert, desto geringer ist sein Risiko.“

„Ich weiß. Aber …“

„Lass es gut sein, Sofia“, sagte der Zigeuner leicht gereizt.

„Manchmal erschreckst du mich, Rafik.“

„Dann sind wir quitt, denn du erschreckst mich auch, meine Liebe.“

Sofia lächelte, und als Rafik ihr Lächeln erwiderte, fühlte sie das Band, das zwischen ihnen entstanden war, noch stärker werden.

„Bist du sicher, dass es eine gute Idee war, mich zu begleiten?“, fragte sie besorgt.

Der Geruch nach verbranntem Holz hing noch immer zwischen den Häusern, als sie in der Morgensonne auf der staubigen Straße in Richtung

Kolchos-Büro unterwegs waren. Es war das auffälligste Gebäude im Dorf, gepflastert mit Aushängen und bunten Plakaten, auf denen die *kolchosniki* zu noch größeren Anstrengungen aufgerufen wurden.

Rafik, der sich beim Gehen auf Sofias Arm stützte, geriet ins Straucheln.

„Du wärst besser nicht mitgekommen", sagte sie. „Du solltest dich ausruhen."

„Spar dir deine Worte. Wenn du dich nicht endlich als Mitglied beim Kolchos eintragen lässt, werden die Leute anfangen, Fragen zu stellen." Seine schwarzen Augen funkelten sie an. „Und das willst du doch nicht, oder?"

„Nein, das will ich nicht. Aber ich kann es nicht mit ansehen, wenn du dich so quälst."

„Und ich kann es nicht mit ansehen, wenn du tot bist."

DER MANN hinter dem Schreibtisch war Mitte vierzig, trug eine stahlumrandete Brille, und der herablassende Zug um seinen Mund verriet, wie stolz er auf seine Stellung im Kolchos war. Mit einer Hand spielte er ständig an der Schnur des Telefons herum, des einzigen Apparats im ganzen Dorf.

„Ausweispapiere, *poschalysta*, bitte, Genossin Morosowa", sagte er höflich und streckte fordernd die Hand aus.

Sofia tat genau, was Rafik ihr eingeschärft hatte. Sie holte ein zusammengefaltetes leeres Blatt Papier aus ihrer Rocktasche und legte es auf den Schreibtisch. Der Mann sah sie stirnrunzelnd an, offensichtlich verwirrt. Er nahm das Blatt und faltete es auseinander.

„Was ist das, Genossin? Ein Scherz?"

Rafik klopfte so heftig mit den Fingerknöcheln auf den Schreibtisch, dass Sofia und der Mann zusammenzuckten.

„Kein Scherz", sagte der Zigeuner. Dann folgten Worte in einer Sprache, die Sofia nicht verstand. Ein ununterbrochener Redestrom schien in sanften Wogen durch den Raum zu fließen, weiche Töne, die in ihren Ohren summten. Dabei machte der Mann hinter dem Schreibtisch ein vollkommen ausdrucksloses Gesicht.

„Kein Scherz", wiederholte Rafik mit klarer Stimme. Er ging um den Schreibtisch herum, stellte sich neben den Mann und legte ihm eine Hand schwer auf die Schulter.

„Ausweispapiere", schnurrte er ihm ins Ohr, und Sofia beobachtete, wie jähes Verstehen in die Augen des Mannes trat.

„Selbstverständlich", murmelte er schwerfällig.

Während Rafik sich wieder an Sofias Seite stellte, wühlte der Mann in seinen Schubladen, holte Formulare heraus und schwang den Amtsstempel des Kolchos Roter Pfeil. Aber das nahm Sofia kaum war. Sie spürte nur Rafiks Arm dicht neben ihrem.

Wie lange es dauerte, bis sie wieder auf die Straße traten, vermochte sie nicht zu sagen, aber als sie es taten, hatte sie eine amtliche Aufenthaltsgenehmigung in der Tasche.

„Rafik“, sagte sie leise, „wie machst du das?“

„Ich hülle die Gedanken der Leute in Seide.“

„Ist das so etwas wie Hypnose?“

„Nenn es, wie du willst.“ Er lächelte sie an, doch sie bemerkte, dass er kaum Luft bekam. „Es bringt mich um – langsam, jedes Mal ein bisschen.“

„O Rafik!“ Sie legte einen Arm um seine Taille, stützte ihn, so gut es ging, und führte ihn behutsam hinter das Bürogebäude, wo niemand sie sehen konnte. Zitternd setzte er sich auf den Boden, die Knie an die Brust gezogen, den Blick auf den bewaldeten Hang jenseits des Flusses gerichtet.

„Besser“, keuchte er. „Gleich geht’s mir … besser.“

„Pscht … Ruh dich nur aus.“ Sofia schlang ihre Arme um ihn und zog ihn an ihre Schulter. „Danke, Rafik“, flüsterte sie.

„Es ist gut“, sagte er und machte sich sacht von ihr los. „Erzählst du mir jetzt, weshalb du hier bist?“

Eine schlichte Frage. Er berührte Sofia nicht, sah sie nicht einmal an. Seine Augen waren geschlossen. Rafik tat nichts, um die Wahrheit aus ihr herauszubekommen. Er überließ es ihr, ob sie ihm alles erzählte oder nicht.

Sofia eilte zu den Pferdeställen. Sie musste dort sein, bevor Fomenko mitbekam, dass sie hier draußen herumlief, statt sich bei einer seiner verfluchten Brigaden zu melden. Sofia wollte zu Logwinow, aber ihr war mulmig dabei, denn in Gegenwart des Priesters kam ständig irgendjemand zu Schaden. Das Letzte, was sie im Moment brauchen konnte, war eine Verletzung – jetzt, wo sie ihr Ziel fast erreicht hatte.

Das Erlebnis mit Rafik im Verwaltungsbüro hatte sie an ihrem Verstand zweifeln lassen, aber wenigstens war es ihr gelungen, die Gedanken an Michail in den Hintergrund zu drängen. Ihr Körper dagegen ließ sich nicht so ohne Weiteres beherrschen. Der erinnerte sich immer wieder unvermittelt an einzelne Berührungen; an Michails Mund auf ihrem, erst so fest, dass es wehtat, dann so weich und verlockend, dass ihre Lippen nach mehr verlangten.

Sie lief noch schneller und versuchte sich auf andere Dinge zu konzentrieren. Endlich erreichte sie die an drei Seiten eines staubigen Hofes errichteten Holzgebäude, die außerhalb des Dorfes an dem hier noch sanft ansteigenden Hang lagen.

„Ist Priester Logwinow da?“, fragte sie einen Jungen, der mit trägen Bewegungen den Hof fegte.

„Drinnen bei Glinka“, brummte er und wies mit dem Kinn auf eine der Stalltüren, ohne den Rhythmus seines Reisigbesens zu unterbrechen.

„Spasibo“, sagte Sofia.

Das Dämmerlicht im Stall war eine Erholung nach der grellen Sonne auf dem Hof, dennoch brauchten ihre Augen einige Sekunden, um sich darauf einzustellen. Es roch nach Pferden und Heu, und zunächst sah sie nur eine Reihe leerer Boxen. Natürlich, die Pferde arbeiteten draußen auf den Feldern oder schleppten Holz aus dem Wald. Doch dann hörte sie weiter hinten einen Huf stampfen und ein leises Murmeln.

Der Priester drehte sich nicht um, als Sofia sich näherte, obwohl er sie bestimmt längst bemerkt hatte. Seine dürre Gestalt lehnte an der Tür einer Box, während er mit den Fingerknöcheln die Stirn einer kleinen braunen Stute massierte, die vor Wohlbehagen die Augen halb geschlossen hatte. Dicht neben ihr stand ein schwarzes Fohlen mit dünnen, viel zu langen Beinen. Es war wohl das, welches vor ein paar Tagen zur Welt gekommen war.

„Ein hübsches Fohlen“, sagte Sofia.

„Ja, aber es hat den Teufel im Leib.“

Wie zur Bestätigung schlug das Fohlen nach hinten aus. Sofia kümmerte sich nicht weiter darum.

„Priester, warst du schon in Tiwil, bevor die Kirche geschlossen wurde?“, fragte sie ohne Umschweife.

Nun wandte er sich zu ihr um. „Ja, ich war der Hirte einer gottesfürchtigen Herde. Damals konnten wir in Freiheit unseren Herrn anbeten, wie unser Gewissen es von uns verlangt.“

Die Trauer in seiner Stimme rührte sie. Was für ein seltsamer Mann.

„Du kanntest die Kirche also auch von innen gut? Ich meine, bevor man die ganze Einrichtung herausgerissen und alles weiß gestrichen hat?“

„Ich habe dieses Gotteshaus so gut gekannt wie die Worte der Heiligen Schrift. Ich kannte seine Stimmungen und Schatten, wie ich die Stimmungen und Schatten meiner Herde kannte, die sich an ihren Glauben klammerte. Luzifer selbst haust in den marmornen Korridoren des Kreml und trampelt mit seinem gespaltenen Huf über die Herzen und Seelen der Kinder Gottes." Seine Stimme wurde heiser vor Schmerz. „Angst liegt wie ein schweres schwarzes Tuch über unserem Land."

„Es ist nicht klug, so etwas laut auszusprechen", warnte sie ihn. „Sieh dich vor."

Als der große Mann unvermittelt die Arme ausbreitete, schrak das Fohlen heftig zusammen. „Ewiges Höllenfeuer erwartet diejenigen, die Gottes Gebote missachten, weil sie von Furcht ergriffen sind."

„Priester", sagte Sofia leise, „gab es eine Statue des heiligen Petrus in der Kirche, bevor sie geschlossen wurde?"

„Ja."

„Wo hat sie gestanden?"

„Warum willst du das wissen?"

„Das braucht dich nicht zu kümmern. Ich muss nur wissen, wo sie gestanden hat."

Bis auf das Schmatzen und Saugen des Fohlens und das schabende Geräusch des Reisigbesens im Hof war es vollkommen still.

„Sie kamen eines Sonntagmorgens, eine Gruppe Komsomolzen", sagte er bitter, „rissen alles herunter und zerschlugen es mit Hämmern. Entzündeten ein Feuer auf der Straße und warfen alles hinein, die alten Schnitzereien, die Ikonen der Jungfrau Maria und unsere lieben Heiligen. Und was nicht verbrannte, brachten sie mit einem Lastwagen weg, um es einzuschmelzen, sogar die große Bronzeglocke und den Altar mit dem goldenen Kreuz. Der war zweihundert Jahre alt."

Sofia hätte sich nicht gewundert, wenn er in Wut geraten wäre. Tatsächlich aber wurde seine Stimme mit jedem Wort sanfter.

„Und die Statue des heiligen Petrus?", fragte sie noch einmal.

„Zertrümmert." Sein hagerer Körper erbebte. „Sie stand in der Nische neben dem Südfenster, dort, wo jetzt die Stalin-Büste aufgestellt ist."

„Es tut mir leid, Priester."

„Mir auch. Und, weiß Gott, auch meiner Herde."

„Bleib am Leben – wenigstens für sie."

Sofia wurde es so schwer ums Herz, dass sie schauderte. Hastig dankte sie Logwinow und verließ das Stallgebäude, doch als sie den Weg zur Straße zurückging, wusste sie selbst nicht genau, was sie so aus der Fassung gebracht hatte. Was war los mit ihr? Hatte sie Angst um Rafik? Oder war es wegen Michail?

Der Wind schien ihre Gedanken durcheinanderzuwirbeln, bis sie wieder bei den Worten des Priesters angelangt waren. *Angst liegt wie ein schweres schwarzes Tuch über unserem Land.* Und da begriff Sofia: Fast die gleichen Worte hatte sie vor Monaten aus Annas Mund gehört.

Anna! Ihr schwaches Herz würde aufhören zu schlagen, wenn Sofia nicht bald zu ihr zurückkehrte.

Die Kirche – der Versammlungssaal, wie man jetzt sagte – war das einzige gemauerte Gebäude in Tiwil. In den schmalen Fenstern war einfaches Fensterglas eingesetzt. Eines war mit Brettern zugenagelt und erinnerte so an den Tumult am Abend der letzten Versammlung. Über dem Portal ragte ein Türmchen auf. Vermutlich hatte dort einst die Glocke gehangen.

Sofia versuchte es an der großen Eisenklinke, aber die Tür bewegte sich nicht. Fluchend stemmte sie sich fester dagegen. *Tschjort!* Allmählich wurde ihr klar, dass der Vorsitzende Fomenko ein Mensch war, der nichts dem Zufall überließ, schon gar nicht die Sicherheit seines Versammlungssaals. Sie spähte die Straße entlang, aber am hellen Vormittag regte sich dort nicht viel, nur ein kleines Kind, das eine Ziege auf die Felder trieb, und zwei alte Frauen, die nicht weit von ihr im Schatten saßen. Sie trugen trotz der Hitze Kopftücher und lange schwarze Kleider und schienen ein Teil der Landschaft zu sein. Als Sofia sich näherte, hörte sie, dass eine der beiden aus einem Buch vorlas.

„Dobroje utro, babuschki“, sagte Sofia mit scheuem Lächeln. „Guten Morgen.“

Die alte Frau mit dem Buch reagierte überrascht. Ihre Ohren waren nicht mehr so gut, sie hatte Sofias Schritte nicht gehört. Das Buch verschwand augenblicklich unter einem handgewebten Schultertuch, aber Sofia hatte bereits gesehen, dass es eine Bibel war. Es verstieß nicht gegen das Gesetz, die Bibel zu lesen, aber wer es tat, war als jemand abgestempelt, dessen Denken nicht mit der sowjetischen Lehre übereinstimmte und den es folglich im Auge zu behalten galt. Sofia tat so, als hätte sie nichts bemerkt.

„Könnt ihr mir bitte sagen, wer einen Schlüssel für den Versammlungssaal hat?“

Die Frau, die nicht gelesen hatte, hob das Kinn von der Brust, und Sofia erkannte den trüben Schleier der Blindheit auf ihren Augen. „Der Vorsitzende.“ Sie legte den Kopf schief. „Ist das die Neue?“

„*Da.* Ja, das ist sie“, antwortete die andere. Sie verzog die runzligen Wangen zu einem freundlichen Lächeln. „Willkommen in Tiwil.“

„*Spasibo.* Wo finde ich den Vorsitzenden Fomenko?“

„Überall, wo gearbeitet wird“, sagte die blinde Babuschka. „Aber sein Haus ist ganz in der Nähe, auf der anderen Seite der Kir…, des Versammlungssaals. Die Isba mit der schwarzen Tür. Versuch es dort einmal.“

„Danke. Das werde ich tun.“

ES WAR die Isba, in der Sofia bei ihrer Ankunft in Tiwil früh am Morgen das Licht hatte brennen sehen. Die schwarze Tür reagierte nicht auf ihr Klopfen, aber als sie gerade wieder gehen wollte, sah sie Alexej Fomenko. Er kam in seinem Arbeitshemd von den Feldern, ein Netz voller Kohlköpfe über der Schulter und einen langbeinigen Wolfshund an seiner Seite.

Fomenko schien wenig erfreut, sie während der Arbeitszeit untätig umherlaufen zu sehen. „Hast du dich eintragen lassen?“

Er gab sich kurz angebunden, aber sein forschender Blick sprach Bände. Ihr schien, seine Neugier war größer, als er zugeben wollte.

„Selbstverständlich“, antwortete sie und folgte Fomenko und dem Hund unaufgefordert ins Haus. Ihre Augen huschten schnell in dem Zimmer umher, das sie betreten hatte. *Erkenne deinen Feind.* Sie hatte diese Lektion gut gelernt. *Erkenne ihn und suche seine Schwachstelle.* Mehr als jeder andere im Dorf stellte Alexej Fomenko eine Bedrohung für sie dar, aber seine Schwachstelle hatte er gut versteckt.

Von Senia wusste Sofia, dass Fomenko nicht verheiratet war. Ob man das seiner Wohnung ansah? Und was sagte die Behausung sonst noch über ihren Bewohner aus?

Der Raum war erschreckend kahl. Nichts an den Wänden, keinerlei bürgerlicher Schnickschnack oder Glanz. Ein Stuhl, ein Tisch, ein Ofen, ein paar Regalbretter, das war alles. Der Vorsitzende Fomenko hielt offenbar nichts davon, sich zu verhätscheln. Dem Haus war nicht anzusehen, dass es vom Kolchos-Vorsitzenden bewohnt wurde; es unterschied sich in nichts von den anderen Isbas im Dorf. Es war das Haus eines ordentlichen Menschen. Oder eines Geheimniskrämers.

Keine Anhaltspunkte, bis auf den Hund. Als Sofia die Hand ausstreckte, berührte das Tier ihre Finger mit seiner feuchten schwarzen Nase, und als es nichts auszusetzen fand, ließ es sich von ihr das graue Fell streicheln. Es war eine Wolfshündin mit schmaler Schnauze und sanften braunen Augen, die mit einem so gütigen Ausdruck zu ihr aufsahen, dass Sofia sich auf der Stelle in das Tier verliebte. Aber dann wandte sich der Hund von ihr ab und nahm seinen Platz an Fomenkos Seite ein.

„Ein schönes Tier“, sagte Sofia. „Wie heißt sie?“

„Nadeschda.“

„Hoffnung – ein ungewöhnlicher Name für einen Hund.“

Fomenko legte der Hündin die Hand auf den Kopf, kraulte sie geistesabwesend am Ohr und sah Sofia an, als wollte er ihr den Namen erklären. Aber dann kehrte er ihr den Rücken zu und nahm einen großen Eisenschlüssel vom Bücherregal an der hinteren Wand des Zimmers. Er bewegte sich seltsam hastig, als wäre er unter Zeitdruck, doch als er ihr den Schlüssel hinhielt, zögerte er noch einmal.

„Du hast im Versammlungssaal etwas verloren, sagst du?“

„Ja, ein Armband. Es muss sich in dem Gedränge gelöst haben. Nichts Wertvolles, aber ich hänge daran.“

„Ich habe keine Zeit, dir beim Suchen zu helfen, Genossin. Hier ist der Schlüssel. Du musst ihn, sobald du fertig bist, im Büro abgeben.“

„Natürlich.“

„Und dann melde dich bei einer der Kartoffelbrigaden.“

„Ich werde sehr fleißig sein.“

Er wog noch immer den Schlüssel in seiner Hand, und sie hatte das Gefühl, dass er ihr noch etwas sagen wollte. Seine grauen Augen tasteten sie so gründlich ab, dass ihr plötzlich bewusst wurde, wie einsam dieser Mann war und welche Anstrengung es ihn kostete, das zu verbergen.

Er tippte sich mit dem Schlüssel an die Wange. „Komm in den nächsten Tagen in mein Büro. Ich möchte dir ein paar Fragen stellen.“

„Was für Fragen?“

„Woher du kommst … Fragen nach deinen Eltern, deiner Familie …“ Er unterbrach sich und beobachtete sie genau, als er hinzufügte: „Nach deinem Onkel …“

„Onkel Rafik geht es nicht gut.“

„Ja, es ist merkwürdig, dass der Zigeuner praktisch jedes Mal krank wird, wenn Beschaffungsoffiziere in Tiwil waren.“ Fomenko lächelte ironisch. „Das geschieht so oft, dass ich mich zu fragen beginne, ob es da einen Zusammenhang gibt.“

„Ich glaube, es macht ihn krank, wenn er das Dorf leiden sieht.“

Das gefiel Fomenko nicht. „Es sollte ihn kränken, dass überall in unseren Städten Männer, Frauen und Kinder Hunger leiden. Meine Aufgabe ist es, dafür zu sorgen, dass sie nicht hungern müssen, indem ich diesen Kolchos produktiv mache. Wir müssen helfen, den Plan unseres großen Führers zu erfüllen.“

Damit gab er ihr Gelegenheit zu einer patriotischen Antwort, aber die Worte wollten ihr nicht über die Lippen kommen. Stattdessen streckte sie die Hand aus und nahm den Schlüssel in Empfang.

In der Kirche war es kühl und still, nachdem Sofia die Tür hinter sich geschlossen hatte. Sie atmete tief durch und erschrak darüber, dass sie zitterte.

Wie konnte Fomenko eine solche Wirkung auf sie ausüben? Nur weil sie dieselbe Luft geatmet hatte wie er? Sie betrachtete ihre Handfläche, als erwartete sie, darin den Abdruck seiner Finger zu erblicken. Eine törichte Idee, die sie rasch beiseiteschob. Sie sah sich um. *Du bist hier, um Anna zu retten. Jetzt fang an zu suchen, wie sie es dir aufgetragen hat.*

Die Büste von Josef Stalin hatte sie rasch gefunden, sie stand gut sichtbar in einer Nische der Seitenwand, wie Logwinow gesagt hatte. Voller Abscheu betrachtete sie die leblosen Augen und das arrogante Kinn. Am liebsten wäre sie hinaufgeklettert und hätte mit dem Kopf dasselbe getan, was die Komsomol-Verbrecher mit dem heiligen Petrus gemacht hatten.

Nichts riskieren. Nicht jetzt. Weitersuchen.

Zuerst prüfte sie das Mauerwerk der Wand unterhalb der Nische. Ihre Finger strichen um jeden einzelnen Stein, suchten nach einer wackligen Stelle oder einem losen Mörtelbröckchen, das auf ein Versteck hindeuten könnte. Bis zum Boden hinunter tastete sie alles sorgfältig ab, ließ sich dann auf die Knie nieder und nahm sich die Bodenbretter vor, strich mit einer Hand über jede Diele, klopfte, zog und drückte an den Kanten, um herauszufinden, ob sich eine anheben ließ oder sonst irgendwie beweglich war. Nichts. Absolut nichts. Bis auf die Enttäuschung in ihrem Magen.

Entmutigt setzte sie sich auf den Boden, stützte die Ellbogen auf die Knie und starrte die weiße Wand an. Wo? Wo war das Versteck? Annas Kindermädchen Maria hatte etwas von einem Kästchen geflüstert, das hier verborgen sei. Aber wo, verdammt, wo? Wo würde hier jemand etwas verstecken, was auf keinen Fall gefunden werden sollte?

Noch einmal betrachtete sie die Wand unterhalb der Stalin-Büste. *Ein Holzkästchen zu Füßen des heiligen Petrus.* So hatte man es ihr erzählt, aber das war offenbar nicht die ganze Wahrheit.

„Heiliger Petrus", flüsterte sie, „erleuchte mich. Bitte, ich flehe dich an!"

Nichts. Kein Sonnenstrahl, der den Weg wies.

Sofia nickte, als hätte sie nichts anderes erwartet, stand auf, schritt durch den Mittelgang zur Tür und steckte den Schlüssel ins Schloss. Da überkam sie unvermittelt eine solche Sehnsucht nach Michail, dass es ihr den Atem verschlug.

„Michail“, flüsterte sie, nur um seinen Namen auf der Zunge zu spüren. Er konnte ihr helfen. Aber würde er es tun? Wenn sie ihm alles erzählte, was sie wusste – von Anna und seiner Vergangenheit und von dem, was in der Kirche versteckt war. Würde er sich von ihr abwenden? Er hatte gesagt, dem richtigen Menschen würde er helfen. Aber war sie die Richtige? Oder Anna? Er hatte jetzt eine hohe Stellung inne und arbeitete für den sowjetischen Staat, er hatte einen Sohn, den er liebte. Würde er das alles für sie aufs Spiel setzen?

Würdest du das tun, Michail? Du wärst verrückt, wenn du es tätest.

Sie straffte die Schultern und drehte den Schlüssel. Wenn sie ihn um Hilfe bat, riskierte sie einen Misserfolg. Und Misserfolg bedeutete Tod – nicht nur ihren eigenen.

„DAS WAR’s für heute!“, rief ihr die Frau zu, die in der Nachbarfurche Kartoffeln erntete. „Komm, du kannst Schluss machen.“

Sofia schwang die Hacke auf die Schulter. „Der Vorsitzende Fomenko gestattet uns also tatsächlich, die Arbeit niederzulegen?“

Die Frau kicherte, und während sie in der Abendsonne das Tal hinauftrotteten, unterhielten sie sich leise über die Bedingungen der diesjährigen Ernte. Als sie sich der Zeder näherten, erblickte Sofia vor dem mächtigen Stamm eine Gruppe von Kindern, die dort im Staub hockten und mit kleinen Steinen und einem Gummiball spielten. Eins der Kinder sah sie mit braunen Augen an und drehte sich dann rasch weg: Pjotr.

Es versetzte Sofia einen Stich, dass sie den Jungen so verunsicherte. Das Dumme war, dass er sie genauso verunsicherte wie sie ihn. Sie waren auf der Hut voreinander, weil jeder den wunden Punkt des anderen kannte. Pjotr wusste, dass sie ein Flüchtling war, und sie wusste, dass er sie nicht gemeldet hatte – jedenfalls noch nicht.

„Hallo.“ Eine schmächtige Gestalt hatte sich aus der Gruppe gelöst und kam zu ihr herübergehüpft.

Als Sofia stehen blieb, nickte ihre Erntegefährtin freundlich zum Abschied und ging weiter. Sofia erkannte die schmale Gestalt mit den zerzausten Haaren nicht sofort. Anscheinend war sie eines der Mädchen aus dem Schulzimmer von vorgestern Nacht, eines der stillen Mäuschen.

„Ich bin’s, Anastasia.“

„Hallo Anastasia.“

„Meine Mutter hat gesagt, ich soll mich bei dir bedanken."

„Wofür?"

Anastasia sah sich mit übertriebener Sorgfalt verstohlen um. „Für die Geschichte."

„Gern geschehen."

„Wir haben unsere Lehrerin gefragt, ob du wiederkommen darfst. Willst du denn?"

„Da", sagte Sofia. „Ich komme gern, wenn ich eingeladen werde."

„Hast du gehört, Pjotr? Genossin Morosowa kommt vielleicht zu uns in die Schule."

Der Junge zuckte die Schultern und warf einen Stein hoch in die Zedernzweige.

„Auf Pjotr brauchst du nicht zu achten", seufzte Anastasia. „Er schmollt, weil sein Vater aus Tiwil weggeht."

Weggeht. Sofia fühlte ihr Herz an die Rippen schlagen.

„Stimmt das, Pjotr? Geht dein Vater aus Tiwil weg?", fragte sie leise.

Er nickte widerwillig. „Er geht nach Leningrad."

„Wann?"

„Morgen."

Ein Wort. Und mit einem Schlag wurde der Abendhimmel dunkel.

„WARUM hast du mir das nicht gesagt?"

„Hätte es etwas geändert?"

„Nein. Nur …"

„Nur was?"

„Nur dass ich … dass mir dann stärker bewusst gewesen wäre, was ich habe und … was ich verlieren werde."

Der Blick, mit dem Michail auf ihre Worte reagierte, ließ ihr Herz sogleich schneller schlagen und belohnte sie für jede Minute, die sie im Dunkeln gewartet hatte. Die Sonne war schon vor Stunden untergegangen, aber Sofia hatte geduldig auf der steinernen Umrandung des Wassertrogs im Hof gesessen und dem behaglichen Schnaufen und Scharren der Pferde gelauscht. Allmählich gewöhnte sie sich daran, auf ihn zu warten.

„Hast du meinen Brief nicht bekommen?"

„Was für einen Brief?"

„Ich hatte Senia einen Brief für dich gegeben. Ich wusste, dass ich heute spät zurückkommen würde, weil ich noch einen Bericht zu schreiben hatte. Du hast du ihn also nicht bekommen, den Brief?" Er sah sie gespannt an.

„Nein, ich bin direkt von der Feldarbeit hierhergekommen.“

„O Sofia! Du frierst doch bestimmt, wenn du so lange gewartet hast.“

Er nahm seine Jacke, legte sie über ihre dünne Bluse und ließ seine Hände auf ihren Schultern liegen. Als sie seinen Geruch einatmete, der ihren Körper nun umhüllte, ließ ihre Anspannung ein wenig nach.

„Erzähl mir, was in dem Brief steht, Michail.“

„Es geht um morgen.“

„Du gehst nach Leningrad“, sagte sie tonlos.

„Ja, allerdings.“

„Wolltest du nicht Abschied von mir nehmen? Oder hast du das in dem Brief getan?“

„Wenn du meinen Brief nicht gelesen hast, woher wusstest du dann überhaupt, dass ich weggehe?“

„Von Pjotr.“

„Ah, Pjotr. Der Junge ist untröstlich, dass er in Tiwil bleiben muss.“

Sie sah ihn entsetzt an. „Du lässt deinen Sohn im Stich?“

„Er wird es überleben. Die Delegationen versammeln sich nur für eine Woche.“

„Welche Delegationen?“

„Ich habe dem Sowjetkomitee für Produktion und Distribution Bericht zu erstatten. Einmal im Jahr werden die Delegationen zusammengerufen …“

Er unterbrach sich, nahm seine Hand von ihrem Arm und trat einen Schritt zurück. „Du hast geglaubt, ich würde für immer weggehen! Du hast geglaubt, ich gehe in die großartige Stadt, um mich dort zu amüsieren? Ohne meinen Sohn? Und ohne von dir Abschied zu nehmen?“

Sofia nickte. Allmählich begriff sie, dass Michail in wenigen Tagen nach Tiwil zurückkehren würde.

Mit einem breiten Grinsen sah sie zu ihm auf. „Dass du gehst, hätte mich ja nicht gestört. Bloß dass ich dann nicht mehr auf Swesda reiten könnte und den ganzen Weg nach Dagorsk zu Fuß gehen müsste.“

Er warf den Kopf zurück und lachte so herzlich, dass ihr Herz schneller schlug. „Soll ich dir eine Geschichte erzählen?“

„Wenn sie lustig ist. Ich möchte gern noch ein bisschen lachen.“

„Gut. Erinnerst du dich an die steile Treppe zu meinem Büro?“

„Natürlich.“

Er gluckste leise, und schon die Vorfreude auf die Pointe ließ sie lächeln.

„Mein Assistent Sukow – der vorlaute Kerl, der uns gestern Morgen den

Tee gebracht hat – ist heute dort gestürzt. Die ganze Treppe runter. Dabei hat er sich das Bein gebrochen, gleich an zwei Stellen."

Sofia starrte entgeistert in sein lachendes Gesicht. „Was soll denn daran lustig sein?"

Michails Lächeln wurde noch breiter. „Sukow sollte morgen früh mit mir nach Leningrad fahren. Und jetzt habe ich einen Platz im Zug und eine Fahrkarte übrig."

DER FLUSS glänzte im Mondlicht wie polierter Stahl, als Sofia nackt hineinwatete, aber selbst das eiskalte Wasser konnte ihr erhitztes Blut nicht abkühlen. Eine Woche mit Michail. Eine ganze Woche! Nur sie beide. Das war mehr, als sie je zu hoffen gewagt hätte, viel mehr. Allein die Vorstellung ließ ihr Herz schneller schlagen, und sie sah selig zu den Sternen empor, die am Nachthimmel glitzerten, als hätte man sie nur für sie dort ausgestreut.

Sofia lachte laut. Das Glück wollte nicht in ihr verschlossen bleiben, es sprudelte in die stille Nacht hinaus.

Anna, siehst du denselben Mond? Dieselben Sterne? Wartest du auf mich? O Anna, ich komme. Ich verspreche es. Halte durch! Am Ende dieser Woche mit Michail werde ich wissen, ob ich ihn um Hilfe bitten kann, deinen Wassili.

Sie zögerte, dann wiederholte sie es laut, sodass ihre eigenen Ohren es hören mussten: „*Deinen* Wassili. Brich nicht den Stab über mich, Anna. Ich tue das alles für dich! Ich schwöre, ich tue es für dich."

Als sie wieder angezogen am Ufer stand, glitt ein kleines Stück flussaufwärts ein Schatten über den Silberstreifen, erst einmal, dann ein paar Schritte weiter noch einmal. Erschrocken zog sie sich hinter die überhängenden Zweige einer Weide zurück. Aus ihrem Versteck heraus beobachtete sie den Schatten und erkannte gleich darauf, dass es ein Mann war, der sich von ihr wegbewegte. Das Mondlicht zeichnete seinen Hinterkopf und seine langen Gliedmaßen nach und den Rücken des Geisterhundes neben ihm. Da erkannte Sofia, dass es Alexej Fomenko mit seiner Wolfshündin war.

Fomenko? Wieso schlich der Vorsitzende nachts durch die Gegend?

Zielstrebig schritten die beiden den Pfad entlang. Mensch und Tier kannten offenbar ihren Weg.

Den Weg wohin?

Der Nachtwind raschelte in den Blättern und seufzte zwischen den Ästen, laut genug, dass es nicht auffiel, wenn Sofias Rock einen Busch streifte oder ihr Fuß einen Zweig zertrat, während sie den beiden nachschlich. Der Hund machte ihr Sorgen, denn Hunde haben ein scharfes Gehör. Nadeschda schien aber nur auf das zu achten, was vor ihr lag.

Sofia hielt sich ein gutes Stück hinter den beiden. Während sie so den Hang hinauf und über den Bergkamm hinweg wanderten, fragte sie sich immer wieder, was Fomenkos Ziel sein mochte. Hatte er eine Geliebte im Nachbartal?

Der Hund winselte, als er eine enge Schlucht hinaufkletterte und seine Pfoten immer wieder abrutschten. Das Geräusch war Sofia so vertraut, dass sich ihr die Nackenhaare sträubten. Sie glaubte jetzt zu wissen, wohin die beiden wollten. Und richtig, da waren sie auch schon angelangt: bei der Hütte auf der Lichtung!

Sofia blieb im Unterholz. An einen Baumstamm geschmiegt, beobachtete sie, wie im kleinen Fenster der Hütte ein Flämmchen aufloderte, nachdem Fomenko mit seiner Hündin eingetreten war.

Hatte er eine Verabredung?

Geduckt schlich Sofia auf die Lichtung, wobei ihr klar war, dass sie einem aufmerksamen Augenpaar dort im Mondlicht nicht entgehen konnte. Lautlos trat sie ans Fenster und spähte mit angehaltenem Atem hinein, doch ihre Vorsicht erwies sich als unnötig. Völlig in sich versunken kniete Alexej Fomenko auf dem staubigen Fußboden, mit dem Rücken zum Fenster. Dennoch konnte Sofia erkennen, dass er sich an einem Loch im Boden zu schaffen machte. Ein Loch? Davon hatte sie nichts bemerkt, als sie in der Hütte übernachtet hatte. Es musste unter den beiden losen Brettern verborgen gewesen sein, die sie auf der Seite liegen sah. Daneben stand eine Kerze und warf ihr flackerndes Licht in den Raum. Sofia reckte den Kopf noch weiter vor und erhaschte über Fomenkos Schulter hinweg einen Blick auf das, was seine Aufmerksamkeit so sehr in Anspruch nahm: einen großen kakigrünen Kasten. Erst nach einigen Sekunden begriff sie, was das war. Ein Funkgerät! Mit Skalen, Zeigern und Knöpfen.

Ein lautes Knistern erschreckte sie so sehr, dass sie unter dem Fensterbrett in Deckung ging. Das Herz schlug ihr im Hals. Ein geheimer Sender! Wozu brauchte der Kolchos-Vorsitzende einen Geheimsender?

Sie kauerte sich auf den Erdboden und dachte über eine Erklärung nach. War das Fomenkos Verbindung zur OGPU? Konnte er auf diesem Weg die Geheimnisse seiner *kolchosniki* direkt an die Sicherheitspolizei übermitteln? Aber warum benutzte er dazu nicht das Telefon in seinem Büro?

Vielleicht umging der Sender die üblichen Kanäle und verband Fomenko geradewegs mit dem Mann an der Spitze?

Sofia beschloss, noch einen Blick zu riskieren, und schob sich langsam hoch, bis sie wieder durch die mit Spinnweben bedeckte Fensterscheibe sehen konnte. Diesmal erkannte sie mehr Einzelheiten: den Kopfhörer auf Fomenkos Ohren, die Sprechmuschel, in die er hineinmurmelte, das aufgeschlagene Notizbuch neben ihm, dessen Seiten dicht beschrieben waren.

Mit leisem Schreck bemerkte sie den Hund, der ausgestreckt auf dem Boden lag, die geschlossene Tür im Blick. Ohne einen Laut von sich zu geben, fletschte die Wolfshündin die Zähne. Sofia wusste nicht, ob Nadeschdas scharfe Ohren sie bereits gehört hatten, und sie hatte auch nicht vor, das herauszufinden. Vorsichtig stieß sie sich von der Hütte ab und lief auf demselben Weg, den sie gekommen war, zurück nach Tiwil.

Leningrad
Juli 1933

7

Mit einem Ruck kam der Zug zum Stehen. Michail zog an dem Lederband, und das Fenster glitt nach unten. Dicke Luft drang in den Wagen, heiß, schwer, mit Ruß durchsetzt. Draußen kämpften fliegende Händler mit Körben voller Speisen darum, ihre Waren zu verhökern.

Sofia saß auf dem Fensterplatz und beobachtete das Gedränge. Den ganzen Tag hatte sie kaum etwas gesagt, aber war ihr das zu verübeln? Die Zugfahrt war völlig anders verlaufen, als sie es sich vorgestellt hatte.

Morgens auf dem Bahnsteig hatte Michail sie mit Boriskin, seinem Meister aus der Fabrik, bekanntgemacht und mit Boriskins Sekretärin Alanja Sirowa, einer Frau um die dreißig mit ehrgeizigen Augen hinter einer dicken Schildpattbrille. Erst als Sofias Miene erstarrte und sie ihn fragend anblickte, fiel Michail ein, dass er gestern Abend vergessen hatte, die Reisegefährten zu erwähnen. Zerknirscht lotste er Sofia auf den Fensterplatz.

„Ich denke“, sagte Boriskin mit einem Seitenblick auf sie, „als Fabrikdirektor solltest du den besten Sitzplatz haben und nicht …“

„Genossin Morosowa hat den Auftrag, über die Arbeit dieser Delegation und unseren Vortrag vor dem Komitee zu berichten“, fiel ihm Michail scharf ins Wort. „Da steht ihr der Fensterplatz zu, oder?“

Boriskin wurde blass, biss sich auf die Lippe und schlug dann betont gleichgültig ein Exemplar der *Prawda* auf. Michail setzte sich zwischen ihn und Sofia, die eine geschäftsmäßige Miene zur Schau trug. Doch in ihren blauen Augen sah er ein Lachen blitzen.

Wie machten die das nur? Fassungslos schaute Sofia über das Meer von konzentrierten Gesichtern hinweg. Bedeutete den Genossen das alles hier wirklich so viel, oder spielten sie nur Theater?

Die große Kuppel über der Halle ruhte auf gewaltigen Marmorsäulen, unter denen in einem weiten Bogen, Reihe um Reihe, die Delegierten saßen. Sofia wollte sich wirklich auf die Reden konzentrieren, doch die Langeweile machte ihre guten Vorsätze unweigerlich zunichte, sobald die Reihen der Produktionskennziffern und die angestrebten Produktionsziele für die einzelnen Rajoni heruntergebetet wurden. Nur wenn ein Redner die Parteiparolen mit Faustschlägen auf das Pult untermalte und tausend Stimmen im Saal sie im Chor wiederholten, schreckte sie kurz hoch.

Die Säulen – nicht der Schreibblock auf ihrem Schoß – waren es, die Sofias Blick immer wieder auf sich zogen. Mattweiße Säulen, hoch und elegant, wie Kiefernstämme, von denen die Rinde abgeschält war. Sofia stellte sich Anna vor, wie sie im Wald ihre Axt in solche Baumstämme hieb. *Gib nicht auf, Anna! Atme, liebe Freundin, atme!* Mühsam schluckte sie den Zorn hinunter, der beim Gedanken an dieses Unrecht in ihr aufstieg.

Alanja Sirowa blieb Sofias Erregung nicht verborgen. Misstrauisch sah sie herüber. „Alles in Ordnung?“, flüsterte die Sekretärin.

„Danke, mir geht's gut.“

Alanja hörte nicht auf, sie anzustarren. „Genossin, du hast die letzte halbe Stunde gar nichts mehr mitgeschrieben.“ Mit einer Kopfbewegung wies sie auf das leere Blatt des Schreibblocks.

Langsam wandte sich Sofia ihr zu und blickte fest in die wachsamen Augen der anderen. Bis jetzt hatten die beiden Frauen nur das Allernötigste miteinander gesprochen, obwohl sie nachts ein Zimmer geteilt und die letzten sechs Stunden nebeneinander in dem Konferenzsaal gesessen hatten. Alanjas Neugier war beinahe mit Händen zu greifen.

„Ich höre zu, Genossin Sirowa.“ Sofia bemühte sich, ihrer gedämpften Stimme eine gewisse Herablassung zu verleihen. „Man muss die Dinge zunächst durchdenken, bevor man sie aufschreiben kann.“ Ihre Augen verengten sich zu Schlitzen. „Das solltest du dir gut einprägen, wenn du nicht bis ans Ende deiner Tage eine einfache Sekretärin bleiben, sondern weiter vorankommen möchtest. Ich bin sicher, du hättest die Fähigkeiten dazu.“

Die ehrgeizigen Augen hinter den dicken Brillengläsern blitzten erfreut auf. „*Spasibo*, Genossin. Ich werde es mir zu Herzen nehmen.“

Damit waren die Fronten geklärt. Sofia gestattete sich ein feines Lächeln, ehe sie sich wieder den Säulen zuwandte – und den Kiefernstämmen.

Es war an einem heißen, mückenreichen Nachmittag im Kiefernwald gewesen, als Anna ihr vom Besuch bei Maria erzählt hatte, der Frau, die ihr Kindermädchen gewesen war. In all den Jahren, die Anna bei Marias Cousine in einem Dorf bei Kasan gelebt hatte, Hunderte Kilometer von Leningrad entfernt, hatte Maria sich niemals bei ihr blicken lassen, ihr nicht einmal geschrieben. Lange, lange hatte Anna gewartet und immer geglaubt, dass Maria eines Tages doch noch käme. Ihr einsames junges Herz klammerte sich an die letzten Worte der Kinderfrau: *Ich komme dich holen, sobald ich kann. Versprochen.*

Doch Maria hatte ihr Wort nicht gehalten.

Im Kiefernwald des sibirischen Arbeitslagers schüttelte Anna jetzt traurig den Kopf. „Ich war so töricht, Sofia. Ich konnte einfach nicht glauben, dass sie mich vergessen hatte. Und als die Frau, die mich bei sich aufgenommen hatte, eines Tages starb, nahm ich den kleinen Geldbetrag, den sie mir hinterließ, besorgte mir eine Eisenbahnfahrkarte und eine Reiseerlaubnis und fuhr nach Leningrad, um Maria zu suchen."

Während Anna, an einen Baumstamm gelehnt, mit leiser Stimme erzählte, schärfte Sofia die Axt der Freundin an einem flachen Stein. Beide hatten ständig die Umgebung im Blick, um nicht von einem der Wachleute überrascht zu werden. Anna redete rasch, jeder ihrer flachen Atemzüge wurde von einem Rasseln begleitet.

„Sprich nicht weiter, Anna. Gönn deiner Lunge eine Pause."

„Nein, du musst das wissen, wenn du nach Tiwil gehen willst."

„Also schön, erzähl's mir", gab Sofia nach.

„Ich fand das Haus im Liteinij-Viertel, in dem Marias Bruder Sergej und seine Frau Irina wohnten. Es war bei der Wasserhahnfabrik gleich um die Ecke." Anna hielt inne, ruhte sich kurz aus, den müden Blick auf Sofia gerichtet. „Ich erkannte die Eisentreppe wieder und den Hof mit dem Brunnen in der Mitte. Und über dem Torbogen war ein Löwenkopf aus Stein. Vor dem hatte ich Angst, als ich klein war."

„He, ihr zwei da!"

Ein Aufseher war auf sie aufmerksam geworden.

„An die Arbeit!"

„Da!", rief Sofia. „Sofort!" Sie reichte Anna deren Axt und nahm die eigene zur Hand, als wollte sie dem Befehl nachkommen. Der Wachmann wandte sich zufrieden ab.

„Anna, es ist jetzt nicht die Zeit dafür, und du bist nicht …"

Doch die Freundin packte Sofia am Handgelenk, mit erstaunlich festem

Griff. „Nein, Sofia, es ist wichtig. Du musst mir zuhören und dir gut merken, was ich dir sage. Es wird dir helfen."

Sofia hob die Hand, um ihr den Schweiß aus dem fahlen Gesicht zu wischen, doch Anna schob die Hand ungeduldig beiseite, und für einen kurzen Moment blitzten ihre blauen Augen so lebhaft auf wie früher.

„Lass doch", stieß sie hervor. „Hör mir lieber zu."

Sofia legte die Axt wieder beiseite und spitzte die Ohren.

WÄHREND ich das Haus suchte, hatte es zu regnen begonnen. Ich war völlig durchnässt, Sofia, aber ich kümmerte mich nicht darum. Die Aussicht, Maria nach neun Jahren wiederzusehen, ließ mich alles andere vergessen. Als ich an der Wohnungstür im ersten Stock klopfte, öffnete mir ein junger Bursche mit welligem braunem Haar. Ich erkannte ihn sofort.

„Sascha?", fragte ich erstaunt. Er war es: Irinas Sohn. Er musste ungefähr dreizehn sein. „Ich bin eine Freundin deiner Tante Maria."

„*Tjotja* Maria hat keine Freunde."

Was sollte das heißen? Warum hatte Maria keine Freunde?

„Wo wohnt sie denn jetzt, Sascha?"

„Hier."

„Hier?" Ich konnte kaum glauben, dass ich mein Ziel bereits erreicht haben sollte. „Darf ich reinkommen? Ich möchte sie besuchen."

Er trat einen Schritt zurück und rief über die Schulter: „*Tjotja* Maria, du hast Besuch."

„Wer ist es denn, Sascha?"

Es war ihre Stimme! Ich lief in das Zimmer, und dort saß eine blasse Frau mit weißem Haar in einem Sessel am Fenster. Sie war stark gealtert, aber es war meine geliebte Kinderfrau.

„Maria", sagte ich leise, „ich bin's."

Ein Zittern durchfuhr die zarte Gestalt, und dann liefen ihr Tränen übers Gesicht. „Meine Anna", stieß sie schluchzend hervor.

Ich schlang die Arme um ihren Nacken. Maria strich mir über das regennasse Haar und murmelte unverständliche Worte in mein Ohr.

„Warum bist du nicht gekommen?", flüsterte ich. „All die Jahre habe ich auf dich gewartet."

Maria legte sich die linke Hand vors Gesicht. „Ich konnte nicht."

„Warum hast du nicht wenigstens geschrieben?"

„Tante Maria hat einen Schlaganfall erlitten, als sie gefoltert wurde."

Sascha – ich hatte völlig vergessen, dass er auch noch im Zimmer war.

Über den abweisenden Klang seiner Stimme erschrak ich fast ebenso sehr wie über das, was er gesagt hatte. Meine Gedanken überschlugen sich. Weißes Haar? Maria konnte nicht älter als vierzig sein. Ihre braunen Augen waren immer noch schön, doch über ihrem Blick lag ein Schleier. Und dahinter sah ich eine Welt in Trümmern liegen. Jetzt fiel mir auch auf, dass sie nicht aufgestanden war, um mich zu begrüßen.

Bestürzt sah ich sie an. „Ach Maria, meine arme Maria. Warum hast du nicht Sergej gebeten, mir zu schreiben? Ich wäre hergekommen und …"

Maria runzelte die Stirn, wodurch sich ihr Gesicht schief verzog. Sie schüttelte unmerklich den Kopf und warf einen raschen Blick in Saschas Richtung. „Das ist alles nicht so wichtig."

„Natürlich ist es wichtig. Ich hätte mich doch um dich kümmern …"

„Nein, Anna Fedorina, nicht du", fiel mir Sascha grob ins Wort. „Meine Eltern hätten dir niemals geschrieben, und sie hätten dich auch nicht im Haus haben wollen." Mit vorgerecktem Kinn stand er da, die Hände in die Seiten gestemmt. „Wegen deines Vaters und seiner feinen Freunde wurde Tante Maria gefoltert. Immer wieder musste ich mir erzählen lassen, wie ihre Haare über Nacht in der Gefängniszelle schneeweiß geworden sind. Dein Vater war ein Klassenfeind und …"

„Halt den Mund!", schrie ich.

„Bitte lass uns allein, Sascha", stöhnte Maria. „Bitte!"

Sascha starrte mich einige Sekunden lang böse an, bevor er aus dem Zimmer stapfte und kraftvoll die Tür hinter sich zuschlug. Danach kehrte Ruhe ein.

Maria ließ nicht zu, dass ich mir Vorwürfe machte dessentwegen, was sie durchlitten hatte. So küsste ich sie nur immer wieder, sagte ihr, wie lieb ich sie hatte und dass ich mich jetzt, da ich sie endlich wiedergefunden hatte, um sie kümmern würde. Ich zog mir einen Hocker heran, erzählte ihr von meinen Jahren in Kasan, und erst als das Tageslicht bereits schwand, traute ich mich, die Frage zu stellen, die schon die ganze Zeit in mir brannte.

„Weißt du, was aus Wassili geworden ist?"

Maria lachte leise, so wie früher. „Du hast diesen Jungen aber auch angehimmelt! Hast an ihm geklebt wie sein Schatten. Und er hat dich vergöttert." Sie musste erneut lachen. Dann wurde ihr Gesicht ernst, und sie überlegte angestrengt. „Er war zweimal hier. Ich glaube, er hat dich gesucht …"

„Wann? Wann war er bei dir?"

„Ich bin nicht sicher. Ich kann nicht mehr richtig denken." Sie presste sich verzweifelt die Fingerknöchel an die Stirn. „Ich vergesse alles."

Beruhigend strich ich ihr übers Haar. „Schon gut, Maria, es hat keine Eile. Erinnerst du dich, wie er aussah?“

Ihr Mund verzog sich zu einem schiefen Lächeln. „O ja. Es ist ein richtiger Mann aus ihm geworden.“

„Und ist er immer noch so hübsch?“

„Genauso hübsch wie früher. Er hat mir erzählt, dass er einen anderen Namen angenommen hat, damit sie ihn …“

„Welchen Namen, Maria?“

Wieder die verzweifelte Miene.

„Hast du ihm gesagt, wo er mich finden kann?“

„Nein, mein Kind, ich konnte mich nicht erinnern, wo du warst. Es tut mir so leid.“

„War er … enttäuscht?“

„O ja. Deshalb ist er ja noch ein zweites Mal gekommen. Um zu sehen, ob es mir wieder eingefallen war.“ Ihre Augen füllten sich mit Tränen. „War es aber nicht.“

Ich schloss Maria fest in die Arme und flüsterte ohne Hoffnung: „Wo wohnt er jetzt?“

Zu meiner Überraschung nickte sie eifrig. „Er hat es mir aufgeschrieben.“

Aus einer großen, zerschlissenen Leinentasche, die zu ihren Füßen lag, zog sie eine Bibel mit abgegriffenem schwarzem Einband. Zwischen die Seiten war ein grauer Zettel geklemmt, und darauf stand: *Michail Paschin, Lewizkij-Fabrik, Dagorsk. Wohnhaft: Tiwil bei Dagorsk.*

Doch gerade als ich das Stückchen Papier in der Hand hielt, ging krachend die Tür auf. Breitschultrige Uniformierte in Lederstiefeln stürmten herein. Fünf strenge Gesichter waren auf mich gerichtet. Dahinter sah ich den dreizehnjährigen Sascha.

„Anna Fedorina?“ Der Offizier trug einen schwarzen Kosakenschnurrbart, der sich bedrohlich zu sträuben schien, schaute aber ruhig und gelassen drein. „Du bist Anna Fedorina, die Tochter von Nikolai Fedorin, dem erklärten Feind des russischen Volkes?“

„Aber das ist schon Jahre her …“

Der Offizier verzog den Mund zu einem Lächeln, das keines war. „Wir vergessen nicht. Und wir verzeihen auch nicht.“

Starke Hände packten mich an den Armen und zerrten mich hoch.

„Anna!“, rief Maria mit aller Kraft ihrer schwachen Lunge, die linke Hand in die Luft gereckt. „Bitte! Ich möchte ihr einen Kuss geben. Lasst mich meiner Anna zum Abschied einen Kuss geben!“

Die Soldaten zögerten kurz, stießen mich dann aber gegen Marias Sessel. Sie schlang ihre Arme fest um meinen Hals, bedeckte mein Haar, die Wangen, das Kinn, die Ohren mit Küssen und flüsterte dabei pausenlos auf mich ein, sodass sich mir, als man mich grob von ihr wegzerrte, ihre gestammelten Worte für immer eingeprägt hatten.

Die Juwelen seiner Mutter … In einem Holzkästchen … Das hat er in der Kirche zu Füßen des heiligen Petrus vergraben, hat er mir gesagt … In dem Dorf, in dem er wohnt …

„Wo willst du hin, Genossin Morosowa?“

Sofia war aufgestanden, weil sie es in dem Konferenzsaal, diesem Treibhaus aus Lügen und Paranoia, unerreichbaren Produktionsnormen und Gegeifer gegen Störer und Saboteure, keinen Moment länger aushielt.

Alanja Sirowas Miene war halb Neugier, halb Misstrauen. „Gehst du?“

„*Da*. Ich muss etwas Wichtiges erledigen.“

„Aber ich dachte …“

„Wenn die Genossen Paschin und Boriskin mit ihrem Bericht an der Reihe sind“, sagte Sofia und legte Alanja den Schreibblock auf den Schoß, „schreibst du alles mit – auch die Reaktionen des Komitees. Traust du dir das zu, Genossin Sirowa?“

Die Bäckchen der Sekretärin glühten vor Begeisterung. „Selbstverständlich, Genossin. *Spasibo!* Ich werde dich nicht enttäuschen.“

Sofia hätte am liebsten geweint.

Als sie dann draußen die Straßen entlangeilte, wünschte sie sich bald, sie hätte den Konferenzsaal nie verlassen. Leningrad war nicht mehr die Stadt, die sie von früher kannte. Die hohen, pastellfarbig getünchten Häuser mit den reich verzierten Fassaden und den schmiedeeisernen Balkonen, einst so gepflegt und elegant, waren nur noch rußige, elende Kästen, vollgestopft mit rußigen, elenden Menschen, die zu den Warteschlangen für Brot, Kerzen oder Petroleum hasteten, wo sie sich dann stundenlang anstellten wie Schafe vor der Schlachtbank.

Sofia besaß keine genaue Adresse von der Wohnung, in der Anna kurze Zeit mit Maria und Irina gewohnt hatte. Im Laufschritt durchkämmte sie die Straßen im Liteinij-Viertel und brauchte doch über eine Stunde, bis sie das Gesuchte gefunden hatte: die Wasserhahn-Fabrik. Es gab sie noch immer.

Was hatte ihr Anna außerdem erzählt?

Eine Eisentreppe. Ein Hof mit einem Brunnen in der Mitte und einem

Löwenkopf über einem Torbogen. Aber in den dunklen Reihen zerfallender Mietshäuser schienen überall Treppen mit Eisengeländern in die oberen Stockwerke zu führen, und es gab überall Höfe, in denen zerlumpte Kinder zwischen Holzstapeln herumkrochen. Doch dann entdeckte Sofia tatsächlich einen Löwenkopf über einem Torbogen, und ihr klang Annas Stimme in den Ohren. *Du musst dir gut merken, was ich dir sage. Es wird dir helfen*.

Sie näherte sich dem Eingang, hob den dicken Klopfer an und schlug ihn gegen die Tür. Ein runzliges Frauengesicht spähte durch einen Türspalt.

„Ja?"

„Ich suche Maria Myskowa. Ich glaube, sie hat hier gewohnt, zusammen mit dem Genossen Sergej Myskow, seiner Frau und seinem Kind. Im ersten Stock. Wissen Sie, wo die jetzt sind?"

„Auf Arbeit."

„Heißt das, sie wohnen noch hier? Wann kommen sie nach Hause?"

„Wer will das wissen?"

Aus dem Hintergrund kam das Geräusch von zerbrechendem Geschirr und gleich darauf eine fluchende Männerstimme. Die Frau fuhr mit einem leisen Aufschrei herum und eilte in den dunklen Flur zurück.

Ohne zu zögern, betrat Sofia das Haus und sprang, immer gleich zwei Stufen auf einmal nehmend, die Treppe hinauf. Dabei versuchte sie den Geruch von gekochtem Kohl und ungewaschenen Leibern zu ignorieren, den das Gebäude zu verströmen schien und der sie schlagartig in die Holzbaracke im Arbeitslager Dawinsky zurückversetzte.

Auf dem Treppenabsatz im ersten Stock wandte sie sich nach links, wo ein mit Brettern vernageltes Fenster einige spärliche Lichtstreifen einließ. Sofia stutzte. An der Wand des schäbigen Hausgangs standen drei niedrige, schmale Bettgestelle im Dämmerlicht. Das eine Bett war ordentlich gemacht, die glatt gestrichene Decke obenauf, das zweite war ein Durcheinander aus schmutzigen Laken, und im dritten lag ein kahlköpfiger Mann, dessen Haut gelb wie eine Quitte war. Es war das erste Mal, dass Sofia eine *kommunalka* zu Gesicht bekam, eine Unterkunft, in der mehrere Familien auf kleinstem Raum zusammengepfercht waren. Weil in der Wohnung, die ursprünglich nur für eine Familie gedacht war, nicht alle Bewohner Platz gefunden hatten, waren die drei mit ihrer Schlafstatt offenbar ins Treppenhaus ausgewichen.

Auf Zehenspitzen schlich Sofia an dem Mann vorbei und klopfte entschlossen an die Tür am Ende des Treppenabsatzes. Es wurde sofort geöffnet. Eine dunkelhaarige Frau stand vor ihr, kleiner als sie, aber mit beachtlicher Oberweite. Sofia lächelte die Frau gewinnend an.

„Dobrij wetscher", sagte sie. „Guten Abend. Ich bin Anna Fedorina."

„SIE LEBT nicht mehr. Maria ist vor zwei Jahren gestorben, bei einem zweiten Schlaganfall." Es waren nüchterne Worte, doch Irina Myskowa sprach sie behutsam aus. „Es tut mir leid, Anna. Ich weiß, wie viel du ihr bedeutet hast. Es ist sehr traurig, dass Maria deine Freilassung nicht mehr miterleben kann."

„Sag das Sascha."

Die Frau erstarrte, als Sofia den Namen ihres Sohnes erwähnte. Die Rolle, die er bei Annas Verhaftung gespielt hatte, lastete Irina auf der Seele. Sie strich sich über den mächtigen Busen, als wollte sie den Aufruhr besänftigen, der sich darin regen mochte.

Irinas Kleidung war sauber, aber zerschlissen, der Stoff ihres Rockes fadenscheinig. Auch die Wohnung sah sauber und ordentlich aus, aber alles war alt und abgenutzt. Nur die weiße Leninbüste schien neu zu sein, ebenso die leuchtend roten Plakate mit den Losungen VORWÄRTS ZUM SIEG DES KOMMUNISMUS und WIR GELOBEN, GENOSSE LENIN, DIR EHRE ZU MACHEN.

„Sascha hat nur seine Pflicht getan", beteuerte Irina.

Sofia, die nicht hergekommen war, um sich zu streiten, nickte halbherzig. „Was geschehen ist, ist geschehen, Irina. Die Zukunft können wir verändern – die Vergangenheit nicht."

„Da hast du Recht. Aber … wenn ich dir helfen kann … Ich weiß von Maria, dass du den Jungen der Djuschejews immer sehr gernhattest."

„Wassili?"

„Hat Maria dir gesagt, dass er mal hier gewesen ist? Er lebt jetzt unter anderem Namen."

„Ja. Michail Paschin. Sie hat gesagt, er habe zweimal vorbeigeschaut."

„Ich war nicht dabei, aber ich glaube, er war nur einmal da. Maria hat nach dem Schlaganfall manches durcheinandergebracht. Sascha hat jedenfalls gesagt, der zweite Besucher sei ein anderer Mann gewesen."

„Weißt du, wie er hieß?"

Irina ging nicht auf ihre Frage ein. „Du solltest wissen, Anna, dass dieser Mann deinetwegen hier war."

„Meinetwegen?"

„*Da*. Anscheinend war es ein junger Bolschewist … Der Soldat, der deinen Vater und Wassilis Mutter erschossen hat. Er hat dich gesucht."

Sofia hatte das Gefühl, ihr Herz würde stehen bleiben. „Wie hieß er?"

„Weißt du, das Seltsame war, dass er behauptete, man habe ihn zur Arbeit in den Ural geschickt."

„Sein Name?" Allmählich verlor Sofia die Geduld.

„Maria konnte sich nicht mehr viel merken, aber sie hat Sascha den Namen gesagt, und der hat ihn sich gemerkt."

„Wie hieß er denn nun?" Sofia hielt den Atem an, und die Vorahnung ließ sie erschauern, obwohl es in der Wohnung sehr warm war.

„Fomenko. Alexej Fomenko."

Tiwil
Juli 1933

8 *Jeder Einzelne muss neu geboren werden. Jeder Einzelne muss lernen, neu zu denken. Jeder Einzelne muss ein neues Herz bekommen.* So stand es in der kommunistischen Streitschrift, die Pjotr unter seinem Kopfkissen liegen hatte. Ihm leuchtete das ein. Solange das Alte und Schlechte nicht ausgemerzt war, wie sollte da Platz für Neues sein? Deswegen wollte er mit dem Vorsitzenden Alexej Fomenko reden. Am Ende, wenn sie erst ihr neues Herz hätte, würde ihm die Flüchtlingsfrau dankbar dafür sein.

„He Pjotr, was machst du hier?"

Es war Jurij. Sein Gesicht war vom Laufen erhitzt.

„Ich warte auf den Vorsitzenden."

„Warum denn?"

„Ich muss ihm etwas sagen."

Jurijs Augen leuchteten interessiert auf. „Was denn?"

Fast hätte Pjotr es ihm erzählt. Sie lagen ihm schon auf der Zunge, die Worte, die Sofia verraten hätten: *Die ist gefährlich*. Doch ein seltsames Kribbeln in seinem Bauch hielt ihn zurück.

„Also", drängte Jurij, „was ist?"

In dem Moment kam Anastasia die staubige Straße entlanggelaufen und blieb vor den beiden stehen. „Was machst du denn hier, Pjotr?" Sie lächelte ihn an. „Du hast doch nicht etwa Ärger?"

„Natürlich nicht", entgegnete Pjotr.

„Er hat geheime Informationen für den Vorsitzenden", erklärte Jurij wichtigtuerisch.

„Tatsächlich?" Das Mädchen machte große Augen. „Was für welche?"

Pjotr fühlte sich in die Enge getrieben. „Es geht um jemanden hier im Dorf", stieß er widerwillig hervor. „Um antisowjetische Umtriebe."

Verblüfft bemerkte er, dass sich Anastasias Augen mit Tränen füllten und das Mädchen verängstigt von ihm abrückte.

„Ich muss nach Hause“, sagte sie rasch und rannte los. Ihr kurzer Pferdeschwanz wippte beim Laufen. Auch die merkwürdigen Beulen auf ihrem Rücken wippten, dort, wo Anastasia die verblichene Bluse in ihre Shorts gesteckt hatte. Pjotr sah es genau, und er wusste, was es zu bedeuten hatte: Anastasia hatte Kartoffeln gestohlen.

Erst vor zwei Wochen war eine Frau aus dem Nachbardorf zu fünf Jahren Arbeitslager verurteilt worden, weil sie ein halbes Pud Weizen aus ihrem Kolchos gestohlen hatte. Mit einem Mal hatte Pjotr einen schlechten Geschmack im Mund. Wenn er dem Vorsitzenden Fomenko von Sofia erzählte, war es da nicht auch seine Pflicht, das mit Anastasia zu erzählen?

Als er verwirrt aufblickte, sah er seinen Vater auf sich zukommen.

„Na, was treibt ihr beiden denn hier?“

„Nichts weiter.“

„Wegen nichts weiter steht ihr vor der Tür des Vorsitzenden Fomenko?“

Statt böse zu sein, lachte Pjotrs Papa nur. Ausnahmsweise war sein Gesicht nicht von den Schatten eines langen Arbeitstages verdüstert. Seit er gestern von der Konferenz heimgekommen war, hatte er gute Laune. Es musste sehr gut gelaufen sein in Leningrad.

„Guten Abend, Genosse Paschin“, sagte Jurij höflich. „Wissen Sie irgendwas Neues über die verschwundenen Getreidesäcke?“

Typisch Jurij, dachte Pjotr belustigt. Dauernd auf der Suche nach Informationen.

Aber Papa fand Jurijs Frage offenbar nicht witzig. Das Lächeln verschwand aus seinem Gesicht.

„Darüber weiß ich gar nichts. Komm, Pjotr“, sagte Michail energisch und fasste seinen Sohn am Arm. „Wir gehen zu Rafik.“

Schweigend marschierten sie nebeneinander die Straße entlang.

„Warum kannst du Jurij eigentlich nicht leiden, Papa?“

„Ich möchte nicht, dass dich der kleine Wirrkopf mit seinen schrägen Gedanken ansteckt.“

„Mach dir da keine Sorgen, Papa. Ich kann ganz gut selber denken.“

Sein Vater blieb mitten auf der Straße stehen und sah ihn lange an. „Das weiß ich doch, Pjotr. Ich sehe, dass du erst überlegst, was richtig ist und was nicht, und dich dann entscheidest.“ Jetzt lächelte er wieder. „Das gefällt mir sehr gut.“

Pjotr betrat zum ersten Mal die Isba des Zigeuners. Es roch merkwürdig in der Holzhütte. War ja auch kein Wunder, wo hier ein halber Wald unter der Decke hing. Pjotr blieb vorsichtshalber in der Nähe der Eingangstür stehen.

„*Dobrij wetscher*", sagte Michail zu Rafik. „Guten Abend."

„*Dobrij wetscher*, Pilot. Dir auch einen guten Abend, Pjotr." Der Zigeuner war ganz in einem riesigen braunen Polstersessel versunken. „Was macht Glinkas Fohlen, Pjotr?"

„Das hat heute den Priester Logwinow gebissen."

Rafik lachte. „Das ist der jugendliche Übermut, genau wie bei dir."

Pjotr nickte befangen, denn die Flüchtlingsfrau saß Senia gegenüber am Tisch.

„Freut mich zu sehen, dass es dir besser geht, Rafik", sagte Michail.

„Viel besser."

Dann wandte sich Michail den beiden Frauen am Tisch zu und deutete eine altmodische Verbeugung an. Pjotr beobachtete es erstaunt. Was ging hier vor?

„Guten Abend, Sofia."

Pjotr hatte es bisher vermieden, die Frau direkt anzusehen. Jetzt konnte er es sich nicht mehr verkneifen. Doch er wünschte sich sofort, er hätte es nicht getan, denn nun konnte er nicht mehr wegschauen. Ihre Augen glänzten in einem tiefen Blau, mit tanzenden Lichtreflexen darauf, genau wie er sich das Meer vorstellte. Ihre Lippen waren leicht geöffnet, während sie Papa ansah – wie bei Anastasia, wenn sie in der Schule einen Blick auf Jurijs Honigbrot warf. Und Papa guckte Sofia genauso an.

In Pjotrs Bauch begann irgendetwas zu flattern. *Schau weg, schau weg!*

„Ich habe eine Überraschung für euch alle." Michail zwinkerte ihm zu.

„Was denn, Papa?"

„Nächste Woche kommt das *Krokodil* nach Dagorsk."

Alle trüben, bedrohlichen Gedanken waren mit einem Schlag wie weggeblasen. Pjotr stieß einen lauten Freudenschrei aus. „Können wir hinfahren und es uns ansehen, Papa? An welchem Tag? Wie lange ist es dort? Können wir Jurij auch mitnehmen und …?"

Papa lachte leise. „Langsam, mein Junge. Natürlich fahren wir hin." Er sah wieder in die Runde, verbeugte sich ein zweites Mal und sagte: „Ihr seid alle eingeladen."

Rafik schüttelte den Kopf. „Ich gehe nicht aus Tiwil weg. Aber fahrt ihr ruhig und amüsiert euch."

„Was ist das *Krokodil*?“, fragte Sofia.

„Ein Flugzeug“, erklärte Pjotr aufgeregt. „Es wurde so umgebaut, dass es wie ein Krokodil aussieht.“

Michail nickte und zeichnete die ungefähren Umrisse in die Luft. „Es ist aus der Flugzeugstaffel von Tupolews PS-9, die zu Stalins Propagandafeldzug gehört. Es fliegt im ganzen Land herum und soll dem Volk die sowjetischen Fortschritte demonstrieren. Es soll Filmvorführungen geben, man will Broschüren verteilen und so. Eine der besseren Ideen des Politbüros, finden wir. Nicht wahr, Pjotr?“

„Ja“, bestätigte Pjotr grinsend.

„Pilot!“ In der Stimme des Zigeuners schwang ein Unterton mit, der alle aufschauen ließ. Rafik hatte sich aus seinem Sessel erhoben, stand mitten im Zimmer und presste die Hände an die Schläfen, als wollte er einen Gedanken daran hindern, in seinen Kopf einzudringen. Die schwarzen Augen wirkten fiebrig. „Pilot!“ Dieses Mal war es ein Schrei. „Raus hier, mach schnell! Lauf!“

Im Nu war Senia an Rafiks Seite. „Was ist, Rafik?“

„Sie kommen, um ihn zu holen. Lauf, Michail!“

„Papa?!“, rief Pjotr erschrocken aus.

Sofia sprang von ihrem Stuhl auf. „Geh, Michail“, drängte jetzt auch sie. „Geh!“

Doch Michail rührte sich nicht vom Fleck. „Was zum Teufel redest du da, Rafik? Wer kommt mich holen?“

Da flog mit lautem Knall die Tür auf und Uniformierte stürzten herein.

Die Zellentür schlug hinter Michail zu. Dieser Gestank! Wie ein Faustschlag mitten ins Gesicht. Wie viele Männer waren hier drinnen zusammengepfercht? Zehn? Zwanzig? Dreißig? Im Halbdunkel konnte er es nicht genau ausmachen. Jedenfalls fehlte die Luft zum Atmen, und es fehlte ein Platz zum Sitzen, also blieb er stehen. Es war Nacht, doch eine schwach glimmende blaue Glühbirne sah wie das böse Auge eines Bewachers auf die Gefangenen herab. Michail war in eine völlig fremde Welt geraten.

Im ersten Moment war er instinktiv auf seine Häscher losgegangen, und das hatte Folgen gehabt: eine aufgeplatzte Lippe, eine Rippe, die bei jedem Atemzug schmerzte, eine geprellte Kniescheibe. Was war er auch für ein Idiot, dass er sich nicht beherrschen konnte! Aber die Soldaten hörten ihm gar nicht zu, als er sagte, sie begingen einen verhängnisvollen Fehler. Er habe mit den verschwundenen Getreidesäcken nichts zu tun und es gebe auch sonst nichts, was seine Verhaftung rechtfertige. Der Anblick von Pjotr, der wie ein junger Hund geschlagen wurde, weil er sich an seinen Vater klammerte, hatte ihm dann den Rest gegeben. Jetzt hatte Michail Mühe, sich daran zu erinnern, was genau geschehen war.

Am deutlichsten konnte er sich Pjotrs verängstigtes Kindergesicht ins Gedächtnis rufen und Sofia, die den Offizier mit flammendem Blick anschrie. Schon verschwommener waren Rafik, still und entfernt, und Senia, die am Tisch saß und sich hinter ihrer schwarzen Mähne versteckte. Dann das Bild einer flehenden Sofia. Es kam und ging, kam und ging. Seltsamerweise redete sie nicht auf die Soldaten ein, sondern auf Rafik. Ihn beschwor sie auf Knien. Dann geriet Pjotr in Panik, weil …

Pjotr. Großer Gott! Wer wird sich um meinen Sohn kümmern?

Michail stand dicht vor der dreckbeschmierten Tür, schloss die Augen und suchte in seinem Gedächtnis angestrengt nach etwas Sauberem, Kühlem, Starkem, an dem er sich festhalten konnte. Er fand ein Augenpaar – Augen, die ihn offen ansahen, blau wie der Sommerhimmel, mit einem fröhlichen Lächeln darin.

„Sofia“, flüsterte er. „Sofia.“

„JETZT dauert es nicht mehr lange“, sagte Sofia.

„Das hast du vor zwei Stunden auch schon gesagt.“

„Ja, aber einmal muss es schließlich stimmen.“

Pjotr ließ den Blick über die Schlange wandern: Vor ihnen gut zwanzig Personen, hinter ihnen wand sie sich bis auf die Straße hinaus. Die meisten waren Frauen – Ehefrauen, Mütter, Schwestern, Töchter auf der Suche nach ihren Lieben. Als Pjotr mutlos die Schultern zuckte, packte ihn Sofia fest im Nacken, bis er wütend ihre Hand abschüttelte.

„Schon besser“, sagte sie energisch. „Dein Vater ist im Gefängnis, er ist nicht tot. Wir dürfen ihn nicht aufgeben, hörst du? Bald werden wir herausgefunden haben, was genau man ihm vorwirft.“ Sie warf einen ungeduldigen Blick zu der Luke in der Tür. „Wenn die Schnecke da vorn sich mal entschließt, die Sache ein wenig zu beschleunigen.“

Eine alte Frau stand vor der Tür. Tränen liefen ihr übers Gesicht, als sie versuchte, ein in braunes Papier eingewickeltes Päckchen durch die Luke zu schieben. „Gib ihm das“, bat sie schluchzend. „Gib meinem Jungen …“

„Keine Pakete“, sagte der Uniformierte hinter der Luke barsch und ließ die Klappe herunter.

Pjotr schaute verängstigt drein. Sofia legte ihm die Hand auf die Schulter, und diesmal entzog er sich ihr nicht.

„Dein Vater leistet wertvolle Arbeit für den Staat, Pjotr. Die können gar nicht auf sein Wissen verzichten, weil …"

„Er ist nicht mein Vater!", schrie Pjotr sie an. Seine Wangen waren plötzlich flammend rot vor Scham. „Er ist ein Dieb! Er hat es verdient, dass man ihn einsperrt."

„Pjotr!" Sofia starrte den Jungen fassungslos an. „Du weißt ja nicht, was du da sagst."

„Name?"

Sie zwang sich dazu, ruhig und gleichmäßig durchzuatmen, während sie sich der Luke zuwandte. „Ich bin hier, um mich nach Michail Antonowitsch Paschin zu erkundigen. Er wurde gestern Abend aus Tiwil fortgebracht, und …"

„Wer bist du?"

„Ich bin mit seinem Sohn hier, Pjotr Paschin."

„Papiere?"

„Das sind die von Pjotr."

„Und deine?"

„Ich bin nur eine Freundin. Ich helfe Pjotr herauszufinden, was …"

„Name?"

„Sofia Morosowa."

„Papiere?"

„Hier – das ist meine Wohnerlaubnis für den Kolchos Roter Pfeil in Tiwil. Aber ich verstehe nicht ganz, warum ich …"

„Warte hier." Die Klappe ging wieder nach unten.

„Sofia."

„Du brauchst nicht mehr zu flüstern, Pjotr. Hier draußen hört uns keiner. Es ist in Ordnung."

„Ich weiß, was passiert, wenn jemand verhaftet wird."

„Ach ja?"

„Ja. Jurijs Onkel ist das passiert. Man wird verhört, manchmal monatelang, und wenn man unschuldig ist, wird man wieder freigelassen … Warum lachst du denn?"

„Aus keinem besonderen Grund, Pjotr. Sprich ruhig weiter!"

„Glaubst du, Papa wird wieder freigelassen?"

Sofias Herz flog dem Jungen zu. Sie packte ihn an den mageren Schultern und drehte ihn zu sich herum. „Natürlich kommt er wieder frei", sagte sie entschieden. „Dein Vater ist ein guter Mensch."

„Er ist nicht mein Vater."

„Pjotr! Was fällt dir ein, so etwas zu sagen!"

Die braunen Augen sahen sie unglücklich an. „Er ist es nicht. Frag Rafik. Mein Vater war der Müller in Tiwil. Vor sechs Jahren ist meine Mutter mit einem Soldaten nach Moskau gegangen, da hat mein Vater die Mühle angezündet, mit sich selbst darin."

„O Pjotr."

„Ich hatte niemanden mehr. Mein Vater war ein Kulak, deshalb wollte mir niemand aus dem Dorf helfen, obwohl er tot war. Die Behörden wollten mich in ein Heim stecken." Er verstummte und fuhr sich mit der Hand über die Augen. „Da hat Michail Paschin mich adoptiert. Er war neu im Dorf und kannte mich nicht, aber er hat mich trotzdem zu sich genommen."

Sofia zog Pjotr an sich und strich ihm sanft übers Haar.

„Er kommt wieder frei", murmelte sie. „Ich versprech's dir."

„NAME?"

„Michail Antonowitsch Paschin."

„Beruf?"

„Ingenieur. Diplom-Ingenieur. Und Fabrikdirektor."

„Welche Fabrik?"

„Die Lewizkij-Fabrik in Dagorsk. Wir fertigen Kleidung und Soldatenuniformen. Es ist eine loyale Fabrik mit pflichtbewussten Arbeitern. Diesen Monat übertreffen wir unsere Norm um …"

„Mund halten!"

Der herrische Befehl ließ den kleinen Verhörraum noch weiter zusammenschrumpfen. Ein Fenster gab es nicht, nur eine grelle Glühbirne an der Decke. In der Mitte des Raumes stand ein Metalltisch, dahinter zwei Stühle, davor ein dritter, der auf dem Boden festgeschraubt war.

Michail stand kerzengerade, konzentrierte sich auf das, was er sagen wollte, und zwang sich, seinen Zorn hinunterzuschlucken.

„Setzen!"

Er setzte sich.

„Geburtsort?"

„Leningrad."

„Name des Vaters?"

„Anton Iwanowitsch Paschin.“

„Beruf des Vaters?“

„Stellmacher.“

„Warum hast du die Flugzeugfabrik Tupolew verlassen?“

„Das steht garantiert in der Akte, die du vor dir liegen hast. Warum fragst du mich noch danach?“

Zum ersten Mal zeigte der Mann hinter dem Schreibtisch ein Fünkchen Interesse. Er war groß gewachsen, hatte eine aufrechte Haltung, trug eine gut geschnittene Uniform und eine ganze Reihe von Orden.

„Beantworte meine Fragen!“

„Ich bin gegangen, weil ich keine andere Wahl hatte.“

„Was soll das heißen?“

Bewahr die Ruhe. Halt deinen Zorn im Zaum. Spiel nach ihren Regeln.

„Weil ich einen Fehler gemacht hatte. Ich habe die Organisation der Zulieferungen kritisiert. Ich wollte unbedingt die Antonow 4 für unseren Großen Führer bauen, und da ließ ich es zu, dass meine Enttäuschung über eine verspätete Lieferung von wichtigem Ausrüstungsmaterial mein Urteil getrübt hat.“

„Du gibst zu, dass du im Unrecht warst?“

„Ja, ich gebe es zu. Ich hatte nicht die Größe dessen bedacht, was unser Führer in Angriff genommen hatte. Heute weiß ich, dass Eisenbahnnetze erst ausgebaut werden müssen, bevor sie die Lasten tragen können, die darauf befördert werden sollen.“ Michail senkte die Stimme. „Ich war jung und töricht.“

„Lüg mich nicht an, du dreckiger Saboteur.“

„Ich bin kein Saboteur.“

„Du sollst mich nicht anlügen! Du wolltest die Tupolew-Fabrik sabotieren, und jetzt sabotierst du die Lewizkij-Fabrik. Du arbeitest gegen den Fortschritt, wie er uns allen im ersten Fünfjahresplan vorgezeichnet ist. Saboteure wie du sind die Ursache für die Nahrungsmittelknappheit.“

„Aber ich sagte doch, wir haben unsere Ziele übererfüllt.“

„Wer bezahlt dich?“

Mit dieser Frage hatte Michail nicht gerechnet. „Niemand.“

„Man hat dich beobachtet, als du die Beschaffung von Getreide im Kolchos Roter Pfeil in Tiwil sabotiert hast.“

„Das kann nicht sein.“

„Doch. Es gibt Zeugen.“

„Wen?“

„Ruhe, du Dreckskerl! Wer bezahlt dich? Die ausländischen Mächte, denen unsere großen Erfolge ungelegen kommen? Es ist bekannt, dass sie subversive Elemente einsetzen, um unsere Industrie zu zerstören. Elemente wie dich, die bedenkenlos Verrat am sowjetischen Volk begehen und allesamt erschossen werden sollten."

Michails Blut hämmerte in den Adern. Es ging gar nicht ausschließlich um das Getreide. Die Sache war schlimmer, als er erwartet hatte. „Ich weise diese Vorwürfe zurück. Ich bin Kommunist und meinem Vaterland treu ergeben."

Der Vernehmer seufzte und schüttelte mit gespieltem Bedauern den Kopf.

„Fangen wir noch mal von vorn an."

„Ich habe dir alles gesagt."

„Das hast du nicht, aber du wirst es schon noch tun."

Der Zementboden war vom Abspritzen noch nass. Barfuß, die Hände in Handschellen auf dem Rücken, wurde Michail von zwei Wärtern in die leere Zelle geführt. Mit einem dumpfen metallischen Krachen schlug die Tür zu. Der Wärter mit dem knochigen Gesicht und den unruhigen Augen schloss mit einem Eisenschlüssel ab, der mit einer Kette an seinem Gürtel befestigt war. Dann wandte er sich um und schenkte Michail ein Lächeln, das eher ein Zähneblecken war. Der zweite Wärter kicherte vor Vorfreude. Er war ein muskulöser Mann, kräftig wie ein Ochse, mit einer niedrigen Stirn und breiten, fleischigen Pranken, die er ständig zu Fäusten ballte und wieder öffnete. Michail musste zugeben, dass die beiden Männer für ihre Aufgabe gut ausgewählt waren.

Kämpfen oder sich geschlagen geben? Es machte keinen Unterschied. Zwei schwere Gummiknüppel und eine Metallstange – die Wärter würden gewinnen. Mit auf den Rücken gefesselten Fäusten konnte man sich nicht wehren.

Schon sauste die Metallstange heran. Michail duckte sich, und sie surrte an seinem Ohr vorüber, doch von der anderen Seite hieb gleichzeitig eine Faust wie ein Vorschlaghammer auf seine Brust. Er gab keinen Mucks von sich. Ein steinharter Gummiknüppel prallte auf seinen Mund, Blut schoss ihm auf die Zähne, und er spuckte einen weißlichen Splitter aus.

„Ist das alles, was ihr zu bieten habt?", höhnte er.

Der nächste Schlag traf ihn an der Stelle zwischen Hals und Schulter und jagte einen sengenden Schmerz durch seinen Schädel. Er konnte weder Schulter noch Arm bewegen. Ein Hieb mit der Metallstange in seine Kniekehlen ließ Michail nach vorn sacken, und dann kam er: der echte Schmerz. Wieder und wieder, wie Regen prasselten die Schläge auf ihn nieder. Auf den Rücken, die Rippen, die Knie, die Nieren, den Nacken. Auf die nackten Fußsohlen und, das Schlimmste, auf die Hoden. Weißglühend züngelten die Flammen des Schmerzes bis an jedes seiner Nervenenden.

„Gestehe!", brüllte ihm einer der Wärter ins Ohr.

„Der Teufel soll euch holen, ihr Hunde!", stieß er durch das Blut hindurch hervor.

Wieder wurde sein Hirn von Schmerz überflutet. Doch er konnte nicht mehr erkennen, aus welchem Teil seines Körpers er kam.

Sofia trennte sich vor dem Kolchos-Büro von Pjotr, ging eilig an dem Teich vorbei, an dem zwei Jungen mit viel Geschrei eine Ente zu fangen versuchten, und weiter zu Rafiks Isba.

„Rafik?"

Keine Antwort. Die Hütte war leer.

Wo war der Zigeuner? Sofia hatte Fragen an ihn, und die Zeit rann ihr durch die Finger. Entmutigt sackte sie in den braunen Sessel und ließ den Kopf auf die Hände sinken. Das ganze Leid der vergangenen vier Monate, in denen sie sich durch halb Russland gekämpft hatte, drückte sie mit solcher Wucht nieder, dass sie kaum noch Luft bekam. Zusammengesunken dachte sie angestrengt nach. Dachte an Michail. An Anna. An alles, was sie im Begriff war zu verlieren. Und als der Schmerz schließlich auf ein erträgliches Maß geschrumpft war, stand sie auf und ging zu Rafiks geschnitzter Truhe hinüber. Zu der Truhe, aus der er damals ihre Schuhe geholt und die sie selbst nie geöffnet hatte. Den Deckel zierte ein Schlangenmuster. Sofia wusste nicht, was sie erwartet hatte, bevor sie ihn anhob, aber ganz bestimmt nicht das, was ihr aus der Truhe entgegenstarrte.

Zwei funkelnde schwarze Augen und ein Fell, weißer als Schnee, glitzernd wie Eis. Es war das vollständige Fell eines Polarfuchses, wunderschön und so geschmeidig gegerbt, dass man kaum glauben konnte, dass das Tier nicht mehr lebte. Sofia strich über den weichen Pelz, holte ihn vorsichtig heraus und fand einen Stapel zusammengelegter weißer Laken darunter. Zwischen all dem Weißen stach in einer Ecke etwas Rotes hervor: ein Stück Stoff.

Sofia nahm es in die Hand und spürte etwas Schweres darin. Sie setzte sich wieder in den Sessel, schlug das Bündel behutsam auseinander und war seltsam enttäuscht, als ihr ein einzelner Kieselstein in den Schoß kullerte. Sie hatte etwas anderes erwartet, irgendetwas, was ihr Aufschluss geben konnte. Dennoch nahm sie den Stein in die Hand und betrachtete ihn genau. Er war blütenweiß und von silbernen Adern durchzogen, sah ansonsten aber ziemlich gewöhnlich aus.

Wofür um alles in der Welt benutzte Rafik ihn? Es war lächerlich, doch je länger sie sich den Stein besah, desto weniger mochte sie ihn in die Truhe zurücklegen. Er wirkte seltsam beruhigend auf sie. Verwundert hielt sie ihn an ihr Gesicht und strich sich mit der glatten Oberfläche über die Wange.

Ihr Geist wurde friedlich, sie atmete leichter. Was auch immer hier vor sich ging – die Angst und der Schmerz, die sie eben noch gespürt hatte, lösten sich in Luft auf. Eigenartig. Vielleicht hatte Rafik diesen Stein so oft in der Hand gehalten, dass ein kleiner Teil von ihm in die silbrigen Adern geflossen war? Brachte sein starker Geist sie zur Ruhe, oder stieg aus ihr selbst etwas an die Oberfläche? Sofia war sich nicht sicher.

Mit einem unwilligen Kopfschütteln schlug sie den Kieselstein wieder in das rote Tuch ein und legte ihn an seinen Platz in der Truhe zurück. Sie musste unbedingt Rafik finden!

Sie verließ die Isba und wandte sich in Richtung Dorfmitte. Doch als sie einige Schritte gegangen war, hörte sie Hufgetrappel und wurde gleich darauf vom Vorsitzenden Fomenko eingeholt, der auf seinem Rappen zum Kolchos-Büro unterwegs war. Er nahm die Zügel an und brachte das Pferd neben Sofia zum Stehen.

„Guten Tag, Genossin Morosowa."

Sofia bedachte ihn mit einem kalten Blick. Das war der Mann, der als junger Soldat vor sechzehn Jahren Annas Vater und Michails Mutter Swetlana erschossen hatte. Sie fragte sich zum hundertsten Mal, ob Michail das wohl wusste und ob sie ihn darauf ansprechen sollte.

„Sie haben sich noch immer nicht bei mir im Büro gemeldet, wie ich es vor über einer Woche angeordnet hatte."

„Ich war einige Tage in Leningrad und heute in Dagorsk. Michail Paschin ist verhaftet worden …"

„Das ist mir bekannt", fiel er ihr ins Wort.

„Zu Unrecht verhaftet worden", fügte sie hinzu. „Er hat mit den verschwundenen Getreidesäcken nichts zu tun."

„Das festzustellen ist Sache derer, die den Fall untersuchen."

„Wenn aber jemand in hoher Stellung, ein Mann wie du, diesen Untersuchern berichten würde, dass ihr Gefangener ein ergebener Kommunist ist, der sich zur Zeit des Diebstahls zu Hause mit einem Offizier der OGPU betrunken und eindeutig keinerlei Sabotage begangen hat, dann würden sie ihn freilassen. Sie würden deinem Wort Glauben schenken."

Seine Gesichtszüge verloren ihre Strenge, wurden beinahe weich. „Genossin", sagte Fomenko mit belustigtem Lachen, „ich fürchte, irgendetwas hat deinen Verstand verwirrt."

„Nein, Genosse Vorsitzender, das glaube ich nicht. Jedenfalls nicht mehr, als es deinen verwirrt, wenn du oben im Wald Radio hörst."

Es war, als hätte sie ihm eine Ohrfeige verpasst. Eine dunkle Röte stieg ihm in die Wangen, und seine Hand krampfte sich um den Zügel.

„Wir sprechen uns noch", sagte er leise und ritt davon.

„ICH HABE dich schon erwartet." Rafik saß an dem grob gezimmerten Tisch, als Sofia in seine Isba zurückkehrte. Seine schwarzen Augen waren halb unter den Lidern verborgen, die olivfarbene Haut sah dunkler aus als sonst, und sein schwarzes Haar war unter dem weißen Fuchspelz fast nicht zu sehen. Er hatte die Schultern nach vorn gebeugt wie ein Greis. Das war nicht der Rafik, den Sofia kannte.

Der Raum war düster, obwohl es draußen taghell war, und ein schwerer Duft hing in der Luft. Sofia hatte sie kaum eingeatmet, als sie schon merkte, wie eigenartig sie schmeckte. Wachsam ließ sie sich Rafik gegenüber nieder.

„Ich habe nach dir gesucht", sagte sie vorwurfsvoll. „Warum hast du Michail gestern nicht geholfen, als er dich brauchte?"

„Ach, Sofia, schau nicht so böse. Du müsstest eigentlich wissen, dass es zu viele Soldaten waren, die da um ihn herumwimmelten. Es ging nicht, der Zeitpunkt war falsch. Aber jetzt … Heute Abend kommt der richtige Zeitpunkt, um dir die Augen zu öffnen."

Sofia hatte keine Ahnung, was er damit sagen wollte. Sein Blick kam wie aus weiter Ferne. Sie war sich nicht einmal sicher, ob er sie überhaupt richtig sah.

„Rafik?", flüsterte sie. „Was ist mit dir?"

Er antwortete nicht, doch eine kleine Bewegung lenkte Sofias Blick auf die Tischplatte, wo seine Hände verschränkt gelegen hatten. Jetzt ruhten sie einzeln auf dem abgenutzten Holz, die Finger gespreizt, und dazwischen lag der weiße Kieselstein. Er schien alles Licht aus dem Zimmer in sich aufzusaugen, und Sofia begann zu frösteln.

Es war der Stein, den sie in der Truhe gefunden hatte. Vorhin hatte er noch beruhigend auf sie gewirkt, aber jetzt machte er sie aus irgendeinem Grund nervös. Trotzdem konnte sie den Blick nicht davon abwenden.

„Sofia“, hörte sie Rafiks Stimme, und seine Hand legte sich schwer auf ihren Kopf. Sofort senkten sich ihre Lider. In der Dunkelheit vernahm sie plötzlich ein kraftvolles Summen, ein Surren, das ihre Zähne vibrieren ließ. Benommen, wie sie war, schien es ihr, als käme das Geräusch aus dem Stein.

SOFIA schlug die Augen auf. Wo befand sie sich? Und wie war sie hierhergekommen? Sie konnte es nicht sagen, wusste nur, dass sie im Dunkeln stand, die Arme seitlich von sich gestreckt. Weiße Gestalten umkreisten sie, insgesamt vier, mit flackernden Lichtern in den Händen. Kerzenfeuer und der Duft von Zedernholz. Vom Boden stiegen helle Schwaden auf und umwanden sie. Als sie einen tiefen Atemzug tat, schmeckte sie würzige, brennende Kiefernnadeln. Erstaunt sah sie nach unten.

Zu ihren nackten Füßen stand ein kleines Weihrauchgefäß aus Messing mit Dingen darin, die sie nur erahnen konnte. Sie glühten, knisterten, wanden sich, als wären sie lebendig. Außerhalb des Lichtkegels lag alles im Dunkeln, aber Sofia spürte, dass sie sich in einem Raum befand.

Die vier Gestalten umstanden sie jetzt in reglosem Schweigen, eine in jeder Himmelsrichtung, alle vier in wallende weiße Gewänder gehüllt.

„Rafik“, sagte Sofia leise zu der Gestalt direkt vor ihr. Auch ihr eigener Körper war mit einem weißen Gewand umhüllt, das raschelte, als sie die Arme senkte.

„Sofia.“ Ihr Name aus Rafiks Mund glich einer kühlen Berührung an ihrer Stirn. „Hab keine Angst, Sofia, du bist eine von uns.“

„Ich habe keine Angst, Rafik.“

„Weißt du, warum wir dich heute Abend hierhergebracht haben?“

„Ja.“ Sie wusste zwar nicht, woher sie es wusste, aber sie wusste es.

„Sag es“, forderte Rafik sie auf. „Warum bist du heute Abend hier?“

„Wegen Michail.“

Ein längeres Schweigen trat ein, und Worte drängten sich auf Sofias Zunge. Worte, die nicht aus ihrem eigenen Kopf zu kommen schienen.

„Und um des Dorfes willen“, sagte sie deutlich. „Ich bin Tiwils wegen hier, weil das Dorf leben soll, nicht sterben. Ich bin hier, weil ich hier gebraucht werde, und ich bin hier, weil es so sein soll.“

Sie erkannte ihre Stimme kaum wieder. Dunkel und volltönend versetzte sie die kühle Luft in Schwingungen. Sofia erschauerte unter ihrem Gewand, aber nicht vor Angst. Reihum betrachtete sie die vier Gestalten, deren Augen ruhig auf sie gerichtet waren.

„Pokrowskij“, sagte sie und wandte sich dem kräftigen Mann zu, dessen breite Schultern sich unter dem weißen Stoff abzeichneten, „Schmied von Tiwil, sag mir, wer du bist.“

„Ich bin die kraftvolle Hand dieses Dorfes. Ich helfe den Bewohnern beim Arbeiten.“

„*Spasibo*, Helfer von Tiwil.“

Sie ließ den Blick vom Schmied zu der schmächtigen Gestalt mit den vollen Lippen und dem kecken Blick gleiten. „Senia, wer bist du?“

„Ich bin ein Kind dieses Dorfes. Die Kinder sind die Zukunft und ich bin eines von ihnen.“

„*Spasibo*, Kind von Tiwil.“ Sofia drehte sich weiter und sah die nächste weiße Gestalt an. „Elisaweta Lischnikowa, Lehrerin von Tiwil, sag mir, wer du bist.“

„Ich bin der Kopf dieses Dorfes. Ich unterrichte die Kinder, die seine Zukunft sind, und vermittle ihnen Kenntnisse und Erkenntnis.“

„*Spasibo*, Kopf von Tiwil.“

Schließlich beendete Sofia ihre Umdrehung und blickte wieder in die tiefschwarzen Augen, auf deren Grund uraltes Wissen loderte.

„Rafik“, fragte sie sanft, „wer bist du?“

Es vergingen zehn Herzschläge, ehe er sprach. „Ich bin die Seele dieses Dorfes, Sofia. Ich wache über dieses Fleckchen Erde, begleite und beschütze es. Überall in Russland wurden die Dörfer unter dem brutalen Stiefel eines blutrünstigen Diktators zertrampelt, der fünf Millionen seiner eigenen Landsleute ermorden ließ und immer noch behauptet, er errichte ein Arbeiterparadies. Sofia“, Rafik breitete die Arme aus, um die anderen drei einzuschließen, „wir vier haben unsere Kräfte vereint, um Tiwil zu schützen. Doch du hast ja selbst gesehen, dass die Soldaten kommen und uns die Nahrung von den Tischen stehlen.“

„Ja, ich habe es gesehen.“

„Seit du nach Tiwil gekommen bist, ist das Fünfeck vollständig.“

Sofia hatte kein Zeichen bemerkt, aber die vier weiß gekleideten Gestalten traten wie auf einen Wink hin gleichzeitig aus dem Schatten und umringten sie so dicht, dass jeder den Arm auf die Schulter des Nachbarn legen konnte. Sofias Herz begann zu rasen, als sie sich von dem Kreis umschlossen fühlte.

Rafik streute etwas in das Weihrauchgefäß zu ihren Füßen, sodass es zu neuem Leben entflammte. Die Rauchschwaden verdichteten sich und krochen Sofia mit jedem Atemzug tiefer in die Lungen. Ihr Kopf wurde schwerer, als ihr Hals ihn tragen konnte, sie begann zu schwanken, und mit jedem Herzschlag hämmerte der Puls heftiger in ihrer Schläfe.

„Sofia, nimm den Stein in deine Hand."

Rafik hielt ihr den weißen Kieselstein hin, und sie griff ohne Zögern danach. Sie hatte erwartet, dass irgendetwas passieren würde, dass es einen Funken geben oder gar ein Schmerz durch ihren Arm fahren würde, aber nichts dergleichen geschah. Nur ein ganz normaler, warmer, runder Kieselstein lag in ihrer Hand.

Auf ein Murmeln von Rafik hin schloss sich der Kreis noch enger um sie, und ein langsames rhythmisches Singen in einer ihr unbekannten Sprache hob an. Zunächst leise, dann wurde der Gesang lauter und schwoll zu einem rauschenden Brausen an, das an ihrem Geist zerrte und all ihre bewussten Gedanken hinwegfegte, bis ihr Kopf von einem einzigen laut hallenden Wort erfüllt war.

„Michail!", rief Sofia. „Michail!"

„Michail", wiederholte der Kreis.

„Michail", sprach Sofia ins Dunkel. „Komm zu mir!"

ANGESPANNT und schwer atmend wartete Sofia unter der Zeder am Dorfeingang. Er würde kommen, da war sie ganz sicher.

In der kühlen, stillen Nacht vernahm sie wieder Rafiks Worte: *Schau tief in dich hinein, du bist stark.*

Stark? Sie fühlte sich nicht stark, eher zerschlagen und erschöpft. Sie hätte heulen können vor Elend. Würde Michail wirklich kommen? Ja. Sie musste einfach daran glauben. Entweder wirkte die sonderbare Zeremonie, die hinter ihr lag, oder Fomenko hatte auf ihre versteckte Drohung wegen des geheimen Senders reagiert und sich an der richtigen Stelle für den Gefangenen eingesetzt. Egal warum – Hauptsache, Michail kehrte zurück.

Sofia holte tief Luft, um ihre rasenden Gedanken zu beruhigen.

Michail, mein Michail. Komm zu mir!

Lange suchten ihre Augen den dunklen Horizont ab, ohne etwas zu entdecken. Doch dann begannen ihre Fußsohlen zu kribbeln, und mit einem Mal wurde es eng in ihrer Brust. Scheinbar ohne ihr Zutun begannen sich ihre Beine zu bewegen, und sie flog förmlich die Straße entlang, mit ausgebreiteten Armen auf ihn zu.

Da lag er in ihren Armen: warm, in Sicherheit, am Leben. Sekundenlang fürchtete sie, ihre Sinne würden ihr einen Streich spielen und das alles wäre nur ein schöner Traum. Doch Michails Kleider stanken, er hatte getrocknetes Blut am Kragen, sein unrasiertes Kinn schabte über ihre Wange, seine Lippen waren geschwollen. Aber nicht so sehr, dass er sie nicht fest auf die ihren pressen und immer wieder „Sofia, liebste Sofia" flüstern konnte.

Von der Petroleumlampe im Zimmer drang ein schwacher Lichtschein nach draußen, der Großteil des Hofes lag jedoch im Schatten, als sich Michail hinter dem Haus wusch. Sofia beobachtete von drinnen, wie er seine schmutzige Kleidung abstreifte, auf die Erde fallen ließ und das ganze Bündel anzündete. Die Flammen waren nur klein, aber sie ließen goldene Lichtreflexe über seine nackten Schenkel und die Rundung seines Gesäßes tanzen. Eine Woge des Verlangens überkam Sofia, und erst als die Flämmchen erloschen waren und die Dunkelheit ihn wie ein Mantel umhüllte, verließ sie den Platz am Fenster.

Als Michail endlich hereinkam, trug er ein sauberes Hemd und eine Hose, und beim Anblick der in seinen Sessel geschmiegten Sofia trat ein erleichtertes Lächeln in sein Gesicht. Hatte er befürchtet, sie könnte inzwischen gegangen sein?

„Pjotr schläft selig", meldete er zufrieden.

„Er hat sich große Sorgen um dich gemacht", sagte Sofia. „Aber es geht ihm gut. Er ist ein starker Junge."

„Danke, dass du dich um ihn gekümmert hast."

„Nicht der Rede wert. Wir haben gegenseitig auf uns aufgepasst."

Das Grau seiner Augen war so stumpf, dass es Sofia in der Seele wehtat. Außer den Lippen war auch ein Auge geschwollen, an einem Schneidezahn fehlte ein Stück, und daran, wie mühsam Michail sich bewegte, konnte sie sehen, dass er Schmerzen hatte. Doch als sie ihn danach fragte, winkte er nur unwillig ab.

Sie stand auf, küsste ihn und drängte ihn sacht zum Sessel. Dort setzte sie sich ihm zu Füßen, den Kopf an seine Knie gelehnt, und begann seine Waden zu streicheln.

„Wie schön du bist", sagte er und berührte zärtlich ihre Wange. Mit dem Zeigefinger zog er die Linie ihrer Lippen nach. „Du leuchtest richtig."

Sofia küsste seine Fingerspitze. „Du hast mir so gefehlt."

Er wickelte eine von ihren blonden Locken um seinen Zeigefinger, als wollte er sie an sich festbinden. „Ich habe dich bei mir gespürt", flüsterte er und sah sie unverwandt an. „Die ganze Zeit über habe ich dich bei mir gespürt."

Als sie nach seiner Hand fasste, zog er sie hoch auf seinen Schoß, lehnte seinen Kopf an ihren und hielt sie so fest, dass sie seinen Herzschlag spürte.

„Sofia", flüsterte er ihr ins Ohr, „sag mir, was hier vorgeht."

Weil sie schwieg, hob er sanft ihr Kinn an, damit sie ihm ins Gesicht sah. „Du hast auf mich gewartet. Woher wusstest du, dass ich komme?"

„Das wusste ich nicht, jedenfalls nicht sicher."

„Sofia, im Gefängnis gab es für mich nur Verhör und Prügel und wieder Verhör und wieder Prügel. Kein Essen, kein Wasser, keinen Schlaf. Aber auf einmal, mitten in einem Verhör, kam ein OGPU-Offizier herein, wedelte mit einem Entlassungsbefehl, und ich fand mich mitten in der Nacht auf der Straße wieder. Ich konnte nicht einmal mehr fragen, was das nun wieder sollte. Und dann stehst du da und wartest auf mich."

„Du bist in Sicherheit", flüsterte sie. „Nur darauf kommt es an."

„Sofia, bitte, ich muss es wissen."

Zärtlich umfasste sie sein Gesicht mit den Händen. „Michail, liebster Michail, ich habe nicht die leiseste Ahnung, was passiert ist. Kann sein, dass Rafik deine Freilassung bewirkt hat. Der Zigeuner verfügt über erstaunliche Fähigkeiten. Oder … jemand anders ist schuld daran. Lassen wir das bis morgen, mein Herz. Du hast genug durchgemacht."

Michail musterte sie prüfend, bis sich plötzlich etwas in ihm löste und ein Gefühl ihn so heftig ergriff, dass er spürbar unter ihr erbebte. Er stöhnte leise, und Sofia küsste voller Verlangen seinen Hals. Als Michail sie in seinen Armen aus dem Zimmer trug, verschloss Sofia ihre Ohren gegen die vorwurfsvolle Stimme in ihrem Innern, die ihr sagte, dass sie einen Diebstahl beging.

Tiwil
Juli 1933

9

„Genau so sollte es sein." Sofia wisperte die Worte in die Dunkelheit. Genau so: eine den ganzen Körper warm durchdringende Freude, pulsierend, vibrierend, ein Gefühl, das sie noch nie erlebt hatte. Sie fuhr mit den Lippen über Michails Handgelenk, schmeckte noch einmal seine Haut und seufzte, weil sie unfähig war, den Geliebten zu verlassen.

Die Petroleumlampe war vor Stunden erloschen, draußen würde bald das Morgenrot heraufdämmern. Sofia wusste, sie musste aufstehen. Aber stattdessen schmiegte sie sich noch fester an den Mann, der in ihren Armen schlief. Sie spürte seine Wärme, horchte auf den Rhythmus seines Atems, küsste seine geschlossenen Augen und wünschte ihm süße Träume hinter den bebenden Lidern.

Still lag sie da und betrachtete ihn im Dämmerlicht, nahm jedes Detail in sich auf: seine Schönheit, die Linie seiner Wangenknochen, die dichten Wimpern, sogar die dunkel verfärbte Schwellung unter seinem Auge. Sie stellte ihn sich vor, wie er in einem elegant möblierten Salon Walzer tanzte, wie er im Schnee stand und lachend einen Schlitten aus Eis baute. Alles, was sie aus der Zeit wusste, als er noch Wassili gewesen war, stellte sie sich vor – und vieles mehr.

Doch dann hatte er dem Mörder seines Vaters ein Messer in den Hals gerammt. Wassili war gestorben, und Michail wurde geboren.

Sofia war das einerlei. Wassili. Michail. Sie liebte beide. In jeder Zelle ihres Körpers spürte sie das Sehnen der Liebe und zugleich den verzweifelten Schmerz der Gewissheit, dass sie Michail bald verlieren würde.

Wie gern hätte sie ihn so bewahrt: für immer der ihre. Der Mann, den sie liebte und verehrte. Mit dem sie ihr ganzes Leben verbringen wollte, bis sie alt und grau wären, bis sie lachend auf diese Tage zurückblicken und die Zauberworte sagen würden: *Weißt du noch, damals, als …*

Warum auch nicht? So könnte es doch sein. Es wäre so einfach, ihm nicht zu erzählen, weshalb sie eigentlich nach Tiwil gekommen war, und hier und heute mit ihm ein neues Leben zu beginnen.

O Anna, ich kann nicht!

So leicht, dass es kaum ein Kuss war, strich sie noch einmal mit den Lippen über seine Stirn und sah, dass sich sein Mund im Schlaf zu einem Lächeln verzog. Erst dann löste sie sich sacht von ihm.

Schnell und leise zog sie sich an. Als sie das Haus verließ, füllten sich ihre Augen mit Tränen.

Heute würde sich alles ändern.

„WELCH unerwartetes Vergnügen, Genossin! Ich hatte nicht damit gerechnet, dich so bald wiederzusehen."

Mit einer galanten Handbewegung bot Stirchow, der stellvertretende Vorsitzende des Bezirkskomitees, Sofia einen Stuhl an und blies zugleich eine Rauchwolke in die Luft, die sich durch sein chromglänzendes Büro schlängelte. Eine offene Wodkaflasche stand auf seinem Schreibtisch, halb leer, das Glas daneben war voll.

Sofia setzte sich auf den Lederstuhl. „Du unterschätzt mich offenbar", sagte sie lächelnd.

„Du hast Informationen für mich?"

„Natürlich. Hatte ich es dir nicht versprochen? Du hast mich doch dafür bezahlt."

Ein zufriedenes Lächeln teilte sein glattes Mondgesicht in zwei Hälften. „Heutzutage hält nicht jeder seine Versprechen."

„Ich schon. Wenn du anderes erwartet hattest, kennst du mich schlecht."

„Ich möchte dich gern viel besser kennen lernen", sagte er schlüpfrig. Dabei holte er ein zweites Schnapsglas aus seiner Schreibtischschublade, füllte es und schob es zu ihr hinüber.

„Danke", sagte sie, ließ das Glas aber auf dem Schreibtisch stehen.

Stirchows Blick ruhte auf Sofias Bluse. Sie war aus handgewebter Baumwolle in einem matten Altrosa, Kragen und Manschetten mit Blumen bestickt. Eigentlich gehörte sie Senia.

„Mir ist zu Ohren gekommen, dass ein Bewohner deines Dorfes derzeit im Gefängnis sitzt." Stirchow schien zu Sofias Brüsten zu sprechen.

„Falls du den Genossen Paschin meinst, der wurde freigelassen."

Ruckartig hob er den Kopf und sah ihr verblüfft in die Augen. „Tatsächlich? Wann?"

„Gestern Abend."

„Das ist schade. Ich war mir sicher, sie würden unseren eigensinnigen Fabrikdirektor dabehalten. Ohne Leute wie ihn käme Dagorsk besser zurecht."

„Warum?"

„Weil er ein Unruhestifter ist. Zugegeben, als Ingenieur versteht er etwas von seinem Fach, und er hat den faulen Idioten in seiner Fabrik Beine gemacht. Aber er ist einer von diesen arroganten Mistkerlen, die sich einbilden, immer alles besser zu wissen als die Partei."

Sofia nahm nun doch ihr Glas vom Schreibtisch, hob es in Richtung Stalin-Ölgemälde und leerte es in einem Zug.

„Also, was für Informationen bringst du mir aus Tiwil? Ist ein *kolchosnik* zu spät zur Arbeit gekommen? Oder konnte einer eurer tölpelhaften Bauern im Suff seine Zunge nicht im Zaum halten und wird jetzt angezeigt, weil er einen obszönen Text zur Melodie der Internationale gesungen hat?"

„Nein, nichts dergleichen."

„Was dann?"

„In Tiwil hamstert jemand, und zwar Kartoffeln und Weizen in enormen Mengen."

Das schlug ein wie eine Granate. Dem Genossen Stirchow blieb der Mund offen stehen.

„Jetzt pack ich dieses Tiwil endlich am Schlafittchen", knurrte er „und schüttle es durch, bis es um Gnade winselt. Wer ist der Volksschädling?"

VON ZWEI stämmigen Soldaten der Roten Armee festgehalten, stand Alexej Fomenko, Vorsitzender des Kolchos Roter Pfeil, vor seinem Haus, umringt von einem Schwarm *kolchosniki.* Aufregende Neuigkeiten verbreiteten sich schnell über die Felder.

Sofia zwang sich hinzuschauen: Wie die Uniformierten Fomenko anfassten, als wäre er Dreck. Die aufrechte Haltung, die er in seinem Arbeiterhemd und der Arbeiterhose einnahm, als wäre er stolz darauf. Der gerade Rücken, die vorwurfsvollen grauen Augen, die über die Menge hinwegschweiften. Zu seinen Füßen lag ein Sack, mit heimlicher Beute gefüllt.

„Hamsterer!"

„Dieb!"

„Du widerlicher Heuchler. Nach all dem Essen, das du uns abgenommen hast …"

„Lügner! Die ganze Zeit über hast du für dich gestohlen."

Aus der Hand einer Frau kam ein Stein geflogen, dann ein zweiter, der auch traf.

Sofia, die das blutige Rinnsal sah, das über Fomenkos Schädel lief, zwang sich weiterhin zum Hinschauen. Aber wo war die Befriedigung, mit der sie gerechnet hatte? Warum triumphierte sie nicht innerlich? Sie hatte das doch so gewollt, oder? Weshalb schmeckte die Rache dann so bitter?

„WIR WAREN alle entsetzt." Michail schüttelte heftig den Kopf. „Das hätte ich niemals von Fomenko gedacht."

Plötzlich fiel ihm auf, wie still sie war. Wie klein und bedrückt sie in seinem Sessel wirkte „Sofia, was ist, Liebste?"

Sie holte tief Luft, erzitterte und sagte: „Ich möchte mit dir reden."

„Worüber möchtest du mit mir reden?"

„Über die … Djuschejews."

Michail stockte der Atem. Das blieb Sofia nicht verborgen.

„Du kennst diesen Namen?"

„Ja." Er wich ihrem fragenden Blick aus.

„Als ich dich neulich danach fragte, hast du das Gegenteil behauptet."

„Das war gelogen."

„Und warum hast du gelogen?"

„Weil … Ach Sofia, ich möchte nicht an diese Zeiten zurückdenken. Sie sind … vorbei. In der Vergangenheit begraben. Was damals geschehen ist, lässt sich nicht mehr rückgängig machen."

In dem gedankenvollen Schweigen, das sich zwischen ihnen ausbreitete, hatte Michail plötzlich das Gefühl, dass ihm die Dinge entglitten. Genau wie an dem so lange zurückliegenden Tag im Schnee, als ihm sein Leben aus den klammen Fingern geglitten war. Das sollte nicht noch einmal geschehen – ein zweites Mal würde er es nicht zulassen.

„Warum tust du das, Sofia? Was willst du aus mir herauspressen? Ja, ich kannte die Djuschejews. Ja, ich sah sie sterben. Dieser Tag hat sich mir mit jeder Einzelheit ins Gehirn eingebrannt, wie sehr ich mir auch wünsche, ihn zu vergessen. Also – ich habe dir geantwortet. Jetzt lass es gut sein, Liebste, lass es ruhen. Was auch immer deine Verbindung zu diesem entsetzlichen Tag sein mag, trag es nicht hier herein."

„Ich muss", flüsterte sie kaum hörbar.

„Aber ich liebe dich, Sofia."

„Und ich liebe dich, Michail." Ihre Augen schimmerten feucht.

„Schön, Liebste, was möchtest du also?"

Sie schluckte. „Anna Fedorina ist noch am Leben."

MICHAIL war zornig, nicht auf Sofia, sondern auf sich selbst. Etwas, was vor sechzehn Jahren geschehen war, sollte keine Macht mehr über ihn haben. Er wehrte sich mit aller Kraft dagegen.

„Wo ist sie?", hatte er gefragt.

„In einem Arbeitslager in Sibirien."

Michail blickte auf das halb fertige Brückenmodell auf dem Tisch hinab. „Das ist die Brooklyn Bridge in Amerika", sagte er tonlos. „Eine Hängebrücke, die den East River zwischen New York und Brooklyn überspannt."

Er strich mit dem Finger über die Spitze eines der Türme, betastete die kunstvolle Holzkonstruktion. „Ein Meisterwerk der Baukunst aus den Siebzigerjahren des vorigen Jahrhunderts. Vierzehntausend Meilen Draht halten die Brücke zusammen, und jedes Kabel hat eine Bruchfestigkeit von zwölftausend Tonnen. Die Spannweite beträgt fünfhundert …" Er zog ein finsteres Gesicht. Was faselte er da über Brücken?

„Was hab ich mir bloß eingebildet? Dass ich irgendwann wieder Ingenieur sein kann, anstatt einen miserablen Fabrikdirektor abzugeben? Was für ein Narr ich war!“ In einem jähen Anfall von Zorn schlug er mit der Faust auf die Brücke, sodass sie in tausend Stücke zerbrach.

„Michail!“

„In einer Traumwelt habe ich gelebt“, stieß er bitter hervor. „Ich dachte, ich könnte die Vergangenheit überwinden, könnte eine neue Familie aufbauen mit Pjotr und mit dir. Ich glaubte, wenn ich die Forderungen des Staates fleißig erfüllte, würde mir das eines Tages eine Arbeit einbringen, die ich wieder gern tun könnte.“ Mit einer Armbewegung fegte er die Trümmer vom Tisch. „Keine Träume mehr!“

„Wie kann das Wissen, dass Anna noch lebt, deine Träume zerstören? Ist dein Leben ohne sie so unerträglich?“ Sofias Augen waren dunkel vor Enttäuschung und Schmerz. „Sie liebt dich noch immer.“

„Liebt mich? Sie muss mich hassen!“

„Warum? Weil du sie nicht zu dir geholt hast? Keine Sorge, sie weiß, dass du es versucht hast. Maria hat es ihr erzählt, als sie bei ihr in Leningrad war.“

„Sie hat Maria Myskowa besucht?“

„Ja, dort hat man Anna geschnappt. Aber Maria konnte ihr noch den Zettel zustecken, den du ihr gegeben hattest, mit deinem Namen und der Adresse. Deshalb bin ich nach Tiwil gekommen – um dich zu suchen.“ Sofia hielt inne, ihre Stimme schwankte. „Anna liebt dich … Wassili. Sie wird dich immer lieben, bis zu ihrem letzten Atemzug.“

Michail kam durchs Zimmer auf Sofia zu, packte sie an den Handgelenken und riss sie aus dem Sessel hoch.

„Ich bin nicht Wassili“, sagte er kalt.

Er spürte, wie sie erstarrte, aber jetzt konnte er nicht mehr aufhören.

„Wassili Djuschejew erstach meinen Vater an dem Wintertag 1917 vor dem Haus der Djuschejews. Mein Vater war der Leiter der Patrouille, und mein Beitrag zu dem Massaker war doppelt so groß wie der von Wassili: ich erschoss seine Mutter und Anna Fedorinas Vater – ohne Skrupel.“ Michail schüttelte Sofia. „Glaubst du jetzt immer noch, dass sie mich liebt? Glaubst du noch, dass *du* mich liebst?“

Sie brauchten einige Zeit, um die Wahrheit Stück für Stück zusammenzusetzen. Michail lief im Zimmer auf und ab. Sofia saß wieder im Sessel, die Knie vor die Brust gezogen.

Immer wieder kamen sie auf Maria zu sprechen, fanden nach und nach heraus, dass bei ihr der eigentliche Grund für die Verwirrung lag.

„Du sagst, Maria hat Anna erzählt, dass Wassili sie zweimal besucht habe. Dass er ihr den Namen Michail Paschin, eine Adresse in Tiwil und die Lewizkij-Fabrik aufgeschrieben habe. Aber das war nicht Wassili, das war ich.“ Michail erinnerte sich noch gut an die kleine Wohnung, erstickend heiß, und an die weißhaarige, vom Schlaganfall gezeichnete Frau, die ihm so herzlich zugetan war. „Ich war nur dieses eine Mal bei ihr und konnte mir nicht erklären, warum sie glaubte, ich sei Wassili Djuschejew. Aber ich hatte jahrelang nach ihr gesucht und wollte nun, wo ich sie gefunden hatte, nicht alles verderben.“

„Was wolltest du nicht verderben? Was wolltest du von Maria?“

Michail blieb stehen. „Liegt das nicht auf der Hand? Ich wollte Anna Fedorina finden. Mein Gewissen ließ mir keine Ruhe, weil ich ihren Vater getötet hatte. Als ich erfuhr, dass ihre Mutter schon Jahre zuvor gestorben war und dass die Frau, die bei ihr gewesen war, ihre Kinderfrau war, wollte ich alles in meiner Macht Stehende tun, um wiedergutzumachen, was ich ihrer Familie angetan hatte. Aber …“, in einer verzweifelten Geste breitete er die Arme aus, „die beiden waren wie vom Erdboden verschluckt. Zu der Zeit herrschte überall Chaos. Menschen verschwanden spurlos. Der Bürgerkrieg begann, und ein normales Leben war nicht mehr möglich.“

„Michail“, sagte Sofia leise, „wie alt warst du, als du Swetlana Djuschejewa und Dr. Fedorin erschossen hast?“

„Vierzehn.“

„Nur drei Jahre älter als Pjotr …“

Michail erschauerte. „Damals war ich ihm sehr ähnlich. Ich glaubte fest an den Bolschewismus als unumstößliche Wahrheit, mit deren Hilfe wir eine bessere Welt schaffen würden. Jeder, der Einwände oder Zweifel daran äußerte, war in meinen Augen ein Lügner.“

„Erzähl mir, was an dem Tag geschah“, flüsterte Sofia.

„Ich stand Seite an Seite mit meinem Vater und knallte die großbürgerlichen Nichtsnutze ab, als wären es Ratten.“ Er senkte den Blick. „Ach Sofia, warum quälen wir uns so? Du kannst mich gar nicht so sehr verachten, wie ich mich selbst für mein Tun verachte. Und die größte Ironie ist …“, er lachte bitter auf, „dass der Junge, der damals meinen Vater erstochen hat, heute Tür an Tür mit mir wohnt. Laut Marias Schwägerin hieß der zweite Besucher doch Fomenko, oder? Das lässt nur einen Schluss zu: Alexej Fomenko ist Wassili Djuschejew.“

Sofias ungläubigen, entsetzten Blick bemerkte Michail nicht, als er sich auf einen Stuhl am Tisch sacken ließ und den Kopf in die Hände stützte.

„Wir haben uns nicht wiedererkannt nach all den Jahren, aber ich hasste ihn trotzdem auf Anhieb, weil er ein Mensch ist, wie ich früher einer war. Und er hasst mich, weil ich den Glauben an seine Ideale verloren habe. Da spielt es keine Rolle, um wie viel Prozent wir in der Fabrik die Quoten übertreffen – ich denke nicht mehr wie ein Bolschewik, und Fomenko will, dass ich zum Glauben zurückkehre. Er ist ein blinder Idealist."

„Hör auf", murmelte Sofia.

Michail sah zu ihr hinüber und betrachtete sie lange, wie sie da nach vorn gebeugt auf der Kante des großen Sessels saß, das Gesicht hinter dem blonden Haar verborgen.

„Sofia", sagte er zärtlich, „ehe ich dir begegnete, war ich unfähig, überhaupt einen Menschen zu lieben. Ich vertraute niemandem, verachtete mich selbst und glaubte, die anderen würden mich ebenfalls verachten. Deshalb hielt ich mein Herz für Menschen verschlossen … steckte all meine Liebe in einen gelungenen Entwurf für ein Flugzeug oder eine präzise arbeitende Maschine. Oder eben …" Er brach ab und zeigte auf die über den Boden verstreuten Bruchstücke der Brücke.

„Und in Pjotr."

„Ja, und in Pjotr." Die harten Linien um seinen Mund wurden weicher. „Als ich vor sechs Jahren eben in meinem Exil hier angekommen war, ging ich eines Tages die schlammige Straße entlang und sah den kleinen Jungen, den man in einen Lastwagen bugsieren wollte, um ihn in ein gottverlassenes Waisenhaus zu karren. Es kam mir vor, als hätte ich die elternlose Anna Fedorina vor mir … So trug ich den armen kleinen Kerl in mein Haus, um ihn zu verhätscheln und zu beschützen, wie ich sie nicht beschützen konnte. Und mit der Zeit begann ich ihn zu lieben wie mein eigen Fleisch und Blut."

„Trotzdem hast du weiterhin versucht, Anna zu finden."

Michail nickte gedankenverloren. „Einmal tat ich einem Offizier von der OGPU einen Gefallen, dafür spürte er Maria für mich auf. Aber ich schwöre, ich war nur das eine Mal dort, Sofia."

„Maria hat euch beide in ihrem Kopf vermengt." Ihre Worte kamen langsam und beinahe tonlos. „Beide groß, mit braunem Haar und grauen Augen. Sie hat das … alles falsch verstanden." Verzweifelte Erkenntnis lag in ihrem Blick, als sie sich ihm zuwandte. „Wie ich", flüsterte sie.

Der tiefe Kummer in ihren Augen versetzte ihm einen Stich. „Was auch immer geschieht, Sofia", sagte er ungestüm, „du sollst wissen, dass ich dich liebe und immer lieben werde!"

Sofia sprang auf und schüttelte heftig den Kopf. „Nein, Michail. Ich bin hierhergekommen, weil ich Anna einen Eid geschworen habe, Wassili zu finden und den Mörder ihres Vater zu vernichten, falls ich das kann. Stattdessen habe ich nun Wassili vernichtet."

„Bitte, Rafik, bitte! Ich flehe dich an!" Sofia war vor dem Zigeuner auf die Knie gefallen, umklammerte seine sehnigen braunen Hände mit ihren und hielt den Blick unverwandt auf sein Gesicht geheftet. „Tu für Alexej Fomenko dasselbe, was du für Michail getan hast!"

Der Zigeuner schüttelte zum wiederholten Mal seinen Kopf. „Nein, Sofia."

„Warum, Rafik?", wollte sie wissen. „Fomenko ist unschuldig. Ich habe einen schweren Fehler begangen, als ich einen der Lebensmittelsäcke aus dem geheimen Lager unter seinem Bett versteckte, während er draußen auf dem Feld war. Nur damit ich ihn bei Stirchow denunzieren konnte. Nicht er ist der Betrüger, Rafik, ich bin es! Das schwöre ich." Sie presste ihre Stirn auf seine Hände.

Rafik entzog ihr seine Hände. „Sofia, hör mich an: Alexej Fomenko hat Tiwil alles genommen, was das Dorf besaß. Er hat uns das letzte Hemd vom Leib gerissen und unseren Kindern das Essen geraubt, um damit die gefräßige Meute zu füttern, die im Kreml wohnt. Meine vordringlichste Aufgabe ist es, unser Dorf zu schützen. Das bedeutet auch, Tiwil vor Alexej Fomenko zu beschützen. Und wenn es ihn auch das Leben kosten sollte, so mag es denn sein."

Da hörte Sofia auf zu flehen. Sie erhob sich, wandte sich, ohne ein weiteres Wort zu verlieren, zur Tür, und Michail liebte sie für den Stolz, mit dem sie ging.

„Rafik", sagte er eindringlich, „sie braucht deine Hilfe."

Die tiefen Furchen in Rafiks Gesicht waren wie eingeätzt. Noch einmal schüttelte der Zigeuner den Kopf.

Michail sah sich ratlos im Zimmer um und ergriff plötzlich den weißen Kieselstein, der auf dem Tisch lag. „Gib ihr den."

Eine ganze Weile lang betrachtete Rafik den Stein in Michails ausgestreckter Hand, bevor er langsam nickte. „Bring ihn ihr, Michail."

Sofias Augen weiteten sich, als Michail sie auf der Straße einholte. Er nahm ihre Hand und legte ihr den weißen Stein so vorsichtig hinein, als könnte er sie verbrennen. Doch der Stein hatte kaum ihre Haut berührt, da änderte sich der Ausdruck in ihren Augen. Staunend beobachtete Michail, wie die wilde Verzweiflung in den Hintergrund trat und einer stillen Entschlossenheit Platz machte.

Bitte, Gott, betete Michail zu einer Macht, an die er nicht glaubte, *lass nicht zu, dass ihr etwas geschieht!*

Vor der Schmiede war Pjotr damit beschäftigt, verbrannte Schlacke von einer großen flachen Schaufel zu kratzen. Als er seinen Vater auf der Straße kommen sah, ließ er den Spaten fallen.

„Papa!“, rief er und rannte auf Michail zu. „Ich habe nachgedacht.“

Sein Vater lächelte zwar, sah aber alles andere als glücklich aus. „Worüber denn, Pjotr?“

„Über den Vorsitzenden Fomenko.“

Das Lächeln verschwand. „Das ist keine Angelegenheit, über die sich ein kleiner Junge den Kopf zerbrechen sollte. Sieh zu, dass du hier fertig wirst, und dann komm nach Hause.“

Aber Pjotr ließ sich nicht so leicht abwimmeln. „Ich glaube, ich weiß, wie es war! Der Vorsitzende Fomenko würde niemals etwas vom Kolchos stehlen … Er ist unschuldig! Jemand muss ihm den Sack unters Bett gelegt haben … Irgendein böser Mensch, der wollte, dass …“

„Lass gut sein, Pjotr. Daran haben die von der Polizei bestimmt auch schon gedacht, das kannst du mir glauben. Also vergiss es.“

In diesem Augenblick kam mit wehendem Rock und wehenden Haaren Sofia angelaufen. „Michail, Pjotr“, zischte sie atemlos, „ich brauche eure Hilfe!“

„Was wollen wir hier?“, fragte Michail im Versammlungsraum, dessen Tür Sofia mit dem großen Eisenschlüssel aufgesperrt hatte.

„Wir suchen ein Kästchen mit Schmuck.“

„Was für einen Schmuck?“

„Den von Swetlana Djuschejewa“, sagte Sofia, ohne sich umzudrehen.

Michail erstarrte.

„Stehlen wir ihn?“, fragte Pjotr erschrocken.

„Nein, es ist kein Diebstahl, wenn wir ihn für etwas Gutes verwenden“, antwortete Sofia ruhig. „Wir müssen ihn finden, um den Vorsitzenden Fomenko zu retten.“

Sie nahmen sich die hintersten Winkel vor, fuhren mit den Fingern in die kleinsten Spalte, hinter Ziegelsteine und Balken. Michail suchte systematisch die eine Seite des Raumes ab, Sofia die andere. Doch sie ließ die Schultern immer tiefer hängen.

Plötzlich hämmerte eine Faust draußen an die Eichentür. Pjotrs Zunge kribbelte vor Angst. Soldaten? Er schluckte. Tief in seinem Innersten wusste er, dass das, was sie im Versammlungsraum taten, Unrecht war.

„Pjotr!", zischte sein Vater. „Komm her."

Der Junge kletterte über eine Bank und wurde von Michails starken Händen aufgefangen; sofort ging es ihm besser. Wie aus dem Nichts tauchte auch Sofia neben ihnen auf. Zum ersten Mal, seit sie den Versammlungsraum betreten hatten, schauten sie und sein Vater sich richtig an. Sie sprachen nur mit den Augen, in einer Sprache, die Pjotr nicht verstand. Sofia deutete auf den Jungen, dann auf eine Stelle am Eingang. Michail nickte, trug Pjotr blitzschnell dorthin, stellte ihn auf die Füße und presste ihn neben Sofia an die kalte, raue Wand hinter der schweren Tür.

Es klopfte wieder, die Tür klapperte in den Angeln. Mit großen Augen beobachtete Pjotr, wie sein Vater Sofias Gesicht mit beiden Händen umfasste und sie auf die Lippen küsste. Eine halbe Sekunde lang überließ sie sich ihm, Pjotr hörte sie etwas murmeln, und dann waren sie genauso schnell wieder getrennt.

„Wer ist da?", fragte sein Vater mit der kräftigen Stimme, mit der er auch zu seinen Arbeitern in der Fabrik sprach.

Es war der Priester Logwinow.

„Was wünschst du, Priester?", fragte Michail höflich.

„Michail, mein Freund, ich suche das Mädchen."

„Welches Mädchen?"

Sofia steckte rasch den Schlüssel ins Schloss, öffnete die Tür und trat vor. „Meinst du mich?"

Der Priester nickte angespannt. „Du hast mich doch neulich nach der Statue des heiligen Petrus gefragt …"

„Ja?"

Pjotr, der immer noch hinter der Tür stand, konnte Sofias Gesicht nicht sehen, aber er hörte den hoffnungsvollen Klang in ihrer Stimme.

„Ich bin gekommen, weil ich …" Logwinow verstummte und blickte nachdenklich auf die Straße hinaus. „„… weil ich …" Er seufzte tief. „Herr im Himmel, ich weiß auch nicht, warum ich gekommen bin. Es hat mich einfach … hergezogen."

Sofias Finger schlossen sich noch fester um den glatten weißen Stein in ihrer Hand.

„Erzähl mir, Priester, weswegen du gekommen bist“, sagte sie freundlich.

„Na ja, wegen des heiligen Petrus … Ich habe dir doch von der Statue in der Kirche erzählt …“

„Ja, das hast du.“ Sofia bemühte sich, nicht die Geduld zu verlieren.

„Aber es gab früher noch eine …“

„Wo?“

„Draußen, hinter der Kirche. Eine prachtvolle Marmorstatue. Die Komsomol-Teufel haben sie zerschlagen und als Schotter unter dem Gebäude des Kolchos-Büros verbaut.“ Der Priester deutete mit dem Zeigefinger hinter sich in die Dunkelheit, die inzwischen über dem Dorf lag. „An der Rückseite der Kirche, neben dem Pfeiler, kannst du den Sockel noch sehen. Er ist von Moos überwuchert, aber da hat sie gestanden.“

„Ich danke dir, Priester.“

Logwinow bekreuzigte sich und ging.

Sobald er weg war, sprang Pjotr hinter der Tür hervor und lief den Pfad entlang, der um das Gebäude führte. Michail und Sofia folgten ihm.

Der Sockel war genau da, wo der Priester gesagt hatte. Alle drei gingen auf die Knie und scharrten wie Hunde in der trockenen, bröseligen Erde. Mit bloßen Händen, mit Michails Messer und einer alten Zaunlatte gruben sie ein Loch in den Boden, einen Meter tief. Pjotr, der vor Aufregung schneller atmete, spürte die kühle, feuchte Abendluft in seiner Lunge.

„Da ist etwas!“, rief er, als er mit der Zaunlatte auf Widerstand stieß.

Es war ein Kästchen aus rohem Kiefernholz, in Sackleinen eingeschlagen. Darin lag, in ein Stück Leder gebettet, eine kleine Schatulle. Das Leder war hart und porös vom Alter, aber die Schatulle war der schönste Gegenstand, den Pjotr je gesehen hatte. In die lackierte Oberfläche waren Pfauen und Drachen eingelegt, aus Elfenbein und Malachit, wie sein Vater ihm erklärte. Der Junge holte die Schatulle vorsichtig heraus und legte sie in Sofias Hände.

„*Spasibo*, Pjotr.“

Vorsichtig schob Sofia den goldenen Verschlusshaken nach oben und hob den Deckel an. Beim Anblick der in allen Farben funkelnden Steine stockte Pjotr der Atem.

„Sofia“, flüsterte er, „damit kann man sich die ganze Welt kaufen.“

„GENOSSE STIRCHOW, ich glaube, das hier könnte dir bei deiner Entscheidung helfen.“

Sofia ließ die dreireihige Perlenkette über Stirchows Schreibtisch baumeln, schwenkte sie sacht hin und her, sodass ihm der verlockende Duft des Geldes in die Nase steigen konnte. Stirchows Augen wurden so rund wie die Perlen, und sein Mund stand offen, als wollte er die Kette verschlingen. Zufrieden beobachtete Sofia, wie die Gier des Mannes wuchs, je länger er das Schmuckstück vor Augen hatte.

Schließlich konnte er sich nicht mehr bezähmen und streckte die Hand aus. „Lass mal sehen, ob die echt sind."

Er hätte das Collier fast berührt, aber da trat Sofia einen kleinen Schritt zurück und ließ die Kette nun knapp außerhalb seiner Reichweite baumeln. Verärgert wollte Stirchow aufspringen und ihr nachsetzen, doch ein Blick auf ihre andere Hand brachte ihn davon ab. Darin hielt sie eine kleine Stickschere, die sie aus ihrer Rocktasche geholt hatte.

„Die eine Hälfte gleich", erklärte sie freundlich, „die andere, wenn die Sache erledigt ist."

Stirchow legte die Stirn in Falten. Offenbar begriff er nicht, was sie vorhatte. Dann sah sie, wie es ihm allmählich dämmerte.

„Nein", sagte er ungläubig.

„Doch", sagte sie lächelnd und schnitt die Kette durch.

Die Perlen purzelten auf den Schreibtisch, kullerten und hüpften wie Hagelkörner über die Tischplatte auf den Boden. Stirchow beeilte sich, sie einzusammeln.

„Ich warne dich: Du solltest den Bogen nicht überspannen. Ich könnte dich verhaften lassen", schnarrte er.

„Aber dann würdest du die zweite Hälfte niemals bekommen, stimmt's?", erwiderte sie kühl. Ohne ihn noch eines weiteren Blickes zu würdigen, schob sie sich die Perlen in die Tasche und hatte das Gebäude bereits verlassen, als er noch darüber nachdachte, ob er sie nicht wirklich festnehmen lassen sollte.

„Geduld", mahnte Sofia, die in Alexej Fomenkos Isba stand und mit sich selbst redete. „Er wird kommen." Ihre Finger schlossen sich fester um den runden Stein in ihrer Tasche. Kalt und eigensinnig fühlte er sich an.

Ihr Eindringen in Fomenkos Haus bereitete ihr keine Gewissensbisse. Schließlich war sie schon einmal heimlich hier gewesen – mit viel böseren Absichten. Gestern, als sie den Sack unter sein Bett gestopft hatte.

Wassili, ach Wassili! Wie konnte ich das alles nur so falsch verstehen? Und wie wurdest du zu Fomenko? Was ist mit dir geschehen?

Die Isba war innen so karg, dass sie beinahe unbewohnt wirkte. Als wollte sie sich versichern, dass er tatsächlich hier lebte, berührte Sofia das Brett, auf dem er sein Brot schnitt, die Pfanne, in der er sein Essen briet, das Handtuch, an dem er sich die Hände trocknete. Sie suchte ihn überall, auch im Schlafzimmer, doch das war, als beträte sie den Raum eines Verstorbenen. Ein Bett, ein Stuhl, einige leere Haken an der Wand.

Sie ging zu dem einfachen Kiefernbett hinüber. Eine Flickendecke war über das Bettzeug aus grobem Leinen gebreitet. Einzig das Kopfkissen war eine Überraschung. Sofia hatte es hart und unnachgiebig erwartet, wie Fomenkos politische Ansichten, doch es fühlte sich weich und flauschig an. Sie legte die Wange darauf, sank in die Federn ein und schloss die Augen.

Ob er je von Anna träumte? Ihre Hand glitt unter das Kissen, tastete nach einem verborgenen Talisman, fand aber nichts, und als sie sich wieder aufrichtete, stieg ihr ein dumpfer Groll in die Kehle.

„Du hast Wassili umgebracht!“, schrie sie in die tote Luft des toten Hauses. Sie nahm das Kopfkissen und schüttelte es heftig. „Er gehörte Anna. Du hast ihn dir geborgt, aber er hat immer Anna gehört. Und jetzt bringst du sie genauso um, wie du ihn umgebracht hast!“

Zornig schleuderte sie das Kissen durchs Zimmer. Es klatschte gegen die Wand und rutschte auf den Boden hinunter. Dabei kullerte etwas Kleines, Metallisches aus dem weißen Bezug heraus. Leise scheppernd rollte es in eine Ecke, als wollte es sich verstecken.

Mit einem Satz war Sofia dort, hob den Gegenstand auf, legte ihn sich auf die flache Hand und betrachtete ihren Fund: eine Pillendose aus Zinn, an einer Seite eingekerbt. Als sie die Dose öffnete, lag eine blonde Haarlocke darin, leuchtend wie der Sonnenschein.

Tränen liefen ihr übers Gesicht, während sie ins Wohnzimmer zurückging und auf einen Stuhl niedersank. Reglos blieb sie sitzen und sah zu, wie die Sonne das Zimmer durchwanderte, von einem Ende bis zum anderen. Die ganze Zeit, all die Stunden, dachte sie über Michail Paschin nach. Darüber, wer er wirklich war; was er Annas Vater und Wassilis Mutter angetan hatte; und dass sie selbst geschworen hatte, diese Schandtaten zu rächen.

O Michail, du hast dir Leiden auferlegt für deine Taten. Du hast dir ein Leben zurechtgezimmert, mit dem du deine Schuld büßen wolltest. Und du hast das mit derselben Hingabe getan, wie du sie beim Bau deiner Brücke aufgewendet hast. Ich will nicht mit der Faust darauf schlagen und alles zum Einsturz bringen, aber … Du hast Annas Vater getötet.

„WAS TUST DU in meinem Haus?“

Sofia empfand Bedauern, als sie den groß gewachsenen, arroganten Mann in der Tür stehen sah, den sie so übel verleumdet hatte. Zwar hatte er keine Verletzungen, jedenfalls nicht äußerlich, sah aber doch verwundet aus, irgendwo in seinen dunkelgrauen Augen.

Sie blieb sitzen. „Genosse Fomenko, ich bin hier, um dir etwas Wichtiges mitzuteilen.“

„Nicht jetzt.“ Er ging zum Tisch, auf dem ein Glas neben einem Emaillekrug mit Wasser stand, füllte das Glas und trank. So gierig, als wollte er etwas in sich fortspülen.

Dann sah er sie finster an und sagte mit eisiger Stimme: „Bitte geh.“

„Ich warte hier schon den ganzen Tag auf dich.“

„Wie um alles in der Welt kamst du darauf, dass ich heute aus dem Gefängnis freigelassen würde?“

„Deswegen.“ Sie hielt die Reste des Colliers hoch. Die Perlen schimmerten im letzten Abendlicht, das durch das Fenster hereinfiel.

Er holte tief Luft und blickte ihr fragend ins Gesicht.

„Wer bist du? Was tust du hier?“

„Ich bin als Freundin hier.“

„Auf solche Freunde pfeife ich.“ Er stellte das Glas ab. „Also, was soll das mit den Perlen?“

„Mit der einen Hälfte habe ich einen Beamten bestochen, damit er dich freilässt. Die hier“, sie wiegte die Perlen in ihrer Hand, wo sie leise aneinanderschlugen, „bekommt er, wenn du wieder zu Hause bist. Das habe ich ihm jedenfalls versprochen.“

Alexej Fomenko stand da und starrte die Perlen an. Sofia glaubte ihm an den Augen anzusehen, dass er die Kette und die charakteristische goldene Schließe wiedererkannte, aber vielleicht täuschte sie sich auch. Der Mann war schwer zu deuten.

Unvermittelt ging er zur Tür und hielt sie ihr auf. Draußen döste die Wolfshündin in der Abendsonne. „Geh, bevor ich dich hinauswerfe.“

Sofia erhob sich und trat nah an ihn heran. „Wassili, ich bin eine Freundin von Anna Fedorina.“

Es war deutlich zu erkennen, wie der Schock ihn traf. Ein Schauer überlief ihn. Dann war er so still, dass nicht einmal seine Pupillen zuckten.

„Du irrst dich, Genossin.“

„Willst du mir sagen, du bist nicht Wassili Djuschejew, einziger Sohn von Swetlana und Grigori Djuschejew aus Petrograd? Nicht der Mörder des bolschewistischen Soldaten, der deinen Vater ermordet hat? Nicht der Beschützer Anna Fedorinas, die sich unter einer Chaiselongue versteckte? Nicht der junge Mann, der ihr einen Schlitten aus Schnee baute und zugleich Agitator für die Bolschewiki war? Dieser Wassili – das bist nicht du?"

Als er sich abwandte, war sein Rücken so gerade wie die Furchen auf seinem Feld. Eine ganze Weile sprach keiner von beiden ein Wort.

„Wer hat dich geschickt?", fragte er schließlich, ohne sie anzusehen. „Bist du eine Agentin der OGPU? Gekommen, um mir eine Falle zu stellen? Ich glaube, du warst diejenige, die mir den Sack unters Bett gelegt hat. Ich sah den Hass in deinen Augen, als die Soldaten mich holen kamen." Er atmete schwer. „Nenn mir den Grund."

„Ich hielt dich für jemand anders", sagte Sofia leise. „Bei der OGPU bin ich nicht, das brauchst du nicht zu befürchten. Aber ich habe einen schweren Fehler gemacht, und dafür bitte ich dich um Verzeihung. Es war alles ein schrecklicher Irrtum."

„Für wen hast du mich denn gehalten?"

„Für den jungen Soldaten, der vor sechzehn Jahren Annas Vater und deine Mutter erschossen hat."

Keine Reaktion.

Sofias Herz klopfte. „Wassili, sieh mich an! Sie lebt, Wassili. Anna Fedorina lebt!"

Als hätte sie damit ein Erdbeben ausgelöst, begannen die breiten Schultern und der Nacken zu zucken. Fomenko schlang die verschränkten Arme fester um sich, als wollte er das Beben am Ausbrechen hindern.

„Wo?", krächzte er mit gesenktem Blick.

„In einem Arbeitslager. Ich war dort mit ihr zusammen."

„In welchem?" Das war kaum geflüstert.

„Dawinsky, in Sibirien."

„Weswegen?"

„Weil sie die Tochter von Dr. Fedorin ist, den man nach seinem Tod zum Volksfeind erklärt hat."

Fomenko verstummte. Sein Schatten lag wie ein Leichnam zwischen ihnen auf den Holzdielen.

Als sie beide keine Worte mehr fanden, tranken sie Wodka. Tranken, bis der Schmerz etwas betäubt war und sie einander anschauen konnten. Sofia saß immer noch auf dem Stuhl, kerzengerade und steif. Fomenko ließ sich auf einem Hocker nieder, den er aus dem Schlafzimmer holte.

Nach dem Schock über den Abgrund, der sich vor ihm aufgetan haben musste, hatte er sich erstaunlich rasch wieder unter Kontrolle. Sofia bewunderte seine Stärke. Wie war es möglich, einen solchen inneren Aufruhr zu erleben und dabei so gefasst zu bleiben?

„Genossin", sagte er, „ich bin froh, dass Anna eine Freundin hat."

„Hilf mir, Wassili, ihr eine gute Freundin zu sein."

„Dir helfen? Wie?"

„Indem du sie aus dem Lager herausholst."

Zum ersten Mal verlor sich der strenge Zug um seinen Mund. „Ich besitze nicht die Autorität, eine Freilassung in …"

„Das ist mir klar, dass du ihre Freilassung nicht anordnen kannst. Aber wir beide, du und ich, wir könnten zusammen hinfahren. Du erteilst uns eine Reisegenehmigung, und wir …"

„Das geht nicht."

„Sie ist krank, Wassili."

„Das tut mir sehr leid", sagte er leise.

„Mit Leidtun ist es nicht getan. Anna wird sterben. Sie spuckt Blut. Noch einen Winter dort überlebt sie nicht."

Alexej Fomenkos Augen wurden trüb. „Anna", flüsterte er, „Anna."

„Hilf ihr!"

Er schüttelte den Kopf, bedächtig und voller Bedauern.

„Was ist mit dir passiert?", fragte sie scharf. „Wann hast du die Fähigkeit verloren, für Menschen, die dir nahestehen, zu sorgen, mit ihnen zu fühlen? Als deine Eltern erschossen wurden? War es da? Hat dieser Moment alle Gefühle, die du in dir trägst, für den Rest deines Lebens erstickt?"

„Das verstehst du nicht, Genossin."

„Dann hilf mir, es zu verstehen, Wassili!" Sofia beugte sich vor. „Wie kannst du einen Menschen im Stich lassen, den du einmal geliebt hast? Einen Menschen, der dich immer noch liebt, der an dich glaubt und dich braucht? Wie geht das?"

„Genossin Morosowa, meine Gefühle sind meine Angelegenheit, nicht deine. Und jetzt geh bitte."

„Nein, Wassili. Nicht bevor du mir erklärt hast …"

„Hör mir zu, Genossin, und hör mir gut zu! Wassili Djuschejew ist tot. Er existiert nicht mehr. Nenn mich nie wieder bei diesem Namen! Russland ist ein starkes Land, seine Menschen sind robust und entschlossen. Wenn wir das sowjetische System in eine blühende Wirtschaft verwandeln wollen – und genau das versucht Stalin zu tun, indem er unseren ungeheuren

Reichtum an Bodenschätzen in den Weiten Sibiriens erschließt –, dann müssen wir unsere persönlichen Belange zurückstellen und loyale Glieder des Gemeinwesens sein. Das ist der Weg in den Fortschritt, der einzige Weg."

„Aber die Arbeitslager sind unmenschlich."

„Warum hat man dich dorthin geschickt?"

„Mein Vater wurde als Priester zu Tode gepeitscht. Danach lebte ich bei meinem Onkel, aber der hatte seine Landwirtschaft zu gut im Griff und wurde deshalb zum Kulak abgestempelt. Mich hielt man für ‚infiziert' – das war mein einziges Verbrechen."

„Du willst wohl nicht begreifen, dass die Arbeitslager wichtig sind, für Straßen- und Eisenbahnbau, für Bergbau und Holzwirschaft? Und dass die Menschen darin erzogen werden. Sie sollen …"

„Hör auf! *Hör auf!*"

Fomenko verstummte und starrte Sofia feindselig an. Als sie ausatmete, spürte er den Lufthauch, so nah war ihr Gesicht vor seinem.

„Du wärst stolz auf sie", murmelte sie. „Du wärst so stolz auf Anna."

Diese schlichten Worte bewirkten, was Sofia mit all ihren Argumenten und Bitten nicht erreicht hatte: Seine Beherrschung fiel in sich zusammen. Der große, kräftige Mann sank auf den harten Holzboden wie ein gefällter Baum, schlug die Hände vors Gesicht und stieß ein ersticktes Stöhnen aus. Von seiner Stärke war nichts mehr übrig.

Sofia konnte die Worte, die Alexej Fomenko immer wieder murmelte, nur mit Mühe verstehen. „Anna, meine Anna, meine Anna …"

Die Hündin war an seine Seite getreten und leckte ihm winselnd die Hand.

Behutsam setzte sich Sofia neben ihn auf die Holzdielen und begann mit leiser Stimme von Anna zu erzählen: Was Anna zum Lachen brachte, was zum Weinen. Wie sie die eine Augenbraue hochzog und den Kopf leicht schräg hielt, wenn sie jemanden neckte. Sofia erzählte, dass sie schwerer schuftete als jeder von Fomenkos *kolchosniki.* Dass sie Geschichten erzählen konnte, die einen aus der elenden feuchten Baracke forttrugen in eine strahlend helle Welt.

„Sie hat mir das Leben gerettet", merkte Sofia irgendwann beiläufig an, ohne die näheren Umstände zu erklären, und er fragte auch nicht danach.

Allmählich richtete sich Alexej Fomenko wieder auf, seine Augen fanden eine Richtung, seine Glieder strafften sich. Er setzte sich wieder auf den Stuhl und seine Haltung kehrte zurück. Bei Sofias Schilderungen trat ein zaghaftes Lächeln in sein Gesicht. Als ihr die Geschichten schließlich ausgingen, holte er tief Luft, so als wollte er ihre Worte einatmen. Dann nickte er.

„Anna hat mich immer zum Lachen gebracht“, sagte er leise. „Sie war so lustig und so lebendig. Sie hat mich manchmal zum Wahnsinn getrieben, und ich habe sie dennoch angebetet.“

„Dann hilf mir, sie zu retten.“

Das Lächeln erstarb. „Ich kann nicht.“

„Warum?“

„Das musst du doch verstehen, Genossin“, sagte Fomenko. „Vor sechzehn Jahren habe ich aus Zorn und Rachsucht einen Mann erstochen. Die Folge davon war, dass Annas Vater erschossen und ihr Leben zerstört wurde. Das hat mich eine Lektion gelehrt, die ich bis an mein Lebensende nicht vergessen werde.“

Seine grauen Augen forschten in Sofias Gesicht, und sie spürte, wie wichtig es ihm war, dass sie ihn verstand.

„Damals lernte ich“, fuhr er fort, „dass die Bedürfnisse des Einzelnen belanglos sind. Der Einzelne ist egoistisch und unberechenbar. Er wird von Gefühlen getrieben, die nichts als Zerstörung und Verderben mit sich bringen. In einem Staat kommt es auf das Wohl des Ganzen an. Es zählt nur das, was die Gemeinschaft voranbringt. Und deshalb … so gern ich Anna herausholen würde aus ihrem … Elend“, er schloss die Augen, als er das Wort aussprach, „… deshalb weiß ich, dass es schädlich wäre, wenn ich es täte.“

Er verstummte, und Sofia, die immer noch am Boden saß, sah, wie er mit sich kämpfte.

„Versteh doch, Genossin …“ Seine Stimme war ständig lauter geworden, inzwischen schrie er beinahe. „Ich würde meinen Posten als Kolchos-Vorsitzender verlieren, und alles, was ich hier erreicht habe – oder in Zukunft noch erreichen kann –, würde zerstört werden. Die Leute würden in ihren alten Trott zurückfallen, ich kenne sie doch. Sag mir, was zählt mehr? Tiwils dauerhafter Beitrag zum Fortschritt Russlands, zur Ernährung zahlloser Menschen – oder mein und Annas …“ Er hielt inne.

„Glück?“

Er nickte und wandte den Blick ab.

„Da fragst du noch? Du bist blind“, sagte Sofia bitter, „und du hast das eigene Denken aufgegeben. Damit hilfst du niemandem.“

Als wäre in ihm eine Sicherung durchgebrannt, beugte er sich unvermittelt über sie, packte sie fest an den Armen. „Denken“, schrie er, das wütende Gesicht dicht vor ihrem, „ist das Einzige, was dieses Land voranbringen wird. Im Moment treibt Stalin uns zwar zu großen Leistungen in Industrie und Landwirtschaft an, doch gleichzeitig vernichtet er eines unserer wichtigsten Güter: unsere Intellektuellen; unsere Männer und Frauen mit Ideen und Visionen. Das sind diejenigen, denen ich helfe bei …"

Er ließ sie los und Sofia sah, wie er mit sich rang.

„Der geheime Sender im Wald", flüsterte sie. „Der ist nicht dazu da, Berichte an die Herren von der OGPU abzusetzen. Der dient dazu …"

„Er ist ein wichtiges Werkzeug in unserem Netzwerk", sagte er barsch, ebenso zornig auf sich selbst wie auf sie.

„Du hilfst ihnen zu fliehen?"

Er nickte wortlos.

„Weiß hier in Tiwil jemand davon?"

Fomenko atmete geräuschvoll ein. „Nur Pokrowskij, und der hat mir geschworen, dass es geheim bleibt. Keiner aus dem Netzwerk kennt mehr als einen der anderen. Auf diese Weise kann jeder bloß einen Namen verraten. Pokrowskij erhält so genannte ‚Pakete', die er mit gefälschten Papieren versorgt und dann ‚weiterbefördert'. Wer ihm die ‚Pakete' schickt und wo er die Papiere herhat, frage ich ihn nicht. Ich unterstütze ihn bei der Zustellung, wenn du so willst."

Sofia fiel das Geheimfach in Elisaweta Lischnikowas Sekretär ein. Sie konnte sich denken, von wem der Schmied die „Frachtpapiere" erhielt.

Langsam erhob sie sich, ging zur offenen Tür und blickte nachdenklich auf das Dorf hinaus. „Genosse Vorsitzender", sagte sie leise, „du tust mir leid. Du versteckst dich so sehr vor dir selbst und deinem Schmerz, dass du nicht einmal …"

„Ich brauche und will dein Mitleid nicht", fiel er ihr ins Wort.

Als er hinter sie trat, konnte sie spüren, wie er wieder mit sich rang. Sie wandte sich um, blickte in seine grauen Augen, und für einen kurzen Moment ließ er seine Deckung fallen. Für den Bruchteil einer Sekunde sah sie die blanke Not in seinen Augen.

„Sag ihr, dass ich sie liebe. Nimm den Schmuck meiner Mutter, alles, was noch da ist, und setze es für sie ein."

Sofia holte die zerschnittene Perlenkette aus der Tasche, zog eine Perle von der Schnur ab, nahm Fomenkos kräftige Hand in ihre und legte die schimmernde Kugel hinein, die seine Mutter auf der Haut getragen hatte. Als er die Finger darumschloss, wurde sein Mund weich und ein Schauer überlief ihn. Da steckte sie die Kette wieder ein und holte den weißen

Kieselstein hervor. Drei Finger ihrer freien Hand legte sie um Fomenkos Handgelenk, wie sie es Rafik hatte tun sehen, ertastete die Kanten seiner Knochen, spürte den kraftvollen Puls.

„Wassili", sagte sie mit fester Stimme und richtete den Blick unausweichlich auf ihn, „hilf mir, Anna zu helfen. Allein schaffe ich es nicht."

Unter ihren Fingern schien etwas in Bewegung zu geraten, als verdickte sich Fomenkos Blut oder als renkten sich seine Knochen neu ein. In ihrem Kopf erklang ein leiser Ton, und hinter ihrem rechten Auge meldete sich ein feiner, stechender Schmerz.

„Wassili", sagte sie noch einmal eindringlich, „hilf Anna."

Seine Augen wurden dunkel, doch seine Lippen verzogen sich zu einem fügsamen Lächeln. Ihr Herz schlug schneller.

„Vorsitzender Fomenko!", erklang da eine Kinderstimme draußen auf der Straße, und Füßegetrappel näherte sich der Tür. Es war eine Gruppe kleiner Jungen, die Haare noch nass vom Schwimmen im Teich. „Ist für morgen alles vorbereitet?"

Fomenko katapultierte sich durch schiere Willenskraft in die Gegenwart zurück und entwand seinen Arm Sofias Griff. Er blinzelte, um sich in der Welt außerhalb seines Kopfes zurechtzufinden.

Entmutigt trat Sofia auf die Straße hinaus. Sie hatte ihn verloren.

„Was soll denn für morgen vorbereitet sein?", fragte Fomenko.

„Die Wagen, mit denen wir alle nach Dagorsk fahren. Wir wollen uns doch das Flugzeug ansehen, das *Krokodil*, und uns die Rede unseres Großen Führers anhören."

Fomenko hustete laut, als müsste er einen Kloß im Hals loswerden. „Ja, natürlich, alles ist vorbereitet." Mit einem knappen Nicken ging er ins Haus zurück und schloss die Tür hinter sich.

DIE NACHT war unerträglich ohne sie. Michail verbrachte düstere Stunden, in denen er mit den Erkenntnissen rang, zu denen Sofia ihm verholfen hatte. *Alexej Fomenko*, der Name hatte sich ihm ins Gehirn eingebrannt. Fomenko war Wassili Djuschejew, der Mörder seines Vaters. Doch derselbe Fomenko war der Sohn von Swetlana Djuschejewa, der Frau, die er selbst skrupellos getötet hatte.

Sie waren miteinander verbunden, Fomenko und er, verbunden in einem makabren Totentanz. Beide waren sie Diener des Staates und beide in denselben bäuerlichen Rajon entsandt, den sie ins 20. Jahrhundert treiben sollten. Beide kämpften sie dafür, die Menschen dieses Landes aus der

Vergangenheit herauszuführen in eine hellere, bessere Zukunft. So ähnlich und doch so verschieden.

Michail hasste Fomenko so sehr, wie er sich selbst hasste. Und er hasste die Macht, die Fomenko – als Wassili – über Sofia hatte.

„Sofia", murmelte er, als der Mond hinter den Wolken hervortrat und sein Licht in Michails Schlafzimmer goss, „glaub nicht, dass ich dich so einfach loslasse."

Seine Entschlüsse reiften. Er stand in Fomenkos Schuld, Auge um Auge. Er stand in Annas Schuld, Leben um Leben. Doch am meisten stand er bei sich selbst in der Schuld.

Dagorsk
Juli 1933

10

Die weite Wiese hinter Dagorsk leuchtete grün im Sonnenlicht, als aus allen Richtungen Karren und Wagen darauf zugefahren kamen. Auf der Wiese waren Zelte aus dem Boden geschossen wie Pilze. Männer mit roten Armbinden rannten mit Trillerpfeifen umher, schrien Befehle und fuchtelten mit Schlagstöcken, doch nichts konnte die gute Laune der Menge dämpfen, die auf das Grün zuströmte.

Pjotr genoss jeden einzelnen Augenblick. Selbst die Fahrt in dem klapprigen Wagen, voll beladen mit Leuten aus dem Dorf, machte ihm Spaß. Er hatte sich mit Jurij hinten auf die Ladefläche gequetscht und ließ die Beine über die Kante baumeln. Straßenstaub wirbelte ihnen in den Mund, aber alle sangen laut und fröhlich zu dem Akkordeon, das einer spielte. Es war, als würden sie zu einem Fest fahren.

Irgendwo vorn im ersten Wagen saßen sein Vater, Sofia und Senia. Die Kinder des Dorfes folgten zusammen mit ihrer Lehrerin im zweiten, und sogar die Genossin Lischnikowa lachte und trug heute einen leuchtend roten Schal mit Blumenmuster statt des üblichen grauen.

Heute war ein besonderer Tag!

Heute wollte sich Pjotr auch keine Gedanken über den Schmuck machen, den sie vorgestern ausgebuddelt hatten. Er hätte Jurij so gern von dem Fund erzählt, aber das ging nicht. Ihm war klar, dass die überraschende Freilassung des Vorsitzenden Fomenko irgendwie mit diesen Schmuckstücken zusammenhing. Das jedoch bedeutete: Bestechung. Es wäre also seine Pflicht gewesen, die Vorgänge rund um die Schmuckschatulle zu melden. So jedenfalls würde Jurij das sehen, da war Pjotr sich sicher. Aber wie konnte er das mit dem Schmuck melden, ohne Papa und Sofia zu verraten? Und ohne die Freiheit des Vorsitzenden Fomenko zu gefährden?

An der Weide angekommen, purzelten die Kinder in einem zappelnden, schubsenden, kreischenden Durcheinander vom Wagen.

„Das Flugzeug wird erst in einer halben Stunde erwartet“, verkündete Elisaweta Lischnikowa.

„Dürfen wir mal ins Kinozelt reinschauen?“, fragte Pjotr.

„Ja, dürft ihr. Seht es euch erst mal an. Aber wenn ihr meine Trillerpfeife hört, stellt ihr euch alle in einer Reihe auf, wie wir es geübt haben.“

„Die Ehrengarde“, rief Jurij eifrig.

Sie lächelte. „Ganz genau. Ich verlasse mich auf euch Junge Pioniere. Beweist mir vor den anderen Brigaden aus dem Rajon, dass ich stolz auf euch sein kann.“

„Jawohl! Für unseren Großen Führer!“, rief Pjotr, und alle zeigten mit glänzenden Augen den Pioniergruß. *„Bud gotow, wsegda gotow!“* – Seid bereit, immer bereit!

„ICH WERDE mal Kampfpilot“, verkündete Pjotr, als er mit Jurij nach der Filmvorführung wieder ins Freie trat. Sie hatten sich gerade mit großen Augen zum dritten Mal den Film über die Parade zum 1. Mai auf dem Roten Platz angesehen, und ihr Herz schlug immer noch im kraftvollen Rhythmus der Marschmusik. Pjotr begann die Arme zu schwenken wie die Soldaten auf der Leinwand und warf im Stechschritt die Beine nach vorn.

Jurij kicherte und machte das militärische Benehmen seines Freundes nach. Die beiden Jungen marschierten im Gleichschritt um die Wiese herum und schwenkten dann zur Seite, um einem Mann mit Glatze auszuweichen, der ein Holzfass zu einem der Zelte rollte. Jurij hatte eine Broschüre in der Hand, auf deren Titelseite mit großen roten Buchstaben stand: VOR VOLKSFEINDEN UNTER EUCH WIRD GEWARNT!

„Ich wüsste ja zu gern“, sagte Jurij und schlug beim Marschieren auf die Broschüre wie auf ein Tamburin, „wer bei uns in Tiwil die Feinde sind.“

Sofort kam Pjotr aus dem Tritt und wurde rot. „Vielleicht haben wir bei uns gar keine“, sagte er rasch.

„Quatsch! Klar haben wir welche. Die sind überall, verstecken sich unter uns. Die meisten arbeiten im Auftrag ausländischer Mächte und …“

„Wieso sollte sich eine ausländische Macht dafür interessieren, was in unserem Dorf passiert?“

„Weil wir Lebensmittel produzieren und die Fabrikarbeiter ernähren, du Dummkopf“, schimpfte Jurij.

Pjotr war verletzt. „Ich wette, ich weiß mehr über Feinde in Tiwil als du.“

„Weißt du nicht.“

„Weiß ich doch.“

Sie blieben mitten auf der Wiese stehen und sahen sich böse an.

„Dann nenn mir einen“, forderte Jurij.

„Ich könnte, wenn ich wollte.“

„Du lügst.“

„Tu ich nicht.“

„Ich wusste es. Du kennst keinen …“ Mit einem verächtlichen Grinsen schubste Jurij den Freund von sich weg.

Pjotr kam sich wie ein dummes kleines Kind vor. Seine Wangen liefen dunkelrot an, und er verpasste Jurij einen Faustschlag gegen die Brust. Nicht fest, aber fest genug, um zu zeigen, dass er es ernst meinte. „Ich sag's dir nur, wenn du mir versprichst, dass es ein Geheimnis bleibt.“

Jurijs Augen funkelten. „Na, dann los“, drängelte er, ohne Pjotr das geforderte Versprechen zu geben.

Pjotrs Herz krampfte sich schmerzhaft in seiner Brust zusammen, während er auf der Suche nach weizenblondem Haar über das Gelände streifte. Er musste Sofia finden, unbedingt! Er musste sie warnen.

Warum hatte er das bloß getan? Warum hatte er sie verraten? Nur weil er sich über Jurij geärgert hatte? Ihm war klar, dass er es ihr sagen musste, und zwar schnell.

Der Schweiß klebte ihm auf der Haut, als er an einer Gruppe von Männern vorbeirannte, die einen Wettkampf im Hufeisenwerfen veranstalteten. Pjotr war erleichtert, als er Jurij unter ihnen erspähte. Vielleicht hielt er ja doch dicht …

Endlich entdeckte er Sofia in einem Gang zwischen den Zelten. Sie würde wissen, was jetzt am besten zu tun war! Er rannte in ihre Richtung los, hielt aber plötzlich inne, als er sah, dass sie mit jemandem redete. Es war der Genosse Stirchow vom Bezirkskomitee, der zweite Vorsitzende, der für den ganzen Rajon zuständig war. Als Sofia dem Genossen ein kleines Päckchen zusteckte, in Stoff eingewickelt, versetzte das Pjotr einen Stich in den Leib. Er musste nicht hineinsehen können, um zu wissen, was in dem Päckchen war: ein Diamantring vielleicht oder eine Perlenkette, mit Sicherheit eines der Schmuckstücke aus der vergrabenen Schatulle.

Schockiert beobachtete er, wie Stirchow das Päckchen tief in seiner Hosentasche verschwinden ließ.

Gleichzeitig bohrte sich vom strahlend blauen Himmel her ein Geräusch in sein Gehör, wie eine ferne Kreissäge, und dann sah er es auch schon: das *Krokodil*, das im Landeanflug war. Aufgeregt wischte sich Pjotr die Hände an seiner kurzen Hose ab. Ihm schwirrte der Kopf. Er hatte also von Anfang an Recht gehabt: Sofia war nicht bloß ein Flüchtling, sie war wirklich ein Volksfeind! Die Erkenntnis brach ihm fast das Herz, denn er liebte Sofia inzwischen. Und was noch wichtiger war: Papa liebte sie auch.

Papa! Er musste Papa finden und mit ihm sprechen. Pjotr rannte los.

„Es ist wunderschön!" Michail strahlte vor Begeisterung, als er mit zusammengekniffenen Augen zu dem Flugzeug hinaufstarrte, dessen silbrige Tragflächen in der Mittagssonne glitzerten.

„Es ist eine großartige Propagandawaffe", gab Sofia zu, die ihre Augen gegen die Sonne beschirmte.

Das Flugzeug stieß wie ein riesiger Raubvogel vom Himmel herab, und zu beiden Seiten der behelfsmäßigen Landebahn reihten sich mit kerzengeraden Rücken die Jungen Pioniere auf wie Soldaten. Dahinter standen echte Soldaten, die mit ihren Gewehren die Zuschauer daran erinnern sollten, Abstand von dem Flugzeug zu halten.

„Das *Krokodil* gehört zum Agitprop-Geschwader Maxim Gorki", erklärte Michail Sofia. „Es fliegt von Stadt zu Stadt. Wo es landet, werden Broschüren verteilt und Filme vorgeführt über die großen Fortschritte, die der Kommunismus bei uns macht. Man zeigt Stalins wichtigste Vorhaben, wie etwa den Bau eines Kanals zum Weißen Meer. Das Flugzeug wurde nach der Zeitschrift *Krokodil* benannt und unterscheidet sich von den anderen ANT-9. Die Wellblechbeplankung wurde nämlich nachträglich noch verkleidet, um die Aerodynamik zu verbessern."

„Interessant. Und die Motorisierung?"

„Na ja, die Maschine hat jetzt zwei M-17-Motoren anstatt der ursprünglichen drei …" Michail riss seine Augen von dem Flugzeug los und grinste sie an. „Du veralberst mich, oder?"

Sofia liebte dieses Grinsen. „Ja."

„Also, was soll ich dir noch erzählen? Wie nach Stalins Vorstellungen Russland demnächst den Westen überflügeln wird oder …", seine Mundwinkel zuckten, „… oder dass du die schönsten Augen auf der ganzen Welt hast und dass ich dich küssen möchte?"

„Hm, lass mich mal überlegen. Da fällt die Entscheidung nicht leicht."

Sofia machte einen Schritt auf Michail zu und neigte ihm den Kopf entgegen, doch in diesem Moment donnerte das kehlige Brummen der zweimotorigen Maschine über das Gelände.

„Schau!", rief er und zeigte über die Köpfe der Menge hinweg nach oben. „Schau dir seine Zähne an!"

Das Flugzeug landete auf der Wiese und rollte holpernd aus. Die Menge brach in Jubelrufe aus, die Jungen Pioniere erhoben die Arme zum Gruß, und die Kapelle stimmte die Internationale an.

„Es lächelt ja", sagte Sofia verblüfft.

Und tatsächlich: Auf der langen Reptilienschnauze aus Sperrholz, mit der Konstrukteur Wadim Schawrow den Bug verlängert hatte, waren das Maul und die scharfen Zähne eines Krokodils aufgemalt, das entwaffnend lächelte. Auf dem Flugzeugrumpf war eine Reihe von Höckern aufgesetzt, die wie das Rückgrat eines Krokodils wirkten.

„Es sieht aus, als wäre es lebendig!", rief Michail aus. „Das berühmteste Flugzeug im ganzen Land."

„Es macht mich stolz auf Russland", erwiderte Sofia ernst.

„Dann los, schauen wir uns das *Krokodil* mal an!"

Michail griff nach ihrer Hand und lenkte sie mit energischen Schritten durchs Gedränge.

Die Zeit dieses Nachmittags wurde danach bemessen, wie oft die Flugzeugpropeller angeworfen wurden. Wieder und wieder sahen sie das *Krokodil* starten, und jedes Mal hielt die ganze Menschenmenge wie ein Mann den Atem an, wenn sich das Flugzeug vom Erdboden löste und scheinbar schwerelos in die Luft aufstieg. Dort bewegte sich die Maschine mit der Eleganz eines Tänzers. Sie neigte eine Tragfläche, begann über dem Feld zu kreisen und schraubte sich mit jeder Umdrehung höher hinauf.

„Sofia, hast du Jurij gesehen?", fragte Michail besorgt.

„Nein. Aber das Wettrennen fängt gleich an. Er wird wahrscheinlich drüben bei den Flaggen sein."

Michails Blick wanderte über das Gesichtermeer auf dem Gelände hinweg. „Ich kann ihn nirgends sehen."

Sofia legte die Hand auf seinen Unterarm. „Was ist los, Michail?"

„Pjotr war vorhin bei mir." Michail atmete hörbar aus. „Er hat Jurij Dinge über dich erzählt, die er besser für sich behalten hätte. Und jetzt hat er Angst, dass Jurij damit zu Stirchow geht."

Die Sonne schien Sofia noch immer ins Gesicht, doch ihre Miene erstarrte, als wäre sie eingefroren. Die Stimmen und das Gelächter um sie her, die unablässig schmetternde Kapelle und das Brummen der schweren M-17-Triebwerke – all das verklang plötzlich im Nichts. Eine unheimliche Stille schien sich unter dem Himmelsbogen auszubreiten.

Michails Gesicht war bitterernst, als er ihr in die Augen sah. „Es wird Zeit, dass wir gehen."

„Senia, warte einen Augenblick!"

Rafiks Tochter trat gerade aus einem der Zelte. In jedem wurde eine andere Maschine oder ein Fertigungsprozess vorgestellt, der die Modernisierung in der Industrie veranschaulichte. Am beliebtesten bei den Besuchern war ein Zelt voll funkelnder neuer Nähmaschinen. So eine wünschte sich jede Frau hier auf dem Gelände.

Sofia fasste die junge Zigeunerin am Arm und zog sie hinter einen Lkw.

„Was ist denn, Sofia? Du siehst … so unglücklich aus."

„Ich hab dich vorhin mit deinem Freund Wanja gesehen. Er trägt heute ja gar nicht seine OGPU-Uniform."

„Nein, er hat dienstfrei." Senia musste unwillkürlich lächeln, wenn sie von ihm sprach.

„Aber er würde es mitbekommen, wenn hier irgendwas im Gange wäre, oder? Er würde es erfahren, wenn es Ärger gäbe?"

„Was denn für Ärger?"

„Wenn jemand gesucht würde?"

Senia musterte Sofia. „Warte hier hinter dem Laster. Ich komme wieder, so schnell ich kann. Rühr dich nicht von der Stelle!" Sie lief bereits los.

Sofia blieb, wo sie war. Sie wusste, das war das Ende – das Ende von allem. Die Entscheidung war bereits gefallen. Und in dem Moment hasste sie Anna mit einer Inbrunst, die ihr den Atem verschlug.

„Bystro!" Eine völlig aufgelöste Senia kehrte zurück. „Wir müssen die Kleider tauschen, schnell!"

Sie streifte sich schon den Rock ab, unter dem dünne Kinderbeine zum Vorschein kamen, und knotete das rote Halstuch auf. Sofia brauchte nicht nach dem Grund zu fragen. Es war offensichtlich, dass nach ihr gesucht wurde – mit einer Personenbeschreibung.

„*Spasibo*, Senia", sagte sie, als sie in den schwarzen Rock mit den bunten Filzblumen am Saum stieg und sich die weiße Bluse zuknöpfte. Doch dieses *Spasibo* konnte nicht annähernd ausdrücken, was sie empfand.

„Wanja sagt, du sollst als entflohener Sträfling sofort festgenommen werden, wenn man dich entdeckt.“ Senia band Sofia das rote Halstuch um den Kopf und knotete es im Nacken zusammen, um ihre blonden Haare zu verbergen. „Pass auf dich auf, Sofia!“

„Senia hat mir gesagt, wo du dich versteckst“, raunte Michail, als er hinter dem Lastwagen hervortrat und Sofia in seine Arme schloss. Er streichelte zärtlich ihren Rücken, und sie wäre am liebsten für den Rest ihres Lebens so mit ihm stehen geblieben. Mit geschlossenen Augen lehnte sie die Stirn an seine Brust und lauschte seinem schnellen Herzschlag.

„Ich dachte, du kommst nicht wieder“, flüsterte sie.

Er umfasste ihr Gesicht mit beiden Händen und hob es ein wenig an, damit sie ihm in die Augen sah.

„Ich komme immer wieder, Liebste“, versprach er. „Immer.“

Dann küsste er sie, weich und zart.

Sofia schmiegte sich eine Weile lang eng an ihn, damit sich ihr Körper einprägen konnte, wie er sich anfühlte, ehe sie sich aus seinen Armen löste und mit fester Stimme sagte: „Hast du Jurij gefunden? Oder Pjotr?“

„Nein. Pjotr ist wie vom Erdboden verschluckt, und Jurij soll angeblich mit dem Flugzeug unterwegs sein.“

Das *Krokodil* hatte den ganzen Nachmittag bei seinen kurzen Rundflügen einige wenige Glückliche auf seinen neun Passagiersitzen mitgenommen. Meist Parteikader, aber auch eine Handvoll Arbeiter durfte mitfliegen, als Auszeichnung für besondere Leistungen.

„Das ist Stirchows Belohnung für Jurij“, stöhnte Sofia.

Michails Augen waren sehr ernst, als er schweigend nickte.

Die Motoren des Flugzeugs, das zum letzten Mal an diesem Tag in den Landeanflug ging, übertönten den Chor der Jubelnden, die seine Rückkehr begrüßten.

„Die suchen schon nach dir, Liebste. Sie haben Absperrungen errichtet und kontrollieren die Ausweise“, sagte Michail bitter. „Am besten mischst du dich schleunigst unter die Menge. Da kannst du dich frei bewegen, bis du …“

„Michail, du darfst Pjotr keine Vorwürfe machen. Er ist noch ein Kind. Er idealisiert die Partei.“

„Ich mach ihm aber welche, Sofia – und mir selbst auch.“ Als er ihr in die Augen sah, schwand der Zorn aus seinem Blick. Zärtlich legte er die Hand an ihre Wange.

„Ach, wen haben wir denn da?“ Ein Offizier in kakifarbener Uniform stand vor der Fronthaube des Lastwagens und stierte sie an.

„Genosse“, sagte Sofia und schlang mit einem verliebten Lächeln den Arm um Michails Taille, „gönn uns doch die fünf Minuten, die seine Frau ihn aus den Augen lässt.“

Der Soldat, dessen Hose schon halb aufgeknöpft war, lachte. Offenbar wollte er sich hinter dem Lastwagen erleichtern.

„Lasst euch von mir nicht stören, Genossen“, sagte er lässig. Doch genauso lässig zog er die Tokarew aus dem Halfter und richtete den Lauf direkt auf Sofia. „Zeigt mir nur rasch eure Ausweise.“

„Natürlich, Genosse.“

Sofia wühlte in ihrer Tasche, als suchte sie ihre Papiere, doch in Wahrheit berührte ihre Hand den kühlen Stein, und sofort wurde ihr Geist klar und ihr Atem ruhig. Sie machte einen Schritt auf den Soldaten zu, die Augen fest auf seine geheftet, und plötzlich runzelte er die Stirn und blickte verwirrt auf die Waffe in seiner Hand.

In dem Moment schlug Michail zu. Zwei Schritte nach vorn, ein Handkantenschlag, der den Mann an der Kehle traf, gefolgt von einem harten Hieb auf sein Kinn, und der Kopf des Soldaten flog mit einem dumpfen Rums an die Seite des Lastwagens. Er sackte bewusstlos ins Gras, doch die beiden gingen kein Risiko ein. Binnen Sekunden zog Sofia dem Mann den Gürtel aus der Hose und Michail band ihm damit Hände und Füße am Rücken zusammen. Dann stopften sie ihm noch sein Taschentuch in den Mund und steckten seine Pistole ein.

„Jetzt“, keuchte Michail, „wird es aber wirklich Zeit zu gehen.“

DAS *KROKODIL* hatte kaum den Boden berührt, da lud die Besatzung des Flugzeugs die Vorführgeräte und die Pappkartons mit den Broschüren wieder in die Maschine. Kurze abschließende Reden wurden gehalten, und die Kapelle stimmte zum letzten Mal die Internationale an. Wie ein Vorhang, der nach einer Vorstellung zugezogen wird, schoben sich Wolken vor die Sonne, während sich lärmende Trupps von Männern daranmachten, die Wodkaflaschen auf dem Gelände einzusammeln.

Das alles hielt die Uniformierten allerdings nicht davon ab, gründlich ihrer Arbeit nachzugehen. Jede junge Frau mit blondem Haar musste sich ausweisen. Sofia wich ihnen mehrmals aus, doch die Zeit lief ihr davon. Jeden Augenblick konnte der Soldat hinter dem Lastwagen gefunden werden.

Michail hatte sich noch einmal auf die Suche nach Pjotr gemacht. „Geh hier nicht weg, bevor ich wieder da bin“, sagte er streng.

Sofia hatte ihn zum Abschied geküsst, nur eine leichte Berührung mit den Lippen, aber mit diesem Kuss zerbrach eine Welt in ihr. Sie atmete nur noch, weil sie musste.

Mitten in dem dichten Menschenpulk unweit des Flugzeugs nahm sie rechts von sich die große Gestalt des Schmieds Pokrowskij wahr und zu ihrer Linken Elisaweta Lischnikowa. Sofia war sicher, dass Rafik die beiden beauftragt hatte, sie zu beschützen. Aber was konnte das jetzt noch nützen?

Sie hatte bereits aufgegeben – und erschrak doch, als eine Hand schwer auf ihre Schulter fiel. Sofia fuhr herum und hatte eine Kakiuniform vor sich, aber nicht den Soldaten vom Lastwagen. Dieser Mann war älter, mit wachsamen Augen unter dichten, buschigen Brauen.

„Dokumenti!“, befahl er.

Vier Männer in Uniform umstanden sie wie Wölfe, die ein Schaf eingekreist hatten, und aus den Augenwinkeln sah Sofia, wie sich Pokrowskij durch die Menge in ihre Richtung schob. *Nein, nicht näher kommen!* Mit der letzten Kraft ihres Willens hielt sie ihn auf Abstand, weil sie nicht wollte, dass auch ihm noch etwas zustieß. Die Zeit schien stillzustehen, als sie in die Tasche griff und ihre Aufenthaltsberechtigung hervorzog.

Anna, meine Freundin, verzeih mir mein Versagen.

„Ah, da bist du ja!“ Wie aus dem Nichts schob sich Michails Hand unter ihren Ellbogen und riss sie dabei fast um. Pjotr stand dicht neben seinem Vater, die braunen Augen waren dunkel vor Kummer.

„Entschuldigung“, flüsterte er.

„Ist schon in Ordnung, Pjotr. Du hast getan, was du für richtig hieltst.“ Sofia berührte ihn sanft an der Hand, und prompt klammerten sich seine Finger an sie.

„Deine Papiere?“ Der Soldat hatte die Stimme inzwischen erhoben.

„Genosse“, sagte Michail scharf, „diese Frau gehört zu der Mannschaft, die mit dem …“

Doch der Soldat streckte bereits den Arm aus, um sie Michail zu entreißen, und rings um sie klickten Gewehre.

„Sofort aufhören!“

Sofia fuhr herum und sah sich zu ihrer Verblüffung dem entschlossenen Gesicht Alexej Fomenkos gegenüber. Er nickte kaum merklich und zückte vor dem Uniformierten irgendeinen Ausweis. Rings um Sofia traten die Menschen einen Schritt zurück.

„Ich kann für diese Frau bürgen", sagte Fomenko barsch. „Warum zum Teufel verschwendest du hier kostbare Zeit? Du sollst doch da draußen sein mit deinen Leuten", er wies mit einer Armbewegung über das Gelände, „und nach der Entflohenen suchen."

Der Platz um Sofia wurde noch größer, die Soldaten wichen zurück, und Michail verstärkte den Griff an ihrem Arm.

„Diese Frau und ich sollen von der Flugzeugbesatzung mitgenommen werden", erklärte er verärgert.

„Dafür will ich eine Bestätigung sehen", erwiderte der Offizier, doch es klang längst nicht mehr so entschlossen.

Fomenko schob sich zwischen Sofia und den Uniformierten. Aufgrund seiner leitenden Stellung war die Verantwortung für die Situation auf ihn übergegangen. „Mach dich nicht zum Trottel, Genosse. Die Wolkenuntergrenze sinkt minütlich. Der Pilot kann nicht länger warten. Oder nimmst du es auf deine Kappe, wenn das Flugzeug heute nicht mehr hier wegkommt?"

„Nein, Genosse Vorsitzender, es ist schon in Ordnung."

Michail riss Sofia aus ihrer Starre. Wie von selbst setzten sich ihre Beine in Bewegung. Ihr Herz hämmerte, als man sie ins Flugzeug zerrte und die Luke hinter ihr schloss.

Unter ihnen schlängelten sich Flüsse gemächlich dahin, während das Flugzeug planmäßig nach Norden flog. Die Wasserbänder verliefen kreuz und quer durch die Landschaft, deren Farben sich im Dunst der Wolken auflösten, die das Flugzeug einhüllten. Die M-17-Triebwerke dröhnten, und Michail spürte in der Passagierkabine jeden Hub der Kolben, als trieben sie ihm das Blut durch die Adern. Das verstärkte das herrliche Gefühl, von der Erde losgelöst zu sein. Es war lange her, dass er dieses Gefühl zum letzten Mal gehabt hatte, und er genoss es.

Eigentlich verrückt, wo er doch wusste, dass er bis zum Hals in ernsten Schwierigkeiten steckte, aber irgendwie wurde das alles hier oben unwichtig. Er war mit Sofia zusammen und er flog endlich wieder. Die Wirklichkeit auf dem Boden war weit entfernt.

„Alles in Ordnung mit dir?"

Sofia wandte den Blick vom Fenster ab und schenkte ihm ihr Lächeln, das er so liebte. „Danke, mir geht's gut."

„Bist du gar nicht aufgeregt bei deinem ersten Flug?"

„Nein, ich finde es wunderbar. Wie hoch sind wir?"

„Ungefähr dreitausend Meter."

Sie nickte, wirkte aber angespannt. Er streckte die Hand über den schmalen Gang, der sie trennte, und streichelte beruhigend ihren Arm.

„Wie weit fliegen wir?", fragte Sofia leise.

„Ohne aufzutanken, kann das *Krokodil* siebenhundert Kilometer zurücklegen."

„Und das haben wir auch vor?"

„Ja."

Sofia schaute ihn ungläubig staunend an, legte dann den Kopf in den Nacken und schickte einen stummen Freudenschrei zur Kabinendecke.

„Ich dachte", sagte sie und bemühte sich um einen beiläufigen Tonfall, dem man ihre grenzenlose Freude nicht anhörte, „dass wir bloß von dem Gelände weggebracht und irgendwo in der Nähe wieder abgesetzt werden."

„Nein", antwortete Michail und lachte für eventuelle Mithörer, „der Kapitän bietet uns schon eine richtige Spritztour. Er möchte, dass ich ihm eine professionelle Einschätzung gebe, ob sich diese Propagandaflüge rentieren." Leise fügte er hinzu: „Und von dir als meiner Sekretärin erwarte ich, dass du dir Notizen machst."

„Natürlich", erwiderte Sofia in beflissenem Sekretärinnenton, während sie die Augen verdrehte und in der Luft das Schreibmaschineschreiben nachahmte. Michail musste sich auf die Zunge beißen, um nicht in Gelächter auszubrechen. Fast unhörbar fragte sie: „Als wir zu der Vorführung des *Krokodils* fuhren, wusstest du da schon, dass wir mit dem Flugzeug in den Norden fliegen würden?"

„Ich wollte es versuchen, war aber nicht sicher, ob es klappen würde. Deswegen habe ich dir vorher nichts gesagt."

„Hat der Flugkapitän Geld dafür genommen, dass er uns hilft?"

„Nein."

„Warum tut er es dann?"

„Ich habe früher mit seinem Bruder zusammengearbeitet, in der Flugzeugfabrik in Moskau. Der hatte mal Schwierigkeiten, und da habe ich ihm geholfen. Das ist alles."

„Danke, Michail", flüsterte sie. „Das werde ich dir nie vergessen."

Eine Zeit lang sah sie schweigend zum Fenster hinaus, doch schließlich wandte sie sich ihm wieder zu: „Und was ist mit Pjotr?"

„Mach dir keine Sorgen. Senia wird sich um ihn kümmern, solange ich unterwegs bin."

Unter ihnen jagten die Schatten der Wolken über das flache Land.

„Das hätte ich nicht von Fomenko erwartet", murmelte sie vor sich hin.

Michails Blick lag lange auf ihrem Gesicht. *Tschjort!* – Zum Henker! Dieser Mann ging ihr noch immer im Kopf herum!

Er lehnte sich zurück und schloss die Augen. *Konzentrier dich darauf, Anna Fedorina zu finden. Das ist deine einzige Chance.*

Ural
Juli 1933

11

Rumpelnd setzte das *Krokodil* auf dem Acker auf, der als Landebahn diente. Sie wurden kräftig durchgerüttelt, aber das Flugzeug kam rasch zum Stehen, und sie konnten aussteigen. Ein Handschlag genügte als Dankeschön für den Piloten.

Nach Stunden über dichten Kiefernwäldern und silbern schimmernden Wasserstraßen, nur hier und da durchbrochen von einem an ein Flussufer geschmiegten kleinen Dorf, erinnerte die Stadt Nowgorki mit ihren dreckigen, heruntergekommenen Straßen überdeutlich daran, wie leicht der Mensch einen Flecken Erde verschandeln kann.

Nowgorki war eine auf dem Reißbrett geplante Stadt, errichtet für den Erzabbau, mit qualmenden Schornsteinen, die hoch in den grauen Himmel aufragten und stinkende Chemikalien in die Luft pusteten. Seltsamerweise mochte Michail die Stadt trotzdem. Er spürte ihre untergründige Wildheit so stark wie den Schwefelgestank, der über Nowgorki lag. Eine Stadt am Rande der Zivilisation – das kam ihm sehr gelegen.

Es war mittlerweile Abend geworden, als sie das Zentrum von Nowgorki erreichten, doch im Juli waren die Tage lang und die Nächte nicht wirklich dunkel. An der Hauptstraße, die wie üblich Leninstraße hieß, standen dicht zusammengedrängt einige schäbige Betonbauten. Selbst um diese Stunde waren hier noch viele Lastwagen und Autos unterwegs. In den Schlaglöchern, mit denen die Straße übersät war, stand Regenwasser.

„Und nun?“ Sofia sah sich bang um.

„Wir brauchen ein Bett und etwas zu essen.“

In kleinen Gruppen lungerten Männer an den Straßenecken herum, Zigaretten im Mundwinkel und Flaschen in den Hosentaschen. Michail näherte sich einem mit dichtem Stalin-Schnurrbart, der sie zu einem Arbeiterwohnheim schickte. Nachdem sie in dem trostlosen Gebäude ihre Ausweise vorgezeigt und ein paar Rubel im Voraus bezahlt hatten, händigte man ihnen zwei schmuddelige Steppdecken aus und wies jedem von ihnen eine Campingliege zu, in getrennten Mehrbettzimmern.

Als sie anschließend die Hauptstraße entlanggingen, spürten sie die Blicke, die sie verfolgten.

„Hier sehen wir wieder einmal Stalins rasante wirtschaftliche Entwicklung“, sagte Sofia leise und wies mit einer spöttischen Kopfbewegung auf die leeren Schaufenster.

Viele der Läden hatten noch geöffnet, und sie wählten für ihre Zwecke eine vergleichsweise gut bestückte Eisenwarenhandlung aus. In dem Verkaufsraum roch es nach Kiefernharz und Staub, und ein kleiner Mann mit dem breiten Gesicht der Bewohner des Nordens und gut gepolsterten Bäckchen begrüßte sie hinter dem Ladentisch.

„Guten Abend.“ Michail ließ den Blick prüfend durch den Laden wandern. Es waren zwar keine weiteren Kunden da, aber doch einige Waren ausgestellt. Ein Sack Schrauben, eine Kiste mit Scharnieren, ein paar Petroleumkannen und Malerbürsten. Hinter der Theke befanden sich einige Regale an der Wand, auf denen eine Reihe von Pappkartons ohne Etiketten stand. Michail vermutete, dass dort die besseren Waren für die bessere Kundschaft lagerten.

Er nahm eine Rolle Zeltleinwand und legte sie auf den Ladentisch. Sofia stand schweigend daneben.

„Ist das alles?“, fragte der Ladenbetreiber, während er sich ausgiebig unter der Achsel kratzte.

„Nein.“

„Was noch?“

„Ich habe etwas zu verkaufen.“

Die Augen des Ladenbetreibers leuchteten auf, und er schielte prüfend zu Sofia hinüber.

„Nicht mich“, sagte sie barsch.

Der Mann zuckte die Schultern. „Kommt ab und zu vor.“

Michail legte die Faust zwischen sich und dem Mann auf den Ladentisch. „Wer in dieser Stadt könnte Interesse daran haben, einen Wertgegenstand zu kaufen?“

„Was für einen Wertgegenstand?“

„Einen, der echtes Geld wert ist, keine …“, Michail warf einen verächtlichen Blick auf seine Umgebung, „keine … Nowgorkier Kopeken.“

Der Mann musterte ihn argwöhnisch und kaute mit tabakverfärbten Zähnen auf seiner Unterlippe herum. „Na gut“, sagte er und zeigte auf den Hinterausgang, vor dem ein Vorhang hing. „Du, Genosse, kommst mit mir. Und du“, er deutete mit dem Kinn auf Sofia, „wartest hier.“

Noch bevor er das nächste Mal Luft holen konnte, hatte Michail einen Satz über die Theke gemacht, wo er den Mann gegen die Kartons und eine Hand so fest an seine Kehle presste, dass er ein Rasseln in der Luftröhre spürte.

„Versteh mich nicht falsch, Genosse“, zischte Michail. „Ich bin keiner dieser Bauerntölpel, mit denen du es sonst zu tun hast. Ich renne nicht blindlings in dein Hinterzimmer, wo man mich überfällt und ausraubt, während man hier draußen meine Frau entführt. Kapiert?“

„Da.“ Die Stimme des Mannes war ein Keuchen, die Augen traten ihm schon aus den Höhlen.

Michail lockerte seinen Griff und ließ den Ladenbetreiber Luft holen. „Also“, knurrte er und hielt den Mann weiter gegen die Regalbretter gedrückt, „morgen früh um acht komme ich für genau fünf Minuten wieder. Wenn du einen Käufer für ein Schmuckstück weißt, das mehr wert ist, als du in zehn Leben verdienen kannst, bring ihn her. Alles klar?“

Der Mann signalisierte blinzelnd, dass er verstanden hatte.

„Du hast also nicht nur angenehme Seiten“, bemerkte Sofia spöttisch. Dabei lächelte sie jedoch nur mit dem Mund, nicht mit den Augen.

„Ich musste es tun, Sofia. Anders konnte ich dem Mann nicht klarmachen, dass ich es ernst meine. Schau mich nicht so vorwurfsvoll an.“

„Und wenn er dich mit einer Waffe bedroht hätte?“

Michail tippte mit einer Hand auf die geladene Pistole unter ihrem Rock. Es war die Waffe, die er dem Soldaten hinter dem Lastwagen abgeknöpft hatte. „Dann hättest du ihn erschossen“, sagte er und küsste sie auf die Nasenspitze.

Als er sah, dass Sofia zitterte, legte er wärmend den Arm um sie. Keiner von beiden war für einen kühlen Abend im Norden richtig angezogen. Dennoch entzog Sofia sich ihm.

„Nicht“, sagte sie verärgert. „Wir dürfen kein Risiko eingehen.“

Michail brach in schallendes Gelächter aus, und im nächsten Moment schlug Sofia mit geballter Faust in Richtung seiner Brust. Er fing sie mit der Hand ab und zog Sofia an sich. „Das alles ist ein einziges Risiko, mein Herz. Da kommt es auf ein, zwei kleine zusätzliche Risiken auch nicht mehr an.“

„Du darfst dein Leben nicht aufs Spiel setzen“, flüsterte sie.

„Ich habe die Absicht, hundert Jahre alt zu werden, wenn du mir versprichst, dass du mit mir zusammen hundert wirst.“

„Um dir die Socken zu stopfen und das Essen zu kochen?“

„Nein, Liebste, um mein Bett zu wärmen und mich deinen hübschen Nacken küssen zu lassen.“

„NEIN, Michail, wir ziehen das gemeinsam durch. So war es ausgemacht.“

Die beiden standen im prasselnden Regen auf der Straße, nass bis auf die Haut. Ein herrenloser Hund mit gelblich weißem Fell hockte zitternd im Rinnstein und verfolgte mit traurigen Augen jeden ihrer Schritte.

Während Michail die Tür zu der Eisenwarenhandlung aufstieß, postierte sich Sofia schweigend hinter dem Eingang, eine Hand locker auf der Waffe unter ihrem Rock. Ihre Augen folgten Michail, wie er auf einen Fremden zuging, der mit verschränkten Armen neben der Ladentheke stand. Der Mann hatte einen Körperbau wie aus übereinandergestapelten Kartons: eckiger Hut, eckiger Kopf, eckige Schultern; dazu trug er einen korrekten, eckig geschnittenen Anzug. Die geplatzten Äderchen in seinem Gesicht verrieten den Trinker, die wachsamen Augen den Menschen mit Macht. Der Ladenbetreiber, braun und staubig wie seine Kartons, hielt sich im Hintergrund.

„Na, Genosse, was hast du mir mitgebracht?“ Der Fremde kam sofort zur Sache. „Wehe, es handelt sich um irgendwelchen Schrott!“

Michail sprach kein Wort, sondern zog etwas Kleines, Grünes aus seiner Hosentasche und hielt es auf der flachen Hand vor sich hin. Der Fremde riss die Augen auf, kniff sie aber gleich wieder zu schmalen Schlitzen zusammen, denn sogar in der Dunkelheit des Ladens funkelte der Diamant auf dem grünen Stück Stoff.

„Der ist mehr wert, als du besitzt“, sagte Michail. Es war der erste Satz, den er sprach.

„Genosse, etwas musst du anscheinend noch lernen: Ein Stein wie der hier ist nur das wert, was jemand dafür bezahlt.“

„Und der Preis hängt davon ab …“, ergänzte Michail mit kaltem Lächeln, „wie schnell derjenige zahlen kann.“

Der vierschrötige Fremde nickte, zog ein Taschentuch hervor und schnäuzte sich die rot geäderte Nase. Anscheinend war das ein vereinbartes Zeichen, denn in diesem Moment trat ein zweiter Mann aus dem Hinterzimmer, ein bärtiger, bulliger Mensch mit übel vernarbtem Gesicht.

Sofort zog Sofia die Waffe aus ihrem Rock hervor und richtete sie mit beiden Händen auf den ersten Fremden. Aus schmalen Augen starrte er sie kurz an, schätzte die Gefahr ab. Dann machte er eine wegwerfende Geste, und sein narbiger Gehilfe tauchte wieder in sein Hinterzimmerversteck ab.

Nichts wurde gesprochen, die kurze Einmischung wurde nicht erwähnt, deshalb ließ Sofia auch die Waffe nicht sinken.

Michail machte einen bedächtigen Schritt vorwärts und sagte dann mit einer Stimme, die den ganzen Raum ausfüllte: „Damit wir uns richtig verstehen … Genosse“, er ließ das Wort klingen, als hätte er es sich von der Schuhsohle abgekratzt, „ich will zum Geschäftlichen kommen. Meine Zeit ist knapp bemessen.“

„Bitte“, sagte der Mann, den Blick unverwandt auf den Diamanten geheftet, „reden wir über Geld.“

„Nein, Genosse. Reden wir über Pferde!“

Sofia wartete allein im Regen. Senias Schal, den sie sich umgebunden hatte, war schon völlig durchnässt, aber zwei Meter Zeltleinwand mit einem Loch in der Mitte für den Kopf hielten das Schlimmste von ihrem Körper ab. Die schwarze Erde unter ihren Füßen hatte sich in glucksenden Morast verwandelt, doch Sofia nahm keine Notiz davon, während sie auf leisen Sohlen zwischen den Bäumen umherschlich, immer die schnurgerade nach Nowgorki hineinführende Straße im Blick.

Wo war Michail? Er hätte längst hier sein müssen.

Ihr schwirrte der Kopf vor Angst um den Geliebten. Der vierschrötige Mann mit dem schmallippigen Lächeln hatte darauf bestanden, das Geschäft unter vier Augen, ohne Waffen und ohne Handlanger abzuwickeln. Und so hatte Michail Sofia einen flüchtigen Kuss gegeben und den Laden verlassen. Sie hatte den Männern und dem gelblich weißen Streuner nachgesehen, der hinter ihnen durch den Regen trottete, und war dann zu der Stelle am Stadtrand gegangen, die Michail ihr als Treffpunkt genannt hatte.

Vor neugierigen Blicken verborgen, wartete sie auf ihn. Ihr war, als hätte sie schon ihr ganzes Leben lang auf ihn gewartet.

Zwei Stunden später, als Michail endlich durch den grauen Regenvorhang trat, hätte Sofia sich am liebsten in seine Arme geworfen und ihn dabei gleichzeitig angeschrien, weil er sie durch eine solche Hölle geschickt hatte. Doch sie blieb ruhig unter der triefenden Pappel stehen und ließ ihn herankommen. Er ritt auf einem großen braunen Pferd und führte zwei andere am Zügel mit sich. Eines trug unter einer Zeltplane auf dem Rücken eine offenbar schwere Last. Michail saß in einer fließenden Bewegung ab, legte Sofia die Hände auf die Schultern und sah ihr in die Augen.

„Du warst lange weg“, sagte sie schlicht.

„Entschuldige. Hast du dir Sorgen gemacht?“

„Nein.“

„Gut. Du musst mir vertrauen.“

„Das tu ich.“

Er lächelte das breite Lächeln, das ihr allein vorbehalten war, und sie klammerte sich an sein durchnässtes Hemd, als könnte sie damit dieses Lächeln noch ein paar Sekunden festhalten.

„Hoffentlich ist eines der Pferde für mich bestimmt.“

„Du bist stets darauf aus, es dir möglichst einfach zu machen, oder?“

Sie lachte erleichtert, und alle Ängste waren plötzlich wie weggeblasen. „Hast du ein gutes Geschäft gemacht?“, fragte sie und ließ sein Hemd los.

„Swetlana Djuschejewa würde sich im Grab umdrehen, wenn sie wüsste, zu welchem Schleuderpreis ihr Diamantring den Besitzer gewechselt hat. Aber für uns war es trotzdem ein gutes Geschäft.“

Er zog eine Handvoll Rubelscheine unter dem nassen Hemd hervor, hob Sofias Leinenumhang hoch und steckte ihr das Geld in die Rocktasche.

„Das wird dir fürs Erste weiterhelfen“, sagte er lächelnd und nahm sie unvermittelt in die Arme, als befürchtete er, sie zu verlieren.

So standen sie da, die Köpfe aneinandergelehnt, Sofia wusste nicht wie lange. Als sich ihre Herzen beruhigt hatten, schwangen sie sich auf die Pferde und machten sich auf den Weg in den Wald. Der schmutzig weiße Streuner trottete ihnen nach.

SIE RITTEN den Rest des Tages und fast die ganze Nacht hindurch. Manchmal saßen sie ab und gingen zu Fuß, um den Pferden eine Pause zu gönnen. Ständig spitzten sie die Ohren, ob ihnen jemand folgte. Zur Orientierung benutzte Michail einen kleinen Kompass. Das Gelände zwang sie die meiste Zeit, hintereinander zu reiten, und weil das Packpferd hinter Michail ging, waren sie zu weit voneinander entfernt, um sich flüsternd unterhalten zu können. Schweigend versank jeder in seinen eigenen Gedanken.

Kurz vor Morgengrauen – der neue Tag war noch nicht viel mehr als ein goldener Hauch auf den obersten Ästen – machte Michail halt.

„Ist das nicht zu gefährlich?“, fragte sie.

„Wir müssen schlafen, mein Herz, und die Pferde müssen ruhen. Das Beste wird sein, wir verstecken uns hier für zwei, drei Stunden.“

„Aber nicht länger.“ Ihre Ungeduld war deutlich zu spüren.

Michail schlang den Arm um ihre Taille und streichelte zärtlich ihr Haar. Und später, als sie sich auf einer Decke unter den hohen Bäumen ausgestreckt hatten, liebten sie sich leidenschaftlich.

Sofia saß am Flussufer, ließ die Füße in die starke Strömung hängen und beobachtete Michail, der sich mit Wasser bespritzte. Sie waren jetzt zehn Tage unermüdlich geritten und stahlen sich eine Stunde zum Ausruhen, bevor sie weiterzogen. Der Hund trottete durchs Gras auf sie zu, rieb kurz sein nasses Fell an ihrer Schulter und legte sich dann in den Schatten.

„Was bist du für ein Mensch, Michail?"

Er schaute über die Schulter hinweg zu ihr herüber. Lächelte überrascht.

„Ein glücklicher", meinte er schließlich.

„Wirklich? Das glaubst du?"

„Ja, aus ganzem Herzen."

„Michail, denk doch mal nach! Du bist seit Tagen im Wald unterwegs, hast kein Zuhause, keine Arbeit, keine Reisegenehmigung, und du schwebst die ganze Zeit in Lebensgefahr. Wie kannst du da ein glücklicher Mensch sein?"

Er schöpfte mit beiden Händen glitzerndes Flusswasser über seinen Kopf. „Ich bin glücklich, weil ich dich habe, mein Herz. Und weil du mir eine zweite Chance eröffnest."

„Was denn für eine zweite Chance?"

„Ein Unrecht wiedergutzumachen."

„Du meinst … weil du Annas Vater getötet hast?"

Sie hatte es ausgesprochen. Hatte die Worte endlich aus ihrem Versteck geholt und sie in die golden leuchtende Luft entlassen.

„Ja, genau das meine ich."

„Und Fomenko? Dessen Mutter du getötet hast? Was ist damit? Möchtest du dieses Unrecht auch wiedergutmachen?"

Michail hieb mit der flachen Hand aufs Wasser, sodass ein Regenbogen aus Tröpfchen aufstieg. Doch als er wieder sprach, klang seine Stimme ganz ruhig. Er sagte nur ein Wort: „Nein."

„Warum nicht?"

„Weil er meinem Vater ein Messer in den Hals gestoßen hat. Sag du mir, wie ich das verzeihen soll."

„Ich verstehe. Und wenn wir das hier hinter uns haben, hörst du dann vielleicht auf, dich selbst zu hassen?"

„Du kennst mich schon zu gut, Sofia."

Sie lachte, und ehe sie sich's versah, kam er durchs Wasser auf sie zu, schob sonnendurchflutete Wellen links und rechts zur Seite und sprang lauthals schreiend zu ihr ans Ufer. Sie kreischte auf und wollte vor ihm flüchten, aber er war schneller als sie, bekam sie am Handgelenk zu fassen, zog sie an sich, drückte seinen nassen Körper fest an ihren, suchte ihren Mund.

Hinter ihr bellte der Hund, zwei spitze, hohe Laute.

„Schnell!“ Sofia stürzte sich ins Wasser, zerrte Michail mit sich.

„Was ist?“

„Gefahr.“

Gemeinsam ließen sie sich in der starken Strömung flussabwärts treiben und wagten sich erst an einer Stelle ans Ufer, wo das Unterholz bis ans Wasser reichte. Sie versteckten sich im Gebüsch und lauschten.

„Unsere Pferde“, wisperte Sofia und verzog das Gesicht.

„Ich hab sie zwischen dichten Bäumen angebunden, damit sie Schatten haben. Wenn ein Wolf sie aufgespürt hätte, wären sie längst in Panik geraten.“ Er strich ihr eine nasse Strähne aus dem Gesicht. „Was hat dich erschreckt?“, fragte er liebevoll.

„Der Hund hat gebellt und …“

Sie verstummte, als Männerstimmen an ihr Ohr drangen und das Wiehern durstiger Pferde, die Wasser witterten. Stromaufwärts, genau an der Stelle, wo sie vorhin gestanden hatten, kam ein Trupp Soldaten aus dem Wald gestolpert.

„Das war knapp“, raunte Michail.

Sie warteten im Unterholz beim Fluss, bis die Schatten länger wurden und sie sicher sein konnten, dass die Patrouille abgezogen war. Die tief im Wald angebundenen Pferde hatten die Soldaten offenbar nicht bemerkt, aber ihre Sachen, die am Flussufer lagen, mussten sie wohl gesehen haben.

Den Rest des Tages ritten sie zügig weiter. Kiefernstämme zogen in endloser Reihe an ihnen vorüber, und die Sonne schnitt mit ihren Strahlen wie mit Messern in den Wald. Je weiter sie durch die Taiga nach Norden kamen, desto mehr lichtete sich der Kiefern- und Fichtenwald und ging in offenes Sumpfland über, das ihnen keinerlei Schutz bot. Also warteten sie das hereinbrechende Halbdunkel der Nacht ab, bevor sie das feuchte Flachland durchquerten, aber jede weitere Verzögerung trieb Sofia zur Verzweiflung.

„Hab Geduld“, mahnte Michail, der die Packlasten auf den Pferden neu festzurrte. Der Braune ließ den Kopf tief hängen, die Augen halb geschlossen, und Sofia stellte besorgt fest, wie müde das Pferd wirkte und wie deutlich die Rippen unter dem Fell hervortraten. Sahen sie und Michail wohl auch so aus?

„Ich bin nicht gut darin, geduldig zu sein“, sagte sie und kraulte dem weißen Hund die Ohren.

Michails graue Augen zwinkerten ihr zu. „Dafür bist du gut in anderen Dingen.“

AM NÄCHSTEN TAG trafen sie auf einen alten Mann, der in der Nachmittagssonne auf einer Bank vor seiner einsamen Holzhütte saß. Eine Idylle im Nirgendwo. Der Mann trug eine geflickte Hose und ein fadenscheiniges Hemd. Die Rauchkringel aus der geschnitzten Pfeife in seinem Mund hielten ihm die Mücken vom Leib.

Einige magere Hühner unterbrachen ihr Bad im Staub und betrachteten die Eindringlinge mit misstrauisch gereckten Köpfen.

Michail grüßte den Alten freundlich: „*Sdrawstwuitje*, Genosse.“

„Was kann ich für dich tun, Genosse?“

„Mein Sattelgurt ist gerissen. Ich brauche …“

„Dort drinnen.“ Der alte Mann wies mit dem Daumen auf die bemooste Scheune neben dem Haus. „An den Haken findest du jede Menge Seile und Stricke. Ich habe nicht mehr viel Verwendung dafür. Der alte Iwan, der den Pflug zieht, ist der Einzige, der mir blieb.“ Der Alte kratzte sich den Bart. „Wer ist sie?“ Er lächelte zu Sofia hinüber.

„Meine Frau.“

Der Mann stieß anerkennend eine Rauchwolke aus. „Sie kann sich mit mir unterhalten, während du deinen Sattel reparierst. Ich habe nicht mehr viel Gelegenheit zum Reden, seit meine Julia gestorben ist.“

Michail nahm Sofia die Zügel ab und ging auf die Scheune zu.

„Worüber sollen wir uns denn unterhalten?“ Lächelnd ließ sie sich neben dem Alten auf der Bank nieder und streckte die Beine in die Sonne. *Meine Frau.* Das hatte sie überrascht, klang aber gut in ihren Ohren.

„Kennst du dich in Moskau aus?“, wollte der Alte wissen.

„Da bin ich noch nie gewesen, leider.“ Sofia schüttelte den Kopf.

„Stimmt es, dass Stalin die heilige Erlöserkathedrale gesprengt hat und an ihrer Stelle einen Palast der Sowjets bauen will?“

„Ich glaube schon. Sie sind sehr gut informiert.“

„*Da*. Ich lese die *Prawda*. Mein Sohn kommt mich jedes Vierteljahr besuchen und bringt mir die Zeitungen, die ich brauche.“ Der Alte nickte stolz und kaute auf seinem Schnurrbart. „Er ist ein guter Sohn.“

Sie redeten über die Brotrationierung und die hohen Preise in den Läden, über die gestiegene Zahl der Ausbildungsplätze für Mädchen und über

Kirows Pläne für ein neues Leningrad. Während sie so schwatzten, bereitete der Mann ein Essen aus Huhn, gekochten Kartoffeln, eingelegtem Kohl und Gurke zu, und als Gegenleistung hackte Michail eine Stunde lang Holz, das Sofia an der Wand der Isba aufschichtete. Es war fast so, als führten sie ein ganz normales Familienleben miteinander. Sogar der Hund lag an einem schattigen Fleckchen und schnarchte zufrieden, während in seinem Bauch die Reste des Hühnchens rumpelten.

„Zeit, dass wir uns wieder auf den Weg machen", sagte Michail schließlich. „Vielen Dank für deine Gastfreundschaft. *Spasibo*."

„Hat mich gefreut, mal Gesellschaft zu haben." Der Alte tätschelte Sofia die Hand und verzog das Gesicht, als er die Narben an ihren Fingern bemerkte. „Ein Andenken an schwere Zeiten, was, Mädchen?"

„Könnte man so sagen."

„Du solltest in Zukunft besser auf deine Frau aufpassen, junger Mann."

Michail sah Sofia vielsagend an. „Es ist nicht ganz einfach, auf diese Frau aufzupassen."

Als sich ihre Blicke trafen, erkannte Sofia zum ersten Mal, wie viel Angst Michail um sie hatte und wie sehr ihm diese Angst zusetzte. Da stieg eine große Sehnsucht in ihr auf. Sie wollte diesen Mann, den sie liebte, von den dunklen Schatten befreien. Er sollte so zufrieden und entspannt sein können wie der Hund, der dort drüben im Gras lag.

„Wenn das hier erst vorbei ist, wirst du nie mehr Angst um mich haben müssen", versprach sie ihm mit einem Lächeln.

Er nickte und erwiderte das Lächeln. Es war nur ein kurzer Augenblick, aber sie wollte ihn für immer in Erinnerung behalten.

Sie dankte dem Alten, während Michail die Pferde aus dem Stall führte, die Zügel locker zwischen den Fingern. Sofia steckte die beiden Plätzchen in die Rocktasche, die ihr Gastgeber ihnen für den Weg mitgegeben hatte, und stieß dabei mit einem Finger gegen den weißen Stein. Er war warm von ihrer Körperwärme, aber als sie ihn berührte, spürte sie, dass sich irgendetwas verändert hatte. Sie sah sich verblüfft um: Die Äste der Silberbirken schimmerten weiter im Sonnenlicht, die Isba stand so friedlich da wie vorher auch. Aber etwas hatte sich definitiv verändert. Sofia wusste nicht was, sie fühlte es nur.

Und dann vernahm sie wie fernen Donnerhall die Vibration von Pferdehufen unter ihren Fußsohlen.

„Michail", rief sie. „Sie sind da!"

„Wer?"

„Die Soldaten."

Sie reagierten schnell, schnallten ihre Pakete ab und führten die Pferde auf eine Wiese am Fluss. Michail würde neben dem Haus Holz hacken, und der alte Mann sollte auf seiner Bank vor dem Haus sitzen bleiben, ein hölzernes Schachspiel neben sich. Sofia wurde mit einer Hacke in den kleinen Gemüsegarten hinter der Scheune verbannt.

„Sofia, geh kein Risiko ein. Tu nichts ... Unüberlegtes. Versprich mir das!" Michail umfasste ihr Gesicht mit beiden Händen. „Versprich es mir", sagte er noch einmal.

„Wir sind eine glückliche Bauernfamilie und gehen nur unserer Arbeit nach." Sie lächelte ihn an, doch er erwiderte ihr Lächeln nicht.

„Ich verspreche es", sagte sie. Aber Michail kannte sie besser.

ALS RINGS um das Haus das Klicken von Gewehrschlössern ertönte, standen Sofia die Nackenhaare zu Berge.

„Wer hat hier das Sagen?"

Die Frage kam von dem Soldaten an der Spitze des Trupps, einem schlanken Mann mit flinken, intelligenten Augen und dunklem, aus dem Gesicht gekämmtem Haar. Hinter ihm schwärmten die Uniformierten aus.

„Das ist mein Haus", sagte Michail höflich, aber nicht einladend. Mit einer Hand locker die Axt haltend, den Daumen der anderen in den Gürtel gehakt, stand er breitbeinig da.

„Und wie heißt du?"

„Michail Paschin."

„Die anderen?"

„Mein Schwiegervater und meine Frau."

Sofia, die neben der Scheune stand, hielt den Atem an, als etwas Pelziges über ihr Bein strich. Der Hund rieb seine Schulter an ihrem Knie und winselte leise. Was hatte er denn?

„Seht mal, was ich gefunden habe!" Einer der Soldaten, ein kleiner, stämmiger Kerl mit einem Hals, der fast zu dick für seinen Hemdkragen war, führte mit einem breiten Grinsen die drei Pferde in den Hof. „Sie standen unten am Fluss. In der Scheune steht noch ein Klepper, aber um den brauchen wir uns nicht zu kümmern."

„Vier Pferde", murrte der Anführer. „Damit bist du ja ein reicher Kulak."

Sofia spürte einen Kloß im Hals.

Michail lachte belustigt. „Nein, Genosse, ich bin gewiss kein Kulak." Mit einer wegwerfenden Geste wies er auf das einfache Haus und die

Scheune. „Sieht das hier nach Großgrundbesitz aus? Unser Boden trägt gerade so viel, wie wir selbst zum Leben brauchen."

Sofias Finger fanden den weißen Kieselstein und schlossen sich darum. Sie legte die Hacke beiseite und trat hinter der Scheune hervor. Sofort erklang der metallische Ton der Axt, die Michail in einen Holzklotz schlug, um sie zu warnen. Doch Sofia hatte ihren Blick auf den Offizier geheftet und bemühte sich, in seine Gedanken einzudringen.

„Genosse, mein Mann ist kein Kulak", sagte sie mit fester Stimme.

„Kulaken werden von uns erschossen."

„Dann gibt es keinen Grund, meinen Mann zu erschießen."

Sofia kam näher, bis sie nur noch zwei Schritte von dem Offizier entfernt war. Sie umklammerte den Stein noch fester, streckte die andere Hand aus und berührte seinen im Steigbügel steckenden Stiefel. Mit ihrer Willenskraft lenkte sie die Gedanken des Offiziers.

„Es gibt doch keinen Grund, oder?", sagte sie schmeichelnd.

Seine Lider flatterten schwer, kamen zur Ruhe. „Nein", murmelte er. „Aber die Pferde können wir gut brauchen."

„Nicht das hier." Sofia schob die Hand in die dichte Mähne der kleinen grauen Stute.

Ohne Pferd kann Anna nicht reisen.

„Lass die Hände von dem Pferd", sagte der Offizier träge.

Als hätte sie es nicht gehört, kraulte Sofia die Stute unablässig weiter.

Der Soldat, der die Pferde führte, hob sein Gewehr. „Du hast es gehört: Hände weg!"

Wie aus dem Nichts schlug jemand Sofia von der Seite ins Gesicht und schleuderte sie zu Boden. „Wie oft habe ich dir schon gesagt, du sollst tun, was man dir befiehlt?"

Es war Michails Stimme. Er stand über ihr, ein dunkler Umriss vor dem blassen Himmel. Einen Moment konnte sie gar nicht glauben, dass er sie geschlagen hatte, doch sein Blick war hart und zornig.

„Michail ...", wimmerte sie.

„Geh sofort ins Haus!"

Sofia entrang sich ein Stöhnen. Eine weiche, warme Zunge leckte ihr die Wange. Sie erschauerte, wälzte sich mühsam auf die Knie und stand auf. Ihr Gesicht brannte. Als sie in das Hundefell griff, hatte sie das seltsame Gefühl, Rafik stehe neben ihr und flüstere ihr zu.

Stirb nicht umsonst, Sofia. Du wirst noch gebraucht.

Sie zögerte.

Du wirst noch gebraucht.

Die graue Stute schlug mit dem Schweif, als der Soldat sie wenden und wegführen wollte.

Gebraucht.

Das Wort hämmerte in Sofias Kopf.

Ja, Anna braucht mich. Anna braucht das Pferd.

Sie streckte die Hand aus und fasste nach dem Pferdeschweif. Erschrocken bäumte sich die Stute auf. Das Eisen ihres Vorderhufs traf den Soldaten an der Schulter, was der mit einem wilden Fluch quittierte. Ohne zu zögern, richtete der Offizier sein Gewehr auf Sofia und drückte ab.

Arbeitslager Dawinsky
August 1933

12

Endlich war der Arbeitstag vorbei. Sägen und Beile verstummten, Rücken wurden gestreckt und Muskeln seufzend gelockert, als sich das Tageslicht hinter die Bäume verzog. Um diese Stunde begann sich der Wald zu verändern: Er hüllte sich in feinen Nebel, und seine grenzenlose Finsternis rückte näher heran. Der erdige Geruch wurde schärfer und bedrohlicher.

Die Gefangenen wandten ängstlich den Blick von der dunklen, scheinbar undurchdringlichen Wand ab. Die Aufseher dagegen kehrten dem Wald niemals den Rücken zu, denn er machte sie nervös.

In diesem Moment krachten Gewehrschüsse in die Stille der Arbeitszone, und zwei Wachleute stürzten tot auf die Holzspäne. Wieder fiel ein Schuss, dann drei kurz nacheinander. Noch ein Uniformierter sackte in sich zusammen, und die weiblichen Gefangenen der Brigade begannen zu schreien. Panik loderte auf wie ein Feuer, denn niemand wusste, woher die Schüsse kamen. Während die Frauen in alle Richtungen flohen und Deckung suchten, feuerten die Wachen wild zwischen die Bäume. Doch schon breiteten sich bei vier weiteren dunkelrote Flecke auf der Brust aus. Es wurden Befehle geschrien, man zog die Köpfe ein, fuchtelte wild mit den Armen.

Anna stand ungläubig da und spähte aufmerksam in den Wald. Unter Aufbietung ihrer letzten Kräfte begann sie, Richtung Waldrand zu schlurfen.

„Du da!“

Sie achtete nicht auf den Anruf, schleppte sich langsam, aber stetig zwischen den Bäumen hindurch.

„Du!“ Die Stimme erklang noch einmal. „Stehen bleiben!“

Nur der Tod würde sie aufhalten. Überall um sie herum machten sich die Gefangenen das Chaos zunutze und ergriffen ihre Chance zur Flucht in die Freiheit. Weit vor sich sah Anna Nina und Tascha wie zwei fliehende Gespenster im Nebel des Waldes untertauchen und beneidete sie um ihren schnellen Schritt.

Plötzlich hielt eine Hand sie fest, riss sie beinahe um. Anna wehrte sich, aber sie war viel schwächer als der grauhaarige Aufseher, der nach ihr schnappte. Seine Miene war halb Wut, halb Entsetzen. Ohne zu zögern, zeigte Anna auf die finsteren Tiefen des Waldes und schrie: „Da ist er!“

Mehr war nicht nötig – eine kurze Sekunde. Der Aufseher wandte den Kopf ab, Anna bückte sich nach der Axt, die irgendjemand im Fliehen von sich geworfen hatte, und das Axtblatt landete flach auf seinem Schädel. Die hinderliche Hand rutschte von ihrem Arm ab, und sie schritt weiter in den Nebel hinein.

WIE ER sie gefunden hatte unter all den zerlumpten, klapperdürren, um ihr Leben rennenden Gestalten – Anna hatte keine Ahnung. Es war nichts zu erkennen zwischen den Bäumen, überall Panik. Sie hustete, bekam kaum Luft, stolperte in ihrer Hast und stürzte, zwang sich, wieder aufzustehen. Da hörte sie jemanden ihren Namen rufen.

„Anna Fedorina?“

Sie versuchte mit ihrem Blick die Nebelschwaden zu durchdringen, aus denen ein groß gewachsener Mann in dunkler Kleidung hervortrat. Seine Hand streckte sich ihr entgegen, und sie sah einen weißen Stein, den er darin trug. Es war wohl der Tod, der sie in seine Arme ziehen wollte.

„Anna Fedorina? Ich war es, der nach dir gerufen hat. Jemand hat mir gesagt, du wärst hier.“

„Ja, ich bin Anna Fedorina.“

„Dann komm mit mir. Sofia hat mich geschickt.“

Anna begann zu zittern. „Sofia?!“, rief sie und ließ den Blick hektisch zwischen den dunklen Stämmen umherirren. War Sofia tot? Hatte sie den Tod geschickt, damit er sie ebenfalls zu sich holte?

„Komm schnell“, flüsterte er ihr ins Ohr.

Ohne zu wissen wie, fand sie sich auf seinem breiten Rücken wieder und wurde eilig durch die Schatten getragen.

Sofia wartete auf sie, und sie sah wunderschön aus. Anna hatte nicht mehr gewusst, dass ihre Freundin so betörend schön war. Sie stand an ein kleines graues Pferd gelehnt, eine Pistole in der Hand und einen Ausdruck finsterer Entschlossenheit im Gesicht.

Als Anna begriff, dass Sofia nicht tot war, wurde sie von einer wilden Freude durchströmt. *Gott sei Dank, Sofia lebte*.

Die Freundin breitete die Arme aus, und Anna flog hinein. Keine von beiden sprach ein Wort. Sie klammerten sich aneinander, atmeten denselben Atem, spürten denselben Herzschlag. Vage nahm Anna Stimmen wahr, die in der Ferne schrien, doch sie achtete nicht weiter darauf, hielt nur Sofia fest und spürte die heißen Tränen auf ihrer Haut.

„Du bist frei", sagte Sofia leise.

Der vertraute Klang ihrer Stimme verlieh Anna plötzlich neue Kraft und ließ ihren Kopf ganz klar werden. Ohne ihren Griff zu lockern, blickte sie auf und fragte hastig: „Wo ist Wassili?"

Der vermeintliche Tod hieß Michail und hatte tatsächlich etwas mit dem Tod gemein: er hatte ihren Vater umgebracht. Das gestand er ihr gleich bei ihrer ersten Rast im Wald, und dafür hätte Anna ihm am liebsten an Ort und Stelle das Herz aus dem Leib gerissen und es in vierzig Stücke zerteilt – eines für jedes Lebensjahr ihres Vaters. Doch das konnte sie nicht, denn fast genauso schnell war klar, dass er sein Herz Sofia geschenkt hatte. Und Anna wollte nichts zerstören, was der Freundin gehörte.

Sie zwang sich, ihm zu danken. „Du hast mir das Leben gerettet, Michail. Deine Schuld ist beglichen: Leben um Leben", sagte sie ohne jede Wärme.

Als aber der gequälte Ausdruck in seinen Augen blieb und er besorgt fragte: „Wie viele Wachleute sind wohl getötet worden?", machte das Anna froh, denn sie konnte den liebevollen Blick, mit dem Sofia ihn bedachte, nun besser verstehen.

„Eine Handvoll vielleicht. Nicht viele, im Verhältnis zur Zahl der Gefangenen, denen du zur Freiheit verholfen hast."

„Trotzdem *zu* viele."

„Nein, Anna hat Recht", sagte Sofia und strich ihm tröstend über die Hand. „Du hast diesen Frauen eine Chance auf Leben gegeben."

„Wenn sie es in die Freiheit schaffen …"

„Einige werden es schaffen, einige nicht. Wir schaffen es."

Michail nickte steif, hob beide Frauen auf den Rücken der grauen Stute und stapfte mit weit ausgreifenden Schritten los.

„Wie sieht Wassili aus?“

Sie lagen auf einer Decke und versuchten zu schlafen, doch Annas Gedanken kamen einfach nicht zur Ruhe. Der Mond stand als riesige Scheibe am Himmel, größer, als sie ihn im Lager je gesehen hatte. Die Nachtluft war voller Geheimnisse statt muffigen Gestanks, und der frische Duft des Waldes, der ihre Sinne überflutete, ließ sie vor Glück beinahe laut auflachen.

Sie hielt die Augen weit offen. Es wäre eine Sünde gewesen, auch nur eine Minute ihrer Freiheit zu versäumen. Sie waren die ganze Nacht geritten und hatten sich tagsüber im Unterholz versteckt. In weiter Ferne hatten sie Spürhunde gehört, aber in ihre Nähe war noch keiner gekommen.

„Ist er immer noch so, wie ich ihn dir geschildert habe?“, fragte Anna und unterdrückte ein Husten.

„Er ist groß, schlank und kräftig“, sagte Sofia sanft. „Er hält sich sehr gerade und nimmt beim Gehen die Schultern mit, als wüsste er genau, wohin er will. Man hat das Gefühl, er ist Herr der Lage, nicht nur in Bezug auf den Kolchos, sondern auch auf sich selbst.“

„Ist er immer noch so hübsch?“

„Ja, das ist er.“

„Beschreib ihn mir genauer.“

„Nun gut.“ Sofia sah lächelnd zu den Sternen auf, und Anna bemerkte, wie sorgfältig sie ihre Worte wählte. „Seine Augen haben ein Grau, dessen Tönung von seiner Stimmung abhängt, und sie sind immer sehr aufmerksam. Er beobachtet und überlegt die ganze Zeit. Manchmal kann er einem auf die Nerven gehen damit. Aber er glänzt, Anna.“

„Er glänzt?“

„Ja, vor Überzeugtheit. Seine Überzeugtheit von der Zukunft, die er aufbauen will, glänzt wie Gold.“

„Erzähl mir noch mal, was er gesagt hat.“

„Ach Anna.“

„Los, mach schon!“

„Warum denn? Das tut bloß weh.“

„Ich möchte noch einmal hören, was er gesagt hat.“

„Er sagte, Wassili ist tot und existiert nicht mehr … Wir müssen unsere persönlichen Anliegen zurückstellen … Das ist der Weg in den Fortschritt, der einzige Weg.“

Anna schloss die Augen. „Er hat Recht, und das weißt du auch.“

„Da ist noch etwas“, sagte Sofia leise. „Ich habe es für mich behalten, damit du dir keine falschen Hoffnungen machst.“

„Sag es mir.“

„Wassili hat eine Locke von dir unter dem Kopfkissen liegen.“

Anna stockte der Atem. Sie hustete, wischte sich das Blut mit dem Ärmel vom Mund und spürte, wie irgendetwas in ihr tosend zum Leben erwachte.

„Anna?“ Michail flüsterte, um Sofia nicht zu wecken. „Ich mache mir Sorgen um Sofia. Sie ist nicht so stark, wie sie tut.“

„Du meinst wegen der Wunde in ihrem Bauch?“

„Ja.“

„Warum will sie mir nicht sagen, wie das passiert ist?“

Michail seufzte. „Es war eine Gruppe Soldaten. Sie haben unsere Pferde mitgenommen, und Sofia … wollte das verhindern.“

Ein leichter Regen tröpfelte auf das über ihren Köpfen gespannte Zelttuch. Anna saß aufrecht da und bemühte sich, nicht zu husten, um Sofia nicht zu stören, die sich unruhig träumend hin und her warf. Als Michail ihr über die Schulter strich, war seine Berührung so sanft, so zärtlich, dass Anna fast in Tränen ausgebrochen wäre.

„Sofia hat auch einen Hund erwähnt“, sagte sie und sah ihn fragend an.

Michail nickte. „Ja, da war ein Streuner, der hatte sich uns angeschlossen. Sofia gab ihm immer etwas Essen ab. Es war schon sehr merkwürdig, wie er sich verhielt. In dem Moment, als der Schuss fiel, sprang er vor Sofia hoch und fing so die Kugel ab. Das Tier starb daran.“

„Vielleicht ist er bloß vor Aufregung hochgesprungen?“

„Vielleicht.“

„Trotzdem wurde sie im Bauch getroffen?“

„Ja, aber die Verletzung ging längst nicht so tief. Die Kugel durchschlug zuerst den Hund, bevor sie Sofia traf. Der alte Mann, bei dem wir uns aufhielten, als das alles geschah – er gab uns dann auch eines seiner Gewehre mit –, holte die Kugel heraus und flickte Sofia zusammen. Er sagte, sie habe großes Glück gehabt, denn aus so kurzer Entfernung wäre der Schuss normalerweise tödlich gewesen. Aber …“ Michail strich der schlafenden Sofia das wirre blonde Haar aus dem Gesicht, worauf sich ihr Mund entspannte.

„Aber was?“

„Ich glaube nicht, dass es Glück war.“

„Was denn sonst?“

„Etwas mehr als Glück.“

Sie schwiegen eine Weile und lauschten dem Regen. Dann flüsterte Anna: „Michail, wohin gehen wir eigentlich?“

Ein Schatten zog über sein Gesicht. „Nach Tiwil, weil ich dort einen Sohn habe. Sofia und ich haben alles geplant … Wir holen Pjotr ab, und danach kaufen wir uns von dem restlichen Schmuck Bahnfahrkarten, Reisedokumente und eine neue Identität für uns vier. Und Medikamente für dich. Wir gehen irgendwohin, wo wir in Sicherheit sind, und fangen ein neues Leben an. Am Schwarzen Meer ist es warm, da kann deine Lunge heilen.“

„Werden wir das schaffen, Michail? Bis nach Tiwil?“

„Ehrlich gesagt …“, er hielt inne und neigte sich dicht an ihr Ohr, „ist das nicht sehr wahrscheinlich, Anna. Aber sag Sofia davon nichts. Sie will es unbedingt schaffen, und ich tue alles, was ich kann, um uns hinzubringen, das schwöre ich. Aber wir sind auf der Flucht, und unsere Chancen …“ Er beendete den Satz nicht. „Ich habe nur noch vier Gewehrpatronen.“

„Und die Pistole?“

„Zwei Kugeln.“ Michail erschauerte. „Die hebe ich auf.“ Er sah erst Anna und dann Sofia an, und es war klar, was er meinte. „Für alle Fälle“, murmelte er, beugte sich hinunter und küsste Sofia aufs Haar.

NACH DIESER NACHT verschlechterte sich Annas Zustand. Bald konnte sie die Nächte nicht mehr von den Tagen unterscheiden. Dunkelheit legte sich über ihren Geist und wollte sich nicht wieder heben. Ihr Körper war kurz davor aufzugeben, obwohl sie mit jedem Atemzug dagegen ankämpfte.

„Wir können nicht weiter, Sofia. Es bringt sie um.“

„Michail, Liebster, wir dürfen nicht anhalten. Das ist zu gefährlich.“

„Beides ist gefährlich: anhalten wie weiterziehen. Die Entscheidung musst du treffen.“

Sofias Stimme senkte sich zu einem Flüstern, doch Anna, die auf den Rücken des Pferdes geschnallt war, hörte sie trotzdem.

„Sie stirbt, Michail. Bei meiner Liebe zu dir schwöre ich, dass ich sie nicht gehen lasse, bevor sie ihn ein letztes Mal gesehen hat.“

Die graue Stute trottete weiter, und bei jedem Schritt wurde Annas Lunge durchgerüttelt, doch das war ihr gleichgültig. Sie würde Wassili sehen. Sofia hatte es geschworen.

Tiwil
Januar 1934

13

„Da kommt ein Pferd“, murmelte Rafik.

Pjotr stapfte missmutig mit seinen *walenki*, seinen Stiefeln, über das Schneefeld draußen vor dem Dorf. „Wo? Ich seh nichts“, jammerte er und spähte angestrengt in den dichten Nebel.

„Du kannst es noch nicht sehen, aber sie kommen“, sagte Rafik.

„Wer? Papa?“

Rafik runzelte die Stirn. Seine Augenbrauen zuckten unter der *schapka*, die seinen Kopf bedeckte.

„Ja. Und er ist nicht allein.“

„Woher weißt du das, Rafik?“, fragte Pjotr.

Rafik gab ihm keine Antwort. Er und Senia standen nur da, hielten sich an den Händen und murmelten seltsame Worte, die Pjotr nicht verstand.

Als Pjotr das Pferd dann wiehern hörte, reckte er den Kopf und starrte in die wabernden Nebelbänke, dorthin, wo die Straße sein musste. Aber es kam ihm so vor, als schwebte er in einer anderen Welt, einer unbekannten, undurchschaubaren Welt.

„Pjotr?“

Das Wort schaukelte und tanzte in der Luft.

„Papa!“, schrie Pjotr. „Papa!“

Aus der weißen Nebelwand löste sich ein großer, kräftiger Mann in einer zerschlissenen Jacke, an dessen Seite ein kleines graues Pferd zockelte.

Pjotr flog seinem Vater in die Arme, vergrub das Gesicht in der eiskalten Jacke und horchte auf das darunter schlagende Herz. Ja, er konnte es wirklich hören. Es schlug sehr schnell.

Der Stoff der Jacke roch merkwürdig, und der Bart stach an seiner Wange, aber es war sein Papa. Die vertrauten kräftigen Hände packten ihn und hielten ihn so fest, dass Pjotr kein Wort mehr herausbrachte.

„Was macht ihr hier?“, fragte Michail über Pjotrs Kopf hinweg.

„Wir haben auf dich gewartet“, antwortete Rafik.

Da löste Michail eine Hand sacht von seinem Sohn und hielt sie Rafik hin. Der Zigeuner ergriff sie so herzlich, dass Pjotr überrascht aufschaute.

„Danke, Michail“, murmelte Rafik. Nicht einmal das Pfeifen des eisigen Windes konnte die Freude in seiner Stimme überdecken.

Erst jetzt bemerkte Pjotr die Person hinter seinem Vater, und ihm schoss das Blut ins Gesicht.

„Sofia!“, stieß er hervor.

„Pjotr." Sie lächelte ihm zu. Die vertrauten Augen waren so blau wie eh und je, aber ihr Gesicht war schrecklich schmal. „Gut siehst du aus", sagte sie freundlich.

Pjotr konnte keinerlei Groll in ihrer Stimme entdecken, nur Wärme, der die winterliche Kälte nichts anhaben konnte.

Sein Vater zauste ihm die Haare unter der Pelzmütze, doch sein Blick war ernst. „Wir haben Sofias Freundin mitgebracht." Er wies auf eine dunkle Gestalt, die auf dem Rücken des Pferdes festgebunden war. Ihre Haut war so grau wie das Fell des Tieres, aber sie regte sich und versuchte sich aufzusetzen. Pjotr sah, dass es eine junge Frau war.

„Wir müssen sie möglichst rasch ins Warme bringen", drängte Michail.

Sofia trat dicht an das Pferd heran. „Halt durch, Anna, bloß noch ein paar Minuten. Wir sind angekommen! Wir sind in Tiwil, und bald wirst du …"

Die Augen der jungen Frau wirkten glasig. Pjotr war sich nicht sicher, ob sie Sofias Worte überhaupt hörte. Sie wollte nicken, doch es misslang ihr, und sie sackte wieder nach vorn auf den Hals der Stute.

Sofia schlang die Arme um ihre schmalen Schultern. „Schnell, *bystro*!"

Rafik und Senia eilten voran, den Kopf vor den wirbelnden Schneeflocken gesenkt. Pjotr und Michail folgten, so schnell sie konnten. Michail führte die kleine graue Stute am Zügel, und Sofia ging neben ihr her und stützte die kranke Frau auf dem Pferd.

Als Pjotr den mühsamen Atem seines Vaters hörte und spürte, wie schwer ihm jeder Schritt fiel, schob er sich unter Michails Achsel und half ihm, sein eigenes Gewicht zu tragen. Auch die kleine Stute hinkte bei jedem Schritt, den sie machte, und Pjotr hatte plötzlich Angst um das Tier.

Bitte, lass es jetzt nicht hier im Schnee zusammenbrechen!

Es war dunkel geworden. Das Dorf zog sich ganz in das nächtliche Tal zurück und schloss die Außenwelt aus. Der Neuschnee unter ihren Füßen war locker und rutschig, doch statt bei Michails Isba anzuhalten, zog die kleine Prozession weiter.

„Wohin gehen wir, Papa?"

Sein Vater sprach kein Wort, bis sie vor dem Haus des Vorsitzenden angelangt waren.

„Alexej Fomenko!", schrie Michail in den Wind, ohne sich erst die Mühe zu machen, an die Tür zu klopfen. „Alexej Fomenko, komm heraus!"

Die Tür wurde aufgestoßen, und der Vorsitzende, nur mit einem Hemd bekleidet, trat zu ihnen auf die verschneite Straße heraus. Nadeschda, seine Wolfshündin, folgte ihm wie ein Schatten.

„Genosse Paschin, hast du dich also doch zur Rückkehr entschlossen? Ich hatte nicht damit gerechnet, dich noch einmal hier zu sehen.“

Sein strenger Blick glitt über Michail und Pjotr und die Zigeuner hinweg und verharrte jäh bei Sofia. Sein Kinn zuckte, als hätte man ihn geschlagen. Dann wanderte sein Blick zu der armseligen Stute. Alle erstarrten. Niemand sagte ein Wort.

Fomenko war der Erste, der sich wieder rührte. Hastig lief er zu der Stute und löste flink, aber sehr behutsam die Gurte.

„Anna?“, flüsterte er.

Sie hob den Kopf. Einen Moment waren ihre Augen leer und verschleiert, aber als sich die Schneeflocken auf ihre Lider setzten, musste sie blinzeln.

„Anna“, sagte er noch einmal.

Nach und nach kam Leben in ihre Augen. Sie richtete sich mühsam auf und starrte den Mann an ihrer Seite an. „Wassili, bist du wirklich da?“

Er nahm ihre in einem Fausthandschuh steckende Hand und drückte sie an seine Wange. „Ich bin es wirklich, so wirklich wie der Schlitten aus Schnee, den ich für dich gebaut habe, und wie die Lieder, die du mir vorgesungen hast. Die höre ich immer noch, wenn der Wind hier durchs Tal bläst.“

„Wassili“, schluchzte sie. „Wassili …“

Als sie Anstalten machte, vom Pferd zu steigen, hob Fomenko sie so sanft aus dem Sattel, als trüge er ein neugeborenes Kätzchen, und schloss sie in seine Arme. Annas Kopf lag an seiner Brust. Fomenko küsste ihr stumpfes Haar, dann drehte er sich um und schaute Sofia und Michail an.

„Ich kümmere mich um sie“, sagte er mit belegter Stimme. „Ich kaufe die beste Arznei und pflege sie gesund.“

„Warum?“, fragte Sofia. „Warum erst jetzt, warum nicht schon früher?“

Fomenko sah auf die bleiche Frau in seinen Armen hinab, und seine Gesichtszüge wurden weich. Und dann sagte er, so leise, dass der Wind die Worte beinahe fortgetragen hätte: „Weil sie da ist.“

Er wandte sich von der Gruppe ab, und Nadeschda lief ihm voraus durch den Schnee, als er mit vorsichtigen Schritten, um jede Erschütterung zu vermeiden, die zerbrechliche Anna in sein Haus trug.

Die Wärme nahm Anna als Erstes wahr und dass der furchtbare Schmerz in ihrem Körper nicht mehr da war. Verwundert schlug sie die Augen auf.

Sie hatte vergessen, wie das war: ein weiches Kissen unter dem Kopf zu haben, eine saubere, wohlriechende, warme Decke bis zum Hals hochgezogen. Keine Eiskristalle in der Lunge, die sich wie scharfkantiges Glas anfühlten.

Ungläubig versuchte sie zu atmen, sog tief die warme Luft ein. Es war erträglich.

Ihre Augen erforschten den Raum, glitten langsam und nachdenklich über die Vorhänge, den Stuhl, den Teppich, die an den Haken hängenden Hemden, allesamt in kräftigen Farben.

Farbe! Anna hatte noch gar nicht gemerkt, wie sehr ihr die gefehlt hatte. Im Lager war alles grau gewesen.

Ein leiser behaglicher Seufzer entfuhr ihr, kaum zu hören, doch er genügte. Sogleich vernahm sie draußen vor der Schlafzimmertür ein Winseln, das sie in die Wirklichkeit zurückholte.

In wessen Haus war sie hier? In Michails?

Nein, sie war nicht bei Michail. Sie konnte sich nur undeutlich daran erinnern, wie zwei starke Arme sie hereingetragen hatten, doch sie wusste genau, in wessen Bett sie lag und wessen Hund vor der Tür winselte.

Der Riegel hob sich vorsichtig. Anna stockte das Herz, doch ihr Blick suchte die Gestalt in der Tür. Der Mann war groß, stand kerzengerade da, und in einem kurzen Anflug von Beklommenheit überlegte sie, ob die seltsame Steifheit von seinem Körper oder von seinem Wesen ausging. Das Hemd umschloss die breite Brust eng, hing aber lose um die Hüften, und das Haar war sehr kurz geschnitten, der Schädel fast kahl.

Wassili. Er war es: Wassili. Er hatte die Stirn der Djuschejews, ihre aristokratische Nase. Nur die einst vollen Lippen waren jetzt fest zusammengepresst und bildeten eine schmale Linie. Die vertrauten Augen, ja, sie erinnerte sich an diese wachen grauen Augen.

Hinter Wassili stand eine große Wolfshündin. Anna fiel ein, dass Sofia ihr einmal den Namen gesagt hatte.

„Nadeschda“, hauchte sie beinahe unhörbar. Das kam ihr leichter über die Lippen als „Wassili“.

Die Klauen der Hündin klackten auf dem Holzboden, als sie zum Bett getrottet kam. Sie rieb ihre Schnauze an Annas Hand, und diese einfache Geste der Zuneigung bewog Wassili wohl dazu, endlich ins Zimmer einzutreten. Doch sein Benehmen hatte etwas Förmliches, und er kam nicht weiter als bis zum Fußende des Bettes.

„Wie fühlst du dich?“

Seine Stimme klang sehr beherrscht und tiefer als früher, doch Anna hörte trotzdem noch den jungen Wassili darin, und ein freudiger Schauer durchfuhr sie.

„Mir geht es gut, danke."

„Ist dir kalt? Brauchst du noch eine Decke?"

„Nein, ich friere nicht."

Wieder entstand verlegenes Schweigen.

„Hast du Hunger?"

Sie lächelte. „Wie ein Wolf."

Er nickte, rührte sich aber nicht vom Fleck, nur seine Augen wanderten vom zottigen Kopf des Hundes, der auf der Bettdecke ruhte, zum Fenster und zu den Schneeflocken, die draußen über den Hof trieben. Überallhin, nur nicht zu ihr.

„Du siehst gut aus, Wassili", sagte sie leise.

Er blickte auf seine kräftigen Hände, erwiderte aber nichts.

Diesmal ließ sie das Schweigen andauern. Sie verstand nicht, was in ihm vorging. War er wütend auf sie, weil sie in sein Dorf gekommen war und seinen Posten als Vorsitzender des Kolchos gefährdete? Wer könnte ihm das vorwerfen. Natürlich wollte sie nicht, dass er böse auf sie war, aber auf eine seltsame Weise ließ es sie gleichzeitig unberührt. Überhaupt hier zu sein, nur darauf kam es an. Zu sehen, wie seine grauen Augen gefunkelt hatten, als er ins Zimmer gekommen war.

Anna erfreute sich an den langen, geraden Linien seines Körpers, an der vertrauten Haltung des Kopfes auf den breiten Schultern. Nur sein Haar fehlte ihr, das weiche braune Haar in seiner hohen Stirn, das ihn so ... Ja, wie hatte es ihn eigentlich aussehen lassen? Sie lächelte. Liebenswert. Die kurz geschnittenen Stoppeln dagegen gehörten zu einem anderen Wassili.

Er bemerkte ihr Lächeln. Obwohl er sie nicht anblickte, spürte er es, und sie fühlte, wie er näher an sie heranrückte. Eine Woge der Liebe schlug über ihr zusammen. So vieles war in all den Jahren ungesagt geblieben, doch sie hatte jetzt nicht das Bedürfnis, es zu sagen. Ihn anzusehen genügte ihr.

Plötzlich, als sie es am wenigsten erwartet hätte, machte er kehrt und verließ das Zimmer. Sie hatte keine Ahnung, ob er fünf Minuten oder fünf Stunden lang wegblieb, doch als sie die Augen wieder aufmachte, saß er auf einem Stuhl neben ihrem Bett.

„Hier." Er hielt ihr eine Schüssel Suppe hin.

Sie wollte sich aufsetzen, schaffte es aber nicht und schob schließlich mit Mühe den Kopf auf dem Kissen etwas weiter nach oben. Ihre Schwäche erschütterte sie. Und selbst die kleine Kopfbewegung löste einen Hustenanfall aus. Als sie nicht mehr japste und keuchte, wischte er ihr mit einem feuchten Tuch die Lippen ab, betrachtete den roten Fleck darauf mit gerunzelter Stirn und legte das Tuch beiseite.

Dann schöpfte er einen Löffel Suppe aus der Schüssel und hielt ihn ihr an die Lippen. Bereitwillig öffnete sie den Mund, sodass die schmackhafte dicke Flüssigkeit in ihren ausgehungerten Magen rinnen konnte.

„Schmeckt wunderbar“, murmelte sie.

„Fürs Erste gibt es nur ein paar Löffel. Später dann mehr.“

„Aber ich …“

„Nein, du kannst noch nicht so viel aufnehmen, Anna.“

Anna. Es war das erste Mal, dass er ihren Namen ausgesprochen hatte. Sie wollte so gern, dass er das noch einmal tat.

„Danke … Wassili.“

„Wassili ist nicht mehr mein Name. Ich heiße jetzt Alexej Fomenko. Es ist wichtig, dass du mich so nennst. Ich werde im Dorf erzählen, du seist …“

Er verstummte, konnte den Satz nicht beenden. Seine Augen waren auf ihr Gesicht geheftet, und sie sah tausend Gedanken und Fragen in den dunkelgrauen Tiefen umherjagen, konnte aber keine davon entziffern.

Mit einem Mal ging ihr auf, wie sie aussehen musste – ein Knochengestell in einem Nachthemd, mit einer Haut, so tot wie Asche, und mit nässenden Wunden …

In einem Nachthemd? Wer hatte ihr die schmutzigen Lumpen ausgezogen und dieses jungfräulich weiße Nachthemd übergestreift?

Wassili selbst natürlich, wer sonst? Er hatte sie entkleidet und gebadet und sie in ihrem ganzen widerwärtigen Zustand gesehen. Eine Woge heißer Scham durchflutete sie.

Er las wohl gerade ihre Gedanken, denn er stellte die Schüssel weg, streckte die Hand aus und legte die Fingerspitzen an ihren bloßen Hals.

„Anna“, sagte er mit leiser Stimme, „dein Herz hämmert. Du …“ Er verschluckte sich, und eine ganze Weile lang waren da nur noch seine Finger, die sacht über ihre Kehle strichen, und der Wind, der an den Fensterläden rüttelte. „Du bist sogar noch schöner als in meiner Erinnerung.“

„Wassili!“

Als sein Name aus ihrem Mund kam, sah sie, wie etwas in ihm in Stücke ging. Und plötzlich schlang er die Arme um sie, setzte sich zu ihr aufs Bett und zog sie an seine Brust, wiegte sie, drückte sie so fest an sich, als wollte er mit ihr verschmelzen.

„Anna“, flüsterte er immer wieder. „Anna, meine Anna.“ Er küsste ihre heiße Stirn, streichelte ihr zottiges, stumpfes Haar. „Bitte verzeih mir.“

„Was soll ich dir verzeihen?“

„Dass ich nicht gekommen bin.“

Sie berührte sein kantiges Kinn mit den Lippen. „Jetzt bist du ja hier.“

„Ich habe ein Versprechen abgegeben“, erklärte er.

„Wem?“

„Lenin.“ Er schüttelte den Kopf. „Nicht ihm persönlich natürlich, aber seiner Bronzestatue in Leningrad. Als ich aus dem Bürgerkrieg nach Hause gekommen war“ – ein Schauer überlief ihn bei der Erinnerung – „und dich nicht fand, obwohl ich die ganze Stadt durchkämmte, um etwas über dich in Erfahrung zu bringen, da habe ich geschworen, ein vollkommener Sowjetbürger zu werden und mein Leben den Idealen Lenins zu weihen, wenn …“

Anna hob den Zeigefinger und berührte seine Lippen. „Pst, Wassili, du bist mir keine Erklärung schuldig.“

„Doch, ich möchte, dass du es verstehst. Ich habe mein Leben dem Kommunismus gewidmet … dafür, dass der Geist Lenins dich beschützt.“

Anna stockte der Atem.

„Und ich habe mein Wort gehalten“, murmelte er in ihr Haar, „all die Jahre. Wenn ich Menschen half, vor der Staatsgewalt zu fliehen, dann deshalb, weil sie die intellektuellen Bausteine sind, die ein starkes Russland braucht.“ Er holte tief Luft und sagte erregt: „Ich habe Wort gehalten.“

„Sogar als Sofia kam und dich angefleht hat …“

„Ja, sogar da.“

„Um sicherzugehen, dass mein Herz weiterschlägt?“

„Ja.“

„O Wassili!“

Lange Zeit sprach keiner von beiden ein Wort. Sie hielten sich reglos umklammert.

Anna schlief und schlief und verlor jedes Zeitgefühl. Ihr fieberndes Hirn konnte nur einzelne Momente aufnehmen. Ab und zu wachte sie auf, und immer war Wassili da, immer. Fürsorglich fütterte er sie mit ein paar Löffeln Suppe, irgendwann auch mit püriertem Fleisch oder verhalf ihr mit abscheulich schmeckender Arznei zu neuem Schlaf.

„Wach auf, Anna!“

Sie war in einer unruhigen Welt voller Albträume unterwegs, versuchte aber sofort, die Augen zu öffnen, als sie Sofias Stimme hörte.

„Wach auf", bat Sofia noch einmal. „Jedes Mal wenn ich dich besuchen komme, schläfst du tief und fest." Sie saß auf der Bettkante, hatte ein lavendelfarbenes Wollkleid an und ein breites Lächeln im Gesicht. „Ich kann gar nicht glauben, wie viel besser du schon aussiehst", sagte sie. „Dabei bist du erst eine Woche hier. Was macht dein Husten?"

Anna verzog das Gesicht. „Lass mir ein bisschen Zeit. Ich weiß, wir wollten eigentlich woandershin gehen, wo es sicherer ist, aber …"

Sofia ergriff die Hand der Freundin und drückte sie sanft. „Du hast alle Zeit der Welt."

„Das habe ich dir zu verdanken."

„Und Michail. Ohne ihn hätte ich es nicht geschafft."

„Ja, und deinem Michail. Ich danke euch beiden von Herzen."

Ihre Blicke trafen sich, und in dem Moment schwang etwas zwischen ihnen, das Wissen um das, was Sofia getan hatte, aber auch die Übereinkunft, nie wieder darüber zu sprechen. Worte taugten nicht, um zum Ausdruck zu bringen, was tief in ihnen beiden verschlossen lag.

Stattdessen fragte Anna: „Hat Michail mit Wass…, ich meine, mit Alexej über diesen schrecklichen Tag in der Villa der Djuschejews gesprochen?"

„Ja, sie haben sich ausgesprochen. Freunde werden sie wohl niemals werden, aber jetzt sind sie immerhin keine Feinde mehr."

„Das ist wunderbar."

Sofia nickte lächelnd. „Nimm mich mal in den Arm, du Schlafmütze!"

Anna rappelte sich vom Kissen auf, doch sofort erschütterte ein Hustenanfall ihre Brust. Sofia hielt sie fest, bis das Beben nachließ, und Anna roch den frischen Seifenduft in ihrem blonden Haar. Als der Anfall endlich vorüber war, wollte sie sich trotzdem aufsetzen.

„Wäschst du mir die Haare, Sofia?"

„Das strengt dich noch zu sehr an."

„Bitte, Sofia! Mir zuliebe."

„Ihm zuliebe, meinst du", sagte Sofia, und gleichzeitig mit ihrem Lachen begannen ihre Augen zu strahlen.

„Ja." Anna schlang die Arme um die junge Frau an ihrem Bett und flüsterte: „Wassili zuliebe."

Sofia stand auf dem vereisten Hof von Michails Isba und lud sich gerade einen Stapel Holzscheite auf die Arme, als Priester Logwinow um die Ecke bog und ihren Namen rief. Sie hatte immer gewusst, dass dieser Tag irgendwann kommen würde. Dass dieser Mann etwas mit der Katastrophe zu tun haben würde, die sich um Tiwil zusammenbraute.

Mit einem Seufzer ließ sie die Scheite auf die Erde fallen und wandte sich um. „Was wünschst du, Priester?“

Logwinow war in einen abgewetzten Mantel gehüllt, der ihm bis zu den Knöcheln reichte. Dazu trug er eine schwarze *schapka* mit Ohrenklappen. Seine grünen Augen leuchteten, während er schwer atmete. Sofia begriff, dass er gelaufen war.

„Sie kommen!“, keuchte er.

„Wer sind sie?“

„Frag Rafik.“

„Wo ist er?“

Logwinow schwenkte seinen langen Vogelscheuchenarm. „Da draußen.“

„Zeig’s mir!“

Sie lief ins Haus und zog ihren Mantel an. „Michail“, rief sie aufgeregt, „da kommt jemand. Rafik wartet schon draußen.“

Michail hob den Kopf von seiner diffizilen Arbeit – er war damit beschäftigt, das Brückenmodell wieder zusammenzubauen –, und seine ruhigen grauen Augen gaben Sofia Halt. Ein Blick in ihr besorgtes Gesicht und Michail war auf den Beinen. Zwei Schritte und er schlang die Arme um sie.

„Du brauchst nicht hinzugehen, Sofia.“

„Doch.“

„Nein. Du kannst dich auch anders entscheiden.“

Sie nickte. „Ja, wir könnten von hier weggehen, du und ich und Pjotr. Sofort. Wir könnten uns ein paar Sachen schnappen, in den Wald fliehen und nach Süden aufbrechen, wie wir es geplant hatten, und …“

Mit einem festen Kuss auf ihre Lippen brachte er sie zum Schweigen. „Aber möchtest du das, mein Herz? Ist es wirklich das, weswegen du hierher zurückgekommen bist?“

Sie sahen sich an, einen innigen Moment lang, in dem sie ihn mehr liebte als je zuvor. Dann lehnte sie sich an ihn, schmiegte sich mit ihrem ganzen Körper an seinen, ihre Stirn an seiner Wange, und spürte, wie die Angst, die ihr fast die Luft genommen hatte, aus ihr wich.

„Beeil dich, Sofia!“ Das war die Stimme des Priesters von draußen.

Sofia neigte den Kopf nach hinten, damit sie zu Michails Gesicht aufsehen konnte. „Kommst du mit?“, fragte sie.

„Was für eine überflüssige Frage.“

Er küsste sie noch einmal, dann ließ er sie los.

„Wir stehen das zusammen durch“, flüsterte sie.

Plötzlich tauchte neben ihr eine kleine Gestalt in einem wattierten Mantel auf. „Ich bin auch dabei.“ Es war Pjotr.

„Da kommen noch mehr Pferde“, sagte Rafik und schloss die Augen, während er in seinem Geist nach ihnen suchte. „Es sind vier.“

Die Gruppe hatte sich auf dem verharschten Schnee unter dem breiten Dach der Zeder am Dorfeingang versammelt, dort, wo sich das Tal zu weiten begann. Weiße Nebelfinger wanden sich um die Äste, klammerten sich an die acht Gestalten unter dem Baum, strichen ihnen über die kalten Wangen und benetzten ihr Haar.

Als der Priester Logwinow Sofia und Michail mit Pjotr im Schlepptau zu der Stelle geführt hatte, wo Rafik und Senia schon warteten und in die formlose Weite schauten, war der Himmel vom Bergkamm bis zu ihnen herabgeglitten, und nun war das ganze Tal in Nebel gehüllt.

Zu Sofias Überraschung standen auch Elisaweta Lischnikowa und der Schmied bei den Zigeunern. Ihre schweigende Anwesenheit konnte nur eines bedeuten: Rafik brauchte Unterstützung. Sie schob die Hand in die Tasche und schlang ihre Finger um den weißen Stein, während der Priester mit dem Arm ein großes Kreuzzeichen in die kalte Nebelluft malte.

„Vier Reiter“, verkündete er. „Du verstehst, was das bedeutet? Möge sich Gott unser erbarmen!“

„Was bedeutet es denn, Sofia?“, fragte Pjotr ungeduldig. „Wer sind die vier Reiter?“

„Es sind Soldaten“, sagte Rafik.

„Warum kommen Soldaten nach Tiwil?“, fragte Pjotr wieder.

Doch statt dem Jungen zu antworten, heftete Rafik seinen Blick plötzlich auf Senia und fragte sie leise: „Hast du sie hergeführt?“

„Nein, Rafik!“, rief Senia aus. „Nein, ich schwöre, ich war’s nicht.“

In ihren schwarzen Augen funkelten Tränen, und sie streckte die Arme nach ihrem Vater aus.

Sanft nahm er ihre Hände in seine. „Ich habe immer gewusst, dass es einmal so kommt.“ Der Kummer in Rafiks Stimme schien sogar die eisige Luft um ihn herum zu erweichen. „Ich wusste, dass der Verrat stattfinden würde, aber ich sah nicht, dass du es sein würdest, mein Kind. Meine Liebe zu dir hat meine Sehergabe getrübt.“

„Nein, Rafik, nein!“

Er drückte seine Lippen auf ihre kalte Stirn, und in dem Moment drangen das Klirren von Zaumzeug und das Knarren steifen Leders an ihre Ohren.

„Rafik, verzeih mir! Ich habe es doch nicht böse gemeint.“ Senia klammerte sich an ihn. „Ein unbedachtes Wort zu Wanja, das war alles. Ich wollte das nicht. Du weißt, wie sehr ich dich liebe. Vorigen Sommer habe ich sogar die Scheune angezündet, um die Truppen davon abzuhalten, Tiwil zu durchkämmen und dir wehzutun. Bitte verzeih mir …“

„Psch – sei still, mein geliebtes Kind. Es gibt nichts zu verzeihen.“ Rafik öffnete weit seine Arme für sie.

Vier Schemen tauchten aus den Nebelschwaden auf. Männer zu Pferde, wuchtige Gestalten mit Mänteln und hohen Lederstiefeln, entschlossene Männer, die sich ihrer Macht bewusst waren. Es waren OGPU-Soldaten. Der voranreitende Offizier betrachtete die im Schnee stehende Gruppe mit arrogantem, prüfendem Blick. Er hatte den Kragen zum Schutz vor der Kälte hochgeschlagen und eine Hand beruhigend auf den Hals seines hellen Pferdes gelegt.

„Kennt jemand von euch einen Mann, der sich Rafik Iljan nennt?“, wollte der Offizier wissen.

„Ich bin Rafik Iljan.“

Die anderen drei Männer stiegen von ihren Pferden. Sofia beobachtete, wie die Lehrerin, der Schmied und der Priester sich die Hände reichten. Senia schloss sich ihnen an, und zu viert stellten sie sich, die Gesichter nach außen, in einem Kreis um Rafik auf.

„Wir sind gekommen, um dich festzunehmen, Rafik Iljan.“

„Genosse“, Elisaweta sprach mit ihrer gewohnt ruhigen Stimme, „da liegt sicherlich ein Missverständnis vor. Rafik Iljan ist ein treues Mitglied unserer Dorfgemeinschaft.“

„Es ist kein Missverständnis.“

„Warum soll er verhaftet werden?“, wollte Pokrowskij wissen.

„Mein Vater hat nichts Unrechtes getan!“ Tränen liefen über Senias blasse Wangen.

Der Priester sah die Eindringlinge finster an, seine Lippen bewegten sich in stillem Gebet.

Der Offizier nickte seinen Männern zu. „Verhaftet den Zigeuner, und dann durchsucht sein Haus.“

Als sie auf Rafik zutraten, verließ Senia als Erste den Kreis. Sie stürzte zu dem Offizier, klammerte sich ans Zaumzeug seines Pferdes und flehte: „Bitte nicht! Wanja muss da etwas falsch verstanden haben …“

Das Pferd schüttelte wild den Kopf, und Senia flog in hohem Bogen in den niedergetrampelten Schnee. Sofia rannte zu ihr, bückte sich und legte Senia den Arm um die Schultern, obwohl dicht neben ihr die harten Pferdehufe tänzelten.

„Ihr begeht ein Unrecht“, sagte sie vorwurfsvoll.

„Unrecht?“ Der Offizier lachte leise und machte eine so freundliche Miene, dass sie einen Moment glaubte, er stimme ihr zu. Doch dann endete das Lachen schlagartig. „Wir haben Informationen darüber, dass Rafik Iljan sich antisowjetisch betätigt. Nehmt ihn fest!“

„Das ist Unsinn“, sagte Sofia scharf. Gleich darauf wandte sie sich jäh von dem Offizier ab, schloss die Lücke zwischen sich und dem Zigeuner und sah ihn flehend an. „Rafik, du musst dir helfen“, murmelte sie.

Er schüttelte kummervoll den Kopf. „Ich habe nicht die Macht, mir selbst zu helfen, Kind des Steins. Helfen kann ich nur anderen.“

Da griff Sofia rasch in ihre Manteltasche und zog den weißen Kiesel hervor. „Dann hilf mir, dir zu helfen“, beschwor sie ihn.

Rafiks Blick fiel auf den Stein, dessen glatte Oberfläche ihn wie ein Magnet anzuziehen schien. Er stolperte schon darauf zu, war dann aber plötzlich von Uniformierten umringt.

Mit wütendem Gebrüll stürmte jetzt der Schmied los, Senia an seiner Seite.

„Noch einen Schritt und es ist dein letzter!“, drohte die Stimme des Offiziers in der trostlosen Landschaft.

Rafik schüttelte den Kopf. Behutsam legte er seinen Gefährten nacheinander die Hand auf: Pokrowskij auf die fassbreite Brust, Elisaweta Lischnikowa auf die stolze Schulter, Senia auf die feuchte Wange. Einen Moment hielt er die Hand des Priesters, sah ihm tief in die Augen und entließ ihn dann in stummem Lebewohl.

Als er sich schließlich von ihnen löste, folgten ihm die drei Uniformierten auf dem Fuß.

„Genosse“, rief er dem Offizier zu, „lass meine Freunde in Ruhe. Ich bin derjenige, den du …“

Bevor er seinen Satz beendet hatte, trat Sofia vor und umklammerte die Handgelenke zweier OGPU-Männer. Sie drückte sie fest, murmelte etwas, und in dem weißen Nebel blieb die Zeit stehen. Doch dann durchbrach das metallische Klicken eines Gewehrschlosses die Stille.

„Kein Wort mehr zu ihr. Hier herüber!“, herrschte der Offizier Rafik an, ohne Sofia aus den Augen zu lassen.

„Sofia, nicht!“ Das war Michails Stimme. „Ich liebe dich, Sofia“, sagte er eindringlich. „Setz nicht alles aufs Spiel! Du wirst doch gebraucht.“

Die beiden Männer, an die Sofia ihr Gemurmel gerichtet hatte, standen verlegen da, den Mund offen, den Rücken erschlafft, und Rafik schaute Sofia auf seltsame Weise an.

„Michail hat Recht“, sagte er. „Du wirst noch gebraucht.“ Er drückte den Daumen mitten auf Sofias Stirn. „Ich habe Vertrauen zu dir, mein Seelenkind.“

„Ich sag's zum letzten Mal – hierher!“, schnauzte der Offizier.

Anstatt dem Befehl Folge zu leisten, machte Rafik kehrt und ging in die entgegengesetzte Richtung aufs Dorf zu.

„Rafik!“, schrie Senia verzweifelt.

„Ich kann Tiwil nicht verlassen.“ Seine Stimme drang durch den Nebel zu ihnen, und Sofia hörte den Widerhall seiner Worte für den Bruchteil einer Sekunde in ihrem Kopf, bevor ein Schuss krachte. Die drahtige Gestalt des Zigeuners verrenkte sich, seine Arme flogen zur Seite wie Flügel, dann sackte er in den Schnee, und ein Fleck breitete sich unter ihm aus.

„Lauf, Pjotr, lauf! Hol den Vorsitzenden Fomenko!“ Wieder Michails Stimme, diesmal hastig und entschieden.

Pjotr rannte.

Den Kieselstein fest umklammernd, stand Sofia reglos da. Sie spürte die Kälte nicht, die ihr die Wangen zu Eis gefrieren ließ, und auch nicht den trügerischen Schnee unter ihren Füßen, sie spürte nur das riesige Loch in ihrem Herzen.

„Rafik, verlass mich nicht.“

Die Worte drangen mit einem langen Verzweiflungsschrei aus ihr hervor, doch Rafik war bereits tot.

Trauer schnürte ihr die Brust zusammen, und sie schloss die Augen. In ihrem Innern brachen dunkle Stellen auf, einsame Winkel, die sie niemals aufsuchen wollte. Sie zitterte wie Espenlaub, bis sie plötzlich von warmen Armen umfangen wurde und endlich wieder Luft in ihre Lunge strömte.

Michail redete auf sie ein. Sie verstand die Worte nicht, aber sie hörte die Liebe, die aus ihnen sprach, und spürte, dass die Kraft dieser Worte ihre Einsamkeit bannte.

„Komm“, sagte er und nahm sie bei der Hand.

Er führte sie zu der Stelle, an der Rafik im Schnee lag. Senia hatte den

Leichnam ihres Vaters umgedreht. Die junge Zigeunerin lag auf Rafiks Brust, ihr schwarzes Haar ein zerrauftes Gewirr, ihr Körper von trockenen Schluchzern erschüttert.

Es hatte zu schneien begonnen, und die Flocken tanzten in großen weißen Wirbeln am Himmel, Vorboten einer *purga*, eines heranziehenden Schneesturms.

Zornige Stimmen drangen von hinten undeutlich an Sofias Ohr. Sie drehte sich um und sah Alexej Fomenko, hochgewachsen und breitschultrig in seinem Strickwams. Nadeschda, die Wolfshündin, wie immer an seiner Seite, debattierte er mit dem OGPU-Offizier.

„Du hattest nicht das Recht, in mein Dorf einzudringen und ein Kolchos-Mitglied festzunehmen, ohne mich vorher zu informieren."

„Ich bin einem Dorfvorsitzenden keine Rechenschaft schuldig."

„Sieht so aus, als hättest du deinen Auftrag übererfüllt", knurrte Fomenko mit kaum gezügeltem Zorn. „Jetzt geh."

„Erst werden meine Männer noch sein Haus durchsuchen."

„Nein", flüsterte Sofia. Die seltsamen mythischen Gegenstände, die sich in Rafiks Haus befanden, würden das ganze Dorf in den Untergang reißen.

Michail trat vor und baute sich neben Fomenko auf, die Augen zum Schutz vor dem Schnee zusammengekniffen. „Schau, er war bloß ein Zigeuner, der sich auf Pferde verstand, mehr nicht. Und jetzt ist er tot. Außer ein paar Töpfen mit stinkendem Fett zur Zaumzeugpflege wirst du in seinem Haus nichts finden."

„Du hast diesen Volksfeind also gekannt?", erkundigte sich der Offizier interessiert.

Kälte fuhr Sofia ins Herz.

Doch Michail war auf der Hut. „Ich kenne ihn nur als Dorfbewohner von Tiwil. Wir haben nie zusammen Wodka getrunken, falls du das meinst."

Er nickte dem Offizier zu und klopfte sich zum Zeichen dafür, wie kalt es war, mit vor dem Körper gekreuzten Armen laut auf die Schultern. „Es ist kalt, Genosse. Wenn ihr euch nicht beeilt, hängt ihr in dem heranziehenden Sturm hier fest. Reite mit deinen Männern lieber nach Dagorsk zurück, du hast deine Aufgabe hier erledigt."

Sofia, die spürte, wie ringsum alle den Atem anhielten, trat – im schwindenden Licht kaum sichtbar – näher an das helle Pferd des Offiziers heran und berührte es an der Schulter. Der Falbe zeigte ihr zwar die Zähne, biss aber nicht zu, obwohl die Haare seines Schweifs wie Schlangen züngelten.

Geh. Nun geh schon!

Nach einiger Überlegung zog der Offizier den Hals des Pferdes herum und trabte, zum Schutz vor dem Wind nach vorn geduckt, an der Spitze seiner Mannschaft durch den Schnee davon. Die *purga* verschlang sie.

Die Zurückgebliebenen verharrten noch einen Moment, erschüttert von dem Geschehen. Dann legte Michail einen Arm um Sofia, den anderen um Pjotr. „Wir müssen Rafiks Leichnam bergen."

Doch bevor sich jemand regen konnte, erhob Elisaweta ihre trotz des aufkommenden Sturmes erstaunlich kräftige Stimme.

„Hör uns an, Sofia!"

Vier Gestalten standen nebeneinander in einer Reihe und versperrten den Weg ins Dorf: der Priester Logwinow, Elisaweta Lischnikowa, Pokrowskij und die weinende Zigeunerin.

Der Schmied trug Rafiks erschlafften Leib auf den Armen, und Senias Hand ruhte auf dem dunklen Kopf ihres Vaters.

„Sofia", sagte Elisaweta, „wir bitten dich, Rafiks Stelle einzunehmen."

„Nein."

„Sofia", sagte Pokrowskij, „du wirst gebraucht."

Du wirst gebraucht. Rafiks Worte.

Sofia wand sich. „Nein."

„Sofia." Das war der Priester. Er hob die Hand in den wirbelnden Schnee zwischen ihnen, schlug aber diesmal kein Kreuz. „Gott wird dir Stärke verleihen. Du bist diejenige, die helfen kann, auf unser Dorf aufzupassen. Rafik hat das gewusst."

Ich habe Vertrauen zu dir. Seine letzten Worte an sie.

„*Njet*. Nein." Sofia holte tief Luft, die Kälte stach ihr in die Lunge. „Michail, das ist zu gefährlich. Sag du es ihnen."

Fomenko stand schweigend abseits und beobachtete neugierig, was die anderen taten. Doch Sofia hatte ihren Blick auf die Straße nach Tiwil gerichtet, und die zog an ihr, so mächtig, wie der Mond an den Gezeiten zieht.

Michail ergriff Sofias Hand. „Es ist deine Entscheidung, allein deine."

„Ich habe nicht die Kraft. Nicht so wie Rafik."

„Wir helfen dir."

Sofia betrachtete den Kreis der Menschen um sich herum und wusste, dass es das Leben, das sie und Michail anderswo zu führen geplant hatten, niemals geben würde.

„Ich werde immer bei dir sein", sagte Michail, und seine Hand schloss sich noch fester um ihre.

Das Atemgeräusch Tiwils drang an Sofias Ohr. Sie wollte nicht, dass es erstarb. Von Rafik hatte sie gelernt, wie sie ihre Gedanken einsetzen konnte.

Sie sah sich in dem Schneegestöber um, sah die Menschen, die an ihre Fähigkeiten glaubten und sich so sehr um ihr Dorf sorgten, und sie empfand ein tiefes Zugehörigkeitsgefühl. Endlich hatte sie in ihrem Leben einen Ort gefunden, der ihr ans Herz gewachsen war, einen Ort, der ihr Zuhause war.

Und: Sie war es Anna schuldig.

Meine liebe Anna, werde wieder gesund und stark. Denn deinetwegen bin ich hier, bei diesem Mann an meiner Seite. Spasibo.

„Ich bleibe“, sagte sie schlicht.

Tiwil
Frühjahr 1934

14

Die Luft war kristallklar, und hoch über Tiwil glitt die verwischte Spur eines Flugzeugs über den hellblauen Himmel. Michail hielt die Hand über die Augen und sah hinauf.

„Das ist eine ANT-9“, sagte Pjotr bestimmt. „Derselbe Typ wie das *Krokodil.*“

„Du hast Recht.“ Michail grinste stolz. „Aus dir wird wohl wirklich mal ein Pilot.“

Sie waren auf dem Friedhof hinter dem Gebäude, das früher einmal die Kirche gewesen war. Das Gras an den Stellen, die im Schatten des Gebäudes lagen, war noch spröde und brüchig vom Frost, doch die Frühlingssonne lockte bereits die ersten Blüten heraus.

Sofia kniete neben Rafiks Grab und hielt ein Sträußchen Schneeglöckchen in der Hand, deren Köpfchen sacht schaukelten, als sie die Stängel in einem Glas auf das Grab stellte.

„Wo hast du die denn so zeitig gefunden?“, fragte Michail.

Sie sah ihn zärtlich an und lächelte. „Na, was glaubst du denn?“

„Unter der Zeder.“

„Natürlich.“

Sie und Anna hatten die Blumen gemeinsam gepflückt, und dabei hatte Anna ihr zugeflüstert, dass sie schwanger sei.

„Eigentlich ist es noch ein Geheimnis“, hatte sie lächelnd gesagt, „aber dir muss ich es einfach verraten. Jetzt, wo ich mich so viel besser fühle, wird alles gut gehen.“

„Hast du es deinem Mann schon erzählt?“

„Ja.“

„Und?“

Anna hatte die Hand auf ihren Bauch gelegt. „Wir nennen ihn Wassili.“

„Na, dann wollen wir hoffen, dass es ein Junge wird“, hatte Sofia lachend erwidert.

Jetzt zog sie den weißen Stein aus ihrer Tasche und legte ihn auf Rafiks Grab.

„Warum tust du das immer?“, wollte Pjotr wissen.

Er war im Lauf des Winters gewachsen, seine Schultern waren breiter geworden, seine Augen ernster. Sofia hatte es beobachtet und sich so ihre Gedanken gemacht.

„Ich tue es, weil dieser Stein Tiwil mit Rafik verbindet.“

Sie hob den Kiesel wieder auf. Weder der Kommunismus noch die Kirche hatten Tiwil Frieden gebracht, aber dieser Stein war etwas ganz anderes. Er besaß eine Kraft, die aus dem tiefsten Innern der Erde selbst zu kommen schien.

Sie sah dem Jungen in die Augen. „Nimm du den Stein mal“, sagte sie.

Pjotr zögerte kein bisschen, als hätte er schon lange auf diesen Moment gewartet. Er griff nach dem Stein, und sofort füllten sich seine Augen mit dem Licht des strahlenden Frühlingsmorgens.

„Pjotr, möchtest du ab und zu mit mir spazieren gehen, wenn es dunkel ist? Und lernen, wie du die Gedanken in deinem Kopf steuern kannst?“

Pjotr sah fragend seinen Vater an.

Michail blickte mit leisem Bedauern auf seinen Sohn und nickte. „Gib gut Acht auf meinen Jungen, Sofia.“

„Mach ich. Versprochen!“

Pjotr betastete immer noch den Stein. „Wann fangen wir damit an, Sofia?“, fragte er aufgeregt.

Sofia betrachtete das Dorf, das ihre Heimat geworden war, blickte auf die standfesten und doch so schutzbedürftigen Häuser im Sonnenlicht.

„Heute Abend“, antwortete sie. „Heute Abend fangen wir an.“

Foto: Max Denby

„Ein Buch zu schreiben ist ähnlich vertrackt wie einen Dreimaster aus Streichhölzern zu bauen."

Kate Furnivall, 1950 im walisischen Küstenstädtchen Penarth bei Cardiff geboren, studierte in London Englische Literaturwissenschaft und arbeitete viele Jahre als TV-Produzentin und in der Werbung, bis ihr Ehemann Norman Sharam seine Londoner Werbeagentur aufgab. Die Familie, zu der mittlerweile auch zwei Söhne zählten, übersiedelte aufs Land, in die Grafschaft Wiltshire, wo Norman unter dem Pseudonym Neville Steed etliche, teils preisgekrönte Kriminalromane verfasste. Mit der Zeit half Kate ihm beim Schreiben; sie entwickelte Handlungsstränge und redigierte seine Manuskripte. So bekam sie aus nächster Nähe mit, wie die Bücher entstanden und wie viel Geduld und Ausdauer dafür nötig waren. „Ein Buch zu schreiben ist ähnlich vertrackt wie einen Dreimaster aus Streichhölzern zu bauen", war die Einsicht, zu der Kate Furnivall dabei gelangte.

Dass sie dennoch irgendwann selbst zu schreiben begann, hängt mit dem bewegten Leben ihrer Mutter Lily zusammen, die als Kind – damals noch Lydia genannt – im Zuge der Oktoberrevolution mit ihrer Familie von Russland nach China flüchten musste und über Indien schließlich nach England kam. Kate Furnivall war von den vergilbten alten Familienfotos aus jener Zeit auf Anhieb gebannt. Nach dem Tod der Mutter im Jahr 2000 bat Kates Familie sie, die ungewöhnliche Lebensgeschichte aufzuschreiben – ihr erster Roman *Die russische Konkubine* entstand. „Die Handlung ist in China angesiedelt", erzählt die Autorin, „aber ich wusste schon damals, dass in mir eine weitere Geschichte steckte, die in Russland spielen sollte. So erwachten Sofia, Anna und das Dörfchen Tiwil in *Bis ans Ende des Himmels* zum Leben."

FÜRCHTE DIE NACHT
JOAN AIKEN

Gerade versuchte ich auf Knien und mit einer Hand den Steilhang hoch über dem tosenden Meer wieder hinaufzuklettern, als mich ein Stein an der rechten Hüfte traf. Ich verlor das Gleichgewicht, schwankte. Ein weiteres Geschoss flog an meinem Kopf vorbei …

Kapitel 1

Der Tag, an dem ich George kennen lernte, war einer der schlimmsten in meinem Leben. Nicht der allerschlimmste, der war drei Wochen davor gewesen, als Mama und Ralph bei einem Autounfall am Sunset Boulevard in Los Angeles ums Leben gekommen waren.

Sicher hat dieser Unfall damals die üblichen Schlagzeilen gemacht, denn sie waren beide bekannte Filmstars, aber ich war viel zu jung – erst neun – und viel zu verstört, um mich darum zu kümmern. Ralph war zwar nur mein Stiefvater, nicht mein wirklicher Vater – an den ich mich zu jener Zeit kaum erinnern konnte –, aber Ralph war immer lieb zu mir gewesen, hatte Späße mit mir gemacht, mich mit ulkigen Namen gerufen und alles Mögliche mit mir unternommen. Aber Mama war Mama, wunderschön, unberechenbar und unersetzlich.

Wir hatten damals seit drei Jahren in Los Angeles gelebt. Ich konnte mich kaum noch daran erinnern, wie das Leben in England gewesen war. Obwohl ich mich in der kalifornischen Hitze wohlfühlte und unser großes, im spanischen Stil erbautes Haus liebte, ebenso wie die unkomplizierten amerikanischen Kinder, spürte ich doch immer noch, dass ich hier fremd war. Aber Mama war immer im rechten Augenblick da, um mir mit ihrer warmen, liebevollen Stimme zu versichern, dass das Leben hier wunderschön sei. Mama mit ihrem kupferroten Haar, ihrer Herzlichkeit, ihrer unwiderstehlichen, zuversichtlichen Lebenseinstellung war für mich ein Symbol der Sicherheit bis zu jenem Tag, an dem ihr Cabriolet von einem Lastwagen mit defekten Bremsen gerammt wurde. Bis zu dem Anruf um die Mittagszeit, der das Fundament meiner gesamten Existenz zerstörte. Ich sehe noch Sanchie, unser Hausmädchen, vor mir, wie sie mich während des Telefonats mit weit geöffneten Augen anstarrte, und ich erinnere mich auch noch an die entsetzten Gesichter der Nachbarn, die wohlmeinend und mitleidig herüberkamen und sich zuflüsterten, was nicht für meine Ohren bestimmt war:

„Die arme Kleine, sie hat niemanden hier, der zu ihr gehört, niemanden auf dem ganzen Kontinent, der sich um sie kümmern könnte, wo soll sie bloß hin?“

Ich war zu diesem Zeitpunkt viel zu benommen und fassungslos, um darauf zu achten, aber später verfolgten mich diese Worte bis in meine Träume hinein.

Eine Mrs van Hefflin, die etwas weiter die Straße hinauf wohnte, nahm mich für ein paar Tage bei sich auf. Und inmitten ihrer lauten, umtriebigen Familie lebte ich in einem Schockzustand und nahm die Grillpartys, Picknicks und Zoobesuche kaum wahr, die man in der Hoffnung veranstaltete, mich ein wenig zu zerstreuen.

Dann war meine Zukunft plötzlich geregelt, und zwar ganz einfach. Mein richtiger Vater schickte ein Telegramm, man setzte mich in Begleitung eines älteren Ehepaares, das ebenfalls nach London flog, ins Flugzeug, wo für mich ein neues, völlig anderes Leben begann.

Später hörte ich meine Begleiter, Mr und Mrs Strangeway, sagen, es sei ein sehr unruhiger Flug gewesen, aber ich hatte es gar nicht bemerkt. Die beiden hatten keine Erfahrung mit Kindern, aber nachdem sie mich Verschiedenes gefragt und ich nur herumgestottert hatte, ließen sie mich klugerweise in Ruhe.

Die Stewardessen stellten Mahlzeiten vor mich hin und nahmen sie unberührt wieder fort. Als man es von mir verlangte, befestigte ich den Sicherheitsgurt, ohne recht zu wissen, was ich tat. Ich konnte immer nur an eines denken: meine Mutter war tot, ich würde sie nie wiedersehen, niemals wieder ihre warme Hand halten oder ihr einen Gutenachtkuss geben können, ihr nie wieder dabei zuschauen können, wenn sie sich für eine Party zurechtmachte, oder ihr herzliches Lachen hören, das so plötzlich „hervorsprudeln“ konnte und für ihren Spitznamen „Fizz“ verantwortlich war.

„Fizz, bist du fertig, Liebling?“, rief Ralph dann jedes Mal von unten. „Wir müssen langsam los, sonst kommen wir zu spät zur Premiere!“

„Ich sage gerade Meggie Gute Nacht, dann komme ich“, anwortete sie, nahm mich in ihre Arme, und wie jedes Mal flüsterte sie: „Träum süß, kleine Meggie!“

„Du auch!“

„Hab ganz viele schöne Träume.“

Aber nun würde es keine schönen Träume mehr geben. In meiner Benommenheit dachte ich auch kurz an meinen Vater. Seit Jahren hatte ich ihn nicht mehr gesehen, seit vier oder fünf Jahren, und ich war doch erst neun. Ich konnte mich nur schwach an einen grauhaarigen, müde aussehenden Mann erinnern, der viel älter als meine Mutter zu sein schien. Er war sowieso kaum zu Hause gewesen. Soweit ich mich erinnern konnte, war er die meiste Zeit in Korea gewesen, wo damals Krieg herrschte. Und als er schließlich nach Hause kam, war es das Wichtigste gewesen, ihn nicht zu stören.

„Pscht! Mach keinen Lärm, sonst verärgerst du deinen Vater. Es geht ihm nicht gut, weißt du."

„Warum geht es ihm nicht gut? Was hat er denn? Ist er krank?"

„Er war in einem Kriegsgefangenenlager, wo er fast verhungert wäre, daher müssen wir rücksichtsvoll und leise sein, denn er braucht viel Ruhe, damit er wieder gesund werden kann."

Wahrscheinlich konnte meine Mutter sich ebenso wenig an die Situation gewöhnen wie ich, und es muss bald danach gewesen sein, dass sie mit mir nach Amerika zog, wo Ralph dann mein Stiefvater wurde.

Würde ich meinen Vater erkennen? Mich fröstelte. Und würde er sich freuen, wenn er mich wiedersah? Was für einen Beruf hatte er? Und dann kam mir noch ein anderer Gedanke, der mich sehr erschreckte – hatte er womöglich wieder geheiratet? Ich hatte genügend Geschichten über böse Stiefmütter gelesen, um zu wissen, was das bedeutete.

Schließlich fiel ich in einen unruhigen Schlaf.

Es war neun Uhr abends, als wir auf dem Londoner Flughafen landeten. Mir war kalt, und ich fühlte mich elend und ängstlich, während ich die vorbeieilenden Leute musterte, aber niemand sah so aus, wie ich meinen Vater in Erinnerung hatte. Keiner achtete auf mich, alle liefen an mir vorbei. Vielleicht hatte er sich nicht die Mühe gemacht, mich am Flughafen abzuholen? Oder wollte er mich gar nicht haben? Sicher war er sehr böse, weil meine Mutter ihn verlassen hatte. Hatte er sie damals so vermisst wie ich jetzt? Es war das erste Mal, dass mir so ein Gedanke kam!

Dann löste sich eine Gestalt aus der Menge und kam mit forschen Schritten direkt auf mich zu. Ich starrte sie an und hoffte, dass sie nicht mich meinte, dass sie an uns vorbeigehen würde. Aber die Gestalt blieb bei mir stehen: eine kleine, magere, grauhaarige Frau mit scharfen Gesichtszügen und kalten, unfreundlichen Augen. Unter ihrem glänzenden Strohhut hatte sie ihr Haar zu einem Knoten zusammengesteckt. Sie trug ein graues Kostüm mit einer seltsamen langen Jacke, das schon seit Jahren aus der Mode war, und ihr Rock reichte ihr fast bis an die Knöchel. Dazu trug sie feste schwarze Schnürschuhe. Eine vergoldete Brosche verschloss den Kragen ihrer weißen Bluse. Ihre Lippen waren fest zusammengepresst, während sie mich stirnrunzelnd von oben bis unten betrachtete. Ich sah, dass sie eine kleine Warze am Kinn hatte, aus der drei oder vier Haare sprossen.

„Mr und Mrs Strangeway?", fragte sie. „Ist das die kleine Frazer?"

Mir wurde bang ums Herz. War das etwa die zweite Frau meines Vaters? Ich spürte ihre Feindseligkeit und Missbilligung mir gegenüber wie einen Kältehauch und sperrte mich instinktiv gegen sie, während sie mit Mrs Strangeway sprach.

„Hm. Genug Gepäck hast du ja", bemerkte sie, nachdem die Strangeways gegangen waren und damit die einzige Verbindung zu der Welt, die ich verloren hatte, gekappt hatten. „Das bedeutet, wir müssen ein Taxi nehmen. Na, zum Glück ist es nicht weit."

Die Londoner Straßen waren dunkel und nass, und Laub lag in kleinen Haufen auf dem glitzernden Pflaster. Ich fror in meinem dünnen Sommermantel.

„Ist ja geradezu lächerlich, dich in diesem Aufzug hierherzuschicken." Die Frau verzog das Gesicht. „Hast du keine anständigen Sachen? Ich werde dir wohl erst mal ein paar vernünftige Kleider kaufen müssen."

Ich hatte nicht gehört, welche Adresse sie dem Fahrer genannt hatte, aber kurz darauf hielten wir in einer ruhigen, dunklen Straße mit großen Häusern. Auf der anderen Straßenseite waren Bäume mit niedrigen Gittern um die Stämme. Das kam mir irgendwie bekannt vor. Während ich mich noch bemühte, zu glauben, dass ich mich wirklich erinnerte, wurde ich aus dem Wagen gezerrt.

„Komm heraus, du kannst doch hier nicht einschlafen. Hilf mir lieber, die Sachen ins Haus zu bringen."

Noch immer ganz benommen half ich der Frau, meine Sachen eine steile Treppe hinaufzutragen, die zur Haustür führte. Nachdem sie den Taxifahrer bezahlt hatte, betraten wir eine große, spärlich beleuchtete Halle.

Ein kleiner Mann in einer grauen Strickjacke kam die Treppe herauf und humpelte uns entgegen. „Du bist ja schnell wieder zurückgekommen. Wie ich sehe, hast du sie mitgebracht." Er nickte mir flüchtig zu, ohne mich anzusehen oder zu begrüßen.

„Schnell?" Sie rümpfte die Nase. „Ich habe eine Ewigkeit gewartet! Das Flugzeug hatte eine Dreiviertelstunde Verspätung! Nebel."

Sie sagte es so, als wäre das meine Schuld.

„Dann werde ich mal das Gepäck raufbringen", erklärte der Mann und humpelte eine Treppe nach oben.

„Für dich ist es das Beste, wenn du gleich ins Bett gehst", sagte die Frau, die er Milly genannt hatte, zu mir. „Möchtest du noch etwas essen?"

„Nein danke", antwortete ich leise. Meine Kehle war wie zugeschnürt, und Tränen stiegen mir in die Augen.

„Du solltest noch ein Glas Milch trinken“, bestimmte sie, „ich bringe es dir gleich. Geh schon mal nach oben. Es ist das Zimmer im zweiten Stock auf der rechten Seite. Du siehst ja, wo Arthur deine Sachen hingestellt hat. Vergiss nicht, dich zu waschen. Das Badezimmer ist direkt gegenüber.“

Langsam stieg ich die steile Treppe hinauf. Als ich das Zimmer gefunden hatte, war der Mann in der grauen Jacke bereits verschwunden. War er mein Vater? Nein, das konnte ich nicht glauben. Wenn er es gewesen wäre, dann hätte ich ihn bestimmt wiedererkannt. Ich zog ein Nachthemd aus meinem Koffer, schlüpfte hinein und kroch in mein Bett. Nach kurzer Zeit erschien die Frau und brachte das Glas Milch. Mit einem säuerlichen Ausdruck inspizierte sie meine Koffer. „Die werde ich morgen wohl alle auspacken müssen.“ Ohne ein weiteres Wort knipste sie das Licht aus, ging hinaus und schloss die Tür hinter sich.

Das Bett war kalt, ich lag zusammengerollt unter der Decke und wagte nicht, mich zu bewegen, aus Angst, meine Beine in die eisige Kälte hinauszustrecken. Da ich im Flugzeug so viel geschlafen hatte, war ich nun hellwach. Ich hätte gern noch ein paar zusätzliche Decken und eine Wärmflasche gehabt, aber ich wagte nicht, hinunterzugehen und die Frau darum zu bitten.

Nach und nach fiel ich in einen unruhigen Schlaf. Und es war in dieser langen, kalten Nacht, dass ich den schrecklichen Traum, der mich für die nächsten zehn Jahre heimsuchen sollte, zum ersten Mal hatte.

Bei diesem ersten Mal hatte ich beim Erwachen noch nicht die geringste Erinnerung an das, was ich geträumt hatte. Ich wusste nur, dass der Traum unvorstellbar schrecklich war. Es sollte noch einige Jahre dauern, bis ich mich dunkel an einige Bilder erinnern konnte. Jedes Mal wenn er wiederkam, und das geschah in Abständen von drei bis sechs Monaten, ergriff mich nacktes Entsetzen, und dann erinnerte ich mich in meinem Schlaf und wartete hilflos auf seinen gewöhnlichen Ablauf bis zu dem schrecklichen Ende. Danach verschwand der Traum wieder aus meinem Gedächtnis, aber am Morgen erwachte ich in verzweifelter Angst, mein Herz schlug wild, und mein Mund war wie ausgetrocknet von meinen stummen Schreien. Dann wusste ich, ich hatte wieder diesen Traum gehabt, aber fast alle Spuren der Erinnerung waren wie ausgelöscht.

Dass alles sozusagen hinter einem Vorhang verborgen war, war wohl der wesentliche Grund dafür, warum der Traum mich so mit Grauen erfüllte. Ich glaube, wenn ich mich hätte erinnern und dann am hellen Tag alles in Ruhe und mit Vernunft hätte analysieren können, dann wäre der Traum nur noch halb so schlimm gewesen. Aber alles, woran ich mich damals erinnern konnte, war ein schreckliches Gesicht, das auf unerklärliche Weise hin- und herschwang, mir entgegen … Bald kannte ich das Gesicht so gut wie mein eigenes. Unter Tausenden hätte ich es wiedererkannt.

Kinder lieben Geheimnisse. Heute weiß ich, dass es sehr dumm von mir war, niemandem etwas von meinem Traum zu erzählen, aber ich schämte mich zutiefst, dass ich ihn hatte, sicherlich hatte niemand sonst ein solches Problem. Dass ich diesen Traum hatte, kam mir vor wie eine Krankheit, so als wäre ich verrückt oder verkrüppelt. Nicht um alles in der Welt hätte ich darüber gesprochen, ich dachte nach Möglichkeit überhaupt nicht daran. Damals hoffte ich, dass ich, wenn ich eines Tages dieses geheimnisvolle Stadium des Erwachsenseins erreicht hätte, mich an diesen schrecklichen Traum gewöhnt haben und er mir nichts mehr ausmachen würde. Aber stattdessen wurde es immer schlimmer: Die Abstände zwischen den einzelnen Malen wurden zwar größer, aber der Traum selbst wurde immer länger und noch viel schrecklicher, bis … Aber das war viel später.

An dem Tag nach dieser ersten düsteren Nacht in dem großen Haus, das mir Angst einflößte, traf ich George.

Gegen fünf Uhr wachte ich auf, zitternd vor Kälte und dieser furchtbaren Angst, die mir von dem Traum geblieben war. Ich spürte eine dunkle, tiefe Traurigkeit, die jetzt – wie auch später jedes Mal – auf meinen Traum folgte und den ganzen Tag anhielt. Da ich nicht wieder einschlafen konnte, kroch ich langsam aus dem Bett und zog mich an. Bald darauf hörte ich den Straßenlärm. Ein Milchwagen ratterte die Straße herunter und hielt schließlich vor dem Haus. Ich schaute aus dem Fenster und sah die Frau, die mich abgeholt hatte, aus der Haustür kommen und dem Fahrer etwas zurufen. Offensichtlich verlangte sie mehr Milch.

„Morgen, Missis! Dann ist sie also gekommen?" Das Gesicht des Milchmanns verriet große Neugier. „Wie sieht sie denn aus? So wie ihre Mutter?"

Ich konnte nicht hören, was Milly antwortete, aber wie sie die Schultern zuckte, als sie die Milchflaschen in Empfang nahm, ließ ihre Ansicht deutlich erkennen.

Zwanzig Minuten später wurde ich nach unten gerufen, um zu frühstücken. Ich musste mich dazu überwinden, die Cornflakes mit Milch in dem ungeheizten Speisezimmer zu essen, in dem ich ganz allein war. Aus dem Fenster sah man in einen kleinen Garten.

Als ich fertig war, half ich Milly, meine Koffer auszupacken und die Sachen in einen Schrank zu räumen.

„Hast du denn überhaupt keine Wintersachen?", fragte sie missbilligend.
„Die waren mir alle zu klein … Ich bin seit letztem Winter so gewachsen."
„Also, zur Schule heute trägst du am besten das. Es scheint mir das Wärmste zu sein, was du hast. Beeil dich beim Umziehen, wir sind spät dran. Arthur wird dir dann den Weg zeigen."
„Schule? Gehe ich hier zur Schule?", fragte ich erschrocken. Ich hatte zwar schon daran gedacht, auch in England zur Schule gehen zu müssen, aber ich hatte nicht erwartet, dass es so bald sein würde.
„Ja, was dachtest du denn? Dein Vater will, dass du gleich mit der Schule anfängst. Es ist jedenfalls besser, als wenn du den ganzen Tag nur hier im Haus herumstrolchst. Also mach schnell und zieh dich um."
Da sie von „meinem Vater" und von „Arthur" sprach, konnte ich annehmen, dass es sich um zwei verschiedene Personen handeln musste. Deshalb nahm ich, als sie sich gerade anschickte, das Zimmer zu verlassen, meinen ganzen Mut zusammen und stellte die Frage, die mich während der letzten zwölf Stunden am meisten beschäftigt hatte: „Wo, wo ist mein Vater?"
Ungeduldig, so als fände sie es absolut unnötig, mir eine Antwort zu geben, erklärte sie: „Er ist weg. In Edinburgh."
„Wann kommt er denn wieder?"
„Erst in einer Woche."
„Macht er Ferien?"
„Du meine Güte, dieses Kind. Nein – er ist auf einem Ärztekongress in Edinburgh. Mehr weiß ich auch nicht, und nun hör auf, Fragen zu stellen."
„Dann ist mein Vater also Arzt?"
Sie sah mich an, als wäre ich geisteskrank, öffnete den Mund, schloss ihn wieder und erwiderte schließlich: „Ja. Du hast fünf Minuten Zeit, dann musst du unten sein."
Gleich darauf hörte ich sie mit raschen Schritten die Treppe hinuntergehen.

Kapitel 2

Ich erinnere mich noch an fast jede Minute dieses ersten langen Morgens in der neuen Schule und kann mir nicht vorstellen, dass ich jemals einen unglücklicheren Tag verleben werde. Die meisten anderen Mädchen in meiner Klasse waren sicher nicht absichtlich so hässlich zu mir, aber – ich hatte schließlich vier Jahre in Amerika gelebt – alles an mir war ihnen fremd, und sie machten sich über alles lustig, von meinen Kleidern bis zu meinem amerikanischen Akzent.

„Huh, guck mal, Brenda, diese komischen Schuhe!“, rief eines der Mädchen.

„Ich fall gleich in Ohnmacht – Galoschen!“, antwortete eine andere.

Für mich schienen meine Kleider völlig in Ordnung zu sein, aber offenbar war alles falsch an ihnen. Und auch das, was ich bisher in der Schule gelernt hatte, stimmte auf einmal nicht mehr. Ich gebrauchte die falschen Ausdrücke, weil in Amerika manche Dinge eben anders hießen; außerdem besaß ich nicht die richtigen Bleistifte, Lineale oder was auch immer; ich hatte keine Ahnung von der englischen Währung, und am Ende der Unterrichtsstunden kam ich mir vor wie ein Idiot.

Um das Maß voll zu machen, ließ mich die Rektorin vor dem Mittagessen zu sich rufen, um mir zu sagen, dass es ihr lieber wäre, wenn ich den anderen Mädchen nicht erzählen würde, dass meine Mutter eine berühmte Filmschauspielerin war.

„Das hab ich doch nicht …, das wollte ich nicht …“, war alles, was ich herausbrachte. Allein der Gedanke, mit meiner Mutter anzugeben, ausgerechnet jetzt, verursachte mir Übelkeit.

„Natürlich würdest du das jetzt noch nicht tun, Liebes. Aber versuch trotzdem Klatschereien unter den anderen Mitschülerinnen zu vermeiden – und für dich wäre es sicher auch das Beste, wenn keine Geschichten über Hollywood kursieren würden. Versuch einfach, diesen Abschnitt deines Lebens zu vergessen.“

Meine Mutter vergessen? Die Rektorin meinte es sicher nur gut, aber ihre Worte klangen herzlos, und die Erinnerung an das, was ich verloren hatte, brachte mich zum Weinen, denn verständlicherweise war ich in jenen Tagen noch sehr leicht aus der Fassung zu bringen.

Als ich in den Speisesaal kam, bemerkte das Mädchen, das Brenda hieß, meine Tränen und sagte besonders laut: „Schluchz, schluchz, was hat denn unsere kleine Miss Bermuda?“

Ich setzte mich in eine Ecke und beugte mich über meinen Teller. Um mich herum schwatzte und lachte alles, und ich wäre am liebsten unsichtbar geworden.

Endlich war dieser schreckliche Tag zu Ende. Der humpelnde Arthur erschien und brachte mich nach Hause, was meine Klassenkameradinnen nur umso mehr belustigte.

„Wirst ja wohl von jetzt an den Weg alleine finden“, brummte er, während wir langsam die Straße entlanggingen. Als wir zu Hause ankamen, erklärte er: „Im Esszimmer ist der Tee für dich serviert." Dann humpelte er die Kellerstufen hinunter.

Ich sehnte mich danach, mit jemandem sprechen zu können, und überlegte für einen kurzen Moment, ob ich ihm folgen sollte. Zögernd ging ich ein paar Stufen hinunter, als ich plötzlich jemanden den Namen meiner Mutter nennen hörte.

„… sie war eben so, wie sie sein musste", fuhr die Stimme fort. „Was kannst du auch anderes von einer Schauspielerin erwarten? Die sind doch alle gleich. Schlimm genug, dass Dr. Frazer sie überhaupt geheiratet hat. Und es würde mich gar nicht wundern, wenn die Kleine mal genauso wird. Dieselbe Haarfarbe – sie hat überhaupt nichts von ihrem Vater. Ich wette, die wird uns bald an der Nase herumführen, wenn sie keine strenge Hand zu spüren bekommt. Und die Kleider, die das Mädchen hat! Passen eher zu einem Königskind als zu einem Schulmädchen. Alles kleine Fetzen – sogar ein Bikini! Schamlos nenne ich das!"

Ein Stuhl wurde zurückgeschoben, und ich floh schnell die Treppe hinauf ins Esszimmer, wo für mich allein gedeckt war. Ich hatte ziemlichen Hunger – beim Mittagessen in der Schule hatte ich keinen Bissen hinuntergebracht –, aber der Anblick des einzelnen Tellers, des Sandwiches und der Tasse Tee auf diesem großen Tisch bedrückte mich unsagbar.

Eine Glastür führte auf eine schmiedeeiserne Treppe hinaus, unter der der Garten lag. Eine blasse Sonne kam hervor, und ich nahm den Teller und den Tee und setzte mich auf die Treppenstufen. Aber mir war immer noch ganz schlecht, und ich konnte nichts essen. Also stellte ich den Teller und die Tasse neben mich und legte den Kopf auf die Knie. Die Einsamkeit hüllte mich ein, ich bekam Heimweh, denn hier war mir alles so fremd. Dazu kam noch die unfreundliche Atmosphäre in diesem Haus – ich versuchte, die Tränen zurückzuhalten, aber es gelang mir nicht. Ich weinte.

Und dann hörte ich plötzlich eine Kinderstimme, die von irgendwoher über mir kam.

„George! Schau doch mal, da ist jemand im Nachbargarten. Meinst du, das könnte sie …"

Eine Jungenstimme sagte etwas, das ich nicht verstehen konnte, aber das Mädchen redete unbeirrt weiter.

„Sie sieht älter aus als ich – ungefähr so alt wie du. Soll ich sie mal ansprechen? Glaubst du, sie wird jetzt für immer hier wohnen? Sie sieht ganz schön traurig aus, George, ich glaube, sie weint!"

„Scht! Polly, warte …“

Aber die Warnung war vergeblich, denn ich hörte ein scharrendes Geräusch und blickte auf. Ein kleines Mädchen war bereits dabei, vom Dach eines Schuppens, der am Gartenzaun stand, zu mir hinunterzuklettern. Es schien einige Jahre jünger zu sein als ich, hatte blonde Locken und große blaue Augen. Das Mädchen kam die Treppen herauf, setzte sich neben mich und umarmte mich so, als ob wir uns schon lange kennen würden.

„Bist du ganz allein, du Arme? Brauchst jetzt nicht mehr traurig zu sein, wir können ja mit dir spielen. Ich heiße Polly Barnard, und das ist mein Bruder George. Er sitzt da oben auf dem Dach. Ist Dr. Frazer dein Vater? Dachte ich mir. Wirst du jetzt immer hier wohnen bleiben? London ist doch furchtbar, nicht wahr? Wir sind auch noch nicht lange hier – wir haben vorher in Afrika gelebt. Wie heißt du? Meg? Hübscher Name.“

Ihre Fragen kamen so schnell, dass ich sie gar nicht alle beantworten konnte. Auf dem Dach des Schuppens stand ein Junge, der ungefähr 13 Jahre alt war. Er hatte die gleichen blonden Haare und blauen Augen wie Polly. Schüchtern nickte er mir zu.

„Komm runter, George!“, rief Polly. „Das Mädchen hat nichts dagegen, dass wir in seinem Garten sind, das stimmt doch, oder? Es freut sich, dass wir mit ihm spielen können! Wie alt bist du? Ich bin sieben, George ist zwölf. Ich gehe hier in die Grundschule und George aufs Gymnasium. Wir wohnen bei unserer Tante. Unsere Eltern sind immer noch in Afrika.“

George stieg langsam zu uns herunter und lächelte mich schüchtern an. Er war der hübscheste Junge, den ich je gesehen hatte. Polly und er waren ein solcher Gegensatz zu dem, was ich bisher an diesem Tag erlebt hatte, dass meine Niedergeschlagenheit verflog und ich die beiden sofort in mein Herz schloss.

„Das ist kein besonders schöner Garten, finde ich“, bemerkte George und schaute sich um. „Hier gibt es ja so gut wie keinen Rasen. Komm doch einfach in unseren Garten, da könnten wir Kricket spielen. Kannst du das?“

„Baseball kann ich, aber Kricket …“, erwiderte ich zweifelnd.

„Na, mach schon.“

„Ja, komm mit“, bat Polly, „dann zeig ich dir mal mein Puppengeschirr.“

Ich zögerte, aber sie drückte aufmunternd meinen Arm. In diesem Moment hörten wir eine unfreundliche Stimme, die aus dem Fenster über uns kam. „Miss Meg, mit wem sprichst du? Wer ist denn da im Garten?“

Es war der humpelnde Arthur. Als er die Kinder sah, erhellte sich seine Miene etwas. „Ach, ihr zwei seid es. Dachte ich’s mir doch, dass es nicht lange dauern würde, bis ihr Naseweise hier auftauchen würdet. Seid wohl über den Zaun geklettert, was?“

George wurde rot, aber Polly konnte dieser Vorwurf nicht im Geringsten erschüttern. „Kann sie in unseren Garten spielen kommen?“, rief sie.

„Von mir aus. Aber es wird nicht mehr über den Zaun geklettert. Ihr geht durch die Haustür, wie es sich gehört, und spätestens um halb sieben musst du wieder zu Hause sein, Miss Meg.“

„Wer ist dieser Mann eigentlich?“, fragte ich leise, nachdem wir im Garten der Barnards angekommen waren.

„Was? Das weißt du nicht?“, fragte Polly erstaunt. „Das ist Mr Todd. Er hat schwere Arthritis. Deswegen humpelt er so. Er ist mit Mrs Todd verheiratet, und die ist eure Haushälterin.“

„Ach so.“ Ich holte tief Luft, ein Stein war mir vom Herzen gefallen. „Ich dachte schon, sie sei die Frau meines Vaters.“

„Nein. Dr. Frazer ist jetzt nicht mehr verheiratet. Du meine Güte, das muss ganz schön komisch sein, so wenig über seinen eigenen Vater zu wissen.“

George sah seine Schwester stirnrunzelnd an, aber sie redete munter weiter: „Eine alte Tante von deinem Vater wohnte früher hier. Sie ist vor drei Jahren gestorben und hat ihm das Haus hinterlassen. Mr und Mrs Todd haben bereits diese Tante versorgt, und jetzt kümmern sie sich eben um deinen Vater. Er ist ganz nett – stell dir mal vor –, ich kenne deinen Vater besser als du. Er sieht immer so müde aus, und er ist ein ruhiger Mann, aber sehr freundlich. Ich bin mal auf mein Knie gefallen, da hat er es verbunden und mir eine Spritze gegeben, und er hat gesagt, ich sei ein Trojaner, oder nein, ein Spartaner. Deine Mutter ist gestorben, nicht wahr? Arme Meggie, musst nicht traurig sein, du kannst immer mit uns spielen. Tante Hilda ist zwar nicht so lieb wie unsere Mami, aber sie ist ganz nett und hat bestimmt nichts dagegen.“

Polly hörte überhaupt nicht mehr auf zu reden. Dabei hatte sie – und hat sie immer noch – die Gabe, alles aus einem herauszuholen, was sie über einen wissen will. Der Milchmann, der Postbote, Tante Hilda, sogar der mürrische Mr Todd, alle waren sie ihrem Charme erlegen und sagten mehr, als sie eigentlich wollten. Das Ergebnis war eben in diesem Fall, dass Polly mir weit mehr über meinen Vater erzählen konnte, als ich selbst über ihn wusste.

„Er ist Arzt, und er war im Krieg in Korea, weil er eine ganze Menge über diese fremden Krankheiten weiß. Dort ist er in Gefangenschaft geraten und in ein Lager gekommen, in dem er dann selber krank geworden ist. Und als er endlich heimgekehrt war, hatte sich deine Mutter in einen anderen Mann verliebt, war mit ihm weggegangen und hatte ihn geheiratet. Deshalb hat sich dein Vater dann scheiden lassen."

„Andersherum, du Schwachkopf", unterbrach sie George. „Er hat sich von ihr scheiden lassen, und *dann* hat sie wieder geheiratet, sonst wäre es ja Bigamie gewesen."

„Was für'n Unterschied macht das schon? War er eigentlich nett, der andere Mann, den deine Mutter geheiratet hat?"

„Ja, sehr", erwiderte ich traurig.

„Na ja, dein Vater ist auch nicht übel. Er war noch immer nicht ganz gesund, als deine Mutter ihn verlassen hat, deshalb ist er auch zu dieser Tante gezogen, der alten Miss Frazer, und Mr und Mrs Todd haben ihn gepflegt, bis es ihm wieder besser ging. Natürlich sind sie ihm treu ergeben, wie Tante Hilda sagt. Die Todds finden, dass es ganz schön mies von deiner Mutter war, ihn zu verlassen."

„Aber sie konnte doch nichts dafür, dass sie sich in Ralph verliebt hat", verteidigte ich sie.

„Nein, vielleicht nicht", entgegnete Polly. „Mr Todd sagte, dass sie Partys liebte und dein Vater sie nie irgendwohin mitgenommen hat, das war bestimmt nicht schön für sie." Dann fuhr sie fort: „Deine Mutter hat in London am Theater gespielt, bevor sie nach Hollywood gegangen ist, stimmt's?"

„In alten Zeitungen habe ich Fotos von ihr gesehen", meinte George. „Du bist ihr nicht sehr ähnlich, oder? Zu dünn. Aber du hast die gleiche Haarfarbe wie sie."

Ich dachte an die Bemerkungen, die Mrs Todd über meine Mutter gemacht hatte. „Weil ich so aussehe wie meine Mutter, kann mich Mrs Todd nicht ausstehen. Weil Mama meinen Vater verlassen hat."

„Mach dir nichts daraus", tröstete mich Polly, „wenn sie dich schlecht behandelt, kannst du immer zu uns rüberkommen." Sie legte ihre Hand auf meine Schulter.

„Kommt schon", mahnte George, „bald ist es zu dunkel, um Kricket zu spielen."

Das war der Anfang einer langen Freundschaft mit den beiden Barnards. Natürlich konnte sich niemand dagegen wehren, Polly zu lieben. Und Polly betete ihren Bruder George in einer solch fraglosen Weise an, dass ich ganz selbstverständlich ihrem Beispiel folgte. Wir hielten den Köder, wenn er fischte, holten ihm den Ball, damit er wieder schlagen konnte, und schauten ihm hingebungsvoll zu, wenn er mit seiner elektrischen Eisenbahn spielte, die wir natürlich nicht berühren durften. Er revanchierte sich bei uns, indem er uns bei unseren Mathematikaufgaben half, unsere Bleistifte spitzte, uns Schwimmen und Eislaufen beibrachte und die Modetänze Twist und Shake. Aber das war erst viel später.

An dem Tag, an dem mein Vater zurückerwartet wurde – das hatte natürlich Polly herausgefunden, ich bin sicher, Mrs Todd hätte es mir niemals erzählt –, beeilte ich mich, nach der Schule nach Hause zu kommen.

Die Schule war jetzt auch nicht mehr so schrecklich für mich. Mrs Todd hatte mir neue Kleider gekauft, die zwar scheußlich waren, aber genauso wie die der anderen Mädchen aussahen, und das war schließlich das Wesentliche. Ich gehörte jetzt zur Klasse und war anerkannt. Und manche Unterrichtsstunden wie Zeichnen, Gymnastik und Fremdsprachen machten mir sogar Freude.

Doch das Leben zu Hause war so düster wie zuvor. Dreimal am Tag musste ich meine Mahlzeiten allein in dem großen, dämmrigen Esszimmer einnehmen. Als ich schüchtern darum bat, mit Mr und Mrs Todd in der gemütlichen Küche essen zu dürfen, kräuselte Mrs Todd missbilligend die Lippen und sagte, dass Dr. Frazer das niemals erlauben würde. So musste ich weiter allein essen. Hingegen erwartete sie von mir, dass ich ihr bei der Hausarbeit half. Zu meinen Aufgaben gehörte es, Staub zu wischen, das Silber zu putzen, kleinere Besorgungen zu machen und mein Zimmer in Ordnung zu halten, was ich gern tat, denn ich hoffte irgendwie, dass sich Mrs Todds Abneigung auf diese Weise langsam legen würde.

Während der ganzen Zeit sehnte ich mich jedoch nach der Ankunft meines Vaters, und zugleich fürchtete ich mich davor. Was würde er für mich empfinden? Würde er sich freuen, dass ich nun auch mit ihm hier leben würde? Es schien mir schon seltsam genug, dass er keine Zeit gehabt hatte, mir aus Schottland zu schreiben, nicht einmal eine Postkarte. Aber Polly hatte mir ja erklärt, dass der medizinische Kongress, den er besuchte, sehr wichtig war und er eine Reihe Referate über Tropenmedizin zu halten hatte.

Als ich an diesem kalten Herbsttag in unsere Straße einbog, sah ich ein unbekanntes Auto vor unserem Haus stehen. Ich rannte in die Halle, und im selben Moment schoss Mrs Todd wie eine Spinne aus dem Arbeitszimmer und schloss sofort die Tür hinter sich.

„Pscht!“, machte sie. „Ich habe dir schon hundertmal gesagt, du sollst nicht mit den Türen knallen. Kannst du nicht daran denken? Gerade jetzt, wo der Hausherr endlich wieder da und von der Reise noch ganz müde ist. Dein Essen steht in deinem Zimmer. Du gehst jetzt sofort hinauf."

„Kann ich ihn denn nicht wenigstens begrüßen?", fragte ich ganz verschüchtert.

„Jetzt nicht, er ruht sich aus. Geh schon!" Sie wies energisch mit dem Kopf nach oben, bevor sie wieder in der Tür verschwand.

Ich ging ganz langsam nach oben in der Hoffnung, dass eine Stimme aus dem Arbeitszimmer mich wieder nach unten rufen würde. Doch stattdessen hörte ich einen Mann sagen: „Ist das das Kind?", und Mrs Todd antwortete so leise, dass ich es nicht verstehen konnte. Dann entgegnete der Mann müde und gequält: „Nicht jetzt, später vielleicht."

Bitter enttäuscht schleppte ich mich die Treppen hinauf in mein Zimmer, wo ich mich auf das große Fensterbrett setzte und meine Sandwiches aß. Dann machte ich meine Hausaufgaben.

Als ich währenddessen einmal aus dem Fenster schaute, sah ich, wie Mrs Todd mit entschlossener Miene die Straße überquerte, einen Einkaufskorb am Arm. Bestimmt wollte sie ein paar Leckerbissen für den Hausherrn besorgen.

Das schien mir ein günstiger Moment zu sein, aus meinem Zimmer zu schlüpfen. Auf Zehenspitzen schlich ich die Treppen hinunter. Die Tür des Arbeitszimmers stand weit offen. Die Tischlampe verbreitete einen matten Schein, das Kaminfeuer flackerte. Mein Vater saß neben dem Kamin in einem Lehnstuhl und sah einen Stoß Papiere durch. Ich erkannte ihn sofort wieder. Er hatte ein aschfahles Gesicht und graue Haare, genauso, wie ich es in Erinnerung hatte. Er war so vertieft in seine Arbeit, dass er mich nicht hereinkommen hörte.

Ich räusperte mich. „Guten Tag, Vater. Ich bin es."

Stirnrunzelnd sah er auf und ließ seine Papiere auf den Schoß sinken.

„Hatte Mrs Todd nicht gesagt, du sollst nach oben gehen und deine Hausaufgaben machen?", war alles, was er sagte.

„Ja, das stimmt. Aber ich habe das meiste schon gemacht. Ich wollte herunterkommen und … und …"

„Eines möchte ich von vornherein klarstellen: Es ist Kindern grundsätzlich verboten, diesen Raum zu betreten", erklärte er mir. „Wenn ich in diesem Zimmer bin, arbeite ich und will unter keinen Umständen gestört werden. Verstanden?"

„Ja", flüsterte ich.

„Gut. Und du musst tun, was Mrs Todd dir sagt. Sie hat mir erzählt, dass du manchmal sehr unhöflich und launisch bist. Mrs Todd tut eine Menge für uns und ist nicht gewohnt, ein Kind im Hause zu haben, das noch zusätzliche Arbeit macht. Daher hast du ihr zu helfen und ihr nicht im Weg zu sein."

„Das tue ich doch", stammelte ich, aber er sprach unerbittlich weiter.

„Nun, wie du siehst, bin ich im Moment damit beschäftigt, die Briefe zu lesen, die während meiner Abwesenheit gekommen sind. Lass mich jetzt in Ruhe und geh spielen. Wir werden uns zu einem späteren Zeitpunkt sehen. Vielleicht morgen."

Meine Kehle war wie zugeschnürt, und ich fühlte mich zutiefst gedemütigt.

Ich wollte mich gerade zum Gehen wenden, da sagte er plötzlich: „Warte …" Er zog an einer Schnur, das Deckenlicht ging an, und nun schaute er mich für ein paar Augenblicke forschend an. Ich biss mir auf die Unterlippe und starrte auf den Boden. Er seufzte tief, und mit dem Mut der Verzweiflung hörte ich mich plötzlich fragen: „Tut es dir leid, dass ich hierhergekommen bin?"

Er schien sehr überrascht zu sein. „Leid? Was für ein Unsinn. Das hier ist dein Zuhause, natürlich. Wo könntest du sonst leben? Geh jetzt und mach die Tür zu."

Ich hörte noch das Klicken, als er das Licht wieder ausmachte, dann schloss ich die Tür. Draußen holte ich tief Luft, ging in das Esszimmer und blieb vor dem polierten Mahagonitisch stehen. Er war schon gedeckt: ein Teller, ein silbernes Besteck, ein Glas und eine Damastserviette.

Plötzlich klopfte es an der Balkontür, und zwei neugierige Gesichter pressten ihre Nasen an die Scheiben, während die Konturen des Gartens bereits in der Dämmerung verschwammen.

„Psst! Meggie! Hier!"

Ich eilte durch das Zimmer und öffnete die Tür.

„Na? Ist er gekommen?"

Schnell schlüpfte ich hinaus und schloss die Glastür hinter mir.

Polly ergriff ungeduldig meinen Arm und hüpfte ganz aufgeregt neben mir die Treppe hinunter. „Na? Gefällt er dir? Hat er sich gefreut, dich zu sehen? Sah er genauso aus, wie du ihn dir vorgestellt hast? Ist er nett? Sag schon!"

„Ich weiß nicht …"

Meine Stimme muss sehr traurig geklungen haben, denn Polly stoppte sofort ihren Redefluss und meinte tröstend: „Ach, vielleicht ist er müde. Wir sind auch bloß gekommen, weil Tante Hilda uns erlaubt hat, ein kleines

Lagerfeuer im Garten zu machen und Maronen und Kartoffeln zu rösten. Komm doch mit! Wir dürfen auch Wunderkerzen anzünden."

„Du kannst die Hälfte von meinen Wunderkerzen haben", fügte George großzügig hinzu.

„Oh, gerne", rief ich außer mir vor Freude darüber, wenigstens Freunde zu haben. „Ich hole nur schnell meinen Mantel." Noch nie war ich so froh gewesen, mit ihnen gehen zu können.

Kapitel 3

Aber in der folgenden Woche bekam ich „Hodge", und das brachte eine gewaltige Veränderung in mein Leben. Hin und wieder hatte ich schon vage an meine Tante Venetia gedacht. Sie war die ältere Schwester meiner Mutter und die einzige Verwandte mütterlicherseits. Soweit ich mich erinnern konnte, sah sie vollkommen anders aus als meine Mutter. Das letzte Mal hatte ich sie vor vier oder fünf Jahren gesehen, und da war sie klein, lebhaft und ziemlich rund gewesen, aber sehr nett.

Da mein Vater so desinteressiert an mir schien und die Todds mir mit mehr oder weniger offener Feindseligkeit begegneten, begann ich darüber nachzudenken, ob es nicht möglich sei, bei meiner Tante Venetia zu leben. Nur wusste ich nicht, wo sie wohnte.

Ich fragte Polly und war sehr erstaunt, dass sie nichts über Tante Venetia wusste. Polly schlug vor, im Londoner Telefonbuch nachzuschauen, aber unter Venetias Namen gab es keinen Eintrag. Ich war gerade noch dabei, genügend Mut dafür zu sammeln, meinen Vater nach Venetias Adresse zu fragen, als zwei Briefe von ihr gleichzeitig ankamen. Einer war aus Kalifornien nachgesandt, der andere war jüngeren Datums und an die Adresse meines Vaters geschickt worden. Auf beiden klebten libanesische Briefmarken. Der erste, der mich nur um wenige Tage verfehlt hatte, lautete:

> Liebe Meggie,
> bitte jemanden, mir ein Telegramm zu schicken, wenn Du mich brauchst. Du musst sehr traurig sein, aber ich weiß, dass Du auch sehr tapfer bist. Ich habe Dich sehr lieb und denke an Dich.
> Venetia

Später wurde mir klar, wie charakteristisch gerade diese Zeilen für sie waren, sie drückten in wenigen Worten Wärme und Herzlichkeit aus.

Der zweite Brief – ich bemerkte jetzt, dass beide den Briefkopf der Universität von Beirut trugen – lautete:

Liebe Meggie,
ich bin froh, dass Du jetzt bei Deinem Vater lebst, das hatte ich auch erwartet. Es ist für Euch beide gut, und Du wirst in London eine gute Ausbildung bekommen. Hier in Beirut, wo ich im Moment lebe, wäre es für Dich nicht das Richtige gewesen, aber mein Vertrag ist auf vier Jahre befristet, und wenn ich wieder in London bin, werden wir es so einrichten, dass wir uns recht oft sehen können. In der Zwischenzeit werde ich Dir durch die Haustierabteilung von Harrod's einen Freund bringen lassen, denn Du musst Dich noch sehr fremd fühlen in der neuen Umgebung.
Alles Liebe, Venetia

Das Herz wurde mir doch ein wenig schwer, wenn ich daran dachte, dass sie erst in vier Jahren zurückkommen würde, und es kam mir vor wie eine Ewigkeit. Der letzte Satz jedoch weckte meine Neugier. Und ich musste tatsächlich nicht lange warten, bis mein neuer kleiner Freund uns in einem Käfig ins Haus geliefert wurde. Hodge war zu jener Zeit nicht größer als ein Wollknäuel, dunkelgrau, mit einem schwarzen, kaum erkennbaren Streifen von den Ohren bis zum Schwanz.

„Was ist denn das, um Gottes willen?" Mrs Todd rümpfte die Nase. „Etwa eine Katze? Ich kann mir nicht vorstellen, dass Dr. Frazer eine Katze auch nur einen Moment lang in diesem Haus dulden wird."

Ich war mir sicher, dass sie mit dieser Prophezeiung Recht hatte. Das bedrückte mich sehr, denn ich hatte mein Herz bereits an Hodge verloren. Er hatte sich in die Beuge meines Ellbogens gekuschelt, seine Nase gegen meine Rippen gestupst und geschnurrt.

Aber wieder einmal hatte Venetia genau das Richtige getan. Sie selbst machte sich zwar nichts aus Katzen – in ihrer Nähe bekam sie Asthma –, aber sie wusste, dass mein Vater Katzen liebte.

„Unsinn. Kinder sollen ruhig mit Haustieren aufwachsen", erwiderte er auf Mrs Todds Klagen. „Es wird gut für Meg sein, sich um das Tier kümmern zu müssen. Auf diese Weise wird sie Verantwortung lernen. Abgesehen davon sind Abessinierkatzen keine gewöhnlichen Katzen – sie sind viel sensibler und anhänglicher. Man braucht sie auch nicht auszuführen wie einen Hund, denn Katzen sind sehr selbstständige Tiere. Nein, nein, es war schon eine gute Idee von Venetia."

Zu meiner Überraschung hatte Vater offensichtlich den größten Respekt vor Venetia, vielleicht deshalb, weil sie so anders als Mama war. Wie ich herausgefunden hatte, war Venetia promovierte Soziologin und hielt an der Universität in Beirut Vorlesungen.

Von nun an war Hodge der Mittelpunkt meines Lebens. Sobald ich aus der Schule kam, rannte er aus dem Haus, um mich zu begrüßen. Er buckelte, streckte seinen Schwanz wie eine Flagge in die Luft und schnurrte dabei wie ein Hubschrauber. Immer war er zu verrückten Spielen aufgelegt, und nur seine zusammengerollte Gegenwart konnte mich trösten, wenn ich nachts wieder einmal von meinem entsetzlichen Traum heimgesucht wurde. Um die Erinnerung an das schreckliche Gesicht, das mir wie ein Pendel im Dunkeln entgegenschwang, wieder zu vergessen, konnte ich über Hodges weiches Fell streicheln, und er war niemals zu müde, um mir mit einem kurzen Schnurren zu antworten.

Langsam wurde alles besser, und es war nie mehr so schlimm wie in diesen ersten Wochen.

Mein Vater brauchte lange, bevor er mich akzeptieren konnte, und in gewisser Weise hat er es nie ganz getan. Wenn ich ihn küsste, ihm ein Geburtstagsgeschenk gab oder ihn bat, etwas Bestimmtes für mich zu tun, zum Beispiel eine Schulaufführung zu besuchen, um mich auf der Bühne zu sehen, verschloss sich sein Gesicht, und es war mir, als ziehe er sich vor einer zu großen Annäherung meinerseits zurück. Schließlich erkannte ich, dass es besser war, keine weiteren Zurückweisungen mehr zu riskieren. Doch manchmal machten wir lange Spaziergänge im Park oder gingen in Konzerte oder Kunstausstellungen, die uns beiden gefielen. Vater mochte Polly und George und war über meine Freundschaft zu ihnen sehr froh – manchmal dachte ich allerdings, dass er es nur deshalb so empfand, weil die beiden dafür sorgten, dass ich häufig das Haus verließ. Er drückte, wenn auch zurückhaltend, seine Zufriedenheit mit meinen schulischen Leistungen aus. Und er liebte Hodge sehr, der eine viel größere Bindung zwischen uns herstellte als die Tatsache, dass wir Vater und Tochter waren. Es war ziemlich absurd, aber irgendwie fiel es uns leichter, miteinander zu reden, wenn Hodge im Raum war.

Das Beste in jenen Jahren war, dass Mr und Mrs Todd eines Tages aufhören mussten, meinem Vater den Haushalt zu führen, da Mr Todds Arthritis so schlimm wurde, dass seine Frau sich nur noch um ihn kümmern konnte. Mein Vater fand eine neue Haushälterin, eine kleine, freundliche Frau, Mrs Stoker. Sie und ich waren uns vom ersten Augenblick an sehr sympathisch.

Ich hoffte, dass nun doch noch alles gut werden würde. Leider war das dann aber nicht so ganz der Fall. Mein Traum kam jetzt immer häufiger, und er wurde immer schlimmer. Manchmal während jener depressiven Stimmung, die mich jedes Mal anschließend befiel, dachte ich, dass Vater vielleicht etwas von meinem Traum wusste – obwohl ich mir nicht vorstellen konnte, wie er es hätte erfahren sollen –, und fragte mich, ob das vielleicht der Grund war, warum er jede engere Beziehung zu mir scheute; vielleicht dachte er, ich wäre nicht ganz normal.

Unglücklicherweise zogen gerade zu jener Zeit Polly und George aus London weg. Polly wurde nach Paris geschickt, um dort die Schule zu beenden, und George meldete sich zum Militär. Ich war jetzt 17 und ganz verrückt danach zu malen. Wenn ich zeichnete, konnte ich meinen Traum vergessen, meine Einsamkeit, mein unbefriedigendes Verhältnis zu meinem Vater, alles.

Mein Zeichenlehrer in der Schule half mir sehr und war ganz begeistert von meinem Talent. Aber als ich meinen Vater fragte, ob ich auf eine Kunstakademie nach Paris gehen könne, um Polly nahe zu sein, lehnte er das kategorisch ab. Er hat es mir nie erklärt, einfach nur verweigert. Ich war tief verletzt und enttäuscht.

„Aber Vater, warum denn nicht? Ich werde bestimmt nichts Unvernünftiges tun. Bitte, lass mich doch gehen! Warum sagst du immer Nein?"

„Ich möchte nicht mehr über dieses Thema reden, Meg."

Um ihm Gerechtigkeit widerfahren zu lassen, muss ich einräumen, dass er es mir ermöglicht hat, eine Londoner Kunstakademie zu besuchen. Aber natürlich heilte das den Bruch nicht völlig, der durch sein mangelndes Vertrauen in mich entstanden war.

Weil ich mich von der unguten Atmosphäre, die zu Hause herrschte, ablenken wollte, stürzte ich mich in die Arbeit. Am meisten faszinierten mich Porträts. Schon immer hatte ich ein besonderes Interesse an Gesichtern – bereits als ich ganz klein war und man mich ausschimpfte, wenn ich andere Menschen anstarrte. Die verschiedenen Nasen, Augen, Nacken- und Kinnlinien nehmen mich immer wieder aufs Neue gefangen; ich möchte ergründen, was die einzelnen Gesichter in ihrem Ausdruck so unterschiedlich macht. Heute ist mir klar, dass diese Faszination in direktem Zusammenhang mit meinem Traum stand, aber damals wusste ich das noch nicht.

Schon ziemlich bald fand mein Professor großes Interesse an meinen Arbeiten; er kam zu Vater, sprach mit ihm und schaffte es, ihm klarzumachen, dass ich so talentiert sei, dass ich aus der Malerei sogar eine Karriere machen könnte. Außerdem schlug mein Professor mir vor, mich an einem

Wettbewerb zu beteiligen. Der Sieger würde ein dreijähriges Stipendium bekommen und damit mehr als genug Geld, um in Paris leben zu können.

Ich begann mich zu fragen, ob der Grund für Vaters Verbot, nach Paris zu gehen, vielleicht Geldknappheit war; zwar redete er nie über seine Finanzen, aber es war eigentlich die einzige Erklärung, die einen Sinn ergab. Es ging ihm gesundheitlich nicht gut, und er sprach oft über seine Pensionierung. Seit die Todds nicht mehr da waren, blieben die meisten Zimmer in unserem Haus verschlossen, und wir lebten sehr zurückgezogen. Wie dem auch sei, ich dachte, wenn ich den Wettbewerb gewinnen würde, müssten Vaters Einwände aus dem Weg geräumt sein.

Gerade zu dieser Zeit kam Venetia nach London zurück. Ihr Lehrauftrag in Beirut war immer wieder verlängert worden, aber schließlich hatte sie den Libanesen erklärt, dass sie das Klima dort nicht länger ertragen könne und endlich wieder einen netten, feuchten, englischen Sommer erleben wolle. Zu Hause bot man ihr eine Dozentenstelle an der Londoner Universität an, und sie fand gleich ein Haus am Holland Park, das sie sich mit zwei Freundinnen teilte. Ihre Anwesenheit war mir ein großer Trost. Wir hatten uns zwar regelmäßig geschrieben, aber ihre Briefe waren immer sehr kurz und sachlich gewesen.

Als sie dann in London war, sah ich sie fast jeden Tag. Sie hatte mir einen großen, hellen Raum als Studio eingerichtet. Es war wunderbar, endlich jemanden zu haben, mit dem ich über meine Mutter sprechen konnte. Wie sich herausstellte, war Venetia oft ziemlich entgeistert, ja betrübt über das Verhalten ihrer jüngeren Schwester gewesen, aber sie hatte sie trotz allem sehr geliebt.

„War meine Mutter wirklich eine so gute Schauspielerin?“, fragte ich Venetia einmal, als ich gerade eine Skizze von ihr machte und sie in einer für sie so typischen Haltung festhielt: in einem Sessel sitzend, die Füße auf einem Hocker, die Schreibmaschine auf ihren kurzen, kräftigen Beinen, den Kopf zur Seite geneigt, damit der Rauch der unvermeidlichen Zigarette in ihrem Mundwinkel ihr nicht in die Augen steigen konnte.

„Fizz war eine hinreißende Schauspielerin“, erklärte Venetia schroff. „Ich habe keine Zeit für das Theater – die habe ich niemals gehabt. Und es war sicher auch der falsche Beruf für Fizz. Sie kam eben mit viel zu vielen Menschen aus dieser künstlichen, glitzernden Scheinwelt zusammen. Aber sie war sehr begabt, sie konnte in eine Rolle schlüpfen wie kein anderer Schauspieler, den ich kenne. Sie hatte diese besondere Sensibilität … Du hast sie auch, aber glaube bloß nicht, dass das ein Vorteil ist.“

Ich schwieg einen Moment. „Ralph kannst du aber nicht zu diesen unechten Leuten zählen“, wandte ich ein. „Er liebte meine Mutter und war ein sehr gutherziger Mensch.“

Venetia seufzte. „Mag sein. Natürlich hätte Fizz deinen Vater niemals heiraten dürfen. Sie und Edwin waren beide viel zu jung damals. Wenn man es aus heutiger Sicht betrachtet, war es eine ganz bedauerliche Angelegenheit. Abgesehen von dem Umstand, dass es dich gibt. Hätte ich sonst eine so reizende Nichte, die mir Tee kocht, wenn ich heiser von meinen Vorlesungen nach Hause komme?“

Sie schenkte mir ein warmes, freundliches Lächeln. Venetia lächelte nicht oft, denn sie zeigte nur selten ihre Gefühle, aber sie war eine sehr aufrichtige, herzliche Person. Man spürte sofort ihre Wärme und ihr Mitgefühl. Ich überlegte ernsthaft, ob ich ihr von meinem Traum erzählen sollte. Wenn ich überhaupt hätte darüber sprechen können, wäre Venetia die einzige Person gewesen, zu der ich genügend Vertrauen gehabt hätte. Sie besaß Mitgefühl und Vernunft und hätte mir sicher geholfen, mein Problem auf ein erträgliches Maß zu reduzieren. Aber es hatte keinen Sinn; nachdem ich es so lange mit mir herumgeschleppt hatte, war es mir einfach unmöglich, darüber zu sprechen.

All das war jedoch vor der Paris-Geschichte.

Natürlich lief ich sofort zu Venetia, als ich die fantastische Neuigkeit erfuhr. Ich hatte den Wettbewerb gewonnen! Nun konnte ich nach Paris gehen, um dort weiterzustudieren. Und nicht nur das – ich hatte zwei Bilder verkauft, eines davon war „Venetia mit Schreibmaschine“. Mit dem Geld, das ich dafür bekam, hätte ich ohne Weiteres ein halbes Jahr lang in Paris leben können.

Venetia war genauso begeistert wie ich, dass ich den Wettbewerb gewonnen hatte, jedoch war sie ebenfalls skeptisch, wie Vater reagieren würde. Sie war sofort bereit, ihm die Neuigkeiten beizubringen und ihn auch von den Vorteilen zu überzeugen.

Doch es wurde ein sehr unerfreuliches Gespräch, wie ich es ja halbwegs schon erwartet hatte. Venetia war ganz ruhig und argumentierte vernünftig, aber ich wurde immer nervöser. Mein Vater war nicht von seiner Ansicht abzubringen, dass ich zu jung sei, um allein in Paris zu leben.

„Aber Edwin, sie ist fast neunzehn“, insistierte Venetia. „Die meisten Mädchen in diesem Alter leben ihr eigenes Leben, stehen bereits im Beruf, manche sind sogar schon verheiratet.“

Damit hatte sie natürlich genau das Falsche gesagt. Ich sah, wie sich das

Gesicht meines Vaters verschloss, aber Venetia sprach ruhig weiter: „Meg kann für sich selbst sorgen, sie hat es mit diesen beiden Arbeiten bewiesen. Sie kostet dich keinen Pfennig Unterhalt, und du kannst nicht abstreiten, dass sie sehr hart für dieses Stipendium gearbeitet hat."

„Es kann aber alles auch nur von kurzer Dauer sein", entgegnete mein Vater kühl. „Doch selbst wenn sie wirklich Talent hat" – er klang ausgesprochen skeptisch –, „bin ich immer noch der Meinung, dass sie zu labil ist, um allein in Paris zu leben. Sie ist genauso wie …", er biss sich auf die Lippe.

Zornig und tief verletzt sprang ich auf. „Das ist es also! Du hasst mich, weil ich meiner Mutter so ähnlich bin, das ist es doch, oder? Und du willst nicht, dass ich Erfolg habe, weil sie Erfolg hatte! Oh, du bist so gemein! Was weißt du schon von mir? Wir sind doch praktisch Fremde füreinander."

„Es ist doch nur, weil ich genau weiß, wie der Erfolg sie verändert hat!"

„Woher willst du wissen, wie das bei *mir* wäre?"

„Meg, Liebes", warf Venetia ein, „hör mir mal zu …"

Aber ich hörte nicht zu. Ich rannte aus dem Zimmer und aus dem Haus hinaus auf die Straße. Durch Vaters Ungerechtigkeit fühlte ich mich schwach, und mein Selbstvertrauen war erschüttert. Wollte er sich an mir rächen, weil meine Mutter ihn vor 14 Jahren verlassen hatte? Vor Tränen blind lief ich die Straße entlang, ohne recht zu wissen wohin. Nach wenigen Schritten stieß ich mit jemandem zusammen, und ein Mann sagte: „Oh, entschuldigen Sie bitte. Es tut mir leid, haben Sie sich wehgetan? Lieber Himmel, das ist ja Meg!"

Schnell wischte ich die Tränen fort und schaute zu ihm auf. Es war ein Mann mit einem Bart – nein – es war George, braungebrannt, gut aussehend und größer, als ich ihn in Erinnerung hatte. Erstaunt starrte er mich an.

Ich versuchte zu lachen und sagte: „George, wo kommst du denn her?"

Er schien verwirrt zu sein. „Von zu Hause. Ich habe beschlossen, die Uniform mit dem Anzug zu vertauschen und mein Glück im Finanzdistrikt zu versuchen. Habe ich dir das nicht geschrieben?"

„Nein, George, aber ich weiß ja, dass du, was das Briefeschreiben angeht, ein hoffnungsloser Fall bist."

„Stimmt", gab er zu, „ich komme einfach nicht dazu. – Aber Meg, lass dich anschauen. Du hast dich sehr verändert. Aus dem mageren kleinen Ding ist eine sehr hübsche junge Dame geworden. Es ist kaum zu glauben."

„Danke“, erwiderte ich schwach. Ich war noch immer viel zu verwirrt, um mich durch Komplimente aufheitern zu lassen.

„Ich meine das ganz ernst.“ George sah mich forschend an. „Du siehst deiner Mutter sehr ähnlich, obwohl ich ja nur Bilder von ihr gesehen habe, aber … Sag mal, Meg, ist alles in Ordnung? Du wirkst ja ganz durcheinander, und wie du da die Straße entlanggerannt bist …“

„Mein Vater erlaubt nicht, dass ich nach Paris gehe, um dort Malerei zu studieren. Wir haben deswegen gerade Streit gehabt.“

„Der alte Tyrann“, grollte George. „Er glaubt wohl, dass es rausgeworfenes Geld ist, seiner Tochter ein Studium in Paris zu finanzieren, und womöglich kommt dann auch noch ein junger Kunststudent daher und heiratet sie vom Fleck weg. Ich sag dir was – ich zeige dir Paris, und Polly wird als Anstandsdame dabei sein. Wetten, dass dein Vater es erlauben wird? Ich habe schon viel bei ihm erreichen können. Also mach dir keine Sorgen.“

Ich sah, dass er nicht ganz verstanden hatte. „Aber ich möchte dort leben und arbeiten, George.“

„Ach, vielleicht änderst du deine Meinung, wenn du Paris erst gesehen hast. Es ist längst nicht so schön wie London. Also, sei ganz beruhigt, ich bringe das in Ordnung. Ich habe einen guten Draht zu deinem alten Herrn. Hast du heute schon was vor? Nein? Wunderbar! Dann lass uns doch zusammen essen und anschließend in eine Bar gehen, wo wir tanzen können. Dort werden wir dann über unsere Strategie sprechen und Pläne machen.“

„Gerne“, erwiderte ich. Es war tröstlich zu wissen, dass George wieder da war und sich um mich kümmerte.

Also rannte ich zu unserem Haus zurück. Venetia war schon gegangen, wahrscheinlich dachte sie, dass es die Sache nicht besser machte, wenn sie bliebe. Aber das Gesicht meines Vaters sprach Bände. Sicher hatte sie ihm klipp und klar gesagt, was sie über sein Verhalten dachte. Er schien bedrückt, ja er machte einen geradezu traurigen Eindruck. Hodge saß zusammengerollt auf seinem Schoß. Und ich dachte: Das einzig Tröstliche an der Sache mit Paris ist, dass ich mich nicht von Hodge zu trennen brauche.

„George ist wieder da“, bemerkte ich kalt. „Ich gehe heute mit ihm aus.“

„George? Welcher George? Einer deiner Freunde aus der Akademie?“ Vater war sofort wieder misstrauisch.

„Nein, George von nebenan.“

„Oh, George …“ Er war sehr erleichtert. „Ist er wieder zurück? Geh nur mit ihm aus. Ich hoffe, ihr werdet einen schönen Abend miteinander verbringen“, fügte er noch etwas umständlich hinzu. Hodge drehte seinen

Kopf zu mir, öffnete die Augen zu schmalen Schlitzen und schenkte mir einen völlig unbeteiligten Blick.

Es wurde ein schöner Abend. George sprach immer wieder davon, wie sehr ich mich verändert hatte. Dass ich das Stipendium für Paris gewonnen und zwei meiner Bilder zu einem guten Preis verkauft hatte, beeindruckte ihn sehr. „Du bist ein kluges Mädchen geworden", bemerkte er, so, als ob er es selbst nicht glauben könne. Er betrachtete mich, als wäre ich ein unbeachtetes Ornament, das man plötzlich als ein seltenes Stück Sèvres-Porzellan identifiziert hatte. Jahrelang hatte mich George wie ein unnützes Anhängsel behandelt, deshalb tat mir seine Bewunderung jetzt doppelt gut. Und an diesem Abend, nach Vaters ablehnender Haltung, war ich dafür auch besonders empfänglich.

Wir waren also sehr voneinander angetan. Nach dem Essen fuhren wir in seinem Citroën nach Newlands Corner hinaus, dieser außerordentlich schönen Landschaft bei Guildford. Wir parkten den Wagen und betrachteten den nächtlichen Sternenhimmel, und dann küsste mich George. Ich brach in Tränen aus.

„Was hast du denn?", fragte er ziemlich erschrocken. Offensichtlich hatte er so eine Reaktion noch nicht erlebt. „War es dir unangenehm?"

„Nein, nein, wirklich nicht …" Wie konnte ich ihm nur erklären, in welch komplizierte Gefühlswirren mich seine Umarmung gestürzt hatte? Und vor allem, wie konnte ich das dem geradlinigen, unkomplizierten George klarmachen? Er würde nicht verstehen, worüber ich eigentlich redete.

„Nun also …", flüsterte er und umarmte mich fester, „ich kann es immer noch nicht fassen, dich wiedergefunden zu haben."

Auch für mich war es eine glückliche Fügung. Wir fuhren nach London zurück wie zwei, die gerade eine 24-karätige Goldader entdeckt hatten. Zwei Wochen später gaben wir unsere Verlobung bekannt.

George wollte so bald wie möglich heiraten, aber mein Vater ließ es nicht zu – seine eigene katastrophale Ehe war natürlich der Grund dafür –, und dieses Mal gab ich ihm Recht.

„Zum Teufel mit ihm!", brummte George, der sonst immer gut gelaunt war und den eigentlich nichts erschüttern konnte. „Ich bin mir wirklich sicher genug. Liebling, ich möchte dich endlich ganz für mich haben und dich mit Nerzen und Smaragden schmücken" – George hatte tatsächlich einen guten Start in die Geschäftswelt von London hingelegt, dank einem Onkel mit glänzenden Verbindungen – „und dich jeden Tag ins ‚Capuce' ausführen, um allen zu zeigen, was für eine schöne Frau ich habe!"

Ich konnte mein Glück kaum fassen, ich wurde geliebt und verwöhnt. Es war, als fielen Weihnachten, Geburtstag und alle Feiertage des Jahres zusammen. Georges Gesicht strahlte jedes Mal, wenn er mich sah. Nun war es nicht mehr so schlimm, dass mein Vater mich nicht nach Paris hatte gehen lassen. Außerdem hatte George mir versprochen, dass wir nach unserer Hochzeit ein Jahr lang in Paris leben würden. Ich war so glücklich in dieser Zeit, dass mir der Aufschub auch gar nichts ausmachte. Der Direktor der Akademie hegte große Sympathie für mich, und die Sache mit dem Stipendium tat ihm sehr leid. Deshalb verhalf er mir zu einigen Aufträgen, die schnell zu weiteren führten. Meine Arbeiten gefielen plötzlich. Man kann sogar sagen, ich wurde langsam bekannt. Ich hatte einen Scheich aus Saudi-Arabien porträtiert, einen Geschäftsfreund von George, und eine skandinavische Prinzessin, die mit Polly auf der vornehmen französischen Schule war. Bald erschienen in einigen Zeitungen Artikel über mich, und plötzlich war ich zu meinem größten Erstaunen als Malerin etabliert.

Natürlich hatte Polly kräftig dazu beigetragen. Nachdem sie ihre Schule beendet hatte, kam sie nach London zurück und schleppte mich auf die Dinnerpartys und Empfänge der oberen Zehntausend, bei denen sie sich offenbar zu Hause fühlte. Ich gewöhnte mich daran, sie mit ihrer sanften Stimme sagen zu hören: „Das ist meine Freundin Meg Frazer. Sie wissen schon, *die* Meg Frazer; jeder lässt sich sein Porträt von ihr malen."

Mein Leben machte mir nun Spaß. Und ich hatte sehr viel Arbeit, so viel, dass ich einige Aufträge ablehnen musste, weil ich auf Monate hinaus ausgebucht war. Wenn ich abends ins Bett ging, tanzten immer noch Gesichter vor meinen Augen; junge, weiche Gesichter, alte, charakteristische, elegante, verschlossene Gesichter – manchmal konnte ich kaum einschlafen.

Das war das eine Problem.

Mein Vater war alles andere als begeistert von meinem Erfolg. Er ging sogar so weit, uns vorzuschlagen, dass wir vielleicht doch schon im Sommer heiraten sollten, anstatt wie geplant bis zum Herbst zu warten. Natürlich war George auch dafür. Aber während ich noch vor acht oder neun Monaten sofort zugestimmt hätte, zögerte ich jetzt eigenartigerweise. Vielleicht wollte ich auch nur meine so angenehme Freiheit nicht gleich wieder verlieren. Jedenfalls George und mein Vater waren nicht glücklich darüber.

Und das war das andere Problem.

Das Schlimmste aber behielt ich nach wie vor für mich: meinen Traum. Als wir uns verlobt hatten, kam er monatelang nicht mehr, doch jetzt schien es mir, als kehre er doppelt so oft wieder. Und ich brachte es einfach nicht über mich, George davon zu erzählen. Ich konnte mir auch nicht vorstellen, wie er mir hätte helfen sollen, denn er ging kranken oder exzentrischen Menschen aus dem Weg. Offenbar machten sie ihm irgendwie Angst. Andererseits, irgendetwas musste ich unternehmen, bevor wir heirateten, oder ich würde ihm eines Tages den Schock seines Lebens versetzen, wenn ich von Angst gepeinigt neben ihm aufwachte. Aber ich schob die Entscheidung vor mir her und wartete immer länger.

Kapitel 4

So verging mein 19. Sommer voll guter und schlechter, heiterer und arbeitsamer Tage bis zu dem Abend, als ich während eines Spazierganges am Themseufer zu George sagte: „Wenn wir Anfang Oktober heiraten, sollten wir uns langsam nach einer Wohnung in Paris umschauen, findest du nicht?“

„Paris?“, fragte George verständnislos.

Etwas ungeduldig drückte ich seinen Arm. „Denk mal nach, Liebling! Wenn wir nach der Hochzeit in Paris leben, brauchen wir dort doch eine Wohnung. Ich muss mich auch an der Kunstakademie einschreiben.“

George blieb wie vom Donner gerührt stehen. „Das kann doch nicht dein Ernst sein! Du willst jetzt nach Paris? Jetzt, wo deine Arbeit so gut läuft?“

Er fuhr fort, mir mit Fakten und Daten zu erklären, warum es vollkommen unmöglich war, London während der nächsten zwei Jahre länger als für zwei, drei Wochen zu verlassen.

„Aber – du hast es mir doch versprochen!“, rief ich völlig entgeistert.

„Unsinn, Liebling! In Paris leben! Du bist verrückt! Natürlich werden wir unsere Flitterwochen dort verbringen und von Zeit zu Zeit auch mal ein Wochenende. Aber dort leben kommt überhaupt nicht infrage. Du kannst auch hier pinseln und hast genügend Aufträge, die dich beschäftigen. Außerdem wirst du gar nicht mehr so viel Zeit dafür haben, wenn wir erst mal verheiratet sind.“

Ich gab es ziemlich bald auf, dagegen anzureden. Es hatte ja doch keinen Sinn. Ganz offenbar war George felsenfest davon überzeugt, mir nie das Versprechen gegeben zu haben, nach Paris zu ziehen. Ich war ziemlich durcheinander und wusste nur, dass ich vieles überdenken musste. Es war nicht so sehr die Tatsache, dass aus Paris nun wirklich nichts werden würde, als die Entdeckung, dass mein zukünftiger Mann ganz einfach Versprechen vergaß, die nicht so leicht zu halten waren. Besser hätte ich es gefunden, wenn er gesagt hätte: „Sieh mal, Liebling, es ist wirklich schade, aber meine beruflichen Möglichkeiten wären in Paris sehr eingeschränkt. Dieses Versprechen habe ich dir in einem Moment großer Begeisterung gegeben. Es tut mir sehr leid, dass du jetzt enttäuscht bist."

So in etwa hätte er reagieren sollen. Zumindest wäre es ehrlicher gewesen. Es fiel mir zudem auf, dass George nicht im Mindesten daran interessiert war, dass ich mit meiner Malerei weitermachte. „Pinseln!" Jawohl! Sein Enthusiasmus für mich war wie der eines Sammlers für ein seltenes Stück, ich war talentiert, erfolgreich und hübsch und ließ mich so wunderbar erziehen. Ja, ich wurde geformt zur vielseitigen Verwendbarkeit.

„George, werden wir viele Gesellschaften geben, wenn wir verheiratet sind?", fragte ich ihn, als mir das plötzlich klar wurde.

Er schaute mich erstaunt an. „Aber natürlich werden wir das! Das halbe Geheimnis der Karriere eines Mannes ist eine talentierte Frau. Warum?"

„Oh, ich wollte es nur wissen."

„Mach dir keine Gedanken darüber, Liebling, du wirst alle Tests mit fliegenden Fahnen bestehen. All die alten Bankiers werden sich darum reißen, bei uns eingeladen zu werden."

„George, ich bin plötzlich so müde. Ich glaube, ich werde mich jetzt in den Bus setzen und nach Hause fahren."

„Nein, ich ruf dir ein Taxi", widersprach George und tat es auch. „Ja, du siehst wirklich ein bisschen erschöpft aus. Weißt du, du solltest es dir leichter machen und nicht mehr so viel malen."

Also fuhr ich nach Hause und ging ins Bett, aber ich schlief sehr schlecht.

Dieses Mal wachte ich schreiend auf. Es dauerte ungefähr zehn Minuten, bis ich wieder ganz zu mir kam. Die Lähmung, die ich nach diesem schrecklichen Traum empfand, ließ langsam nach, aber ich hatte noch immer das Gefühl, keine Luft zu bekommen, eine schwache Erinnerung an Schmerz und einen Sturz in die Tiefe. Ich sah das Gesicht genau vor mir, mit allen Einzelheiten.

„Das ist unerträglich", stammelte ich heiser, ohne recht zu wissen, was ich da sagte. Komischerweise beruhigte es mich, als ich erkannte, dass es wirklich so war. Die Sache konnte einfach nicht so weitergehen. Es musste etwas geschehen.

Ich setzte mich auf und spürte, wie sich meine Muskeln langsam entkrampften. Das Schlimmste war immer das Erwachen. Es kam mir so vor, als hätte mein anderes Ich, vor Entsetzen und Schrecken erstarrt, verzweifelt versucht aufzuwachen. Und ich konnte nicht zu ihm durchdringen und ihm helfen, es musste allein ans Tageslicht zurückfinden. Eine kalte Dusche half mir, wieder zu mir zu kommen.

Hodge, der mein Bett beim ersten Sonnenstrahl verlassen hatte, kam mit aufrechtem Schwanz zu mir und strich mir um die Beine. Ich setzte mich in den Sessel am Fenster und zog die Beine an. Es war früh am Morgen, noch Stunden bis zum Frühstück. Ich schaute auf die Straße hinaus und beobachtete den Milchmann, wie er seine Flaschen vor jedes Haus stellte.

Das erinnerte mich an den ersten Morgen in diesem Haus. Oberflächlich betrachtet sah es draußen heute ganz anders aus als damals: Es war ein schöner Septembertag, auf dem Rasen vor dem Haus glitzerten die Tautropfen, und die Dahlien leuchteten in voller Blüte. Ich redete mir ein, dass der Traum nur von der Nervosität vor der Hochzeit herrührte. Jeder Arzt würde mir das bestätigen.

Natürlich hatte ich keineswegs die Absicht, zu einem Arzt zu gehen. George hätte es sicher nicht gern gesehen. Außerdem gab es ja einen Arzt in der Familie, und solange dem nichts auffiel …

Als ich schließlich nach unten ging, hatte mein Vater bereits gefrühstückt und war in sein *British Medical Journal* vertieft. Er bemerkte gar nicht, dass ich kaum etwas aß. Sein Wochenendkoffer stand gepackt neben der Tür. Es gab mir einen kleinen Stich, als ich mich daran erinnerte, dass er wieder einmal zu einer seiner medizinischen Tagungen fuhr und mich in dem großen Haus allein ließ – Mrs Stoker wohnte nicht mehr bei uns, seit ihre Tochter in die Nähe gezogen war.

„Wo findet die Tagung denn dieses Mal statt – Bristol?“

„Nein, Liverpool.“ Er sah mich über den Rand seiner Zeitschrift hinweg abwesend an. „Gut – wir sehen uns am Dreißigsten“, fügte er noch hinzu, kramte seine Papiere zusammen und stand auf.

„Vergiss nicht, dass wir am Sechsten heiraten.“

„Meine liebe Meg, das werde ich wohl kaum vergessen.“

Vater hatte einen ziemlich erleichterten Unterton in der Stimme. Dann fragte er betont interessiert: „Siehst du George heute noch?“

Ich nickte. „Ja, heute Abend und auch zum Mittagessen. Er holt Polly und mich im Atelier ab.“

„Grüß ihn bitte von mir“, sagte Vater.

Ich dachte – und lächelte dabei in mich hinein –, dass Vaters Einverständnis mit George schon dadurch demonstriert wurde, dass er keinerlei

Skrupel hatte, mich allein im Haus zu lassen. Jeder andere Verlobte hätte so eine Situation wohl ausgenutzt, nur George nicht. Nicht der verlässliche, verbindliche, gut erzogene George.

Nachdem ich drei Tassen schwarzen Kaffee getrunken hatte, lief ich quer durch den Park zu Venetias Haus. Hodge wollte auch mitkommen.

„Du weißt, dass sie Asthma bekommt, wenn du in der Nähe bist", erklärte ich ihm und sperrte ihn ein. Vorwurfsvoll sah er mich an.

Venetia war in ihrem Garten und jätete Unkraut. Sie schaute mich an und fragte: „Meggie – wie siehst du denn aus? Geht es dir nicht gut?"

„Doch, doch, alles in Ordnung", antwortete ich. „Ehrlich."

„Du siehst aber gar nicht gut aus. Soll ich nicht lieber Polly anrufen und ihr sagen, dass sie heute nicht kommen soll?"

„Nein, nein. Ich möchte heute malen. Abgesehen davon, sie ist schon da."

Vor dem Haus hielt ein Taxi, und Polly entschwebte ihm in einem albernen rosaroten Rüschenkleid. Sie ging ins Atelier und setzte sich auf den Modellstuhl. Also malte ich weiter an dem Bild, das das Brautgeschenk an den Bräutigam werden sollte. George liebte seine Schwester sehr, behandelte sie jedoch so, als sei ihr Altersunterschied 15 Jahre und nicht fünf.

Venetia schaute mich besorgt an und ging dann einkaufen, nicht ohne zu bemerken, dass sie nach dem Mittagessen zurück sei und dann mit mir sprechen müsse.

„Vielleicht will sie dich aufklären", kicherte Polly.

„Bleib still sitzen, du hast dich bewegt", ermahnte ich sie, aber sie grinste mich nur frech an. Ihre Albernheit war auch wieder tröstlich.

„Macht dir der Gedanke, bald verheiratet zu sein, eigentlich Angst?", fragte sie plötzlich. „Mir würde es schon so gehen, besonders wenn der Ehemann George wäre." Pollys Heldenverehrung war nicht mehr so groß wie früher. „Er bringt nachher eine Liste der Geschenke mit, die ihr bekommt. Tante Emma schenkt euch eine Gebäckschale. Du könntest aber statt Gebäck natürlich auch Katzenkuchen hineinlegen. Übrigens, du wirst wahrscheinlich Ärger bekommen wegen Hodge. George mag keine Katzen. Er will einen Bernhardiner."

„Nun, wir werden uns schon einigen", erwiderte ich leichthin. Ich hatte schon genug Probleme, ich konnte mich nicht noch über ein weiteres aufregen.

Dann erschien George in seinem Citroën, er war noch ganz aufgeregt von der Börse. Er küsste mich und sagte zu Polly, dass sie Farbe an der Nase habe und aussehe wie ein Gassenjunge. Auf diese indirekte Weise kritisierte er aber eigentlich mich und gab mir zu verstehen, dass ich mich umziehen sollte. Es war ihm unmöglich, mich selbst darauf anzusprechen.

Polly schmollte, während ich mich umzog. An Georges Blick auf seine Armbanduhr erkannte ich, dass er es wieder eilig hatte. So nahmen wir unser Mittagessen in dem nahe gelegenen Restaurant ziemlich hastig ein und tauschten nur ein paar Belanglosigkeiten aus. George musste sofort zu seiner Arbeit zurück, doch vorher drückte er mir noch schnell ein kleines Päckchen in die Hand.

„Der Ring“, erklärte er.

Er hatte mir vor einem Jahr keinen Verlobungsring geschenkt, weil sein Vater für ihn eine Versicherung abgeschlossen hatte, die acht Monate später fällig wurde. Da wir sowieso ein Jahr warten mussten, bevor wir heiraten konnten, hatte George damals gemeint, dass wir uns auch Zeit lassen könnten, bis er einen anständigen Ring kaufen konnte. Deshalb hatte ich in der Zwischenzeit einen kleinen Ring mit Perlen und einem Opal getragen, der seiner Großmutter gehörte.

Gespannt öffnete ich das Kästchen. Darin lag ein schmaler Ring mit einem riesigen Stein, der aussah wie ein Stück Ochsenherz.

„Du sagtest doch, dass du Rubine liebst, nicht wahr?“, sagte George.

Plötzlich fühlte ich eine zärtliche Regung für ihn, weil er endlich einmal einen Fehler gemacht hatte. „Nun – eigentlich … ich mag Topase oder Granate auch …“

„Rubine sind wertvoller“, betonte George.

„Aber nicht zu meinem Haar“, widersprach ich sanft.

„Bruderherz, den kann sie unmöglich tragen, nicht ein Rotschopf wie Meg!“, platzte Polly heraus.

George schaute auf seine Uhr und erklärte hastig: „Aber natürlich kann sie das – er ist wunderschön, außerdem habe ich jetzt keine Zeit, mich länger damit abzugeben.“ Er bezahlte die Rechnung und rief uns ein Taxi. „Bis heute Abend. Punkt sieben hole ich euch ab.“ Wir wollten ins Theater gehen.

Als ich wieder zu Venetia kam, fühlte ich mich keineswegs wohler als am Morgen. Sie machte einen Krug Eistee und streckte sich auf einem Liegestuhl unter einer Platane aus. Als ich mich neben sie ins Gras setzte, legte sie das Buch, in dem sie gerade las, zur Seite und sah mich forschend an.

„Du kannst es mir ruhig sagen: Glaubst du einen Fehler zu machen, wenn du George heiratest?“

„Ach nein“, erwiderte ich. „Ich kann es mir außerdem gar nicht mehr leisten, so etwas zu denken. Dafür sind die Hochzeitsvorbereitungen schon viel zu weit fortgeschritten. Nein, es hat eigentlich nichts mit George zu tun. Ich habe nur so einen furchtbaren Traum, der immer wiederkehrt.“

Venetia schaute mich an und wartete. Sie war eine außerordentlich starke Persönlichkeit; bei Gelegenheiten wie dieser wurde mir das immer wieder klar. Ich wusste nicht, wie ich anfangen sollte. Schließlich holte ich tief Luft und sagte: „Es klingt sicher ganz albern.“ Ich goss mir ein Glas Tee ein. „Es ist ein Traum, den ich bereits seit Jahren habe – schon als ich klein war. Er kommt so alle drei Monate – aber seit Kurzem jede Woche …“

„Deine momentane Nervosität vor der Hochzeit verschlimmert es natürlich“, bemerkte Venetia. „Aber was ist das für ein Traum? Erzähl mal.“

„Er ist nicht lang. Ein ganz normaler Albtraum, denke ich. Zuerst stehe ich an einem tiefen Abgrund und falle hin, der Boden bröckelt neben mir ab, und ich versuche noch, mich zu halten, rutsche ab und weiß, dass ich am Ende doch falle und mich schwer verletze.“

„Unsicherheit“, kommentierte Venetia und klappte ihr Buch zu. „Eine auseinandergebrochene Familie, deine Mutter starb, als du erst neun warst. Es ist eigentlich alles klar.“

„Aber das erklärt nicht das Ende des Traumes.“

„Da ist noch mehr?“

„Ja, das Schlimmste kommt erst noch. Nachdem ich den Abgrund hinuntergefallen bin – ich spüre es ganz genau –, wird alles noch viel beängstigender. Mein ganzer Körper ist zerschunden, ich werde irgendwohin gebracht, wo es bis auf ein dämmriges kleines Licht ganz dunkel ist. Ich weiß, dass etwas Schlimmes passieren wird. Da ist ein Gesicht, das aus der Dunkelheit auf mich zukommt. Und dann … dann geschieht etwas.“

„Was?“

„Das weiß ich nicht. Hinterher kann ich mich nicht mehr daran erinnern.“

„Sprich doch mal mit einem Psychiater“, schlug Venetia vor.

„Was meinst du wohl, was George dazu sagen würde? Du weißt doch, wie er auf alles, was mit Krankheit zu tun hat, reagiert.“

Venetias Gesicht war ausdruckslos. „Alle Träume haben eine rationale Basis in früheren Erfahrungen“, erklärte sie. „Du musst versuchen, dich zu erinnern.“

„Das ist alles? Ich soll mich daran erinnern, wie ich irgendwo abgestürzt bin, und an dieses schreckliche Gesicht? Man sollte doch denken, dass ich das auch ohne Hilfe eines Psychiaters können müsste.“

„Nein, warte mal, du hattest einen Unfall – du bist wirklich von einer Klippe gestürzt, als du fünf Jahre alt warst. Als du mit Fizz in Penleggan warst."

„Penleggan? Wo liegt das denn?"

„In Cornwall."

„Cornwall?" Verständnislos sah ich sie an. „Ich war doch nie in Cornwall."

„O doch, ich weiß genau, dass du dort warst. Damals lebte ich im Mittleren Osten und leitete ein Flüchtlingslager, das war noch bevor ich den Job in Beirut angenommen habe. Ich erinnere mich, dass Fizz mir geschrieben hat, du seist gestürzt und hättest dich verletzt."

„Aber Vater müsste sich doch daran erinnern, oder?"

„Nun, damals lebten sie schon in Scheidung. Sie wird ihm vermutlich nichts davon erzählt haben."

Der Abend im Theater verlief unerfreulich. George ärgerte sich über meine Reaktion auf seinen Ring und verkündete zu allem Übel, er wolle Hodge während unserer Flitterwochen in ein Tierheim geben.

So ging ich vorzeitig nach Hause, und aus einem inneren Bedürfnis heraus buchte ich ein Zimmer in einem Gasthof in Penleggan.

Kapitel 5

So kam es also, dass Hodge und ich mit dem großen Gefühl von Freiheit und heimlichem Abenteuer um halb ein Uhr nachts auf der Autobahn gen Westen fuhren. Um diese Zeit gab es kaum Verkehr.

Jetzt, da ich eine Entscheidung getroffen hatte, hatte ich keine Eile mehr. Ich fuhr ganz langsam, niemals schneller als achtzig Stundenkilometer. Gegen neun – wir waren inzwischen in der Grafschaft Devon angekommen – hielt ich in einem kleinen Ort und kaufte Brötchen zum Frühstück. Außerdem schickte ich zwei Telegramme ab, eines an Venetia: BIN DEINEM RAT GEFOLGT, FAHRE NACH PENLEGGAN, und eines an George: MACHE EINEN KURZEN URLAUB IN CORNWALL, WERDE DICH ANRUFEN. Ich gab keine Adresse an, weil ich nicht gescholten werden wollte. Sollte George sich doch an Venetia wenden und von ihr zu erfahren versuchen, wo ich war!

Nach dem Frühstück fühlte ich mich sehr müde, aber glücklich. Ich bog von der Straße ab und fuhr einen Schotterweg hinunter, direkt in ein Stoppelfeld hinein. Dort hielt ich an, zog eine Decke und ein Kissen aus dem

Auto und legte mich auf einen großen Strohhaufen. Hodge rollte sich neben mir zusammen, und zwei Minuten später war ich tief und fest eingeschlafen.

Als ich erwachte, fühlte ich mich ausgeruht und entspannt. Ich schaute auf meine Uhr und konnte es kaum glauben: Es war schon nach vier. Ich hatte tatsächlich mehr als sechs Stunden geschlafen. Jetzt fuhr ich schneller. Die grünen Hügel von Devon wurden von baumlosen Feldern abgelöst, je näher ich Cornwall kam. Die Landschaft war öde und verlassen und von Wind und Wasser geprägt.

Dass meine lebenslustige Mutter freiwillig in diese abgeschiedene Gegend gekommen war, um Ferien zu machen, konnte ich mir kaum vorstellen, aber sie wollte ja jegliches Aufsehen vermeiden, hatte Venetia gesagt. Wie auch immer, der Ort Penleggan lag versteckt in einer kleinen Bucht zwischen den Felsen, und als ich langsam die Straße hinunterfuhr, war ich froh, etwas Vegetation an diesem vergleichsweise geschützten Ort vorzufinden: Ginster, Dornenbüsche und schließlich auch Bäume.

Ich fuhr an einigen weiß getünchten Häusern vorbei, an einem Bungalow und etlichen größeren Bauten. Dann wurde die Straße plötzlich viel steiler. Ich fuhr zuerst durch eine rechte Haarnadelkurve, dann durch eine linke und fand mich plötzlich auf dem Marktplatz von Penleggan wieder.

Umringt wurde der Platz von einem halben Dutzend dieser weiß getünchten Häuser, und ich entdeckte eine Kaimauer und eine kleine Hafenkneipe am Ende der Straße. Ein langgestrecktes Gebäude lag hinter dem kurzen Pier. Hervorspringende Klippen umschlossen den winzigen Hafen. Ich erinnerte mich daran, sie auf der Postkarte, die meine Mutter an Venetia geschrieben hatte, gesehen zu haben. Ansonsten kam mir dieses Dorf alles andere als bekannt vor. Ich fühlte sogar eine gewisse Abneigung dagegen. Außerdem wäre ich bereit gewesen, jeden Eid zu schwören, diesen Ort noch nie in meinem Leben gesehen zu haben. Kein Mensch war zu sehen.

Es herrschte Ebbe, und die flachen Wellen rollten langsam gegen die Steine vor dem Hafen. Ich sah, dass einige Häuser tatsächlich unbewohnt waren. Die Fensterscheiben waren zerbrochen und die Türen standen offen. Ein verrottetes Boot lag im grünen Wasser des Hafenbeckens. Penleggan war tot.

Aber zumindest wusste ich, dass das Gasthaus „Trevelyan Arms“ einen Wirt hatte, denn ich hatte ja bereits mit ihm telefoniert. Plötzlich bemerkte ich, dass ich Hunger hatte. Mit einem leichten Unbehagen wendete ich den Wagen und fuhr die steile Straße zu dem Pub hinauf.

Eine Stunde später fühlte ich mich schon viel besser. Eier mit Speck und starker Tee mit Sahne hatten mir gutgetan. Hodge hatte währenddessen eine Büchse Ölsardinen verspeist. Ich fragte den Besitzer, Mr Vosper, ob er 1954, als meine Mutter in diesem Gasthaus übernachtet hatte, hier gewesen sei. Nein, erwiderte er, damals habe das Pub noch seinem Vater gehört. Er selbst sei erst 1957 aus der Armee entlassen worden und bedaure es sehr, dass er jemals wieder in dieses gottverlassene Dorf zurückgekehrt sei, wo man lebendig begraben sei. Mr Vosper sah ganz danach aus: dunkel, ausgemergelt, mit traurigen Augen. Aber wenn ich wolle, fügte er hinzu, würde er mir das alte Gästebuch holen; vielleicht konnte ich ja den Namen meiner Mutter darin finden. Ich wollte. Daraufhin brachte er mir ein dickes blaues Buch. Dann entschuldigte er sich, denn an der Theke wartete ein Gast.

Ich blätterte die steifen, beschmierten Seiten zurück, bis ich an die Stelle kam, wo sich die Gäste von 1954 eingetragen hatten. Sogleich suchte ich nach „Frazer". Nie hatte ich daran gedacht, dass Mutter inkognito hier gewesen sein könnte, bis ich auf den Namen *Smith* stieß. Das war eindeutig ihre zierliche, schnörkelige Schrift. Sie wollte sich wohl vor der Presse schützen oder vor dem Scheidungsanwalt. Zwar hatte nicht sie die Scheidung eingereicht, sondern mein Vater, aber Ralph ließ sich gerade von seiner Frau scheiden. Jedenfalls war *Mrs Smith, London*, zweifellos in Mutters Handschrift geschrieben. Einen weiteren Beweis lieferte das in großen, staksigen Lettern gekritzelte *MEG* unter ihrem Namen.

Verwirrt und fasziniert zugleich starrte ich auf die Seite mit dem Gefühl, es müsste dadurch eine Kette von Erinnerungen ausgelöst werden. Aber nichts dergleichen geschah. Mein Kopf blieb völlig leer.

„Und? Gefunden, wonach Sie gesucht haben?", fragte Mr Vosper liebenswürdig, als er mit einem Tablett in der Hand zurückkam.

„Ja. Wir haben im September 54 hier Ferien gemacht."

„September 54?" Er überlegte. „Aber das war doch …"

„Walter!", rief seine Frau aus der Küche. „Beeil dich, ich brauche das Tablett."

„Ist gut, ich komme ja schon." Damit eilte er davon.

Ich beschloss, auf Entdeckungsreise zu gehen, bevor es dunkel wurde. Die Sonne war schon untergegangen, aber am Himmel über dem Dorf war noch immer ein letzter blassroter Schimmer zu sehen. Das Bild erinnerte an eine Theaterkulisse, umrahmt von steilen Felsen. Hodge war auf meinem Bett eingeschlafen. Also ging ich allein.

„Gibt es hier auf dieser Seite einen Weg, der die Felsen hinaufführt?“, fragte ich einen bärtigen Alten, der langsam in Richtung Pub schlurfte.

Er schaute mich eine Weile ganz überrascht an – Fremde waren in Penleggan offenbar eine Seltenheit –, dann antwortete er: „Eh … Ja, aber is nur ein winziger Pfad, so einer wie der, der zu Mr Trevelyans Haus führt.“ Er zeigte nach oben; und ich sah, dass das, was ich zunächst für einen Felsvorsprung auf dem Gipfel des Berges gehalten hatte, in Wirklichkeit ein großes Haus war. Während ich es betrachtete, ging hinter einem der Fenster ein Licht an, gelb wie die Augen einer Katze. „Ist das nicht ein Privatweg?“, fragte ich.

„O nein, mein Fräuleinchen, er führt nach Padstow rauf, über die Klippen, am ‚Eierbecher des Teufels‘ vorbei, is halt nur ein Pfad.“

„Kann man mit dem Wagen hinauffahren?“, fragte ich und dachte, man müsse von dort eine herrliche Aussicht haben. Was er wohl mit „Eierbecher des Teufels“ meinte?

„Schon“, sagte er nach abermaligem reiflichem Überlegen, „aber das wär ganz schön riskant für die Reifen. Man würd’s auf eine Panne anlegen.“

Also ging ich zu Fuß. Bis zu dem Haus auf den Klippen war der Weg geteert, danach verschlechterte sich der Zustand. Ich hielt an, um Atem zu schöpfen – der Pfad war ziemlich steil – und um mir das Haus anzusehen. Eine Landzunge endete hier, und an ihrer südlichen Spitze befand sich eine bewaldete Senke. Das Haus schmiegte sich geradezu in diese Landschaft. Von unten hatte ich es für ein modernes Haus gehalten, doch jetzt erkannte ich die unverwechselbare Silhouette der Schornsteine des 16. Jahrhunderts mit ihren Strebepfeilern als Stütze für die Steine. Falls die Trevelyans immer dort gelebt hatten, war es vielleicht ihr Herrensitz – daher auch der Name des Pubs.

Der Pfad umrundete das Grundstück und kam dann wieder zum Ausgangspunkt zurück. Ich folgte ihm, nahm mir aber vor, in spätestens zehn Minuten wieder umzukehren, denn ich hatte nicht die Absicht, mich im Dunkeln in dieser fremden Gegend zu verlaufen. Besonders nicht auf *diesen* Klippen. Aber es wäre schön, einen Blick auf das Meer zu werfen, das ich schon hören und riechen konnte, und dessen salziger Geschmack mir bereits auf der Zunge lag. Hier vom Gipfel aus konnte man über dem Land noch einen letzten Silberschein der untergegangenen Sonne bewundern, der von Meer und Himmel widergespiegelt wurde.

Der Pfad wurde steiler, und man hörte jetzt das Klatschen der Wellen gegen die Felsen deutlicher. Kurz darauf sah ich weiße Gebilde durch die Luft fliegen. Ob es sich dabei wohl um Möwen handelte? Oder um Flocken von Distelwolle? Dann erkannte ich, dass es Schaumbälle waren, die offensichtlich vom Fuß der Klippen heraufgeblasen wurden. Gras und Ginster waren über und über bedeckt mit diesen seltsamen, schimmernden Pilzen. Ich fing einen davon auf, und er schmolz sofort in meiner Hand.

Die zehn Minuten mussten fast um sein, deshalb ging ich schneller. Der Pfad führte nun steil bergab, zur Seeseite hin durch eine niedrige Mauer geschützt. Und jetzt sah ich zum ersten Mal den „Eierbecher des Teufels". Früher einmal musste hier ein gewaltiger Erdrutsch stattgefunden haben, nicht auf der Vorderseite der Klippen, sondern etwas mehr landeinwärts. Wahrscheinlich hatten die Wellen im Lauf der Jahrhunderte eine Höhle in den Felsen gefressen, und dann war ihr Dach eingestürzt und hatte einen riesigen Schacht hinterlassen. Ich schaute in das dunkle Loch hinunter und konnte hören, wie das Wasser unten gegen die Steinwände klatschte. Sehen konnte ich nichts. Es existierte also eine Öffnung zum Meer hin, und von hier kamen auch die Schaumbälle. Es war wirklich eindrucksvoll! An der Seeseite des Schachts war lediglich eine mit Rasen bedeckte niedrige Steinmauer angebracht, und direkt gegenüber – es sah aus wie Terrassen und gepflegte Beete – befanden sich zweifellos die Gärten der Trevelyans.

Ich war froh, Hodge nicht mitgenommen zu haben. Schon als er noch ganz klein war und ein unverbesserlicher Abenteurer, hatte ihn in allzu großer Höhe Panik erfasst. Starr vor Schreck miaute er dann kläglich, bis ihm jemand – meistens ich – zu Hilfe kam. Auch ich machte mir nicht allzu viel aus dem „Eierbecher des Teufels", also ging ich schnell weiter, bis ich das Meer erblickte, das sich majestätisch zwischen zwei Küsten erstreckte.

Nachdem ich der Schönheit der Landschaft genügend Ehre erwiesen hatte, machte ich mich eilends auf den Heimweg. Das Dorf war genauso ausgestorben wie am Tage, doch die vier Gaslaternen, die ein diffuses Licht verbreiteten, verliehen der ganzen Szenerie einen melancholischen Charme. Ich schlenderte am Kai entlang auf das Pub zu und schmiedete Pläne für den folgenden Tag.

Vor einem der beiden leeren Sommerhäuser stand eine schlanke Trauerweide. Die Art und Weise, wie sich ihr Schatten auf den schmutzig weißen Wänden bewegte, löste bei mir einen seltsamen Schock aus. Plötzlich erinnerte ich mich voller Schrecken: Dieses Haus habe ich schon einmal gesehen, ich bin durch diese Tür gegangen, habe durch diese Fenster geschaut.

Ich empfand eine Mischung aus Vertrautheit und Bedrohung. Feigheit drängte mich zum Gasthaus, wo ich eine heiße Milch trinken oder mich in ein Buch vertiefen wollte; aber Neugierde – und vielleicht Stolz – bekämpften diesen Impuls. Schließlich war ich hierhergekommen, um verlorene Erinnerungen wieder aufzuspüren. Was hatte es also für einen Sinn, beim ersten Hindernis zu kneifen? Vielleicht hätte ich länger gezögert, doch da stieß etwas gegen mein Bein, sanft und fordernd: Es war Hodge. Er war von seinem Nickerchen aufgewacht und begrüßte mich begeistert, indem er seinen muskulösen Körper an mich schmiegte. Unsinnigerweise gab mir seine Gegenwart Mut und ich ging auf das leere Sommerhaus zu.

Hübsche kleine Erkerfenster starrten mir entgegen. Alle Scheiben waren zerbrochen. Bei näherem Hinsehen bemerkte ich, dass der Putz abbröckelte. Die Tür – zweiteilig wie bei einem Stall – war kaputt. Die obere Hälfte hing noch in den Angeln, die untere baumelte zur Seite. Ich sagte mir: Jetzt oder nie!, dann tauchte ich unten durch die Öffnung und trat ins Dunkel. Hodge sauste an mir vorbei.

Ich musste eine bis zwei Minuten stehen bleiben, um mich an die Dunkelheit zu gewöhnen, aber ich spürte, dass der Raum, in dem ich mich befand, nicht sehr groß war. Mit ausgestreckten Händen machte ich ein paar Schritte nach vorn und betastete die Rückwand, die anscheinend mit vielen kleinen Regalen bedeckt war, wie sie früher zum Inventar alter Dorfläden gehörten. Wie lange stand dieses Haus schon leer? Dem Modergeruch nach zu schließen, bestimmt schon eine ganze Weile.

Nun tastete ich mich weiter vor und wäre vor Schreck fast in Ohnmacht gefallen, als plötzlich etwas Hartes meine Hand berührte und gleich darauf zurückschnellte. Das Herz klopfte mir bis zum Hals. Nachdem ich mich etwas beruhigt hatte, erkannte ich, dass ich gegen einen Schaukelstuhl gestoßen war. Ich verfluchte meine schwachen Nerven und ging zu einem der Fenster, durch das fahles Licht hereinschien.

Jetzt konnte ich die Umrisse des kleinen Zimmers erkennen (Hodge war inzwischen auf der Jagd nach Beute), und die Konturen des Schaukelstuhls hoben sich gegen das schwache Licht ab. Er war immer noch in Bewegung. Und mit einem Mal erinnerte ich mich.

Meine Erlebnisse damals vor 14 Jahren kehrten in mein Gedächtnis zurück: Ich war in einem Raum mit verschlossenen Türen. Es war dunkel, nur ein kleines Licht brannte. Auf dem Regal stand eine Öllampe, die ein schwaches, orangerotes Licht verbreitete. Und in dem Schaukelstuhl saß ein Mann. *Deshalb also bewegte sich das Gesicht hin und her …*

Ich hatte Schmerzen. Mein Kopf blutete. Mein Bein war gebrochen (mein Bein, das mich bei feuchtem Wetter schmerzte, ich hatte mich oft darüber gewundert), Mutter war fort, um Hilfe zu holen. Ich war schlimm gestürzt. Dies hier war das nächstgelegene Haus, und irgendwie hatte sie mich hierhergetragen, hatte mich dann allein zurückgelassen, um nach dem nächsten Telefon zu suchen.

Warum hatte die Person im Schaukelstuhl keine Hilfe geholt?

Die Antwort darauf wusste ich fast schon, bevor ich die Frage formulierte, sie enthielt einen der Hauptgründe für das Entsetzliche der ganzen Situation: Die Person im Schaukelstuhl war nicht fähig, sich zu bewegen. Ich lag hilflos auf meiner Fensterbank, der Mann saß hilflos in seinem Stuhl. Gleich würde etwas Schreckliches passieren …

Plötzlich konnte ich den Ort nicht mehr länger ertragen. Ich war so nervös, dass ich fast in Ohnmacht gefallen wäre, als ein winziges Tier, gefolgt von Hodge, an mir vorbeihuschte. Schnell sprang ich auf, rief Hodge und tappte zur Tür, stolperte über ein morsches Brett, fasste mich wieder, tauchte unter der oberen Türhälfte durch und rannte und rannte. Hodge sprang hinter mir her.

Das Trevelyan Arms mit seinen hellen Fenstern und lauten Stimmen kam mir vor wie ein Hafen der Sicherheit. Während Hodge auf der Suche nach neuen Abenteuern weiterlief, streckte ich den Kopf zur Tür hinein, um Mr Vosper zu fragen, ob er mir vielleicht eine heiße Milch mit Rum machen könnte. Erst da fiel mir auf, dass ich möglicherweise ein wenig seltsam aussah: bleich und ängstlich, vermutlich mit Staub und Spinnweben im Haar.

Mr Vosper war ganz offensichtlich dieser Ansicht. Er schaute mich prüfend an und fragte: „Geht es Ihnen nicht gut, Miss? Verzeihen Sie, dass ich frage, aber Sie sehen aus, als hätten Sie ein Gespenst gesehen.“

„Nein, mir geht's gut, danke. Ich habe mich nur etwas erschreckt. Während ich mir eines dieser leeren Sommerhäuser angeschaut habe, ist mir eine Ratte über die Füße gelaufen. Ratten versetzen mich immer in Panik.“ Das war nicht ganz die Wahrheit. Aber eine gute Entschuldigung.

„Jaja“, sagte einer der drei Gäste an der Bar, ein weißhaariger Mann, der aussah wie ein Gnom. „Penleggan is voller Ratten.“

„Könnt man fast für wissenschaftliche Zwecke nutzen, dann hätt'n wir hier Labore“, kommentierte ein anderer Mann – untersetzt, dunkler, mit einem ausdruckslosen Gesicht –, eine düstere Erscheinung.

Mr Vosper lachte zynisch auf. „Hier, am Ende der Welt? Dass ich nicht lache! Es sei denn, du bekommst deinen Alten dazu, seine Freunde in der Regierung dazu zu überreden.“

Der dunkle Mann lächelte gezwungen über das, was offensichtlich ein Spaß sein sollte, schüttete sein restliches Bier hinunter und ging. Auch der weißhaarige Mann schaute auf die Uhr. „Zeit zum Schlafen für mich, sonst kriegt ihr morgen keine Briefe …" Damit verließ auch er den Raum.

Jetzt war nur noch ein Gast da. Während ich meine Hände am Kamin wärmte, beobachtete ich ihn unauffällig. Er war noch jung, etwas älter als ich, vielleicht 25, mit erstaunlich hellen Augen und dichtem braunem Haar. Irgendwie kam er mir bekannt vor; vielleicht hatte ich ihn in irgendeiner Zeitschrift gesehen? Der Mann sah nicht wie ein Einwohner von Penleggan aus, und doch hatte er, als ich hereinkam, mit den anderen Männern wie mit alten Bekannten gesprochen. Und als Mr Vosper mir meine Milch mit Rum brachte, unterhielten sie sich mit gedämpfter Stimme über etwas, worüber sie offenbar schon vorher geredet hatten.

„Er wird nie nachgeben", meinte Mr Vosper gerade verdrießlich. „Ich bleibe hier, bis der Mietvertrag ausläuft, weil sich keine Menschenseele findet, die das hier übernimmt. Aber wenn der Tag gekommen ist, in drei Jahren, seh'n Sie mich hier nicht mehr. Es gibt im ganzen Dorf kaum jemanden unter fünfzig. Was sollte er hier auch anfangen?"

„Es ist eine Schande!" Der junge Mann war offensichtlich verärgert. „Welches Recht hat er, den Ort derart verkommen zu lassen? Jedes Mal wenn ich herkomme, ist es schlimmer, immer mehr Leute ziehen weg. Ich nehme an, Sie haben bestimmt schon oft versucht, ihn zu überreden?"

„Gott, ja. Genau wie die Trevannions und die Jagoes und die Hoskins. Jeder hat's versucht. Wenn Sie's nicht können, wo Sie sein eigen Fleisch und Blut sind, kann's wahrscheinlich keiner."

Die Tür ging auf, ein Gast kam an die Bar und rief: „Walt!", worauf Mr Vosper zu ihm eilte, um ihn zu bedienen. Der junge Mann schien sich plötzlich meiner Anwesenheit bewusst zu werden. Unter dem Vorwand, sich die Hände zu wärmen, schlenderte er zu mir herüber, und ich spürte seinen prüfenden Blick, in dem Überraschung lag.

„Sie scheinen etwas für ruhige Urlaube übrigzuhaben", bemerkte er.

„Ja, ich glaube, das habe ich." Während ich das sagte, hatte ich plötzlich eine deprimierende Eingebung von Georges Idealvorstellung von Urlaub vor Augen: große Hotels, Kasino, Wasserski, jede Nacht tanzen, ein halbes Dutzend Paare immer dabei.

„Ruhe und Frieden ist auch das Einzige, was Penleggan Ihnen bieten kann", erwiderte der junge Mann niedergeschlagen. „Wenn es jemals einen Ort gab, der zum Tode verurteilt ist, dann ist das dieser hier."

„Warum? Was ist passiert?“ Ich dachte an die leeren Sommerhäuser, den ausgestorbenen Kai.

„Es liegt an dem Mann, dem dieser ganze Ort gehört. Er ist mein Onkel, aber deshalb kann ich ihn nicht entschuldigen. Mein Onkel hasst alles Moderne: Industrie und Tourismus und so weiter. Er hat ganz Penleggan an der Kandare und lässt es nicht zu, dass sich ein Fremder hier ansiedelt, der einen Laden eröffnen möchte, und sei es auch nur, um Postkarten oder Eis zu verkaufen. Mein Onkel möchte den Ort so erhalten, wie er im neunzehnten Jahrhundert war.“

„Ich nehme an, das heißt, der Ort ist noch unverdorben“, entgegnete ich zweifelnd. „Das ist doch recht positiv, vorausgesetzt natürlich, die Leute haben die Möglichkeit, ihren Lebensunterhalt zu verdienen.“

„Unglücklicherweise ist die einzige Alternative, die sich bietet, Strandgutraub“, sagte der Mann mit rauer Stimme. „Unsere Fischindustrie kann sich nicht mehr halten, seit Camelford eine Eisenbahn bekam, weil andere Häfen jetzt günstiger liegen. Und Onkel Mark weigert sich, jegliche Art von Industrie zu erlauben. Ich habe ihn seit Jahren zu überreden versucht, oben in den Schiefersteinbrüchen eine Konservenfabrik zu bauen – es gibt hier viele Sprotten –, aber er will nichts davon hören, er sagt, es würde den Charakter der Landschaft zerstören.“

„Welch ein Jammer!“, seufzte ich. „Kein Wunder, dass es hier so viele leer stehende Häuser gibt. Der Ort wirkt dadurch etwas gespenstisch, finden Sie nicht auch? Ich bin in eines gegangen – das weiße Haus am Kai mit den Doppeltüren – und ich … nun ja, ich war froh, wieder herauszukommen.“

Bildete ich es mir nur ein oder hatte er mich seltsam angeschaut? Wahrscheinlich war es nur der Widerschein der Flammen in diesen eigentümlichen, hellen Augen.

„Hab ich nicht schon irgendwo ein Foto von Ihnen gesehen?“, fragte er dann abrupt.

„Das ist durchaus möglich“, gab ich widerwillig zu. „Mein Name ist Meg Frazer.“

„Ah, eine Art weibliche Ausgabe von William Hogarth für unsere heutige Zeit. Natürlich. Penleggan fühlt sich geehrt. Sind Sie hier, um zu malen?“

„Nein, nur auf Urlaub. Ich war schon einmal hier, im September 54, und ich dachte mir, ich schau mal, ob es hier noch so aussieht wie früher.“

„September 54?“ Jetzt war sein Ausdruck eindeutig seltsam. Ich erinnerte mich an Mr Vospers Reaktion auf dieselbe Information. „Wie außerordentlich …“ Was immer er sagen wollte, er überlegte es sich anders und fuhr dann fort: „Ich nehme an, Sie finden, dass sich Penleggan in den vierzehn Jahren kaum verändert hat. Sie müssen damals noch sehr jung gewesen sein … Sicherlich haben Sie selbst sich in der Zwischenzeit wesentlich mehr verändert. Ich muss jetzt gehen. Gute Nacht.“

Er verschwand, und kurz darauf erschien wieder Mr Vosper bei mir an der Bar. „Mr Toby ist gegangen?“, fragte er unnötigerweise, als er mich allein vorfand.

„Ja. Er lebt nicht hier, oder?“

„Nein. Mr Toby ist Ingenieur in Plymouth. Als kleiner Junge wohnte er hier. Seinem Onkel, Mr Mark Trevelyan, gehört das große Haus auf den Felsen.“

„Ah, jetzt beginne ich zu verstehen“, sagte ich langsam. „Und Mr Mark ist derjenige, der hier keine Läden und Fabriken erlaubt?“

„Das stimmt. Und das macht Mr Toby ganz verrückt, weil auch sein eigener Vater – das war Mr Marks Zwillingsbruder, und ihm gehörte genau die Hälfte – eine Fischkonservenfabrik gründen wollte. Aus diesen Plänen wurde allerdings nichts. Und man kann nichts machen, bis Mr Mark stirbt. Er hat nie geheiratet, deshalb wird Mr Toby alles erben.“

„Ist Mr Mark alt?“

„In den Fünfzigern. Er kann’s noch lange machen.“

„Dann könnte es also zu spät sein, um den Ort zu retten … Was für eine schreckliche Situation. Aber was geschah mit dem Zwillingsbruder, Tobys Vater? Warum hat er seine Pläne nicht verwirklicht?“

„Er wurde ermordet.“

„Ermordet!“, rief ich entsetzt. „Wie?“

„Es passierte in der Zeit, als ich in Amerika war. Mr Gerald lebte damals allein – seine Frau war bereits gestorben und Toby im Internat. Dann, eines Abends, wurde er in einem der zwei Sommerhäuser tot aufgefunden, das er bei seiner Heirat umgebaut und in dem er seitdem gelebt hatte. Er war erschossen worden. Man hat nie herausgefunden, wer das getan hat.“

„In …“ Aus meiner Kehle kam nur ein Krächzen, ich räusperte mich und fing noch einmal von vorn an. „In welchem Haus wurde er ermordet?“

„In dem leeren Sommerhaus am Kai, dem weißen. Es stand daraufhin lange leer, noch Jahre danach. Später machte ein Mann aus Truro dort einen Tabakladen auf. Mr Mark erlaubte es ihm, weil er die Gerüchte über das Haus zum Schweigen bringen wollte. Aber der Mann blieb nicht lange.“

„Warum? Was für Gerüchte?“

„Oh, schrecklicher Unsinn. Die Leute behaupteten, Mr Geralds Geist würde nachts erscheinen, hin- und herschaukelnd in dem Stuhl, in dem er saß, als man ihn fand …“

„Verzeihen Sie“, sagte ich mit zitternder Stimme. „Ich bin plötzlich so müde. Ich … ich glaube, ich werde ins Bett gehen. Vielen Dank für die heiße Milch. Gute Nacht …“

In jener Nacht fand ich keinen Schlaf, was ich gar nicht so sehr bedauerte, denn jedes Mal wenn ich die Augen schloss, erschien das schaukelnde Gesicht vor meinem inneren Auge und mit ihm die Ahnung einer Katastrophe. Also ließ ich das Licht an und las. Hodge schlüpfte durch das Fenster und sprang auf mein Bett, kuschelte sich ein und schlief. Als es hell zu werden begann, schob ich mir einen Stuhl zum Fenster, legte mir eine leichte Steppdecke um die Schultern und beobachtete die steigende Flut und die zankenden Möwen auf den Felsen. Von meinem Platz aus konnte ich die Trauerweide sehen und eine kleine Ecke des weißen Sommerhauses mit der kaputten Tür. Jedes Mal wenn ich wegschaute, merkte ich, dass ich magisch von ihm angezogen wurde. Ein Mann namens Gerald Trevelyan war dort ermordet worden, während er in seinem Schaukelstuhl saß. Wie lange war das wohl her? Und wie hatte Gerald Trevelyan ausgesehen?

Als ich darüber nachdachte, hatte ich plötzlich die Idee, etwas auszuprobieren, was mir vorher noch nie in den Sinn gekommen war: Ich nahm einen Zeichenblock zur Hand und versuchte, das Gesicht zu malen, das mir immer im Traum erschien. Weiß Gott, ich hatte es ja oft genug gesehen!

Trotzdem war es nicht so einfach, wie ich es mir vorgestellt hatte: Der Unterschied zwischen meiner Traumvorstellung und der Darstellung, die ich auf das Papier zu zwingen versuchte, war zu groß. Nicht nur eine, nein viele wesentliche Dimensionen schienen zu fehlen. Ich zeichnete ein Dutzend verschiedener Versionen, zerriss sie wieder und war mit der endgültigen alles andere als zufrieden. Details wie die Farbe der Augen und der Haare waren mir völlig unbekannt, aber ich hatte letztlich das Gefühl, dass es mir gelungen war, die Form und Struktur und vor allem den Ausdruck des Gesichts zu treffen … Und selbst in dieser unfertigen Form lauerte so etwas wie Schrecken.

Doch durch diese Form der sichtbaren Darstellung hoffte ich zumindest eine therapeutische Wirkung erzielt zu haben. Auf jeden Fall war ich davon müde geworden. Als die ersten Hähne krähten, ging ich endlich ins Bett und fiel in einen tiefen Schlaf.

Kapitel 6

Die Vospers ließen mich ausschlafen. Kurz vor elf erschien ich schlaftrunken zum Frühstück. Der Kaffee war erstaunlich gut, und ich ließ mir die frischen Brötchen schmecken. Nach dem Frühstück ging ich zum Kai. Es versprach wieder ein heißer, ruhiger Septembertag zu werden. Ich setzte mich auf die Kaimauer und machte mich daran, die Häuserreihe zu skizzieren, während Hodge sich auf einem Haufen rostiger Ketten sonnte.

Plötzlich ließ mich eine Stimme auffahren. „Morgen, mein Fräuleinchen“, sagte jemand hinter mir fröhlich. „Ich glaube, das ist für Sie.“

Als ich mich umdrehte, sah ich einen stämmigen kleinen Briefträger mit schneeweißem Haar. Ich erkannte in ihm den zwergwüchsigen Mann, der am Vorabend in der Bar gewesen war. Er hatte ein lahmes Bein und war weit über dem Pensionsalter, aber augenscheinlich kümmerte man sich in Penleggan nicht um solche Sachen. Jetzt hielt er mir eine Postkarte entgegen, die an *Miss Meg Frazer, c/o Trevelyan Arms* adressiert war.

„Hier kommen nicht viele Fremde her“, erklärte er, „also dachte ich mir, Sie müssten Miss Frazer sein.“

„Ja, danke.“ Die Karte war von Venetia. Der Text lautete: *Halte G. in Schach. Er ist ein bisschen verärgert. Schlage vor, Du bleibst nicht allzu lange fort oder meldest Dich. Pass auf Dich auf. Alles Liebe, V.*

Ich fühlte mich schuldig, weil ich überraschenderweise meine Freiheit ohne George sehr genoss. Daher entschloss ich mich, ihm morgen zu schreiben oder … Auf alle Fälle gleich morgen.

Dann schaute ich auf und bemerkte, dass der Briefträger es sich neben mir gemütlich gemacht hatte. Nachdem er seiner Verwunderung über Hodge wortreich Ausdruck verliehen hatte, fragte er mit Unschuldsmiene: „Sind Sie vielleicht aus London?“

„Ja, so ist es“, antwortete ich. Als ob er den Poststempel nicht gesehen hätte!

„Sind Sie das erste Mal hier in Penleggan?“

„Nicht ganz“, entgegnete ich, „ich war schon einmal hier – im September 54.“ Ich wartete auf seine Reaktion.

„Was!“, rief er. „Am Ende sind Sie das kleine Mädchen, das … Nein, ihr Name war Smith.“

Es versprach interessant zu werden, also erwiderte ich: „Der Name meiner Mutter war Smith, ich heiße Frazer.“

„Nun! Das is ja ’n Ding!“ Seine Augen glänzten vor Erregung. „Das ist aber mächtig tapfer von Ihnen, hierherzukommen. Sind keine erfreulichen Erinnerungen für Sie, fürchte ich."

Ich entschloss mich, ihm reinen Wein einzuschenken. Es würde sich so schnell nicht wieder eine solch günstige Gelegenheit dazu ergeben.

„Aber das ist ja gerade das Schlimme", erklärte ich. „Ich kann mich an nichts mehr erinnern. Meine Tante erzählte mir, ich sei schlimm gestürzt, aber selbst daran kann ich mich nicht erinnern … auch nicht, dass ich schon einmal hier war. Und meine Mutter ist vor zehn Jahren gestorben."

„Ach!", rief er erstaunt. „Ist das denn die Möglichkeit? Der alte Dr. Menhenitt meinte, Sie würden sich eines Tages erinnern. Es war also nicht der Fall! Is das nicht schrecklich?"

„Warum?", fragte ich atemlos. „Heißt das, dass Sie es wissen? Können Sie mir sagen, was passiert ist? Waren Sie damals hier?"

„O ja, ich hab die letzten siebzig Jahre hier gelebt. Jeder in Penleggan kennt den alten Nab Santo." Er kicherte. „Ja, ich war hier, als Sie Ihren Unfall hatten, meine Kleine. Sind die Klippen beim Hafen runtergefallen, jawohl, hab'n sich 's Bein gebrochen. Ihre Mutter wollte Sie nicht dortlassen, denn die Flut war im Kommen. Also hat sie Sie den ganzen langen Weg geschleppt, die arme Frau, bis zu Mr Geralds Sommerhaus, und da hat sie Sie gelassen, während sie zum Krankenhaus lief. Feines, kleines Krankenhaus hatten wir zu der Zeit und später noch, bis es geschlossen wurde."

„Ist Mr Geralds Sommerhaus das weiße dort mit der kaputten Tür?"

„Ja, Mr Gerald, Mr Marks Zwillingsbruder, lebte dort. Er war damals schon gelähmt, seit einem Jahr."

„Gelähmt?"

„Er war damals zu Haus auf Urlaub – er arbeitete nämlich als Ingenieur in Argentinien – und ging mit seiner Frau segeln. Sein Boot sank – man vermutete, es wurde nicht gut genug gepflegt, während er weg war. Seine arme Frau ertrank, und Mr Gerald konnte nie mehr gehen."

„Meine Mutter brachte mich also zu Mr Geralds Sommerhaus. Was geschah dann?"

„'s war am frühen Abend", erzählte er langsam. „Ich war auf'm Weg zum Pub, als ich den Schuss hörte. Das ist seltsam, dachte ich bei mir und ging runter zum Kai, konnte aber niemanden sehen, 's war zu dunkel. Damals gab es noch keine Straßenlaternen. Ich ging also rein ins Haus und fand Mr Gerald im Schaukelstuhl, tot. Und ob Sie's glauben oder nicht, er schaukelte immer noch! Die Nachbarn kamen natürlich angerannt, aber es dauerte eine ganze Weile, bis wir das kleine Mädchen ohnmächtig auf der

Fensterbank fanden – das müssen Sie gewesen sein, Miss. Sie wurden ins Krankenhaus gebracht, aber als Sie rauskamen, konnten Sie nix erzählen. Dr. Menhenitt meinte, wegen Ihrer Gehirnerschütterung könnten Sie wahrscheinlich gar nix über den Mord wissen. Er hat der Polizei kaum erlaubt, Sie überhaupt auszufragen. Aber als es Ihnen besser ging, ist Ihre Mutter mit Ihnen abgereist und hat keine Adresse hinterlassen. Einige von uns haben sich manchmal gefragt, ob Sie vielleicht doch was gesehen haben und ob Sie einen Schock fürs Leben abgekriegt haben."

„Hätte es nicht auch Selbstmord gewesen sein können?"

„Se ha'm das Gewehr nich gefunden. 's war 'ne Kugel aus Mr Geralds eigener Waffe. Niemand hat das Ding je gefunden, bis heute nich."

„Und man hat nie herausgefunden, wer es getan hat?"

„Nein, nie", verkündete er feierlich. „'s war uns allen ein Rätsel. Wer hätte schon dem armen Mr Gerald was antun wollen, wo der doch jedem von uns immer nur geholfen hat! Wenn es sein Bruder gewesen wäre …"

„Wo war sein Bruder damals?", fragte ich neugierig. „War er auch hier?"

„Ja, er war sein Leben lang hier. Er war nie im Krieg, wegen seinem schwachen Herzen. Zur Zeit des Mordes war er im Krankenhaus, hat seine Tante besucht, die alte Lady Trevelyan, und hat ihr Gedichte vorgelesen. Mr Mark is ganz wild auf Gedichte. Jeden Abend hat er ihr vorgelesen, und das Ende vom Lied war, sie hat ihm neunhundert Pfund hinterlassen."

„Also konnte er den Mord nicht verübt haben?"

„Mr Mark? O nein, Miss!" Der Briefträger war sichtlich schockiert. „Nun gut, es gab Streit wegen dem Dorf, aber Blut is dicker als Wasser, da können Se sagen, was Se wollen. Und um die Zeit, als Mr Gerald erschossen wurde, hat die Oberin Mr Mark bewusstlos in Lady Trevelyans Zimmer gefunden – er hatte einen Herzanfall erlitten. Und die alte Dame schlief wie ein Baby. Manche sagten, es hätte was mit den Blutsbanden zu tun, dass es ihn zur selben Zeit umgehauen hat, als sein Bruder ermordet wurde. Er war nachher noch wochenlang im Krankenhaus, die arme Seele."

„Du lieber Himmel! Was für eine schreckliche Geschichte. Wohnt hier noch jemand vom Krankenhauspersonal?"

„Die alte Oberin, Miss Pentecost, sie is noch hier, wohnt da oben."

„Und was ist mit dem Arzt – Dr. Menhenitt?"

„Tot, schon lange, die arme Seele. Wie viele andere auch. Wer immer der Mörder is, 's is gut möglich, dass er schon das Zeitliche gesegnet hat."

Nach weiteren zehn Minuten unschuldigen Schwatzens – in der Absicht, mir jedes kleinste Geheimnis über mich zu entlocken – humpelte der Briefträger von dannen.

Mittlerweile war es für diese Jahreszeit unverhältnismäßig heiß geworden und ich beschloss, schwimmen zu gehen. Die Vospers nannten mir eine Stelle, wo man sicher baden konnte: in einer kleinen Bucht südlich des Eingangshafens. Mrs Vosper machte mir ein paar belegte Brote, während ich Badeanzug und Zeichenblock einpackte. Dann machte ich mich auf den Weg in der Hoffnung, die Stelle zu finden, wo ich mir damals das Bein gebrochen hatte. Hodge zog es vor, im Gasthof zu bleiben.

An der Südseite des Hafens schlängelte sich ein schmaler Pfad entlang, manchmal unterhalb der Hochwasserstands-Markierung. Heute jedoch war der Weg trocken und befand sich in ausreichendem Abstand über dem Wasser. Ich fragte mich, wie das Wetter wohl gewesen war, als Mutter mich hier entlanggetragen hatte. Der alte Nab Santo hatte doch gesagt, die Flut sei im Kommen gewesen.

Oberhalb des Hafens, hoch über den Felsen, lag im Schoß des Hügels das Haus der Trevelyans. Es war ein eindrucksvolles Gebäude: halb Bauernhof, halb Herrenhaus, daneben entdeckte ich auch die Ruinen einer alten Kapelle. Von hier aus konnte ich den „Eierbecher des Teufels" nicht sehen, er musste jenseits davon sein, auf der Nordseite. Also ging ich weiter, der Weg zweigte hier von der Hafeneinfahrt ab und führte steil die Felsen hinauf. Als ich auf dem Gipfel stand, überfiel mich die Erinnerung zum zweiten Mal mit unerwarteter Wucht. Ich brauchte nicht länger nach der Stelle zu suchen, an der ich gestürzt war: Jetzt hatte ich sie gefunden. Dieser Ort sah ganz genau so aus wie in meinem Traum: der steile, mit lockerem Schieferton bedeckte Hang unterhalb des Weges, der in einem felsigen, mit Tang bewachsenen Vorsprung endete.

Meine Mutter und ich mussten von der kleinen Bucht mit dem weißen, einladenden Strand gekommen scin, die vor mir lag. Und dann – der Schrei, das Geräusch rollender Steine – die Augenblicke hilflosen Schreckens, der Aufprall …

Ich merkte, wie sich meine Finger um den Riemen meines Malkastens krampften. Aber ich teilte Hodges Höhenangst nicht – vor allem nicht tagsüber –, also ging ich relativ beherzt weiter, hinunter zur Bucht.

Der Sand war himmlisch – und heiß. Ich schwamm, aalte mich in der Sonne, aß und schlief, malte ein bisschen und ging wieder schwimmen. Endlich zog ich mich an, zögerte aber, denn ich hatte noch keine Lust zu gehen. Also nahm ich die Skizze meines Traumgesichts zur Hand und betrachtete sie neugierig. Hier in der Sonne, bei dem beruhigenden Rauschen der Wellen, sah es nicht mehr unheimlich aus. Ich fragte mich, ob es wohl im Dorf jemanden gab, der es identifizieren könnte.

Was war das doch für eine merkwürdige, schreckliche Geschichte über den Tod des armen Gerald Trevelyan und was für ein Pech für Mutter. Arme Fizz, wie sorgfältig hatte sie diesen abgelegenen Ort für ihre heimlichen Treffen mit Ralph ausgewählt, und dann geriet sie mitten in einen ungelösten Mordfall. Es war ein Glück, dass sie in diesem wichtigen Augenblick, als der Mord begangen wurde, nicht anwesend war, sonst wäre sie unweigerlich als Zeugin vernommen worden. Wie froh muss sie gewesen sein, dass sie sich als Mrs Smith eingetragen und in Dr. Menhenitt einen Verbündeten gefunden hatte, der die Polizei daran hinderte, mich länger zu vernehmen. Aber schließlich, was konnte die Polizei sich schon von einem fünfjährigen Kind mit Gehirnerschütterung erhoffen? Was wohl – außer dem Bild eines Traumgesichts?

Ich war so in Gedanken versunken, dass ich die herannahenden Schritte erst hörte, als der Kies hinter mir knirschte. Als ich mich umdrehte, erkannte ich den jungen Mann von gestern Abend, Toby Trevelyan, der geradewegs auf mich zukam. Er sah viel größer aus, als ich ihn in Erinnerung hatte, wirkte nervös und starrte gebannt auf die Skizze meines Traumbilds, das noch neben mir im Sand lag.

„Wer hat das gemalt?“, fragte er schroff.

Ich hob die Augenbrauen, um ihm zu verstehen zu geben, dass ich sein Benehmen ungehörig und aufdringlich fand. „Ich natürlich.“

„Wo? Wann haben Sie das gemalt?“

„Gestern Abend. Ich konnte nicht schlafen und habe mir damit die Zeit vertrieben.“

„Aber ich verstehe das nicht. Warum sollten Sie so etwas tun?“

„Wie bitte? Was soll diese Ausfragerei? Kann ich nicht Gesichter malen, wo und wann ich will?“

„Weil … Diese Skizze, von der Sie behaupten, Sie hätten sie gestern Nacht gemalt, ist ein Porträt meines … meines Vaters. Er ist vor vierzehn Jahren gestorben.“

„Oh! … Oh, ich verstehe. Es tut mir leid. Wie … wie merkwürdig.“

Jetzt, wo ich es wusste, erkannte ich eine gewisse Ähnlichkeit zwischen Toby und dem Mann auf dem Bild. Kein Wunder, dass er mir gestern Abend seltsam bekannt vorgekommen war. Die Ähnlichkeit war nicht sehr groß, doch sie war da – die Linie der Wangen, Kinnpartie und Ohren waren gleich.

„Haben Sie irgendwo sein Bild gesehen … in einer Zeitung oder sonst wo?“

„Nein, nicht dass ich wüsste.“

„Ja, dann …?“

„Das ist eine lange Geschichte“, erklärte ich, „wollen Sie sich nicht lieber setzen?“

Toby ließ sich neben mir nieder und lehnte sich gegen einen Felsen. Noch immer wirkte er nervös, doch eher verwirrt als feindlich. „Das alles hat mich ziemlich getroffen. Es war ein richtiger Schock … und kam so unerwartet. Eigentlich bin ich gekommen, um Sie zum Essen einzuladen.“

„Essen?“, fragte ich dümmlich.

„Mit Anstandsdame natürlich.“ Er grinste jungenhaft. „Dank dem Briefträger weiß bereits das ganze Dorf, welch angesehene junge Malerin uns mit ihrer Gegenwart beehrt, und mein Onkel hat mich beauftragt, Sie zu fragen, ob Sie ihm die Ehre erweisen würden, bei ihm zu speisen. Wir werden zu viert sein. Miss Pentecost ist ebenfalls eingeladen.“

„Miss Pentecost? Die frühere Oberin des Krankenhauses?“

Er schaute mich überrascht an, nickte aber und fuhr fort: „Onkel Mark langweilt sich tödlich, müssen Sie wissen. Er kann kein aktives Leben führen, weil er es am Herzen hat. Früher war auch er einmal eine kleine Berühmtheit. Das ist allerdings zwanzig Jahre her. Er schrieb typisch englische Gedichte über typisch englische Sachen wie rote Pimpernellen, Drosseln und strohbedeckte Sommerhäuser. Er hat viel für den Rundfunk gearbeitet und für Zeitungen, und er hat lange, dürftige Werke veröffentlicht, die sich besonders gut in den Kolonien verkauft haben. Aber die Geschmäcker haben sich geändert, und Onkel Mark verschwand wieder im Dunkel der Anonymität … Das war sein erster und letzter Anspruch auf Berühmtheit, außer dass er Penleggan als eine Art Überbleibsel aus der Feudalzeit konserviert.“

„Verstehe. Vielen Dank für die Einladung. Ich freue mich darüber.“ Dann fügte ich hinzu: „Sein Haus ist wunderschön, ich würde es gerne von innen sehen.“

„Was ist nun mit Ihrer Geschichte?“, fragte er neugierig.

„Meine Geschichte … Ja, ich glaube, ich schulde es Ihnen, sie zu erzählen, falls Sie sie noch nicht von dem Briefträger gehört haben.“

„Nur dass Sie das Mädchen sind, das schon mit achtzehn Jahren gekrönte Häupter porträtierte.“

Also erzählte ich Toby meine Geschichte. Es hätte keinen besseren Zuhörer geben können. Er saß ganz still und horchte aufmerksam. Die unbeachtete Zigarette in seiner Hand rauchte sich von allein. Erst als die heiße Asche seine Finger erreicht hatte, drückte er die Zigarette abwesend im Sand aus. Dabei ließ er mich keinen Moment aus den Augen.

„Jetzt verstehen Sie vielleicht“, endete ich, „das alles war wie eine verschlossene Schublade, die in meinem Unterbewusstsein vergraben war – unerreichbar für mich. Ich musste sie öffnen und ordnen, bevor ich heirate.“

„Ja, ich verstehe … Sie hatten keine Ahnung – nein, wie konnten Sie, Sie wussten ja nichts von dem Mord –, dass es in Ihrem Gleichnis der verschlossenen Schublade einen düsteren Aspekt gibt.“

„Wie meinen Sie das?“, fragte ich vorsichtig.

„Nun, dass sich in verschlossenen Schubladen manchmal Leichen befinden, dass in Penleggan jemand leben könnte, dem es nicht recht ist, dass Sie hierher zurückgekommen sind, um herauszufinden, was vor vierzehn Jahren passiert ist. Es ist wirklich ein Glück für Sie, dass das Gesicht, das Sie in Ihren Träumen verfolgt, das meines armen Vaters ist … der wirklich keiner Fliege etwas zuleide getan hätte.“

„Was wollen Sie damit sagen?“

„Nun, das Gesicht hätte ebenso gut das des Mörders sein können.“

„Oh! Ich verstehe, daran hatte ich noch gar nicht gedacht.“

„Wissen Sie was“, meinte Toby, „ganz ehrlich, wenn ich Sie wäre, würde ich abreisen.“

„Meinen Sie wirklich …? Nein, das ist doch absurd. Es ist vierzehn Jahre her … Die Leute, die jetzt hier leben, sind doch wohl nicht dieselben, die damals hier gewohnt haben, oder?“

„Einige sind gestorben, und einige sind weggezogen. Aber es kommen keine neuen Menschen nach Penleggan. Jeder, der *heute* hier lebt, war auch *damals* schon hier. Deshalb glaube ich, Sie wären gut beraten, so bald wie möglich zurück nach London zu fahren. Es war Mord, vergessen Sie das nicht.“

„Wären Sie nicht froh, wenn dieser Mord aufgeklärt würde?“, fragte ich in nachdrücklichem Ton.

„Nein“, antwortete er langsam. „Nein, ich glaube nicht. Verbrechen sollte man ruhen lassen. Und auch die Aufklärung des Verbrechens kann ja meinen Vater nicht wieder lebendig machen.“

„Verstehe“, seufzte ich. „Aber ich habe gar keine Lust zu fahren. Es ist so schön hier.“

„Ja, nicht wahr? Haben Sie schon den Ausblick oben vom ‚Eierbecher des Teufels‘ gesehen?“

„Ja, ich bin gestern Abend oben gewesen, aber es war schon etwas zu dunkel."

„Ich werde es Ihnen zeigen, wenn Sie morgen zum Essen kommen. Es gibt in ganz Cornwall keinen schöneren Ausblick. Wenn man Penleggan nur wieder zum Leben erwecken könnte", sagte er leidenschaftlich, „und den Einwohnern die Möglichkeit geben könnte, Geld zu verdienen, dann wäre es ein herrlicher Ort. Mein Gott, was würde ich nicht alles geben, etwas dafür tun zu können. Es macht mich ganz krank, wenn ich sehe, wie das Dorf langsam verfällt. Der Himmel weiß, ich bin wirklich nicht verrückt nach Souvenirläden und Imbissstuben, aber sogar die wären diesem langsamen Verfall vorzuziehen."

„Mr Vosper hat mir erzählt, Sie wollten eine Konservenfabrik gründen."

„Ja, das stimmt, und das wäre auch zu realisieren. Das Kapital und die nötige Unterstützung könnte ich bekommen. Ich kenne mehrere Firmen, die interessiert wären. Die Fabrik würde vielen Familien im Dorf den Lebensunterhalt sichern. Doch ich möchte Sie nicht mit meinem Lieblingsthema langweilen."

„Aber nein, es interessiert mich, wirklich. Es ist ein schönes Ziel, einen Ort wieder zum Leben zu erwecken."

„Ja, das ist es in der Tat!" Meine Begeisterung tat ihm gut. „Bei mehr Einwohnern könnten wir wieder eine Schule haben – momentan werden die Kinder ins dreißig Kilometer entfernte Simonbridge gefahren – und vielleicht ein kleines Theater, irgendetwas, das Sommergäste anzieht. Aber was nützt es, überhaupt darüber zu sprechen. Onkel Mark lebt so vorsichtig, es ist durchaus möglich, dass er über achtzig wird. Nicht dass ich seinen Tod herbeiwünsche, doch wenn er und nicht Vater ermordet worden wäre, sähe es heute in Penleggan völlig anders aus."

„Erzählen Sie mir von den Plänen Ihres Vaters", drängte ich.

„Soll ich wirklich?" Toby cnthüllte mir eifrig Pläne für die Verbesserung der Lebensverhältnisse in Penleggan, und zwar so realistisch, bescheiden und doch einfallsreich, dass ich mich bald beteiligte und eigene Vorschläge machte, und das mit so viel echter Begeisterung, wie er sich nur wünschen konnte.

„Toby, das ist wundervoll. Lassen Sie mich wissen, wann Sie anfangen, und ich eröffne dann eine Kunstschule."

„Ich werde darauf zurückkommen." Er nahm meine Hände. „Wir werden erfolgreich sein … das heißt, wenn wir je die Chance dazu haben."

„Und wenn George mich lässt", fügte ich hinzu.

„George?“

„Der Mann, den ich heiraten werde.“

„Oh … oh, ja … Was ist George für ein Mensch?“

Ich erzählte ihm also von George, von Vater und Venetia und meiner Mutter. Er erzählte mir davon, wie sein Onkel ihn nach dem Tod seiner Eltern aufgezogen hatte.

„Onkel Mark hat nie geheiratet. Ich habe das Gefühl, er war heimlich in Mutter verliebt. Vor Jahren fand ich in seinen Schreibtischschubladen eine Menge Fotos von ihr.“

„Ich werde immer neugieriger auf Ihren Onkel.“

Toby wurde etwas reservierter. „Sie werden ihn blenden, da bin ich mir sicher. Und er wird Sie pfundweise mit seiner Höflichkeit der alten Schule überschütten. Doch ich glaube, wir sollten uns allmählich auf den Weg machen, ich jedenfalls. Ich habe eine Verabredung in St Anstell.“

„Du lieber Himmel, ich hatte keine Ahnung, dass es schon so spät ist. Ich hatte vor, Miss Pentecost noch einen Besuch abzustatten.“

„Wenn Sie möchten, kann ich Sie hinfahren und Sie ihr vorstellen.“

„Und was ist mit Ihrer Verabredung?“

„Es ist nur ein alter Schulfreund, er wird schon fünfzehn Minuten warten können. Außerdem liegt ihr Haus auf dem Weg.“ Mit selbstverständlicher Freundlichkeit half er mir auf. „Du meine Güte, Sie sind ja so leicht wie eine Feder. Wovon leben Sie – von Salat?“

Tobys klappriger alter Zweisitzer stand hinter meinem Mini vor dem Pub. Miss Pentecost wohnte etwas außerhalb von Penleggan, oben am Hügel. Deshalb schlug ich vor, lieber getrennt zu fahren, da Toby ja weiter nach St Anstell musste. Toby fuhr also vor, um mir den Weg zu zeigen.

Hodge lag im Mini und schlief. Gewöhnlich ließ ich das Autofenster einen Spalt offen, sodass er, wenn er mich nicht finden konnte, wenigstens dort unterschlüpfen konnte. Jetzt wachte er auf und begrüßte mich herzlich.

Trotz seines altertümlichen Aussehens beschleunigte Tobys Auto noch sehr gut, er schoss den Weg hinauf. Ich folgte etwas langsamer, und als ich eine letzte Haarnadelkurve genommen hatte, sah ich seinen Wagen etwas weiter oben rechts vor einem schmucken grünen Tor parken. Da ich nicht mehr rechtzeitig bremsen konnte, wendete ich und parkte meinen Wagen vor dem seinen, in Fahrtrichtung zum Tal. Da die Straße sehr steil war, legte ich zur Sicherheit den Rückwärtsgang ein.

Toby war schon hineingegangen. Er stand in der Mitte eines grasbewachsenen Gartenweges und sprach mit einer rundlichen, kleinen Frau mit gepflegten grauen Locken, wobei er versuchte, sich eines wütend bellenden Pekinesen zu erwehren. Hodge war aus dem Wagen gehüpft in der Absicht, mich zu begleiten. Als er aber den Pekinesen sah, wandte er sich voller Verachtung ab. Er konnte Hunde nun einmal nicht ausstehen.

Toby drehte sich um und winkte mir zu. Ich ging den Weg hinauf, und die kleine Frau kam mir würdevoll mit Toby entgegen. Offensichtlich hatte er Zeit für eine kurze Erklärung gehabt. Die Oberin lächelte mich freundlich an, und kluge blaue Augen studierten mein Gesicht. Dann sagte sie: „Sie sind allerdings sehr gewachsen, seit ich Sie das letzte Mal gesehen habe, aber ich glaube, ja ich bin mir sicher, ich hätte Sie trotzdem wiedererkannt. Augen und Haare haben noch dieselbe Farbe. Und ich vergesse selten ein Gesicht."

„Du lieber Himmel, aber ich war doch erst fünf Jahre alt, als Sie mich das letzte Mal gesehen haben, Miss Pentecost!"

„Ja, meine Liebe, aber es war doch, wie Sie zugeben müssen, unter etwas außergewöhnlichen Umständen. Ich habe mich oft gefragt, was wohl aus Ihnen geworden ist."

Toby schaute auf seine Uhr. „Ich muss jetzt gehen, sonst denkt der Knabe, der mir sein Schlauchboot verkaufen will, noch, ich hätte meine Meinung geändert."

Miss Pentecost erwiderte vorwurfsvoll: „Du bist jetzt schon über ein Jahr nicht mehr hier gewesen, Toby, und dann bleibst du nur zwei Minuten. Ich hatte gehofft, du würdest mit hereinkommen und meinen Walnussblätterwein probieren."

„Sorry, ich traue mich nicht, Penecy, sonst werde ich nie heil in St Anstell ankommen! Ich kenne dein Gebräu", meinte Toby lachend. „Nein, ernsthaft, ich muss gehen, ich bin schon zu spät dran. Aber ich werde euch beide ja morgen Abend bei Onkel Mark sehen. Also bis dann!" Er hielt meine Hände einen Augenblick länger als nötig, lächelte mich an und ging.

„Das ist aber nett", sagte Miss Pentecost. „Ein unerwarteter Besucher ist in Penleggan wirklich eine Attraktion. Das kommt so selten vor."

„Ich habe schon gemerkt, dass es dieser Tage hier sehr ruhig ist." Der Pekinese sprang um mich herum, während ich ihr in Richtung Haus folgte.

„Jaja, Toby würde hier ja gerne Tourismus und Industrie haben – Ming! Benimm dich! –, aber wie ich ihm schon immer gesagt habe, müssen wir die Sache von zwei Seiten betrachten: Ungestörter Frieden hat auch seine Vorteile. Nun, das ist also mein bescheidenes Häuschen! Mr Mark hat mir freundlicherweise erlaubt, hier zu bauen, nachdem das Krankenhaus geschlossen wurde. Das ist selbstverständlich alles sein Land."

„Ja, natürlich.“ Ich fand, dass es sehr diplomatisch von Miss Pentecost war, seine Meinung zu propagieren, was auch immer sie selbst darüber denken mochte, schließlich war sie ja seine Pächterin. „Aber ich dachte, er wäre dagegen, neue Häuser zu bauen?“

„Ja, er ist ganz und gar nicht dafür“, stimmte sie zu. „Aber weil ich seine alte Tante so lange gepflegt habe – ganz zu schweigen von ihm selbst mit seinem schwachen Herzen –, hat er in meinem Fall freundlicherweise eine Ausnahme gemacht. Ich hasse nämlich diese feuchten alten Sommerhäuser.“

Miss Pentecost liebte ihr Haus – einen schmucken Bungalow, weiß mit Holzdach, das zu den älteren Häusern passte, die unterhalb von ihm lagen. Haus und Garten waren sehr gepflegt. Ich fragte mich, wer wohl die Aquarelle mit den herrlichen Farben gemalt hatte, die überall an den Wänden hingen.

„Es ist sehr interessant, dass Sie zurückgekommen sind“, meinte sie, während sie mich in einen großen, bequemen Sessel nötigte. „Wenn Sie sich erinnern würden, wäre es sicher der letzte Platz auf dieser Erde, den Sie wiedersehen wollten … aber Toby erzählte mir, dass das nicht der Fall sei, Sie wüssten nichts mehr davon.“

„Nein, ich weiß gar nichts mehr. Ist das nicht seltsam?“ Toby hatte in dieser kurzen Zeit erstaunlich viel erzählt.

„Das ist gar nicht so ungewöhnlich“, antwortete Miss Pentecost ruhig. „Die meisten Menschen erinnern sich kaum an ihre Kindheitserlebnisse.“

„Ja, aber glauben Sie nicht, dass so … so außergewöhnliche Umstände, wie Sie sie nannten, doch irgendwelche Spuren hinterlassen?“

„Sie erinnern sich wirklich an nichts? An gar nichts?“

In der Zwischenzeit hatte sie zwei winzige Kristallgläser hervorgezaubert und einen Krug – alles bis zur Perfektion blank geputzt. Jetzt hielt sie inne, den Krug in der Hand, und beobachtete mich scharf.

„Nein, an gar nichts, außer einem Traum, den ich immer wieder habe und in dem ich ein bestimmtes Gesicht sehe. Toby sagte mir, es sei das Gesicht seines Vaters. Ansonsten hätte ich schwören können, dass ich niemals hier war – wenn ich nicht Mutters und meinen Namen im Gästebuch des Pubs gefunden hätte. Aber seit …“

Ich hatte sagen wollen: Seit ich hier bin, fange ich an, mich zu erinnern, aber Miss Pentecost hatte gerade etwas von ihrem Walnusswein auf ihrem gepflegten Tisch verschüttet. Sie schalt sich selbst ob ihrer Ungeschicklichkeit und lief in die Küche, um ein Tuch zu holen.

„Das ist sehr interessant“, meinte sie, als sie zurückkam. Abwesend goss sie ein und hielt das kleine Glas mit der grünen Flüssigkeit gegen das Licht. „Glauben Sie wirklich, dass es klug ist, hierherzukommen und all das Vergessene wieder aufzuwühlen?“

Ihre beunruhigend wachen Augen fixierten mich. Wollte auch sie mich warnen?

Selbst wenn, ich war entschlossen, dies nicht zu beachten. Ich war bereits zu weit gegangen, um noch einen Rückzieher zu machen.

„Ja“, antwortete ich mit fester Stimme. „Ich glaube, ich muss es tun. Wissen Sie, ich hatte immer diese Albträume … es wurde immer schlimmer … Es ist wie eine Wunde, die zu schnell geheilt ist und die Kugel sitzt noch im Fleisch.“ Als ich es aussprach, merkte ich, wie melodramatisch das klang.

Miss Pentecost wirkte etwas beunruhigt und beobachtete mich schweigend eine Minute lang, bevor sie schließlich ziemlich abrupt einwarf: „Jaja, ich glaube, Sie haben Recht.“

„Möchten Sie mir nicht erzählen, woran Sie sich erinnern, Miss Pentecost?“, drängte ich.

Miss Pentecost seufzte. „Nun, ich glaube, Sie sind verständig genug. Also gut, meine Liebe.“ Sie stellte mir das kleine Likörglas hin. „Sie müssen meinen Walnussblätterwein versuchen, ich habe ihn selbst gemacht.“

„Werde ich anschließend auch nicht unterm Tisch liegen?“, fragte ich lachend. „Ich muss ja noch fahren, wie Sie wissen.“

„Aber nein, meine Liebe, das war nur ein Scherz von Toby.“

Trotzdem nippte ich nur vorsichtig an dem Glas. Der Wein schmeckte recht mild, doch nicht sehr aromatisch. „Sehr gut“, sagte ich höflich.

„Nicht wahr? Das ist er wirklich. Oje, da kommen meine Lebensmittel. Entschuldigen Sie mich bitte einen Augenblick …“

Es klopfte an der Tür und sie ging hinaus. So hatte ich Muße, mir die Aquarelle anzusehen und die vielen Fotos, offensichtlich alle vom Krankenhauspersonal.

„So, das wäre geschafft“, verkündete Miss Pentecost munter, als sie wieder hereinkam. „Lassen Sie mich Ihr Glas auffüllen … und dann erzähle ich Ihnen, woran ich mich erinnern kann. Es war im September 54, als Sie und Ihre Mutter hier waren, nicht? Sie war so schön. Ich habe mich oft gefragt, ob sie nicht beim Theater war.“

„Sie hatten Recht. Bald danach ging sie nach Hollywood. Dort kam sie bei einem Autounfall ums Leben, als ich neun war.“

„Arme Kleine, das muss schlimm für Sie gewesen sein, Kind … Ihr wart damals schon ein oder zwei Wochen hier, als Ihre Mutter eines Abends ins Krankenhaus taumelte, sie war kurz vor dem Zusammenbruch. Sie fiel dann auch auf dem Flur vor dem Ordinationszimmer in Ohnmacht, und wir mussten erst einmal dafür sorgen, dass sie wieder zu Bewusstsein kam. Dann erzählte sie uns, dass ihre Tochter auf den Felsen bei der Hafeneinfahrt schwer gestürzt sei und sie Sie den ganzen Weg zum Kai getragen hätte, weil die Flut sonst da gewesen wäre, bevor Hilfe eingetroffen wäre. Dort hätte sie Sie in einem der Sommerhäuser gelassen."

„Gab es denn nirgends ein Telefon?"

„Vom Gasthof aus hätte sie telefonieren können, aber zum Krankenhaus war es genauso nahe. Und Mr Gerald Trevelyan, in dessen Haus Ihre Mutter Sie damals zurückgelassen hatte, konnte nicht gehen."

„Wo stand das Krankenhaus?"

„Auf halbem Weg den Hügel hinunter. Es ist jetzt nur noch eine Ruine. Sobald wir hörten, was passiert war, machte ich mich in Begleitung einiger Krankenschwestern mit einer Bahre auf den Weg zum Kai. Vor Mr Gerald Trevelyans Sommerhaus trafen wir ungefähr ein Dutzend Leute an, und der alte Nab Santo stand in der Tür. Er versuchte, die Leute daran zu hindern, hineinzugehen, und rief, jemand möge doch den Wachtmeister holen. Wir betraten das Sommerhaus und fanden Mr Gerald ermordet in seinem Schaukelstuhl. Dr. Menhenitt stellte fest, dass er noch nicht länger als zehn Minuten tot sein konnte. Und dann fanden wir Sie mit einer Beule am Kopf und einem gebrochenen Bein bewusstlos am Fenster liegen. Sie kamen erst nach zwei Tagen wieder zu sich. Später hat Sie dann der Doktor einige Tage unter Beruhigungsmittel gesetzt, auch um Sie davor zu schützen, dass die Polizei Sie zu früh mit Fragen belästigte."

„Hat die Polizei mich vernommen?"

„Ein Inspektor aus St Anstell kam extra deshalb hierher, aber Dr. Menhenitt war die ganze Zeit bei der Befragung dabei und Ihre Mutter ebenfalls. Und natürlich merkten alle, dass Sie sich an überhaupt nichts erinnern konnten, und damit war die Sache dann erledigt. Auch Ihre Mutter lag einige Tage bei uns, sie hatte einen schweren Schock, was ja auch nicht verwunderlich war. Schließlich hatte sie Sie mindestens vier Kilometer weit getragen – den letzten Teil am Hafenpfad entlang war sie bis zu den Knien im Wasser gewatet, und das bei Springflut. Der alte John Vosper hat sie gesehen. Er war auf den Felsen gegenüber dem Hafen und humpelte hinunter, um ihr zu helfen. Aber er war so alt und vom Rheuma geplagt, dass sie bereits verschwunden war, als er unten ankam. Er sagte, es sei ein Wunder gewesen, dass sie nicht ausgerutscht ist oder weggeschwemmt wurde. Dann hörte er einen Schuss und sah Nab vor Trevelyans Haus. Das war ein Abend! Wir hatten Sie gerade zu Bett gebracht, als die Polizei auch schon anfragte, ob Mr Mark im Krankenhaus sei. Also ging ich zu dem Zimmer seiner Tante, die tief und fest schlief. Mr Mark lag bewusstlos auf dem Boden. Er musste ungefähr zur selben Zeit in Ohnmacht gefallen sein, als sein Bruder ermordet wurde, was Dr. Menhenitt sehr interessant fand. Er meinte, das hätte bestimmt damit zu tun, dass sie Zwillingsbrüder waren. Also hatten wir Mr Mark auch noch als Patienten … Er zeigte übrigens sehr viel Mitgefühl mit Ihnen und Ihrer Mutter und schickte Ihnen immer Weintrauben. Gerne hätte er Sie auch besucht, aber Dr. Menhenitt meinte, Sie brauchten vor allem Ruhe. Ich glaube, Mr Mark wollte später mit Ihrer Mutter Verbindung aufnehmen, aber Sie waren zu der Zeit bereits abgereist und hatten keine Adresse hinterlassen … Und das ist wirklich alles, was ich weiß, meine Liebe!“

„Es ist mysteriös, nicht wahr? Ich frage mich, wer der Mörder war und was mit dem Gewehr passiert ist.“

„Im abschließenden Urteil hieß es: ‚Mörder unbekannt‘“, erinnerte sich Miss Pentecost. „Eine Zeit lang war Penleggan deshalb direkt eine Touristenattraktion. Aber sobald Mr Mark wieder auf den Beinen war, bereitete er dem ein Ende.“

„Jedenfalls vielen Dank für alles.“ Ich erhob mich, um zu gehen.

Der Raum verschwamm etwas vor meinen Augen, und ich erkannte bestürzt, dass Miss Pentecosts Walnussblättergebräu sehr viel stärker sein musste, als ich angenommen hatte, wenn zwei so winzige Gläschen eine solche Wirkung hatten. Ein Glas mehr und selbst ein trinkfester Seebär würde flach unterm Tisch liegen. Vorsichtig ging ich den Grasweg entlang, während der Pekinese sein Abschiedsgebell anstimmte.

„Kommen Sie doch noch einmal vorbei, bevor Sie wegfahren“, ermunterte mich meine Gastgeberin, „… Ming, sei still! … Wir müssen uns einmal über Kunst unterhalten. Wie ich hörte, sind Sie Malerin. Ich selbst übe mich auch ein bisschen in diesem Fach.“

„Danke, das wäre herrlich. Wir sehen uns ja sowieso morgen Abend bei Mr Trevelyan.“

„O ja, natürlich! Es wird bestimmt nett werden.“

Klang das nicht ein bisschen skeptisch?

Sie winkte mir noch einmal zu, rief nach Ming, dann hörte ich die Eingangstür zuschlagen.

Hodge stolzierte etwas benommen aus einer Hecke, und als ich die Tür öffnete, hüpfte er in den Wagen. Ich machte das Licht an und startete, worauf der Wagen einen heftigen Satz nach hinten machte. Was war ich doch dämlich, ich hatte ja den Rückwärtsgang eingelegt! Also schaltete ich in den Leerlauf zurück, kurbelte das Fenster herunter und blieb einen Augenblick still sitzen, um die Wirkung von Miss Pentecosts K.-o.-Getränk abzuschütteln.

Erst nachdem ich mich wieder relativ klar im Kopf fühlte, startete ich von Neuem. In diesem Augenblick krabbelte mir ein großes Etwas über die Füße. Zuerst dachte ich, es wäre Hodge – aber der lag auf seinem gewohnten Platz, dem Beifahrersitz. Ich hatte gerade die Handbremse gelöst … jetzt zog ich sie heftig wieder an. Der Mini machte einen Satz zur Seite und kam gerade noch rechtzeitig vor einem Vorsprung zum Stehen. Im selben Augenblick brach im Wagen ein Tumult aus, irgendwo im Halbdunkel auf dem Fußboden. Hodge hatte sich wie ein Panther auf dieses große Etwas gestürzt. Ich hörte ihn wütend fauchen und einige dumpfe Schläge, dann ein angstvolles Quieken. Es war die Hölle los.

Ich riss die Wagentür auf und schoss nach draußen, wodurch das Licht im Wagen anging. Als ich mich umdrehte, sah ich die Kreatur über die Schwelle flitzen, Hodge wie der Blitz hinterher. Dann ein letzter wilder Kampf auf der Straße, und Hodge schüttelte triumphierend seine Beute und warf sie über die Schulter. Mit einem dumpfen Aufschlag fiel sie im Strahl des Scheinwerferlichts zu Boden. Behutsam ging ich näher und erblickte eine riesige graue Ratte. Hodge fauchte mich an, als ich mich ihr näherte.

„Beruhig dich. Ich werde mich sicher nicht an ihr vergreifen“, sagte ich ziemlich mitgenommen und ging zurück zum Wagen. Hodge inspizierte seine Beute noch einmal behutsam, schüttelte sie ein letztes Mal, beschloss, sie nicht zu verspeisen, und sprang ins Auto. Ich sah erst bei offener Tür nach, ob sich auch wirklich nichts mehr im Innern befand, dann setzte ich mich wieder auf den Fahrersitz und atmete tief durch.

Es war eine sehr große Ratte gewesen. Wie in aller Welt war sie in den Wagen gekommen? Konnte sie hereingekrochen sein, während der Mini unten am Kai parkte? Nein, das war völlig unmöglich, Hodge war zu der Zeit im Auto gewesen.

Hodge miaute leise und leckte eine Wunde an seinem Bein. „Ist auch alles in Ordnung mit dir, alter Kater?“, fragte ich und streichelte seinen Kopf. „Jedenfalls bin ich sehr froh, dass du bei mir warst.“

Dabei fiel mir zum ersten Mal auf, was für ein Glück ich gehabt hatte, erstens weil Hodge bei mir war, und zweitens dass ich den Rückwärtsgang eingelegt hatte. Sonst wäre ich vermutlich hilflos den Berg hinuntergerollt, als die Ratte mich streifte. Wahrscheinlich wäre ich in Panik geraten und gegen eine Mauer gefahren oder über eine Haarnadelkurve hinausgeschossen und auf dem Dach eines der Häuser dort unten gelandet. Und ganz besonders deshalb, weil meine Reaktionsfähigkeit durch Miss Pentecosts Walnusswein gedämpft war. *Ich hasse Ratten!*

Mit einem Schlag war ich wieder stocknüchtern. Das hatte ich doch kürzlich zu jemandem gesagt. Wann war das und wo? Ja, natürlich, gestern Abend in der Bar, vor drei Leuten: Nab, Toby und dem düsteren Mann. War Mr Vosper auch da gewesen? Ich dachte nach: Konnte es sein, dass jemand die Ratte absichtlich in meinen Wagen gelegt hatte, um mich zu erschrecken oder mich auf drastische Art daran zu hindern, unangenehme Fragen zu stellen? Und wenn ja, wer?

Etwa eine Stunde war ich bei Miss Pentecost gewesen, also genügend Zeit für jemanden aus dem Dorf, hier hinaufzukommen. Auch Miss Pentecost hätte Gelegenheit gehabt, es zu tun. Sie hatte mich ziemlich lange allein gelassen, als sie ihre Lebensmittel hereinholte. Aber warum sollte sie so etwas tun? Und woher hätte sie die Ratte haben sollen? Andererseits konnte sie nicht wissen, dass ich eine Katze bei mir hatte, Hodge war nicht in Erscheinung getreten. Der düstere Mann von gestern Abend hatte ihn ebenfalls nicht gesehen. Auch – das kam mir erst jetzt in den Sinn – Toby Trevelyan nicht. Doch irgendwie schreckte ich vor der Idee zurück, dass Toby seinen Zweisitzer weiter oben geparkt haben und zurückgeschlichen sein könnte, um mir eine Ratte in meinen Mini zu legen, während ich mich mit Miss Pentecost unterhielt. Der Gedanke, dass irgendjemand das mit Absicht getan haben könnte, war unerfreulich genug.

Ich startete erneut und fuhr langsam nach Penleggan, parkte den Wagen vor dem Pub und schloss ihn ab.

Mrs Vosper servierte mir ein ausgezeichnetes Essen im kleinen Salon. Danach behandelte ich Hodges Wunde, nahm ein Bad und ließ mich dankbar ins Bett fallen.

Einen Moment lang sah ich ein Gesicht vor mir – nicht mein Traumgesicht, sondern das von Toby Trevelyan, wie es ausgesehen hatte, als er das erste Mal meine Zeichnung sah: angespannt, mit diesem seltsamen Ausdruck in den Augen. Aber wenn es eine Person in Penleggan gab, die Gerald Trevelyan nicht ermordet haben konnte, dann war das sein Sohn: ein zehnjähriger Junge, der zu der Zeit, als es passierte, im Internat war.

Entschlossen schob ich den Gedanken an ihn fort, fiel in einen tiefen Schlaf und träumte weder von Katzen, Ratten oder Felsen noch von irgendeinem Gesicht.

Kapitel 7

Am nächsten Tag war wieder herrliches Wetter, und immer noch herrschte diese unglaubliche Ruhe. Ich trank meinen Kaffee in Vospers kleinem Garten mit seinen verhutzelten Apfelbäumen. Von hier aus konnte ich den Hafen überblicken. Es war schon fast Ebbe, und das Wasser rieselte sanft den Felsen hinunter, der sich malerisch in dem grünen Wasser spiegelte. Sogar die Möwen saßen bewegungslos wie eine Reihe Tontauben auf der moosbewachsenen steinernen Abschussrampe.

Ich nahm einen Krug Wasser und Desinfektionsmittel und säuberte Hodges Wunde. Währenddessen kam Mr Vosper in den Garten geschlendert. Sein trauriges Gesicht erhellte sich ein wenig.

„Stammen die Verletzungen von einem Kampf?“, fragte er und deutete auf Hodge. „Wir haben hier in der Gegend ein paar alte, kräftige Kater.“

„Das war keine Katze, das war eine Ratte!“, erwiderte ich und erzählte ihm die ganze Geschichte.

Mr Vosper zeigte sich angemessen bestürzt – obwohl ich den Verdacht hatte, dass er meine Angaben bezüglich der Größe der Ratte für einigermaßen übertrieben hielt. Dann entstand eine Pause. Mr Vosper kratzte an einem Rostfleck auf dem schmiedeeisernen Kaffeetisch herum und pfiff vor sich hin. Mit reichlich verlegener Miene fragte er dann: „Können Sie mir sagen, wie lange … ich meine, wann werden Sie uns voraussichtlich verlassen, Miss Frazer?“

Ich war ziemlich verblüfft. „Warum? Darüber habe ich noch nicht nachgedacht. Heißt das … Brauchen Sie mein Zimmer?“

Das war sehr unwahrscheinlich, denn ich hatte drei bis vier leere Zimmer neben meinem bemerkt, aber Mr Vosper antwortete: „Ja, das ist es“, in einem erleichterten Ton, als wäre ihm eine so simple Erklärung noch nicht in den Sinn gekommen.

„Oh, ich verstehe. Ist es möglich, dass ich bis morgen bleibe?“

„Ja“, meinte er zweifelnd, „das geht schon in Ordnung. Es tut mir sehr leid, Miss Frazer, ich möchte nicht ungastlich erscheinen oder … oder … Sie vertreiben, aber Sie wissen ja, wie das ist, wenn jemand im Voraus gebucht hat … so was gibt's bei uns nicht oft …" Er plapperte ziemlich unkontrolliert drauflos.

„Ich verstehe Sie schon", beruhigte ich ihn. „Ja, dann … sollte ich wohl das Beste aus diesem Tag machen. Schließlich kann sich dieses herrliche Wetter ja nicht ewig halten."

Also holte ich meine Zeichenutensilien und malte eine oder zwei Stunden lang. Wenn ich arbeite, denke ich nicht sehr viel, zumindest nicht bewusst. Ich konzentriere mich ganz auf das, was ich male. Aber heute, als ich innehielt, um meine steifen Finger zu bewegen, kam mir die Unterhaltung mit Mr Vosper wieder in den Sinn. Warum war er so ängstlich darauf bedacht, mich loszuwerden? Bevor er die Geschichte mit der Ratte gehört hatte, war das noch nicht der Fall gewesen.

Penleggan war nicht der friedliche Ort, der er zu sein schien. Unter der Oberfläche schwelten Spannungen, die offenbar durch mich zutage traten. Vielleicht hatte Mr Vosper Recht, und ich sollte hier wegfahren. Aber dann rebellierte etwas in mir: Es lag nicht in meinem Interesse. Wenn ich schlecht für diesen Ort war, so war das nicht meine Schuld. Er war gut für mich. Ich fühlte mich viel ruhiger und munterer als in den letzten Monaten. Venetia hatte ja ohnehin vermutet, dass mir die Rückkehr nach Penleggan helfen würde. Oder es lag einfach daran, dass ich nicht mit George zusammen war. Ich merkte plötzlich, dass ich zwei Tage lang kaum an ihn gedacht hatte.

Der alte Nab kam den Kai entlanggehumpelt, um mir Guten Morgen zu sagen.

„Sehr hübsch!", rief er bewundernd aus, als er meine Zeichnung von dem verlassenen kleinen Haus sah. „Gute Arbeit! Sie sollten 'n paar davon in Farbe machen, meine Liebe, wie sie sie in den Läden in Padstow ha'm, verkaufen würden se sich wie warme Semmeln, ganz bestimmt."

„Ich male das nur für mich", erwiderte ich lachend. „Als Souvenir, falls ich diesen Ort wieder vergesse wie das letzte Mal."

„Gut", stimmte er zu. „Hab gehört, Sie fahren morgen?" Die Neuigkeit hatte offensichtlich bereits die Runde gemacht. „'s nur klug, das Wetter ändert sich schnell um diese Jahreszeit. Und der alte Kater da könnte neue Schwierigkeiten kriegen …" Er zeigte auf Hodge, der sich in der Sonne aalte. „Hatte 'n Abenteuer mit 'ner Ratte, wie ich höre. Gibt 'ne Menge von diesen großen Viechern in Penleggan … tun gut daran, ihn nach Hause zu bringen, wo er sicher is."

War das eine Warnung? Ich beobachtete Nab scharf, aber er wandte das Gesicht ab, schaute in die Ferne und fügte hinzu: „Sieht nach Sturm aus, werd heut Nachmittag Hummer fangen, 's wird Zeit, dass Mr Vosper Ihnen einen zum Tee serviert."

„Zu schade … Ich bin zum Essen eingeladen. Glauben Sie, dass es bei Mr Trevelyan Hummer geben wird?", erwiderte ich lachend.

Diese Neuigkeit schien den alten Nab zu verwirren. Seine weißen Augenbrauen hoben sich erstaunt. Aber er sagte nur in unbeteiligtem Ton: „Nun, glaub schon", nickte dann, als wäre er mit etwas anderem beschäftigt, und wandte sich zum Gehen.

Ich fange an, Gespenster zu sehen, dachte ich, während ich meine Zeichnungen zusammensuchte. Hinter jeder harmlosen Unterhaltung vermute ich etwas Unheimliches. Meine Mitteilung konnte Nab wirklich nicht schockiert haben. Was konnte an einer Einladung bei Mr Mark Trevelyan gemeinsam mit Miss Pentecost und seinem Neffen seltsam sein? Wahrscheinlich würde der alte Herr ermüdend sein, vielleicht gar versuchen, mich zu überreden, sein Porträt zu malen – ich war schon jetzt entschlossen, abzulehnen. Aber ich mochte Miss Pentecost und Toby … Toby war eine reine Freude. Es gab mir ein warmes Gefühl der Vorfreude, ihn vor meiner Abreise noch einmal zu sehen.

Ich beschloss, eine Zeichnung vom Innern des Hauses zu machen, und öffnete meine Mappe, um die fertigen Bilder hineinzulegen. Dann hielt ich bestürzt inne. Was die Ordnung in meiner Mappe angeht, bin ich sehr eigen. Und ich war mir ganz sicher, dass ich das farbige Porträt von Tobys Vater obenauf gelegt hatte. Jetzt war es nicht mehr da. Ich blätterte den Inhalt meiner Mappe durch, dann noch einmal und mit mehr Sorgfalt. Vergebens: Das Porträt war weg. Hatte ich es am Strand liegen lassen, im Auto, oben in meinem Zimmer?

Ich überlegte angestrengt, was ich gestern alles gemacht hatte, und erinnerte mich jetzt ganz deutlich, dass ich es in meiner Mappe abgelegt hatte, als ich mit Toby vom Strand wegging. Er hatte sie mir noch getragen. Dann, bevor wir zu Miss Pentecost fuhren, wollte ich mich noch schnell frisch machen und hatte sie auf das Klavier gelegt. Heute Morgen hatte sie noch dort gelegen, unberührt. Oder? Hatte jemand das Porträt gestohlen, während ich bei Miss Pentecost war? Oder in der Nacht? Warum? Das wäre völlig unsinnig, dachte ich verärgert. Denn natürlich könnte ich es jederzeit wieder zeichnen.

Immer noch vor mich hin grübelnd ging ich in das kleine Sommerhaus, diesmal ohne das unheimliche Gefühl von vorgestern Abend. Heute war es nur ein kleines Haus, feucht und in einem ziemlich schlechten Zustand.

Ich fragte mich, warum man es so hatte verfallen lassen. Vielleicht konnte der jetzige Besitzer – Mark Trevelyan oder Toby – das Gefühl nicht ertragen, immer an Gerald Trevelyan erinnert zu werden. Oder aber die Arbeiter hatten sich geweigert, an einem Spukhaus zu arbeiten.

Im hellen Morgenlicht wirkte es völlig harmlos. Der Sonnenschein offenbarte den schlechten Zustand des wurmstichigen Parkettbodens, Staubflocken flogen durch die Luft. Es fiel mir schwer zu glauben, dass hier ein Mord begangen worden war, und noch dazu in meiner Gegenwart.

Plötzlich musste ich an Vater denken. Wie sehr würde er meinen Versuch missbilligen, eine verlorene Erinnerung aus meiner Kindheit wiederzufinden. Ich konnte mir seinen skeptischen Gesichtsausdruck gut vorstellen und dazu seinen tadelnden Kommentar geradezu hören: „Meinst du nicht, dass das alles etwas melodramatisch ist, Meg? Wie kannst du nur glauben, dass dir dieses mysteriöse Wühlen in der Vergangenheit helfen wird?“ Ich fragte mich, ob ich diese fürchterlichen Erinnerungen vielleicht nicht verdrängt hätte, wenn Vater mitfühlender gewesen wäre und mich ermuntert hätte, mit ihm über alles zu reden. Aber das führte zu nichts. Vater war Vater, zurückhaltend und vorsichtig, wie er durch die Erfahrungen, die er in seinem Leben gemacht hatte, geworden war.

Ich schwor mir, meine Kinder einmal mit so viel Liebe zu erziehen, dass sie niemals von undefinierbaren Ängsten geplagt werden würden. Als mir die Ironie dieses Vorsatzes bewusst wurde, musste ich lächeln. Kinder von George würden vermutlich fröhliche, fantasielose junge Bürger werden und sicher keine Opfer undefinierbarer Ängste. Also brauchte ich mir um sie kaum Sorgen zu machen.

Aber dieser Gedankengang brachte mich auf ein anderes Problem: War nicht meine frühe Verlobung mit George, der mir mit seiner Zuverlässigkeit Sicherheit gab, auch auf meine unglückliche Kindheit zurückzuführen? Offensichtlich schon, dachte ich unbehaglich. Ich hatte mich an ihn wie an den sprichwörtlichen Strohhalm geklammert. War das ihm gegenüber wirklich fair? Und war nicht der aufkommende Groll gegen ihn im Grunde nichts anderes als mein unbewusstes Wissen, dass ich uns erlaubt hatte, eine falsche Richtung einzuschlagen? Entschlossen schob ich diese quälenden Gedanken beiseite und machte mich wieder an die Arbeit.

Nachdem ich ungefähr zwanzig Minuten lang gemalt hatte, wurde es plötzlich dunkler, die Sonne schien nicht mehr durch die Fenster. Ich fing diese Stimmung in meinem Bild auf – Dämmerung. Ein paar zusätzliche Striche ließen die Umrisse eines Kindes erkennen …

Der Himmel war klar gewesen an jenem Abend, dachte ich, kurz nach Sonnenuntergang, rötlich golden, die ersten Sterne waren schon aufgegangen. *Und dann schaute plötzlich jemand zum Fenster herein.*

„Hier sind Sie also? Wie geht es Ihnen? Ich wollte Sie fragen, ob Sie nicht Lust hätten, heute Nachmittag mit mir zu einem unserer herrlichsten Fleckchen zu kommen? Wie ich gehört habe, fahren Sie morgen schon ab?"

Sein plötzliches Kommen hatte mich derart erschreckt, dass meine Hand ausrutschte und einen schwarzen Strich über die Zeichnung zog, und die Kohle auseinanderbrach. Ich hob den abgebrochenen Teil auf und erwiderte beherrscht: „Danke, Mr Trevelyan, ich hätte große Lust dazu."

„Oh, nennen Sie mich bitte Toby. Mr Trevelyan klingt nach Onkel Mark."

„In Ordnung, Toby."

Er schlüpfte unter der heilen Türhälfte hindurch, schaute sich um und sagte mit einem Zittern in der Stimme: „Dieses Haus macht mir Angst. Wenn es mir gehören würde, würde ich es abreißen lassen. Warum kommen Sie nicht mit mir nach draußen in die Sonne … das heißt, falls Sie fertig sind?"

„O ja, ich bin fertig." Ich war sowieso nicht mehr in der Stimmung weiterzumalen und folgte ihm. „Es gehört also Ihrem Onkel?"

„Ja", meinte er mit einer Endgültigkeit in der Stimme, die jede weitere Diskussion im Keim erstickte. „Wie ist es Ihnen bei Miss Pentecost ergangen?", fuhr er fort. „Ist sie nicht ein Schatz? Trotzdem hätte ich Sie vor ihrem Gebräu warnen sollen, manchmal hat es mehr als neunzig Prozent Alkohol. Ich hoffe, es ging Ihnen hinterher nicht allzu schlecht?"

„Nein, wirklich nicht." Ich war jetzt nicht in der Laune, ihm von der Ratte zu erzählen. „Miss Pentecost war sehr nett. Aber sie hat mir nicht viel mehr erzählt, als ich selber schon wusste. Wohin gehen wir eigentlich?"

„Ich möchte Ihnen einen Ort namens ‚Merlins Höhle' zeigen. Mein Vater ist immer mit mir dorthin gegangen, als ich noch ein kleiner Junge war. Es ist ein Paradies für einen Maler, man findet dort die erstaunlichsten Grün- und Blautöne, ganz zu schweigen von den Farben der Felsen."

„Das klingt ja wunderbar. Soll ich meinen Badeanzug mitnehmen? Laufen wir oder fahren wir mit dem Wagen?"

„Weder – noch. Ich werde mir Walt Vospers Motorboot ausleihen. Ja, nehmen Sie Badezeug mit. Der Strand dort ist wunderschön … und keine Menschenseele weit und breit. Ich habe Mr Vosper gebeten, uns einen kleinen Imbiss vorzubereiten."

„Sie scheinen ja an alles gedacht zu haben", bemerkte ich kühl.

Toby grinste mich nur vertrauensvoll an und meinte: „Ja, nicht wahr? Als Abschiedsgeschenk, weil Sie morgen fahren. Es ist wirklich herrlich dort."

Er wirkte derart unbefangen, dass ich den Gedanken verdrängte, er habe das alles nur organisiert, um mich vor Schaden zu bewahren.

„Walt hat mir erzählt, Sie hätten eine Katze bei sich. Möchten Sie sie vielleicht mitnehmen?"

Doch ich fühlte mich der Aufregung, Hodge im Boot mitzunehmen, heute wirklich nicht gewachsen, besser, er blieb in meinem Zimmer. Also stellte ich ihm eine Schüssel mit Wasser hin und bat Mrs Vosper, ihn zu füttern.

„Ich werde heute Abend mit dir spazieren gehen", versprach ich ihm. „Ruh dich schön aus. Es würde dir außerdem gar keinen Spaß machen, ehrlich."

Er schaute mich böse an und begann, seinen Unterleib zu lecken, um mir zu zeigen, dass ihn nichts weniger interessierte als meine Unternehmungen.

Als ich aus der Haustür trat, verstaute Toby gerade den Picknickkorb in einem schäbigen rot-weißen Motor-Dingi.

„Wir brauchen ungefähr eine Stunde dorthin." Er schaute auf seine Uhr. „Die Flut kommt um fünf, also haben wir noch genügend Zeit, die Höhle zu besichtigen und zwei bis drei Stunden am Strand zu verbringen." Er half mir ins Boot und löste die Leine.

„In welche Richtung fahren wir?"

„Westlich der Küste entlang Richtung Newquay. Man kann ‚Merlins Höhle' nur mit dem Boot erreichen … deshalb ist es auch so schön dort. Es ist zu weit zum Laufen, man würde unweigerlich von der Flut überrascht werden. Dieser Ort ist im Grunde genommen gar keine Bucht … lediglich eine Höhle in den Felsen."

„Gibt es auch einen Weg über die Felsen dorthin?", fragte ich, als wir geräuschvoll aus dem Hafen ausliefen. Über uns zur Rechten lag das Haus der Trevelyans im Schatten der Bäume. Als wir die Landspitze umfuhren, sah ich zur Linken das Geröll, auf dem ich als Kind ausgerutscht war, und die Bucht, in der ich mit Mutter gespielt hatte …

„Über die Felsen? Hoffnungslos. Es sei denn, man wäre ein professioneller Bergsteiger. Die Küste ist zu steil. Nein, ein Boot ist wirklich das einzig Wahre. Man hat dort auch einen schönen Ausblick."

Das war wirklich nicht übertrieben. Die hügelige Landschaft erstreckte sich weit nach Westen, im Landesinnern erblickte man grüne Felder, am

Meer Hügel, bewachsen mit goldbraunem Farn und Ginster, darunter steile schwarze Felsen und eine schmale weiße Sandküste.

„Der Strand ist schön leer“, bemerkte ich.

„Ist es nicht schön, Sand zu sehen, auf dem sich nicht unzählige Menschen tummeln?“

„Sie überraschen mich“, erwiderte ich. „Ich hätte gedacht, Sie würden danach lechzen, Küstenlifte zu bauen und Spielplätze für Kinder … und Liegestühle und ein oder zwei Stege …“

„Oh, hören Sie doch auf!“ Toby grinste mich an. „Ich möchte nichts anderes, als anständigen Leuten, die gern in ihrem Heimatdorf bleiben wollen, eine Möglichkeit zu geben, sich ihren Lebensunterhalt zu verdienen. Ich will keine Strandpavillons oder Spielhöllen, das wissen Sie ganz genau … Obwohl, es würde mir schon Spaß machen, einen Lift zu bauen“, fuhr er nachdenklich fort. „Hydraulisch … man füllt oben einen Tank mit Wasser, und ab geht’s nach unten, währenddessen kommt der andere Wagen von unten nach oben – wie bei den Eimern in einem Brunnen.“

Ich fragte ihn nach seiner Arbeit, und er erzählte mir davon. Dann kamen wir auf Bücher zu sprechen, die wir gelesen, und Filme, die wir gesehen hatten. Die Zeit verging im Handumdrehen. Ehe ich mich’s versah, waren wir am Ziel. Ich half Toby, das Boot auf den schmalen weißen Sandstrand zu ziehen. Dann zeigte er mir die Höhle.

Eigentlich war ich gar nicht so erpicht darauf, sie zu besichtigen, aber ich sagte es Toby nicht, er war so begeistert von der Idee. Irgendetwas an diesen feuchten, felsigen Höhlen kam meinem Wunsch nach Geborgenheit allzu nahe. Diese allerdings war eine besonders hübsche Ausgabe mit einem hohen Deckengewölbe wie bei einer gotischen Kirche und, wie Toby es versprochen hatte, Wasser und Felsen zeigten tatsächlich wundervolle Farbeffekte. Trotzdem war ich nicht allzu böse, als wir wieder hinaus in die Sonne gingen.

Wir badeten, nahmen einen Imbiss ein und unterhielten uns lange. Wie seltsam es doch für mich war, mit einem Menschen, von dessen Existenz ich vor zwei Tagen noch nichts gewusst hatte, so vertraut zu sein. Reden, schwimmen, im Sand vor sich hin dösen, all das war idyllisch, aber September ist nun mal nicht Juli und die Nordküste von Cornwall nicht die Riviera.

Deshalb meinte ich schließlich, als die Sonne immer tiefer sank: „Toby, sollten wir nicht allmählich ans Aufbrechen denken? Die Flut ist schon bis zu unserem Boot gestiegen, und es wird etwas kühl.“

„Ja, natürlich … es tut mir leid … ist Ihnen kalt? Ich bin immer so glücklich, wenn ich hier bin, dass ich gar nicht merke, wie die Zeit vergeht … besonders heute.“

„Nein, mir ist überhaupt nicht kalt, und ich habe die Zeit hier sehr genossen. Aber ich bin in der Stadt aufgewachsen … und habe schreckliche Angst davor, von der Flut überrascht zu werden.“

Ich blickte die Küste entlang, in beiden Richtungen schlug das Wasser bereits gegen die Felsen, nur auf unserem kleinen Strand noch nicht.

„Also, gehn wir“, sagte Toby beruhigend. „Ich werde nur schnell noch die Picknicksachen einsammeln.“

Wir kletterten ins Boot und warfen noch einen Blick zurück zum Strand. Die Felsen lagen im Schatten, schwarz und eindrucksvoll, und der Höhleneingang sah nur noch wie eine dunkle Felsspalte aus.

„Sie scheinen diese Küste sehr gut zu kennen“, sagte ich. „Ich hätte diese Stelle vom Meer aus nie gefunden. Es ist wirklich ein herrliches Stückchen Erde. Vielen Dank, dass Sie mich mitgenommen haben. Ich habe wirklich … Ist etwas nicht in Ordnung?“

„Ich weiß nicht“, erwiderte er stirnrunzelnd und versuchte, den Motor anzulassen. „Normalerweise startet Walts Boot wie eine Eins.“ Er versuchte es nochmals, ein, zwei, ein Dutzend Mal – dann öffnete er die Luke und bastelte besorgt am Motor herum.

„Kann ich etwas tun?“

„Ja. Könnten Sie uns vom Strand wegrudern?“

Er reichte mir ein Paddel. Es war höchste Zeit. Die Wellen hatten mittlerweile den Strand überrollt, und unser dürftiges Gefährt wurde gefährlich nahe an die kantigen Felsen getrieben. Ich ruderte um mein Leben, während Toby den Motor inspizierte.

„Das scheint in Ordnung zu sein … und das auch. Es ist ein prima Motor … er ist nicht kaputt.“

„Nun“, meinte ich zögernd und musste dabei denken, wie George mich angefahren hätte. „Könnte es nicht sein, dass wir kein Benzin mehr haben?“

„Kaum. Ich habe kurz vor der Abfahrt vollgetankt. Um ganz sicherzugehen, werde ich trotzdem kurz nachsehen. Könnten Sie mir bitte dieses Ding dort herüberreichen? Walt benutzt es immer für die Benzinprobe.“

Ich reichte ihm den Stock, und eine Minute später rief Toby aus: „Himmel und Hölle!“ Dabei starrte er ungläubig auf den Stock. „Wie in Gottes Namen …! Wir können in einer Stunde nicht so viel verbraucht haben, aber es ist so.“

„Ein Loch im Tank?“

„Vermutlich. Es muss wie wahnsinnig auslaufen. Zum Glück hat Walt immer einen Reservekanister dabei, sonst wären wir geliefert.“

Das kleine Boot schaukelte jetzt gefährlich hin und her, der Wellengang war stärker geworden. Toby kroch nach vorn, öffnete eine Luke am Bug und warf ein Durcheinander verschiedener Sachen hinter sich.

„Er muss hier irgendwo sein. Komisch … normalerweise ist er immer hier …“

In diesem Moment fühlte ich zum ersten Mal Angst in mir aufsteigen – diesen seltsamen Schock, gemischt mit Unglauben, mit dem man die Möglichkeit einer realen Gefahr zu verdrängen versucht: *Das kann doch mir nicht passieren. Das kann nicht wahr sein.*

Das Boot schlug gegen einen Felsen.

„Können Sie etwas weiter wegrudern?“, rief Toby mir zu. „Oder warten Sie … ich werde es tun. Suchen Sie so lange den Benzinkanister.“ Er kletterte nach hinten, ein Ruder, das er vorn auf einer Planke gefunden hatte, in der Hand, und versuchte, uns langsam von den Felsen wegzurudern.

Im selben Augenblick bemerkte ich, dass wir schnell abgetrieben wurden. Die Geschwindigkeit, mit der die Felsen an uns vorbeirasten, hatte etwas Faszinierendes. Energisch wandte ich den Blick ab und versuchte, in den vorderen Teil des Bootes zu gelangen.

„Nun?“, fragte Toby fünf Minuten später. „Kein Benzin an Bord?“

Ich nickte jämmerlich. Irgendwie fand ich das Ganze für ihn viel schlimmer als für mich. Es war sein Ausflug, seine Idee, seine Verantwortung … und sein Gesicht zeigte deutlich die Vorwürfe, die er sich machte.

„O Gott. Was bin ich bloß für ein Idiot. Ich könnte mich umbringen. Wie konnte ich nur vergessen, vor der Abfahrt zu überprüfen, ob ein Reservekanister im Boot ist? Aber Walt hat immer einen an Bord. Und dann noch ein Loch im Tank – das ist wirklich ein bisschen viel – warum musste es aber ausgerechnet jetzt, wo Sie bei mir sind …“

„Nicht, Toby! Bitte machen Sie sich keine Vorwürfe. Das hätte jedem passieren können. Es ist wirklich nicht Ihre Schuld. Und es ist ja nicht so schlimm. Wir werden es schon schaffen. Können wir zurückrudern?“

„Ich fürchte nein“, antwortete er grimmig. „Die Flut wird uns zweimal so schnell in die andere Richtung treiben. Wir sollten uns lieber darauf konzentrieren, uns irgendwie bemerkbar zu machen, damit man uns schnell findet. Zum Glück wird es ja noch nicht so schnell dunkel. Haben Sie irgendetwas Weißes bei sich? O ja, Ihr Handtuch. Das ist gut. Sie winken damit, und ich werde versuchen, uns von den Klippen fernzuhalten, denn das ist unser Hauptproblem."

Ich kam mir vor wie ein Idiot, mit einem Handtuch ins Nichts zu winken, zumal ich das Gefühl hatte, dass es ohnehin nur für die Möwen war. Aber Tobys verzweifelte Ruderversuche beschämten mich, deshalb winkte ich, bis mir die Arme wehtaten. Dabei überlegte ich, wie George sich wohl in dieser Situation verhalten hätte. Natürlich war der Gedanke, dass George sich in einem Motorboot ohne Benzin befinden könnte, fast unvorstellbar. So etwas passierte ihm einfach nicht, weil er für guten Service jeden Preis bezahlte und ihn deshalb auch bekam. George wäre wahrscheinlich schrecklich wütend geworden und hätte jedem Anwesenden die Schuld gegeben. Geholfen hätte das auch nicht viel, besonders da die einzige Anwesende ich war. Nein, mit Toby war das entschieden einfacher.

„Sie sind ein Engel, dass Sie das alles so gelassen hinnehmen; ich könnte mir vorstellen, die meisten Mädchen würden jetzt ein ganz schönes Theater machen."

„Oh, ich bin sicher, es ist eine gute Therapie gegen meine Albträume." Ich hoffte, meine Stimme klang nicht so beklommen, wie ich mich allmählich fühlte. Wie lang würde ich noch durchhalten mit dem Handtuchwedeln? Und wenn es dunkel wurde? Toby hatte für die Höhle eine Taschenlampe mitgebracht, aber das Licht war schon vorhin ziemlich schwach gewesen. Die Batterie war offensichtlich am Ende. Ich dachte an Hodge, der allein in meinem Zimmer war …

„Etwas beruhigt mich", meinte Toby. „Immerhin wissen ja eine Menge Leute, dass wir hier sind: Nab, Onkel Mark und Walt. Sie werden sich allmählich wundern, dass wir noch nicht zurück sind. Walt braucht wahrscheinlich sein Boot. Es erstaunt mich wirklich, dass er nichts von dem Loch im Tank wusste."

Mir kam ein schrecklicher Gedanke. Vielleicht hatte er es gewusst? Oder vielleicht irgendjemand anders, der heimlich den Reservekanister entfernt hatte? Am Hafen stand schließlich ein halbes Dutzend Dingis. Es wäre nicht schwierig, unbemerkt von einem zum anderen zu schlüpfen. Ich erzählte Toby jedoch nichts von meinem Verdacht und konzentrierte mich auf das Winken.

Eine halbe Stunde verging, ohne dass etwas geschah. Allmählich wurde es ziemlich kühl. Hatte Nab nicht gesagt, es würde ein Sturm aufkommen? Es war noch weit bis zur Küste.

„Die Strömung treibt uns weiter ab. Aber das ist besser so", beantwortete

Toby meine unausgesprochene Frage. „Das kleine Boot ist haltbarer, als es aussieht. Wir sind hier wirklich sicherer als in der Nähe der Felsen, glauben Sie mir."

„Verstehe." Glücklicherweise hatte mich die jahrelange Erfahrung disziplinierter Gespräche mit meinem Vater gelehrt, mich zu beherrschen, und ich gab mir große Mühe, gelassen zu klingen.

Plötzlich lächelte Toby mich an und strich sich die Locke aus dem Gesicht, die ihm beim Rudern immer wieder in die Stirn fiel. Seine Augen strahlten, und trotz der Sorgenfalten sah er auf einmal um Jahre jünger aus.

„Meg", er räusperte sich, „Meg, wissen Sie eigentlich, dass Sie ein richtiger Schatz sind? Hätte ich die Möglichkeit, mir das Mädchen auszusuchen, mit dem ich am liebsten auf offener See in einem Boot …"

„Psst, einen Augenblick … hören Sie doch! War das nicht der Klang eines Motors?"

Wir lauschten angestrengt. Dann meinte Toby: „Wir müssen rufen!", worauf wir beide aus vollem Hals schrien. Und ich winkte mit dem Handtuch, als gelte es, die Weltmeisterschaft im Handtuchwedeln zu erringen …

„Ist ja gut", ließ sich nun eine tadelnde Stimme vernehmen. „Bin ja nich taub, und auch nich blind. Bin euch die letzte halbe Stunde gefolgt. War 'ne ganz schön schaukelige Angelegenheit!"

Ein kleines blaues Boot kam an unsere Seite gefahren, und eine Leine flog zwischen uns. „Seht ja noch ganz lebendig aus!"

„Nab! Bin ich froh, dich zu sehen!"

„Na, dann halten Se sich jetzt mal fest, Master Toby, und sitzen Se nich da und glotzen wie 'n U-Boot!", meinte Nab, der Briefträger, scharf. „Ha'm mich ganz schön weit von meinen Hummern weggelotst. Sie überraschen mich, mein Junge, nein wirklich. Die junge Dame auf so 'ne abenteuerliche Spritztour mitzunehmen. Hier, fangen Sie den Riemen und das Ruder … brauchen nich zu denken, dass meine olle Maschine die ganze Arbeit alleine macht."

„Sehen Sie", meinte Toby, als wir endlich in den Hafen von Penleggan tuckerten. „Wir sind gar nicht viel später zurück als geplant, das haben wir Nab zu verdanken."

Toby nahm meinen Arm und half mir aus dem Boot, wofür ich ihm dankbar war. Ich fror und fühlte mich schwach.

Es wehte ein heftiger Wind, und die Wolken im Westen zogen sich bedenklich zusammen. Der Himmel war dunkelrot verfärbt und die Seemöwen kreischten und flogen nervös durcheinander.

„Damit wäre das schöne Wetter wohl beendet, fürchte ich. Morgen wird es Bindfäden regnen, dann werden Sie froh sein, dass Sie den Rat, den so viele Ihnen gegeben haben, befolgt haben und nach London zurückgefahren sind."

Ein großer schwarzer Wagen fuhr langsam die steile Straße zum Trevelyan-Haus hinauf.

„Das ist Minkins", erklärte Toby. Ich hörte wieder das Lachen in seiner Stimme. „Er hat zweifellos Delikatessen für Ihr Essen heute Abend besorgt. Onkel Mark lebt nämlich fast nur von Eiern."

„Wer ist Minkins?"

„Marks Chauffeur, Butler und Hausmeister … schon solange ich denken kann. Seltsamer alter Vogel. Er und Mark sind unzertrennlich."

Mr Vosper hielt schon vor dem Gasthof nach uns Ausschau. Und noch bevor Toby ihm die Sache mit dem Tank erklären konnte, sprach er mich an: „Oh, Miss, vor zehn Minuten ist ein Telegramm für Sie gekommen. Und, Mr Toby, Mr Minkins war hier, um Ihnen etwas auszurichten … Jemand von Ihrer Firma hat angerufen. Ich soll Ihnen ausrichten, dass in der Gießerei in Saltask ein schlimmer Brand ausgebrochen ist. Sie möchten bitte so schnell wie möglich kommen, am besten noch heute!"

„O Gott!", rief Toby aus. „Ein Brand? Wie in aller Welt konnte denn das passieren? Natürlich muss ich sofort fahren. Ich gehe am besten gleich los und hole meine Sachen."

„Mr Minkins hat sich so etwas gedacht und Ihren Koffer gleich mitgebracht. Er ist schon in Ihrem Wagen."

„Oh, das war sehr freundlich von Mr Minkins. Ich hoffe, Sie haben keine schlechte Nachricht erhalten?"

„Nein, keineswegs." Ich las das Telegramm, das ich mit zitternden Händen hielt, nochmals durch. Es lautete folgendermaßen: Was führt dich um Himmels willen in diese Einöde? Kommst du zurück oder muss ich dich holen? Keine sehr erfreuliche Botschaft. Es war George offensichtlich gelungen, Venetias Verteidigung zu durchbrechen. Ebenso eindeutig war, dass er dabei einige Kratzer abbekommen hatte. Wie ich schon sagte, Venetia war von Anfang an nicht unbedingt für George gewesen.

„Nun", ließ Toby sich vernehmen, „ich glaube, ich fahre dann besser gleich los. Es tut mir sehr leid, dass ich Sie nun heute Abend nicht sehen werde …"

Wir schauten uns ziemlich unschlüssig an.

Ich fühlte mich seltsam unglücklich, so als müsste ich von einem langen, wichtigen Teil meines Lebens Abschied nehmen und nicht von einem verhältnismäßig Fremden, den ich gerade erst kennen gelernt hatte.

„Sie werden vermutlich so schnell nicht wieder hierherkommen? Penleggan scheint Ihnen kein Glück zu bringen."

„Nein, offensichtlich nicht … Kommen Sie vielleicht mal nach London?"

„Wohl kaum. Ich nehme an, Sie werden bald heiraten?"

„Ja. Also viel Glück."

„Viel Glück", erwiderte er langsam. „Und es tut mir leid wegen heute Nachmittag." Er wandte sich ab, stieg in seinen Zweisitzer, schien zu zögern, winkte mir dann noch einmal kurz zu und fuhr davon.

Benommen ging ich in das Pub hinein, ich musste mich ja noch für das langweilige Essen zurechtmachen. Jetzt hatte ich gar keine rechte Lust mehr dazu. Was bedeutete ich Mark Trevelyan schon oder er mir? Und ich hatte ganz sicher nicht die Absicht, ihn zu porträtieren.

Ich holte das einzige elegante Kleid, das ich mitgebracht hatte, aus dem Schrank. Dabei fiel mir auf, dass Hodge nicht mehr auf dem Bett lag.

„Wissen Sie, wo mein Kater ist?", fragte ich Mrs Vosper.

„Nein, Miss. Ich habe ihn am Nachmittag einmal miauen hören, aber Sie haben mir ja verboten, ihn rauszulassen, deshalb habe ich es nicht getan. Als Sie kamen, wollte ich ihn gerade füttern."

Irgendjemand hatte ihn auf alle Fälle hinausgelassen, die Tür meines Zimmers war jedenfalls offen, als ich kam. Etwas beunruhigt zog ich mich an und machte mich auf die Suche nach Hodge, sah in jeden Winkel der kleinen Gassen, rief seinen Namen – vergebens. Schließlich musste ich aufgeben, denn die Höflichkeit gebot, nicht zu spät zum Essen zu kommen.

Ich ließ das Wagenfenster offen – sämtliche Ratten der Welt waren mir im Moment egal. Es war mir wichtiger, dass Hodge bei seiner Rückkehr wusste, dass ich ihn nicht im Stich gelassen hatte. Also ging ich eben zu Fuß, widerwillig und mit einer nagenden Unruhe, die ich zu unterdrücken versuchte, weil sie mir albern vorkam. Schließlich war es nicht das erste Mal, dass Hodge für Stunden verschwunden war. Ich nahm mir vor, meine lange Fahrt morgen vorzuschützen und früh nach Hause zu gehen. Natürlich würde Hodge wieder auftauchen und bei meiner Rückkehr ruhig auf meinem Bett liegen. Ganz bestimmt.

Kapitel 8

Ein düsterer Mann mit ausdruckslosem Gesicht ließ mich ein. Ich hatte ihn schon einmal an der Bar des Trevelyan Arms gesehen. Es war vermutlich Minkins. Mir fiel auf, dass er besonders gut rasiert war.

„Mr Trevelyan erwartet Sie im Garten, gnädiges Fräulein. Ich werde Sie zu ihm bringen."

Das überraschte mich ein wenig. Es war mittlerweile schon sehr stürmisch – nicht gerade das richtige Wetter, im Freien zu sitzen. Wir gingen durch das Haus – ich bekam nur einen flüchtigen Eindruck davon: mit Fliesen belegte Böden, eine Menge alter Renaissancemöbel –, dann führte mich Minkins gleich eine Treppe hinunter, die sich über verschiedene Terrassen erstreckte, jede davon überdacht mit verschiebbaren Plastikplanen. Von hier aus konnte man die Küste in beiden Richtungen überblicken – ein herrliches Panorama! Auf der unteren Terrasse stand ein Tisch mit Gläsern und Karaffen, auf einer Chaiselongue daneben saß ein Mann.

„Dort ist er, gnädiges Fräulein." Mit diesen Worten verabschiedete sich Minkins. Ich ging weiter.

Die untere Terrasse war umgeben von einer Mauer, und dahinter zur Rechten schlängelte sich ein steiniger Pfad vorbei. Dort draußen war ich am ersten Abend spazieren gegangen. Der „Eierbecher des Teufels" musste also direkt unterhalb der Terrasse liegen. Das wurde durch die Schaumbälle bestätigt, die unaufhörlich über die Mauer flogen. Heute Abend im Licht der untergehenden Sonne sahen sie rosa aus, wodurch die Szene wie ein futuristisches Szenario wirkte. Es war seltsam, sie wild durcheinanderwirbeln zu sehen, während ich vom Wind geschützt unter der Plane stand.

Mark Trevelyan saß, in eine Wolldecke gehüllt, mit abgewandtem Gesicht auf der Chaiselongue und schaute in die Ferne. Neben ihm auf dem Stuhl lag ein Feldstecher. Ich trat näher und sagte: „Guten Abend, Mr Trevelyan", klar und deutlich, falls er schwerhörig war, und auch wegen des Windes. Er wandte sich um.

Drei Dinge schossen mir auf einmal durch den Kopf: Erstens wie gut er sich pflegen musste – er sah hager und ausgetrocknet aus, aber elastisch wie eine gut erhaltene Mumie; zweitens wie ähnlich sich die Zwillingsbrüder Gerald und Mark gesehen haben mussten, als sie jung waren. Niemand hatte diese Tatsache mir gegenüber erwähnt. Ich nehme an, es war für die Menschen, die Mark ein Leben lang kannten, selbstverständlich. Und drittens und letztens, ich erkannte, was mich an dem Porträt meines Traumgesichts gestört hatte: Der Bart fehlte. Mark Trevelyan hatte einen gepflegten kleinen Bart, weiß und seidig. Mir stockte der Atem.

„Miss Frazer“, sagte er, während er sich erhob. „Wie freundlich von Ihnen, mich hier in meiner Einsiedelei zu besuchen. Ich hoffe, es macht Ihnen nichts aus, ein wenig draußen zu sitzen? Tobys Planen halten den Wind ganz gut ab, finden Sie nicht auch? Und es ist nur recht und billig, Ihnen den wunderschönen Ausblick zu zeigen. Es tut mir so leid, dass Toby wegfahren musste, aber Miss Pentecost wird jeden Augenblick hier sein. Sie malt Aquarelle, wie ich gehört habe … sie ist so etwas wie eine Kollegin von Ihnen. Mehr Künstler hat unser ruhiges Dorf nicht zu bieten, fürchte ich. Aber ich hoffe, Sie genießen Ihren Aufenthalt hier? Wie ich hörte, hat Toby heute Nachmittag einen Ausflug mit Ihnen gemacht.“ Er sah leicht amüsiert aus.

„Ich … ja, vielen Dank“, antwortete ich mechanisch. Ich konnte die Augen nicht von seinem Gesicht wenden. Das war also die einfache Erklärung. Deshalb hatte ich das Gesicht zuerst in dem Schaukelstuhl und dann – ich konnte mich jetzt ganz genau erinnern – *über* mir gesehen, weil *das gleiche Gesicht zum Fenster hereinschaute.* Aber mit was für einem Ausdruck! Kein Wort, nur die zwei marionettenhaften Gesichter, die sich anstarrten. Und dann dieser abscheuliche, laute Knall.

Ich verharrte lange in Schweigen.

„Oh, meine Liebe“, begann Mark Trevelyan sanft. „Wissen Sie, dass ich befürchtet habe, dass so etwas passieren könnte? Es ist sehr, sehr schade, dass Sie zurückkommen mussten! Und dass keine meiner kleinen Warnungen gewirkt hat.“

Ich dachte keinen Augenblick daran, ihm etwas vorzumachen. Es wäre mir sowieso nicht gelungen, ich bin keine gute Schauspielerin. Und außerdem war ich auch neugierig. Und ich empfand in diesem Moment noch keine Angst, denn all das hier: der herrliche Ausblick, das Brausen des Windes, das rötliche Licht, die fliegenden Schaumflocken, war so anders als die unheimliche Dunkelheit in meinem Traum.

„Warum haben Sie es getan?“, platzte ich heraus. „Warum haben Sie Ihren Bruder ermordet? Er war ein guter Mensch, das sagen alle.“

„Gut?“, sagte Mark Trevelyan verächtlich. „Ich fürchte, da bin ich anderer Meinung. Er war ein Vandale … ein Heiligtumschänder. Wenn ich ihm seinen Willen gelassen hätte, wäre Penleggan heute eine Art Blackpool mit Fabriken, Tanzlokalen und jungen Leuten – glauben Sie wirklich, ich hätte so etwas erlaubt?“ Er schob trotzig das Kinn vor und schaute mich missbilligend mit halb geschlossenen Augen an. „Sie sind Malerin, meine Liebe. Sie werden doch sicher verstehen können, dass seine Ideen untragbar waren? Hätte ich ihm erlauben sollen, auf diesen Felsen hier, die seit Generationen unserer Familie gehören, Bungalows und Tankstellen zu bauen? Nein, es gab nur eine Lösung. Bei meinem ersten Versuch – ich bohrte ein Loch in den Rumpf seines Segelbootes – machte ich einen Fehler. Beim zweiten Mal musste es klappen. Ich erschoss ihn mit seinem eigenen Gewehr durch das Fenster seines Sommerhauses. Unglücklicherweise waren Sie dort – ich sah Sie kurz nachdem ich abgedrückt hatte. Aber es stellte sich heraus, dass Sie bewusstlos waren. Und als ich zwei Tage später erfuhr, dass Sie an Gedächtnisschwund litten, war ich sehr erleichtert, keine weiteren Aktionen planen zu müssen … Ich hatte vorgehabt, meinem Bruder anschließend das Gewehr in die Hand zu legen. Es sollte nach Selbstmord aussehen, aber Ihr Anblick hat mich völlig verwirrt. Zu schade. Bei seinem Gesundheitszustand – wäre es da nicht glaubhaft gewesen, dass er seinem sinnlosen Leben ein Ende bereiten wollte?“ Mark Trevelyan schaute mich mit seinen kleinen, kalten Augen an und wiederholte noch einmal voller Bedauern: „Wirklich ein Jammer, dass Sie herkommen mussten, beide Male.“

Angst überkam mich, aber ich fragte mit fester Stimme (ich wollte den Ton der höflichen Unterhaltung unbedingt beibehalten, um Zeit zu gewinnen): „Ich weiß immer noch nicht, *wie* Sie es getan haben. Hieß es nicht, Sie seien bei Ihrer Tante im Krankenhaus gewesen, um ihr vorzulesen?“

Etwas Weißes hinter seinem Rücken erregte meine Aufmerksamkeit. Ich erkannte darin meine verloren gegangene Zeichnung, die der Wind über die Fliesen trieb. Ich nahm an, dass Minkins sie aus dem Pub entwendet hatte.

„Nichts einfacher als das“, antwortete er. „Ich habe meiner Tante vorgelesen, bis sie einschlief … Sie blieb nie länger als fünf Minuten wach. An diesem Abend wurde im Radio eine Sendung von mir übertragen. Zur Sendezeit war ich im Krankenhaus und las ihr dieselben Gedichte vor, die auch im Radio zu hören waren. Sobald das alte Mädchen eingenickt war, schaltete ich den Apparat an, laut genug, damit man es von außen hören konnte, und kletterte zum Fenster hinaus – ihr Zimmer lag im Erdgeschoss. Ich wusste, dass die Oberin ihr Fahrrad immer draußen am Haus abstellte, also lieh ich es mir aus und war im Handumdrehen unten im Dorf. Draußen war es dunkel, außerdem trug ich eine Strickmütze – die Gefahr, dass mich jemand erkennen würde, war also nicht sehr groß. Der Rückweg den Hügel hinauf war schon anstrengender, deshalb erlitt ich nach meiner Rückkehr einen leichten Herzanfall. Ich hatte gerade noch Zeit gehabt, das Radio auszuschalten. Meine Tante dachte, ich sei tot, als sie aufwachte, die arme Seele. Seither habe ich natürlich besser auf mich aufgepasst, aber damals war der Herzanfall nur von Vorteil gewesen."

„Was wäre gewesen, wenn jemand ins Zimmer gekommen wäre, während Sie unterwegs waren?"

„Meine Tante erlaubte niemandem, das Zimmer zu betreten, während ich ihr Gedichte vorlas. In dieser Hinsicht hatte ich nichts zu befürchten." Mit einem selbstzufriedenen Lächeln lehnte er sich zurück.

„Und das Gewehr? Was haben Sie damit gemacht?"

„Meine Tante hatte ein riesiges Puzzle von der ‚Schlacht von Waterloo' auf einem Tisch in ihrem Zimmer, nicht mal halb fertig. Sie spielte selten damit. Drei Wochen lang lag das Gewehr in der großen Schachtel unter all den losen Teilen. Als es mir dann besser ging, habe ich es herausgeholt, während sie schlief, und Minkins hat es weggeworfen, dorthin." Er nickte in Richtung „Eierbecher des Teufels". „Angesichts der widrigen Umstände habe ich doch erstaunliche Geistesgegenwart bewiesen, finden Sie nicht auch?"

Irgendwie faszinierte mich seine absolute Ichbezogenheit. „Sie sind sich doch wohl darüber im Klaren, dass ich die Absicht habe, der Polizei alles zu erzählen?"

Das schien ihn nicht im Geringsten zu irritieren. „Ich dachte mir schon, dass Sie sich zu diesem lächerlichen, puritanischen Schritt entschließen würden. Die jungen Leute sind doch alle gleich – unpraktische Idealisten. Nun, Sie müssen wissen, was Sie für richtig halten." Ich drehte mich um und wollte gerade die Stufen hinaufklettern, als er in schneidendem Ton hinzufügte: „Aber bevor Sie das tun, sollten Sie vielleicht an das Schicksal Ihrer Katze denken!" Er wies auf die Mauer.

Mir blieb fast das Herz stehen. Irgendwie gelang es mir – meine Beine gehorchten mir kaum –, zur Brüstung zu gelangen und hinunterzusehen. Die Felswand zu meiner Rechten ragte steil in die Höhe, und unten brodelte und schäumte das Wasser. Ich blickte geradeaus zu dem äußersten Rand des „Eierbechers des Teufels", wie gesagt, eine niedrige rasenbedeckte Steinmauer. Von hier aus konnte ich auch die Öffnung zum Meer erkennen, einen natürlichen Bogen, durch den die Wellen brachen, gegen die Felswand brausten und den Schaum hoch in die Lüfte schleuderten. Aber diesmal waren dort nicht nur Schaumbälle zu sehen, sondern auch Möwen, die etwas

Kleines, Goldbraunes umflogen, das auf der gefährlich schmalen äußeren Steinmauer kauerte.

„Hodge!“, flüsterte ich. „Sie haben ihn dorthin gebracht. Wie konnten Sie nur? Von all den widerlichen, gemeinen …“

„Ich habe ihn nicht dorthin gebracht, meine Liebe.“ Er strich sich zufrieden über den Bart. „Nein, ich fürchte, dazu bin ich doch etwas zu alt … Es war lediglich meine geniale Idee.“

„Wer also? Doch nicht etwa Toby? Nein! Minkins, natürlich, er war es. Ich werde die Polizei rufen. Die wird kommen … die wird …“

„Aber, aber, mein liebes Kind. Ich fürchte, Minkins wird das nicht zulassen. Außerdem muss ich Ihnen leider mitteilen, dass unser Anschluss gestört ist. Und bis die Polizei hier wäre … ich bin mit Steinen ebenso treffsicher wie mit dem Gewehr.“ Er nahm einen losen Stein von der Mauer und zielte auf den hilflosen Kater. Der Stein flog knapp über Hodges Kopf hinweg, der sich erschreckt duckte. „Sehen Sie? Ich habe das mit Möwen geübt, und ich kann Ihnen versichern: ich bin ein exzellenter Schütze.“

Das brachte das Fass zum Überlaufen. In sinnloser Wut schleuderte ich ihm eine Handvoll Erde, die ich von der Mauer genommen hatte, ins Gesicht. „Sie gemeiner Mensch! Sie werden meinen Kater nicht töten, das lasse ich nicht zu!“

Er taumelte zurück, schrie wütend auf und versuchte, sich den Dreck aus den Augen zu reiben. Im selben Moment war ich schon auf der Mauer. Erst als ich auf der anderen Seite angekommen war und mich daranmachte, vorsichtig den grasbewachsenen Abhang bis zum Sattel hinunterzuklettern, wurde mir bewusst, welche Wahnsinnstat ich begangen hatte. Rechts und links von mir fielen die Felswände fast senkrecht ab, ich befand mich hundert Meter über dem Meeresspiegel.

Als ich rückwärts über die Schulter blickte, sah ich dort unten Hodge, der sich an das Gras klammerte, um den attackierenden Möwen zu entgehen. Ich schrie sie an – sie mit den Händen zu verscheuchen, traute ich mich nicht –, daraufhin flatterten sie davon. Wenn Hodge nun in Panik geraten und sich wehren würde, sobald ich ihn aufhob?

Doch ich musste es wenigstens versuchen. Ich würde den alten Hodge, meinen Freund fürs Leben, keinen einsamen, qualvollen Tod sterben lassen. Wie oft hatte er mich früher in all den langen, unglücklichen Nächten meiner Kindheit getröstet. Wenn ich ihn jetzt im Stich ließe, würde ich meines Lebens nicht mehr froh werden.

„Hodge!“, rief ich. „Mein Liebling, ich bin es.“ Ob er mich bei diesem

Wind überhaupt hören konnte? Sein rosa Mund öffnete sich zu einem stummen Hilfeschrei. Aber er bewegte sich nicht, er war starr vor Schreck.

Was tat Mark Trevelyan? Würde er mir überhaupt die Gelegenheit geben zurückzuklettern? Mittlerweile war ich schon ziemlich müde, und meine Arme schmerzten noch immer vom Handtuchwedeln am Nachmittag. War es überhaupt möglich, mit Hodge im Arm diesen steilen Hang wieder hinaufzukommen?

Es war sinnlos, darüber nachzudenken. Ich zog meine Schuhe aus und kroch auf Händen und Füßen weiter, bis ich mich in Hodges Reichweite befand. Er verharrte immer noch regungslos – ich wusste nicht einmal, ob er mich erkannte.

Ganz vorsichtig berührte ich ihn und streichelte ihn zärtlich, packte ihn am Nacken und hob ihn hoch. Als ich ihn in meinen Armen hielt, wehrte er sich zunächst heftig dagegen, gab dann aber auf. Angst lähmte seinen Kampfgeist, und ich spürte das wilde Pochen seines Herzens. Gerade versuchte ich, auf Knien und mit einer Hand den Hügel wieder hinaufzuklettern, als mich ein Stein an der rechten Hüfte traf.

Ich verlor das Gleichgewicht, schwankte, und beinahe hätte ich Hodge fallen lassen. Ein weiteres Geschoss flog an meinem Kopf vorbei. Als ich aufschaute, sah ich Mark Trevelyans wütendes Gesicht über der Brüstung.

Konnte das sein Herz überhaupt lange aushalten? Oder stand es am Ende gar nicht so schlimm um ihn, wie er vorgab?

Dann erblickte ich hinter ihm die Umrisse eines anderen Mannes, der die Stufen herunterrannte. In diesem Augenblick gab ich die Hoffnung auf. Natürlich Minkins. Er und kein anderer hatte Hodge entführt, als er ins Dorf fuhr, um Einkäufe zu machen. Minkins hatte das Loch in den Tank gebohrt und die Ratte in meinen Mini gelegt. Er war offensichtlich bereit, alles für seinen Herrn zu tun.

Zwei Steine trafen meinen Rücken, einer verfehlte gerade noch mein Gesicht. Onkel Mark kam allmählich in Fahrt. Ich sah mein Ende nahen. Und nichts würde beweisen, dass es kein Unfall war …

Dann hörte ich einen Schrei: „Meg! Halt aus, ich komme!“

Das war nicht Minkins, sondern Toby. Wie war das bloß möglich? Sein Arm schnellte nach vorn und traf seinen Onkel am Kinn, und Mark Trevelyan ging zu Boden. Toby sprang über die Mauer und kraxelte zu mir herunter.

„Du verrückte Person!“, rief er. „Was um Himmels willen ist passiert? Wie bist du hierhergekommen?“ Er reichte mir seine Hand, um mich hochzuziehen, dann sah er Hodge. „Du liebe Güte, ich verstehe … die Katze … Hast du meine Hand? Gut, jetzt langsam, ganz langsam.“ Halb zog er, halb stützte er mich, und das den ganzen langen Weg. Als ich mich endlich über die Brüstung gequält hatte, sah ich Mark Trevelyan am Boden liegen, sein Gesicht war merkwürdig blau.

„Ich glaube, er ist erledigt“, japste Toby. „Und er tut mir nicht einmal leid. Doch wir sollten jetzt besser ins Haus gehen und telefonieren. Kannst du laufen? Hat er dich verletzt?“

„Nicht sehr. Es geht schon.“ Ich nahm Hodge fester in die Arme. Sein Herz schlug immer noch zum Zerspringen. „Wieso bist du zurückgekommen?“, fragte ich dann.

„Weil ich etwas unruhig wurde. Ich hätte es viel früher erraten müssen. Obwohl … irgendwie habe ich es schon geahnt … Vielleicht taten das alle. Mark macht sich normalerweise nicht so viel aus Fremden. Warum war er also so erpicht darauf, dich kennen zu lernen? Dann in Bodmien platzte mir der Reifen, also rief ich in der Gießerei an, um zu sagen, dass ich später kommen würde. Sie waren ganz überrascht und erklärten, dass sie mir nie eine Botschaft geschickt hätten. Dann fiel es mir wie Schuppen von den Augen. Ich dachte an das Loch im Tank von Walts Boot, und alles schien zusammenzupassen. Also raste ich zurück nach Penleggan. Gütiger Gott, da kommt Miss Pentecost.“

Die kleine, rundliche Dame kam direkt auf uns zu. „Ich bin ein bisschen früh dran …“, begann sie, und dann, nachdem sie einen Blick auf mich geworfen hatte, fügte sie schnell hinzu: „Schock. Heißen, süßen Tee! Toby, setz den Kessel auf“, befahl sie ruhig. „Minkins ist aus einem unerfindlichen Grund nicht da, er fuhr an mir vorbei in Richtung Dorf, und das in einem unerhörten Tempo.“

Miss Pentecost führte mich ins Haus, legte mich auf ein Sofa in der Nähe des Kamins und gab Hodge Milch. Er schlürfte gierig zwei Schüsseln leer, kletterte dann auf meinen Schoß und blieb dort liegen. Ich war wie benommen. Wortfetzen von Miss Pentecost und Toby, die leise miteinander sprachen, drangen an mein Ohr:

„Ja, sein Herz … Welcher Arzt? … Dr. Rumbold in St Kew … Telefon gestört? … Minkins hat wahrscheinlich die Leitung durchgeschnitten … Wie seltsam … Erklären Sie mir alles später …“

Ich hörte ein Auto starten, und gleich darauf kam Miss Pentecost, setzte sich zu mir und erklärte: „Toby ist weggefahren, um einen Arzt zu holen. Ich fürchte, für Mr Trevelyan kommt jede Hilfe zu spät. Sie wissen, sein

Herz … Wie wär's jetzt mit einer Tasse von diesem herrlichen Tee? Ich werde mir auch eine nehmen."

Während ich trank, holte sie ihren Handarbeitskorb hervor und fing an zu stricken. „Möchten Sie über alles sprechen?"

„Ja, bitte."

Und dann sprudelte es nur so aus mir heraus. Als ich fertig war, meinte sie: „Natürlich, das hätte ich schon vor langer Zeit herausfinden müssen. Ich habe mich oft gefragt, wer sich an diesem Abend mein Fahrrad ausgeliehen und dann verkehrt herum wieder hingestellt hat … Aber ich sehe nicht viel Sinn darin, jetzt noch die Polizei zu informieren, Sie vielleicht? Wollen wir die ganze Sache nicht vergessen, Toby zuliebe?"

„O ja." Aber dann erinnerte ich mich an Onkel Marks Helfershelfer. „Aber was wird mit Mr Minkins?"

„Überlassen wir das Toby", erwiderte Miss Pentecost in ihrer praktischen Art. „Er ist derjenige, der das entscheiden muss."

Später hörte ich, dass Toby, nachdem er herausgefunden hatte, dass Trevelyans Schreibtisch ausgeräumt worden war, die Polizei einschaltete und Minkins kurz darauf gefasst wurde. Er hatte zehntausend Pfund bei sich.

„Ich glaube, da kommt Toby", fuhr Miss Pentecost fort. Sie hatte erstaunlich gute Ohren für ihr Alter. „Er ist ein guter Junge. Man kann sich auf ihn verlassen. Wenn Sie sich jetzt besser fühlen, schlage ich vor, dass er Sie zum Gasthof fährt, und ich werde unterdessen mit Dr. Rumbold reden. Es besteht kein Grund für Sie, zu warten und sich am Ende vielleicht nur aufzuregen. Wir werden uns sicher bald wiedersehen. Ich würde wirklich gerne einmal mit Ihnen über Kunst plaudern. Außerdem haben Sie meinen Holunderbeerwein noch gar nicht probiert, er ist dieses Jahr besonders gut." Damit verabschiedete sich die bemerkenswerte alte Dame.

Toby kam herein. Er sah abgespannt aus. „Ich werde dich jetzt zum Gasthof fahren, ja? Du wirst sicherlich nicht hierbleiben wollen."

„Danke, das wäre sehr lieb. Ich fühle mich immer noch etwas …"

„Nicht!"

Er sah mich unentschlossen an, zögerte, ging mit großen Schritten durch den Raum, kniete neben mir nieder, schlang die Arme um mich und redete und redete …

Mein Herz klopfte so laut, dass ich ihn kaum verstehen konnte.

„O Meg, als ich dich dort sah … dachte ich … auf diesem verdammten Felsen … das war das Letzte, was ich erwartet hatte … nach allem, was heute passiert ist, wirst du wahrscheinlich niemals … aber du bist die einzige Frau …“ Und dann klar und deutlich: „Wenn du gestürzt wärst, wäre ich nachgesprungen.“

Wir sahen uns voll Erstaunen tief in die Augen. Dann beugte sich Toby vor und küsste mich. „Ich liebe dich.“

Ich nickte, ich hätte kein Wort herausgebracht.

„Du mich auch?“

Wieder nickte ich.

„Bin ich froh. Ich musste dich einfach fragen … komm, ich bring dich jetzt zum Gasthof.“

Wir gingen zu seinem Wagen. Er hatte den Arm um mich gelegt, und ich trug Hodge. Die ganze Fahrt über hielten wir uns an den Händen.

Es war inzwischen fast dunkel draußen. Die schönen alten Gaslaternen erhellten den Kai, die Trauerweide und das weiße Sommerhaus. Toby hielt vor dem Pub.

„Ich muss jetzt wieder zurück“, erklärte er. „Es gibt sicher noch viel zu tun. Vermutlich werden wir Minkins nicht mehr zu Gesicht bekommen. Aber ich schaue später noch einmal vorbei … in Ordnung? Ich muss doch wissen, wie es dir geht.“

„Ja, bitte komm, Toby.“

Er hielt meine Hand noch eine ganze Weile, dann stieg er in seinen Sportwagen und brauste davon.

Ich nahm Hodge auf den Arm und streichelte ihn. Dann betrat ich den Gasthof und formulierte in Gedanken schon einen langen, schwierigen Brief an George.

JOAN AIKEN

Foto: ullstein bild/Friedrich

„Menschen brauchen Geschichten."

Als Tochter des US-amerikanischen Schriftstellers und Pulitzer-Preisträgers Conrad Aiken und der kanadischen Schriftstellerin Jessie McDonald-Aiken war Joan von klein auf mit Büchern vertraut, und der Beruf als Autorin war ihr gewissermaßen in die Wiege gelegt. Selbstverständlich las die 1924 in der englischen Grafschaft Sussex geborene Joan Aiken bereits als Kind ausgesprochen gern. Auf der Leseliste des introvertierten Mädchens standen Klassiker wie Charles Dickens, Mark Twain, Alexandre Dumas und Rudyard Kipling.

Bereits 1941, also im Alter von 17 Jahren, gelang es Joan Aiken, ihre ersten Erzählungen zu verkaufen: die BBC brachte einige ihrer Geschichten im Kinderprogramm. Doch ihren Lebensunterhalt verdienen konnte sie sich damit noch nicht. Erst nach ihrer Heirat mit Ronald George Brown und der Geburt ihrer beiden Kinder John Sebastian und Elizabeth Delano konnte sie sich wieder vermehrt dem Schreiben widmen. Ihre Kinder waren auch immer die Ersten, die ihre Geschichten vorgelesen bekamen. „Sie waren viel kritischer als später meine Enkelkinder", berichtete Aiken einmal in einem Interview.

Die erste Sammlung von Kurzgeschichten veröffentlichte Joan Aiken 1953. Danach widmete sie sich ganz der Pflege ihres Mannes, der 1955 an Lungenkrebs starb. Erst nach seinem Tod begann sie wieder zu schreiben, und 1963 gelang ihr mit dem Jugendbuch *The Wolves of Willoughby Chase (Wölfe ums Schloss)* der Durchbruch. Ihr nächstes Buch, *Nightfall (Fürchte die Nacht)*, das 1972 erschien, erhielt den „Edgar-Allan-Poe-Preis" und entwickelte sich zu einem modernen Klassiker. Und als die Autorin 2004 starb, hatte sie ein beachtliches Werk hinterlassen: Hunderte von Abenteuer- und Fantasygeschichten für Kinder, aber auch Psychothriller und Romane für Erwachsene.

SCHWEIG WIE EIN GRAB
Originalausgabe: *Don't Tell A Soul*
erschienen bei: St. Martin's Minotaur, an imprint of St. Martin's Press, LLC

NEUES VOM IRISCHEN LANDARZT
Originalausgabe: *An Irish Country Village*
erschienen bei: Forge Books/Tom Doherty Associates, New York

BIS ANS ENDE DES HIMMELS
Originalausgabe: *Under A Blood Red Sky*
erschienen bei Sphere, London

FÜRCHTE DIE NACHT
Originalausgabe: *Nightfall*

Übersetzer:
Schweig wie ein Grab: Dieter Kuhaupt
Neues vom irischen Landarzt: Sabine Schulte
Bis ans Ende des Himmels: Werner Schmitz
Fürchte die Nacht: Gabriele Redden

Illustrationen und Fotos:
Schweig wie ein Grab: S. 4 (oben), 6/7/8: Stone+/Curtis Cozier
Bis ans Ende des Himmels: S. 5 (oben): Porträt: Getty Images/Peter Cade, Landschaft: plainpicture/Millennium/Joerg Buschmann; 300: Getty Images/Peter Cade; 301, 302: plainpicture/Millennium/Joerg Buschmann
Fürchte die Nacht: S. 5 (unten); 492/493: Getty Images/Graeme Norways

Umschlag: Hauptmotiv: mauritius images/John Warburton-Lee; *Schweig wie ein Grab:* Stone+/Curtis Cozier; *Bis ans Ende des Himmels:* Porträt: Getty Images/Peter Cade, Landschaft: plainpicture/Millennium/Joerg Buschmann; *Fürchte die Nacht:* Getty Images/Graeme Norways

Die ungekürzten Ausgaben von „Neues vom irischen Landarzt", „Bis ans Ende des Himmels" und „Fürchte die Nacht" (unter dem Titel „Nightfall") sind im Buchhandel erhältlich.